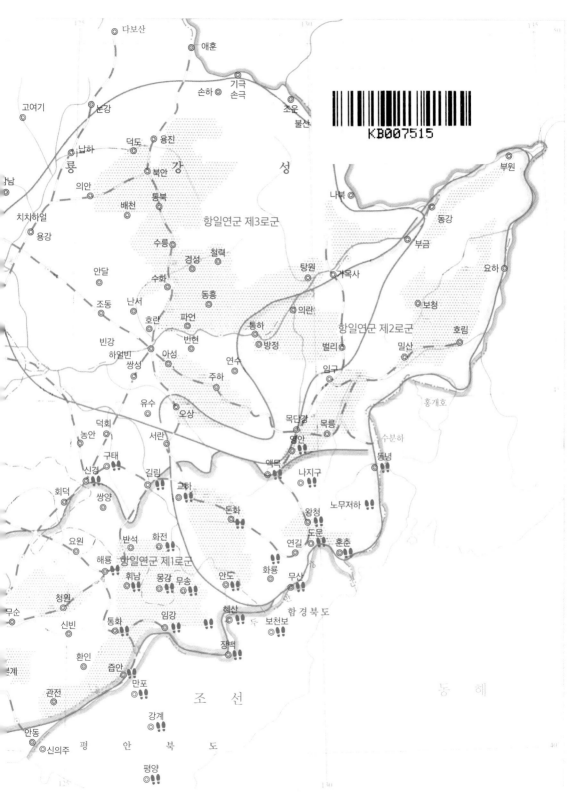

김일성
1912~1945

상권 - 성장과 시련

김일성 1912~1945

상권-성장과 시련

초판 1쇄 발행 2020년 8월 20일

지은이   유순호
펴낸이   김형근
펴낸곳   서울셀렉션㈜
편 집   진선희, 지태진
디자인   이찬미

등 록   2003년 1월 28일(제1-3169호)
주 소   서울시 종로구 삼청로 6 출판문화회관 지하 1층 (우03062)
편집부   전화 02-734-9567 팩스 02-734-9562
영업부   전화 02-734-9565 팩스 02-734-9563
홈페이지   www.seoulselection.com

ⓒ 2020 유순호

ISBN 979-11-89809-31-7 04810
ISBN(세트) 979-11-89809-30-0 04810

상권 ― 성장과 시련

金日成 김일성

1912 ~ 1945

유순호 지음

서울셀렉션

"내가 악마를 부르면 그가 왔다.

의구심을 갖고 나는 그의 얼굴을 응시했다.

그는 결코 보기 흉하지 않으며 오히려 사랑스럽고 매력적인 남자였다."

— 하인리히 하이네(Heinrich Heine)

김일성과 함께 1930년대를 보냈던,

이름도 없이 사라져간 항일독립투사들에게

1932~1939년 만주국 14성 행정구역도 및 반만 항일세력 분포도

『중국 항일전쟁사 지도집』참조

 지청천의 한국독립군(민족주의 계열)

최용건의 조선독립군(초기 민족주의 계열)

 양세봉의 조선혁명군(민족주의 계열)

 김일성의 안도반일적위대

 1935~1939년 사이 항일연군 활동 지역

① 마점산 부대(흑룡강 지방 동북의용군) - 흑룡강성 치치하르, 눈강 지역
② 왕덕림 부대(길림 지방 항일구국군) - 길림성 지방, 흑룡강 동부
③ 소병문 부대(흑룡강 지방 항일자위군) - 흑룡강성 하이라르
④ 당취오 부대(요령민중자위군) - 길림성 통화 지방
⑤ 등철매 부대(동북민중자위군) - 요령성 안동, 봉성 지방
⑥ 고문빈 부대(요령항일군 제5군단) - 요령성 통료 및 길림성 유수 지방
⑦ 이두, 정초 부대(길림자위군) - 흑룡강성 하얼빈 남부 벌리, 밀산, 보청 지방
⑧ 송국영 부대(길림반석지구 항일의용군) - 길림성 반석 지방
⑨ 풍점해 부대(길림자위군 소속) - 길림성 길림 지구
⑩ 왕봉각 부대(동북민중자위군 제19로군) - 길림성 통화 지방
⑪ 묘가수 부대(요령 본계 지방 항일의용군) - 요령성 본계 지방
⑫ 우사령(우학당) 부대(길림구국군 제8여단) - 길림성 안도 및 흑룡강성 영안 지방
⑬ 양세봉(조선혁명군) - 요령성 신빈 및 길림성 통화 지방

일러두기

- 단행본 및 잡지 『 』, 논문·보고서·단행본에 포함된 장 「 」, 신문·영화·연극·노래 〈 〉, 회고 담·인용문·편지·신문기사 등은 " "로 표시했습니다.

- 중국 인명과 지명은 한자어(정체 및 간체 혼용)로 표시했습니다. 단, 중국어 별명 및 호칭, 일부 지명은 당시 사용하던 통용음이나 관용 표현 및 중국의 조선족어문사업위원회의 규 정을 따랐습니다. 당시 만주의 조선인은 대부분 중국어에 서툴러 우리말에 가깝게 발음했 으며, 관련 자료나 인터뷰를 해준 증언자들, 역사 연구자들, 그리고 김일성 회고록 『세기 와 더불어』 등도 통용음을 따르고 있습니다.

  예_별명 및 호칭) 당시 만주 조선인들은 위증민의 별명 '라오웨이'는 '로위'로, 김일성의 별명 '라오쩐'은 '로쩐'으로 불렀고, '따꺼즈(大個子)', '샤오꺼즈(小個子)' 등도 '따거 우재', '쇼거우재'로 불렀습니다. '풍강(馮康, 위증민의 별명)', '왕다노대(왕윤성의 별명)', '얼구이즈(二鬼子, 당시 일본군에 협력하는 만주군을 비하하여 부르던 중국인들 표현)' 등도 관용적으로 쓰던 표현이기에 이 책에서는 그대로 사용했습니다. 다만, 성(姓) 앞에 연 소자나 연장자를 뜻하는 '소(小)'나 '노(老)'가 붙는 경우, 통용음 대신 외래어표기법에 따라 '샤오', '라오'로 표현했습니다.

  예_지명) 황고툰 ← 황고둔(皇姑屯), 하얼빈 ← 합이빈(哈爾濱), 대황왜 ← 대황외(大荒 崴)

- 일본인 이름은 당시 사료와 관용 표현을 참조하여 표기했습니다.

  예) 사다아키(貞明), 타니구치 메에조오(谷口明三)

- 김일성 회고록 『세기와 더불어』(계승본 포함)의 인용 문장은 우리말 맞춤법으로 바꾸었습니다. 단, 일부 표현에 우리말 뜻을 괄호 안에 넣었습니다. (『세기와 더불어』는 총 8권이며, 1~6권은 김일성 생전에 발간되었으며, 7~8권은 김일성 사후 조선로동당 중앙위원회가 그의 유고와 각종 자료를 기초로 '계승본'으로 발간하였습니다.)

- 인용문 중 김일성 회고록 『세기와 더불어』(계승본 포함)에서의 인용은 따로 출처를 표시하지 않았습니다.

- 본문, 인용문, 각주 등에서 괄호에 넣은 설명(사자성어, 북한말, 당시 사용하던 단어의 뜻)은 별도로 표시하지 않은 한 독자의 이해를 돕기 위해 필자가 넣은 것입니다.

- 본문 각주에 담은 인물 소개는 다음의 중국과 한국 자료에서 찾아 다듬어 실었습니다. 『동북인물대사전』(중국), 『동북항일연군희생장령명록』(중국), 『동북항일전쟁 조선족인물록』(중국), 『중국조선족혁명렬사전』(중국), 『한국 사회주의운동 인명사전』(한국), 『북한인물정보 포털』(한국), 『한국민족문화 대백과사전』(한국), 『한국독립운동 인명사전』(한국), 『친일인명사전』(한국)

- 이 책에 실린 사진과 지도는 중국과 북한, 한국의 항일 관련 자료 및 서적에서 가져왔습니다. 저작권에 관해 이의가 있으시면 저자와 출판사에 문의하시기 바랍니다.

1930~40년대
만주항일투쟁과 김일성

이 책을 세상에 내놓으며 참으로 어려운 과정을 겪었다.

2016년에 상권 집필을 마무리하고 다시 중권과 하권을 마무리하는 데 또 3년이라는 시간을 들였다. 처음 자료 수집을 시작했던 1986년 봄부터 계산하면, 이 책이 세상에 정식으로 출간되기까지는 자그마치 33년이라는 긴 세월이 걸린 셈이다.

되돌아보면 몸서리가 쳐질 지경이다.

4년 전 상권 원고를 들고 한국 내 100여 출판사를 상대로 '원고투어'를 진행했지만 돌아오는 답변은 모두 출판하지 못하겠다는 말이었다. 아직 박근혜 정권일 때는 '국가보안법에 저촉될 수 있다.'가 거절 이유였고, 문재인 정권이 들어선 뒤에는 '북한 김정은이 좋아하지 않을 수도 있다.'고 했다. 그러면서도 적지 않은 출판사들은 자신들이 이 책을 감수할 능력이 없다고 말했다. 철저한 현장 취재와 인터뷰, 자료 고증으로 쓴 이 책에 대한 칭찬으로 나는 받아들였다.

왜 다시 김일성 연구가 필요한가

한국에서도 한때 '김일성 연구 붐'이 일었다. 그 단초는 '김일성을 가짜라고 주장하는 일부 학자들의 연구'였고, 이에 반론하는 학자들도 적지 않았다. 마침내 북한 정부는 1992년부터 김일성 본인 이름의 회고록『세기와 더불어』를 세상에 내놓기 시작했다.

이와 거의 비슷한 시기에 이 회고록의 큰 줄거리에 대체로 동조하는 와다 하루키(和田春樹) 일본 도쿄대 명예교수의 연구논문「김일성과 만주항일전쟁」(1992년)이 세상에 나왔다. 이로써 김일성에 관해 관심 있는 한국 사람들은 그의 회고록과 논문을 읽을 수 있게 되었다.

1980년대 중반부터 '김일성 평전'을 집필하기 위해 자료조사를 시작했던 나는 1990년 초에도 한창 바쁘게 조사 연구를 진행하고 있었다. 그때까지만 해도 실제로 김일성과 함께 항일투쟁을 했던 조선인, 또는 중국인들이 적지 않게 살아 있어서 나에게는 여간 다행이 아닐 수 없었다. 그들 가운데 특히 중국인들, 예들 들면 종자운(鍾子雲), 왕일지(王一知), 이형박(李荊璞) 같은 사람뿐만 아니라 나아가 위포일(魏抱一), 한광(韓光)같이 1930년대 당시나 해방 후 중국공산당 중앙에서 굉장히 높은 위치에 있던 고위 간부들이 모두 살아 있었고 나를 직접 만나주기까지 했다. 내가 두 발로 직접 중국 대륙을 샅샅이 뒤지다시피 하면서 찾아내 취재했던 생존자들 가운데는 당시 만주국 정부에 소속되어 일본군에 협력했던, 그래서 '한간' 또는 '얼구이즈'로 불렸던 적측 증인도 적지 않았다.

그 후 시간이 너무 많이 흐른 데다 지금으로부터 18년 전인 2002년에 갑작스럽게 내가 미국으로 망명하다 보니 그때 수집해두었던 아주 많은 자료를 제대로 건사하지 못하고 적지 않게 분실하는 낭패를 겪었다. 그때 그 생존자들을 찾아다니는 데 필요한 경비를 마련하기 위해 어머니가 한국과 일본을 오가면서 식모 일을 하며 번 돈으로 사준 아파트까지 팔아서 모조리 써 버린 상황이었다. 그렇게 어렵게 수집해두었던 자료들 가운데 지금도 기억 속에 생생하게 남아 있는 인물들에 관해서는 각주와 부록에 자세하게 기록하여 처음으로 세상에 공개한다.

그 무렵 나는 와다 하루키 교수가 김일성 연구를 위해 중국 연변에도 다녀갔다는 말을 들었다. 그때 그는 박창욱, 권립 등 조선족 역사학자들과 만나 많은 도움을 받았다고 한다. 나도 그 무렵 또 다른 책(『동북항일연군의 명장 조상지 비사-비운의 장군』, 1998년, 연변인민출판사)을 집필하는 일로 박창욱 교수를 만났는데, 그는 나에게 이렇게 권했다.

"자네가 장차 김일성에 대해서도 쓰려고 준비 중이라고 들었는데, 만약 와다 하루키보다 더 새로운 자료들을 세상에 내놓지 못한다면, 차라리 김일성은 쓰지 않는 편이 나을 것이네."

그러면서 와다 하루키 교수의 논문 「김일성과 만주항일전쟁」의 연구 내용 가운데 한두 가지쯤 반론할 만한 새로운 내용이 있다면 보여 달라고 했다.

이때 이미 한국에서뿐만 아니라 중국 연변에서도 와다 하루키의 연구논문은 가장 권위 있는 논문으로 인정받고 있었다. 그러니 박 교수의 권고는 이 논문의 권위성을 돌파하거나 뒤집어엎을 새로운 자료를 담아내지 못한다면, 평전 집필을 포기하라는 뜻이었다.

나는 그 자리에서 와다 하루키 교수의 논문 내용 중 한두 가지도 아니고 열몇 가지 문제점을 단숨에 지적했다. 이런 문제 제기는 하루키 교수의 논문뿐만 아니라 김일성 자신의 이름으로 된 회고록 『세기와 더불어』를 상대로 한 반론이기도 했다.

그동안 나는 수많은 생존자들을 만났을 뿐만 아니라 김일성과 관련한 책과 자료들도 수없이 찾아 읽었다. 그중 김일성 가짜설을 비판하는 학자들의 수많은 연구논문 역시 북한 정부가 정성 들여 왜곡하는 김일성 항일투쟁사에 직간접적으로 편승 또는 일조하고 있다는 점도 지적하지 않을 수 없다.

이 책 부록에 참고자료로 밝힌 관련 서적과 자료들 가운데, 지금까지 북한이나 남한에서는 물론이고 중국에서조차 한 번도 공개된 적이 없는 자료들 제목과 출처는 자세히 밝히지 않았다. 그 이유 중 하나로 중요한 자료의 상당 부분, 예를 들면 지금까지 한 번도 세상에 공개된 적이 없었던 연고자들의 회고 자료나 연고자 본인 및 가족들이 제공한 김일성과 관련한 많은 증언과 사료들을 실명으로 공개할 수 없기 때문이다. 이들은 나에게 기꺼이 증언해주고 자료를 제공했지만, 실명만큼은 절대 공개해서는 안 된다고 신신당부했다. 그중에는 국가기밀 보존시한과 상관없이 여전히 봉인된 상태인 주요 자료들을 유출했다는 이유로 감옥에 갇혀 있는 사람도 한 분 계셔서, 솔직히 지금까지도 나는 불안하고 미안한 마음을 항상 가지고 있다. 그래서 한편으론 이 책을 전문적인 연구논문이나 정통 역사서 형식 대신 논픽션 형태로 집필하는 것이 더 낫겠다고 생각했다.

이 책을 쓴 목적은 결코 복잡하지 않다.

나는 김일성 항일투쟁사를 자세하고 실사구시하게, 남북한 어느 한쪽에 치우치지 않고 공정하게 기술한 제대로 된 책을 한 번도 본 적이 없다. 앞에서 잠깐 언급했던 「김일성과 만주항일전쟁」 외에도 임은(林隱)의 『김일성왕조비사』나 서대숙(徐大肅)의 『김일성』, 김찬정(金贊汀)의 『비극의 항일빨치산』 같은, 그나마 권위를 인정받은 책들도 더러 있지만, 이런 책들의 가장 큰 단점은 실제로 김일성과 항일연군에서 함께했던 연고자들의 생생한 증언을 제대로 발굴하지 못했다는 것이다.

여기서 말하는 연고자들이란 김일성과 함께 북한으로 돌아가 정권을 세우는 데 한몫했던 '항일빨치산투쟁 참가자'들이 결코 아니다. 그들은 김일성 우상 숭배에 동참하여 항일투쟁사를 위조하고 과거를 사실대로 말하지 않았다. 실제로 북한에서 1959년 첫 권이 출판되고 1970년대까지 20권이나 발행된, 제목 그대로 항일투쟁에 참가한 유격대원들의 회상기로 구성된 『항일빨치산 참가자들의 회상기』를 읽어보아도 사실을 제대로 말하는 회상기는 없었다. 하지만 북한으로 들어가지 않고 중국에 남은 연고자 대부분은 하나같이 내게 사실을 들려주었다. 그냥 사실을 이야기하는 데서 멈추지 않고 김일성과 북한 정권이 날조한 사실들이 바로잡히기를 바랐다.

나는 그들을 취재하면서 잘못된 부분들을 반드시 바로잡겠노라고 약속했다. 그러나 30여 년이 흐르도록 그 약속을 이루지 못했는데, 드디어 오늘에야 비로소 미흡하게나마 이 책을 세상에 내놓게 된 것을 생각하면 아쉬운 마음이 적지 않다.

이 책 준비 작업을 하는 데 너무 많은 시간을 들인 것도 있지만, 1993년에 김일성 회고록 『세기와 더불어』가 처음 발간되었을 때, 나는 1권과 2권을 먼저 읽고 한동안 고민에 빠져 있었다. 과연 내가 김일성에 대해 다시 써야 하나? 아무려면 내가 김일성 본인보다 김일성에 대해 더 잘 안다고 할 수 있겠는가 하는 등의 의문이 꼬리에 꼬리를 물었다.

그리고 1, 2권까지는 이의를 제기할 만한 구석도 그다지 많지 않았다. 왜냐하면 내가 집중하여 조사하고 연구한 부분이 항일투쟁사였기 때문이다. 수집한 자료들은 주로 김일성이 중국공산당에서 활동하기 시작하면서부터였다. 이런 자료들을 중국에서 찾아내는 일은 그다지 어렵지 않았다. 물론 중국 자료 대부분은 김일성 이름을 직접 거론하지 않았다. 김일성을 '김모모'로 대체하기 일쑤였다. 그 '김모모'가 바로 김일성이라는 것은 이미 비밀 아닌 비밀이었다. 조금만 연구해도 '김모모'의 항일투쟁사와 당시 북한에서 하늘 높은 줄 모르게 명성을 날리던 '항일 명장 김일성'의 항일투쟁사에 서로 맞지 않는 부분이 아주 많은 걸 밝혀낼 수 있었다.

김일성이 북한 국가주석이 되었고, 중국 국가지도자였던 모택동, 주은래 등과 아주 친하게 지냈어도, 또 국가가 조치를 취해도 입단속이 잘되지 않는 사람들이 중국에는 얼마든지 있었다. 나는 일일이 그들을 찾아가 만났다. 이미 세상을 뜨신 분들의 유가족들 가운데는 소문을 듣고 직접 나한테 먼저 연락해오거나 직접 찾아오기까지 했던 분들도 더러 있었다. 그 가운데 1980년대 중국 연변 도문시 석현진에서 살았던 오은숙(吳銀淑)은 북한 인민무력부장으로 있었던 오진우의 친조카였다. 북경에서 살고 있었던 유효화(劉曉華)는 항일연군 시절 김일성의 직계 상사로 동북인민혁명군 제2군 군참모장으로 있으면서 김일성에게 직접 군사지식도 가르쳐주었을 뿐만 아니라 1935년 가을에는 당시 흑룡강성 영안 지방을 향해 출정했던 원정부대(북한에서는 '제2차 북만원정'이라고 부른다.)의 총지휘 관이었던 유한흥의 친딸이었다. 해방 후 유한흥은 이름을 진룡(陳龍)으로 바꾸었으며, 중국 정부의 초대 공안부 부부장과 정치보위국 국장직을 맡기도 했다. 물론 이와 같이 엄청난 사실들을 북한에서는 일절 언급하지 않을 뿐만 아니라 모조리 비밀에 부쳐두고 있는 것이 바로 오늘의 상황이다.

이 책의 많은 자료가 그들 또는 그들의 유가족에게서 적지 않게 나왔다. 그러다가 『세기와 더불어』 3권과 4권이 나왔을 때는, 이미 여러 차례 만나 취재한 적이 있었던 김일성의 항일연군 시절 중국인 전우 이형박과 또 만나(1998년) 몇 가지 역사 사실 고증을 진행하기도 했다. 한 예로, 김일성 회고록 3권에서 "주보중

(周保中)의 요청으로 제1차 북만원정을 진행했다."고 한 고백은 전혀 사실에 들어맞지 않는다. 당시 '민생단'으로 몰려 처형 직전까지 갔던 김일성을 주보중이 있었던 북만주 영안으로 피신시켰던 사람은 당시의 중국공산당 동만특위 위원 겸 왕청현위원회 선전부장이었던 왕윤성(王潤成)이었다. 왕윤성은 마영(馬英)이라는 별명으로 불렸으며, 동만의 중국공산당 역사에서 '동만특위 마영'이라고 하면 그때 특위서기였던 동장영 못지않게 유명한 인물이었다. 그때 왕청 나자구 지역의 당 책임자로 있었던 생존자 종자운이 직접 나에게 들려준 이야기도 같은 내용이다.

종자운은 김일성을 체포하려고 나자구까지 쫓아온 '민생단숙청위원회' 조직원들을 만났는데, 그들이 김일성을 내놓으라고 했을 때 "김일성이 새 근거지를 개척하려고 나자구 북쪽으로 갔는데, 통제되지 않으니 후에 다시 보자."고 하면서 왕윤성을 도와 김일성을 빼돌리는 데 협조했다고 한다. 이 일을 고맙게 생각했던 김일성이 나중에 중국을 방문했을 때 직접 자신을 찾아와 그때 일을 함께 회고하기도 했다고 한다.

『세기와 더불어』는 3권부터 위조하고 날조한 것이 여기저기 무척 많으며, 4권에서는 일본군 토벌대 사진을 항일유격대라고 잘못 소개하기까지 한다. 이와 같은 착오는 김일성 회고록에서뿐만 아니라 중국의 항일투쟁사박물관에서도 볼 수 있는 엄중한 실수다. 그 사진은 '밀영에서의 항일유격대'라고 소개한 것으로, 찬찬히 들여다보면 어깨에 단 견장과 모자에 붙은 별들로 이들이 일본 군인임을 알 수 있다. 실제로 이 사진은 최현 부대가 주둔했던 돈화현 우심정자밀영을 토벌한 일본군 노조에 쇼토쿠 부대 대원들을 찍은 기념사진이었다.

나는 『세기와 더불어』 4권까지 읽고 나서 이와 같이 잘못된 사실들을 하나하나 바로잡아야겠다고 마음먹었다. 솔직히 고백하자면, 처음부터 김일성을 폄하

김일성 회고록 『세기와 더불어』 제4권에서 '밀영에서의 항일유격대'라고 소개한 사진이다. 그러나 견장과 모자의 별로 일본군임을 알 수 있다. 이 사진 하단에는 일본군이 직접 쓴 "돈화 동남 약 25킬로미터 미혼진 지대 우심정산 부근에서 수색해낸 최현비의 산채"라는 설명도 있다. 최현 부대가 주둔하던 돈화현 우심정자밀영을 토벌한 일본군 노조에토벌대를 찍은 기념사진이다.

하거나 과소평가하고 싶은 마음은 없었다. 1945년 광복 이전의 김일성에 관해서는 상당히 호감이 있었다.

그러나 그의 거짓말은 차마 그냥 덮고 넘어갈 수가 없었다. 그런데 1990년대까지 중국에서 살면서 이 일을 진행하기가 쉽지 않았다. 죽을 둥 살 둥 작업해도 이를 발표해줄 신문이나 잡지도 없었거니와 단행본 출간은 더욱 상상하기 어려웠다.

보천보전투의 진실

1998년에 나는 아주 유명한 중국인 항일영웅 조상지(趙尙志)의 일생을 다룬 논픽션 『비운의 장군 조상지』를 출간한 적이 있다. 그리고 2005년에는 다시 조상지의 군사조수였다가 후에는 조상지를 대신하여 북만주 지방의 항일부대를 거의 통솔하다시피 했던 한국 구미 출신의 항일영웅 허형식을 다룬 『만주항일 파르티잔』을 출간했다.

그때 북만주 지방을 답사하면서 오늘의 중국 흑룡강성 가목사(黑龍江省 佳木斯)에서 항일연군 시절 김일성이 사단장직을 맡았던 2군 6사 산하 8연대에서 중대장으로 복무한 적 있는 아주 중요한 중국인 연고자 무량본의 가족과 그에 대하여 자세하게 알고 있는 여러 지인들과 만나게 되었다. 나는 이들의 증언을 토대로 1937년 6월, '보천보전투' 당시 김일성 본인은 정작 보천보 현장에 들어오지도 않았다는 사실을 재차 확인할 수 있었다.

물론 보천보전투 현장에 김일성이 없었다는 증언은 그 전에도 있었다. 김일성의 경위소대장이었던 기관총사수 강위룡(姜渭龍)은 1945년 광복 이후 북한으로 곧바로 돌아가지 않고 중국 연변에서 살았는데, 거짓말할 줄 모르는 고지식한 그의 입에서 허다한 비밀이 새어 나왔다. 그러다가 북한으로 돌아간 다음에는 강위룡도 어쩔 수 없이 이런 이야기들을 다 뒤집었다. 북한 정부가 주문하는 대로 김일성의 항일투쟁사를 과장하고 부풀리는 행렬에 가담할 수밖에 없었을 것이다. 그러나 중국에 사는 중국인 연고자들은 누구 눈치를 볼 일이 없었다.

또 다른 예를 들면, 그때 연길에서 살던 강위룡의 한 조카는 직접 삼촌에게 들은 이야기라며, 김일성이 오늘의 길림성 장백현의 파이워즈(排臥子, 배와자)라는 동네에 몰래 숨겨두었던 과부 최(崔) 씨 이야기를 나에게 들려주었다. 당시에는 너무 허황하고도 황당한 이야기로 들려 믿을 수가 없어 그냥 일소(一笑)하고 말았으나, 후에 점점 깊이 연구하며 관련 자료들이 수집되기 시작하면서 자료에서도 실제로 이 최 과부의 이름을 발견하고는 입이 딱 벌어지고 말았던 기억이 있다.

중국 정부는 국가사업의 일환으로 항일연군 생존자들에게서 회고 자료를 받아냈지만, 김일성과 관계된 모든 내용들, 특히 김일성의 형상에 해가 된다고 판단하는 기록들은 일절 공개하지 않았다. 예를 들면, 1941년에 하바롭스크에서 갓 태어난 김정일에게 자기 젖을 먹이기까지 했던 이재덕(李在德) 같은 연고자는 말년에 중국에서 항일투사로 대우받은 유공자였지만, 한국 기자들에게 이와 같은 사실을 흘린 일 때문에 정부 관계 부문에서 문책받기도 했다. 하물며 해방 후 모든 공직에 나가지 않고 중국 북만주 지방의 한 평범한 도시에서 말년을 불운하게 보냈던 이 '보천보전투' 중국인 참가자 무량본에게는 생전에 사실을 털어놓을 아무런 기회조차 없었다.

나는 김일성 회고록 『세기와 더불어』 3, 4권까지 읽고 나서는 연대와 시간상 '보천보전투'가 언급될 5, 6권이 언제나 나오나 눈이 빠지게 기다렸다. 이미 3, 4권에서 적지 않게 실망했지만 5, 6권에는 모종의 기대감이 있었던 것도 사실이다.

하지만 이런 기대는 어김없이 물거품이 되어 돌아왔다. 예상하지 못했던 것은 아니지만, 김일성 본인의 이름을 내건 이 회고록에서도 북한 당국은 여전히 '보천보전투'의 진실을 제대로 밝히지 않았다. 김일성이 직접 부대를 인솔하고 압록강을 넘어 보천보를 습격했을 뿐만 아니라, 구경하러 나온 사람들에게 연설도 했노라고 거짓말을 하고 있다. 그뿐만 아니라 철수할 때도 또 압록강 중국 쪽 대안의 구시산에서 매복전을 벌여 뒤를 쫓아오던 혜산 경찰부대에게 떼죽음을 안겼노라고까지 주장하고 있다.

그렇다면 실제로는 어떠했던가?

이 전투에 직접 참가했던 중국인 연고자들은 자기들을 인솔하고 압록강을 건너갔던 사람은 김일성이 아닌 김일성의 참모장이었다고 회고한다. 놀랍게도 그 참모장 역시 조선인이 아닌 중국인이었다. 김일성 본인은 보천보에 들어가지도 않았으므로 백성들에게 연설할 수조차 없는 것이다. 실제로 백성들을 모아놓고 빼앗은 식량을 들고 갈 인부를 선발하면서 연설했던 사람은 당시 중국공산당 장백현위원회 서기였던 권영벽(權永碧)이었다. 그리고 철수하면서 구시산에서 매복전을 지휘했던 사람도 중국인 8연대장 전영림(錢永林, 항일열사)이었고, 전영림과 함께 이 전투를 지휘했던 8연대 1중대장이 바로 무량본이며, 무량본은 해방 후 중국 흑룡강성 가목사시에서 살고 있었다.

"그때 김일성 참모장은 누구였습니까? 혹시 임수산(林水山)은 아니었나요?"

"아닙니다. 임수산은 그 이후에 조동하여(옮겨) 왔는데, 그 이전 참모장은 왕작주(王作舟, 항일열사)라는 중국인이었습니다. 김일성 부대에는 조선인이 많았지만, 주요 군사지휘관들은 모두 중국인이었습니다. 2군 3사가 6사로 개편될 때, 6사 산하 네 연대 연대장이 모두 중국인(7연대장 손장상孫長祥, 8연대장 전영림, 9연대장 마덕전馬德全, 10연대장 서괴무徐魁武)이었고, 참모장도 중국인이었습니다. 북조선(북한)에 돌아가 부주석이 되었던 박덕산(朴德山, 김일金一)도 내가 8연대 1중대장으로 있을 때 나의 지도원으로 있었습니다. 내가 입당할 때 나의 입당 보증을 서주기도 했었지요."[1]

---

1 『我在東北抗聯的日子』, 吳良本訪談錄(未出版), 楊剛 整理, 1977.
『吳良本革命歷史簡歷』, 江西省南昌市政協文史委 提供, 2002.
『被遺忘的抗日英雄-金日成部隊的中國連連長吳良本』, 許祿山 整理, 2002.
취재, 허록산(許祿山) 중국인, 강서성 남창시 무장부 이직간부, 시 정협문사연구위원, 취재지 남창, 1999.

무량본이 남긴 회고담은 꽹장히 생생했다.

보천보 경찰분주소를 습격했던 것도 자기들 1중대였으며, 구시산에서 매복전을 할 때는 사살한 경찰들 시체에서 손목시계를 벗겨내다가 대원 10여 명이 죽었다는 일화도 이야기해주었다. 역시 이 전투에 참가했던 오백룡(吳白龍) 등이 생전에 북한에 남겨놓은 『항일빨치산 참가자들의 회상기』의 회고 문장과는 거의 100% 딴판이었다.

북한에서는 김일성이 지휘한 중국공산당 항일부대였던 항일연군 2군 6사를 조선인민혁명군으로 둔갑시켰고, 김일성은 이 부대의 사령관이었다. 전부 조선인뿐이며 중국인은 한 사람도 보이지 않는다. 참모장 왕작주나 중대장 무량본 같은 이름은 지금까지 단 한 번도 언급된 적이 없었다. 물론 영화나 드라마에서라면 그렇게 할 수밖에 없었다 치더라도 직접 김일성 자신의 이름으로 나온 회고록이라면 그래도 일말의 진실은 말해줄 수 있어야 했다.

그런데 그게 아니었다. 회고록은 마지막 계승본 8권까지 온통 날조와 왜곡으로 일관하고 있다.

한 중국인 연고자 가족은 나한테 이렇게 말하기도 했다.

"우리는 김일성이 일본군 한 놈을 죽여 놓고 열 명을 죽였노라고 거짓말하는 데는 아무런 의견이 없다. 열 명이 아니라 백 명을 죽였다고 거짓말해도 상관없다. 다만 자기가 하지 않은 일, 남이 한 일도 자기가 한 일이라고 거짓말하는 것은 두고 볼 수가 없다. 이것은 도적질 같은 행위가 아니고 무엇인가. 당신이 책에서 이런 사실들만 제대로 바로 잡아줘도 우리는 정말 고맙게 생각하겠다."

거짓말도 백 번 하면 진실이 된다

지금으로부터 20여 년 전인 1999년 일이다. 한 세미나에서 『비운의 장군 조상지』에 발문을 써주었던 한 평론가가 취재차 온 기자들에게 내가 김일성 평전을 쓰기 위해 자기 키를 넘는 자료들을 수집해놓고 조만간 집필에 들어갈 것이라고 밝힌 적이 있었다. 이때의 세미나는 당지 연변TV 뉴스에서도 보도되었고 또 실황녹화자료는 오늘날 유튜브에서도 검색이 가능하다.

그 이후 김일성 평전을 기대하고 기다리는 사람들도 많았지만, 정작 그 책 때문에 무슨 보복을 당하게 될지 모른다고 걱정하는 사람들도 적지 않았다. 특히 내 친구들은 난리였다. 납치되거나 암살당할 수 있다며 책 쓰는 것에 반대했고 또 백방으로 그만둘 것을 권고했다.

"나는 김일성을 나쁘게 쓰려는 것이 아니다. 잘한 것은 잘했다고 쓰고 정말 멋졌던 일은 멋진 그대로 쓸 것이다. 다만 사실과 맞지 않는 부분들을 바로 잡으려는 것일 뿐이다."

아무리 이렇게 설명해도 친구들은 나를 말렸다.

2002년 내가 미국으로 막 건너갔을 때다. 미국 언론에서는 대만계 미국인 강남(江南, 류이량劉宜良)을 암살한 배후가 대만정보국으로 밝혀졌다는 기사를 한창 내보내고 있었다. 강남은 1984년에 미국에 이민하여 로스앤젤레스에서 살았는데, 당시 신문에 "장경국전(蔣經國傳)"을 연재한 것이 화근을 불렀다. 1995년에도 『모택동의 사생활(毛澤東私人醫生回憶录)』을 쓴 모택동 주치의 이지수(李志綏)가 미국 일리노이주 자택에서 강택민이 보낸 자객에게 살해되었다는 소문이 있었다.

어디 그뿐이던가. 내가 2016년 10월에 상권 집필을 마치고 출판을 타진하기 위하여 한국에 와서 머무르고 있을 때, 세습 경쟁에서 밀려 해외에서 떠돌던 김

정일의 장남이자 김정은의 이복형 김정남이 2017년 2월 13일 말레이시아 쿠알라룸푸르공항에서 암살당하는 불상사까지도 발생하고 말았다.

이는 어느 독재자 또는 독재정권이 국가 권력을 동원하여 보복하려고 마음먹는다면 미국도 결코 안전지대일 수 없다는 사실을 설명해주는 것이었다. 더구나 북한에는 아직도 김일성 신화를 신봉하고 추종하는 세력 2,000만 명이 살고, 또 이 2,000만 명의 생살권을 틀어쥔 통치 집단이 3대째 세습하고 있다는 사실을 결코 외면해서는 안 되었다.

하지만 이미 북한 정권은 거짓말로 뒤덮인 김일성 회고록 『세기와 더불어』를 계승본까지 총 8권을 세상에 내놓았고, 또 이 회고록을 뒷받침하는 『항일빨치산 참가자들의 회상기』도 총 20권이나 될 뿐만 아니라, 여기에 또 영화나 드라마 등 문화예술 작품들까지 합치면 그 수를 이루 다 헤아리기 어려울 지경이다.

'거짓말도 백 번 하면 진실이 된다.'는 속담이 있다.

그동안 김일성 항일투쟁사에 흥미 있어 하는 사람들을 많이 만났는데, 놀랍게도 이 거짓말 회고록에 빠진 사람이 생각 외로 적지 않았다. 더욱 황당한 것은 김일성이 '가짜'라고 교육받았을 한국인 중에도 이 회고록을 진짜라고 믿는 사람이 적지 않았다. '음수 곱하기 음수는 양수다.'라는 수학 법칙이 이런 경우에도 통하는 것 같았다.

김일성이 '가짜'라고까지 매도하다 보니 오히려 거꾸로 되는 효과를 낳은 모양이다. 그렇다면 왜 북한에서는 '신'처럼 만들어놓은 김일성 형상이 물극필반(物極必反, 극에 달하면 반드시 뒤집힌다)하여 스스로 무너져버리지 않았을까, 의문이 들 정도다.

'진짜' 김일성은 누구인가

처음 '김일성 가짜설'과 접촉했을 때 내가 받았던 충격도 사실 이만저만한 것이 아니었다. 그렇다면 '진짜' 김일성은 과연 누구란 말인가? 여러 가지 추측도 해보고 연구도 했지만, 북한의 김일성뿐만 아니라 이미 고인이 된 여러 사람이 '김일성'이라는 별명을 사용했던 적이 있음을 알게 되었을 뿐 딱히 어느 누구야말로 '진짜'라고 확인할 근거는 하나도 발견하지 못했다. 대신 당시 백성들이 누군가를 '진짜 김일성'이라고 가리킨 경우는 아주 많았던 듯하다.

내가 만난 주요한 연고자 중에 중국인 항일군인이자 항일연군 제6사 9연대 연대장을 지냈던 마덕전이 있다. 그는 김일성이 소련으로 탈출할 때 함께 따라가지 못하고 안도의 산속에서 방황하다가 먼저 변절하여 토벌대를 이끌고 나타난 2방면군 참모장이었던 임수산에게 생포되어 변절하고 말았다. 그는 해방 후 역사반혁명분자로 낙인찍혔고, 평생을 무직자로 살았다. 그는 젊었을 때 오늘의 안도현 차조구에서 왕덕태(王德泰, 항일연군 제2군 군장)와 함께 '이 씨네 셋째 곰보(李三麻子)'라 불리는 중국인 지주 집에서 머슴살이를 한 적이 있었다. 그때 진짜 김일성이 차조구와 가까운 천보산(天寶山)에 온 적이 있어 직접 찾아가 만나보기까지 했다면서 마덕전은 그 김일성이 바로 '양림(楊林)'이었다고 했다.

그때는 양림을 '라오주(老周)'라고 불렀으며, 중국공산당 내 직위는 동만 특별지부 군사위원회 서기였다. 양림의 경력도 이만저만 화려한 게 아니었다. 가히 전설 속 '김일성 장군'으로 불릴 만했다. 한국에서 주장하는 '진짜 김일성' 김경천(金擎天) 못지않게 많은 군사교육을 받은 양림은 중국 운남육군강무당을 다녔고 황포군관학교에서 교관으로 재직했으며, 소련으로 유학하여 모스크바동방노동자공산대학(이하 모스크바동방대학)과 보병학교에서 공부하고 다시 중국으로 돌아왔다. 그 후 중국공산당 만주성위원회 군사위원회 서기로 임명되었던 어마어마한 인물이었다. 그가 동만주로 파견되어 한창 유격대를 조직하고 다닐 때는 북한의 김일성은 말할 것도 없고 심지어 왕덕태도 남의 집에서 머슴 살고 있을 때였다.

그때는 유명 인물 이름을 따거나 전임자의 별명이나 성씨를 그대로 본받아 영향력을 유지하려 했던 혁명가들이 꽤 많았다. 항일연군 1로군 총지휘자였던 양정우의 양씨 성도 바로 전임자였던 양림과 양군무(楊君武, 양좌청楊佐靑)의 성씨를 그대로 이어받은 것이라는 사실이 최근에야 새롭게 밝혀졌다. 해방 후 흑룡강성 성장을 지냈던 이범오(李范伍, 이복덕李福德)는 1935년 이후 자기 별명을 장송(張松)으로 바꾼 것은, 길동특위 서기 오평(吳平)이 모스크바로 돌아가게 되었을 때 그가 여전히 길동 지방에 남아 있는 것처럼 꾸며 적에게 혼란을 주기 위한 것이라고 고백했다. 오평의 별명이었던 양송(楊松)과 비슷하게 지은 것이다.

본명이 김성주였던 김일성이 당시 아주 유명했던 김일성이라는 별명을 사용한 것도 이런 경우였을 것이다. 다른 점이 있다면 다른 사람들은 성씨나 이름자 가운데서 어느 한 글자를 가져왔지만, 김일성은 이름을 통째로 가져다 자기 이름으로 바꿔버린 것이다. 한편 김일성과 인연이 있었던 이형박은 당시 '평남양(平南陽)'이라는 별명으로 불렸던 유명한 인물이다. 그는 이렇게 주장했다.

"동명이인일 수도 있잖은가. 같은 이름을 사용한다고 그게 무슨 문제가 되는가. 내가 '평남양'으로 불리기 전에도 영안 지방에는 '평남양'이라는 깃발을 들고 다녔던 마적부대가 있었다. 나중에 내가 더 유명해지니 모두들 나를 '평남양'이라고 불렀다. 누가 먼저고 나중인지가 무슨 상관이 있나. 김일성도 마찬가지다. 내가 아는 김일성은 우리

'항일연군의 김일성'이지 다른 김일성이 아니다.'[2]

이 주장에서도 알 수 있듯이 김일성의 문제는 '진짜'냐 '가짜'냐가 아니었다. 이 김일성이 중국공산당에 참가하고 있었던 '항일연군의 김일성'인 것만은 틀림없다. 중요한 것은 과연 그가 얼마만큼이나 항일투쟁을 벌여왔는가 하는 것이다. 그리고 과장되거나 위조된 그의 항일투쟁사 가운데서 어느 부분만이 김일성 본인의 것인가를 밝혀내는 것이 이 책을 집필하게 된 동기와 목적이다.

민낯이 더 건강하고 아름답다

악마는 아무리 천사로 위장해도 악마일 뿐이다. 다만 그의 위장에 잠깐 속을 뿐이다. 독일 시인 하이네도 악마를 이렇게 묘사했다.

"내가 악마를 부르면 그가 왔다. 의구심을 갖고 나는 그의 얼굴을 응시했다. 그는 결코 보기 흉하지 않고 사랑스럽고 매력적인 남자였다."

나는 이 시를 읽으면서 이 시의 악마가 김일성과 비슷하다고 생각했다.

결론적으로 김일성과 북한 당국은 너무 염치가 없다. 항일투쟁사를 왜곡하여 남이 한 일도 다 김일성이 한 것처럼 꾸며대는 모습은 조금이라도 더 예쁘게 보이려고 끝없이 분칠해대는 시골 기생의 천박한 모습을 방불케 한다. 정작 그 화

---

2   취재, 이형박(李荊璞) 중국인, 항일연군 생존자, 취재지 북경, 1991, 1993, 1996, 1998.

장을 말끔하게 씻어내 버렸을 때 드러나게 될 민낯이 훨씬 더 건강하고 아름답다는 도리를 왜 외면하는지 모르겠다.

나는 이 책에서 그 작업을 시도한 것이다. 손에 핵과 미사일까지 쥔 김정은이 이 책을 읽는다면 어떻게 반응할까. 그가 조금이라도 양심 있는 젊은이라면 최소한 자기 할아버지의 민낯이 그렇게 흉측하지만은 않음을 금방 이해할 것으로 믿고 싶다.

재차 강조하지만, 김일성의 문제는 '가짜'가 아니라 '거짓말'이다. 거짓말 때문에 문제가 더 복잡하게 불거진 것이다. '가짜설'도 따지고 보면 김일성의 '거짓말' 때문에 더 무성해진 면도 없지 않다. 김일성이 회고록에서 단 한 마디라도 "나 이전에 김일성이라는 이름을 사용했던 사람이 이미 여럿 있었다."고 인정했다면 '김일성 가짜설' 주장은 그냥 물 먹은 토담처럼 와르르 무너져 내릴 수밖에 없었을 것이다.

청년 시절의 김일성은 그냥 있는 그대로의 모습만으로도 상당히 훌륭하다. 실제로 얼마 남지 않은 청소년 시절 김일성 사진들을 한 장 한 장 자세히 들여다보면 정말 매력적이지 않은 것이 없다. 독립운동가의 자식으로 태어나 어린 나이에 너무도 일찍 부모를 여의었지만 낙심하지 않고 끝까지 노력하여 혁명가로 성장하는 모습은 가슴을 뭉클하게 만드는 영혼의 빛이 고스란히 담겨 있다. 웃음기가 거의 없는 담담하면서도 어딘가 침울하기까지 한 표정은 연민마저 들게 한다.

김일성의 인생 여정 그 자체는 격동적이고 감동적이다. 물론 그 인생은 1945년 광복 이전의 김일성, 즉 서른세 살 이전의 김일성으로 국한한다. 이 시절의 김일성은 북한에서 선전하듯 일본군 토벌대를 무더기로 쓰러뜨리고 백만의 관동군과 싸워서 이겼다는 그런 전설 같은 위업을 이룬 위인은 아니지만, 끝까지 일본군에게 붙잡히지 않고 살아남았다는 그 사실 하나만으로도 칭송받을 만하다.

속담에도 있듯이 '살아남는 자가 승자가 되고 승자가 왕이 되는 법이다(勝者爲王, 敗者爲寇).' 김일성이 죽지 않고 살아남았기 때문에 결과적으로 일본군은 관동군 백만을 동원했어도 빨치산을 소멸시키지 못했던 것이다. 이것이 바로 청년 김일성이 이룩해낸 거대한 업적이기도 하다.

북한 당국이 이 업적을 제멋대로 보태거나 부풀리고 위장한다고 해서 더 빛나거나 위대해지는 것이 아니라 오히려 그 반대 효과를 낸다는 사실에 주의를 기울이길 바란다. 그리고 나는 그들을 대신하여 역겹고도 유치찬란한 화장을 벗겨내려고 했다.

북한의 역사 왜곡 작업의 희생물로 바쳐져 제대로 된 이름 석 자도 남겨놓지 못하고 사라져간 수많은 우리 민족 항일 영령들에게 위안을 주고 싶은 마음이 간절하다. 그들이 우리나라의 독립을 위해, 대의를 위해 목숨 바쳐 싸우다 죽었는데도 남북 어느 정권에서도 공적을 인정조차 받지 못하는 그 자체도 억울한데, 공적까지도 한 정권에 필요한 한 사람의 '수령'을 위해 모조리 도난당한 모습은 정말 분노를 넘어 슬프기까지 하다. 내가 이 책을 '김일성과 함께 1930년대를 보냈던, 이름도 없이 사라져간 항일독립투사들에게' 헌정한 것도 그 때문이다.

여기까지 오는데 정말 최선을 다했다. 곁눈 한번 팔지 않고 오로지 이 책의 완성만을 위해 죽을 둥 살 둥 모르고 달려왔다. 본격적으로 집필을 시작하였던 2016년부터는 밤낮 따로 없이 4년을 매일 집필하며 지내다 보니 엉덩이에 부스럼이 나고 팬티에는 구멍까지 생길 지경이었다. 생업 자체를 완전히 멈춘 상태였기 때문에 어떤 날은 호주머니 속에 커피 한 잔 살 돈이 없어 커피숍 앞에서 망연하게 서 있곤 했던 때가 한두 번이 아니었다.

이제 드디어 이 책이 세상으로 나오게 되었다. 이 책을 읽으면서 독자들은 내가 증언자들의 회고담을 기술할 때, 때로는 사실에 충실하면서도 허용될 수 있는 한도 안에서 상상력을 덧붙여 대화로 재현한 부분과 허다하게 만나게 될 것이다. 이는 독자들이 더 생생하게 그 현장으로 한 발 더 가깝게 다가가게 하기 위해서였음을 이해하여 주었으면 고맙겠다.

많은 독자의 애독을 바라며 가능하면 이 책이 북한 땅에도 전달되었으면 좋겠다. 북한 주민뿐만 아니라 당국자들까지도 모두 이 책을 읽어 보았으면 좋겠다. 김정은과 그의 여동생 김여정이 함께 이 책을 읽고 그들 할아버지의 참모습을 알게 되고, 나아가 우상과 거품을 스스로 걷어내서 이 책이 남북한 상호이해에 기여하게 된다면 더 바랄 것이 없다.

서문이 이렇게 길어도 되는지 모르겠다.

마지막으로 이 책이 세상에 나올 수 있도록 어려운 결정을 내려주신 서울셀렉션 김형근 대표님과 나와 출판사와의 좋은 인연을 이어준 동아일보 주성하 기자에게 진심으로 감사드린다. 주성하 기자는 이 책이 결코 어느 한 쪽의 주장을 담은 책이 아니며, 남·북한이 통일된 다음 북한의 천만 독자가 반드시 읽지 않으면 안 되는 책이라고 주장해 주었다. 그 외에도 항상 지지와 성원을 보내주는, 현재 서울에서 살고 있는 김동춘, 김명성, 김인철, 서재필, 장해성, 지성림, 현인해 등 탈북자 여러분에게도 진심으로 감사의 말씀을 드린다.

2020년 여름, 미국 뉴욕에서 유순호

차례

머리말 · 12

1부 **성장**	1장 출신과 출생	1. 동방의 예루살렘, 평양에서 태어나다 · 46 2. 아버지 김형직과 조선국민회 · 52 3. 우린 항상 눈물로 기도했다 · 62 4. '3·1운동'과 '조선독립만세' · 70
	2장 만주 망명	1. 순천의원과 백산무사단 · 77 2. 팔도구 개구쟁이 · 85 3. 포평 탈출 · 92 4. 장백현의 악동 · 99
	3장 정의부의 품속에서	1. 화성의숙 · 104 2. 'ㅌㄷ'의 불꽃 · 111 3. 부탕평에서 · 118 4. 길림에서 만난 인연 · 127 5. 오동진과 현익철, 그리고 김찬 · 133 6. 김덕기의 음모 · 136
	4장 남만참변	1. 남만청총 · 142 2. 왕청문사건 · 148 3. '반국민부'파의 몰락 · 156 4. 길림감옥 · 164
	5장 붉은 5월 투쟁	1. 후생가외(後生可畏) · 171 2. 조선혁명군 길강지휘부 · 178 3. 김명균과 만나다 · 188 4. 김일성(星)과 김일성(成) · 197 5. 이종락의 체포 · 208 6. 조선혁명군에서 탈출 · 214

2부 혁명	6장 소사하 기슭에서	1. 차광수와 세화군 ·225 2. 김일룡과 대사하 ·235 3. 종성으로 가다 ·241 4. 양림과 료여원 ·250 5. 노3영(老三營) ·259 6. 푸르허에서 피신 ·264 7. '콧대' 안정룡 ·269
	7장 만주사변	1. 진한장의 휴서(休書) ·275 2. 옹성라자사건 ·282 3. 이광과 별동대 ·289 4. 안도유격대 ·293 5. 어머니와 영별 ·302
	8장 남만 원정	1. 노수하습격전 ·310 2. 금비석비(今非昔比) ·315 3. 양세봉의 분노 ·322 4. 조선혁명군과 결렬 ·328 5. 개잡이대의 몰락 ·338 6. 최창걸의 죽음 ·343 7. 차광수의 조난 ·347
	9장 노흑산의 겨울	1. 영안으로 가다 ·351 2. 유한흥과 김성주 ·355 3. 소만국경 ·361

3부
시련

10장
동만주의 봄

1. 관보전사건 ·377
2. 정치위원에 임명되다 ·385
3. 한옥봉 ·393
4. 요영구 방어전투 ·406
5. '따거우재' 이용국 ·417
6. 동만특위 마영 ·428

11장
반민생단
투쟁

1. 송노톨사건 ·435
2. 한인권의 변절 ·442
3. 반경유가 동만주에 오다 ·450
4. "유령이야, 유령" ·458
5. 왕덕태와 만나다 ·463
6. 팔도구전투 ·470

12장
동녕현성
전투

1. 작탄대 대장을 맡다 ·482
2. 작전회의 ·492
3. 오의성과 이청천을 이간하다 ·496
4. 승전후구전, 패전후구승 ·504
5. 구국군의 몰락 ·513

13장
불타는
근거지

1. 오빈을 잃다 ·519
2. 적후교란작전 ·527
3. 2차 면직 ·538
4. 동장영의 공과 죄 ·547
5. 주운광의 출현 ·554
6. 삼도하자전투 ·564
7. 나자구전투 ·578

4부
붉은
군인

14장

불요불굴

1. 길청령전투 ·588

2. 태문천의 구국군과 함께 ·593

3. 체포와 석방 ·606

4. 윤창범의 도주 ·614

5. 노송령 ·619

6. 종자운의 비호 ·632

15장

제1차
북만원정

1. 양광화와 만주성위원회 ·644

2. 오평의 출현 ·654

3. 강신태와 강신일 형제 ·663

4. '동맹군'과 '연합군' ·673

5. 강신태와 박낙권, 그리고 오대성 ·681

6. "일구난설입니다." ·687

16장

동틀 무렵

1. 동만주 소식 ·696

2. 정안군의 토벌과 신안진 전투 ·700

3. 해산된 만주성위원회 ·712

4. 대흥왜회의 ·725

5. 동만주에 왔던 이광림 ·731

6. 요영구 논쟁 ·742

5부 원정

17장 | 좌절을 딛고

1. 사수와 해산 / 2. 원정 문제 / 3. 만주군 조옥새 중대의 반란 / 4. 3연대에서 고립당하다 / 5. 이광림, 김정순 그리고 한성희 / 6. 사계호 후국충과 만나다

18장 | 동남차

1. 고려홍군과 만주군 무연광 / 2. 동남차에서 하모니카를 불다 / 3. 타고난 싸움꾼 / 4. 훈춘 교통참과 종자운의 소련행

19장 | 코민테른

1. 코민테른 제7차 대표대회 참가자들 / 2. 왕명의 "8·1 선언문" / 3. 위증민의 김일성 감정(鑑定) / 4. 오진우의 불평 / 5. 석두하 기슭에서 이준산을 구하다

20장 | 서부파견대

1. 산동툰 / 2. 후국충의 반발 / 3. 장부가 세상에 처함이어 / 4. 진한장의 숨겨둔 아내 / 5. 양털조끼 사건 / 6. 통구강자전투 / 7. 액목현성을 털다

21장 | 인연

1. 주가훈과 초문적 / 2. 명호(名號)가 된 '김일성 부대' / 3. 안도 신찬대 / 4. 조아범과 주수동의 논쟁

22장 | 회사(會師)

1. 박덕산과 김홍범 / 2. 3사 소식 / 3. 조아범과 김홍범, 그리고 김산호 / 4. 나얼훙 이야기 / 5. 한봉선의 회고 / 6. 관서범

23장 | 대자지하의 전설

1. 동만으로 돌아오다 / 2. 남호두의 추억 / 3. 관상량의 아내 유 씨 / 4. 위증민과 주보중의 상봉 / 5. 남호두회의 / 6. 조선민족혁명군 문제 / 7. 청구자밀영의 귀동녀 / 8. 위증민과 황정해의 만남

6부 희망

24장 | 은정과 원한

1. 2사를 개편하다 / 2. 진담추와 진룡 / 3. '왕다노대'의 수난 / 4. 유한흥과 강생 / 5. 도망주의자가 된 왕윤성

25장 | 미혼진과 마안산

1. "에잇, 이놈의 민생단 바람" / 2. 김홍범과 주수동 / 3. 밀영 병원 / 4. 미혼진회의 / 5. 김산호와 함께 / 6. 제갈량 왕작주 / 7. 왕바버즈의 인연 / 8. 대통 영감의 이야기 / 9. 무송과 장울화 / 10. 선인교진 인질사건

26장 | 새 세대를 위하여

1. 김정숙과 황순희 / 2. 김철주의 죽음 / 3. 해청령 기슭에서 / 4. "언니야, 저 애들 어떡하면 좋아?" / 5. 만강에 피는 사랑 / 6. 조아범의 활약 / 7. 광복회를 조직하다 / 8. 한총령전투

27장 | 항일 무장토비

1. "나를 아는 자, 당신뿐입니다" / 2. 자리도둑 / 3. 만순 정전육 4. 왕가 대대를 소멸하다 / 5. 고안을 치료한 마부 / 6. 만순의 배신

28장 | 남만주

1. 전광의 출현 / 2. 양정우가 남만으로 오다 / 3. 이유민의 회고, 양정우와 전광 / 4. 남만유격대와 맹걸민 / 5. "어디에서 넘어졌으면 어디에서 일어난다." / 6. 반일연합군을 조직하다 / 7. 1군 독립사와 남만특위

7부 분투

29장 | 무송전투

1. 1, 2군 회사 / 2. 김성주와 전광의 상봉 / 3. 덕유당약방과 봉순잔여관 / 4. 오리장 / 5. "만순이 왔다. 모두 물러서거라." / 6. '잘루목의 전설'과 실상 / 7. "하늘이 무너져도 솟아날 구멍은 있다."

30장 | 소탕하

1. 만강 유인전 / 2. 내 조국을 꿈꾸다 / 3. 총검 달린 기관총 / 4. "봉학아, 네가 이래도 되는 거냐?" / 5. 이시카와 다카요시를 사살하다 / 6. 안봉학의 죽음 / 7. 곰의골밀영 / 8. 승자독식 / 9. 소옥침과 치안숙정공작반 / 10. 소탕하의 총소리 / 11. 서대천 유인전 / 12. 양목정자

31장 | 장백땅

1. 사사키 도이치 / 2. 대덕수전투 / 3. 소덕수전투 / 4. 토미모리 경무과장 / 5. 미인계 / 6. 반강방자전투 / 7. 평두령 매복전

32장 | 신출귀몰

1. 도천리전투 / 2. 주명의 귀순 / 3. 탈출 / 4. 구사일생 / 5. 도천리 유인전 / 6. 이도강 우회작전 / 7. 리명수전투

33장 | 요원지화

1. 후기지수(後起之秀) / 2. 노구교사건 / 3. 동정 장군 / 4. 라와전법 / 5. 가짜 김일성 시체를 팔아먹은 고 씨 형제

하권

8부 내 조국

34장 | 좌충우돌

1. 양목정자회의 / 2. 두도령에서 포위에 들다 / 3. 되골령의 눈보라 / 4. '민족적 공산주의자' 이재유의 체포 / 5. 서강에서 다시 장백으로 / 6. 위위구조 / 7. 부돈노프카 / 8. 마금두, 마금취, 마립문 / 9. 19도구하 기슭에서

35장 | 보천보의 총소리

1. 제비등판 / 2. 곤장덕의 전설 / 3. 보천보를 습격하다 / 4. 구시산전투 / 5. 전영림과 반목

36장 | 3종점

1. 2군 부대들의 회사 / 2. 3종점전투 / 3. 토라 헤이단 / 4. 더푸거우 / 5. 격전 전야

37장 | 간삼봉전투

1. 지양개 / 2. "쑨 가야, 네가 내 밑천을 다 까먹는구나." / 3. 수동하 지휘부 / 4. 김인욱 소좌의 무운장구 / 5. 김일성 가짜설의 단초 / 6. 백병전 / 7. "나가자, 나가자, 싸우러 나가자." / 8. 간삼봉전투와 전광

9부 역경

38장 | 산성진 음모

1. 김영호 / 2. 3차 서북원정을 준비하다 / 3. 동강밀영 / 4. 쿠로사키유격대의 결성 / 5. 체포된 항일연군 간부들 / 6. 삼도양차로 이동하다

39장 | 악전고투

1. 서북원정 바람 / 2. 휘남현성전투 계획 / 3. 오도양차 사진의 주인공 / 4. 휘남현성전투와 전영림의 죽음 / 5. 밀정 염응택의 침투 / 6. 키시타니 류이치로 경무청장 / 7. 부천비의 유서

40장 | 노령

1. 우모대산의 귀순 바람 / 2. '김일성 부대의 일본인' 실상 / 3. 조선인 경위대원을 탐내다 / 4. 1로군 총정치부 주임에 취임한 전광 / 5. 승리의 군기로 빛나는 홍광 / 6. 만주 토벌의 꽃 / 7. 쌍산자전투와 박수만의 죽음 / 8. 임수산의 조호이산지계 / 9. 반절구전투

41장 | 1군의 패망

1. "성두야, 할미가 왔다." / 2. 최악의 경우를 대비하다 / 3. 정빈 귀순작전 / 4. 정빈정진대 결성

42장 | 귀순자들의 절창

1. 노령회의 / 2. 호국신, 최주봉에 이어 만순까지 / 3. 스승과 제자의 한판 승부 / 4. 제2차 서강전투의 내막 / 5. 외차구 돌파전 / 6. 귀신 씻나락 까먹는 소리

43장 | 몽강의 겨울

1. 이종락 / 2. 고조쿠쿄와의 맛 / 3. 최주봉돌격대 / 4. 김일성 귀순작전 / 5. 김주현의 죽음 / 6. 2방면군 결성 회의 / 7. 주자하촌의 증언 / 8. 할머니에게 보낸 편지 / 9. 몰래 배웅하다

10부 결전

44장 | 무산 진출

1. 이종락의 죽음 / 2. 위용길과 일본인 항일연군 후쿠마 카즈오 / 3. 고난의 행군 / 4. 북대정자회의 / 5. 대홍단전투와 다푸차이허전투

45장 | 올기강

1. 4사의 무산 진출과 2방면군의 무산지구전투 / 2. 올기강에서 아수라를 사살하다 / 3. 노조에 토벌사령부 / 4. 만주의 3각 동맹 '2키 3스케'

46장 | 목란산 기슭

1. 다나카 요지와 이홍철의 제보 / 2. 생간작전 / 3. 화라즈밀영 / 4. 양강구회의 / 5. 주진의 최후

47장 | 돈화원정

1. 계관라자산 / 2. "혜순이, 정말 미안하오." / 3. 육과송전투 / 4. 3방면군 가짜 귀순 사건 / 5. 윤하태토벌대대

48장 | 위기 탈출

1. 제2의 양정우 / 2. 동만사업위원회와 김재범 / 3. "아니, 김 지휘가 왜 저러오." / 4. 관서범의 죽음 / 5. 최희숙 피살 내막

11부 개선

49장 | 연전연승

1. 홍기하에서 마에다 경찰중대를 소멸하다 / 2. 여백기의 귀순과 나카지마공작반 / 3. 임수산공작대 / 4. 한인화와 마덕전 / 5. "저는 아이를 낳겠습니다."

50장 | 운명

1. 화라즈의 불행 / 2. 태양령 기슭에서 / 3. 김재범 체포사건

51장 | 탁반구의 총소리

1. 1940년 여름 / 2. 기회주의적 월경 / 3. 절망과 기로 / 4. 위증민이 박득범에게 보낸 편지 / 5. 나카하라공작반 / 6. 박득범의 귀순 / 7. 이용운의 조난

52장 | 또다시 만주로

1. 위증민의 유언 / 2. 김정숙의 출산과 이재덕의 증언 / 3. 제1소부대 / 4. 조상지와 왕일지의 불륜설 / 5. 내 조국을 위하여 하나뿐인 생명을 아껴라! / 6. 다시 만주로 나가다 / 7. 주보중과 김책에게 보낸 편지 / 8. 왕바버즈사건의 자초지종 / 9. 지갑룡의 도주

53장 | 생존과 승리

1. 진정한 군인 / 2. 국제교도여단 / 3. 시세영과 계청의 비극 / 4. 모스크바 '약소민족 대표회의' / 5. 유의권의 증언 / 6. 88독립보병여단 / 7. 공작금 20만 원 / 8. 개선 / 9. 환호성은 열풍이 되어

후기 | 항쟁과 굴종, 숭상과 신화의 역사를 마감하며

부록 | 주요 인물 약전

최용건, 독립운동가에서 공산주의자로 변신하다 / 전광, 항일투사에서 일제에게 굴복한 변절자 / 양정우, 거성의 추락: 양정우 사망의 전후 과정 / 정빈, 항일장령이 일제 토벌대장이 되다 / 사사키 토이치, 손중산 숭배자에서 만주군의 아버지로 / 우학당, 경박호 영웅, '안도 구국군 우 사령' / 이준산, 항일연군의 인텔리 항일장령 / 왕봉각, 옥황산 기슭의 영원한 항일장령 / 염응택, 영화 <암살>의 밀정 염동진의 원형

참고자료

연표 / 1930~40년대 만주 지역 무장항일투쟁 세력 및 항일연군 군사 편제 / 인물과 사진 찾아보기 / 피취재자 및 회고담 구술자 목록 / 참고문헌: 한국, 북한 및 중국 연변 자료 / 참고문헌: 미국, 중국, 일본, 러시아 및 중화민국 등 원시자료

위대한 사람들은 재난과 혼란의 시기에 배출되었다.
순수한 금속은 가장 뜨거운 용광로에서 만들어지고
가장 밝은 번개는 캄캄한 밤의 폭풍 속에서 나온다.

– 찰스 C. 콜튼

1부

성장

1장
출신과 출생

"우리는 항상 눈물로 기도했다.
어떻게 조국을 해방시킬 것인가 하는 것만이 우리 관심사이자 희망이었다.
우리 삶에서 애국심 이외에는 어떠한 가치도 존재하지 않았다."

1. 동방의 예루살렘, 평양에서 태어나다

이야기는 1907년 1월 15일부터 시작한다.

장소는 오늘날의 평양시 중심지인 만수대 평양학생소년궁전 자리다. 100여 년 전 이 동네 이름은 장대재였다. 날씨가 맑은 날 이 언덕에 올라서면 평양 시내는 물론이고 황해도까지 바라보이는 명당이었다. 1893년 여기에 세워졌던 평안도 첫 교회 이름이 장대현교회로 불리는 까닭도 바로 이 지명 때문이다.

15일은 1월 2일부터 열렸던 부흥 사경회(성경 강의를 듣는 모임) 마지막 날이었다. 한국인 최초의 목사 7인 중 하나였던 길선주(吉善宙) 목사가 설교 도중 "나는 아간(봉헌물을 훔친 범죄자)과 같은 죄인이올시다."라고 회개하면서 통곡하기 시작했다. 그러자 예배당에 있던 2,000여 명이나 되는 신도들이 함께 통곡하기 시작했다.

미국 일리노이주 출신 미국인 선교사 그레이엄 리(Graham Lee, 한국 이름 이길함)[1]는 이때의 광경을 이렇게 쓰고 있다.

"우리는 모두 뭔가 임하고 있음을 느꼈다. 사람들이 연이어 자리에서 일어나 자기 죄를 고백하면서 흐느껴 울기도 하고 거꾸러지기도 했다. 새벽 2시까지 회개의 울음과 기도가 계속되었다."[2]

이 사건은 한반도 전체에서 일어났던 기독교 부흥운동을 촉발시키는 계기가 되었다. 외국 언론들에 의해 평양이라는 이름이 처음으로 바깥 세상으로 퍼져나갔고 평양을 '동방의 예루살렘'으로 부르기도 했다.

이미 4년 전인 1903년 8월, 원산에서 먼저 한차례 부흥운동이 있었다. 이 운동의 주도자는 1901년부터 3년간 원산과 강원도 통천 지방에서 개척선교사로 선교활동을 해왔던 남감리교 의료선교사 하디(Robert Alexa Hardie, 한국 이름 하리영)였다. 그는 청일전쟁(1894~1895년)으로 한반도 민중이 고난과 질곡 속에서 허덕일 때 그들을 모두 하나님의 자녀로 만들려고 최선을 다했으나 결실이 없자 심한 패배감에 빠져 있었다. 그는 자신이 '교만하고 강퍅했으며 믿음이 부족'하기 때문이라고 고백하면서 그 죄를 눈물로 참회했다. 규모는 4년 뒤 평양에서 일어

---

1 이길함(Graham Lee, 1861-1916년) 선교사. 미국 일리노이주에서 출생했으며, 맥코믹신학교(McCormick Seminary)를 졸업하고 1892년 북장로교 선교사로 내한했다. 그는 관서 지방 개척선교에 착수하여 평양을 동방의 예루살렘으로 끌어올리는 데 중추적인 역할을 했다. 1907년 1월 2일부터 15일까지 2주간 자신이 담임을 맡은 장대현교회에서 열린 '평양 사경회' 때 설교와 기도회 인도를 통해 평양대부흥 운동을 발흥시킨 주인공이기도 하다.
2 한국기독교사연구소,『평양대부흥』, http://www.1907revival.com

난 대부흥운동과는 비교할 수 없지만, 평양의 불씨는 원산에서 튀어왔음이 분명했다.

2년 뒤인 1909년에는 또 한 차례 백만인 구령(영혼을 구원한다는 뜻) 운동이 일어났다. 20세기에 접어들면서 불과 10년 남짓한 사이에 큰 부흥운동이 세 차례나 일어난 것은 기독교 역사에서 유례를 찾아볼 수 없는 일이었다. 미국의 조나단 에드워즈(Jonathan Edwards)와 조지 화이트필드(George Whitefield)로 대변되는 제1차 대각성운동도 1734~1736년과 1740~1742년 두 차례에 걸쳐 부흥운동의 파장만을 일으켰을 뿐이었다.

이처럼 평양이 동방의 예루살렘으로 불리면서 세상에 알려지고 있을 때 정작 한반도는 중세 말기의 모순과 부패로 여느 때보다 취약했다. 러일전쟁(1904~1905년)에서 이긴 일본이 노골적으로 한국을 간섭할 때 이 부흥운동에서 기독교를 받아들인 한반도 기독교인들은 반외세 국가자주운동의 중심에 서게 되었다. 1905년부터 일본이 점점 더 깊이 침략해오자 기독교인들은 나라를 위한 기도를 시작했다.

그 불꽃은 2차 한일협약, 즉 을사조약이 체결되면서 강해졌다. 평양에서 대부흥운동이 일어나기 2년 전인 1905년 11월 17일, 대한제국의 외부대신 박제순과 주한 일본공사 하야시 곤스케에 의해 한국의 외교권을 일본에 통째로 가져다 바치는 매국 조약이 체결되었다. 이는 5년 뒤 대한제국을 멸망시킨 1910년 한일병합조약의 전주곡이나 다를 게 없었다.

한반도 기독교인들은 처음에는 주로 기도회 같은 종교 행위로 일본 침략에 대항했으나 점차 양상이 변화하기 시작했다. 을사조약 무효화를 위한 감리교회의 에프워스 동맹회(Epworth League, 미국 감리교파 청년단체) 소속 의법청년회는 상소운동을 벌였고 최재학, 이시영같이 젊고 혈기 방자한 기독교인들은 직접 격문을 만들어 뿌리다가 수감되는 등 물리적 충돌을 일으키기도 했다. 나중에는 의분하여 자결까지 하는 교인들도 나타났는데, 이는 무력행사로까지 이어지게 되었다. 그 선두에는 안중근(安重根)이 있었다. 안중근의 세례명은 토머스, 바로 도마[多默]였다. 하얼빈 역에서 이토 히로부미를 처단한 안중근은 물론 그와 뜻을 같이했던 우덕순(禹德淳, 우연준禹連俊)도 기독교도였고, 스티븐스(Durham White Stevens)를 제거했던 장인환(張仁煥)도 기독교도였다.

이처럼 이 땅의 젊은 기독교도들이 여러 형태로 반외세 국가자주운동에 하나둘씩 투신할 무렵이었다. 평양에서 기독교 대부흥운동이 일어난 지 5년, 그리고 안중근이 순국한 지 2년, 세계는 폭풍 속에 휘감겨 있었다.

1912년 2월, 중국 청나라가 멸망했다. 19세기 중·후반에 있었던 서구 열강들과의 모든 전쟁에서 패배하고, 1904년 이후 러일전쟁 승리의 결과로 중국 동북부를 차지한 일본에게 압박받던 청나라는 손문(孫文, 손중산)의 신해혁명으로 멸망하여 선통황제(宣統皇帝, 부의溥儀)를 마지막으로 역사의 무대에서 내려왔다.

그해 4월에는 영국의 화이트 스타 라인이 운영하던 북대서양 횡단 여객선 타이타닉호가 영국 사우샘프턴을 떠나 미국 뉴욕으로 첫 항해를 시작한다. 1912년 4월 10일에 출항한 여객선은 4월 14일 밤에 대서양 한복판에서 빙산과 충돌하여 침몰하며 1,500여 명이 사망한다.

바로 그날(한국 시간으로는 4월 15일) 평양에서는 한 아이가 태어났다.

아이의 아버지 김형직(金亨稷)은 열여덟 살이었고 어머니 강반석은 스무 살이었다. 시쳇말로 연상연하(연상녀-연하남) 커플이었던 셈이다. 두 사람이 결혼한 해는 1909년 봄으로 추정된다. 김형직이 열다섯 살 때쯤일까, 2년 전인 열세 살 때 평양에서 일어난 대부흥운동을 경험했던 김형직은 이때 이미 독실한 기독교 신자로 변해 있었다. 사실 숭실중학교에 입학하려면 반드시 신자이어야 했다. 봉사하는 교회의 목사나 선교사 또는 다른 조선인 기독교 지도자에게 인정받을 만큼 깊은 신앙심이 있어야 했다.

첫 아이가 태어날 때 김형직은 이 학교에 재학 중이었다. 아내 강반석도 독실한 기독교 신자로, 아버지 강돈욱(康敦煜)이 장로로 있었던 오늘의 평양시 만경대 구역에 해당하는 평안남도 대동군 용산면 하리 칠곡교회(일명 칠골)에서 '베드로(반석)'라는 세례명을 받았다. 본명은 강신희[3]였다.

미국 침례교 목사 빌리 그레이엄(Billy Graham)은 장인 넬슨 벨(L. Nelson Bell)이 100년 전에 의료선교사로 조선에 갔고, 평양에서 강돈욱, 강진석 부자와 친하게 지냈다고 회고했다. 이때 칠골에서 열심히 봉사했던 강돈욱의 둘째 딸 강신희 이름을 강반석(강베드로)으로 바꿔주었던 사람도 바로 넬슨 벨이었다.

빌리 그레이엄은 1992년과 1994년에 평양을 방문했고 김일성종합대학에서 강의하는 행운을 누리게 되었는데 따지고 보면 다 이와 같은 이유 때문이라고 할 수 있다. 장인이 오늘날 '조선의 어머니'로 추앙받는 강반석 이름을 직접 지어주었던 사람이니 말이다. 빌리 그레이엄 목사가 이런 이야기를 필자에게 직접 들려준 적이 있다.

"김일성의 어머니 강반석과 아버지 김형직이 결혼할 수 있게 주선한 사람도 내 장인이었다. 김형직이 살았던 동네(고평면 남리)에도 교회가 있었는데, 장인은 자주 거기로 가서 설교했다. 김형직은 그 교회를 다녔고, 밑으로 동생이 다섯이나 있었고 집안 살림은 째지게 가난했지만 교회에서 열심히 기도하고 봉사하는 사람이었다. 나중에 숭실

---

3 강반석 이름과 관련하여 오늘의 북한에서는 다르게 주장한다. 강반석이 예수의 12제자 중 하나인 베드로를 뜻하는 '반석(磐石)'이 아니라 '반석(磐錫)'이라는 것이다. 즉 세례명이 아니라는 것이다. 아버지 강돈욱과 어머니 위돈신 사이에서 둘째 딸로 태어났던 강반석 위로 오빠 강진석(康晋錫)과 강용석(康用錫)이 있는데, 이들의 이름 돌림자가 모두 '주석 석(錫)'이다.

중학교에도 들어갔는데, 장인이 강돈욱에게 그를 사위로 삼으면 좋겠다고 소개하여 혼사가 금방 성사되었다."[4]

강반석의 아버지이자 김형직의 장인이었던 강돈욱은 일찍이 근대 문화인 기독교를 받아들였고 한문 성경책을 능히 읽을 수 있는 평양에서 몇 안 되는 식자 중 한 사람임이 분명하다. 후에 칠골 하리교회 장로가 되었고, 창덕학교(彰德學校)를 세우는 등 강서 지방(평안남도 서부 지역)에서 교육자로 크게 이름을 알렸다. 〈동아일보〉에서 사진과 함께 그를 소개하는 기사를 내보냈던 적(1927년 7월 4일)도 있었다.

김형직은 첫아들의 작명을 장인에게 부탁했다. 이때 41세였던 강돈욱은 젊은 외할아버지가 된 기분이 참으로 묘했을 것이다. 그러나 딸 나이를 생각하면 무척 반가운 일이었다. 개화기에 조혼을 금지하는 법이 생겨 혼인 가능한 나이가 남자는 20세, 여자는 16세로 높아졌으나 1910년대에는 여전히 15세만 되어도 혼인이 늦었다고 여겼고, 보통 8, 9세에 혼인했다. 그래서 '꼬마신랑'이니 '아기며느리'니 하고 불렀다. 그리고 연상녀 연하남 커플은 개화기 이전에도 많았다. 왕가에서도 왕비가 오히려 왕보다 연상인 케이스가 흔하다. 성종과 폐비 윤씨, 그리고 장희빈도 모두 연상연하 커플이었다. 강반석의 나이가 20세였으니, 이 나이면 벌써 늦둥이를 볼 때였던 것이다.

강돈욱은 새파랗게 젊은 사위에게 첫 외손자 이름을 한자로 써서 주었다.

"장차 나라의 큰 기둥이 되었으면 좋겠네."

강돈욱은 붓글씨로 이룰 성(成) 자에 기둥 주(柱) 자를 썼다.

---

4 취재, 빌리 그레이엄(Billy Graham) 미국인 목사, 취재지 미국 노스캐롤라이나, 2006.

18세에 아버지가 된 김형직의 심정도 미묘하기는 마찬가지였다. 그러나 첫 손자를 안고 기뻐할 아버지와 어머니를 생각하면 역시 즐겁지 않을 수 없었다. 평생을 농사꾼으로 살아온 아버지 김보현과 어머니 이보익은 첫 손자 이름을 사돈어른이 지어 주었다는 사실에 즐거워했다.

시어머니가 된 이보익은 며느리 사랑이 극진했다. 3대 외독자였던 남편 김보현에게 시집와 아들딸 6형제를 낳고, 식구를 열 명 가까운 대식구로 불린 이보익은 며느리가 첫 아이부터 아들을 낳자 얼굴에서 온종일 웃음이 가시지 않았다.

"아범아, 그래 우리 손자 이름은 뭐라고 지었느냐?"

"거 참, 당신은 급하기도 하구려. 지식이 많은 사돈어른이 어련히 좋은 이름을 지어주지 않았으려고. 어서 밥 먹고 천천히 알려다오."

"아닙니다. 어머니, 장인어른께서 정말 좋은 이름을 지어주셨습니다."

김형직은 아버지와 어머니, 그리고 품에 잠든 아기를 안고 있던 아내에게 말했다.

"장차 나라의 큰 기둥이 되라는 뜻에서 이룰 성 자에 기둥 주 자를 달아서 김성주(金成柱)라고 부르기로 했습니다."

"성주라, 좋은 이름이구나."

2. 아버지 김형직과 조선국민회

김성주의 출생은 집안에서 경사였다. 그가 회고록에서도 밝혔듯이 3대가 외독자로 내려오던 집안이 할아버지 김보현 대부터 할머니 이보익 사이에 6남매가 태어나면서 식구가 늘었고, 큰아들 김형직이 또 첫아들을 낳았기 때문이다.

하지만 김성주는 어렸을 때 아버지에게 사랑받은 추억이 별로 없었다. 김형직은 아내와 어린 아들과 안온한 삶에 안주하며 살아가는 평범하고 가정적인 남자가 아니었다. 20대라는 젊은 나이 탓도 있지만 평양 대부흥운동 이후 확산되던 성경교육의 영향은 1890년대 후반부터 한반도 땅에서 일어나기 시작한 기독교인들의 국가자주운동과 분리할 수 없었다.

이 시절 젊은 신자 중에는 충군애국운동에 몸담은 사람이 아주 많았다. 독립협회와 협성회(배재학당 학생회)가 생겨났고, 기독교인 대부분이 여기에 참가해 민권신장을 주장하며 국가 자주독립운동에도 앞장섰다. 이 운동 지도층이었던 윤치호, 서재필, 남궁억, 이상재, 주시경, 이승만 등은 모두 기독교인이거나 나중에 기독교에 입교하는 유명인들이었다.

1905년부터 기독교인들은 '나라를 위한 기도회'를 열기 시작했고, 을사늑약이 맺어질 무렵에는 기도에만 매달리지 않고 서서히 행동하는 쪽으로 나아갔다. 최재학, 이시영, 김하원, 이기범 등의 젊은 기독교인이 격문을 살포하고 연설하는 등 일본 지배에 직접 항거하는 일이 나타난 것이다.

찰스 C. 콜튼이 "위대한 사람들은 재난과 혼란의 시기에 배출되었다. 순수한 금속은 가장 뜨거운 용광로에서 만들어지고 가장 밝은 번개는 캄캄한 밤의 폭풍 속에서 나온다."고 한 말을 증명이라도 하듯이 한반도 근대사에서 가장 암담했던 이 시절에 기독교인 가운데 이처럼 많은 애국자가 나올 수 있었던 것은 그들이 성경공부를 했기 때문이다. 이 시절 숭실중학교 같은 기독교 교육기관에서 학생들에게 가르쳤던 성경 교육은 단순하게 성경을 풀이하는 데 그치지 않았다. 그 무렵 한국에 취재하러 왔던 영국 〈데일리 메일(Daily Mail)〉의 맥켄지(F. A.

McKenzie)[5] 기자는 이렇게 지적했다.

"미션 스쿨에서는 잔 다르크, 햄프턴, 조지 워싱턴 같은 자유 투사 이야기와 함께 근대사를 가르쳤다. 선교사들은 세상에서 가장 다이내믹하고 선동적인 책인 성경을 보급하고 가르쳤다. 성경을 읽게 된 한 민족이 학정당하게 되었을 때, 그 민족이 절멸되거나 아니면 학정을 그치게 되거나 둘 중 하나가 일어나게 된다."[6]

김형직은 첫아들 김성주를 보았을 때까지도 평범한 조선 청년이었고 하나님을 믿는 젊은 신앙인에 불과했다. 아버지 김보현과 어머니 이보익 집안은 대대로 소작농이었고, 할아버지 김응우는 지주 집안의 묘지기였다. 조상 몇 대를 살펴도 벼슬했거나 장사로 돈을 벌었거나 아니면 죄를 짓고 유배되었던 사람은 없었다. 물려받은 재산이 없었지만 남의 것을 도적질하지 않고 자기 힘과 능력으로 열심히 일해서 굶주리지 않고 먹고 살아갈 정도의 소박하고 착실한 농가에서 태어났다고 볼 수 있다.

부모의 소박한 기질을 그대로 물려받은 김형직은 어려서부터 착하고 정직했으며 부지런했다. 김형직 밑으로 아들 형록(亨祿), 형권(亨權)과 딸 구일녀(九日女),

---

5 맥켄지(F. A. McKenzie). 1907년, 충주 근처 산속까지 들어가서 의병을 취재했다. 위험을 무릅쓰고 의병을 직접 찾아간 유일한 서양 언론인이었다. 의병은 관점에 따라 여러 이름으로 번역되었다. 맥켄지는 '정의의 군대' 즉 '의병(Righteous Army)'이라 기록했다. 대한매일신보 사장 배설(어니스트 토머스 베델Ernest Thomas Bethell의 한국 이름)의 변호를 맡았던 영국인 크로스(Crosse)는 한국어 발음대로 '의병(Euipyong Society [Organization])' 또는 '의용군(Volunteer Movement)'이라 불렀다. 피고 신분이었던 배설은 법정에서 당당히 '의병'이라고 말했다. 주한 영국총영사 헨리 코번(Henry Cockburn)은 '애국군(Patriotic Soldiers)'으로 번역했다(Corea, 『Annual Report』, 1907). 반면 일본측 문서와 친일 신문은 '폭도'로 불렸고, 영어로는 반역자, 반도(叛徒), 폭동(insurgents, rebels, riot)으로 번역했다.

6 F. A. McKenzie, 『Korea's Fight for Freedom』, 1920년 초판.
    국사편찬위원회, 『맥켄지가 기록한 의병』, (http://contents.history.go.kr/front)

형실(亨實), 형복(亨福)을 낳은 김보현과 이보익 부부는 큰아들만큼은 공부를 시키기로 결심했다. 1908년 1월 만경대 남리마을에 세워진 6년제 학교였던 사립 순화학교에 다니면서 한학에 빠진 어린 아들 형직이 창창한 목소리로 '하늘 천 따 지'를 노래 부르듯이 외워가면서 손에 붓을 들고 글씨 쓰는 모습을 지켜보던 부부의 즐거운 마음은 이루 다 말할 수가 없을 터였다.

장차 목사가 되는 것이 꿈이었던 김형직은 한문 성경을 베껴 쓰기도 했는데, 이 소문이 대동군 안에 널리 퍼졌다. 미국 선교사들은 교인들을 불러 모으기 위해 교회에 잘 나오는 아이들에게 사탕과 연필, 고무 등을 주었고, 골목대장으로 보이는 아이에게는 1전씩 돈을 주기도 했다. 김형직은 받은 돈을 고스란히 교회 헌금통 안에 도로 집어넣었고, 그의 정직한 신앙심은 금방 미국 선교사들 눈에 띄었다. 선교사들은 김형직을 숭실학교에 추천했다. 오늘의 신학교들과 마찬가지로 100년 전 이 평양 숭실학교도 세례교인이 아니면 입학할 수 없었고, 담임 목사의 추천서가 반드시 있어야만 했다.

김형직을 애국자로 만든 곳이 바로 이 숭실학교였다. 1897년 미국 북장로교 베어드(W. M. Baird, 한국 이름 배위량)[7] 선교사가 평양 신양리 26번지 사택 사랑방에 설립한 이 학교는 구내에 근로장학사업을 위한 기계창이 있었으며, 목공실과 인쇄실, 철공실, 주물실 등 당시로서는 현대적인 미국제 설비와 시설들이 있었다.

김형직은 학업 외 시간을 학교 목공실과 인쇄실에서 일하여 학비와 생활비를 벌기도 했다. 뒷날 '을사보호조약 반대운동' '3·1만세운동', '105인 사건', '광주

---

7 베어드(William M. Baird, 1862-1931년) 선교사. 1862년 6월 16일 미국 인디아나주에서 출생했다. 1888년 맥코믹신학교를 졸업하고 목사 안수를 받았다. 1890년에 애니 아담스(Annie Adams)와 결혼했다. 베어드는 중국 선교사로 예정되어 있었으나 북장로교 선교본부는 베어드에게 부산 지방 선교사로 일해줄 것을 요청했다. 베어드는 이 제안을 받아들이고 1890년 12월 샌프란시스코를 출발하여 아내와 함께 한국에 왔다.

학생운동' 그리고 '신사참배 거부' 등 당시 민족운동의 중심지 역할을 했을 정도로 암흑 세상에서 여명을 여는 데 앞장섰던 숭실학교에서 순박한 농촌 소년 김형직은 전혀 접해 보지 못했던 새로운 사상과 바깥세상의 숱한 이야기들을 들을 수 있었다.

김형직이 장일환(張日煥)[8]과 만난 것도 바로 이 무렵이었다. 뒷날 평양에 청산학교를 만들고 조선독립청년단을 조직했던 장일환 역시 숭실학교 졸업생으로, 재학 중인 후배들한테는 둘도 없는 '멋쟁이 형님'이었다. 길에서 만나면 바로 손목을 잡고 국밥집으로 데려가기도 하고 학비를 마련하지 못해 쩔쩔매는 후배들한테는 용돈도 척척 꺼내주던 이 멋쟁이 형님을 따르는 젊은이들이 아주 많았다. 김형직도 그들 가운데 한 사람이었다.

장일환은 그들을 하나둘씩 동지로 끌어들였고, 1917년 3월 23일 조선국민회(朝鮮國民會)가 조직될 때 그들은 모두 핵심멤버가 되었다.

장일환과 김형직 사이에서 심부름을 해주던 배민수(裵敏洙)[9] 목사는 셋 중 막

---

8 장일환(張日煥, 1886-1918년) 독립운동가. 평양에서 태어났고, 숭실학교를 졸업했다. 1913년 안창호 등의 후원으로 평양에 청산학교를 설립했다. 1914년에는 평양에서 숭실학교와 신학교 재학생, 졸업생을 중심으로 조선독립청년단을 조직하고, 기관지 『청년단지』를 발행했다. 1914년 9월 하와이로 건너가 박용만의 지도를 받았다. 1915년 4월 귀국하여 1917년 3월 23일 평양에서 강석봉, 서광조, 배민수, 백세빈, 이보식 등 동지 25명을 모아 조선국민회를 조직하고 회장에 선출됐다. 회보 〈국민보(國民報)〉를 배포했다. 중국군관학교에 보낼 학생을 선발하는 등 계획을 추진하다가 1918년 2월 조직이 발각되어 체포됐다. 1918년 4월 9일 고문으로 순국했다. 1990년 건국훈장 독립장이 추서됐다.

9 배민수(裵敏洙, 1896-1968년) 독립운동가, 대한민국의 목사. 아버지는 대한제국 청주 진위대 부교 배창근(1867-1909년)이다. 평양 숭실중학교에 다녔고, 당시 장대재교회에 나갔다. 1917년 장일환이 설립한 조선국민회에 참가해 서기 겸 통신부장을 지냈다. 1918년 1월 20일 일제 경찰에 체포돼 1년형을 받고 평양감옥에 수감됐다. 1919년 2월 8일 석방된 뒤 어머니와 누나가 있는 성진으로 가서 3·1운동에 참가했다가 또 체포돼 1년 6개월형을 받았다. 1923년에는 4개월간 중국을 여행했다. 이후 정신적 지도자인 조만식을 만나 인도 간디식의 무저항 불복종주의에 관심을 갖게 됐고, 농촌개혁운동을 펴는 것이 민족의 활로를 여는 방법이라고 생각하게 되었다. 유소기 등이 주축이 된 '기독교농촌연구회'에 참여해 활동했다.
1931년 미국 유학을 떠나 맥코믹신학대를 다닌 뒤 1933년 귀국해 조만식 등 옛 동료들과 함께 '기독

내였다. 어느 날 장일환은 배민수와 김형직을 데리고 보통강가의 한 셋집으로 향했다. 그들은 셋집 문 앞에서 등에 아기를 업고 손에 세 살 난 어린 사내아이의 손을 잡고 머리에는 큰 빨래 함지박을 인 여인과 마주치게 되었다.

"사모님, 안녕하십니까?"

장일환은 곧 허리를 굽히며 공손하게 인사했다. 김형직과 배민수도 따라 허리를 굽혔다. 여인은 마당 쪽으로 고개를 돌리며 두 딸애를 불렀다.

"진실아, 성실아, 아버지께 장 선생님이 오셨다고 알려드려라."

여인도 장일환을 무척 반가운 얼굴로 대했다. 여인 이름은 박신일(朴信一)로 남편 손정도(孫貞道) 사이에서 딸 셋과 아들 둘을 낳았다. 1917년 조선국민회가 설립되던 해에 태어난 막내딸 손인실은 아직 강보에 싸여서 엄마 등에 업혀 있었다. 김형직도 이미 두 아들의 아버지로, 큰아들 성주의 나이는 5살, 둘째 아들 철주(哲柱)는 방금 첫돌이었다.

얼마 전 목사 안수를 받은 손정도[10] 목사는 평소의 호탕한 성격대로 사석에서

교농촌연구회'를 재건했고, 1933년 9월 장로교 농촌부 초대 총무에 취임했다. 1934년에는 장로교 목사가 됐다. 1941년부터 1943년까지 프린스턴신학교에서 공부했고, 미국 내 일본인 편지 검열관으로 일하기도 했다. 이 일을 계기로 해방 후 한국에 돌아와 미군 군속으로 일했고, 1948년 미군철수 당시 미국으로 다시 건너가 메카레스터대학에서 명예 신학박사학위를 받았다. 한때 자유당에 입당했지만, 이승만과 결별한 뒤 주로 농촌지도자 교육사업에 몰두했다. 1954년 한국 숭실대 초대 이사장이 되었으며, 1956년 대전에서 기독교농민학원을 설립하고 초대 원장이 됐다. 1967년에는 삼애농업기술학원과 삼애실업학교를 설립하는 등 농촌지도자를 양성하는 일에 몰두하다가 1968년 대전 자택에서 사망했다. 1993년 8월 15일 아버지 배창근과 함께 건국훈장 애국장이 추서됐다.

10 손정도(孫貞道, 1872-1931) 독립운동가, 목사. 평안남도 강서군 출신이며, 출생년도는 확실하지 않아 1872년, 1881년, 1882년 설 등이 있다. 아버지 손형준은 전통적인 유림인사였으며, 강서 지방에서 명성이 높은 부농이었다. 한학(漢學)을 배웠으며, 관리 지망생이었다. 1895년 박용(朴鏞)의 첫째 딸 박신일(朴信一)과 결혼했다. 1919년 초 그는 33인 민족 대표로 서명했으며, 파리평화회의에 의친왕 이강 공을 참석시키는 일을 돕기 위해 평양에서 신한청년당에 입당했다. 중국 상해로 망명해 1919년 9월 통합임시정부 발족에 참여했고, 통합임시정부가 설립되자 임시의정원 기초위원이 되었다. 1920년 1월 김립(金立), 김철(金徹), 김구(金九), 윤현진(尹顯振), 김순애(金淳愛) 등과 함께 무장독립운동단체인 의용단(義勇團)을 조직하는 데 가담했다. 또한 이승만을 설득하여 상해

만난 숭실 후배 장일환과 서로 형님 아우라고 불렀다.

"형님께 두 친구를 소개하려고 데리고 왔습니다."

장일환의 소개를 받자마자 손정도는 김형직의 손을 잡으며 반색했다.

"내가 설교할 때 자네가 여러 번 왔던 기억이 있네. 그때 나와 이야기도 주고받았는데, 우리가 무슨 이야기를 나눴던가?"

"제가 평양 대부흥운동에 관해 궁금했던 일 몇 가지를 목사님께 여쭸지요."

김형직의 대답에 손정도는 머리를 끄덕였다.

"그래, 맞네. 생각이 나네. 이렇게 다시 만나니 반갑네. 올해로 딱 10년 되었군. 성령의 불길이 훨훨 타오르던 평양 대부흥운동을 잊을 수 없네그려. 그 강력한 성령의 역사 앞에서 제너럴셔먼호에 불을 지르고 선교사 토머스의 목을 쳤던 박춘권 장로가 바로 자기 죄를 자복하지 않았던가. 그때 나는 숭실학교에 다니면서 이 대부흥에 직접 참가했었지. 오직 기도와 회개만이 하나님의 은혜의 조건이오, 구원의 길이라는 사실을 직접 경험했던 사람이 바로 나란 말일세."

그냥 하는 이야기도 설교처럼 들리게 하는 손정도 목사는 한국 개신교의 첫 순교자로 여기는 로버트 저메인 토머스(Robert Jermain Thomas)[11]의 이야기를 할 때

로 오게 하는 데도 큰 역할을 했다. 1924년 9월 만주 선교사로 파송받아 북만주 길림성으로 활동무대를 옮겼다. 이즈음 안창호의 설득에 감화하여 흥사단에 입단했고, 안창호와 의논하여 이상촌 건설을 추진했다. 1962년 건국훈장 국민장이 추서되었다.

11 로버트 저메인 토머스(Robert Jermain Thomas, 1840-1866년) 선교사. 웨일스의 개신교 선교사로, 한국에서는 토머스 목사로 부른다. 런던대학교를 졸업한 뒤 해외 선교에 뜻을 두고 런던선교회 소속으로 부인과 함께 중국(청나라)으로 떠났다. 부인은 몇 달간의 여행 끝에 상해에 도착하자마자 사망했다. 언어에 소질이 있어 중국어를 익힌 뒤 북경에 머물며 런던선교협회에서 일하다 재정문제로 사임하고 청나라 해상세관에서 통역으로 일했다.
중국에서 조선인 천주교 신자들을 만난 것을 계기로 1865년에 조선에 잠입해 성서를 판매하며 선교 활동을 벌였다. 당시, 선교협회의 방침은 무료 배포가 아닌 판매였다. 조선에서 중국으로 돌아와 북경선교회 산하 학교의 교장으로 부임했다. 이듬해인 1866년, 프랑스 신부들에 대한 학살사건에 항의하기 위해 조선으로 떠나는 로즈 제독의 프랑스 함대 통역관으로 합류하기로 했으나, 때마

면 언제나 눈시울을 적셨다. 토머스 선교사의 순교 이야기는 오늘까지도 많은 목사의 설교에 등장한다. 1866년 제너럴셔면호를 타고 평양으로 들어오다 대동 강변에서 조선군의 공격을 받은 토머스 선교사가 불바다가 된 배에서 한 손에 는 백기를, 다른 한 손에는 성경을 들고 칼을 쥔 조선군 박춘권 앞에서 마지막 기도를 올렸다는 이야기이다.

"오, 하나님. 이 사람은 자신이 하는 일을 모르니 이 사람의 죄를 용서하여 주 소서."

헌데 이 기도에 대해 김형직은 반론을 내놓았다.

침 베트남에서 일어난 반란을 진압하기 위하여 함대는 상해로 떠났다. 토머스는 미국 상선 제너럴 셔면호에 항해사 겸 통역으로 탑승하여 다시 조선으로 왔다.

제너럴셔면호는 대동강에 진입하여 통상을 요구했으나 거절당하자 만경대 한사정(閑似亭)까지 올 라와 그들의 행동을 제지하던 중군(中軍) 이현익(李玄益)을 붙잡아 감금했다. 이에 평양 백성은 격 분하여 강변으로 몰려들었고, 셔면호에서 소총과 대포를 이들에게 마구 쏘아 사태는 더욱 악화되 었다. 결국 제너럴셔면호는 모래톱에 좌초되었고, 이에 평안도 관찰사 박규수는 철산부사(鐵山府 事) 백낙연(白樂淵) 등과 상의하여 음력 7월 21일부터 포격한 뒤 대동강 물에 식용유를 풀고 불을 붙여 셔면호를 불태워 격침시켰다. 승무원 23명 대부분이 불에 타 죽거나 물에 빠져 죽었다. 토머 스도 이 과정에서 사로잡혔으나 성난 평양 주민에게 살해되었다. 토머스가 단순 통역자였는지 아 니면 제너럴셔면호에서 주도적인 역할을 했는지는 논란이 있다.

하지만, 당시 조선측 문정관이 남긴 기록을 보면, 토머스는 제너럴셔면호에서 선주나 선장보다도 더한 권한을 행사했다. 토머스가 직접 쓴 그의 1차 조선 방문(1865년)에 관한 기행문에 의하면, 그 는 이미 1차 방문 때 연평도에서 조선인에게 총질한 전력이 있다. 그 사정을 잘 아는 토머스의 직 속상관 앳킨스 목사와 토머스의 대학 동창인 조나단 리스 목사(중국 천진에서 사역)는 토머스에 대해 부정적인 기록을 남겼다.

그의 순교에 대해서도 논란이 있다. 일부 개신교계에서는 토머스가 참수되면서 성서를 자신을 처 형하는 군인에게 주었다고 알려져 있지만, 평양 군민에게 맞아죽었다는 것이 정설이다. 조선에서 개신교 신자가 늘어나면서 토머스를 순교자로 기념하게 되어 유명해진 것이다. 특히 평양의 장로 교 계열 교육자인 오문환이 주동이 되어 1926년 순종 국장 중에 순교기념회를 발기했다. 오문환은 서해 섬 지역 선교를 위해 토머스의 이름을 딴 배를 띄우는 등 그의 이름을 알리는 데 큰 몫을 했다. 하지만, 토머스를 선교자로 우상화하는 데 지대한 공헌을 한 오문환은 일제 시절, 서북지역 목회자 들을 포섭해 신사참배를 하게 하는 등의 행적으로 친일인명사전에 수록된 인물로 장로교 목사에서 제명되었다. 역사학계에서는 한국 최초의 개신교 순교자로 토머스를 기념하는 일부 개신교 측의 전승에 동의하지 않거나, 제너럴셔면호 사건의 정황상 토머스를 종교적 '순교자'로 보는 것은 정확 하지 않다고 보기도 한다.

"목사님, 우리나라를 강제로 빼앗은 일제 강도들한테도 이렇게 기도드려야 합니까? 과연 저 강도들이 자기들의 강도짓을 모르고 있다고 봐야 합니까?"

손정도는 머리를 끄떡였다.

"높으신 하나님의 눈으로 볼 때 강도 역시 자기가 하는 짓을 모르는 것이 틀림없다네. 그들의 죄는 우리가 용서하고 안 하는 것과 상관없이 벌을 받게끔 되어 있네. 다만 그들이 회개하고 반성하기를 기도만 할 것이 아니라 우리 국민 스스로 노력하여 경제력을 증진하고 교육 기관을 설립하여 청소년 교육 진흥으로 민족의식과 독립사상을 고취하자는 것이 바로 신민회(新民會)의 목적이 아니면 뭐겠나."

청나라로 선교하러 갔다가 도산 안창호와 만나 죽마고우 사이가 된 손정도는 안창호, 이회영, 전덕기, 이동녕, 이시영, 이동휘, 윤치호, 양기탁, 김구, 최광옥, 김규식 등을 중심으로 조직된 신민회에 매료되었고, 숭실 후배인 장일환을 안창호에게 소개하여 주었다. 이것이 기회가 되어 장일환은 안창호로부터 많은 후원과 지지를 받게 되었다. 1913년 장일환이 세운 평양의 청산학교도 그런 후원으로 설립된 것이었다.

그러나 이듬해인 1914년, 하와이에 갔다가 박용만(朴容萬)과 만나고 돌아온 장일환의 독립운동 방법에는 변화가 있었다. 재미 한인 교민사회의 지도자 중 하나였던 박용만은 이승만의 친구로, 1904년 보안회 사건으로 한성감옥에 갇혔다가 그곳에서 독립협회와 만민공동회 사건으로 투옥된 이승만과 '옥중난우(獄中難友)'가 되었다. 이승만이 미국 하와이에 정착할 수 있었던 것도 모두 박용만 덕분이었다. 그런데 적극적인 무장투쟁론 주창자였던 박용만은 한때 결의형제를 맺을 만큼 일생의 동지였던 이승만의 도움과 지지를 받지 못했다.

미국에서 세례받고 독실한 기독교 신자가 된 이승만은 직접 총을 들고 일제와 싸우는 것에 회의적이었다. 1908년 3월 23일, 대한제국 외교고문으로 활동하면서 일본에게 들러붙었던 미국인 스티븐슨을 오클랜드 기차역에서 한국인 장인환과 전명운이 저격했을 때, 이승만은 법정 통역을 서달라는 재미 한인 사회의 요청을 거절했다. 1909년 안중근이 중국 하얼빈에서 이토 히로부미를 저격했을 때도 이승만은 미국 여론의 눈치를 보면서 미국 사람들과 함께 '안중근은 테러분자가 맞다.'는 말을 하고 다녔을 정도였다. 이승만의 자서전 속 한 단락에서도 이러한 분위기를 엿볼 수 있다.

"안중근이 일본의 거물 정치가 이토 히로부미를 사살했다. 이렇게 되자, 미국의 각종 언론과 신문에 '한국인들은 잔인한 살인마이며 무지몽매하다.'는 내용의 기사가 자주 실렸다. 어떤 학생들은 한국인인 나와 이야기하는 것을 두려워했고, 교수들도 내가 무서워 만나주지 않았다."[12]

이승만이 직접 총을 들고 일제와 싸우려 했던 박용만의 독립투쟁 방법론을 지지하지 않았을 뿐만 아니라 공개적으로 반대하고 나선 것은 자연스러운 일이었다. 결국 박용만과 이승만의 갈등은 안창호 계열과의 경쟁과 암투로까지 발전해 하와이 교민집단 및 미국 내 한인 교포집단이 여러 개로 쪼개지는 결과를 빚기도 했다.

그러나 박용만의 독립투쟁 방법론을 적극적으로 받아들인 사람도 아주 많았다. 장일환은 바로 그들 가운데 한 사람이었다. 1914년 6월, 박용만이 하와이 한인들의 절대적인 지원을 받아 만든 대조선국민군단(大朝鮮國民軍團)은 산하에 사

---

12   로버트 올리버 지음, 황정일 옮김, 『신화에 가린 인물 이승만』, 건국대학교 출판부, 2002.

관학교까지 둘 정도로 영향력을 넓혔고, 여기에 소속된 국내 지부가 바로 김형직이 몸담고 있던 '평양 조선국민회'였다.

3. 우린 항상 눈물로 기도했다

직접 무장하여 일제에 대항해야 한다는 박용만의 투쟁방법론은 김형직, 배민수 등 한창 피 끓는 나이의 젊은이들에게 무척 매력적이었다. 특히 김형직이 무장독립투쟁을 호소하는 장일환의 뒤를 따르게 된 데는 배민수의 영향이 컸다.

숭실학교 3학년이었던 배민수는 충북 청주에서 이름 날렸던 청주감영진위대 육군보병 부교 출신이자 의병대장이었던 배창근(裵昌根)의 외아들로, 서대문형무소에서 사형당한 아버지의 죽음을 직접 본 것이 열한 살 때였다.

"형님, 총을 들고 우리나라에 들어온 저놈들을 몰아내지 않으면 될성 싶습니까?"

배민수는 자나 깨나 군인이 될 꿈만 꾼 청년이었다. 그는 김형직과 만나면 말끝마다 이런 말을 입에 담았다. 1913년 김성주의 첫돌 때, 김형직 집에 놀러왔던 배민수와 노덕순은 김형직을 따라 평양 기자묘(평양시 기림리에 있는 기자箕子의 묘) 숲속에 들어가 조선독립을 위해 헌신할 것을 맹세하는 의식을 가졌다. 김동인 소설 『배따라기』에서도 묘사된 이 숲은 아주 깊었다. 김형직은 눈앞에 펼쳐진 솔밭을 바라보면서 '불타는 눈빛과 신념에 가득 찬 음성'으로 이제부터 조선독립을 위하여 기도드리자고 약속했다. 배민수는 이때 일을 이렇게 회고하고 있다.

"우리는 항상 눈물로 기도했다. 어떻게 조국을 해방시킬 것인가 하는 것만이 우리 관심사이자 희망이었다. 우리 삶에서 애국심 이외에는 어떠한 가치도 존재하지 않았다."[13]

그렇게 김형직의 독립운동은 조선국민회에서 시작되었다. 조선국민회를 직접 만든 사람은 아니었으나 주요 핵심 멤버였고, 일제 경찰이 보고서를 남길 정도로 주목받았던 것도 사실이다. 하지만 재학 중에 장가들어 아들까지 본 김형직은 생활난 때문에 학교를 마칠 수가 없었다. 하는 수 없이 중퇴하고 평양 곳곳에 있었던 서당이나 모교인 순화학교와 기독교 계통의 명신학교 등을 돌아다니면서 교사로 취직하기도 했지만, 그는 한번 몸담았던 독립운동에서 끝까지 손떼지 않았다. 나이도 젊고 달변인 데다 용모가 준수했던 김형직은 많은 사람에게 감동을 주었다. 물론 누구보다도 감동받았던 사람은 다름 아닌 아내 강반석이었을 것이다.

1918년 2월 18일 김형직이 체포되었을 때, 강반석은 이미 두 아이의 어머니였다. 결혼하기 전 아버지 강돈욱의 영향으로 기독교인이 되었고, 결혼 후에는 독립운동에 몸담은 김형직의 아내로서 그를 섬겼고, 남편이 죽은 후에는 남편이 미처 가지 못한 뒷길을 이어간 아들 성주를 계속 뒷바라지했다. 만주 간도에서 망명살이를 할 때도 여느 농갓집 부녀자들 못지않게 재봉을 하고 달구지를 끌고 다니면서도 강반석은 언제나 손에 성경을 들고 기도하는 것을 잊지 않았다. 그의 말씨는 차분하고 조용했으며 마음씨 또한 착하기 이를 데 없었다.

체포된 후 그해 12월까지 10개월간 옥고를 치르고 풀려나온 김형직은 이때 당한 고문이 어찌나 혹독했던지 온몸이 만신창이가 되었고 후유증도 오래 갔다.

---

13 박노원, 『배민수 자서전』, 연세대학교출판부, 1999.

1년 형을 받고 이듬해 1919년 2월 8일에 석방된 배민수보다는 더 빨리 집으로 돌아왔지만, 김형직은 경찰의 감시가 너무 심해 아무 일도 할 수 없었다. 더구나 김형직과 거의 같은 시간에 함께 검거되었던 장일환은 혹독한 고문을 받은 끝에 체포된 지 2개월 만인 1918년 4월 9일에 평양감옥에서 옥사한다. 결국 조선국민회는 풍비박산나고 말았다. 경찰은 이때 김형직의 집주소를 평안남도 강동군 정읍면 동3리로 기록했다.

옥고를 치르고 나온 김형직 눈에 비친 아들 김성주는 제법 어엿하고 영준한 소년이었다. 일곱 살 어린아이에 불과했지만 또래의 다른 아이들보다 머리 하나는 더 커 보였고 모습도 늠름했다. 아버지 품에 안긴 두 살배기 동생 철주가 멋도 모르고 아버지의 상처투성이 얼굴을 어루만지려 하자 성주는 주의를 주기도 했다.

"철주야, 함부로 건드리지 마. 아버지가 아프시단다."

이런 아들을 내려다보며 김형직이 얼마나 대견스러워 했을지 상상이 된다.

당시 일본 형사들이 조선 독립운동가들을 어떻게 고문했는지는 서대문경찰서에서 고문당했던 윤치영(尹致暎)이 자세한 기록을 남기기도 했다.

"칠성판처럼 생긴 판때기가 철 침대 모양의 대각 위에 놓여 있었다. 나는 처음이라 일본 헌병들이 시키는 대로 칠성판 위에 머리를 젖힌 채 드러누웠다. 두 팔을 칠성판 밑으로 비틀어 오랏줄로 붙들어 매어 꼼짝 못하도록 고정시킨 뒤 덩치 큰 놈이 내 배에 올라타는 것이었다. 내 몸을 요지부동의 상태로 만들어놓고는 물이 담긴 주전자를 코에다 대고 들이붓기 시작했다. 나는 어느새 숨이 막혀 질식하게 되었다. 그들이 번갈아가며 이 짓을 계속했는데 나는 어느새 기절하고 말았다. 그들의 인공호흡으로 내가 정신이 들자 그동안 다그쳐온 질문들을 또다시 반복하는 것이었다."[14]

계속하여 윤치영은 "앞서 말한 물고문은 '해전'이라고 해서 고문치고는 그래도 약과였던 것이다."라고 회고한다. 매질하거니 물 먹이는 일은 고문 중에서도 초급 고문이며, 제일 견디기 어려운 것은 '공중전'이라는 신체의 혹독한 고통이 계속되는 고문이었다고 자세하게 설명한다.

"그것도 밤이 깊어 자정이 지난 시각에 지하실 으슥한 곳에서 행하여지는데 우선 두 팔을 묶은 뒤 목총을 묶인 팔과 등 사이에 찔러 넣고 양 끝을 밧줄에 매서 천장에 끌어올린다. 공중에 거꾸로 매달리면 얼마 안 가서 어깨와 팔다리가 끊어지는 듯한 통증이 오는 것이다. 그리하여 기절하면 머리에 물을 쏟아붓기도 하고 몽둥이로 쿡쿡 쑤시기도 하며 죄를 자백하라고 다그치는 것이다. 끝내 자백을 받아낼 수 없게 되니까 이들은 점점 초조한 기색을 드러내면서 나중에는 손가락을 비틀고 침질을 하여 고문했다."[15]

일단 이와 같은 형틀에 한번 올랐다 내려오면 설사 죽지는 않더라도 반죽음이 되었다. 실제로 고문 도중에 죽은 사람들도 아주 많았다. 더구나 평양감옥의 혹형은 서대문감옥의 뺨을 칠 수준이라는 소문도 돌았다. 김형직도 이와 같은 고문을 당했고 끝까지 굴복하지 않았음이 분명하다. 오늘의 북한 선전기관이 그에게 붙인 '불요불굴(不撓不屈, 한번 먹은 마음이 흔들리거나 굽힘이 없다는 뜻)'이라는 말은 정확하다. 형기를 마치고 감옥에서 나온 김형직의 몸 상태는 그야말로 엉망

---

14 윤치영, 『윤치영의 20세기: 동산회고록』, 삼성출판사, 1991.
15 상동.

진창이었다. 얼굴, 목, 손, 발 할 것 없이 살이란 살은 온통 멍이 들었고 온몸 성한 데 없이 상처가 있었으며 똑바로 서서 걸을 수가 없었다.

"아범아, 어서 들것에 눕거라."

어머니 이보익이 연신 눈시울을 적시며 권했으나 김형직은 거절했다.

"아닙니다, 어머니. 제 발로 걸어 나가겠습니다."

김보현이 아들에게 힘을 실어주었다.

"그래, 목숨이 끊어지기 전에야 어떻게 저놈들 보는 데서 들것에 들려가겠느냐. 제 발로 보란 듯이 걸어가자꾸나."

들것을 들고 따라왔던 형권이와 형록이가 곁에서 형을 부축했고, 김형직은 아들 성주의 머리를 쓰다듬으며 흔연히 걸음을 옮겨놓았다.

1919년, 병석에서 털고 일어난 김형직은 장대현교회 집사로 나갔다. 숭덕여학교 학생들이 장대현교회에 많이 모여들었다. 김형직은 한동안 여학교 학생들과도 종종 만났지만 단 한 순간도 조선국민회를 잊고 지냈던 적이 없었다. 학생들은 경찰의 감시가 심해 '조선국민회'라는 이름조차 입에 담기 두려워했다. 아무래도 평양에서 조직을 재생하기 불가능하다는 판단이 서자 김형직은 바로 평양과 멀리 떨어진 평북 의주 쪽으로 눈길을 돌렸다. 장일환 역시 평양감옥에서 옥사하기 며칠 전에 바람 쐬는 시간을 타서 김형직과 만나 몰래 이야기를 나누었다.

"형직아, 난 아무래도 안 되겠다."

"지방조직들은 피해를 덜 입었으니 함께 석방되면 의주 쪽으로 한번 나가봅시다."

낙담하지 않는 김형직을 바라보며 장일환은 목이 멨다.

"난 아무래도 안 될 것 같아. 국민회를 부탁한다."

"형님이 안 계시면 제가 어떡한단 말입니까?"

"내가 설사 살아나가도 이 몸으로는 더 뛰어다닐 것 같지 않아. 아무리 봐도 평양에서는 조직을 복구하기 어려울 거야. 감시가 너무 심하니."

장일환에게 이와 같은 유명(遺命)을 받은 김형직은 미처 몸을 추켜세우지도 못한 채 평양을 떠났다. 이때부터 김형직은 직업 혁명가의 길로 들어선 것이다. 먼저 가족 부양 의무부터 버릴 수밖에 없었다. 침략자 일제와 싸우는 일, 그래서 나라를 되찾아보겠다는 이 일에 한평생을 바치기로 맹세한 것이다. 위로 연로한 부모와 아래로는 아직 장가도 들지 않은 동생들, 그리고 철들 새도 없이 험악한 세상을 알아버린 어린 아들 김성주와 철부지 둘째 김철주 이 모두를 아내 강반석에게 맡겨버렸다.

그후 식구들은 김형직의 소식을 얻어들을 수가 없었다. 그가 어디로 가서 무엇을 하고 지내는지 아는 사람은 아무도 없었다. 간혹 1년에 한두 번 정도 받는 편지가 전부였다. 한 번은 편지와 함께 '금불환(金不煥, 금과도 바꾸지 않는다는 뜻)'이라는 먹과 붓을 보내왔다고 김성주는 회고한다. 글공부 잘하라고 아들 김성주에게 보낸 특별 선물이었다. 집을 떠나 객지를 떠돌면서도 큰아들을 늘 마음속에 담고 있었음을 알 수 있다. 김성주 또한 얼마나 아버지가 보고 싶었는지 그 붓과 먹으로 제일 먼저 한지에 '아버지'라는 세 글자를 큼직하게 써놓았다. 김성주는 이렇게 회고한다.

"우리 집 식구들은 밤에 등잔불 밑에서 편지를 돌려가며 읽었다. 형록 삼촌은 세 번씩이나 읽었다. 성미가 덜렁덜렁한 삼촌이었지만 편지를 볼 때는 늙은이처럼 꼼꼼했다. 어머니는 대강 훑어보고 나에게 편지를 넘겨주면서 할아버지, 할머니가 들으실 수 있게 큰소리로 읽어드리라고 했다. 학교에 들어가기 전이었지만 아버지가 집에서 조선어 자모를 가르쳐준 덕에 나는 글을 읽을 줄 알았다. 내가 유창한 목소리로 편지를 읽어드리자 할머니는 물레질을 멈추고 '언제 온다는 소리는 없느냐?' 하고 물었다. 그러고는 내 대답을 기다리지 않고 혼잣소리로 뇄다. '아라사에 갔는지 만주에 갔는지 이번에는 퍽이나 오래두 객지생활 하는구나.' 나는 어머니가 편지를 얼추 훑어본 것이 마음에 걸려 잠자리에 든 다음 아버지 편지를 뜬금없이 소곤소곤 외워드리었다. 어머니는 할아버지, 할머니가 계시는 데서는 절대로 편지를 오래 들여다보는 법이 없었다."

한편 김형직은 압록강 연안과 북부 국경지대를 돌아다니면서 조직을 복구하려고 무진 애를 썼으나 거의 효과를 보지 못했다. 가는 곳마다 배신자들의 밀고로 경찰에게 쫓겼다. 잡힐 뻔했던 적도 여러 차례였다. 노자까지 떨어져 풍찬노숙하게 되어 일단 먹고 사는 일이 급해지자 그는 의주군 광평면 청수동에 찾아갔다. 그 동네에 친구 오동진(吳東振)[16]이 살고 있었기 때문이다.

16 오동진(吳東振, 1889년-1930년) 독립운동가. 평안북도 의주 출생으로 아호는 송암(松菴)이다. 안창호가 세운 평양 대성학교를 졸업한 뒤 고향으로 내려와 민족주의 사학 일신학교에서 교육계몽운동을 벌였다. 1919년 3·1운동 때는 일신학교 설립자인 유여대가 민족대표 33인 중 하나로 서명하자 의주 지역에서 일어난 만세시위에 참가했다가 체포령을 피해 만주로 망명했다. 이후 만주에서 윤하진, 장덕진, 박태열 등과 함께 광제청년단을, 안병찬, 김찬성, 김승만 등과 함께 대한청년단연합회를 결성했다. 상해 대한민국 임시정부와 연계하여 임시정부 직속 광복군 참리부와 사령부를 조직하면서 무장저항투쟁을 통한 독립운동에 뛰어들었다. 1920년에는 광복군 조직이 광복군총영으로 개편되어 오동진은 총사령관을 맡았다. 1922년경 만주 지역에 흩어져 있던 독립운동 단체들의 통합 움직임이 있었다. 오동진은 양기탁의 통합 제안에 찬성하여 연합독립운동단체인 대한통의부를 조직하여 군사위원장과 사령관을 맡았으며, 1924년 임시정부의 특명으로 통의부 5중대 소속 3인조 암살단으로 알려진 박희광, 김광추, 김병현을 지휘하여 다양한 암살 작전을 실행했다. 1924년 7월 22일경 임시정부와의 공모로 일본영사관 파괴 명령을 내렸으나, 박희광이 투척한 폭탄이 불발하여 실패했다. 1925년에는 통의부를 중심으로 독립운동단체들이 연합 결성한 정의부에서 의용군 사령장으로 활동했다. 1926년에는 양기탁과 천도교 혁신파, 소련 지역의 독립운동가들이 규합, 조직한 고려혁명당의 군사위원장, 총사령관으로서 독립군을 총지휘했다. 일제 경찰의 통계에 따르면, 1927년까지 오동진은 연인원 1만 명이 넘는 부하를 이끌었고, 일제 관공서를 100여 차

송암(松菴) 오동진은 마침 고향 선배인 독립운동가 유여대(劉如大)[17] 목사가 세운 일신학교가 일제의 간섭으로 문을 닫게 되자 다시 열기 위해 무지 애쓰던 중이었다. 현재 북한 선전기관이 '조선국민회의 청수동회의'라고 소개하는 이 동네에 와서 김형직이 한동안 편안하게 숨어 지낸 것은 바로 오동진 덕분이었다. 오동진과는 평양 숭실학교에 다닐 때부터 서로 알고 지냈던 사이였다. 오동진을 독립운동의 길로 인도했던 유여대 목사가 손정도 목사와 친하게 지냈고, 일이 있어 평양에 올 때마다 꼭 대성학교에 들러서는 오동진을 불러 함께 데리고 다녔기 때문이다.

오동진이 대성학교에 입학한 것은 이 학교가 대한제국 군인 출신의 체육교사를 초빙하여 군사교육을 실시했기 때문이다. 키가 작달막하여 '난쟁이' 소리를 듣기도 했던 오동진이었지만 군인이 되는 것이 꿈이었다. 그러니 직접 무장을 들고 일제와 대항하는 것이 목적인 조선국민회에 관심이 없을 리 없었다. 하지만 유여대 목사가 감옥에 들어가자 일신학교를 운영하기 위해 청수동에 돌아

례 습격하여 살상한 사람이 900여 명에 달한다. 이런 전과 때문에 그는 김좌진, 김동삼과 3대 맹장으로 불리기도 했다. 그러나 1927년 12월, 옛 동지인 김종원의 밀고로 신의주의 조선인 형사 김덕기에게 체포되어 압송되었고, 이후 정신병 진단과 함께 무기징역형을 선고받아 정신병자들을 수용하는 공주형무소에서 복역했다. 법정 투쟁과 단식 투쟁을 하던 중 고문으로 정신병 진단을 받고 옥사했다고 한다. 하지만 사망 시기에는 이설이 있어 1927년 12월, 1930년, 1936년, 1944년 5월 20일경으로 다양하게 기록되어 있다. 1962년 건국훈장 대한민국장이 추서되었다.

17 유여대(劉如大, 1878-1937) 독립운동가, 목사. 평안북도 의주에서 농민 아들로 태어났다. 청일전쟁을 경험하면서 민족 실력 양성의 필요성을 절감하고 교육계몽운동을 전개해 갔다. 특히 서구 신학문에 관심을 갖고 의주에서 근대식 교육기관인 일신학교와 양실학원을 설립해 민족교육을 실시했다. 기독교 신앙을 통한 자유와 평등 이념을 전파하면서 구국운동에 투신했다. 1915년에는 목사 안수를 받고 의주동교회 담임목사로 활동했다. 1919년 2월 이승훈과 양전백의 권유로 3·1운동 거사 계획에 참여해 민족대표 33인 가운데 1인으로 참여했다. 3월 1일, 민족대표들은 서울 태화관에 모여 독립선언식을 가졌고, 유여대는 의주에서 대중과 함께 독립선언식을 개최했다. 독립선언서를 낭독한 뒤 만세시위운동을 하던 중 일제 헌병에 체포되었다. 옥고를 치른 뒤에도 민족 독립 신념을 잃지 않고 민족교육에 힘썼다. 1962년 건국훈장 대통령장이 추서되었다.

와 있었다. 그 후 대성학교도 바로 폐교되었다. 1907년에 개교하여 1912년에 문을 닫았으니 실제로 옹근 3년 동안 학교를 다닌 졸업생은 19명밖에 안 됐다. 졸업생 가운데 이름 날린 사람들로는 오동진 외에도 한국인 최초의 항공기 조종사 서왈보(徐曰甫)와 소설『화수분』으로 이름 날린 한국문인협회 초대 이사장 전영택(田榮澤)이 있었다.

한편 김형직이 오동진의 도움으로 매일 청수동 집 안에 틀어박혀『의종금감(醫宗金鑑)』과『본초강목(本草綱目)』을 들여다보고 있을 때 세상은 또 한 번 흥분의 도가니에 빠져들었다. 미국 28대 대통령 우드로 윌슨(Thomas Woodrow Wilson)의 '민족자결주의'가 조선 땅에 들어온 것이다.

4. '3·1운동'과 '조선독립 만세'

1918년 11월, 제1차 세계대전이 끝났다. 파리강화회의에서 윌슨이 제안한 14조의 전후처리 원칙 중에 '각 민족의 운명은 그 민족 스스로 결정하게 하자'라는 이른바 '민족자결주의'가 들어 있었다. 당시 중국에 유학 중이던 여운형(呂運亨)과 신규식(申圭植) 등은 이 선언과 뒤이은 파리강화회의가 조선 독립의 달성 여부를 떠나서 앞으로 조선의 미래를 결정짓는 중요한 사건이 되리라 판단했다. 그들은 신한청년당이라는 단체를 문서상으로 조직해 파리강화회의에 영어를 잘하는 김규식[18]을 파견하기도 했다.

---

18 김규식(金奎植, 1881-1950년) 독립운동가, 정치가. 김규식은 대한제국의 종교가이자 교육자, 시인이자 사회운동가이다. 언더우드 목사의 비서, 경신학교의 교수와 학감 등을 지내고 미국에 유학했다. 1918년 파리강화회의에 신한청년당, 대한민국 임시정부 대표로 파견되어 이후 10여 년간 외교무대에서 종횡무진으로 활약하며 한국의 독립운동이 국제 승인을 받도록 심혈을 기울였다.

조선에는 일본어에 유능한 일본 와세다대학 출신 장덕수(張德秀)를 파견했으나 그는 바로 조선총독부 경찰에 체포되어 전라남도 하의도에서 거주 제한을 당하고 말았다. 장덕수가 하의도에 묶여 있는 동안 교류하며 지냈던 현지 사람 중에는 동네 이장인 김운식(金雲植)도 있었다. 그 이장 아들이 한국 제15대 대통령인 김대중(金大中)이다.

한편 1919년 김규식은 파리강화회의에 참가할 여비를 마련하기 위해 모금활동을 했다. 신한청년당 당원들 모두가 돈을 냈다. 그때 김규식은 당원들에게 독립 시위를 해달라고 주문했다.

"내가 파리에 간다 해도 서구인들은 나를 알 리가 없다. 일제의 학정을 폭로하고 알리려면 누군가 국내에서 독립을 선언해야 된다. 이를 수행하는 사람은 희생당하겠지만, 국내에서 무슨 사건이 발생해야 내가 맡은 사명을 다하게 될 것이다."[19]

이것이 3·1운동의 계기가 되었다. 때를 맞춰 기회도 찾아왔다. 1919년 1월 21

대한민국 임시정부로부터 전권대사와 외무부서장에 임명되었고, 1919년 4월 임시정부에 참여하여 외무총장에 임명되고 파리대표부를 조직하여 위원장이 됐다. 구미외교위원부 위원장, 학무총장 등으로 활동했다. 그 뒤 만주에서 대한독립군단 지휘관으로 활약했고, 임정을 떠나 독립운동단체의 통합 노력과 교육 활동 등을 하다가 1930년 다시 임시정부에 재입각했다. 1935년 민족혁명당을 결성하고 당 주석직에 올랐으며, 좌우합작의 일환으로 임정에 다시 참여, 1940년부터 1947년까지 대한민국 임시정부 부주석을 지냈으며 주로 외교활동을 했다.

광복 후에는 김구 등과 함께 임정 환국 제1진으로 귀국하여 신탁통치 반대운동에 나섰으나 모스크바삼국외상회의 결정은 임시정부 수립에 있음을 깨닫고 견해를 수정, 여운형과 함께 좌우합작운동에 앞장섰다. 삼국외상회의 결정 지지와 미소공위, 좌우합작을 주장하다 테러 위협에 시달려야 했다. 1948년 2월 남한의 단독 총선거에 반대하여 김구(金九), 조소앙(趙素昻) 등과 함께 북한으로 가 4월의 남북협상에 참여했으나 5월 귀환 후, 불반대 불참가로 입장을 바꾸었다. 1950년 한국전쟁 중 납북되어 병으로 사망했다.

19 이정식, 『대한민국의 기원』, 일조각, 2006.

일 아침 6시, 고종황제가 덕수궁에서 뭔가를 마시다가 갑자기 사망했다. 뇌일혈 또는 심장마비가 사인이라는 자연사설이 있지만, 그날 아침 한약이나 식혜 또는 커피 같은 음료를 마신 후 거기 들어 있던 독 때문에 사망한 것이라는 설이 돌았다. 고종황제 사망원인에 대해선 아직까지도 의혹만 무성할 뿐 사건 전체의 실체가 정확하게 드러나지 않았다.

고종 장례일은 1919년 3월 3일이었고, 시위는 바로 이 날로 계획되었다. 안국동에 있는 천도교에서 운영하는 인쇄소 보성사(普成社)는 최남선이 기초하고 이광수가 교정을 보았던 '독립선언서'를 인쇄하기 시작했다.

그런데 대단히 악명 높던 종로경찰서 조선인 고등계 형사 신철(申哲, 신승희申勝熙)이 어느 날 큰 건수를 감지하고 안국동으로 달려와 보성사를 급습했다. 신철은 보성사 사장 이종일이 보는 앞에서 인쇄기를 멈추고 '독립선언서'를 한 장 빼내어 보았으나 무슨 영문인지 아무 말도 하지 않고 그냥 돌아가 버렸다. 혼비백산한 이종일이 급기야 이 사실을 최린[20]에게 보고했다. 최린은 신철을 집으로 초대했다. 신철에게 돈을 주면서 형사복을 벗어던지고 만주로 떠나라고 권고했다고 한다.

일본 기록에는 신철이 그 돈을 받았다고 되어 있으나 한국 기록에는 그가 돈을 받지 않았다고 되어 있다. 결국 이 사실이 발각되어 신철은 경성헌병대에 체포되었고 감옥에서 자살하고 말았다. 뒷날에 있었던 일이다.

1919년 3월 1일 오후 3시쯤, 독립선언서 서명자 중 길선주, 유여대, 김병조, 정춘수를 제외한 29인이 오늘의 서울시 종로구 인사동에 있는 태화관에 모여 독립선언서를 읽고 조선이 독립국임을 선언했다. 그러고 나서 바로 총독부 정

---

20 최린(崔麟, 1878-1958년) 독립운동가. 3·1운동에 참여한 민족대표 33인 가운데 하나였으나, 친일파로 돌아섰다.

무총감 야마가타 이사부로(山縣伊三郎, 취임 기간 1910년 10월 1일~1919년 8월 12일)에게 전화를 걸어 독립선언 사실을 알렸다. 그 뜻은 자신들이 태화관에 모여 있으니 연행해 가라는 소리였다. 60여 명의 헌병과 순사가 태화관에 들이닥쳤고, 이들은 남산 경무총감부와 지금의 중부경찰서로 연행되었다. 저녁 무렵에 길선주와 나머지 서명자 세 사람도 경찰에 자진 출두했다.

전형적인 비폭력 무저항주의 독립운동이었다. 이 운동의 상징이었던 인도의 간디가 한국의 독립운동가들에게 끼친 영향은 이루 다 말할 수 없다. 김형직의 숭실학교 대선배였던 고당 조만식(曺晩植)도 그중 하나였고, 김형직의 조선국민회 시절 가장 절친한 동지이자 아우인 배민수도 나중에는 간디식의 비폭력 불복종주의에 관심을 갖고 깊이 빠져든다.

1919년 3월 1일, 김형직의 숭실학교 시절 스승이었던 김선두 목사[21]가 주동이 되어 평양의 독립선언식이 숭덕학교 교정에서 있었다. 이때 김선두 목사의 설교 중 "구속되어 천 년을 사는 것보다 자유를 찾아 백 년을 사는 것이 의의가 있다."는 말은 매우 유명해져 오늘까지도 전한다. 곧이어 정일선 전도사가 '독립선

---

21 김선두(金善斗, 1876-1949년) 목사. 평안남도 대동 출신으로 평양 숭실중학과 숭실전문학교, 평양 신학교를 졸업했다. 신학교 졸업 후 5년 만인 1918년 조선예수교장로회 제7대 총회장이 되었다. 처음 부임한 평양 서문밖교회에서 약 10년간 목회한 뒤 신암교회(新巖敎會)로 전임했다. 숭실중학과 숭실전문학교에서 성경 과목을 가르쳤고, 1924년부터는 평양신학교에서 성경강사로 신학교육에 힘을 기울였다. 1926년 선천 신성중학교(信聖中學校) 성경담당교사로 부임하여 당시 교장이었던 미국인 선교사 함가륜(咸嘉倫, C. Hoffman)을 보좌하여 대리 시무했다. 그 뒤 함경북도 성진교회(城津敎會)에서 수년간 목회했다.
1919년 3·1운동이 일어나자 평양을 중심으로 거사를 주동하여 투옥당했다. 그의 민족주의사상은 역사적 프로테스탄트 신앙과 결부되어 있다. 1938년 9월 조선예수교장로회 27차 총회를 앞두고 일제의 탄압을 받자, 그는 일본 기독교계의 협조를 얻기 위해 일본으로 건너가 당시 궁내부대신·국회의원·일본육군대장 등을 찾아가 한국교회가 당면한 어려운 처지를 호소했다. 일본 기독교인들에게 협조의 언약을 받고 평양으로 돌아오는 열차에서 체포되어 개성경찰서에 수감되었다. 이후 석방되자 곧 만주로 망명하여 만주신학원(滿洲神學院), 즉 봉천신학교(奉天神學校)에서 박형룡(朴亨龍), 박윤선(朴允善) 등과 같이 신학교육에 전념했다. 광복 후 만주에서 돌아왔으나 이후의 일은 알려지지 않았다.

언서'를 낭독했고, 군중은 한결같이 두 손을 들고 '조선독립 만세'를 외쳤다.

"오등은 자에 아 조선의 독립국임과 조선인의 자유민임을 선언하노라."

"조선독립 만세!"
삽시간에 우레 같은 함성이 터져 나왔다.
"일본인과 일본 군대는 물러가라!"
시위대가 북과 징을 울리면서 숭덕학교 교정에서 나왔다. 시위대가 보통문 쪽으로 몰려갈 때 이 행렬 속에는 상고머리에 다 꿰진 짚신을 신고 콧물을 한 뼘이나 턱에 달고 정신없이 뛰어가는 한 어린아이도 있었다. 여덟 살밖에 안 된 김성주였다. 소년은 너덜거리는 신발짝이 자꾸 벗겨지자 결국 벗어서 두 손에 들고 맨발로 시위대 대열을 따라가면서 어른들이 외치는 대로 함께 소리쳤다.
"조선독립 만세!"
"일본인과 일본 군대는 물러가라!"
그때 일을 김성주는 이렇게 회고한다. 회고록에서 가장 믿음이 가는 대목이기도 하다.

"여덟 살이었던 나도 다 꿰진 신발을 신고 시위대열에 끼어 만세를 부르면서 보통문 앞까지 갔다. 성 안을 향해 노도와 같이 밀려가는 어른들의 걸음을 나로서는 미처 따라잡을 수가 없었다. 그래서 어떤 때는 너덜거리는 신발짝이 거추장스러워 짚신을 벗어 손에 들고 뜀박질로 대열을 따라갔다. 어른들이 독립 만세를 부르면 나도 함께 만세를 불렀다. 적들은 기마경찰대와 군대들까지 동원시켜 도처에서 군중에게 칼을 휘두르고 총탄을 마구 퍼부었다. 숱한 사람들이 희생되었다. 그러나 군중은 두려움을 모르고 원수들에게 육탄으로 대항했다. 보통문 앞에서도 치열한 육박전이 벌어졌다."

여기서 짚고 넘어갈 것이 있다. 오늘날 역사책에서 보이는 '대한 독립 만세'는 일종의 상징 구호다. 대한제국이 성립되었다가 나라를 빼앗겼기 때문에 '대한 독립 만세'라고 외쳤다고도 하지만, 당시 사람들에게는 여전히 '조선'이라는 국호가 더 친숙했다. 실제로 당시 신문 보도나 3·1운동 이후 전국에서 벌어진 만세운동 전단지 내용을 면밀하게 검토해보면, 모두 '조선독립 만세'라고 쓰여 있다. '기미독립선언서'에도 '조선의 독립국임'과 '조선인의 자유민임'이라고 적혀 있지 '대한'이라고 적지 않았다. 물론 김성주 본인도 "조선독립 만세"라고 불렀다고 회고한다.

평양에서 있었던 3·1운동은 여느 지역에서보다도 더 거셌고 과격하게 번졌다. 어쩌면 평안도 사람들의 성격과도 관계있을지 모르겠다. 3·1운동의 첫 사망자도 평안도에서 발생했고 제일 먼저 유혈사태로 번졌다. 대동군 금제면 원장리에서 약 3,000여 명의 군중이 모여 강서군 반석면 상사리의 사천시장 방면으로 시위 행진할 때, 사천시장 부근 사천헌병주재소의 일본인 소장 사토 지쓰고로(佐藤實五郎)와 조선인 헌병보조원 강병일, 김성규, 박요섭 등이 매복해 있다가 무차별 총격을 가했기 때문이다. 평북 정주에서도 시위대를 향해 총성이 울렸다.

그때 총 쏘는 경찰들에 맞서 돌을 던지던 오산중학교 학생들 가운데 최추해(崔秋海)[22]라는 젊은 청년도 있었다. 1945년 이후 최용건(崔鏞健)으로 이름을 바꾼 최추해는 일본 메이지대학 법학부를 졸업하고 오산중학교에 와서 교장으로 부

---

22   최용건(崔庸健, 1900-1976년) 독립운동가, 정치가. (하권 부록 주요 인물 약전 참조)

임한 조만식을 만나 그를 스승으로 모셨지만, 그를 친일파로 오해하고 깊은 악연을 맺기도 했다. 한때 최추해는 정학 처분까지 받았으나 정작 조만식이 3·1운동을 겪으면서 수배되어 상해로 피신하려다가 붙잡혀 평양감옥에 수감되자, 최추해가 동아리 친구들과 조만식을 면회하기도 했다. 그러나 최추해 역시 얼마 후 동아리 24명과 함께 중국으로 망명했다.

25년이 지난 1945년 가을, 조만식과 제자 최추해는 평양에서 다시 만났다. 그때 조만식에게 '선생님'이라 부르며 큰 절을 올렸던 최추해는 1945년 11월 3일 조만식이 민족 민주계열이자 최초의 개신교 정당인 조선민주당을 창당하자 당수인 조만식 밑에서 부당수를 지냈다.

2장

만주 망명

나라를 잃은 암울한 시대에 태어나 독립운동에 헌신했던
아버지 김형직의 나라 잃은 데 대한 비탄은 고스란히 아들이 물려받았다.
그와 같은 비탄은 일종의 능력이기도 하다.
자아가 성숙하는 소년시절에 겪으면서 비탄의 출처를 알게 될 때,
그것은 '뼈에 사무치는 원한'이 된다.

1. 순천의원과 백산무사단

　김성주는 여덟 살 때 부모를 따라 망명길에 올랐다. "밥그릇에 숟가락 몇 개를 꾸려 넣은 어머니의 보퉁이와 아버지가 메고 가는 전대짐 하나가 이삿짐 전부"였다고 기억한다. 세 살 난 어린 동생 철주는 어머니 등에 업혀 있었다. 어린 철부지 둘을 데리고 어떻게 험한 만주로 가느냐며 김보현과 이보익 부부는 한탄했지만, 김형직은 부모를 안심시켰다.

　"아버지, 어머니, 중강진에 가면 무엇이든 다 생기게 됩니다. 너무 걱정 마십시오."

　"일가친척도 없는 그렇게 추운 곳에서 어떻게 자리 잡겠느냐? 그것도 이렇게 빈털터리로 가서 말이다."

걱정하는 어머니에게 김형직은 자신 있게 대답했다.

"어머니, 나를 도와주는 동지들이 아주 많습니다. 그러니 너무 걱정하지 않으셔도 됩니다."

정작 김형직이 마음속에 담아둔 동지는 오동진 한 사람뿐이었다. 평양감옥에서 10개월간 옥살이하고 출감한 뒤 한동안 오동진의 고향 의주군 광평면 청수동에서 숨어 지내며 건강을 회복한 김형직은 오동진의 도움을 크게 받았다.

의주에서 계몽운동을 하던 유여대 목사를 도와 일신학교 교감을 맡기도 했던 오동진은 학교 운영경비를 해결하기 위해 여러 종류의 장사를 했고 약재상에도 손을 댔다. 그에게 한약재를 받은 한 의원이 값을 치르지 않고 야반도주했던 적이 있었다. 오동진이 보낸 심부름꾼이 한약재 값을 받으러 갔다가 허탕만 치고 돌아오면서 『의종금감』을 주워왔는데, 이 책이 김형직 손에 들어온 것이다. 원래 총명한 데다 한학에 밝았던 김형직은 이 책에 반했고 통독하다시피 했다. 후에는 스스로 약방을 지어 한약을 달여 먹을 정도였고, 김형직의 한약으로 제법 효과를 본 오동진이 그에게 권했다.

"이보시게, 자네 수준이면 한의원 차려도 되겠네그려."

"그러잖아도 생각 중입니다. 형님이 좀 도와주신다면 한번 해보겠습니다."

김형직이 속마음을 터놓자 오동진도 흔쾌히 응낙했다.

"밑천은 걱정 마시게."

오동진은 김형직이 가장 어려울 때 도와준 절친한 친구였고 동지였다. 나이도 김형직보다 두 살 많아 김형직이 형이라고 불렀다. 그는 1889년에 태어나 송암(松菴)이라는 아호 외에 순천(順天)이라는 별호도 있었다. 사람됨이 어릴 때부터 온후하고 정의감이 강했다. 강한 자와 맞서고 약한 자를 도왔는데, 무릇 그와 한번 만난 후 그의 친구가 되지 않은 사람이 없을 정도였다.

나중에 김형직이 의원을 차리자 오동진은 친구들을 시켜 세브란스의학전문학교 졸업증서를 가짜로 만들어 김형직에게 보내주기도 했다. 그 시절에는 집에 환자가 생기면 한방이나 민간요법 또는 무당 푸닥거리에 의존할 수밖에 없었으니, 조선 최초의 서양식 근대 의학교육기관의 졸업장을 내건 의원이라면 자연스럽게 사람들이 몰려들기 마련이었다. 물론 그것은 뒷날의 일이다.

김형직 일가는 한동안 중강진에 머물렀다. 원래는 오동진이 중강진으로 마중 나오기로 약속했지만, 의주에서 유여대 목사와 3·1운동을 주도한 오동진은 경찰이 급하게 뒤를 쫓아오자 강기락이라는 부하에게 김형직 일가를 부탁하고 자신은 압록강을 건너 중국 관전현(寬甸縣) 쪽으로 멀리 내뛰었다가 나중에 안자구(安子溝)에 거처를 잡았다.

중강진에 도착한 김형직 일가는 강기락의 여인숙에 방 한 칸을 얻어 임시로 지내면서 의원을 차리려 했으나 이미 그에게도 '불령선인(不逞鮮人, 일제에 반대하는 조선인을 부르던 말)' 딱지가 붙어 있었다. 오동진을 쫓던 경찰들은 중강진경찰서까지 찾아와 김형직 호적등본에 빨간 줄을 쳐놓았다. 3·1운동 때 김형직이 오동진의 집에서 지내며 그의 심부름을 해준 일이 경찰에 발각된 것이다.

중강진은 동토(凍土)로 알려져 있다. '삼수갑산을 갈지언정 중강진은 못 간다.'는 속담이 있을 정도로 조선에서 가장 추운 곳이었지만 압록강만 건너면 만주였기에, 압록강 유역에서 활동했던 독립운동가들이 많이 들르던 곳이었다. 고려, 조선 시대부터 통상이 허가되었고 왜관이 설치되어 조선 북부 지방에서는 가장 번화하고 흥성한 거리 중 하나였다.

1910년 한일병합조약으로 국권이 피탈된 후 중강진에는 일제 경찰서뿐만 아니라 세관까지 생겨 만주와 조선 사이를 오가는 장사꾼들도 무더기로 몰려들었다. 시가지 한복판은 거리 양편에 여인숙과 의원, 식당, 이발관 등 가게가 많이 생겼고, 일본인들까지 몰려들어오면서 그들이 운영하는 양의원과 전당포, 자전거 수리소 같은 신식 가게들이 들어와 앉았다. 얼마 뒤에는 일본인들이 운영하는 학교까지 설립되었다. 1936년에 이르면 『시건설(詩建設)』이라는 순수 시 전문잡지까지 창간될 정도로 평안도 북부 지방에서 문화가 발전한 고장으로 주목받았다.

김성주는 중강진에 "평양의 황금정이나 서문통처럼 일본 사람들이 우글우글했다."고 기억한다. 중강진도 이미 일본인 세상이었던 것이다. 이때 중강진에서 살았던 일본 사람들은 대체로 일본에서 못 살던 농부이거나 막벌이꾼들이었다. 1905년 을사조약 이후 신의주에 영림창(1907년)이 설치되고 중강진에 지창을 두었는데, 일본에서 먹고 살기 어려운 인부들이 벌목 일을 하려고 벌떼처럼 몰려들었다. 마찬가지로 헐벗은 조선인들에게도 이곳은 민족해방투사들과 만주에서 생활 밑천을 잡아보려는 부랑민 등 온갖 부류가 들렀다 가는 인력대기소에 가까웠다.

경찰은 김형직을 몇 번이나 불러 오동진의 행적을 대라고 했다. 의원을 차리기도 그른 데다가 여인숙에 머무르는 동안 가만히 있지 못하는 아들 김성주도 문제였다. 어느 날은 동네아이들과 휩쓸려 놀던 김성주가 자기보다 머리 하나는 더 큰 일본 아이를 메다꽂는 일이 벌어졌다. 김형직이 의원을 차리게 도왔던 여인숙 주인 강기락은 면사무소에 갔다가 돌아와 이렇게 말했다.

"선생님, 중강에서는 아무래도 안 될 것 같습니다."

김형직이 중강진경찰서에서 '특호 갑종 요시찰인'으로 기록되어 있었기 때문이다.

"차라리 강 건너 임강진에다 의원을 차리면 어떨까요?"

"네. 저도 그렇게 생각하고 있었습니다."

마침 김형직은 처남 강진석(康晉錫)이 중강진에 들렀다 가면서 몰래 주고 간 큰 아편덩어리를 팔러 다니고 있었다. 1919년 4월 만주의 봉천성 유하현 삼원보 서구 대화사(奉天省 柳河縣 三源堡 西溝 大花斜)에서 의병장 출신인 박장호(朴長浩), 조맹선(趙孟善), 백삼규(白三圭) 등이 중심이 되어 조직한 항일무장독립군 대한독립단에 가입한 강진석이 군자금을 마련하려고 단원들과 함께 조선 국내로 들어와 한 부유한 친일파의 집을 습격하여 얻은 것이었다.

김형직은 아편 판 돈 대부분을 독립단에 보냈다. 의학이 낙후했던 시절이어서 아편은 특히 의원들 사이에 많이 유통되었다. 거의 만병통치약처럼 광범위하게 쓰이고 있었다. 특히 오래된 기침이나 설사로 죽어가는 환자들을 기사회생시키는 효능이 있었다.

김형직은 '순천의원'을 열고 아편장사까지 겸한 덕에 엄청 많은 돈을 모았다. 친구 오동진이 윤하진(尹河振), 장덕진(張德震), 박태열(朴泰烈) 등과 함께 비밀결사인 광제(廣濟)청년단을 조직하는 데도 김형직의 돈이 들어갔고, 오동진이 파견한 의용대가 조선 내지로 부잣집을 털러 다닐 때도 김형직 집에 들러 며칠씩 묵었다.

1921년 5월 이두성(李斗星), 김보환(金寶煥) 등이 조직한 백산무사단은 백두산을 중심으로 중국 무송현(撫松縣)과 임강현(臨江縣) 지방에 망명 중인 젊은 조선인 무사들을 규합했다. '백두산 무사'라는 뜻으로 백산무사단이라 불렀다. 단원 대부분은 오늘날 판타지 속 협객과 비슷했다. 강진석도 그 가운데 한 사람이었다. 강진석은 친구 신훤과 함께 평북 자성군(慈城郡)에 잠입해 열연면 건하동(閭延面 乾下洞)에 사는 부자 양기조(梁基祚)의 집을 습격했다. 김형직을 이 단체에 끌어들인 사람도 바로 처남 강진석이었다.

그 시절 만주의 협객답게 강진석은 중절모자를 꾹 눌러쓰고 품속에 권총을

숨기고 다녔다. 그는 누이 강반석의 집에 들러 하룻밤씩 묵어갔다. 그때마다 등
잔불 밑에서 권총을 꺼내어 닦고 분해하기도 했다. 조카 김성주가 그것을 구경
하지 않았을 리 없다. 김성주는 이렇게 회고한다.

"권총을 보는 순간 내 눈앞에는 어째서인지 3·1독립만세 시위 때 보통문 앞거리에서
보던 광경이 새삼스럽게 떠올랐다. 그때 내가 시위군중 속에서 본 것은 쇠스랑과 나
무작대기뿐이었다. 그런데 1년도 못 되어 외삼촌 손에서 마침내 총을 보게 된 것이
다."

백산무사단 본부가 임강현 모아산(帽兒山) 속에 자리잡았기 때문에 김형직의
순천의원은 자연스럽게 그들의 시내 거점이 되고 말았다. 그들이 시도 때도 없
이 들러 강반석은 밥상을 차리느라 쉴 틈이 없을 정도였다.

때로 몇몇 단원이 중국 사람들과 마찰을 빚고 말썽을 일으키기도 했다. 그럴
때면 김형직이 나섰다. 그의 의원에서 치료받고 약도 지었던 중국 사람들이 김
형직을 도와주었다. 김형직은 그렇게 중국 사람들과 관계 맺으면서 민족주의 계
열의 독립 운동가들이라면 아는 사람이건 모르는 사람이건 가리지 않고 모두
도왔다. 그러나 1917년 러시아 10월 혁명 이후 시베리아 쪽에서 만주로 건너온
공산주의 계열 사람들과는 반목하며 지냈다. 그들이 배고파 찾아오면 김형직은
일단 냉수부터 한 그릇 내주고는 공산주의가 어떻게 나쁜지 연설을 늘어놓았다.
그것을 곱게 받아들인 젊은이들에게는 밥도 먹여주고 노자도 대주었으나 받아
들이지 않거나 도리어 반론을 꺼내는 젊은이들은 바로 쫓아 보냈다.

"냉수 마셨으니 이만 물러가게."

그러자 공산주의 계열의 젊은 사람들 중에는 순천의원에 불을 지르자고 쑥덕

거리고 모의하는 이들도 있었다. 실제로 김형직은 밤에 습격당한 적도 몇 번 있었다. 심지어 김형직 집에 와 있던 친구 현익철(玄益哲)[23]이 대신 뒤통수를 얻어

23 현익철(玄益哲, 1890년-1938년) 독립운동가. 평안북도 박천에서 태어났다. 어렸을 때부터 애국애족사상이 투철했고, 다방면으로 구국항일투쟁을 벌였다. 호는 '묵관(黙觀)'이다. 출생은 1886년으로 알려졌으나, 최근 조사 결과 1890년으로 밝혀졌다.

1919년 3.1운동으로 독립항쟁 열기가 고조되자 북간도 지역으로 활동무대를 옮겨 대한군정서(大韓軍政署)에 참가했다. 무장투쟁에서의 군사학 필요성을 절감하고 서간도 통화현 합니하(哈泥河)의 신흥무관학교 분교에 입학하여 군사학을 배웠다. 1924년 다시 압록강을 건너 남만주 독립운동 통합조직인 통의부(統義府)에 가담했다. 이때 외무위원장을 맡아 중국 관헌과 교섭하면서 상해 임시정부와도 밀접히 연계하며 활약했다. 1925년 1월 남만주 지방 독립운동단체가 김이대(金履大), 이청천(李靑天), 오동진(吳東振), 김동삼(金東三) 등에 의해 정의부(正義府)로 통합되자 여기에 가담했다. 대일 항전과 한인 동포들의 생활안정을 위해 노력했으며, 정의부 관할지역의 아동과 청소년 교육에 큰 관심을 가져 아동교육용 교과서를 제작하여 널리 보급하기도 했다. 1926년에는 양기탁(梁起鐸), 이동구(李東求), 최소수(崔素水) 등과 함께 고려혁명당(高麗革命黨)을 조직하여 중앙위원이 되었다. 1929년 3월에는 정의부 대표로서 이동림(李東林), 고이허(高而虛), 고활신(高豁信), 최동욱(崔東旭), 이탁(李鐸) 등과 함께 남만주 지방의 통합 독립운동 조직인 국민부(國民府)에 참여했다. 1929년 9월 국민부는 본격적인 교민자치와 각종 산업진흥 및 민족운동을 주도하였다.

한때 현익철은 사회주의 이념에 공감하고 다물단이나 고려혁명당 같은 사회운동 조직에 가담하기도 했다. 그러나 1929년경부터 반공적 태도와 이념을 굳히게 되었다. 당장 시급한 독립운동과 다양한 민족운동을 전개하는 데 사회주의 이념과 운동이 적절치 못하다고 생각한 것이다. 이후 사회주의 세력과 대결하는 데 앞장섰으며, 1929년 10월에는 국민부 휘하의 독립군 병사들을 시켜 사회주의자들인 남만한인청년동맹 간부 6명을 총살하기까지 했다(남만참변). 이로써 반공주의자로 널리 알려졌으며, 사회주의자들과 격렬하게 대립했다. 1931년 7월 조선혁명당 중앙집행위원장 겸 조선혁명군 총사령을 겸직한 현익철은 요령성(1929년 봉천성에서 개칭됨) 중심지인 심양(瀋陽)에서 한중연합투쟁을 제의했다. 그는 갈수록 기세가 높아지는 사회주의운동과 사회주의자들을 척결하기 위해 중국 관헌과 연합 논의로 상당한 성과를 거두었다.

그러나 불행히도 일본영사관 경찰에 체포되어 징역 7년형을 받고 신의주형무소에서 옥고를 치렀다. 그의 체포소식은 국내 〈동아일보〉, 〈조선일보〉는 물론 연해주에서 발행되던 교포신문 〈선봉〉 638호(1931년 9월 24일 자)에도 보도될 만큼 큰 관심을 끌었다.

1936년 신의주형무소에서 병보석으로 출옥한 뒤, 상해로 망명하여 임시정부 요인들이 머물던 남경(南京)으로 이사했다. 그곳에서 만주 조선혁명당에서 활동하다가 중국 정부와 임시정부에 지원을 요청하기 위해 남경으로 온 김학규와 연계하여 과거 동지들과 함께 조선혁명당을 재건했다. 중일전쟁 발발 직후, 조선혁명당 대표로서 9개 독립운동 단체가 연합하여 한국광복진선(韓國光復陣線)을 결성하자, 그는 운영간부로서 잡지, 전단, 표어 등을 발행하여 배포했다. 나아가 임시정부 군사위원회 군사위원으로 선임되었다. 1938년 봄, 남목청(楠木廳)에서 김구(金九), 이청천(李靑天), 유동열(柳東說) 등과 함께 연회를 하다가 이운환(李雲煥)이 쏜 총에 맞고 병원으로 옮겨졌으나 절명했다. 대한민국 임시정부에서는 국장(國葬)으로 현익철을 장사 악록산(長沙 岳麓山)에 안장했다. 1963년 대한민국 정부로부터 건국훈장 독립장이 추서되었다.

맞기도 했다. 호가 '묵관(默觀)'으로 이름보다는 현묵관 선생으로 더 널리 알려진 현익철은 후에 열혈 공산주의 청년이 된 김성주에게 "어떻게 다른 사람도 아닌 형직의 아들인 네가 공산주의자의 길을 간단 말이냐." 하며 한탄하기도 했다

김형직은 틈틈이 김성주를 앉혀 놓고 타일렀다.

"장차 만주에서 살아가려면 중국말을 배워야 한다. 중국말을 중국 사람들보다 더 잘해야 중국 사람들과 친해질 수 있고 또 그들의 도움을 받을 수 있단다."

김형직은 주로 중국 사람들과 아편장사를 하면서 엄청나게 많은 돈을 모을 수 있었다. 1925년에 조사한 일본 관헌 기록에는 김형직의 자산이 천원이라고 쓰여 있다. 돈은 많이 벌었지만 그의 사상은 여전히 '배일(排日)'이었다. 남의 나라 만주에서 대부분 셋방에 살던 이민자들의 생활수준에서 보면 집을 여러 채 살 수 있을 만큼 큰 부자가 된 김형직은 점차 아들을 교육하는 데 심혈을 기울였다. 덕분에 김성주는 소학교에 다니면서 집으로 불러들인 중국어 교사에게 중국어 과외까지 받았을 정도의 생활을 누렸다.

그러나 좋은 시절도 얼마 가지 못했다. 1922년 4월 24일, 강진석과 신훤이 체포되었다. 신훤(2008년 한국정부가 건국훈장 애국장 추서)이 평양지방법원에서 제령 제7호 위반 혐의로 징역 7년을 받았을 때, 강진석은 두 배가 넘는 15년형을 언도받았다. 이 불똥이 김형직에게까지 튀었다. 그의 집이 백산무사단 거점임이 발각되자 김형직은 조선에서 온 경찰들이 함부로 수색할 수 없는 중국인 지인들의 집에서 한동안 숨어 지내다가 결국 임강진을 뜰 수밖에 없었다.

2. 팔도구 개구쟁이

그 후 김형직 가족이 옮겨간 곳은 장백현 팔도구(八道溝)였다. 팔도구는 김성주에게 뜻 깊은 동네였다. 김형직은 이 동네에서 '광제의원'을 개업했으며, 이곳에서 지내는 동안 비교적 안정된 생활을 할 수 있었다. 임강진과 250여 리 떨어진 팔도구에도 김형직의 친구들이 많이 드나들었다.

특히 오동진의 광복군총영(光復軍總營)이 도처에서 활동하고 있었다. 1920년 6월 6일 조직되어 오동진이 총영장을 맡았던 광복군총영은 실질적으로 조선 최초의 군대나 다름없었다. 그들은 일제 탄압에 대응하기 위해 무장을 갖추기 시작한 것이다. 상해 대한민국임시정부에서 파견 나온 이탁(李鐸)이 사령관에 임명되었는데, 그는 장총 240여 정을 가지고 왔다. 아일랜드계 영국인 조지 루이스쇼(George Lewis Shaw)가 1919년 5월 단동에 설립한 무역선박회사 이륭양행(怡隆洋行)에서 이 총을 가져다주었다.

오동진은 선발한 결사대를 평양, 신의주, 선천, 서울 등지에 보내 일제 관청을 파괴하고 일제 요인들을 암살했다. 결사대원들이 몸에 총과 탄약을 소지한 채 월경하는 것은 위험했으므로 김형직은 오동진을 도와 포평나루에서 혜산 쪽으로 5리 가량 떨어진 압록강 기슭 큰길가 바위 곁에 비밀창고를 하나 만들었고, 여기에 총과 탄약을 숨겨두곤 했다. 오동진이 김형직에게 이 일을 맡긴 것은 김형직이 아편장사를 계기로 이 지방 조선인 경찰이나 헌병보조원들과 아주 가깝게 지냈기 때문이었다. 실제로 이때 김형직에게 매수된 사람 중에는 헌병오장인 김득수와 조선인 헌병보조원인 홍종우도 있었다. 홍종우는 해방 후까지 살아남아 김성주와 만나기도 했다.

'포평'은 예로부터 머루넝쿨이 많은 평평한 들판이라고 하여 불린 이름이다.

팔도구와 압록강을 사이에 둔 평안북도 후창군에는 포평헌변분견소가 있었다. 홍종우는 바로 이 헌변분견소에서 근무했다. 때문에 김형직은 포평에서 비교적 무난하게 오동진이 맡긴 일을 잘해나갈 수 있었다. 김성주는 홍종우에 대해 이렇게 회고한다.

"홍종우가 헌병보조원 옷을 입고 처음 우리 집 약방에 나타났을 때, 나는 몹시 긴장되었고 아버지와 어머니도 여러모로 경계했다."

헌병보조원이 입고 다니는 의복이나 외투는 일본군 육군 군복과 비슷해 위팔 왼쪽에는 붉은색 베로 만든 지름 2촌(약 6cm)의 성장(星章)이 달려 있었고, 더구나 조선인과 일본인은 생김새가 별로 다르지 않아 보통 사람들은 멀리에서 그들의 그림자만 보아도 사색이 되었다.

광복군총영의 무기고를 포평 용바위에 만든 후 김형직은 거의 포평에서 지내다시피 했다. 그는 이 무기고지기나 다름없었다. 때문에 광제의원도 대부분 비어 있었다. 팔도구 소학교에 붙은 김성주까지도 한참 장난치며 놀 나이여서 아침에 학교 갈 때 주먹밥 한 개를 책보자기 속에 넣어가지고 나가면 저녁 어슬녘까지도 돌아오지 않았다. 비교적 큰 도시인 평양에서 온 데다 생활형편 또한 호주머니 속에 용돈을 넣고 다닐 정도로 넉넉했기 때문에 그의 주변에는 따라다니는 아이들이 많았다. 아버지를 닮아 말도 잘했다. 아버지와 삼촌이 모두 독립운동가였으니 그들의 이야기를 얻어들은 것도 많았다. 그래서 동무들을 모아놓고 평양감옥이 어떻게 생겼는지, 독립군이 가지고 다니는 권총은 어떻게 생겼으며, 작탄은 어떻게 터뜨리는지도 이야기해 주었다. 때문에 방과 후면 그의 주변에는 언제나 아이들 한 무리가 따라다녔다.

이때 김성주는 팔도구에서 으뜸가는 개구쟁이로 소문났다. 그를 따라다니며 사고 친 아이들 부모의 눈에는 말 그대로 '악동'이었다.

"돌이켜보면 내가 어려서 장난을 제일 많이 한 때가 팔도구 시절이었다고 생각된다. 어떤 날은 어른들이 혀를 찰 정도로 험한 장난을 할 때도 있었다."

이를테면 압록강 얼음판에 너비가 1m도 넘는 큼직한 구멍을 뚫어놓고 데리고 나간 아이들을 강변에 한 줄로 세운 뒤 그 구멍을 뛰어넘게 했다. 뛰어넘지 못하면 커서 조선 군인이 될 자격이 없다고 으름장을 놓아, 죽을 둥 살 둥 모르고 건너뛰다가 얼음 구멍에 빠진 아이들은 겨울 대낮에 물참봉이 되어 덜덜 떨면서 집으로 뛰어가곤 했다.

"평양 집 아이 때문에 온 동네 아이들이 '동태'가 되는구나."

장난은 장난대로 심했지만 공부는 또 공부대로 잘했기 때문에 장난만 치고 공부는 못하는 아이들을 꾸짖을 때마다 부모들은 곧잘 김성주의 이름을 꺼냈다.

"장난질하더라도 성주만큼 공부도 잘하면서 장난치면 누가 뭐라 하겠느냐."

아이들을 데리고 팔도구 뒷산에 들어가 군대놀이에 한번 빠지면 시간 가는 줄도 모르고 밤 깊도록 돌아오지 않아 부모 속을 새까맣게 태운 적이 한두 번이 아니었다. 그럴 때마다 부모들은 곧바로 광제의원으로 찾아갔다.

"성님, 성주 따라간 우리 애가 아직도 집에 안 왔어요."

"군대놀이가 아직도 끝나지 않았나 봐요."

강반석은 서두르지 않고 오히려 놀이에 빠진 아이들 역성을 들기도 했다.

"가서 억지로 붙잡아오면 애들이 더할 거니까 가만 내버려둬요."

"그래도 지금 몇 시예요? 자정이 가까워오는데 돌아오지 않으면 어떻게 해요.”

“그 애들한테 자정이 무슨 상관있겠어요. 온 세상이 좁다 하고 날아다니는 애들의 동심을 무슨 수로 붙잡나요. 그러니 가만 내버려둬요. 때가 되면 다 돌아올 거예요.”

강반석이 말은 이렇게 했지만, 걱정하는 마음이 없을 리는 없었다.

드디어 어느 날, 김성주와 아이들은 엄청난 사고를 치고 말았다. 김성주가 팔도구 소학교 시절의 동창생으로 기억하는 김종항이라는 아이가 자기 집 창고에서 뇌관 하나를 몰래 가지고 와 자랑하면서 입에 대고 휘파람을 불다가 그만 터뜨린 것이었다. 이 뇌관은 독립군과 거래하던 김종항의 형이 몰래 구해서 보관하고 있던 것이었다. 김성주는 이렇게 회고한다.

“그날 화롯불 곁에서 호박씨를 까먹으며 놀았는데, 김종항이 그 뇌관을 입에 대고 휘파람을 자꾸 불었다. 그러다가 뇌관에 불씨가 닿아 그만 폭발했다. 그 바람에 그는 여러 군데 상처를 입었다. 그의 형이 그를 이불보에 싸 업고 우리 아버지한테로 뛰어왔다. 뇌관 때문에 상했다는 소문이 경찰들 귀에 들어가면 큰 봉변을 치를 수 있었으므로 아버지는 김종항을 우리 집에 숨겨놓고 20여 일간이나 치료해주었다.”

겉으로 내색은 하지 않아도 김형직과 강반석 부부 역시 걱정이 이만저만 아니었다.

“이 애들이 언젠가는 무슨 큰 사고를 칠 거예요.”

김형직과 강반석 부부는 아들의 장래를 두고 의논했다.

“계속 여기 이렇게 두었다간 중국 애가 될지도 모르겠어요.”

“소학교까지는 졸업시키고 나서 더 좋은 학교를 알아봅시다.”

"저는 이러다가 성주가 우리 조선 글을 다 잊어버릴까 봐 걱정스러워요."

남편이 포평에서 묵으며 돌아오지 않는 날 오동진이 보낸 사람이 팔도구에 찾아오면 강반석은 곧바로 성주에게 심부름을 시켰다.

"송암 아저씨가 보낸 사람이 왔다고 어서 가서 아버지께 알려드려라. 그리고 넌 내일 예배까지 보고 거기서 하루 놀다가 돌아오려무나."

그러나 아버지를 찾으러 포평으로 건너갔던 성주는 포평헌변분견소 앞에서 헌병 차림의 사람과 이야기를 주고받고 있는 아버지를 보고는 소스라치도록 놀랐다.

"저 사람이 전에는 독립운동가였다는데, 지금은 헌병대 끄나풀이라오."

뒤에서 이렇게 수군덕거리는 사람들도 있었다. 어찌나 놀랐던지 동생 철주의 손을 잡고 그대로 팔도구로 돌아온 성주는 아버지는 만나 뵈었느냐고 묻는 어머니 앞에서 한참 동안 아무 말도 못 했다. 철이 들 때부터 아버지를 일본 헌병과 경찰에게 쫓겨 다니는 사람으로만 알고 있었던 김성주 눈에 비친 지금의 아버지 모습은 여간 의아스럽지 않았다. 팔도구로 돌아와 이 사실을 알게 된 김형직은 아내와 의논했다.

"아이들한테 뭐라고 딱히 설명할 수도 없으니, 잠시 동안만이라도 저 애를 평양에 보냅시다."

"평양에 가 있으면 좋기야 하지요."

강반석도 찬성했다.

"그러잖아도 이대로 중국 학교만 다니다가는 우리 조선말을 다 잊어버리고 아주 중국 아이가 될까 봐 걱정스러워요."

그러나 평양에 아이를 데려다 줄 정도의 형편은 되지 않았다.

"당장 인편도 없고 어떻게 혼자 보내요?"

"장차 큰 인물이 될 만한 재목일지 이번에 한번 시험해봅시다."

김형직은 아들을 불러 앉혔다.

"너를 고향에 보내려고 하는데 혼자 갈 수 있겠느냐?"

김성주의 눈이 빛났다.

"고향이라니요. 할아버지, 할머니 계신 만경대 말씀입니까?"

"그렇다."

김성주는 씩씩하게 대답했다.

"얼마든지 갈 수 있습니다."

김형직은 그런 아들을 대견스럽게 바라보았다. 1923년 3월에 있었던 일이다.

1923년은 김성주가 열한 살 되던 해다. 태어나서 처음으로 아버지, 어머니와 헤어져 혼자 먼 길을 가야 하는 소년 김성주의 본격적인 '인생 성장기'가 시작되었다.

김성주가 팔도구에서 평양까지 1,000리 정도 되는 길을 꼬박 두 발로 걸어갔는지는 의문이다. 차가 있으면 차를 타고, 사람 태워주는 발구(소나 말을 이용하여 물건을 나르는 큰 썰매)를 만나면 발구에도 앉아 갔을 것으로 짐작된다. 당시 개천에서 신안주까지는 협궤철도가 있었다. 중국에서는 이를 '소철(小鐵)'이라고 불렀는데, 보통 철도보다 좀 좁았기 때문이다. 신안주에서 평양까지는 정상적인 광궤철도가 뻗어 있었다. 김성주는 개천에서 기차를 타고 만경대까지 왔다고 회고하며, 당시 기차표 값이 1원 90전이었다는 것까지도 기억한다.

아무튼 3월이면 조선 북부는 아직도 엄동설한의 계절이다. 압록강도 꽁꽁 얼어 있다. 부전자전이라는 속담도 있듯이, 어려서부터 가족을 버리고 여기저기 나돌아 다니면서 경찰에게도 쫓기고 또 붙잡혀 감옥살이도 했던 아버지를 보아온 성주에게 아버지는 인생의 롤 모델이나 다를 게 없었다. 나라를 잃은 암울한 시대에 태어나 독립운동에 헌신했던 아버지 김형직의 나라 잃은 데 대한 비탄은 고스란히 아들이 물려받았다.

그와 같은 비탄은 일종의 능력이기도 하다. 자아가 성숙하는 소년시절에 겪으면서 비탄의 출처를 알게 될 때, 그것은 '뼈에 사무치는 원한'이 된다. 원한이 갑자기 생겨난 것이 아니라 아주 오랜 시절부터 뼛속에 뿌리를 심고 자라났기 때문에 이와 같이 표현한 것이다. 이 시절 나라 잃은 조선의 지사들이 압록강을 넘나들며 불렀다는 〈압록강의 노래〉는 그래서 유명하다. 김성주도 이 노래를 부를 줄 알았다.

1919년 3월 1일은
이 내 몸이 압록강을 건넌 날일세
연년이 이 날은 돌아오리니
내 목적을 이루고서야 돌아가리라
압록강의 푸른 물아 조국 산천아
고향땅에 돌아갈 날 과연 언젤까
죽어도 잊지 못할 소원이 있어
내 나라를 찾고서야 돌아가리라

1945년 일제가 투항한 후 평양으로 돌아간 김성주는 그때 자기가 타고 왔던 경편열차 '니카샤호'라는 기관차 머리까지 찾아내 박물관에 보관할 정도로 이때의 추억은 아주 강렬했다. 팔도구에서 중국 소학교 졸업을 앞두고 다시 고향으로 돌아온 김성주는 외할아버지 강돈욱이 교감으로 있던 창덕학교 5학년에 곧

바로 편입했다.

3. 포평 탈출

김성주는 창덕학교에서 꼬박 1년 9개월 남짓 공부했다. 그런데 1925년 2월, 아버지 김형직이 또다시 경찰에게 잡혔다는 비보가 날아들었다. 느낌이 좋지 않았다. 외가에서는 모두 사색에 질렸다. 소식을 가져왔던 사람을 통해 김형직이 오동진의 심부름을 하다가 잡혔다는 사실을 알게 되었기 때문이다.

이때 오동진은 조선총독부가 가장 주목하는 위험인물로 경찰 전체가 그를 붙잡기 위해 혈안이 되어 있었다. 만주 지역에서 직접 무장부대를 만들고, 동삼성(東三省) 내 독립운동 단체들을 통합하여 대한통의부를 조직해 오동진은 군사위원장이 되었다. 그의 부하들은 조선 국내로 침투하여 평양, 신의주, 선천, 서울 등지에서 관청을 파괴하고 경찰서에 폭탄을 투척했다.

오동진을 체포하기 위해 오동진 주변 사람들을 하나둘씩 붙잡기 시작했는데, 그 속에 김형직도 포함된 것이다. 오동진의 무기고가 포평에 있다는 정보를 입수한 경찰들은 김형직을 체포해 포평경찰관 주재소에서 반죽음이 되도록 두들겨 팼으나 아무런 정보도 캐내지 못하자 다시 후창경찰서로 압송했다. 후창경찰서 경찰들은 김형직에게 아편을 산 사람이 많아 대놓고 권고했다.

"당신이 벌써 몇 해째 아편 밀매상 노릇을 한 것을 우린 다 알고 있소. 그러나 우리가 오동진을 잡을 수 있게 도와주면 당신이 아편금계조례법 위반한 것은 눈감아주고 추궁하지 않겠소."

하지만 김형직은 딱 잡아뗐다.

"내가 오동진이 어디서 뭐하고 있는지 알 게 뭐요."

"당신이 오동진과 아주 친한 걸 우리가 모르는 줄 아오?"

"평양에서 살 때 몇 번 만났을 뿐이오. 난 만주로 이사한 뒤에는 전혀 소식을 모르고 지내오."

김형직은 차라리 아편금계조례법 위반으로 처벌받고 몇 년 감방에서 살다가 나올 작정이었으나 경찰들은 끝까지 그의 입에서 오동진의 정보를 알아내려고 했다.

"강도 노릇 일삼던 당신 처남 강진석이 왜 15년 징역을 받았는지 아직도 모르겠나?"

포평경찰관 주재소 아키시마 순사부장이 김형직에게 말했다.

"다른 강도들은 모두 징역 3~4년밖에 받지 않았지. 강진석이 15년 받은 것은 바로 아편 때문이야. 아편이라면 오금을 못 쓰는 자였거든. 그자가 강도질한 아편을 모두 자네한테 맡겨 판 것 아닌가."

이와 같은 사실과 이해관계를 김형직도 모르지는 않았다. 하지만 오동진을 체포하려는 경찰들에게 결코 협조할 수는 없었다. 그것은 변절과 배신을 의미하기 때문이었다. 이때까지 독립운동을 해온 그의 신념도 이를 허락하지 않았다. 그러나 이번에 다시 감옥에 들어간다면, 쉽게 풀려나오지 못하리라는 것을 모르지 않았다. 아편에 손 댄 시간이 길었거니와 또 그가 팔아넘긴 아편들도 이미 질병 치료가 목적인 일반 의원의 민간 수요량을 훨씬 넘었기 때문이다.

조선 정부는 이미 1894년에 아편연 금계조례를 제정해 위반자를 2년 이상, 3년 이하의 감금에 처했다. 그러다 상황이 심각해지자 1905년 형법대전을 반포해 아편의 수입·제조·판매·흡연한 자를 모두 징역 15년에 처하며 처벌을 강화했다.

밤에 김형직은 유치장을 지키던 젊은 순사 이관호(李官浩)[24]에게 부탁했다.

"이보게, 젊은 순사. 자네도 나랑 같은 조선인이지?"

"그렇소만은?"

"내가 이번에 도 경찰부로 넘겨지면 다시 풀려나오기는 틀렸으니 부탁 하나 들어주지 않으려나? 수고한 만큼은 수고비를 드릴 테니까."

"뭐요?"

"남사목재소에서 서사 일을 보는 황 씨라고 있네. 그 친구한테 내 소식 좀 전해주시게."

"무슨 소식 말이오?"

"내가 후창에 잡혀와 있다고 전해주면 되네."

"황 씨가 혹시 독립군 아닙니까? 그보고 와서 유치장 들이치라고 암시하는 겁니까?"

이관호는 펄쩍 뛰었으나 김형직은 그를 구슬렸다.

"내 가족에게 소식을 전하려는 것이네. 믿지 못하겠으면 자네가 우리 집에 소식 좀 전해주시게나. 내 아내한테 돈도 좀 받을 수 있게 쪽지를 써주겠네."

그러나 이관호는 김형직의 집이 압록강 넘어 장백현 팔도구에 있는 걸 알고

---

24 이관호(李官浩, 1900년-?)는 일제 강점기의 경찰로, 본적은 평안북도 후창군 동신면이다. 1922년 8월 20일 조선총독부 평안북도 순사로 임명되었으며, 같은 해 12월 8일까지 순사교습소 교습생을 지냈다. 1923년 8월 8일부터 1930년 3월 11일까지 평안북도 후창경찰서 순사로 근무했고, 이후 평안북도 후창경찰서 포평경찰관주재소 순사로 근무했다. 1932년 8월 15일부터 9월 5일까지 일본군의 항일 무장 세력 소탕 작전에 가담해 항일운동가 수십 명을 살상했으며, 1933년 9월 26일에 신경쇠약으로 면직되었다. 1934년 3월 1일 만주국 정부로부터 건국공로장을 받았고, 1934년 4월 29일 일본 정부로부터 훈8등 욱일장을 받았다. 1934년 7월 25일 만주사변에 협력한 공로를 인정받아 일본 정부의 만주사변 행상에서 훈공 갑(勳功 甲)에 상신되었으며, 그해 8월 28일 만주사변 종군 기장에 상신되었다. 1935년 7월 25일 훈공 갑을 받았고, 1937년 6월 12일 조선총독부로부터 광업권을 받은 뒤부터 평안북도 후창군 동신면에서 광업에 종사했다. 친일반민족행위진상규명위원회가 발표한 친일반민족행위 705인 명단에 포함되기도 했다. 사망 원인과 시간은 알려지지 않고 있다.

는 "내가 거기까지야 어떻게 가겠소. 암튼 황 씨라는 친구한테는 소식을 전해주 겠소. 돈 같은 것은 관두세요." 하며 그의 부탁을 들어주었다.

이관호는 포평에 가는 사람에게 남사목재소 황 씨에게 김형직이 후창경찰서 에 잡혀와 있다고 소식을 전하라고 했다. 그러면서 절대 자기로부터 소식이 새 어나온 것을 다른 사람들이 알게 해서는 안 된다고 신신당부했다.

후창에서만 10여 년 순사 노릇하다가 후에 광산업에 손댔던 이관호는 1945 년 광복 후 남쪽으로 가는 길이 막히자, 성과 이름을 감추고 중국 쪽으로 도망쳤 다. 그는 중국 연변의 세린하 태양령 단결대대(細麟河 太陽嶺 團結大隊)라는 동네에 서 순사교습소 시절 함께 훈련받았던, 중국 정부로부터 역사반혁명분자로 낙인 찍힌 친구와 만나 이렇게 한탄했다고 한다.

"이북에서 나온 '김일성 장군'이라는 사람이 그 김형직의 아들일 줄 누가 상 상인들 했겠소. 그때 내가 직접 김형직을 구해주지 않았던 것이 후회되오."

그러나 김성주 회고록에는 아키시마라는 일본인 순사부장 이름은 나오지만 이관호라는 조선인 순사의 이름은 전혀 언급이 없다. 평안북도 후창군에서는 아 키시마보다 이관호가 훨씬 더 유명했다. 1923년부터 줄곧 후창경찰서와 포평경 찰관주재소 순사로 10여 년 넘게 근무했는데, 1931년 9월 18일 만주사변이 일 어난 해에는 압록강을 건너 장백현 쪽으로 들어가 독립군 소탕 작전에도 직접 참여하는 등 굉장히 나쁜 짓을 많이 했다고 한다. 그는 그 공로를 인정받아 1934 년 3월 1일 만주국 정부로부터 건국공로장을 받았고, 일본으로부터도 훈8등 욱 일장을 받기도 했다. 이처럼 일제에 충성했던 이관호가 김형직의 부탁대로 황 씨라는 친구에게 소식을 전해준 적이 있었다는 사실도 참으로 아이러니다.

어쨌든 황 씨는 김형직을 압송하던 경찰들이 연포리라는 한 주막집에서 밥을 먹고 있을 때 접근하여 경찰들에게 술을 권하여 취하게 만들고는 김형직을 빼돌렸다. 그때 탈출에 성공한 김형직은 며칠 동안을 산속에서 헤매야 했다.

경찰들은 김형직을 잡으려고 후창에서부터 죽전리에 이르는 압록강 유역을
뒤졌으나 모두 헛물만 켜고 말았다. 그들은 김형직이 반드시 압록강을 건너 팔
도구 집 쪽으로 가리라고 짐작했다. 며칠 동안 경계망을 치고 기다렸으나 김형
직이 나타나지 않자 사복경찰은 팔도구까지 찾아와 그의 집을 감시했다. 한편
오동진은 참의부 소대원들을 이끌고 평북 지방에서 활동했던 양세봉[25]에게 사
람을 보내어 김형직을 찾아달라고 부탁했다.

"형직이 그 사람은 나와 우리 독립군에 아주 소중한 사람이니 감옥을 습격해
서라도 꼭 구해내도록 하게. 필요하다면 무엇이든지 다 지원할 테니까."

양세봉도 김형직과는 친숙한 사이였다. 천마산대(天麻山隊) 대장 최시흥(崔時
興)의 부하였던 양세봉은 1923년 초 최시흥이 오동진의 광복군총영과 손을 잡

---

25 양세봉(梁世奉, 1896-1934년) 독립운동가. 다른 이름으로 양서봉(梁瑞鳳), 양윤봉(梁允奉)이 있고,
    호는 벽해(碧海)이다. 평안북도 철산에서 태어났으며 아버지가 일찍 사망하고 가정 형편이 어려
    워 교육을 거의 받지 못했다. 1917년 간도로 이민하여 중국인 지주의 소작농으로 생계를 연명하던
    중, 1919년 3·1운동을 계기로 만세 시위를 조직하면서 독립운동에 뛰어들었다.
    1922년 천마산대라는 유격부대에 가입했고, 이후 대한통의부, 참의부, 정의부에서 독립군 지휘관
    으로 활동하면서 국내 평안북도 지역으로 진공하는 등 많은 전공을 세웠다. 1930년대에는 조선혁
    명군의 내분을 수습하고 총사령관이 되어 남만에서 활동하던 중국의용군과 연합전선을 형성했다.
    1932년 한중 연합군을 편성하여 신빈현 영릉가전투에서 일본군에 승리를 거두었다. 1933년 5월
    일본군과 만주군이 양세봉이 이끄는 연합군의 근거지인 임강, 환인, 신빈, 유하, 통화 등을 차례로
    공격하여 연합군은 위기에 빠진다. 이때 양세봉은 연합군을 이끌고 일본군 40여 명을 살해하고 기
    관총 등 무기 90여 점을 회수하는 등의 활약을 했다. 이에 양세봉에게 큰 위협을 느낀 일본군은 연
    합군에 밀정을 보내 양세봉을 유인했다. 1934년 8월 12일, 양세봉이 일본군 휘하의 조선인 밀정에
    게 속아 부하대원 4명을 거느리고 수수밭을 지날 때 숨어 있던 일본군 수십여 명이 나타나 그들을
    포위했다. 그때 양세봉과 동행했던 일본군 밀정 박창해가 양세봉에게 투항을 권고했으나 양세봉
    이 이를 거부하자, 박창해가 매수한 중국인 자객이 양세봉에게 총을 쏘았다.
    그의 사후 조선혁명군 세력은 급격히 위축되었고, 몇 차례 개편했지만 세력을 회복하지 못했다.
    1962년 대한민국은 건국훈장 독립장을 추서했고, 국립서울현충원에 유골 없는 묘지가 마련되었
    다. 북한에도 양세봉 유해가 애국열사릉에 매장되었고, 김일성이 특별히 양세봉의 유족을 평양에
    불러 살게 하는 등 그를 높이 평가한다. 김일성은 회고록에서 아버지 김형직이 일찍 사망한 뒤 오
    동진, 손정도, 장철호, 현묵관, 그리고 양세봉에게서 학비를 후원받은 사실을 기록하였다.

으면서 천마산대가 광복군철마별영(光復軍鐵馬別營)으로 개편될 때 오동진의 부하가 되었다. 그때 양세봉은 별영검사관이 되었는데, 일본군 헌병 조직을 모방하여 총영에는 헌병중대를 두고 별영에는 소대를 두어 이들을 총괄했다. 후에 양세봉의 심복이 된 장철호의 5중대 2소대가 헌병소대 역을 감당하여 장철호는 헌병소대장으로 불리기도 했다.

양세봉이 천마산대에서 지휘했던 부대는 주로 장철호의 소대였다. 처음에는 재래식 무기인 화승총 같은 것을 들고 다녔는데, 1924년 조선 총독 사이토 마코토(齋藤實)를 습격하러 갈 때 오동진은 후창군 포평에 들러 김형직이 지키던 무기고에서 신식 총으로 바꿔가게 했다. 그때 양세봉과 장철호 모두 김형직과 만났고 서로 잘 아는 사이가 되었다. 양세봉은 김형직의 나이가 자기보다 두 살 많은 것을 알고는 대뜸 '김 형'이라고 불렀다.

"김 형은 총영장의 친구이기도 하지만 우리한테도 무척 고마운 분이니 꼭 구해내야 하오. 수만(守萬, 장철호의 별명)이 직접 소대원들을 데리고 후창군 쪽으로 한번 나가보오."

양세봉은 특별히 부하 장철호에게 이 일을 맡겼다. 장철호는 소대원들을 2명씩 한 조로 묶어 팔도구는 물론, 포평과 후창 쪽을 돌며 김형직의 소식을 알아보게 했다. 김성주가 회고록에서 특별히 기억하는 장철호 소대 대원 공영과 박진영이 압록강 얼음판 위에서 동상으로 쓰러져 거의 시체가 되다시피 한 김형직을 발견했다. 두 사람은 김형직을 부근의 한 농가로 업고 가서 간호했다.

여러 해 동안 의원 노릇을 해온 김형직은 다행히 동상 치료법을 알고 있었다. 고추, 마늘, 생강 등을 삶아 찧은 다음 즙을 만들어 환부에 더덕더덕 바르고 며칠 동안 요양하고 나니 바로 일어서서 조금씩 걸음도 옮겨놓을 수 있게 되었다. 양세봉은 부하 최윤구를 시켜 돈과 함께 동상에 좋다는 약재들을 구해 보냈고,

며칠 후엔 직접 김형직을 찾아왔다.

"김 형, 이렇게 살아계셔서 얼마나 기쁜지 모르겠소. 제가 여기로 올 때 총영 장에게도 김 형을 찾았다고 소식을 보냈습니다."

"아니오, 양 중대장이 보낸 이 사람들이 아니었더라면 나는 진작 동태가 되어 저 세상 사람이 됐을 거요."

양세봉은 오동진에게 전달받은 말을 했다.

"김 형은 더는 팔도구에서 살 수 없습니다. 무송 쪽으로 옮기면 어떻겠는가 하고 총영장이 권합니다. 그쪽이 우리 독립군 세력 안에 있어서 김 형이 마음놓 고 병 치료하기에도 안전하고 좋습니다."

"팔도구에서는 모두 무사한지 모르겠소."

"아, 경찰 놈들이 김 형 가족들한테까지는 아직 손을 뻗친 것 같지 않습니다."

양세봉은 떠나면서 부탁했다.

"그럼 몸이 나아지는 대로 바로 무송으로 오십시오. 제가 먼저 가서 김 형 가 족이 살 집을 마련해놓겠습니다. 이 두 친구는 계속 김 형 곁에 남겨서 김 형을 돕게 하지요."

김형직 곁에 남은 공영과 박진영은 번갈아 팔도구로 오가면서 소식도 전하고 또 김형직 일가가 무송으로 이사하는 일을 도왔다. 그때 처음 만나 알게 된 공영 에 대해 김성주는 이렇게 회고한다.

"우리 집에 오면 늘상 '성주, 성주' 하면서 나를 사랑해주었다. 나도 훗날 그가 공산주 의자가 되어 우리의 동지이자 전우가 되기 전까지는 그냥 그를 아저씨라고 불렀다."

아버지와 이 년 만에 다시 만난 김성주의 눈에서는 눈물이 샘솟듯이 솟아올랐다.

그렇게 멋지고 의젓하고 씩씩하던 아버지는 어디로 가고 동상으로 온 얼굴이 푸르죽죽해지고 손등과 손바닥 여기저기에서 고름이 흐르고 피부가 벗겨져 있었다. 보기에도 끔찍할 정도로 상한 아버지의 모습은 김성주의 가슴을 칼로 후비는 듯했다. 평양감옥에서 형을 살고 나왔을 때의 모습과는 비교할 수도 없었다. 이 동상으로 김형직은 거의 폐인과 다름없이 되고 말았다.

4. 장백현의 악동

이때 김형직 일가는 앞으로 살아갈 길이 막막했다. 셋째 아들 김영주는 다섯 살이 되었다. 강반석 혼자 힘으로 아들 셋을 공부시킬 힘이 없어 걱정하던 차에 김형직의 막냇동생 김형권[26]이 형 일가를 돕겠다며 무송으로 와 함께 살았다. 김형직의 처남 강진석이 투옥되기 전, 김형권은 사돈 간인 강진석을 친형보다 더 좋아했고, 간혹 강진석과 만나면 그를 따라가겠다고 난리를 부린 적도 한두 번이 아니었다. 강진석은 백산무사단원으로 활동하면서 김형권에게 총 쏘는 법도 가르쳐주었고 실제로 몇 번 심부름을 시켰던 적도 있었다. 이랬던 탓에 그가 무

---

26 김형권(金亨權, 1905-1936년) 독립운동가. 평안남도 대동군에서 태어났으며 김성주의 아버지 김형직의 막냇동생이다. 큰조카인 김성주와는 일곱 살 차이다. 북한에서는 그가 1927년 김성주가 조직한 백산청년동맹에 가입했다고 주장한다. 1930년, 함경남도 홍원군에서 일본 경찰에 체포되어 징역형을 선고받고 경성부 마포형무소(경성형무소)에서 복역하던 중 옥사했다.
북한에서는 '불요불굴의 공산주의 혁명투사'로 높이 평가받으며, 대성산혁명렬사릉에 그의 묘가 있고 흉상이 세워져 있다. 량강도 풍산군은 1930년 8월 14일 김형권이 무장부대를 이끌고 파발리 경찰주재소를 습격한 사건을 기념하기 위해 1990년 김형권군으로 개칭되었다. 북한 영화 〈누리에 붙는 불〉(1977)은 김형권의 독립운동을 소재로 했다.

송으로 간다고 하자 아버지 김보현은 별로 말이 없었으나 어머니 이보익은 재삼 당부했다.

"막내야, 너는 형을 도우러 가는 것이니 만주에 가거들랑 행여라도 다시 총 들고 다니는 일은 하지 말아야 한다."

"네, 걱정 마세요."

김형권은 대답은 이렇게 했으나 독립운동가였던 김형직을 형으로 둔 자기의 숙명에서 벗어나지 못했다.

이후 1930년 8월 14일, 국민부에서 파견되어 군자금을 구하려고 최효일(崔孝一)의 부하로 함께 국내로 입국한 김형권은 함경남도 풍산군 안산면 내중리에서 주재소 직원에게 불심검문을 당했다. 그런데 최효일이 내친김에 주재소 안으로 들어가 마쓰야마(松山), 일명 '오빠시'라는 별명을 가진 일본인 순사부장을 쏘아죽이고 도망치다가 붙잡히고 말았다. 직접 일본인 경찰관을 쏘아 죽인 최효일은 사형에 처해지고, 도망치는 와중에 몇 곳에 들러 독립군 군자금 명목으로 빼앗은 돈이 19원이었는데 이 죄는 김형권의 몫이 되고 말았다. 김형권은 함흥지방법원에서 강도죄로 15년 형을 선고받았는데, 강진석이 받았던 형기와 같았다. 김형권은 1936년 서울의 마포형무소(경성형무소)에서 옥사하고 말았다. 김형권의 나이 31세였다. 이것은 이후의 일이다.

당시 형의 살림을 도와주러 왔던 김형권은 한때 무송현의 한 의약회사에도 취직했고, 형을 도와 무송현 소남문 거리에 '무림의원'이라는 간판도 내걸었으나 형편은 팔도구 시절보다 훨씬 못했고 살림도 점점 기울어지고 있었다. 다행히 무송현에 사는 중국인 부자 장만정(張萬程)과 사귀게 되어 그의 도움을 적잖게 받았다.

장만정의 아들 장울화(張蔚華)와 김성주가 무송 제1소학교에서 함께 공부하면서 인연을 맺었기 때문이기도 했다. 그러나 팔도구 시절의 이름난 개구쟁이였던 김성주는 무송에 와서도 사단을 일으켰다. 무송현 경찰서의 한 중국인 경찰이 덩치 큰 소학생들 10여 명한테 갑작스럽게 몰매를 얻어맞고 쓰러진 사건이 있었는데, 이 사건의 주모자가 열네 살이었던 김성주와 장울화였다. 김형직 부부는 걱정이 이만저만이 아니었다.

"성주야, 네가 이러다가는 아청(亞靑, 장울화의 아명)의 아버지한테까지 해를 끼치겠구나."

"내가 뭘 어쨌다고요?"

김성주는 아무것도 모르는 척했으나 이미 무슨 말이 나올지 짐작하고 있었다.

"그날 밤 극장에서 중국경찰을 팬 것이 네가 한 짓 아니냐?"

"어떻게 아셨어요?"

김성주는 뒷덜미를 썩썩 긁어댔다.

"네가 그 애들 우두머리라는 걸 모르는 사람이 어디 있겠느냐."

"그 경찰놈이 아무 잘못도 없는 우리 학교 선생님을 때렸습니다."

"그러면 말로 해야지, 그런다고 학생인 너희가 감히 경찰을 팬단 말이냐?"

"경찰이 학교 와서 사과해야 한다고 항의도 했어요. 그런데 어디 듣나요. 그래서 생각다 못해 패주었던 것입니다."

아들 대답을 듣고 나서 김형직은 잠깐 말이 없는데, 어머니 강반석이 나직이 한마디 더 했다.

"아청의 아버지가 현장한테까지 불려가서 말을 듣고 온 모양이더라."

"모른다고 딱 잡아떼면 될 걸 가지고 왜 잘 알지도 못하면서 제가 한 일이라고 해버렸답니까."

"물론 모른다고 했겠지. 근데 성주 네가 그 애들 우두머리라는 걸 다 알고 있는 모양이더라. 언젠가 꼬투리를 잡아 너를 해치려 들지 모르니 걱정이구나."

강반석은 나지막이 한숨을 내쉬었다.

"아버지께서 이렇게 아프신데 너까지 공부에 열중하지 않고 말썽만 일으키고 다니면 어떻게 하느냐?"

'제가 잘못했습니다.'

김성주는 이렇게 대답하려다가 꿀걱 하고 침을 삼켰다. 목구멍까지 올라온 말을 끝내 입 밖에 꺼내지 않고 머리만 풀썩 떨군 채로 아버지 곁에 앉아 있었다.

"됐다, 넌 그만 나가 보거라."

김형직은 아들을 내보내고는 강반석에게 말했다.

"여보, 내 그러잖아도 앞서 동진 형이 왔을 때 의논했던 일이 있었소. 정의부 (正義府)에서 우리 독립군의 젊은 계승자들을 키우기 위해 군사학교를 만들었는데, 이미 개교한 모양이오. 화성의숙(華成義塾)이라고 하더구먼. 임강에 있을 때 우리 집에도 몇 번 다녀갔던 의산(義山, 최동오[27]) 선생이 숙장을 맡고 있소. 성주를 거기에 보내면 어떻겠소. 성주가 아직 나이가 좀 어리지만 그래도 나이에 비해 키도 크고 또 역빠르니 따라갈 만할 것 같소."

"내년이면 소학교 졸업인데, 중학교에 보내는 것이 소원 아니었나요?"

아내의 말에 김형직은 한숨을 내쉬었다.

---

27 최동오(崔東旿, 1892-1963년) 독립운동가. 평안북도 의주에서 태어났으며, 1919년 가을 중국 상해로 망명하여 천도교 포교 활동과 임시정부 활동을 하였다. 1932년에 임시정부 국무위원, 1939년에는 임시정부 의정원 부의장, 1943년에는 임시정부 법무부장을 지내기도 했다. 화성의숙 학장으로 지낼 때 소년 김성주와 사제지간이었던 인연으로 1948년 4월 평양에서 열린 남북연석회의에 남측 대표단 일원으로 참가했다가 김일성의 집에까지 초대되어 극진한 식사대접을 받았다. 회의를 마치고 다시 남한으로 돌아온 그는 김일성이 한때 자신의 제자였다며 자랑했다고 전한다. 이 학교 학생 대부분은 독립운동가의 자식들이었는데, 김일성도 바로 그들 가운데 하나였다. 최동오는 배곯는 학생들을 자기 집으로 데려가 시래깃국이나마 먹이면서 가르쳤다. 하지만 당시 자신의 아들 최덕신은 북경 향산자유원이라는 고아원에 맡겨둔 상태였다.

"지금 내 형편을 보오. 거기다 당신 혼자 삯빨래를 해서 무슨 수로 중학교 학비를 마련하겠소. 저 애가 원래부터 독립군이 되는 것이 꿈이니 이번 기회에 화성의숙에 보내봅시다. 학비와 숙식비 모두 정의부에서 대주니 돈 걱정도 없소."

강반석은 내키지 않았지만 지금까지 남편 하는 일을 반대한 적이 없었고, 또 남편이 이미 마음속으로 결정한 일이라 두말없이 동의했다.

그리하여 1926년 3월, 김성주는 병상에 누워 있는 아버지 시름도 덜 겸 또 오래전부터 꿈꾸었던 독립군이 되기 위하여 무송 제1소학교를 퇴학한다. 화성의숙에 가기 위해서였다.

3장
정의부의 품속에서

"나는 네가 의병대장 김일성 같은 멋진 영웅이 되기를 바란다."
"네? 김일성?"
김성주의 눈이 갑자기 샛별처럼 빛났다.
"아! 축지법을 쓰신다는 김일성 대장 말씀인가요?"

1. 화성의숙

　김성주의 화성의숙 입학은 오동진의 주선으로 이루어졌다. 김성주도 "내가 화성의숙에 입학할 수 있도록 오동진이 최동오에게 편지를 보내주었다."고 회고했다. 길림성 화전현(吉林省 樺甸縣)으로 떠나는 날, 김형직은 병상에서 아들의 손을 잡고 나지막이 말했다.

　"성주야, 명심하거라. 소학교도 졸업하지 않은 너를 화성의숙에 보내는 내 뜻을 알겠느냐? 너는 장차 나라를 위해 싸우는 독립군이 되어야 한다. 행여라도 아라사의 나쁜 물이나 먹고 공산주의 행세를 하는 사람이 되어서는 절대로 안 된다. 꼭 명심하거라."

　김성주는 아버지에게 약속했다.

"아버지, 걱정 마세요. 꼭 군사를 잘 배워 외삼촌 같은 조선의 협객이 되겠습니다."

"협객이라니?"

김형직은 이맛살을 찌푸렸다.

"권총 차고 부잣집 뒤주를 터는 일도 독립군 군자금을 모으느라 하는 일이지만, 성주야, 너만큼은 장차 백산무사단보다 훨씬 더 큰 독립군 대장이 되기를 바란다."

"오동진 아저씨처럼 말씀인가요?"

열네 살의 어린 소년 김성주가 직접 만난 독립군의 제일 큰 어른은 오동진이었을 것이다. 아버지 김형직도 오동진을 '형님'이라고 불렀고, 그가 아는 양세봉이나 장철호, 공영, 최윤구 같은 독립군 대장들도 모두 오동진의 부하이거나 제자와 다를 바 없었기 때문이다. 그러나 김형직 입에서는 김성주가 전혀 생각지 못했던 이름이 나왔다.

"나는 네가 의병대장 김일성 같은 멋진 영웅이 되기를 바란다."

"네? 김일성?"

김성주의 눈이 갑자기 샛별처럼 빛났다.

"아! 축지법을 쓰신다는 김일성 대장 말씀인가요?"

외삼촌 강진석이 언젠가 들려주었던 '의병대장 김일성' 이야기가 머릿속에 떠올랐다. 의병대장 김일성은 강진석도 어렸을 때부터 굉장히 숭배한 인물이었다. 그 의병대장은 함경도 온성 군수를 지냈던 김두천의 아들 김창희(金昌希)로 별호가 김일성이었다.

함경남도 단천에서 출생한 그는 새파랗게 젊은 18-9세의 나이로 의병에 참가했고 일본군은 끝까지 그를 잡지 못했다. 일본군이 그를 잡으려고 한반도에서 가장 험준하다는 마천령의 오방산 기슭에서 그를 포위했으나 어떻게 빠져나가 달아났는지, 1926년까지도 그가 잡혔다는 소식은 없었다. 한자로 하나 '일(一)' 자에 이룰 '성(成)' 자를 사용했던 이 '김일성'의 전설은 너무 높아 '하늘을 문지르는 고개'라는 이름이 붙은 마천령산맥에서 발원했던 것이었다.

그후 김창희가 실종되면서 '김일성 전설'은 노령(露領)에서 다시 일어났다. 1920년대 초엽, 중국의 만주 북부 훈춘과 러시아 블라디보스토크 국경 근처의 '마적달(馬敵達)'이라는 동네 금광에서 일했던 노인들은 이 지방에 창궐한 '진중화(震中華)'와 '장강호(長江好)'라는 마적부대가 마적달의 금광을 서로 차지하려고 몇 달 동안 싸웠는데 어느 날 노령에서 몰려온 조선인 기병부대의 공격을 받고 모조리 사라진 일이 있었다고 회고했다.

이 기병부대를 따라갔다가 시베리아에 정착해 오랫동안 살다가 다시 만주로 나온 김금열(金今烈)은 후에 공산주의자가 되었다. 그는 만나는 사람들에게 자신이 열 몇 살 때 '김일성' 부대를 따라다녔고, '김일성'의 부대 명칭은 '고려혁명군'이라고 했다. 자신이 고려혁명군 출신이라는 뜻이었다. 러시아 연해주 지방에서 꽤 이름 날린 고려혁명군 사령관은 김규면(金圭冕)과 김광서(金光瑞)였는데, 마적달에 갔던 기병부대 사령관이 바로 김광서였다. 즉 나중에 지청천(池靑天)[28]과 함께하며 이름을 김경천(金擎天)[29]으로 바꾼 김광서도 바로 김일성 전설의 주

---

28 지청천(池靑天, 1888-1957년) 독립운동가, 정치가. 일제강점기 만주에서 독립군 활동을 지휘하였으며, 대한민국 임시정부 광복군 창설에 참여하여 광복군 사령관 및 총사령관을 역임했다. 광복 후 우익청년단체인 대동청년단을 조직했고, 1948년 8월 15일 대한민국 정부 수립 이후에는 국무위원 겸 무임소 장관에 임명되었다. 이후 친이승만계 정당인 대한국민당, 자유당 등에서 활동했다. 본관은 충주(忠州). 호는 백산(白山), 아명은 지수봉(池壽鳳), 지대형(池大亨), 지을규(池乙奎), 지석규(池錫奎), 별칭은 이청천(李靑天), 이대형(李大亨)이다.

29 김경천(金擎天, 1888-1942년) 독립운동가. 일본군 장교 출신으로, 일제강점기 해외로 망명하여 무장독립운동을 벌였다. 본명 김광서(金光瑞), 별칭 '조선의 나폴레옹', 김응천(金應天), 김현충(金顯忠) 등이었고, 만주와 연해주 일대에서는 '백마 탄 김 장군'으로 더 유명했다. 1998년 건국훈장 대통

인공이다.

1888년 6월 5일에 태어나 1911년 23기 일본육군사관학교를 최우등으로 졸업한 김경천은 일본 수도 도쿄에서 기병소위로 임관했다. 그는 일본군 기병대 장교로 임관되는 걸 거부하다가 경성부로 소환되어 직접 조선 총독 데라우치 마사타케(寺内正毅) 앞에 불려갔다. 거기서 총독에게 임관할 것을 권고받은 일화는 널리 알려져 있다.

그는 1919년 3·1운동 이후 친구 지청천과 함께 일본군을 탈영하여 만주로 갔으며, 오늘의 한국 경희대학교 전신인 서간도 신흥무관학교(新興武官學校) 교관이 되었다. 일본 근대역사에서 청일전쟁, 러일전쟁에 이어 세 번째 전쟁으로 거론되는 시베리아전쟁 때 일본이 키워낸 조선인 기병장교 김경천은 일본을 위해서가 아니라 일본에 대항하여 싸웠다. 연해주 지방의 조선인들로 구성한 200여 명의 독립군 기병대를 이끌고 시베리아전쟁의 승패를 가르는 블로차예프카전투에서 소련 홍군을 도왔다. 이 전투에서 '김일성 기병부대'로 알려진 김경천의 독립군에게 일본군이 얼마나 처참하게 패배했던지 소련 홍군들까지도 모두 조선말로 "돌격! 후퇴! 하나 둘!" 하고 외치면서 '김일성'의 독립군인 척 싸웠다고 전해진다.

김경천이 얼마나 유명했던지 그의 이야기는 한 입 두 입 건너 전해지며 부풀려진 일화들도 부지기수였다. 시베리아에 출병했던 일본군 수뇌부는 전체 부대원에게 혹시 '김일성 부대'와 만나면 가능하면 싸우지 말고 피하라고 권고했다고도 한다. 그만큼 일본 군사학교의 최우등 졸업생 '김일성' 김경천이 일본군 전투법을 너무나도 훤히 알고 있었다는 소리다.

령장이 추서됐다.

실제로 김경천이 육군사관학교를 졸업하고 일본군 기병장교로 임관할 때, 그의 후견인은 일본 메이지천황 무쓰히토(睦仁)였다. 김경천 자신도 일기 『경천아일록(擎天兒日錄)』에 "한국인 2천만 가운데 정치·군사 분야에서 나만큼 공부한 사람이 없다."고 썼을 정도다. 그랬기에 그가 독립운동을 하려고 1919년 일본군을 탈영했을 때, 그에게 걸린 현상금은 당시 일본 돈으로 5만 엔에 달할 정도였다.

그러나 1926년, 김성주가 화성의숙에 입학할 때쯤 만주와 시베리아를 화끈하게 달구었던 '김일성 전설'의 주인공 김경천의 행적이 갑자기 사라졌다. 러시아 지역의 독립운동이 소강상태에 빠져들 때였다. 이때부터 벌써 '김일성'이라는 이름을 사칭한 사람들이 나타나기 시작했고, 이들의 수는 만주 바닥에 한둘이 아니었다.

김금열은 1928년 '황고툰사건(皇姑屯事件)'이 발생한 해에 시베리아를 떠나 만주로 나오다가 훈춘의 양포자(楊泡子)라는 만주족 동네의 한 부잣집에 들려 '김일성'이라며 돈을 빌리다가 가짜임이 들통 나 얻어맞았다고 했다. 동시에 여러 마을에서 '김일성' 이름을 사용하는 사람이 나타날 정도였으니, '축지법' 신화까지 생겨난 것이다.

"성주야. 인간이 신이 아닌 이상 어떻게 축지법을 할 수 있겠느냐. 그만큼 신출귀몰하고 동에 번쩍 서에 번쩍 하니 그렇게 소문난 것이 아니겠느냐. 왜놈들이 지금까지도 '김일성'이 국경 어디에 있는지 찾아내지 못하는 걸 보려무나. 너는 군사를 잘 배워서 그런 인물이 되어 우리나라를 왜놈들 손에서 다시 되찾아야 한다."

이렇게 부탁한 아버지와 작별하고 또다시 먼 길을 떠나는 어린 김성주의 마음속에는 '김일성' 숭배로 가득 찼다. 그러나 아직 소학교도 제대로 졸업하지 못한 어린 아들을 화성의숙에 보내는 김형직이 아들에게 건 기대가 어떤 것이었는지는 짐작할 수가 없다. 운신 못할 지경이 된 김형직으로서는 아직 어린 아들을 둘이나 더 키워야 하는 아내 강반석의 부담을 조금이라도 덜기 위해 큰아들 김성주를 정의부에 맡겼다고 볼 수도 있다.

김형직이 정의부에 호감을 가지게 된 것은 물론 친구 오동진 때문이기도 하지만 무엇보다도 무력투쟁을 표방하는 독립운동 조직이었기 때문이다.

김형직의 평생 동지나 다름없는 오동진이 주요 지도자였던 광복군총영을 중심으로 남만주에 분산되어 있던 독립운동단체들이 통합되면서 유명한 인물들이 정의부에 많이 모여들었다. 1922년 1월 서로군정서(西路軍政署), 한교회(韓僑會), 대한독립단(大韓獨立團) 등과 연합하여 대한통의부(大韓統義府)가 결성될 때 김경천과 함께 남만주에서 가장 유명했던 신팔균(申八均), 지청천 같은 군인들이 여기 합류했던 것이다.

하지만 정의부가 조직될 때 지청천은 건강이 좋지 않아 정의부의 군무는 오동진이 주관하고 있었다. 이때 오동진에게 또 다른 고민거리가 하나 생겨났다. 바로 조직 내 공산주의자들이었다.

김성주가 화성의숙에 입학한 지 1개월쯤 지났을 때였다.

1926년 4월 5일 현익철, 양기탁 등의 독립운동가가 중심이 되어 결성한 고려혁명당(高麗革命黨)이 만주땅에서 큰 함성을 울리게 되었다. 산하 독립군은 모두 이 혁명당의 군대가 되었다.

문제는 당 내부에 공산주의 사상에 기운 인사들이 수없이 들어온 것이다. 특히 소련에서 들어와 합류한 이규풍, 주진수, 최소수 등은 공개적으로 공산주의

자임을 자처했다. 이런 상황이기에 공산주의자들이라면 치를 떠는 현익철은 오동진에게 여러 번 권고했다.

"계속 이대로 가면 공산주의자들의 모략에 우리 민족주의 계통의 젊은 청년들이 모조리 잘못됩니다. 빨리 관계를 정리하고 우리부터 탈당합시다."

"저들이 모략을 꾸민다는 증거를 하나라도 포착했으면 좋겠소. 아직은 뭐라고 할 수 없잖소?"

오동진이 반신반의할 무렵 김창민(金昌旻, 김철金喆)이라는 한 젊은 청년이 그를 찾아왔다. 정의부 창립대회 때 북로군정서 왕청사관학교 학우회 대표 신분으로 참가하여 군사분과위원에 선출되었던 사람이다. 그래서 오동진과도 만난 적이 있었다.

"위원장님, 화성의숙을 좀 구경시켜주십시오."

김창민이 요청하자 오동진은 환영했다.

"마침 잘 왔네그려. 온 김에 우리네 젊은 후비군에게 군사지식도 가르쳐 주고 또 좋은 강의도 해준다면 오죽 좋겠나."

오동진은 화성의숙 숙장 최동오에게 소개서를 써주었다. 그러나 얼마 뒤 최동오가 보낸 인편이 이렇게 전했다.

"김창민이 화성의숙에 와서 며칠 있는 동안 이종락(李鍾洛), 박차석(朴且石), 최창걸(崔昌杰) 등을 따로 불러모아 자주 회의도 하고, 또 아라사에서 가지고 온 책도 읽어주다가 발각되었습니다."

김창민이 바로 공산주의자였던 것이다. 한편 김창민은 화전을 떠날 때 특별히 이종락에게 말했다.

"이번에 나는 누구보다도 열네 살밖에 안 된 어린 김성주에게 감동했소. 잘 키우면 우리 공산혁명의 큰 재목이 될 것이라고 믿소. 종락 군이 알아서 잘 챙겨주기 바라오. 두고 보시오. 내 짐작이 틀림없을 것이오."

김창민의 말에 이종락도 머리를 끄떡였다.

"나도 그렇게 생각했습니다. 그러잖아도 이 아이가 나를 무지 따릅니다."

소학교도 미처 졸업하지 못하고 화성의숙에 온 어린 김성주와는 달리 이종락은 정의부 소속 독립군에서 가장 장래가 촉망되는 젊은 소대장이었다.

김성주도 이종락에 대해 이렇게 회고한다.

"대담한 것, 결단성이 있는 것, 판단력이 빠른 것, 통솔력이 강한 것, 이런 자질이 그의 가장 훌륭한 점이었다."

그러나 김성주는 화성의숙에서 얼마 있지 못하고 이종락과도 작별하여 다시 무송으로 돌아갔다. 1926년 6월 5일, 아버지 김형직이 사망했기 때문이다.

2. 'ㅌㄷ'의 불꽃

아버지의 사망으로 화성의숙을 3개월 만에 중퇴하고 무송으로 돌아온 김성주는 장례 후 한동안은 다시 화성의숙으로 돌아가야 할지를 고민했다. 나중에 그 자신도 고백했듯 화성의숙의 '사상적 낙후성' 때문에 실망했던 것이다. 이때 무송에서 다시 김창민과 만난 김성주는 처음으로 '조선청년총동맹(朝鮮靑年總同盟)'이라는 생소하고 낯설면서도 친숙한 이름을 얻어듣는다. 1924년 장덕수, 오상근, 박일병 등 조선의 청년지도자들이 주동이 되어 모든 청년단체의 통합을 구상하면서 만든 청년단체 연합회였다.

당시는 청년단체를 거부할 명분이 없던 상황이었으므로 공산주의 계열뿐만 아니라 민족진영의 단체도 함께 참여했다. 이후 신흥청년동맹도 가담하여 정식으로 '조선청년총동맹'이 결성되었다. 이 총동맹 중앙집행위원 신분으로 중국 길림에 온 김창민은 오동진과 현익철로부터 정의부 소속 독립군 젊은이들에게 접근하지 말라는 경고를 수차례 받았으나 듣지 않았다.

"아무래도 이 친구, 손을 좀 봐야 할 것 같습니다."

오동진과 현익철은 의논을 마치고 바로 이종락에게 이 일을 맡겼다.

"김창민이 지금 무송에 와서 '조선청년총동맹 남만분대'라는 걸 만들었다고 하네. 그 지방 중국인과 우리 조선인 사이가 나쁘지 않은데, 그들이 중국 쪽 지주와 관헌에게 항의하는 활동을 많이 벌인다는 소문도 있고 또 수차례나 고발이 들어왔으니, 자네가 가서 그 남만분대가 무슨 단체인지 알아보게. 만약 그들이 무장을 들고 대항하면 바로 소탕해버리게. 김창민을 만나면 우리한테로 정중하게 모셔오게."

그러나 김창민은 이미 무송을 떠나 동만주로 간 뒤였고, '조선청년총동맹 남만분대'라는 이 조직을 아는 사람은 아무도 없었다. 나중에 김성주 집에 찾아와 그의 어머니 강반석을 만나고 나서야 이종락은 깜짝 놀랐다.

"남부끄러워 이 동네에서 더는 살 수 없을 지경이네."

한숨을 내쉬며 눈시울을 찍는 강반석에게 이종락이 물었다.

"성주 어머니, 그럼 성주도 여기에 참가했단 말씀입니까?"

"그냥 참가 정도가 아니네."

"성주 지금 어디 있습니까? 제가 당장 만나야겠습니다."

"김창민이란 사람이 소개한 선생님 한 분이 와서 영안에 같이 갔다네."

"그분이 어떤 분이신데요?"

"한별 선생님이라고 부르는 것 같았네. 아라사에서 왔다는데, 그 유명한 김일성 장군과도 서로 잘 아는 사이라면서 그분들이 모두 영안에 오니 성주를 데리고 가서 만나게 해주겠다는 것 같았네."

"네? 김일성 장군이 영안에 오신다는 말씀인가요?"

"그러는 것 같았네."

이종락 역시 '김일성 장군'이라는 말에 귀가 솔깃했다.

'거 참, 창민 형님이 왜 나한테는 아무것도 알려주지 않고 성주만 데리고 이대로 떠나셨지? 오래전부터 흠모해 온 김일성 장군과 만날 기회를 놓치다니. 너무 아쉽구나.'

한참 지나 이종락은 다시 강반석에게 물었다.

"근데 성주 어머니, 여기 사람들은 조선청년총동맹 남만분대를 아무도 모르네요."

강반석은 기가 막혀 한참 대답을 못 했다.

"휴, 중국 사람들한테 물어보게. 마골단(馬骨團)이라고 해야 알아듣는다네."

이종락도 몹시 놀랐다.

"밤에 손전등 불로 자기 얼굴을 갑작스럽게 비춰서 사람을 놀라게 한다는 그 마골단 말입니까? 그건 강도들 아닙니까!"

강반석은 다시 한 번 땅이 꺼지도록 한숨을 내쉬면서 말했다.

"그러게 말일세. 강도가 아니면 뭐겠나. 그 애들은 중국인이고 조선인이고 가리지 않고 좀 잘산다 싶은 집에 몰려가서는 돈 내놓으라, 쌀 내놓으라, 소작인들을 풀어주라, 별의별 호통을 다 쳐서 원성이 자자하네. 자기들은 '타도제국주의동맹'이라고 한다잖아."

"창민 형님이 화성의숙에 왔을 때 그런 이야기를 꺼낸 적이 있긴 합니다. 우린 그것을 'ㅌㄷ'라고 줄여서 불러요."

'타도'에서 자음만 뜯어낸 약칭어 'ㅌㄷ' 모임을 제일 먼저 만든 것은 봉천의 기독교청년회에 다니던 일부 조선인 청년들이었다. 1925년 5월 30일, 상해에서 반일 운동을 하다가 체포된 학생의 석방을 요구하던 시위대를 향해 영국 관리가 인도인 경관에게 발포를 명령해 13명이 사망한 일이 있었다. 이 사건 이후 중국 민중과 경찰의 충돌이 계속되어 일본, 미국, 이탈리아, 영국 군대가 진압을 맡았고, 이를 계기로 중국의 민족운동이 전국적으로 확대되기 시작했던 것이다. 한편 반제국주의 민중운동으로 불린 이 활동을 지도하기 위해 중국공산당 중앙에서 직접 파견되어 만주로 왔던 조선인 공산당원 한낙연(韓樂然)이 봉천 시내 서남각성 의회 문 앞 한 민가에서 기독교 계통의 청년들과 몰래 만났다.

6월 10일, 봉천에서는 한낙연과 오려석, 임국정 등 오늘날 중국 요령성 심양시 최초의 중국공산당 지부성원들이 직접 조직하고 지도하여 상해의 '5·30참안'을 성원하는 '6·10대시위'가 진행되었고, 여기에 참가한 조선인 청년들은 'ㅌㄷ'가 적힌 피켓을 들고 나왔다.

봉천의 기독교 계통 조선인 청년들도 김창민이 열성스럽게 활약했던 조선청년총동맹에 대해 알고 있었는지는 불분명하다. 그러나 그로부터 얼마 안 지나 재동만 조선청년총동맹 중앙집행위원에 임명된 김창민은 동만주 지방의 농촌 지주들이 이름만 들어도 벌벌 떠는 무서운 인물이 되고 말았다. 그는 조선인들이 반제반봉건 기치를 들고 모두 일어나 중국 측 지주나 관헌의 압박에 항의하라고 호소하고 다녔다. 그때 그에게 골탕 먹은 중국인 지주들이 아주 많았다.

한편 그 시기 김성주는 '반제반봉건투쟁'을 어떻게 하는지 몰랐다. 도리대로라면 '제국주의자'들과 투쟁하는 것인데, '제국주의자'들을 구경할 수 없었던 만주 농촌에서 친일 주구와 토호열신(土豪劣紳, 중국 국민 혁명기 때 농민을 착취하던 대지주나 자본가)은 모두 그 투쟁의 대상이 되고 말았다. 하지만 1931년 9·18만주사변 이전 만주 농가에서 땅뙈기라도 좀 가진 지주들이 과연 '친일' 성향인지 아닌지 분간할 방법은 없었다. 만약 대놓고 "너 왜놈들 좋아하지?" 하고 물었을 때 "좋아한다."고 대답할 지주는 단 한 명도 없을 것이다. 그러나 지주의 자식이 일본에서 공부하고 있다는 사실이 드러나면 그 집은 바로 'ㅌㄷ'의 기치를 내건 김성주 패거리의 습격을 당했다.

무송 지방에서는 지주 집 마름 몇이 갑자기 보자기로 얼굴이 가려진 채 갈비뼈가 부러질 지경으로 얻어맞는 일이 자주 발생했다. 지주들은 밤에 함부로 바깥출입을 못 할 지경까지 되었으나 그 깡패들 대부분이 조선인 청소년들임을 고려해 일단 중국 경찰에는 신고하지 않고 정의부에 사람을 보내어 정의부에서 직접 나서서 이들을 제지시켜달라고 요청했다.

"거 참, 공산주의 운동을 이런 식으로 하니 정의부 영감님네 오해만 사지."

이종락은 이런 상황에서 어찌하면 좋을지 몰랐다.

"일단 성주가 지금 무송에 없으니, 이 기회에 다른 아이들을 모조리 잡아서 혼찌검을 내고 악질 우두머리는 중국 경찰에 넘깁시다."

이종락과 박차석은 이렇게 의논하고 독립군 소대를 풀어 '마골단'이라 불리는 청소년 20여 명을 모조리 잡아들였다. 우두머리 둘은 몽둥이로 정강이를 부러뜨렸고, 다른 아이들은 다시는 나쁜 짓을 하지 않겠다는 보증서(각서)를 쓰게 한 후 손도장을 찍고 부모가 와서 데려가게 했다. 그런데 이때 이종락을 중국 경찰에 고발한 사람은 그 아이들의 부모였다. 중국 경찰이 직접 개입하면서 이종락 등은 정의부의 주선으로 풀려 나왔으나 이종락이 놓아주었던 그 아이들은 다시 중국 경찰에 체포되었다.

이때 유일하게 빠져나간 김성주는 행운이라면 행운이겠지만 그를 친자식처럼 키워주었던 오동진, 현익철 등 민족주의 계열의 지도자들에게는 불행이 아닐 수 없었다.

김성주를 데리고 영안으로 간 '한별'이라는 사람은 조선공산당 화요파의 주요 간부였다. 본명은 김인묵(金仁默)으로 1919년 3·1운동 이후 러시아로 망명하여 이르쿠츠크에서 조선공산당에 가입한, 말하자면 '진짜배기' 공산당이었다. 이때 동만주를 책임진 화요파의 선전부장이라는 중책도 지고 있었다.

'제2차 조선공산당'의 화요파계 당수였던 강달영과 권오설의 파견으로 러시아에 들어갔다가 오성륜(吳成崙)의 소개로 박윤서(朴允瑞)와 만난 한별은 영안의 화검구 부탕평에서 대대적인 반제반봉건투쟁을 벌이기로 계획했다. 이를 위해 길림 각지의 조선 농촌을 돌아다니면서 여기에 호응하는 성원대를 조직하려 했으나 정의부의 반대로 성사하지 못했다. 그런데 무송에 들렀을 때 김창민이 한별에게 김성주를 소개한 것이다.

"한별 동지, 이 아이가 바로 김성주입니다. 정의부 계통에서 자란 아이이지만 한번 키워볼 만합니다. 제가 특별히 추천하니 한별 동지께서 책임지고 반제반봉건투쟁의 도리와 이론을 가르쳐 주시기 바랍니다."

이때 한별은 처음으로 김성주가 김형직의 아들임을 알게 되었다. 역시 평안도 태생인 한별도 '조선국민회'를 모를 리 없었고, 평양에서 장일환 등과 함께 검거되었던 김형직의 이름을 신문에서 읽었던 기억이 있었다.

"그런데 성주 너는 언제부터 공산주의에 흥미를 갖기 시작했느냐?"

한별은 김성주에게 물었다.

"아버지가 살아계셨을 때 친구분들이 공산주의가 나쁘다고 이야기하는 것을 많이 들었지만 그럴수록 더욱 호기심이 동했습니다. 후에 화성의숙에서 종락 형님한테 좀 더 자세하게 들었고 책도 몇 권 얻어서 몰래 읽었습니다."

"책 이름을 기억하느냐?"

"『공산당선언』을 읽었습니다. 『공산청년회역사』라는 책도 하나 읽었습니다."

"그게 전부냐?"

"네."

"그럼 무엇이 공산당인지, 그 선언은 무엇을 의미하는지 말해 보겠느냐?"

김성주는 얼굴이 새빨갛게 되어 뒷덜미를 긁었다.

"그냥 읽기만 했을 뿐 아직 무슨 도리인지 잘 모르겠습니다."

그 순수한 얼굴빛을 바라보며 한별은 빙그레 웃었다.

"공산주의란 자본가 계급이 소멸되고 노동자 계급이 주체가 되는 세상을 만드는 것이란다. 즉 억압받는 노동자, 농민들이 해방되어 그들이 주인이 되는 세상을 뜻하는 것이지."

한별은 김성주에게 공산주의에 대해 설명했다.

"우리 공산주의자들은 바로 이런 세상을 만드는 것을 최종 목표로 싸운단다. 때문에 언제나 마음속에 민족과 국가보다는 전 세계 인류의 해방을 품고 있어야 하고 압박받는 노동자 농민들을 묶어세워 지주 자산계급과 싸워야 하지. 이에 맞서는 모든 반동계급에 대해 우리 식의 프롤레타리아 독재를 실시해 승리의 전취물을 지켜내야 한단다."

김성주는 모두 이해되진 않았지만 이 '공산주의 세상'이라는 신비한 환상에 빠져들지 않을 수 없었다. 과연 압박과 착취가 없고, 부자와 가난한 자가 따로 구분되지 않고 모두 같이 잘사는 그런 세상을 만들어낼 수 있을까, 그런 세상을 만들기 위해 싸우는 사람이 공산주의자라면 나 자신은 언제부터 그런 사람이 될 수 있을 것인가, 이런 의문들을 하나하나 다 풀어내기에는 한별과 김성주가 함께했던 시간이 너무 짧았다.

"우리에게는 공청이라는 예비 조직도 있단다."

"종락 형님에게서 들었던 것 같아요. 공산주의자가 되려면 청년들이 먼저 이 조직에 가입해야 하는 것이 맞나요?"

"그렇단다. 공산당의 후비군이라 할 수 있는 청년들은 젊고 넘치는 열정과 청년 고유의 생기발랄한 기상으로 공산주의를 선전하고 혁명적인 민족단체와 협동전선을 이루는 일에도 앞장서야 하지."

"혁명적인 민족단체라면, 혹시 정의부 오동진 선생님이나 양세봉 선생님도 여기에 포함되나요?"

"그들이 우리를 배격하지 않으면 당연히 포함할 수 있어. 그러나 그분들은 반공사상이 너무 농후하구나. 오동진, 현익철 같은 분들은 모두 고려공산동맹에서 탈퇴했단다. 지금 그분들은 공개적으로 우리 공산당을 학살하는 국민당과 결합하고 봉천 군벌들도 옹호하고 있어. 결국 우리 공산주의자들과는 서로 만날 수 없는 다른 길로 영영 가버릴 수 있단다."

김성주는 무척 많은 질문을 던졌다. 그러나 한별은 단 한 번도 대답하지 못하거나 말문이 막힘 없이 인내심 있게 하나둘 차근차근 설명해 주었다.

3. 부탕평에서

정작 영안현 화검구의 부탕평(赴湯坪)이라는 동네에 도착했을 때 김성주보다 오히려 한별 쪽에서 더 어안이 벙벙해지는 일이 일어나고 말았다. 하마터면 기절초풍할 지경까지 되었던 것이다. 모든 일은 러시아에서 왔다는 이번 반제반봉건폭동의 총지휘자 박윤서를 만나면서 시작되었다.

박윤서는 하이칼라 머리에 콧수염을 팔자로 기르고 러시아 민족의상인 루바슈카 상의와 당꼬바지를 입고 기다란 러시아식 가죽장화까지 신은 나이 지긋한 사나이였다. 그와 만난 한별이 먼저 허리를 깊숙이 굽혀 인사하는 것을 보고 김성주는 몹시 놀랐다.

'혹시 저 분이 바로 러시아에서 오셨다는 김일성 장군인가?'

한편 화검구에 모인 사람들에는 김성주뿐만 아니라, 동만주 각지의 농촌에서 선발되어 견학하러 온 청년들도 적지 않았다. 그들과 미처 소개를 주고받을 사이 없이 습격대가 출발해 부탕평에서 제일 큰 중국인 지주 집에 먼저 들이쳤다.

성씨가 양가인 이 지주는 벌써부터 이 지방 조선인들이 폭동을 일으킨다는 소식을 듣고 미리 총 몇 자루를 사서 일꾼들에게 나눠주고 대문을 지키게 했다. 그러나 박윤서가 러시아에서 나올 때 가져온 권총 10여 자루 중 두 자루를 폭동대장 강학제가 차지하고 앞장서서 양 지주 집 대문을 부수고 들어갔다. 대문을 지키던 젊은 장정 둘이 강학제가 쏜 총에 맞아 뒤로 넘어졌다. 잠시 후 습격대가 지주를 잡고 신호를 보내자 동구 밖에서 기다리던 박윤서가 동네 소작농 한 무리를 데리고 나타났다. 박윤서는 부랴부랴 강학제를 불러 조용한 데로 데리고 갔다.

"얼마나 챙겼느냐?"

"곡식이 300석이나 됩니다. 고리대 문서도 10만 원이 넘습니다."

"내 묻는 말은 현찰이니라."

"아, 참 저기 다 있습니다."

강학제는 달려가 주머니 하나를 들고 왔다.

"얼만지는 딱히 모르겠지만, 금괴도 몇 개 있는 것 같습니다. 꽤 무겁습니다."

박윤서는 주머니를 받아 금괴와 지전을 모조리 꺼내어 안호주머니에 넣었다. 금괴가 무거워 양복 안주머니가 불룩하게 튀어나왔으나 박윤서는 개의치 않고 한별의 귀에 대고 소곤거렸다.

"한별 군, 내가 하는 것을 잘 봐두고 명심하시오."

"이런 것을 봐두란 말입니까?"

"내가 한별 군 앞에서 왜 이런 모습을 보이는지 지금은 이해되지 않을 것이오. 그러나 언젠가는 한별 군도 알아야 하니, 한 수 배움을 주는 것이오. 혁명을 하자면 돈이 필요하오. 이것은 내가 한 말이 아니오. 우리 공산주의자는 돈을 경멸하지만 레닌도 돈은 유력하다고 했소. 반제반봉건운동을 벌이면서 지주 집이나 반동, 주구 놈들의 집에 들이칠 때는 뭐니 뭐니 해도 가장 먼저 돈부터 챙겨야 한다는 것을 잊지 마오."

한별은 한참 동안 아무 말도 하지 못하고 그냥 지켜만 보았다. 곁에 나이 어린 김성주가 말없이 서서 지켜보고 있었기 때문에 어떻게 대답하면 좋을지 몰랐던 것이다.

"내 말에 이견이 있소?"

박윤서는 한별의 심각한 낯빛이 마음에 걸렸다.

"이견이라기보다는 윤서 동지께서는 저한테만 이렇게 말씀하시는 겁니까, 아니면 다른 동지들한테도 이렇게 가르쳐 주십니까?"

한별은 평소 박 형이라고 부르던 호칭을 윤서 동지로 바꿨다.

"다른 동지들이라니, 그게 지금 누구를 가리키는 말이요? 이 애 말이오?"

박윤서는 김성주를 돌아보았다.

"반제반봉건운동을 어떻게 하는지 배우려고 지금 화검구에 몰려온 젊은이들이 적지 않습니다. 동만주에서도 오고 남만주에서도 왔던데, 윤서 동지도 그들을 직접 만나야 하지 않겠습니까.”

박윤서도 자못 심각한 표정으로 머리를 끄덕였다.

“그래요, 만나봅시다.”

박윤서는 한별에게 부탁했다.

“여기 일을 제깍 마무리 짓고 그 동무들과 만나겠으니 한별 군이 자리를 만들어주시오. 나도 그들한테서 경험담을 좀 들어보고 싶소.”

박윤서는 급히 소작농들을 불러 곡식 절반을 나눠주고, 나머지 절반은 강학제를 시켜 준비해 온 달구지에 실었다.

“고리대 문서는 소작농들한테 돌려줄까요?”

강학제가 물었다.

“소작농들 보는 데서 불질러 버리거라.”

박윤서는 직접 소작농들을 모아놓고 선포했다.

“여러분, 우리가 지금 지주 부부와 딸년을 잡았는데, 민원을 들어보니 지주 마누라와 딸년은 그다지 나쁜 짓을 하지 않았더군요. 그러니 지주만 청산하고 지주 마누라와 딸년은 놓아줄 생각인데 괜찮겠습니까?”

“예, 그렇게 하십시오.”

소작농들이 모두 좋다고 동의했다.

“지주에게 무슨 잘못이 있다고 죽이기까지 합니까? 지주가 땅 가진 것이 무슨 죄입니까?”

지주 집에서 머슴을 사는 노인 하나가 나와서 박윤서에게 따지고 들었다.

“혼자서 땅을 가지고 땅 없는 사람들을 머슴으로 부리니 죄인 것이지요.”

“그렇지 않습니다.”

지주 집 머슴은 진심으로 지주를 위해 역성들었다.

"지주도 일합니다. 우리 머슴들보다 더 하면 더 했지 적게 하지 않았습니다."

"영감님, 무슨 그런 괴상한 소리를 하는 겝니까?"

박윤서가 역정을 냈다.

"우리 주인도 처음에는 소작을 지었던 사람입니다. 이 동네에서 누구보다도 일을 잘했던 사람입니다. 이 사람들아, 자네들이 양심이 있으면 한번 말해 보시게나. 쌀과 돈을 다 빼앗고도 모자라서 인명까지 해치려고 하나?"

지주 집 머슴이 울면서 소작농들에게 소리쳤다.

"이 영감이 미쳤나 보군."

박윤서가 강학제에게 빨리 끌어내라고 눈짓했다.

"영감, 어서 일어나오. 반동 지주와 같이 죽고 싶어서 그러우?"

강학제가 지주 집 머슴의 어깻죽지를 잡아 당겼다. 그러자 머슴은 악이 돋아 눈에 쌍심지를 켜고 달려들었다.

"이놈들아, 우리 주인을 죽이겠으면 차라리 나도 같이 죽여라."

"영감이 왜 지주와 같이 죽겠다고 그러시우?"

강학제가 어찌 해야 좋을지 몰라 박윤서를 쳐다보았다.

"한별 군은 어찌 했으면 좋겠소?"

"글쎄요. 제가 나설 자리가 아닌 것 같습니다."

한별은 지주의 돈과 쌀을 모조리 압수했고 또 고리대 문서도 불질렀으니 그만하면 되지 않았느냐고 하려다가 폭동대원들의 기세가 하도 사나운 것을 보고 입을 다물었다. 결국 박윤서는 지주 집 머슴 앞으로 쌀 한 가마니를 가져오라고 말했다.

"이게 영감 몫입니다. 지주 집에서 자고 먹는 머슴이니 저기 소작농들보다도 더 형편이 어려운 것이 사실 아닙니까. 내가 특별히 돈도 좀 드리리다."

쌀 한 가마니와 함께 박윤서가 주는 지전까지 한 장 더 받고 나서야 지주 집 머슴이 비로소 입을 다물었다. 강학제는 청년 10여 명과 함께 지주를 마을 뒷산으로 끌고 갔다. 김성주도 지주를 어떻게 처치하는지 궁금해서 따라갔다.

영안의 화검구 부탕평에서 김성주가 받은 충격은 아주 컸다. 돈을 챙기느라 여념이 없던 박윤서의 모습이 눈에서 오래도록 지워지지 않았다. 다행스러운 것은 그나마 점잖은 한별의 모습이었는데 그래서 더욱 곤혹스러웠다. 어느 쪽이 진정한 공산주의자인지, 어떻게 하는 것이 진정한 공산주의인지 판단이 잘 서지 않았다.

무송으로 돌아온 김성주는 얼마 후 이종락과 만났다. 그가 영안에서 구경하고 돌아온 이야기를 들려주자 이종락은 설레설레 고개를 저었다.

"성주야, 뭐가 뭔지 잘못된 것이 틀림없구나."

"글쎄말입니다. 창민 선생님이 들려준 것과는 너무 달랐습니다. 반제반봉건 운동이 그렇게 하는 것인 줄 몰랐습니다. 한별 선생님도 러시아에서 온 그분과 의견이 맞지 않아 쟁론하는 것을 여러 번 보았습니다."

김성주의 말에 이종락은 박윤서에 대해 물었다.

"나는 러시아에서 김일성 장군이 오신 줄 알았는데 아니었구나."

"한별 선생님 말씀이 박윤서는 김일성 장군 밑에서 청년단 일을 했다고 합니다. 아주 친한 사이라고 하더라고요."

이후 김성주는 이종락을 따라 길림으로 건너갔고 얼마 뒤에는 곧 중국공산당 산하의 공청단 조직의 직접적인 지도를 받으면서 활동하게 되었다. 하지만 부탕평에서 받은 충격이 얼마나 컸던지 회고록에서는 이때의 사실 자체에 대해 한 마디 언급도 없다. 김성주의 중국공산당 입당 소개자로 알려지고 있는 왕윤성(王

潤成)이 생전에 이런 이야기를 했다.

"김성주는 이미 돈화에서 예비당원으로 통과되었고, 구국군에 왔을 때 그의 당 소개자였던 마천목이 옥사하는 바람에 나를 찾아와 내가 정식 당 소개자가 되어주기를 바랐다. 나는 동의한 후 김성주와 긴 시간 이야기를 나누었다. 길림에서 중학교를 다니다가 중퇴하고 가족이 있는 안도에 돌아가 한동안 지내면서 당지 구국군들과도 접촉했고 또 농민운동을 해본 경험이 있다고 하더라. 그때 입당하기 위하여 안도구위에 신청서를 바친 적도 있었다고 하지만 이런 사실을 증명해줄 수 있는 사람이 없었다. 어떻게 누구를 통하여 공산주의를 알게 되었는가 물었더니, 그의 입에서 생각 밖으로 박윤서 이름이 나왔다. 나는 몹시 놀랐다. 박윤서는 그때 이미 동만특위에서 당적을 제명당하고 만주 땅에서 실종되었다. 내가 알기로 김성주의 또 다른 입당 소개자였던 한별도 동만주에서 체포되어 용정일본총영사관 감옥에 수감되어 있었다. 그러니 그의 조직관계를 확인하기도 어려웠고 관계 자체도 비교적 복잡해 걱정도 없지 않았으나 항일연군의 제3방면군 지휘자였던 진한장(陳翰章)이 나서서 가슴을 두드리며 보증선다는 바람에 받아들이고 말았다. 후에야 알게 된 일이지만 3방면군에 별명이 '아바이'라고 불리는 군수부관이 있었는데, 이 사람도 조선 사람이었고 이름은 여러 개라 어느 것이 이 사람의 진짜 본명인지 알 수 없다. 별명이 아바이라고도 했고 또 '청산 아저씨'라고도 했는데 본명이 이청산(李靑山)[30]이라고 하더라. 그때 나이가 이미 50세

---

30 이청산(李靑山, 1894-1940년)의 본명은 김일룡(金日龍)이며 함경남도 단천에서 출생하였다. 단천은 전설 속의 소년 의병장 '김일성'의 이름이 처음 생겨난 고장이기도 하다. 단천에서 의병운동을 일으켰던 김창희가 '김일성'이라는 이름을 사용했고, 이청산은 14살 때 이 의병대에 참가하였다. 1909년 10월경에 일본군은 마천령 기슭에서 김창희 의병대를 포위하였으나 마침 산 밖으로 심부름을 나갔던 이청산은 죽지 않고 빠져나올 수 있었다. 이후 가족과 함께 간도로 이주하여 화룡과 안도 등지에서 머슴살이를 했던 이청산은 1930년에 공산당에 참가하였고 그해 10월에는 화룡현 달라자구위원회 서기가 되었다. 후에 달라자구위가 파괴되고 안도구위(安圖區委, 화룡현위원회

가까웠다. 이 사람이 나서서 자기가 김일성을 잘 안다고 진한장에게 보증섰던 모양이다.'[31]

이 이청산과 김성주 사이에서 있었던 일들은 나중에 다시 자세하게 다루겠다.

김성주는 1941년에 소련으로 탈출하여 심사를 받을 때도 자신의 입당 소개자로 왕윤성 대신에 이청산의 이름을 기재했는데, 이에 대해서도 왕윤성은 "그때는 내가 소련 내무부로부터 일본군 간첩으로 몰려 감옥살이를 하고 있었기 때문이었다."고 설명했다. 무릇 왕윤성과 관계가 있었던 사람들은 모두 의심을 받고 있던 때이기도 했다. 왕윤성의 아내까지도 연루되어 함께 징역을 살고 있었다.

김성주를 중국 공산주의청년단원으로 이끈 송무선(宋茂璇)은 김성주의 길림 육문중학교 시절 몇 학기 더 높은 선배였다. 당시 진한장은 돈화현(敦化縣) 오동중학교(熬東中學校)에서 공부하며 '오중(熬中)'이라는 잡지를 만들었다. 송무선은 진한장과 친한 문광중학교 학생회 책임자 김경(金景, 조선인, 당시의 중공당 길림특별지

소속)로 옮겼으며 조직위원이 되었다.

1931년 여름 이청산은 안도구위원회(서기 안정룡)의 결정에 의해 대사하의 중국인 지주 장홍천의 집에 들어가 머슴으로 일하는 한편 이영배, 김철희, 김성주 등 당지의 젊은이들과 접촉하면서 안도 반일유격대를 조직하였다. 북한에서는 이 유격대를 김일성이 조직한 '조선인민혁명군'이라고 주장한다. 이 유격대의 당 소조장을 맡고 있었던 이청산은 선전위원 김성주 등이 유격대를 데리고 조선혁명군 양세봉 부대에 참가하려는 것을 제지시켰다. 이듬해 1932년 11월에 안도 반일유격대는 그곳 구국군 우학당(于學堂, 안도구국군 사령)의 별동대로 편성되었고 구국군과 함께 영안으로 이동하였다가 영안유격대와 합류하였다. 후에 이청산은 항일연군 제3방면군에서 군수부 부관으로 일하다가 1940년 봄에 '되님'이라고 부르는 한 대원이 부대를 떠나 도주하려는 것을 뒤쫓아가 설득하고 데려오다가 살해당했다.

31 이와 같은 내용들은 왕윤성의 생전 지인들이었던 종자운, 종희운 등 관계자들의 증언 외에도 당시 직접 왕윤성을 인터뷰했던 길림성 정협 문사위원(文史委員) 겸 역사당안관리처장 양강(楊剛, 가명)이 아주 자세하게 정리하였다. 당시 양강은 '사회주의 형제국가 공산당 지도자'의 역사를 함부로 다루지 못하게 하는 국가 신문출판총서 도서사의 공식 규정에 의해 공개 역사서에는 물론 내부에서 발행하는 정협 문사자료집에도 함부로 게재할 수 없었다고 그 내막을 귀띔해주기도 했다.

부 위원 겸 연락원, 후에 변절하였다.)의 요청으로 직접 돈화에까지 찾아가서 진한장을
도와주었다.

> "김경은 나한테 김일성[32](김성주)도 소개하여 주었다. 방학 때 내가 직접 김일성을 돈
> 화로 데리고 가서 진한장과도 인사시키고 서로 친구가 되게 만들었다."[33]

1908년생인 송무선은 1983년까지 중국에서 살았다. 생전에 김성주와 진한장
과 관련한 에피소드들을 많이 들려주곤 했던 송무선은 나이도 그들 두 사람보
다는 네댓 살 위였다. 길림 육문중학교에서 공부하던 많은 조선인 학생들이 모
두 친형처럼 믿고 따르는 큰형이기도 하였다. 어쨌든 송무선이 가져다준 진독
수(陳獨秀), 노신(魯迅) 등의 책은 물론이고 『신청년(新靑年)』, 『신조(新潮)』, 『각오(覺
悟)』 등 신문화를 알리는 각종 간행물을 미치도록 많이 읽었던 김성주는 1927년
길림 육문중학교에 입학한 지 불과 1년도 안 되는 사이에 빠르게 중국화되기 시
작했다.

오동진은 이종락을 시켜 김성주를 길림으로 데려올 때 길림 육문중학교가 이
처럼 새빨갛게 물들어버린 학교라는 사실을 미처 모르고 있었다. 길림은 당시
인구 40만의 대도시로 중국 동북 지방에서 가장 역사가 오랜 도시이기도 했다.
일본이 만주국을 세우고 나서 길림을 고도 교토(京都)에 빗대 '작은 교토(小京都)'

---

32 이 책에서 인용한 회고담이나 취재담의 경우, 대부분 김성주가 북한의 주석이 된 다음 이루어진 것
    이어서 일관되게 김성주를 김일성으로 부르고 있다. 따라서 특별한 경우를 제외하고 인용문에서
    는 김일성으로 썼다.

33 취재, 한준광(韓俊光) 조선인, 연변주당위 선전부 부부장, 연변역사연구소 소장, 중국조선족민족사
    학회 이사장 역임, 취재지 연길, 1986~2001 30여 차례. 송무선을 직접 만났던 한준광은 한때 송무
    선 이야기를 가지고 책을 써보라면서 직접 필자에게 많은 이야기를 들려주기도 했다.

라고 부를 정도로 고색이 찬연했다.

4. 길림에서 만난 인연

이 무렵 길림에는 수많은 조선인이 몰려들었는데, 그들의 정치 성향도 그야말로 각양각색이었다. 조선 국내에서 이런저런 독립운동에 개입했던 사람, 노동운동이나 공산주의 운동에 참여했다가 온 사람, 살 길을 찾아 들어온 사람까지실로 다양한 성향의 사람들이 모여들었다. 그런데 이들 중에 김형직이 젊은 시절 독립운동을 하면서 만났던 그 사람, 손정도가 있었다.

1924년 9월, 만주 선교사로 파송되어 길림성으로 활동무대를 옮겼던 손정도의 집은 길림시 우마항 거리에 자리 잡고 있었다. 그는 한인교회를 세우고 부속유치원과 공민학교도 열었다. 성향과 관계없이 많은 젊은이가 그에게로 몰려들었다. 길림대학에서 공부하던 안병기 같은 조선공산당 재건파인 서울상해파의중앙간부나 김일기, 박일파 같은 고려공산청년회 중앙간부도 있었다. 그들이 만든 '유길학우회'는 기회가 있을 때마다 강연회를 개최하여 민족주의를 고취하고배일선전을 해나가고 있었다.

막 길림에 도착했던 김성주는 나이가 어려 '길림조선인소년회'에 가입했는데, 이 소년회 회장이 손정도의 큰아들 손원일이었다. 손원일은 1945년 광복 이후 한국의 초대 해군제독이 된 인물이기도 하다.

이런 연유로 김성주와 손정도 일가의 인연 또한 만만치 않은 셈이다. 김성주가 길림에서 손정도의 신세를 많이 입었던 이야기는 널리 알려졌다. 김성주가손정도의 둘째 아들 손원태(孫元泰), 셋째 딸 손인실 남매와 함께 길림시 교외의 북산에 올라가 자주 놀았다는 회고는 후에 북한을 방문한 손원태에 의해 확인된 듯했으나 정작 손인실은 김성주를 전혀 기억하지 못했다. 미국 뉴욕에 사는 손인실의 딸 문성자는 이렇게 회고한다.

"김일성에 대해 어머니에게 물어봤는데 어렸을 때 그런 사람을 본 기억이 전혀 없다고 하더라. 그때 오빠 또래의 학생들이 우리 집에 많이 놀러왔는데, 만약 김일성이 어머니를 알고 있었다면 아마 당시 드나든 학생들 중 하나였을 것이다."[34]

이는 김성주가 남달리 돋보인 학생이 아니었음을 말해준다. 그 후 손원일은 의사가 되려고 길림을 떠나 상해로 갔다. '길림조선인소년회'는 한동안 회장이 없어 유명무실해질 뻔하다가 김성주가 회장직을 이어받았다. 김성주가 송무선과 만난 것도 바로 이 무렵이었다.

후에 김성주와 함께 동북항일연군 제1로군에 소속되었던 송무선은 제1로군 2사 정치부 조직과장과 주임, 그리고 사단장 대리직을 맡는 등 줄곧 정치 부문에서 요직을 담당했다. 김성주는 회고록에서 송무선에 대해 꽤 많이 이야기하지만 길림 육문중학교에서 만나 그에게 많이 배웠다는 사실은 일절 언급하지 않는다. 그가 송무선의 소개로 중국 공산주의 청년단원이 된 사실도 비밀에 붙여졌다.

한편 김성주는 송무선뿐만 아니라 자신의 중국공산당 입당 소개자도 누구였는지에 대해 당시에는 일언반구 입을 떼지 않았다. 그러나 1945년 8월, 주보중과 최용건이 하바롭스크에서 중국공산당 동북국에 제출할 항일연군 잔존 인원

---

34 취재, 문성자, 한국계 미국인, 손정도 목사의 외손녀, 취재지 미국 뉴욕, 2006.

의 인사당안을 만들 때 김성주는 입당 소개자로 '왕윤성' 대신에 '한별'과 '마천목'을 써넣으려다가 그마저도 저어되어 결국에는 이청산을 써넣었던 것 같다. 그 무렵 왕윤성은 이미 소련 내무부에 체포되어 징역 8년형을 받고 형기를 살고 있었고, 송무선도 양정우가 죽고 나서는 일제에 체포되어 감옥에 갇혀 있었기 때문이 아니었을까 짐작된다.

대신 김성주는 길림 육문중학교에서 만난 스승 상월(尚鉞)[35]에 대해 잔뜩 회고하고 있다. 사실 상월의 나이는 김일성보다 10살밖에 많지 않았다. 그는 1921년 북경대학에서 영국문학을 전공했고, 노신(魯迅)이 편집하던 『망원(莽原)』이라는 잡지에 소설 「부배집(釜背集)」을 발표하여 호평을 받았다. 이렇게 다재다능한 젊은 학자 공산당원인 상월에게 반한 학생들이 아주 많았다. 김성주도 물론 그 가운데 하나였다.

상월을 길림 육문중학교에 취직시킨 사람도 중국공산당원으로 1986년에 중국 인민대표대회 상무위원회 부위원장까지 되었던 유명한 교육자 초도남(楚圖南)이었다. 상월이나 초도남 모두 중국공산당 창건자 가운데 한 사람인 이대소(李大釗)의 영향을 받아 이 길에 발을 들여놓았다. 길림 지방에서 오랫동안 활동했던 초도남은 길림시에서 학생운동을 지도하다가 결국 체포되어 1930년부터 1934년까지 감옥살이를 하기도 했다.

어쨌든 상월을 만나게 된 김성주는 그의 숙소 서가에서 평생 구경해보지 못했던 책 수백 권을 구경하게 되었다. 서가에는 조설근(曹雪芹)의 『홍루몽』도 있었고, 노신의 『아Q정전』도 있었으며, 고리키(Gor'kii Maksim)의 『어머니』도 있었다.

---

35 상월(尚鉞)의 본명은 종무(宗武), 자는 건암(健庵)이다. 사중오(謝仲五), 정상생(丁祥生), 섭수선(聶樹先), 사반(謝潘) 등 여러 별명을 사용했고 그 외에도 작가와 학자로서 의극(依克), 자단(子丹), 하남나산현인(河南羅山縣人) 같은 필명을 사용했다.

책에 반한 김성주가 이 책, 저 책 정신없이 뽑아보는 것을 보고 상월은 빙그레 웃으면서 권했다.

"성주야, 한 번에 많이 가져가지 말고 한 권씩만 가져다가 다 읽고 또 와서 다시 가져다 읽거라."

김성주는 소문으로만 들었던『홍루몽』을 손에 들었다. 그러자 상월은 말렸다.

"네 수준으로는 이 책을 읽어도 뜻을 알 수 없을 거야. 그러니 다른 쉬운 책부터 먼저 읽거라."

"그럼 선생님, 추천해주세요. 어느 책부터 읽으면 좋을까요?"

"고리키의『어머니』나 장광자 선생의 소설집『압록강가에서』아니면『소년방랑자』도 모두 좋은 작품이란다."

상월은 특별히『압록강가에서』를 추천했다. 상월 자신도 각별히 숭배하는 당대의 젊은 작가이자, 1921년 코민테른(국제공산당) 제1차 대표대회 참가자 중 하나였던 장광자(蔣光慈)의 최신 단편소설집이었다.

"이 소설들은 모두 압박과 착취를 당하는 가난한 사람들이 고통 속에서 어쩔 수 없이 싸우지 않으면 안 되는 현실 생활 이야기를 담고 있단다. 특히 재작년에 나온『소년방랑자』보다는 올해 나온 이 소설들 쪽이 사상성과 문학성 면에서 훨씬 더 성숙했고 혁명적인 문학가로서 장광자 선생의 풍모를 엿볼 수도 있지."

1927년 1월 상해 아동도서관(亞東圖書館)에서 출판한 이 소설집은 한창 공산주의 혁명이 일던 중국 대륙에서 선풍적인 인기를 끌고 있었다. 1920년대를 풍미한 별 같은 젊은 작가 장광자, 그러나 그는 1931년 8월 31일에 폐결핵으로 세상을 뜬다. 김성주가 그의 소설을 읽었던 때로부터 4년 뒤였다.

상월은 김성주뿐만 아니라 많은 학생에게 영향을 끼쳤다. 그러나 유독 김성주를 기억하는 것은 그가 중국말을 아주 잘하는 조선인 소년이었고,『압록강가에서』의 주인공도 이맹한과 운고라는 조선 청춘남녀였기 때문일지도 모른다. 더욱 주요한 것은 김성주가 '김일성'으로 거듭났기 때문이었다.

1950년대에 중국인민대학에서 역사학 교수로 재직하면서 곽말약(郭沫若)과 상충하는 역사적 견해를 가졌던 상월은 모택동이 곽말약의 견해를 지지하는 바람에 대대적으로 사상 비판의 대상이 되고 말았다. 중국 〈인민일보(人民日報)〉가 상월 비판 특집을 만들어낼 지경이었다. 상월을 아는 사람들은 이런 이야기를 전한다.

"상월은 한때 만주성위원회 비서장직에 있다가 당적을 제명당한 적이 있었다. 1950년대 초엽, 공안부 정치보위국에서 이 일을 조사했는데 담당 국장이 김일성과 항일연군에서 함께 싸웠던 전우였다는 것이다. 그리하여 국장이 직접 상월의 자료를 보다가 '선생이 1927년에 길림 육문중학교에서 교사로 재직했으면 혹시 김일성 원수를 알고 있습니까?' 하고 물었다. 상월은 김일성이라는 이름을 처음 들어보는지라 '모른다.'고 대답했다. 국장이 다시 '그때는 김성주라고 불렀다.'고 알려주니 그제야 깜짝 놀랐다고 한다.

그러면서 '그 김성주가 지금의 김일성 원수라는 말인가? 그럼 그는 내 학생이 맞다. 나는 길림 육문중학교 시절 그의 어문교원이었다.'고 고백했다. 얼마 후 '나와 소년 시절 김일성 원수와의 역사적 관계'라는 회고문도 한 편 남겼다. 그는 반우파 투쟁 때 얻어맞느라 정신이 없었는데, 아내까지 핍박에 못 이겨 자살했다. 그런 상황이었기에 은근히 김일성이 자기를 찾아와 옛 은사로 인정해주길 바랐으나 아무리 편지를 보내도 바다에 돌 던진 격이었다."[36]

---

36 취재, 마연개(馬延凱) 중국인, 중국인민대학교 역사학 교수, 취재지 북경, 1988. 마연개 교수는 상월과 인민대학에서 함께 교편을 잡았던 적이 있었고, 북경 자택에서 필자는 그의 이야기를 들었다.

하지만 김성주는 상월이 죽은 지 10년이 더 지난 1992년에야 회고록을 발표하면서 갑작스럽게 상월 이야기를 꺼냈다. 그는 회고록에 "길림을 떠난 상월 선생은 한때 만주성 당위원회에서 비서장으로도 활동했다고 한다."라고 써넣었다. 그러나 이는 사실이 아니다.

길림을 떠난 상월은 한동안 도남의 앙앙계 제5중학교에서 교편을 잡고 지내다가 1930년 5월 상해로 전근을 갔다. 그는 전국중화총공회에 근무하면서 중국공산당 중앙조직부가 꾸리는 〈홍기일보(紅旗日報)〉의 취재부 주임을 맡아 총공회 책임자 임중단(任仲丹)과 각별히 가깝게 지냈다. 만주사변 직후 임중단이 만주성위원회 서기로 파견되었을 때 함께 따라가 임시 비서장직을 맡았으나 얼마 후 바로 당적을 제명당하고 코민테른에 가서 억울함을 호소하는 신세가 되었다.

1937년이 되어서야 상월은 서안에서 동필무(董必武)와 만나 비로소 당적을 회복하고 곽말약 밑에서 일하게 되었다. 이때 곽말약은 국민정부군사위원회 정치부 제3청 청장이었고, 상월은 도서자료실 중좌과장으로 임명되었다. 주은래(周恩來)가 직접 그렇게 배치했던 것이다.

상월이 죽은 후 그의 딸 상가제(尚嘉齊)와 상효원(尚曉援) 등은 북한에서 크게 대우받았다. 그러나 대우받지 못한 사람들도 아주 많다. 길림 시절 그의 공산당 입당 소개자였던 송무선은 물론이거니와, 직접 그를 중국공산당원으로 키웠던 한별은 어디에도 이름을 올리지 못했다. 이는 한별이라는 이 이름까지도 김성주가 자기 이름으로 만들어버렸기 때문이다.

5. 오동진과 현익철, 그리고 김찬

어쨌든 상월, 초도남 등 공산주의 학자들이 활발하게 활동하던 길림에서 보낸 시간은 김성주의 인생에 커다란 변화를 준 것만은 틀림없다. 오동진은 그를 장차 민족주의 진영에서 크게 한몫할 인물로 키우고 싶었으나 결국 그의 기대와는 어긋나고 말았다.

"위원장, 지금 형직의 아들이 뭘 하고 다니는지 아십니까?"

어느 날 현익철이 오동진에게 물었다.

"종종 얻어듣고는 있습니다만, 또 무슨 사고라도 쳤습니까?"

"하라는 공부는 하지 않고 만날 공산주의 혁명을 한다고 나돌아 다니는데, 무송에서 중국 경찰에 잡혔다가 가까스로 놓여나온 모양입니다."

"또 마골단 애들하고 어울려 다녔나 보군요?"

"아닙니다. 우리 정의부 산하에 새로 온 젊은 친구가 있는데, 차광수라고 합니다. 일본에서 유학하다 온 지 얼마 안 되는데, 종락이가 성주를 이 친구한테 붙여주었던 것 같습니다. 성주가 요즘 만날 차광수 뒤를 쫓아다니면서 교하, 카륜, 고유수 같은 고장들에 들락거리고 있습니다. 도대체 뭘 하려는 것인지 아직 확실하게 모르겠습니다."

오동진과 현익철은 걱정이 이만저만 아니었다. 그들 둘이 아는 차광수(車光洙)는 본명이 차응선(車應先)이었고 별명은 '덜렁쇠' 또는 '차덜렁'이었다. 1905년 평안북도 용천에서 태어났으며 10대의 어린 나이에 일본으로 건너가 고학으로 공부하면서 공산주의 사상을 배운 청년이었다. 귀국 후 서울에서 한동안 살다가 만주로 나와 길림성 유하현(柳河縣)에 정착해 장가도 들었으나 워낙 배운 것이 많고 달변인 데다가 인물도 잘났고 입만 열면 마르크스 이론을 폭포수처럼 내뿜었다. 때문에 대뜸 정의부 내 러시아파인 김찬(金燦) 같은 거물 눈에 들게 되었다.

김찬은 차광수보다는 열 살 가까이 나이가 많았지만 둘은 일본 유학할 때 서로 얼굴을 익힌 사이였다. 김찬 역시 일본에서 본격적으로 공산주의에 입문한 사람이다. 1912년 경성의학전문학교에 입학했다가 중퇴한 후 한동안 만주에 나와 있다가 다시 일본으로 건너가 쥬오대학(中央大學)에서 공부하면서 일본인 공산주의자들에게서 마르크스를 배웠던 것이다. 그후 학업을 포기하고 러시아로 건너갔고, 1920년 후반에 이르쿠츠크 소재 코민테른 동양비서부에 나와 극동민족대회 일본인 대표 출석문제를 협의하기도 했다.

그 후 조선으로 돌아와 조선공산당을 창건하는 데 깊이 관여했고 1927년에 북만주로 옮겨 '제1차 간도공산당 검거사건'으로 파괴된 조선공산당 만주총국(화요파)의 재건을 주도하여 화요파의 핵심멤버가 되었다. 이후 그는 1928년 9월 정의부 결성 때 남만주에 나타난다. 그간 쌓아온 명성으로 중앙집행위원에 선출된 후 정의부 산하의 젊은이들 중에서 공부도 하고 책도 읽은 청년들을 하나둘씩 모으는 일에 열중했다. 차광수가 바로 그의 가장 열성적인 협력자였다.

차광수가 김찬의 지시로 정의부 계통의 젊은 독립군 간부 중 가장 먼저 포섭한 사람이 바로 이종락이었다. 이종락의 소개로 김성주를 알게 된 차광수는 그가 굉장히 똑똑하고도 담대한 소년인 것을 금방 눈치챘다. 중국말도 잘하고 책도 적지 않게 읽은 것을 보고는 자주 그와 이야기를 나누었다. 어느 날 김찬의 파견을 받고 찾아온 이금천은 차광수, 허소(허율), 성숙자, 한석훈, 김동화, 신영근, 김성주 등을 길림 대동문 밖 자기 집에 모아놓고 남만조선인청년총동맹을 빨리 선포하라는 지시를 전달했다.

"아직은 시기상조입니다. 우리가 모은 청년 수가 너무 적고 또 소년단 조직

포섭은 이제 겨우 시작에 불과한 상태입니다. 더구나 독립군 쪽에서도 오동진과 현익철 두 영감이 심하게 주시하고 있어서 현재로서는 이종락도 꼼짝 못하고 있는 실정입니다."

이금천은 머리를 끄덕였다.

"나도 그걸 모르지 않소. 지금 우리에게 급한 것은 3부 통합이 당장 눈앞에 와 있다는 것이오. 김찬 동지는 그때가 되면 통합된 민족주의 단체로 등장할 그들과 우리 공산주의자의 갈등이 더욱 심하게 드러나리라고 보고 있소. 그들은 총과 무장을 갖추었지만 우리는 아무것도 없소. 결국 우리가 불리해질 것이 분명하니 지금이라도 빨리 다그치자는 것이오. 하지만 독립군 쪽에서 이종락 군이 그렇게 꼼짝 못한다면 아무래도 어려울 것 같군요."

이들이 걱정하는 '3부 통합'이란, 1925년 미쓰야협정(三矢協定) 체결 이후 만주에서 활동하는 조선 독립 인사들에 대한 중국 관헌의 탄압이 심화되자 중국 동북지역 한인(韓人)들의 효율적인 장악과 권익 옹호, 그리고 적극적이며 효과적인 대일투쟁을 추구하기 위해 민족유일당을 조직해 3부를 통합하려 했던 대 사건이었다. 여기서 3부는 참의부(參議府), 정의부(正義府), 신민부(新民府)를 말한다.

이에 앞서 오동진 등은 민족유일당을 결성하려고 1928년 5월 화전(樺甸)과 반석(磐石) 등지에서 18 단체 대표들이 모인 가운데 '전민족유일당조직촉성회의'라는 명칭을 제시했다. 하지만 여기에 참가하지 못했던 참의부와 신민부가 이를 인정하지 않았다. 결국 유일당 결성에 관한 참가단체들의 태도 차이 등으로 전민족유일당조직촉성회와 전민족유일당조직협의회로 양분되어 회의는 결렬되고 말았다.

정의부는 재차 참의부와 신민부와의 통합을 모색했다. 같은 해 9월 길림에서

3부 통합을 위한 2차 회의가 열렸는데, 드디어 3부 대표가 모두 함께 모였다. 이 때도 신민부·참의부 대 정의부의 의견 대립, 신민부 군정파와 민정파의 내분, 참의부의 대표 소환 문제 등이 얽혀 정식 회의는 개최되지도 못했다. 1928년 12월 하순에 이르러서야 과도 임시기관으로 '혁신의회'를 조직하고, 참의부와 신민부의 해체를 공동선언하기에 이른다.

그러나 이처럼 3부 통합을 위해 노심초사해왔던 오동진은 결국 이날을 보지 못하고 어느 날 갑작스럽게 일제 경찰에 체포되는 비운을 맞게 된다.

6. 김덕기의 음모

이야기는 1927년 조선 총독 사이토 마코토의 임기가 끝나고 후임으로 야마나시 한조(山梨半造)가 조선으로 오면서 시작된다. 후임 총독에게 바칠 최고의 선물을 마련하기 위해 오동진의 고향 평안북도의 일제 경찰 고등과장 이성근(李聖根)은 부하인 김덕기(金悳基)와 거대한 모의를 시작한다.

"만주와 접한 우리 평북 땅은 오래전부터 독립군들이 국내로 드나드는 관문으로 소문났는데도 우리가 해놓은 일이 너무나도 없잖은가. 더구나 독립군 우두머리 과반수가 모두 평북 출신이라는 소문이 총독부 안에도 파다하게 퍼져 있다네. 그 가운데서 대표 우두머리 몇 놈을 잡아서 신임 총독 각하께 바치세."

김덕기는 이때 평북 경찰 고등계 주임이었다. 그는 일찍이 경부[37]였던 1923년

---

37 경부(警部, けいぶ), 일제시절 경부는 관할서 과장, 경시청 계장 등이 해당한다. 일반적으로 경부부터 '경찰간부'로 인정되며 검찰에 수사영장을 직접 청구할 수도 있었다. 드라마 〈야인시대〉에 나오기도 했던 악질형사 미와 와사부로가 종로경찰서에서 근무할 때 이 계급이었다. 오늘날 한국 경찰 계급 중 경감급이 당시의 경부에 해당한다.

에 약산 김원봉(金元鳳)의 의열단이 경기도 경찰부의 현직 경무인 황옥을 포섭하여 암살에 쓰일 폭탄을 국내로 반입하여 조선총독부와 동양척식회사, 조선은행, 경성우편국 등 일제의 주요 적성(適性) 기관들을 박살내려고 했던 계획(의열단 2차 암살파괴계획)을 미리 탐지하고 좌절시켰다. 그뿐만 아니라 김시현, 황옥, 조동근, 홍중우, 백영부, 조영자 등 의열단 관계자를 모조리 검거했던 악질 조선인 형사였다. 그는 이 공로를 인정받아 조선총독부에서 경찰 최고의 포상인 공로기장을 받기도 했다.

"우두머리 몇 놈이라면 과장님께서는 누구누구를 마음에 담고 계십니까?"

김덕기는 기대에 찬 표정으로 이성근의 얼굴을 쳐다보았다.

"일단 자네가 제일 손쉽게 해치울 수 있는 자가 한둘 있다면 이름을 대보시게나."

"과장께서 어떤 자를 제일 먼저 잡아들이기를 원하시는지, 제가 시키는 대로 바로 일을 벌여보겠습니다."

김덕기의 말에 이성근은 크게 기뻐했다.

"아, 나야 물론 만주의 '3대 맹장'으로 일컫는 김좌진(金佐鎭, 충남 홍성), 김동삼(金東三, 경북 안동), 오동진 이 세 자를 한꺼번에 다 잡아들일 수 있다면야 오죽 좋겠나. 하지만 그것은 사실상 불가능하겠고, 가능하면 우리 평북 출신의 오동진부터 잡아들이도록 하세. 역시 같은 평북 출신인 애꾸눈 '흑선풍(黑旋風)'도 이참에 함께 잡아들일 수 있다면야 오죽 좋겠나. 성공만 한다면 총독 각하께서도 무척이나 좋아하실 걸세."

"흑선풍에다가 애꾸눈이라면 이진무(李振武, 평북 정주)[38]를 말씀하십니까?"

---

38 이진무(李振武, 1897-1934년) 독립운동가. 평안북도 정주군 옥천면에서 출생했다. 1919년 3·1운동이 일제의 무력으로 좌절되자 만주로 건너가 광복군총영에 입영했다. 1924년 11월 정의부 제5중대

김덕기는 고개를 갸웃거렸다.

"내가 혹시 너무 욕심을 부렸나? 언젠가는 이진무도 잡아들여야겠지만, 아직 새파랗게 젊은 이진무보다는 먼저 영감 소리를 듣고 있는 오동진 같은 거물부터 빨리 제거해야 하네. 오동진부터 잡아들이세."

애꾸눈이었던 이진무의 별명은 '독안용(獨眼龍)'과 '일목장군(一目將軍)'이었다. 그러나 이때까지는 오동진 수하 정의부 제5중대장 김석하(金錫河)의 대원이었을 따름이다. 오동진이야말로 김좌진, 김동삼과 더불어 만주의 '3대 맹장'으로 불리고 있었다.

"그러잖아도 마침 좋은 정보가 있습니다."

김덕기는 이성근에게 오동진을 유인할 방법을 내놓았다.

"올 2월 장춘에서 검거된 정통단(正統團)을 만든 김종범(金鍾範)이란 자가 생각나십니까?"

"얼마 전 대련지방법원에서 징역 1년 6개월을 받은 것으로 아네."

"네. 그때 그자와 함께 검거되었다가 전향서를 쓰고 나온 녀석이 하나 있습니다. 장춘 영사관 경찰이 그 일을 비밀에 붙이고 그자를 계속 정의부 쪽에 잠복시켜 두었는데 그가 오동진의 각별한 신임을 받는 모양입니다. 얼마 전에는 오동진의 부탁을 받고 여순에서 복역 중인 김종범 면회도 다녀왔다고 합니다. 제가 장춘에 가서 그쪽 경찰들과 합작하여 직접 이자를 한번 움직여보겠습니다."

김덕기는 치밀하게 작전을 짰다. 그는 몰래 밀정 김종원을 만나 이렇게 지시

에 배속되어 경찰주재소를 습격하여 일경을 사살하고, 1931년 노농자위군을 조직해 대장에 올랐다. 국내에 자주 진입하여 활발하게 투쟁하면서 일경의 집중 체포대상이 되었고, 결국 1932년 안동에서 체포돼 온갖 모진 고문과 악형을 당했다. 신의주로 압송된 이진무는 이듬해 신의주지방법원에서 사형을 선고받고 1934년 평양형무소에서 옥사했다. 이진무는 작은 체구로 신출귀몰 대담한 활동을 벌여 『수호지』에 나오는 흑선풍(黑旋風) 같다 하여 '만주의 흑선풍'이라는 애칭으로 불렸다. 또 애꾸눈이어서 '일목장군(一目將軍)'으로도 불렸다. 1962년에 건국훈장 독립장이 추서되었다.

했다.

"독립군이 지금까지 한 번도 오동진과 한 고향인 평북 출신 천만부자 최창학의 집을 습격하지 않고 가만히 내버려둔 이유가 여간 궁금하지 않아. 자네가 한번 오동진에게 자청하고 나서 보게나. 최창학을 찾아가서 군자금을 얻어오겠다고 말일세."

그러잖아도 3부 통합을 추진하면서 무척 돈이 필요했던 오동진은 김종원이 최창학에게 다녀오겠다는 말을 하자 철썩 무릎을 때렸다.

"내가 미처 이 광산대왕을 생각하지 못했군. 이 친구라면 군자금을 내놓을지도 모르지."

평북 구성군 출신으로 삼성금광(三成金鑛)을 세우고 조선 최대의 광업자이자 천만장자가 되었던 최창학(崔昌學)의 집을 습격하여 돈을 빼앗아오자고 오동진에게 건의한 사람들이 과거에 여럿 있었다.

"우리 독립군이 아직까지 한 번도 이 친구 집을 습격한 일이 없으니, 자네가 직접 가서 내 이름을 대고 군자금을 좀 달라고 하면 어쩌면 군말 없이 내줄지도 모를 일이네."

김덕기가 짜놓은 작전인 줄 알 리 없는 오동진은 김종원을 최창학에게 보냈다. 그러나 최창학은 조선으로 가지 않았고 김종원과 함께 장춘 일본영사관 밀실로 기어들어갔다. 장춘 영사관을 관리하던 하얼빈 일본 총영사관 특무들도 장춘에 몰려들었다. 이성근도 김덕기를 돕기 위해 신의주 경찰대를 장춘 지방으로 파견했다.

김종원은 최창학이 장춘에 도착했고, 역 부근 신음하(新陰河)에서 기다리고 있다고 오동진을 속여 넘겼다. 1927년 12월 16일 길림에서 장춘을 잇는 길장선 열차에 올라탄 오동진은 너무 긴장하여 새파랗게 질려 있는 김종원의 얼굴을 보고 느낌이 좋지 않았는지 열차가 홍도진(興陶鎭)까지 왔을 때 갑자기 몸을 일으켰다.

"자네가 가서 최 사장 보고 길림으로 오라 하게. 난 여기서 내리겠네."

오동진은 홍도역에서 불쑥 내렸으나 때는 이미 늦었다. 신의주에서 파견된 경찰대 중 하나가 홍도역 플랫폼에서도 대기하고 있었다. 베테랑 고등계 형사인 김덕기는 이런 변수가 생길 것을 미리 짐작하고 대비했던 것이다.

그 길로 신의주로 압송된 오동진 재판은 자그마치 6년이란 긴 시간을 끌었다. 그는 감옥에서 단식도 하고 때로는 광기를 부려 정신병자를 전문적으로 수용하는 공주형무소에서 복역하기도 했다.

한편 오동진이 체포당한 것은 정의부에 청천벽력 같은 일이었다. 오동진이 체포된 이듬해인 1928년 2월까지도 남편이 체포된 줄을 모르고 지냈던 오동진의 부인 이양숙(李陽淑)은 〈동아일보〉에 실린 기사를 보고서야 깜짝 놀라 신의주로 면회를 왔다고 한다. 두 달 뒤인 4월에는 정의부 10중대원인 김여연(金汝連)과 최봉복(崔鳳福) 등이 오동진을 구출하기 위해 입국하다가 신의주에서 체포되었다.

오동진은 사망 직전 공주형무소에서 복역했는데, 형무소 내에서도 그의 위상이 얼마나 컸던지 일본인 형무소장은 그와 면담할 때면 반드시 먼저 경례하며 예를 갖추었을 정도였다. 그러나 애석하게도 광복을 한 해 앞둔 1944년, 몸이 쇠약해질 대로 쇠약해진 그는 결국 모진 옥고 끝에 옥사하고 말았다.

광복 후 1949년 2월 8일, 오동진이 죽은 지 5년째 되던 해에 김덕기도 오늘의 경기도 양주군 화도면 녹촌리 344번지에서 반민특위가 파견한 특경대에 체포된다. 14년간 일제 고등경찰로 지내면서 온갖 반민족 행위를 일삼은 그는 결국 사형을 선고받았는데, 이승만이 반민특위를 해산시키는 바람에 사형을 면했다.

한국전쟁 직전에는 감형까지 받고 풀려났다. 그러나 천벌을 피할 수는 없었다.

　오동진과 같은 고향 평북 출신으로 정의부 독립군으로 활동하다가 오동진과 비슷한 시기에 체포되어 19년 동안이나 옥고를 치르고 광복으로 석방되었던 정이형(鄭伊衡)[39]의 딸 정문경이 남긴 증언에 의하면, 김덕기는 감옥에서 풀려나온 지 얼마 안 되어 오늘의 성북구 정릉동 근처의 야산에서 산보하던 중 갑자기 귀신에게라도 홀린 듯이 벼랑 쪽으로 걸어가 스스로 추락하여 죽었다고 한다.

39　정이형(鄭伊衡, 1897-1956년) 독립운동가. 본명은 원흠(元欽)이며, 평안북도 의주 출신이다. 1922년 만주로 망명하여 대한통의부에 참여했고, 1924년 정의부 사령부관으로 무장항일투쟁을 전개했다. 1926년 고려혁명당을 결성하고, 위원으로 선임되어 활약했다. 1927년 하얼빈에서 일본 경찰에 잡혀, 1945년 해방 때까지 19년간 옥고를 치렀다. 해방 이후 좌우합작을 위해 노력했으며, 친일파 처벌법 제정에 앞장섰다. 1956년 심장병으로 별세했다. 1963년 건국훈장 독립장이 추서되었다.

4장

남만참변

"형님, 어떻게 이런 일이 있을 수가 있습니까?
오동진 아저씨만 지금 여기 계셨어도 결코 이런 일이 생기지 않았을 거예요.
청총 대표들한테 무슨 죄가 있단 말씀입니까?
그래 공산주의를 지향한다는 그것 하나 때문에 왜놈들도 아닌
자기 독립군한테 이렇게 죽어야 한단 말입니까?"

1. 남만청총

오동진이 체포되고 나서 정의부의 중책을 떠맡은 현익철은 다행스럽게도 오동진의 가장 충실한 부하나 다름없는 양세봉의 적극적인 지지와 협조로 3부 통합도 이루어냈고 국민부(國民府) 집행위원장이 되었다.

당초에 3부 통합을 추진한 가장 큰 목적은 민족주의 진영의 좌경화를 막는 것이었다. 정의부에 공산주의자가 대거 침투하기 시작한 것은 바로 1926년 고려혁명당이 창당된 후였는데, 나중에 정의부는 고려혁명당과 인연을 끊었지만 그때 그들이 정의부 젊은이들에게 끼친 영향은 결코 만만치 않았다. 내부 분열로 소란한 중에도 젊은 대원들은 자기들끼리 모여 앉으면 바로 혁명이니 이념이니 하는 말을 입에 담을 정도였다. 지금까지의 투쟁 방식으로는 독립 쟁취가

요원하니 혁명을 위한 이념 무장이 뒷받침되어야 한다는 소리였다. 그러나 1927년 12월에 정이현, 이동구, 이원주, 유공삼 등 고려혁명당 주요 간부들이 대거 체포되었고, 오동진과 현익철 등 정의부 주요 거두가 탈당하자 고려혁명당은 얼마 못 가 바로 해체되고 말았다.

현익철은 3부 통합으로 공산주의 사상이 민족주의 진영으로 파급되는 것을 막기 위해 갖은 노력을 다했다. 그는 국민부가 조직되기 바쁘게 정의부 내에서도 주류파에 속하는 이동림, 고이허, 고활신, 최동욱, 이탁 등과 함께 국민부로 통합된 원 신민부, 참의부 인사들을 모아 국민부를 지도할 민족유일당을 조직해 나갔다.

현익철이 힘에 부칠 때마다 그를 몹시 존경한 양세봉이 독립군을 튼튼하게 틀어잡고 뒤를 봐주었다. 이듬해 조선혁명당을 창당하게 되었을 때는 현익철이 혁명당 중앙집행위원장까지 겸직하게 되었다. 따라서 양세봉의 독립군도 혁명당 당군으로서 이름을 조선혁명군으로 고치게 되었다.

총사령에는 처음에 이웅이 물망에 올랐으나 양세봉과 이웅의 사이가 벌어지자 현익철이 혁명군 총사령까지도 겸직해 버리는 일이 벌어졌다. 그러나 현익철은 군사를 모르기에 실질적으로는 현익철이 부사령으로 임명한 양세봉이 지휘했다.

이때 양세봉도 공산주의 사상에 젖은 젊은 대원들이 계속 탈영하여 길림 지역 농촌으로 가 농민들로 조직된 적위군(赤衛軍)에 가담하는 것 때문에 골치를 앓고 있었다.

현익철은 예전엔 난제가 생길 때마다 오동진과 둘이서 의논했으나 지금은 양세봉과 마주앉았다. 3부 통합 후에는 정의부 본거지를 길림에서 양세봉의 독립군이 주둔하던 신빈현(新賓縣) 왕청문으로 옮겼기 때문이다.

"혹시 고활신과 현정경, 이웅 등이 배후에 있는 것은 아니오?"

현익철은 국민부에서 자기에게 가장 반발이 심한 몇 사람 이름을 은근히 입에 올렸으나 말수가 적은 양세봉은 잠잠했다. 대신 그의 참모장 김학규(金學奎)[40]가 입을 열었다.

"청총 아이들이 제일 문제입니다."

"나한테도 들어오는 소문이 있어서 하는 소리요. 우리 군대 안에도 공산주의에 물든 젊은이가 아주 많다고 하오. 어른들 가운데는 현정경이 위험한 인물이오."

양세봉은 머리를 끄덕였다.

"네. 젊은이들 뒤에 몇 분 어른이 계신 것으로 짐작합니다."

"세봉이 이제야 할 말을 하는군."

현익철은 양세봉에게 지시했다.

"현정경은 내가 한번 만나보겠소. 세봉이는 일단 청총에서 가장 전염성이 강한 빨갱이 몇 놈을 색출해 손봐야 하오. 빨리 일벌백계하지 않으면 안 되오."

양세봉은 차마 받아들이지 못하고 그냥 한탄했다.

"젊은이들 중에서도 똑똑하고 빠릿빠릿한 애들이 모두 그쪽으로 넘어가고 있으니 아닌 게 아니라 걱정입니다."

"그러니 내가 하는 말 아니오. 빨리 손보지 않으면 안 되오."

"혹시 위원장께서는 아십니까? 김형직의 큰아들 성주도 공산주의에 흠뻑 빠

---

40 김학규(金學奎, 1900-1967년) 독립운동가. 한국광복군에서 활동했으며, 광복군 제3지대장 등을 역임했다. 해방 후 우익 정치인으로 활동했으며, 1948년 남북 협상에 반대하여 임정 인사들을 설득하려다가 실패했으며, 단정을 지지하고 협상에 불참했다. 이후 김구와 갈등하던 중 안두희를 김구에게 소개해주었다가 1949년 김구가 암살되자 암살 누명을 쓰고 투옥되었다. 1961년 5·16군사정변 이후 석방되었다. 1962년 대한민국 건국공로훈장 독립장이 수여되었다.

져 있다고 합니다."

"내가 왜 그것을 모르겠소."

현익철은 김성주 이야기만 나오면 골치가 아파 이맛살을 찌푸렸다.

"우리 정의부에서 온갖 정력을 다 부어 키운 아이요. 송암이 이 애라면 정말 아끼지 않고 뭐든 다 퍼주었소. 그런데 배은망덕하게 빨갱이 쪽으로 가고 있소. 자기 아버지가 얼마나 공산주의자를 미워했는지 알면 생각을 바꿀지도 모르오."

양세봉도 머리를 끄덕였다.

"성주가 화성의숙 때부터 종락이를 친형처럼 따르니, 종락이한테 말해 한번 위원장께 데려오라고 하겠습니다."

"이종락 그자도 이미 절반은 빨갱이가 다 된 자요."

현익철은 양세봉에게 이종락을 중대장직에서 면직시키라고 여러 번 권고했지만, 양세봉은 이종락을 따르는 젊은 대원이 하도 많아서 계속 주저하고 있었다. 현익철은 정의부를 거쳐 국민부 최고 지도자에까지 오르면서도 젊은이들 세상인 남만청총(南滿青總, 남만주청년총연합)을 틀어잡을 수 없었다. 그러나 자칫하다가는 정의부 계통의 젊은이들을 모조리 공산주의자들에게 빼앗길 수도 있다는 생각이 들자, 차츰 청총 일에 신경쓰기 시작했다.

이 무렵 남만청총 외에도 북간도에서 설립된 동만청총과 북만청총도 있었으나 북만청총은 거의 활동하지 않아 그냥 이름뿐이었다. 동만청총은 남만보다 2년 늦은 1926년 1월 용정에서 설립되었으나 이주하, 김소연 등 쟁쟁한 인물이 중심이 되어 조선공산당 만주총국과 고려공산청년회의 명령을 받아 각 지역에 지부를 설치하고 산하에 11개의 가맹 연맹을 두었다. 회원이 수천수만 명에 달해 어마어마한 조직으로 커 가고 있었다.

당시 동만청총 대표로 왕청문에 갔다가 죽지 않고 살아 돌아왔던 김금열은

'남만참변'에 관한 자세한 이야기를 들려주었다. 그는 차광수와 이종락은 하도 유명해 동만주에서도 이름을 들었고, 또 남만주에 갔을 때 만나보기까지 했다면서도 김성주에 대해서는 왕청문에서 발생했던 참변 당일 그런 청년을 본 기억이 없다고 했다. 그러나 참변 다음날, 이종락이 자신과 동료들을 위해 직접 길잡이로 보내주었던 최창걸 일행 중에 학생복 차림의 어린 청년이 있었고, 그 청년은 말할 때 덧니가 보였고 계집아이처럼 예쁘장하게 생겼다고 회고했다. 김금열은 1987년 중국 연변 용정에서 사망했다.

여기서 비교해볼 수 있는 부분은 1946년 2월 8일, 북한 평양에서 '평양학원' 개교식에 초대되었던 한국군 채명신(蔡命新) 장군 이야기이다. 평양사범학교 출신이었던 그는 월남하기 직전 하마터면 평양학원에 입학할 뻔했다고 고백하면서 김책[41] 소개로 개교식에 왔던 김일성(김성주)을 만났는데 "호남형으로 덧니가 많았다. 드라큘라 영화 주인공 같은 인상이었는데, 나중에 보니 수술을 했는지 덧니가 모두 없어졌다."[42]고 회고한다.

"중학생이었으니까, 아마 차광수나 이종락의 심부름 정도를 했을지 몰라."

김금열도 필자와 인터뷰할 때 이렇게 한마디 덧붙이기도 했다.

그러나 이때 김성주는 비록 나이는 어렸으나 정의부 계통에서는 꽤 알려진

---

41 김책(金策, 1903-1951년) 독립운동가, 북한 정치인. 동북항일연군 창건 주역 중 하나였으며, 해방 후에는 김일성을 따라 귀국하여 조선공산당 북조선분국 창설과 김일성 추대 운동을 주도했다. 1946년 조선인민군 창군과 북조선로동당, 조선로동당 창건 주역이었으며, 1948년 4월 제1차 남북협상에도 참여했다. 9월 최고인민회의 1기 대의원에 선출되었고, 조선민주주의인민공화국 초대 내각 산업상 겸 민족보위성 부상과 외무성 부상을 겸직했다. 1950년 전선사령부 사령관이 되었다. 한국전쟁 당시 조선인민군 고위 지휘관이었으며, 1951년 한국전쟁 중 과로와 심근경색으로 전사했다. 일설에는 가스 중독 혹은 암살되었다고도 한다. 김일성의 최측근이었으며, 김책이라는 이름은 그가 뛰어난 책사라는 뜻에서 붙인 별명이다. 가명으로 김책, 김락(金樂), 김인식(金印植), 김인식(金仁植), 김홍인(金洪印), 김동인(金東印), 김인(金印) 등을 사용했고, 중국식 이름은 나동현(羅東賢)이다.

42 '영원한 사령관 채명신의 내가 겪은 전쟁'(상), 〈조선일보〉, 2011.07.19

인물이었다. 그의 아버지 김형직과 친했던 현익철이나 양세봉 같은 사람이 3부 통합 이후 국민부에서 군과 행정 최고위 지도자로 있었기 때문이었을 것이다.

1929년 가을, 국민부 요청으로 남만청총과 동만청총을 통합하기 위한 대회가 소집되었다. 이때 동만청총은 1927년 10월 3일에 발생한 '제1차 간도공산당 사건'으로 화요파가 거의 괴멸에 가까운 피해를 입게 되면서 만주공청계, 즉 엠엘계(ML계)가 장악한 상태였다.

이 엠엘계 조직이 얼마나 맹렬하게 활동했던지 차광수의 본거지나 다름 없는 유하현 삼원보에서 교편을 잡고 있었던 여교원 오광심(吳光心)은 차광수 패거리들이 하루가 멀다하게 동명중학교와 여자국민학교에 찾아와서 자기들이 꾸린 '공산주의연구회'로 나이 어린 여학생들을 구슬려 데려가는 통에 화가 나서 참을 수가 없었다.

1910년생으로 김성주보다 두 살 많았던 오광심도 김성주와 마찬가지로 정의 부가 공들여 키운 젊은 교원이었다. 그녀는 차광수 패거리가 총까지 가진 걸 보고는 참다못해 국민부로 찾아갔다.

마침 현익철은 고이허, 김문학(金文學), 양세봉, 양하산(梁荷山, 양기하梁基瑕) 등과 함께 청총을 어떻게 처리할 것인가 회의 중이었다. 오광심에게 차광수 패거리가 총까지 가졌다는 이야기를 들은 현익철은 크게 놀랐다.

"오광심 선생은 그들이 총까지 가진 걸 직접 보았소?"

양세봉이 재차 묻자 오광심은 그렇다면서 덧붙여 독립군에서 본 적 있는 몇몇 대원도 차광수와 함께 다니는 걸 자주 보았다고 했다.

"허허, 그럼 그게 최창걸이겠구만."

고이허는 양세봉을 돌아보았다. 두 사람 다 최창걸을 잘 알고 있었다. 최창걸은 독립군 제6중대장 안홍(安鴻) 뒤를 따라다니던 제일 나이 어린 꼬마대원이었다. 후에 그를 화성의숙에 추천한 사람이 바로 양세봉이었다.

"원, 그럼 이종락의 9중대뿐만 아니라, 안홍의 6중대에도 공산주의자들이 이미 손길을 뻗쳤다는 소리 아니오?"

현익철은 너무 화가 나서 얼굴이 새파랗게 질릴 정도였다.

양세봉은 급기야 참모장 김학규를 불러 오광심과 함께 삼원보로 가서 차광수가 꾸린 동성학교 특별반을 급습했다. 그러나 오광심이 국민부에 알리러 갔다는 소식을 들은 차광수는 급히 총들을 모조리 감추었고, 특별반(공산주의연구회) 학생들에게 나눠주었던 책자도 모조리 거둬들이는 바람에 아무런 증거도 잡히지 않았다. 김학규는 비록 허탕을 치고 돌아왔으나 데리고 갔던 중대에서 한 소대를 남겨 오광심이 교편을 잡고 있던 동명중학교와 여자국민학교를 지키게 했다.

이것이 인연이 되어 김학규와 오광심은 서로 사랑하는 사이가 되었고, 오광심도 곧바로 조선혁명군 사령부 군수처로 이직했다. 물론 그는 공산주의자가 아닌 민족주의 계열로 조선혁명당에 가입했고, 최초의 여성 당원이 되었다. 오광심이 열아홉 살 때였다.

1931년 9·18만주사변 이후 두 사람은 양세봉을 따라 조선혁명군 유격대 및 한중연합 항일전에 참전했고, 1940년 광복군 창설 때는 총사령부에서 사무 및 선전사업을 맡기도 했다. 1948년 한국으로 살아 돌아왔고, 1976년에 세상을 떠났으며 이듬해 건국훈장 독립장을 받았다.

2. 왕청문사건

김학규는 최창걸만 붙잡아서 돌아와 양세봉에게 보고했다.

"차광수가 귀신같이 증거를 감추는 바람에 비록 허탕치고 돌아오긴 했지만, 청총 애들이 분명히 무슨 모의를 하는 것은 틀림없습니다. 대신 현장에 있던 최창걸을 붙잡아서 데려오긴 했습니다. 어찌나 빡빡 대드는지 일단 가두어 두었습니다."

"총만 빼앗고 풀어주게."

양세봉은 생각 밖으로 최창걸에게 아주 관대했다.

"그럼 또 덜렁쇠(차광수의 별명) 패거리한테 가버릴 것입니다."

"창걸이가 문제가 아닐세. 이종락 이놈이 뒤에서 사주하는 것일세. 먼저 청총 문제부터 해결하고 나서 부대 내부 문제는 따로 한번에 처리하겠네."

양세봉은 현익철이 내린 최후 결정을 김학규에게 전달했다.

"일단 우리 정의부 계통의 젊은이들에게 한 번 더 기회를 주기로 했네. 이번엔 남만청총과 통합하려고 몰려드는 엠엘계 빨갱이 녀석들부터 먼저 잡아들여 일벌백계하세. 그러면 그 덜렁쇠네 패거리는 물론이고 그 배후 어른들도 절반은 기가 죽게 될 거야. 그 어른들 이름은 내가 더 말하지 않을 것이니 참모장은 그냥 심중에 짐작만 하고 있으시게."

다음날, 양세봉과 김학규가 직접 파견한 대원들이 왕청문에 도착했을 때, 남만주와 동만주 각지에서 온 청년들 40여 명이 최봉과 이태희 주변에 몰려들어 한창 두 사람의 연설을 듣느라 여념이 없었다. 그 청년들 중에는 물론 김성주와 최창걸도 있었다. 왕청문에 도착한 대원들은 신속하게 청년들의 신변을 구속하려 했다.

"형님들, 왜 이러세요?"

최창걸이 나서서 그들을 막아보려 했으나 특별히 선발되어 온 대원들은 총 개머리판으로 최창걸을 때려서 땅에 넘어뜨렸다.

"성주야, 빨리 뛰어라."

대원들 얼굴빛에서 심상찮은 기운을 느낀 최창걸은 부리나케 일어나 김성주를 잡아당겼다.

"창걸 형, 저 사람들이 어떻게 이럴 수가 있어요?"

김성주는 너무 분한 나머지 얼굴이 새파랗게 질렀다. 그는 최창걸이 말리는 것도 뿌리치고 달려드는 독립군 대원 앞을 가로막아 보려 했으나 혼자 힘으로는 역부족이었다. 격화되는 상황 속에서 최봉의 목소리가 왕청문을 메웠다.

"반동분자들과 싸우자!"

그의 선동으로 결국 엄청난 혼란이 일어나고 말았다. 쉽게 생각하고 덤벼들었던 독립군 대원들은 젊은이들의 반항에 하마터면 총까지 빼앗길 뻔했다. 그들의 격렬한 저항에 공포를 느낀 대원들은 계속 선동하는 최봉과 이태희에게 총격을 가했다. 그러나 그들 둘을 구하려고 총구를 가로막고 나선 몇몇 젊은이가 총에 맞고 쓰러지고 말았다. 피를 보는 사태에까지 이르자 주춤주춤하면서 함부로 덤비지 못했던 젊은이들이 모조리 덤벼들었다.

"야, 저 새끼다, 저 새끼가 총 쐈다. 죽여라."

누군가 소리치면서 앞장서서 덤벼들다가 또 뒤로 넘어졌다.

연이어 "탕탕" 하고 총성이 울려 터졌기 때문이다. 최봉도, 이태희도 모두 가슴을 움켜쥐고 쓰러졌다. 그 두 사람을 몸으로 옹위하던 젊은이들 10여 명이 연거푸 쓰러지자 나머지 30여 명의 젊은이들은 사방으로 흩어져 달아났으나 얼마 못 가 대부분 붙잡혔다. 김성주는 최창걸 손에 이끌려 내뛰다보니 무사히 왕청문을 빠져나올 수 있었다. 김성주는 그 길로 이종락 중대 막사로 뛰어갔다.

"형님, 큰일 났습니다."

그러잖아도 갑작스럽게 울려 터진 총소리를 듣고 불안해하던 이종락은 김성주가 뛰어오면서 소리치는 바람에 금방 알아차렸다.

"엠엘계 애들이 다쳤지?"

"엠엘계가 다 뭡니까! 거기 모인 청총 대표들을 다 죽였어요."

김성주는 헐떡거리면서 대답했다.

"그래도 넌 그나마 다행이구나. 너 여기 와 있는 것 알면 위원장이 너를 금방 부를게다."

"묵관(현익철의 호) 아저씨 말씀인가요? 저를 왜요?"

독립군이 직접 청총 대표들에게 총 쏘는 것을 자기 눈으로 보고 달려왔던 김성주는 너무 분하여 눈물까지 뚝뚝 떨구었다. 그는 이종락 손을 붙잡고 울며 절규했다.

"형님, 어떻게 이런 일이 있을 수가 있습니까? 오동진 아저씨만 지금 여기 계셨어도 결코 이런 일이 생기지 않았을 거예요. 청총 대표들한테 무슨 죄가 있단 말씀입니까? 그래 공산주의를 지향한다는 그것 하나 때문에 왜놈들도 아닌 자기 독립군한테 이렇게 죽어야 한단 말입니까?"

이종락이 김성주에게 말했다.

"너 빨리 차광수한테 가서 알려라. 광수가 사람들을 모아서 국민부에 항의하러 간다고 들었다."

그러자 최창걸도 나섰다.

"중대장님, 저도 가겠습니다. 제가 가서 말리겠습니다."

"그래 좋다. 너도 같이 가서 꼭 막아야 한다."

이종락은 김성주와 최창걸에게 신신당부했다.

"여기 상황은 너희 둘이 직접 봐서 누구보다도 잘 알겠지만, 위원장이 총까지 쏘라고 허락했고 이미 숱한 사람들이 죽었다. 상황이 이런데 무턱대고 와 봤자 바위에 달걀 던지는 격밖에 더 되겠니. 내가 거사할 때까지 조금만 더 참고 절대 함부로 와서는 안 된다고 광수한테 전하거라."

김성주와 최창걸은 이종락의 9중대에서 나와 고산자 쪽으로 떠날 준비를 했다. 하지만 저 멀리서 똑바로 9중대를 향하여 오는 현익철 일행과 딱 부딪히고 말았다.

김성주는 꼼짝없이 현익철 앞으로 가서 조심스럽게 허리를 굽혀 인사했다.

"현묵관 아저씨, 안녕하세요?"

"성주냐, 네가 왕청문에 왔다는 소식을 들었다. 왔으면 나한테 와서 얼굴이라도 보여야 할 것이 아니냐. 왜 이때까지 여기저기 숨어 다니면서 수상한 행동만 하고 지내는 것이냐?"

현익철은 자못 불쾌한 눈길로 김성주를 바라보았다. 김성주는 급하게 대답하지 않고 다시 현익철 곁에 있는 양세봉에게도 인사하고 나서 가까스로 분을 참아가며 대꾸했다.

"청총 대표들에게 총을 쏘라고 지시한 것이 아저씨인가요?"

현익철은 찌르는 듯한 눈길로 자기를 쏘아보며 들이대는 김성주에게 무척 화가 났다.

"총을 쏘라고 했다니?"

"왜 전혀 모른 척하고 이러십니까?"

김성주가 겁도 없이 들이대자 현익철은 수염을 떨기까지 했다.

"네가 버릇없이 컸구나. 내가 모른 척하다니? 그것이 말이 되는 소리냐?"

양세봉이 곁에서 김성주를 달랬다.

"성주야. 위원장께 함부로 이렇게 따지고 드는 것은 도리가 아니다. 네가 뭔가 잘 모르는 것 같은데, 어제 일은 엠엘계 아이들이 혁명군 총을 빼앗으려고 달려들다가 다친 거다. 장탄한 총구 앞에서 그렇게 겁도 없이 달려들면 불상사밖에 더 나겠느냐.”

김성주는 더는 참지 못하고 현익철과 양세봉에게 소리치다시피 했다.

“아저씨들, 그렇게 거짓말하는 것이 부끄럽지도 않으십니까. 어제 현장에는 나도 있었습니다. 나뿐인 줄 압니까? 창걸 형님도 같이 있었습니다. 어제 창걸 형님만 아니었으면 나도 다른 동무들이랑 같이 총에 맞아 죽었을지도 모릅니다.”

이렇게 따지고 드는 김성주의 눈에서는 불길이 타오르고 있었다. 현익철과 양세봉은 놀란 듯 무슨 말을 하면 좋을지 몰라 한참 머뭇거렸다. 이때 고이허가 나서서 김성주를 꾸짖었다.

“어린아이가 겁도 없이 할 말 못 할 말 함부로 지껄여대는구나.”

국민부 안에서 대 이론가로 소문난 고이허는 현익철 등이 차세대 지도자로 정성 들여 키우던 수재 독립운동가였다. 그는 1902년생으로 김성주보다는 열 살 많았고, 배재고등보통학교를 졸업했다. 본명은 최용성(崔容成, 崔龍成)으로 오가자에서 농민운동을 지도할 때는 비교적 공산주의 성향의 이론가였으나 엠엘계와 반목하면서 점차 공산주의자 전체를 나쁘게 보게 된 인물이었다.

“제가 드린 말씀에 무엇이 할 말이고 무엇이 못 할 말입니까?”

김성주는 이미 화가 날 대로 났는지라 계속 달려들었다.

“네가 오가자에서 하고 다닌 짓거리들을 내가 모르는 줄 아느냐? 청총 엠엘계 아이들이 ‘몽치단’을 만들어 올 여름에는 반석 지방을 모조리 쑥대밭이 되게 했고, 요즘은 오가자의 ‘반제청년동맹’도 그자들 때문에 무척 속을 썩이고 있다. 그자들을 오가자에 끌어들인 것이 바로 차광수와 네가 한 짓이 아니고 뭐란 말이냐."

고이허는 김성주가 친형처럼 믿고 따르는 차광수를 혼내려 벼른 지 오래됐다. 오자자 삼성학교 교원으로 있으면서 '오가자 반제청년동맹'을 직접 만든 사람이 바로 고이허였다. 그는 농우회를 만들고 농민 계몽 잡지 『농우(農友)』도 직접 발간했으나 어느 날 그가 외출한 틈을 타서 차광수가 불쑥 자기 친구 김근혁(김혁)을 데리고 와서 이 잡지를 편집하던 최일천(최형우)을 구워삶았던 것이다. 가방끈이 짧은 최일천은 일본 도쿄대학 유학생들인 차광수와 김근혁 앞에서 주눅들 수밖에 없었고, 잡지뿐만 아니라 농우회까지도 모조리 자기들 마음대로 '농민동맹'이라고 이름을 고쳐버렸다. 차광수는 고이허의 오가자 반제청년동맹 위원장을 제명하고 그 자리에 최일천을 추켜세우는가 하면, 소년학우회를 소년탐험대로 이름을 고치고 김성주를 대장에 임명하기도 했다.

고이허와 친했던 오가자의 순박한 농민들은 차광수가 데리고 다니는 패거리 앞에서 기를 못 폈다. 들리는 소문에 의하면 그들이 바로 반석에서 올라온 몽치단이라고 수군덕거리는 사람들도 있었다. 실제로 몽치단은 반석에서 유하현으로 이동했고, 차광수가 활동하던 삼원보에 와서 현지 중국 경찰들과 손잡고 자기들 눈에 거슬리는 국민부 계통 간부 여럿을 밀고하여 잡아가게 만들기도 했다.

'남만참변'이 발생했을 때, 고이허가 김진호, 변창근 등의 민족주의자들과 함께 죽을 둥 살 둥 모르고 일하여 만든 이상촌 오가자는 이미 새빨갛게 물들어 있었다. 비록 자신도 이론이나 이념은 상당히 진보적 경향을 띠었으나 이때쯤 이미 오가자를 모조리 차지해버린 '반국민부파' 속의 젊은 세력들이었던 김혁, 차광수 등 공부를 많이 한 젊은 유학파들이 중국말에도 능란한 점을 이용하여 걸핏하면 중국 경찰들한테까지 달려가 같은 조선인을 밀고하면서 목적을 달성하려는 행위를 혐오하게 된 것이다. 때문에 그는 현익철이 엠엘계 청총 간부들을 일벌백계하려 하자 그 누구보다 더 적극적으로 동참하고 나섰다. 어쨌든 고이허는 기회를 잡았다는 듯 김성주에게 하나하나 따지고 들었다.

"내가 너같이 어린아이한테 이렇게 하는 것이 도리가 아닌 줄은 안다. 하지만 그동안 너희들이 오가자에서 하도 고약한 짓들을 많이 했으니 한번 따져보자. 농우회는 왜 제멋대로 농민동맹으로 고쳤느냐? 소년학우회는 왜 소년탐험대로 고쳤느냐? 우리 민족주의 자치조직인 '요하농촌공소'도 누구 허락을 받고 함부로 '자치위원회'로 바꾼 것이냐? 깡패 무리 몽치단을 끌어들여 밤에 민족주의 지도자들의 뒤통수를 때려 길바닥에 쓰러뜨리고도 모자라 되놈 경찰들한테까지 민족주의 지도자들이 반란을 기도한다고 무고하여 잡아 가두게 만드는 짓거리들을 해오고 있는 것이 그래 너희들이 아니었단 말이냐?"

고이허가 청산유수같이 냅다 뿜는 동안 김성주는 얼굴이 새빨갛게 질렸다.

"입은 비뚤어져도 말은 바로 하라고 했습니다. 몽치단이 한 짓을 어떻게 모두 우리한테 덮어씌웁니까?"

김성주가 가까스로 대들었으나 이번에는 현익철이 나서서 발까지 굴러가면서 그를 꾸짖었다.

"에잇, 천하에 고얀 놈 같으니라고, 저런 고얀 놈 보게나."

현익철은 고이허가 하나둘 열거하면서 오가자에서 발생했던 일들을 성토하는 동안에 눈물이 글썽해질 지경까지 되었다.

"네가 다른 누구도 아닌 형직의 아들이 되어 가지고 어떻게 이럴 수 있단 말이냐?"

현익철은 한탄하면서 양세봉과 고이허에게 말했다.

"이보시게들, 가세. 저 녀석 글렀네."

3. '반국민부'파의 몰락

1929년은 김성주에게는 참으로 다사다난했던 한 해였다.

김성주 본인의 기억에 따르면 "선진사상을 탐구했던 한 해"였다. 그가 말하는 선진사상이란 두말할 것 없이 마르크스·레닌주의였다. 차광수, 김근혁, 박소심 같은 젊은 이론가 뒤를 따라다니면서 공산주의 운동을 어떻게 하는 것인지에 대해 배웠던 한 해이기도 했다.

그들 배후에는 국민부에서 현익철과 대립하던 '반국민부'파가 있었다. 그들 대부분은 공산주의자로 이때 상당한 세력을 형성하고 있었다. 차광수 등 청총 계통의 젊은이들까지도 적지 않게 총과 탄약을 갖추었을 뿐만 아니라, 왕청문사건 직후 바로 제9중대장에서 면직된 이종락은 20여 자루의 총과 50여 명의 부하 대원을 이끌고 독립군에서 탈출했다.

이듬해 1930년 7월 이통현 고유수(伊通縣 孤楡樹)에서 이종락이 조선혁명군(이 때 이종락은 국민부의 조선혁명군 이름을 그대로 사용했다.)을 조직했을 때는 보유한 총이 100여 자루 가까이 되었다. 더구나 농민들까지 수백 명씩 왕청문으로 몰려가 "국민부는 해산하라!" 구호를 외쳐대기도 했고, 과격해질 때는 돌을 던지고 총 부리까지 겨누는 일이 발생했다. 사태가 험악하게 돌아가는 것을 본 현익철은 양세봉에게 군대를 풀어 그들을 소탕하라고 명령했으나 양세봉이 듣지 않았다.

"우리만 총을 가진 것이 아닙니다. 저들도 모두 총이 있습니다. 자칫 맞불질이 일어나면 양쪽에 다 같이 사상자가 날 것입니다."

결국 현익철은 직접 나서서 암살대를 조직했다. 암살대는 왕청문에 와서 항의하는 농민들의 배후 주동자인 공산주의자 주하범(朱河範), 김창룡(金昌龍), 김이택(金利澤) 3명을 암살했다. 그러자 공산주의자들도 바로 보복행동에 들어갔다.

그들은 왕청문을 습격했다. 국민부의 간부 김문거(金文擧)가 잡혀 농민들 모두가 보는 앞에서 공개 총살당했다. 1929년 가을에 발생한 '남만참변'에 이어 유혈사태가 끊임없이 일어나자 국민부는 완전히 공산주의자로 전향한 현정경(玄正卿)을 체포해 그에게 경고했다.

"같은 동포라고 더는 봐줄 수가 없소. 지금 당신네들이 벌이는 행태는 소란 정도를 넘어섰소. 이것은 폭란이오. 빨리 멈추지 않으면 이제 우리는 중국 경찰에도 알리고 또 봉천성 당국에도 요청하여 당신네들을 제지하겠소."

현정경은 김성주의 회고록 중 '잊을 수 없는 사람들'이라는 제목의 장에서 큰 비중으로 소개된다. 김성주는 현정경의 아들 현균과도 친했고, 1990년 봄에는 현균의 아내 김순옥까지 평양에 초청한 적이 있었다. 이는 김성주가 고유수에 갈 때마다 현정경의 집에서 자고 먹고 했기 때문이다.

"현하죽(하죽은 현정경의 호) 선생의 집에서는 그때 나에게 입맛이 당기는 음식을 만들어 주느라고 있는 성의를 다했다. 어떤 때는 닭을 잡아주고 두부와 비지도 만들어 주고 근대국도 끓여주었다."

김성주가 이렇게 회고한 현정경은 본명은 병근(炳瑾)이며 호는 하죽(河竹)으로 1881년 평안북도 박천에서 태어났다. 공산주의자가 되기 전에는 민족주의 진영에서 알아주는 굉장한 활동가였다. 그는 1919년 3·1운동 후 만주로 망명하여 한족회(韓族會)와 서로군정서(西路軍政署) 등에 가담하여 항일 활동을 했다. 이후 다양하게 활동하며 이름을 떨치다가 1925년 1월 정의부가 조직되자 중앙위원장을 지내기도 했다. 이듬해 고려혁명당이 조직되면서 공산주의자들과 접촉하기 시작했고, 얼마 안 되어 전향했다.

이때 현익철 등과 반목하면서 국민부를 전복하려고 최선을 다했으나 결국 실패하고 중국 경찰에 쫓기는 신세가 되고 말았다. 국민부 옹호파들이 국민부 반대파들의 우두머리 격인 현정경을 중국 경찰에 고발했기 때문이다. 결국 현정경은 만주를 떠나 연안, 중경을 거치며 활동하다가 1940년대에는 김구와 함께 민족해방동맹(民族解放同盟)을 결성했다. 비록 공산주의자였지만 독립운동 공로가 뒤늦게 인정되어 한국 정부는 1992년 그에게 건국훈장 독립장을 추서한다.

이때 현정경과 함께 쫓겨난 사람들 가운데는 김성주의 화성의숙 시절 군사교관 이웅(李雄)도 있었다. 이웅의 본명은 이준식(李俊植)[43]으로 정의부 시절 오동진 수하의 가장 주요한 군사간부 중 한 사람이었다. 오동진이 체포되었을 때는 그의 후임으로 정의부 군사위원장을 맡기도 했다. 3부 통합 후에는 혁명군 참모장을 맡을 정도로 주요 위치에 있었다. 하지만 조선공산당 만주총국과 중국공산당 만주성위원회에 발길을 들여놓음으로써 천하에 날고뛴다는 이웅도 결국 국민부에서 쫓겨나고 말았다.

국민부 반대파들이 이처럼 몰락하게 된 것은 왕청문에 살던 한 중국인 부자 때문이었다. 중국인 부자는 왕동헌(王彤軒)으로 신빈현 경찰대 대장을 사위로 두

---

43 이준식(李俊植, 1900-1966년) 독립운동가. 평안남도 순천에서 태어났다. 3·1운동 직후 중국으로 건너가 1921년 운남 강무당을 졸업하고 이후 만주 대한통의부에서 활동하다 1924년 정의부 중앙위원에 선임되었다. 1927년 군사위원장 겸 총사령관이던 오동진이 일제에 체포되자 그의 후임으로 정의부 군사위원장에 임명되었다. 1928년 만주 지역 3부가 통합되어 조직된 국민부 군사위원장에 선임된 후, 1929년 국민부의 민족유일당인 조선혁명당이 창설되자 조선혁명당 중앙위원 및 산하 무장단체인 조선혁명군 참모장으로 활약했다. 민족진영 내부 노선 대립 등으로 만주 지역에서 독립군 활동이 어려워지자 1931년 상해로 자리를 옮겨 중국군 고급장교로 복무했다.
1937년 중일전쟁 발발로 대한민국임시정부가 장사, 광주 등지로 이전하게 되었을 때 이준식은 임시정부 청사를 확보할 수 있도록 적극적으로 지원했다. 1939년에는 임시정부 군사위원회 화북지구 특파단으로 서안에 파견되어 병사를 모집하고 훈련시키는 임무를 맡기도 했다. 이후 1940년 9월, 한국광복군이 창설되자 이준식은 총사령부 참모, 제1지대장, 제1징모분처 주임원 등으로 활동했다. 1943년 한국광복군 총사령부 고급참모로 임명되었고, 같은 해 한국독립당 중앙집행위원에도 선출되었다. 1962년 건국훈장 독립장을 받았다.

고 있었다. 그는 조선인 농민들이 수백 명씩 왕청문에 몰려와서 국민부에 소리치고 돌 던지는 것을 굉장히 불쾌해했는데, 그러던 어느 날 현익철이 찾아와서 도움을 요청하자 흔쾌하게 승낙하고 바로 도와주었던 것이다.

왕동헌의 연줄로 현익철은 직접 김학규와 장신규 등을 데리고 봉천성 당국에 찾아가 조선인 집거지역에서 소란을 부리는 공산주의자들을 제지할 법령을 만들어 달라고 요청했다. 그러자 봉천성 당국은 기다리기라도 했다는 듯이 부리나케 응낙했다.

"공산주의가 만연하는 것을 방지하는 일인데, 우리가 마다할 리가 있겠소. 당신네 사정은 조선인들끼리 더 잘 아니, 만약 조선인들 가운데 공산주의자를 발견하면 한시라도 지체하지 말고 우리 당국에 제보해 주시오."

이때 만주의 실권을 쥐고 있던 장작림(張作霖)의 아들 장학량(張學良)이 공산주의자들을 각별히 경계했던 데는 이유가 있었다. 1929년 5월 27일, 하얼빈 러시아총영사관에서 극동지구의 공산당 국제간부대회가 열렸는데, 이 대회장이 장학량의 동북군 헌병대에 습격당했다. 이때 대량으로 몰수된 비밀 문건에는 소련 공산당이 중국 영토를 분할하기 위해 중국 내 공산당 비밀 조직에 내린 행동지침이 담겨 있었던 것이다.

이에 앞서 1928년 6월 4일에 발생한 '황고툰사건'에도 소련공산당 정보원들이 직접 개입했다는 사실이 최근 속속 드러났다. 2차세계대전이 끝난 뒤 전쟁범죄자로 국제재판소에 불려 나왔던 일본군 대좌 가와모토 다이사쿠(河本大作)는 "내가 장작림을 폭살했다."는 자술서를 내놓기도 했다. 하지만 판사들이 많은 시간과 정력을 들여 조사연구를 진행했음에도 직접적인 증거를 확보할 수가 없었다. 결과적으로는 증거가 불충분하다는 이유로 이 사건 자체가 기각되고 말왔다.

　그렇다면 장작림은 누구에게 살해된 것이었을까? 소련이 해체되고 나서 세상 밖으로 드러난 '카게베(KGB, 소련의 국가보안위원회)'의 비밀문건에 의하면, 이른바 '황고툰사건'으로 알려진 장작림 암살 작전은 소련공산당 수뇌부가 직접 지시하고 홍군군사정보국 중국부 특공인원인 사레닌, 위너로프 등이 비밀리에 집행했던 세기적인 암살사건이었다.

　1924년 9월 20일, 장작림은 소련 정부와 '중동철로조약'을 체결한다. 이때까지도 소련 정부를 대하는 장작림의 태도는 약간 우호적이었다. 이 조약으로 중동철로는 중국과 소련이 함께 공동관할하기로 했으나 이듬해 12월 장작림은 마땅히 중동철로관리국에 내야 할 돈 1,400만 루블을 주지 않았다. 이렇게 되자 중동철로관리국 국장 이와노프는 철로운수 부문에서 보관하던 장작림의 군수물자를 압류했다. 그러자 1926년 1월, 이와노프가 장작림에게 체포되는 일이 발생했다.

　장작림이 이처럼 기세등등하게 소련 정부에 대항한 건 배후에 일본이 있었기 때문이다. 소련 정부는 이것을 두고 볼 수 없었다. 실제로 1915년에서 1925년까지 10년 동안 장작림은 일본 앞잡이 노릇을 하다시피 했는데, 일본을 이용해 자기 세력을 확충하기 위한 방편이기도 했다.

　장작림은 1926년 12월 1일에 공개적으로 '반공선언'까지 발표하기에 이른다. 이듬해인 1927년 3월에는 하얼빈에 주재한 소련 정부 상무대표처(商務代表處)를 수색했고, 4월 6일에는 북경 주재 소련영사관을 습격해 공산당원 60여 명을 체포했다.

　러시아의 역사학자 프로코로프가 저술한 『장작림 원수의 죽음의 대해』에 의하면, 소련공산당은 장작림을 제거하기 위한 최종 결정을 1926년 8월에 내렸다.

특공인원 사레닌과 워너로프는 장작림의 관저에 지뢰를 매설하려 했으나 지뢰 운반 과정에서 발각되어 운반책인 브레드코프가 체포되면서 실패했다.

첫 번째 계획이 실패하자 스탈린은 홍군 군사정보국이 담당한 이 임무를 소비에트 정치보안총국 외사국에서 직접 책임지고 집행하여 반드시 성공시키라고 지시했다. 그들은 1928년 6월 4일에 북경에서 심양으로 돌아오는 장작림이 탄 열차에 폭발물을 설치하는 데 성공했다. 또한 일본군이 지키던 철로 다리에도 폭발물을 설치해두는 등 이중으로 철저하게 대비했다.

일본으로서는 마른하늘에 날벼락이 친 셈이었다. 소련 정부 정보원들이 얼마나 철저하게 대비했던지 일본군은 조사팀을 꾸려 진상을 밝히려 갖은 노력을 다했으나 아무런 실마리조차 찾아내지 못했다. 결국 장작림을 제거해야 한다고 주장해왔던 가와모토 다이사쿠 등 관동군 내의 소장파 군인들이 이 죄를 대신 덮어썼다. 카게베의 비밀문서에 의하면, 이때 장작림을 암살하는 데 참여했던 홍군 정보원들은 모두 영달을 누렸다고 한다. 하지만 소련 정부는 장작림 제거로 기대했던 어떤 결과도 얻을 수 없었다.

장작림 사망 이후 만주 실권을 이어받은 장학량은 국민당 장개석(蔣介石)의 남경(南京) 중앙정부와 손잡고 계속하여 중동철로 선상의 여러 기차역과 관공서에 잠복한 소련 정보원들을 대대적으로 색출해나갔다. 결국 잔뜩 화가 난 스탈린은 비행기와 탱크까지 동원하여 소련의 극동홍군으로 하여금 몽골과 닿아 있는 찰란노이 지역을 점령하게 했고 1929년 9월 19일에는 흑룡강성의 수분하(綏芬河)와 만주리(滿洲里)를 점령하고 곧이어 길림성의 수빈성까지 밀고 들어왔다. 이때 소련 홍군의 침략을 막아내느라 흑룡강을 수비하던 중국 동북군 장령 한광제(韓光第)의 제17여단이 거의 전멸하다시피 했다. 한광제는 직접 육탄으로 소련 탱크를 막다가 죽었는데 그때 나이 33세였다.

그런 상황이었음에도 불구하고 중국 내 공산주의자들은 자기 나라를 침략한 소련공산당에게 반대하기는커녕 '무장으로 소련을 보위하자'는 구호까지 외쳐 가면서 적극적으로 협력했다. 스탈린의 침공을 장개석 국민당 정부의 국가 통제력을 와해시킬 좋은 기회로 여겼기 때문이었다. 이를 대놓고 반대한 공산당원은 진독수 한 사람뿐이었다. 이로 인해 진독수는 중국공산당 창건자였음에도 불구하고 당에서 축출되고 말았다.

한광제가 전사하고 그의 17여단에서 8,000여 명이나 소련 홍군에 생포되는 바람에 장학량은 하는 수 없이 소련과 '하바롭스크협정(伯力協定)'을 체결하고 전쟁을 멈추었으나 중동철도는 끝내 소련의 차지가 되고 말았다. 이것이 1929년의 '중동철도사건'이다.

이 사건에서 진독수를 제외한 중국 공산주의자들은 모두 나서서 "성스러운 국제주의 의무"라는 이름을 내걸고 침략자를 지지하고 성원하는 일에 적극 참가했다. 오늘날 따지고 보면 소련공산당 역시 일본에 전혀 뒤지지 않는 침략자였고 그들에게 속아 넘어간 중국 공산주의자들은 자국 역사에 지울 수 없는 영원한 오점을 남긴 셈이다. 그러나 오늘날 중국의 흑룡강성 치치하르에 가면, 눈강(嫩江) 기슭의 명월도(明月島)에는 중국 정부 관방에서 특별히 한광제를 기념하기 위하여 만든 동상이 있다. 어쩌면 그때의 조금이나마 그 오점을 조금이나마 지우고 싶은 마음으로 세운 것인지도 모른다.

김성주는 회고록에 이렇게 썼다.

"'중동철도사건'을 계기로 우리가 진행한 투쟁은 소련을 정치적으로 옹호하기 위한 국제적 투쟁이었다. 우리는 그때 지구상에 처음으로 수립된 공산주의 제도를 희망의 등대로 여기면서 그것을 옹호하기 위하여 싸우는 것을 공산주의자들에게 부과된 성스러운 국제적 의무로 간주했다."

어쨌든 중국 경찰의 눈에 소련공산당의 침략을 지지하고 성원하는 공산주의
자들은 '조국도 민족도 다 팔아먹을 수 있는 악당'일 뿐이었다. 경찰은 이 악당
들을 잡기에 혈안이 되어 있었다.

'중동철도사건' 직후, 중국 경찰은 길림 시내에 뿌려진 전단들을 거둬들이면
서 경찰만으로는 역부족이자 길림독판공서(吉林督辦公署) 경위대까지 동원해 전
단을 뿌린 혐의자들까지 잡아들였다.

이때 잡힌 혐의자 대부분은 중학교 학생들이었으며, 조선인 학생도 적지 않
았다. 동북육군 제682연대 소대장이었던 중국인 축옥성(祝玉成)은 임무 중 부상
을 당해 제대한 후 길림에서 경찰로 근무했던 사람이다. 그는 이런 이야기를 들
려주었다.

"우리 동북군 8,000명이 포로로 잡혀 돌아오지 (구출하지) 못하고 있을 때, 공산당이
소련을 지지하는 전단을 거리마다 뿌리니, 우리는 공산당이라면 치를 떨고 있었다.
점잖은 분들은 공산당을 한간(漢奸, 적과 내통하는 사람이란 뜻)이나 매국노라고 욕했다.
전단은 대부분 중학교 학생들이 뿌렸는데, 배후엔 공산당이 수작을 부리고 있었다.
그래서 일단 제보만 들어오면 중학생이건, 소학생이건 하나도 놓치지 않고 모조리 잡
아들였다. 나중에 잡아들인 사람이 너무 많아 구치소가 넘쳐 터질 지경이 되었다. 나
중에 소학생들은 부모가 와서 보증을 서면 그냥 돌려보냈으나 중학생들은 함부로 내
놓지 않았다."[44]

---

44 취재, 축옥성(祝玉成) 중국인, 길림독판공서 경위연대 생존자, 역사반혁명분자, 취재지 길림시 용
     담구, 1986.

그러한 사정이었던지라 방학에 집으로 돌아갔다가 검거되어 길림으로 압송되어 온 학생들이 적지 않았다.

4. 길림감옥

그런 분위기 속에서 김성주는 방학 내내 이종락과 차광수 사이에서 심부름을 다니다가 그만 고유수에서 중국 경찰에 붙잡히고 말았다. 경찰이 그의 신원을 조회하는 과정에서 그가 길림조선인소년회 회장이라는 사실이 밝혀졌다. 길림으로 압송된 뒤 그는 본격적인 심문을 받게 되었다.

"길림 5중의 '마르크스 독서회'에 너도 참가했지?"

김성주는 경찰들이 이미 자기에 대하여 알만큼 다 알고 있음을 눈치채자 굳이 숨기려 하지 않고 당당하게 나왔다.

"네. 참가했습니다."

"독서회에서 네가 맡았던 직책은?"

"아무 직책도 없습니다. 그냥 돌아가면서 좋은 책들을 나눠 읽었습니다."

"너를 독서회로 인도했던 사람은?"

"나를 인도했던 사람은 따로 없고 내가 다른 동무들을 많이 인도했습니다."

"주로 어떤 책들을 읽었느냐?"

"선진사상에 관한 책들이었습니다."

김성주는 경찰 심문을 받으면서 대부분 자기가 한 짓으로 떠안았다.

"너를 인도한 사람이 따로 없다면 스스로 찾아가서 참가했다는 소리가 아니냐?"

경찰은 계속 캐물었다.

"너도 짐작하겠지만, 길림 시내의 너희 조직이 이미 다 드러났고 간부 대부분이 반성문을 쓰고 돌아갔다. 너에 대해서도 알 만큼 다 안다. 다만 이렇게 다시 물어보는 건 너에게 반성하는 마음이 있는지 보기 위해서다."

경찰이 아무리 어르고 다그쳐도 김성주의 입에서는 다른 비밀이 하나도 새어나오지 않았다. 그는 제법 대답을 잘하다가도 중요한 대목이 되면 머리를 푹 떨어뜨리고 앉아 침묵으로 일관하거나 딱 모르쇠를 댔다. 그러다보니 경찰에게 뺨 수십 대를 얻어맞고 얼굴이 퉁퉁 부어오를 정도였다.

"아주 고약한 녀석이로구나."

경찰이 다시 김성주에게 경고했다.

"너 이러다가는 쉽게 풀려나지 못할 것이다. 학교도 개학했는데 빨리 돌아가 공부해야 하지 않겠느냐."

경찰은 김성주가 내놓은 '가족관계일람표(家族關係一覽表)'를 보고 무송현에도 조사관을 파견했다. 조사관이 돌아와서 재차 김성주를 설득했다.

"네 아버지는 나라를 독립시키려고 철저한 민족주의자로 생을 살다가 가셨지 않았느냐. 네 어머니가 월사금이 비싼 육문중학교 같은 사립학교에 너를 보내놓고 학비 마련에 어떤 고생을 하고 있는지 너는 제대로 알고 있는 것 같지 않구나."

경찰은 김성주의 가장 아픈 곳을 찌르기도 했다. 아버지 김형직이 돌아가신 뒤로 집안 형편은 나날이 기울고 있었다. 어머니 강반석이 온종일 쉬지 않고 삯빨래와 삯바느질로 품을 팔아도 한 달에 3~4원 정도 벌까 말까인데 아직 어린 철주와 영주까지 키워야 하는 상황이었기 때문이다. 그나마 삼촌 김형권은 형이 남기고 간 약방을 계속 운영해 먹고 살아가는 데 별 지장은 없었으나 약방 역시 한 이태쯤 지나고 나니 드디어 밑천이 바닥을 드러내고 있었다. 경찰은 이런 김성주 집안 사정들을 낱낱이 이야기하며 그를 설득하려고 했다.

"네 어머니는 월사금을 대느라 하루에 5전이나 10전밖에 벌지 못하는 삯빨래와 삯바느질로 두 손이 다 부르텄더구나. 네 삼촌은 장가가려고 모아두었던 돈마저 모조리 너한테 바쳤고. 네가 부모에게 효도하는 착한 아들이라면 이렇게 사회주의니 공산주의니 하는 나쁜 물에 젖으면 안 돼. 열심히 공부만 잘한다면 네 어머니가 얼마나 기뻐하시겠느냐."

어쩌면 경찰은 진심으로 김성주를 동정했을지도 모른다. 어느덧 김성주의 눈에서 눈물이 흘러내렸다. 그는 억지로 참아가며 흐느끼기 시작했다. 경찰은 이때다 싶어 이금천, 차광수, 허소 등의 사진을 김성주 앞에 슬그머니 내밀었다.

"이 사람들 너도 만났던 적이 있지?"

"네. 이 형님은 저도 압니다."

김성주는 이금천 사진은 전혀 모르는 사람처럼 스쳐 지나고 차광수 사진만 짚어 보이면서 넌지시 대답했다.

"삼원보에서도 봤고 고유수에서도 봤습니다. 제가 이번에 고유수에서 며칠 있을 때 이 형님이 그곳 농민들이랑 같이 일도 하고 이야기도 하는 것을 여러 번 봤습니다."

김성주는 눈물을 훔치고는 정색하며 대답했다. 경찰은 끝까지 넘어오지 않는 김성주를 노려보았다.

"한 번만 더 기회를 주겠다. 길림 거리에 전단을 내다붙이라고 너희 소년회에 시킨 사람이 누군지, 어디 있는지만 말해 주면 너는 바로 내일 학교로 돌아갈 수 있다."

김성주는 계속 잡아뗐다.

"진짜로 제가 아는 것이 있으면 다 대답하겠지만 정말 아는 것이 없는데 뭐라고 대답합니까. 아무렇게나 지어내고 꾸며낼 수는 없잖습니까."

결국 경찰 쪽에서 먼저 손을 들고 말았다.

"곱상하게 생긴 녀석인데 질기기는 쇠심줄보다도 더 질기군."

김성주를 취조했던 경찰 둘이 자기들끼리 주고받았다.

"아무래도 이 녀석 안건은 다시 만들어야 할까 봐. 그냥 소년회 활동이나 벌이고 거리에 전단이나 내다붙인 정도로 내보내려 했는데, 그래 봐야 고마움을 모를 녀석이야. 공산당 청총 출신이고, 간부급 모임에도 불려갔던 걸 보면 결코 쉽게 다스릴 안건이 아닐세."

이렇게 되어 열일곱 밖에 되지 않았던 김성주에게는 진짜 '빨갱이' 딱지가 들러붙게 되었다. 그는 육문중학교에서 퇴학당하고 말았다.

김성주는 길림감옥에 꼬박 8개월 동안 갇혀 있었다. 경찰에서 미결건으로 사건이 처리되는 바람에 풀려나올 수 있었다. 만약 법원으로 송치되어 재판을 받았다면 결코 쉽게 풀려나지 못했을 것이다. 1991년에 평양에 왔던 손정도의 둘째아들 손원태와 주고받은 이야기를 통해 김성주는 8개월 만에 풀려나게 된 것마저도 손정도가 구출운동을 했기 때문이라고 한다. 또한 회고에서는 김성주를 빼내기 위해 손정도가 당시 동북변방군 부총사령관 겸 길림성 주석이었던 장작상(張作相)과도 직접 교섭했다고 장황하게 설명하지만, 이는 사실 신빙성이 떨어진다.

물론 경로가 꽉 막혀 있었던 것은 아닌 듯하다. 당시 길림성장공서 공안서(吉林省長公署 公安署)에는 오인화(吳仁華, 윤형주尹衡柱)라는 조선인 경찰관이 근무했던 사실도 존재한다. 그러나 유감스럽게도 오인화는 1931년 4월 16일, 봉천의 일본

영사관에서 파견한 자객 김정길(金正吉)에게 암살되었다. 그 외 어떤 사료에서도 그의 이름을 발견할 수 없었다.

대신 길림 경찰 출신 중국인인 축옥성은 이때 일을 아주 자세하게 설명했다. 비록 축옥성은 김성주를 전혀 기억하지 못하지만, 공산당 혐의로 잡혀 와서 갇혀 있었던 학생들이 60여 명 가까이 되었고, 구금되어 1년을 넘긴 학생들도 있었다고 증언했다. 8개월 동안 구금되었던 김성주도 비교적 오래 갇혀 있었던 것이다. 이때 극적인 반전이 하나 일어난다. 구속된 학생 가운데 정씨 성의 중국인 학생 어머니가 행방불명된 줄 알았던 아들이 길림감옥에 갇혀 있다는 사실을 알고 달려오면서 시작되었다.

축옥성의 증언에 의하면, 정 씨는 산동성 일조현(日照县)에서 태어났으며 그의 아버지는 일본에서 유학할 때 손중산(손문)과 만난 적이 있고 장개석과도 친하게 지냈던 사이라고 한다. 이러한 연으로 정 씨의 어머니가 남편 친구인 당시 국민당 행정원장 담정개(譚廷愷)를 찾아가 장학량과 만나게 해달라고 연줄을 놓았던 것이다.

"아이들이 멋도 모르고 공개적으로 소련공산당의 중국 침략을 옹호하고 다녔습니다. 아이들을 배후에서 사주한 공산당만 잡으면 되지, 아이들까지 잡아가두고, 이렇게 오랫동안 풀어주지 않으면 어떻게 합니까? 저는 새파랗게 어린 제 아들이 저보다 먼저 죽게 되는 일이 있을까 봐 무섭습니다. 학생들이니 놓아주십시오."

"제가 알아보겠지만, 아마도 정 여사의 아들 한 사람만 내놓고 안 내놓는 문제가 아닌 것 같습니다. 만약 가능하다면 그들을 모조리 놓아주겠습니다."

장학량으로부터 학생들은 모조리 풀어주라는 전보를 받은 길림성장 장작상은 두말없이 그대로 실행했다.

축옥성은 장작상에 대한 이런 이야기도 들려주었다.

"나는 경찰이 되기 전에 풍점해(馮占海) 길림독판공서 경위연대에서 소대장이 되었는데, 길림성장 장작상이 바로 풍점해의 매부였다. 풍점해가 항일영웅이 될 수 있었던 것은 장작상의 영향이 컸다. 만주사변 직후 길림에서 제일 먼저 일본군에 대항했던 장작상은 '길림항일제일인(吉林抗日第一人)'으로 불렸다. 때문에 일본에 대항하여 싸우던 조선 독립지사들이 길림 경내에서 활동할 수 있었다. 일본인들이 아무리 항의해도 듣는 둥 마는 둥했고, 가능하면 많은 편의를 봐주려고 했다.

그는 비록 동북에서 크게 성공한 군인이었지만 출신은 빈농이다. 어렸을 때 사숙에서 공부했기 때문에 길림성장이 된 후에는 바로 오늘의 길림대학을 직접 세우기도 했다. 그래서 학생들에게 비교적 관대했으며, 장학량이 학생들을 놓아주라는 전보를 보내오자 부리나케 미결수들뿐만 아니라 이미 판결받고 징역을 살던 학생들까지도 대부분 감형해서 내보냈다."[45]

이런 증언에 비추어 볼 때 김성주의 다음 회고는 믿기 어려운 부분이 있다.

"내가 감옥에서 고초를 겪고 있을 때 손정도 목사가 장작상에게 뇌물을 먹이면서 청원운동을 펼쳐 나를 석방시켜줬다."

이 회고는 장작상 같은 사람을 일괄적으로 '반동군벌'로 낙인찍고 하나같이 모두 탐욕스러웠으며 백성을 못살게 굴었다는 식으로 매도하던 시대의 이야기

---

45 취재, 축옥성(祝玉成) 중국인, 길림독판공서 경위연대 생존자, 역사반혁명분자, 취재지 길림시 용담구, 1986.

라 하더라도 장작상 같은 큰 인물이 가난한 조선인 목사에게 뇌물을 받아먹었다는 말은 믿기 어렵다. 하물며 손정도에게 들고 갈 뇌물이라고 할 만한 재산이 어디 있었겠는가.

5장

붉은 5월 투쟁

"난 말일세, 이렇게 표현하고 싶네.
성주는 말일세, 어린 혁명가가 성장통을 앓고 있는 것이라고 보면 틀림없을 거네.
장차 두고 보시게, 오히려 삼촌인 자네가 조카한테서 더 많은 것을 배우게 될 걸세.
난 그날이 반드시 오리라고 믿네."

1. 후생가외(後生可畏)

김성주가 길림감옥에 갇혀 있는 동안 세상은 또 한 번 크게 끓어오르고 있었다. 1929년 11월 3일, 전라남도 광주 시내에서 빚어진 한국과 일본 중학생 사이의 충돌이 11월 12일 광주 지역 학생들의 대형 시위운동으로 커졌고, 호남을 거쳐 서울을 비롯한 전국 각지로 확산되고 있었다. 이듬해 1930년 3월에는 드디어 만주벌에 위치한 간도 등지로까지 그 불길이 뻗쳐왔다.

이 무렵, 코민테른 12월 테제에 따라 만주에 있던 조선공산당 각 계파에서 적지 않은 당원들이 1국 1당주의 원칙에 따라 이미 중국공산당으로 적(籍)을 옮기고 만주성위원회의 지도를 받고 있었다. 그러나 만주성위원회도 1927년 10월에 정식 성립된 이래로 1930년까지 불과 3년 사이에 5차례나 파괴당하고, 역대 위원회 서기였던 등화고(鄧和鵠), 진위인(陳爲人), 유소기(劉少奇), 이자분(李子芬), 진담추(陳潭秋) 등 주요 지도자가 계속 체포되었다. 형편도 좋지는 않았다.

유소기는 1927년 5월 중국공산당 제5차 전국대표대회에서 중앙위원으로 선출되었는데, 1929년 여름 만주성위원회 서기로 파견되었다. 그는 위원회 모임에서 오성륜[46]의 소개로 박윤서, 진공목(陳公木), 왕경(王庚, 문갑송文甲松) 등 조선인 공산당원들과 마주 앉았다. 회의를 시작하자 유소기가 먼저 말을 꺼냈다.

"오늘 특별히 조선인 동지들을 따로 부른 것은 다음과 같은 문제를 의논하기 위해서입니다. 당 중앙에서는 다가오는 5월 30일, 5년 전 상해에서 발생했던 1925년 5·30폭동 5주년을 기념하여 대대적인 무장폭동을 일으키라고 지시했습니다. 따라서 우리 만주의 조선인 동지들도 모두 궐기하여 함께 동참할 방법이 없겠는지 한번 의논해보자는 것입니다."

오성륜과 박윤서, 진공목은 이구동성으로 호응했다. 기회도 좋았다. 박윤서가 중국말로 능란하게 간도의 정세를 설명했다.

"작년 12월부터 우리 조선에서는 경성과 평양, 함경도 등지에서 동맹휴학에 들어갔고 올해 접어들면서 간도에서도 학생들이 들고 일어나기 시작했습니다. 그런데 학생들만으로는 안 되니, 아무래도 농민들을 불러일으켜야 합니다. 이미 두 달 전에 우리는 3·1운동 11돌을 기념하는 대중시위를 한바탕 벌였고, 아직 그 여파가 가시지 않은 상태입니다. 우리가 빨리 행동하면 5월 30일까지 계속 그들의 열정을 불러일으킬 수 있습니다."

유소기는 오성륜, 진공목, 박윤서, 왕경 네 사람을 만주성위원회 소수민족위원회 사업위원으로 임명하고 일을 나누어 맡겼다. 왕경은 중국공산당 동만특별

---

46 오성륜(吳成崙, 1898-1947년) (하권 부록 주요 인물 약전, 전광 참조)

지부 서기로 임명되었고, 박윤서는 만주성위원회 순찰원 신분으로 먼저 동만으로 내려가 왕경을 도와 '5월 투쟁 계획'을 만들고 토지혁명과 함께 소비에트정권 건립 준비를 해나가기로 결정했다. 이때 오성륜은 남만주로, 진공목은 북만주로 파견되었다. 하지만 북만주로 나갔던 진공목은 배겨나지 못하고 돌아오고 말았다. 봉천에서 회의를 마치고 장춘에 들러 기차를 갈아탈 때 박윤서는 갑자기 왕경에게 말미를 구했다.

"고유수에 들러서 잠깐 만날 사람이 있소. 하루나 이틀 늦게 내려가겠소."

왕경은 금방 알아차리고 반색했다.

"아, 한별 동무가 부탁하던 그 김성주라는 애를 만나려는 겁니까?"

박윤서 역시 한별 못지않게 김성주에 대한 인상이 좋았다.

"나이는 어리지만 아주 똑똑하고 다부집니다. 잘 키우면 아마도 큰 인물이 될 성싶어 그 애를 잊지 않고 있습니다."

"글쎄 한별 동무도 그렇게 종종 이야기했지요."

박윤서와 왕경이 봉천으로 떠날 때 한별이 문득 찾아왔었다.

"윤서 동지, 전에 제가 영안에 데리고 왔던 김성주란 아이 기억하십니까? 김철(김창민) 동무가 화전에서 발견해서 키운 아이 말입니다."

"아. 생각나오. 근데 그때는 정의부 계통에서 후원하는 아이라고 들은 것 같은데. 갑자기 그 애는 왜 찾소?"

"이동선이 어디서 듣고 와 그러는데, 그 애가 지금은 우리 공산주의의 젊은 계승자로 아주 잘 성장했다고 합니다."

한별은 박윤서 손을 잡고 사뭇 절박한 심정으로 부탁했다.

"난 지금 믿고 일을 맡길 사람이 필요합니다. 그 애도 이제는 스무 살 가까이 되었을 것입니다. 작년에 길림에서 학생운동 하다가 붙잡혀 길림감옥에 갔다가 얼마 전 석방되었다고 들었습니다. 계속 그 애 소식을 주시해오고 있는데, 지금 고유수에서 활동하고 있다고 합니다. 국민부에서 이탈해 나온 이종락의 조선혁명군 길강성지휘부 대원으로 들어간 모양입니다. 그 애를 동만주로 데려와 일을 시켜보고 싶습니다."

한별에게 김성주 소식을 전해준 사람은 동만주학생연합회 책임자 이동선이었다. 이동선은 조선공산당 동만주의 선전부장을 맡고 있던 한별의 부하였다. 이동선은 1927년부터 1929년까지 2년 사이에 길림 시내에서 발생한 각종 학생운동 배후에는 모두 중국공산당원들이 있었고, 대부분 조선인 학생도 이미 중국공산당에 소속되어 활동하고 있었다고 했다. 어쩌면 이 학생들은 조선공산당을 거치지 않고 직접 중국공산당에 흡수되었을지도 모른다는 이야기까지 나오자 한별은 한탄했다.

"뒤에 오는 사람[後生可]이 두렵다[畏]더니, 우린 아직도 중국공산당으로 적을 못 옮겼는데, 이 애들은 바로 중국공산당에 입당하는군요. 그만큼 순수하다고 해야 할 것 같습니다."

이때 한별을 중심으로 연길현 수신향 내풍동(오늘의 화룡시 동성진 명풍촌)에서 다가올 '3·1운동 11돌 기념준비위원회'를 꾸리던 장시우(조공만주총국 선전부장), 유태순(조공평강구역국 책임비서), 김창일(윤복송, 동만도 책임비서), 강석준(동만도 조직부장), 이동선(동만주학생연합회 간부) 등은 이번 운동을 성공적으로 조직해 중국공산당에 들고 갈 첫 선물을 마련하려고 했다.

"이번 투쟁에서 가장 성과가 좋은 사람을 선참으로 중국공산당에 받아들이겠소."

박윤서가 내풍동에 올 때마다 입에 달고 다닌 소리였다.

화요파 계통의 조선공산당원들은 모두 박윤서를 무서워했다. 박윤서는 엠엘파의 우두머리였다. 1926년 5월, 조선공산당 만주총국이 조직될 때 산하에 동만 북만 남만 구역국이 섰는데, 가장 세력이 크고 당원수가 많았던 동만도, 즉 동만 구역국을 조직해낸 사람이 바로 박윤서였다. 만주총국도 동만도 덕분에 체면을 유지했다. 그러다 2년 후인 1928년, 한별이 만주로 나오면서 만주총국은 엠엘파, 화요파, 상해서울파로 갈라지고, 한별은 화요파의 대표 인물이 되고 말았다.

그러나 한별은 박윤서와 개인적으로는 아주 친했고, 만나면 서로 호형호제하는 사이였다. 러시아에서 만주로 나올 때 박윤서 소개로 오성륜과도 만나 얼굴을 익힌 것이 인연이 되어 그는 동만의 중국공산당 재건사업에 직접 참가했다. 하지만 한별의 부하들 가운데는 조선공산당 해산에 동의하지 않는 사람도 무척 많았다. 결국 그들의 사주를 받은 내풍동 동네 아이들이 박윤서 얼굴에 인분을 뿌리는 일까지 발생했다.

1980년대에 오늘의 화룡시 동성진 명풍촌 제7대에서 살았던 유태순의 아들 유재선은 이렇게 회고한다. 어렸을 때 박윤서를 본 적 있었는데, 그는 스탈린처럼 팔자수염을 기르고 러시아 사람처럼 루바슈카를 입고 긴 가죽장화를 신은 사람이었다. 어른들이 사탕을 주면서 그 사람이 오면 얼굴에다가 오물을 뿌리라고 해서 시키는 대로 했는데, 그날 집에 돌아오니 그 사람이 자기 집에 와 있었다고 한다.

어쨌든 박윤서는 내풍동에 들렀다가 동네 아이들한테 똥벼락을 맞고 내풍동 공청간부 강만흥의 집으로 달려가 연신 구토하면서 욕설을 퍼부었다.

"에잇, 저질스러운 자들이로다. 당신네 화요파 당원들이 아무것도 모르는 저 불쌍한 아이들한테 이런 몹쓸 짓을 시킨 게 아니오?"

한별은 내풍동에 있는 동안 줄곧 강만흥과 유태순의 집을 번갈아가며 지냈다. 그도 박윤서의 말을 듣고 몹시 화를 냈다고 한다. 당장 아이들을 데려다가 누가 시켰는지 따지려 했으나 박윤서가 말렸다.

또한 유재선은 이런 거짓말 같은 이야기를 들려준 적도 있었다.

"그분이 하루는 우리 아버지와 형님한테 돈 묶음을 건네면서 두도구에 가서 쌀과 돼지고기, 기름, 사탕, 과자 등을 아주 많이 사오게 했다. 그것들을 자루 여러 개에 넣은 다음 묶어서 내풍동 뒷산 숲속 여기저기에 던져놓고는 우리 형님한테 지키게 했다. 밤이 되자 무슨 일이 일어났는지 아는가? 동네 사람을 모아놓고 공산당이 시키는 일을 하면 스탈린이 러시아에서 쌀과 기름, 고기, 사탕, 과자를 보내준다고 연설했다. 그러면서 그동안 내풍동 사람들이 모두 공산당의 말을 잘 들었기 때문에 스탈린이 보낸 선물들이 어젯밤에 이미 뒷산에 도착했을 것이라고 해서 마을 사람들이 모두 뒷산으로 올라갔다."[47]

후에 박윤서가 중국공산당에서 출당당할 때, 그의 죄목 가운데는 이런 방법으로 혁명 군중을 우롱했다는 내용[48]도 들어 있었다. 박윤서를 물고 늘어진 사람들은 두말할 것도 없이 화요파 계통의 당원들이 대부분이었다. 봉천으로 유소기와 만나러 떠나기 전 미리 만들어놓았던 '5·1투쟁 행동 준비위원회'에 화요파 계통의 핵심인물인 한별까지도 참가시키지 않고 모조리 자기 주변의 엠엘파들로만 조직했기 때문이다.

그러나 박윤서는 그 나름의 이유가 있었다. '3·1운동 11돌을 기념하는 대중 시위'를 너무 요란하게 벌이다가 한별 주변의 핵심 간부들이 한꺼번에 100여 명

---

47 취재, 유재선(柳在善), 조선공산당 화요파 연고자, 취재지 화룡현 동성대대, 1982~1983.
48 연변당사연구실 편집, 『연변역사사건당사인물록·박윤서』, 연변인민출판사, 1988.

이나 간도 일본총영사관에 검거되었기 때문이다. 그중 49명이 이미 서대문형무소로 압송되었다. 이렇게 되자 한별과 박윤서는 중국공산당 동만특별지부 서기 왕경 앞에서 서로 자신이 옳다며 다투었다. 왕경은 그들을 말리고 나섰다.

"이번에 폭동준비위원회를 모조리 엠엘파 계통의 동무들로 조직한 것은 박윤서 동지의 책임도 있지만 미처 살피지 못한 내 책임도 큽니다. 즉시 바로잡겠습니다. 내가 직접 수속절차를 밟고 먼저 한별 동무부터 중국공산당의 정식 당원으로 비준하도록 하겠습니다. 그리고 나와 박윤서 동무가 한별 동무의 입당소개인이 되겠습니다. 어떻습니까?"

그러자 한별은 한술 더 떴다.

"나 혼자만 먼저 입당하라는 말씀입니까? 제 동무들이 100여 명이나 잡혀 들어갔습니다. 지금 겨우 10여 명밖에 남아 있지 않습니다. 그들을 모두 당 밖에 내버려두고 나 혼자만 먼저 중국공산당원이 되라는 말씀입니까? 그렇게는 못하겠습니다."

박윤서도 '3·1운동 11돌을 기념하는 대중시위'를 준비하는 동안 화요파 계통의 간부들이 너무 많이 검거된 것이 마음에 걸렸고 또 한별에게 미안한 마음도 없지 않았다.

"좋소, 한별 동무, 다른 동무들의 입당도 모두 함께 비준하도록 하지요."

왕경은 거물인 박윤서의 말이라면 대부분 다 들어주었다. 기고만장해진 박윤서는 엠엘파 계통의 당원들이 몰려 있는 농촌들을 찾아다니면서 제멋대로 중국공산당원으로 받아들이고 또 당 지부도 건립했는데, 연변당부 장인강지부가 바로 그것이다. 그가 선포하고 가면 뒤에서 한별이 쫓아와 연변당부 장인강지부는 동만특별지부의 비준을 받은 적이 없으니 해산한다고 선포하고, 박윤서에 의해 단체로 중국공산당에 흡수된 당원들의 자격을 정지시키기도 했다.

"중국공산당의 조직 원칙상 단체로 입당할 수 없소. 반드시 개별심사를 거쳐 한 사람, 한 사람씩 비준됩니다."

한별이 왕경을 설득하여 이번에는 화요파 계통의 당원들을 먼저 받아들이니, 박윤서는 화가 나서 죽을 지경이었다. 그러나 한별의 일 처리 능력이 박윤서보다 훨씬 더 침착하고 치밀한 것을 본 왕경은 점차 박윤서보다는 한별의 의견에 더 귀를 기울이게 되었다. 실제로 중국공산당 정식 당원으로 비준되자 한별은 더욱 열심히 일했는데, 동만주 각지로 뛰어다니면서 당 조직을 건설했고, 지부 아래 소조를 조직하고 소조원 1~2명을 임명하는 등 세세한 일까지도 모조리 다 관계했다.

이렇게 중국공산당 삼도구 구위, 개산툰 구위, 평강 구위가 계속 탄생했다. 그것들을 합쳐 중국공산당 연화중심현위원회(延和中心縣委員會, 연길과 화룡 지방을 관장)가 성립되었다. 물론 이것은 1930년 5·30폭동 이후의 일이다.

2. 조선혁명군 길강지휘부

한편 박윤서는 봉천에서 돌아오는 길에 왕경과 헤어져 혼자 장춘에서 내렸다. 김성주를 찾아보기 위해서였다.

그는 한별이 제공한 단서를 따라 먼저 이종락과 차광수의 본거지인 조선혁명군 길강지휘부로 찾아갔다. 장춘에서 길림 쪽으로 가는 마차를 타고 오늘의 길림성 구태시(九台市) 남쪽 50여 리 밖의 카륜진(卡倫鎭)에 도착한 후 여관을 찾아 들어갔다. 숙박할 곳을 잡고 나서 저녁을 사 먹으며 부부로 보이는 조선 농민들에게 조선혁명군에 대해 들어본 적이 있는지 물었다. 그랬더니 그 농민 부부가 땅이 꺼지도록 한숨을 내쉬었다.

"그분들이 세금을 너무 많이 받아가서 죽을 지경입니다."

"아니, 세금이라니요? 혁명군이 무슨 세금을 받는단 말씀이오?"

박윤서는 몹시 놀라 농민 부부에게 자기가 밥값을 대신 내줄 터이니 자세하게 이야기해달라고 부탁했다. 농민 부부는 조선혁명군이 카륜뿐만 아니라 고유수, 오가자 등지를 다니면서 조선 사람들이 사는 동네마다 빼놓지 않고 들러 세금을 징수하는데, 약속한 시간에 내지 않으면 잡아서 패기까지 한다는 것이었다.

"저런, 그러면 그게 강도가 아닙니까. 어떻게 혁명군이 이럴 수가 있단 말이오?"

박윤서는 이종락과 차광수를 벼렀다.

'이런 못된 녀석들을 봤나. 국민부에서 배워가지고 나온 짓거리들이라고는 이것밖에 없으니. 참 오동진과 현묵관이 망신 다 시키는구나.'

농민 내외가 한 마디씩 더 했다.

"그분들이 사실은 국민부에서 쫓겨나온 사람들이라고 합디다."

"진짜 조선혁명군은 유하현 삼원보라는 곳에 따로 있다고들 하는데 세금 징수는 그분들도 하는 모양입니다. 여기 카륜과 고유수의 혁명군이 세금을 더 험하게 걷어서 유하 쪽 혁명군이 이곳 혁명군을 잡으러 온다는 소문도 있지만 자세한 것은 잘 모르겠습니다. 어쨌든 그분들 세금 징수 때문에 살아가기가 정말 어렵습니다."

박윤서는 아연실색할 지경이었다.

"진정한 조선혁명군이라면 동족인 조선인들을 못살게 굴 것이 아니라, 돈 많은 중국 지주와 부자들의 돈을 빼앗아야 도리 아니겠소. 내가 이 사람들을 만나면 단단히 혼찌검을 내겠소."

박윤서는 그길로 조선혁명군 길강지휘부로 찾아갔으나 아무도 만나지 못하고 허탕만 치고 말았다. 이종락은 무기밀매상을 만나러 장춘으로 가서 언제 돌아올지 모른다고 하고, 차광수는 조선혁명군 길강지휘부 청년부장직에 이름만 걸어놓고 주로 동성(東省) 조선인농민총동맹회 일에 신경쓰느라 농촌 각지로 돌아다니고 있다고 했다.

"그러면 김성주란 아이는 지금 뭐하고 있느냐?"

백신한이라는 차광수의 부하 하나가 나서서 알려주었다.

"성주 삼촌이 얼마 전에 와서 지금 고유수에 갔습니다. 아마 고유수에 가면 성주를 만날 수 있을지도 모르겠습니다."

박윤서는 고유수에 도착하기 바쁘게 친구 현정경의 집으로 직접 찾아갔다.

"병근이, 날세."

두 사람은 고려혁명당을 조직하면서 서로 얼굴을 익힌 사이었다. 현정경의 본명을 직접 부르는 사람은 각별한 친구 몇몇을 제외하고는 아무도 없었다. 현정경은 혁명당 안에서도 러시아파에 속했던 주진수, 이규풍 등의 소개로 박윤서와 만나 알게 되었다. 그 후 박윤서가 조선공산당 만주총국을 세우는 데 크게 활약하여 간도 지방의 조선인치고 만약 박윤서를 모른다면 그를 혁명가라 부를 수 없을 지경까지 된 탓이었다.

"아, 박 형이 아니시오?"

"내가 김성주를 만나러 왔는데, 병근이도 그 애를 알고 있지요?"

"아니, 어떻게 박 형까지도 성주 그 애를 다 아십니까?"

현정경은 감탄했다. 그러나 그는 대뜸 박윤서의 손목을 잡고 부탁했다.

"박 형도 알고 있는 애라니, 성주 그 애를 부탁합니다."

"그 애한테 뭔 일이라도 생겼소?"

"참 아까운 애인데, 그 애를 잘 인도할 사람이 없습니다. 잘만 인도하면 장차 크게 성장할 애입니다. 내가 보증설 수 있어요."

현정경은 김성주가 길림감옥에서 나온 뒤 이종락과 차광수 무리를 따라다니며 조선혁명군 길강지휘부의 평대원이 되었고, 매일 세금을 걷으러 다니고 있다고 했다.

"애가 원체 사람됨이 진국인 데다가 무슨 일을 맡으면 죽을 둥 살 둥 모르고 항상 열심이니, 그게 좋은 일이면 괜찮지만, 좋은 일이 아니라면 결과가 어찌 되겠습니까."

현정경의 말을 듣고 박윤서는 머리를 끄덕였다.

"무슨 뜻인지 알겠소. 내가 그래서 한번 만나보려는 게요. 가능하면 내가 데리고 떠나겠소."

둘이 이야기를 주고받는 동안에 현정경의 아들 현균이 달려가서 김성주를 불러왔다. 그런데 조금 뒤에 박진영, 계영춘, 김이갑, 현대흥, 신춘, 최창걸 등 김성주의 친구들이 한꺼번에 몰려들어왔다. 김성주한테서 러시아에서 온 박윤서라는 분이 진짜 김일성 장군의 부하라는 소문을 들었기 때문이다.

"선생님, 김일성 장군은 어떤 분이신가요?"

이렇게 되자 박윤서는 팔자수염을 쓰다듬으며 한바탕 자랑을 늘어놓았다.

"그분이야말로 우리 '조선의 나폴레옹'으로 불리는 분이시지. 나는 그분의 가장 사랑받는 부하 가운데 한 사람이었단다. 그분은 일본육군사관학교를 최우등으로 졸업했고 일본 천황까지도 그분을 알고 있었어. 그때 조선총독이었던 데라우치 마사타케까지도 직접 그분을 찾아와 일본군 장교로 일해 달라고 사정할 정도였지만, 그분은 조선 독립을 위하여 일본 정부의 유혹을 헌신짝처럼 차 던지고 독립투쟁의 길로 나섰단다."

문득 박윤서는 김성주 패거리들을 돌아보며 이렇게 물었다.

"그런데 얘들아, 이번에 카륜에 들렀다가 고유수까지 오면서 얻어들은 소문에 너희들한테도 김일성이라는 이름을 쓰는 사람이 생겼다던데, 그게 누구냐?"

그 말이 떨어지기 바쁘게 "와" 하는 탄성이 터져 나왔다.

"나 최창걸만 알고 있는 일인 줄 알았는데, 소문이 벌써 그렇게 새어나갔단 말입니까?"

김성주는 최창걸에 대해서 "그는 말할 때마다 '나 최창걸' '나 최창걸' 하고 자기 이름을 3인칭으로 말하기 좋아하는 사람이었다."고 회고한다. 이종락의 직계 부하로 화성의숙 시절부터 이종락을 친형처럼 따라다녔던 최창걸은 자기 친구 김성주를 혁명군에 끌어들였다. 그 외에도 김성주를 혁명군으로 인도했던 사람 가운데는 바로 남만주 덜렁쇠 차광수가 있었다. 차광수는 자신의 단짝친구인 김근혁(김혁)을 혁명군 선전부장으로 추천했는데, 김성주를 김근혁 곁에 두고 그를 돕게 하려 했다. 그러나 정작 김성주의 마음은 다른 데가 있었다.

"형님, 난 군사를 배우고 싶습니다."

"종락이는 너를 장차 자기 계승자로 키우고 싶어 하는 것 같던데."

차광수의 말에 김성주는 머리를 가로저었다.

"제가 같이 있고 싶은 사람은 종락 형님이 아닙니다."

차광수는 빙그레 웃어보였다.

"네가 마음속에 담아둔 사람이 누군지를 알 만하다."

이렇게 되어 김성주는 조선혁명군 길강지휘부 군사부장 김광렬(金光烈)의 직계 부하로 들어갔다. 황포군관학교 교도대 출신인 김광렬은 김성주가 러시아의 '김일성'과 만주의 이준식에 이어서 세 번째로 존경하고 숭배하는 인물이었다.

이준식은 바로 그의 화성의숙 시절 군사교관 이웅이었다. 이력을 보면 김광렬은 이종락보다 나이가 많았고, 황포군관학교에서 군사를 배웠을 뿐만 아니라 1921년에 중국 광주로 망명하여 중국공산당이 주도한 8·1남창폭동(南昌暴動)에까지 참가한 어마어마한 인물이었다. 말하자면 공산혁명의 대선배인 셈이었다.

그러나 이종락에게는 국민부에서 훔친 장총 30여 자루가 있었고, 휘하의 대원도 김광렬보다 훨씬 더 많았다. 결국 사령장[49] 자리는 이종락 차지가 되었고 김광렬은 군사부장이 된 것이다. 그때 이종락은 김광렬에게 이렇게 부탁했다.

"총을 사들이는 일은 제가 책임지겠습니다. 장춘에 밀매상인 친구가 있으니 형님은 세금을 서둘러 걷어 돈을 마련해주십시오. 총을 구입하면 형님이 흑룡강에서 데리고 나온 대원들에게 먼저 지급하겠습니다."

그래서 김광렬은 직접 나서서 세금징수분대를 만들었고, 김성주를 분대장으로 임명했다.

박윤서는 듣고 나서 기가 막혀 한참동안 말이 나오지 않았다.

"내가 길에서 만난 우리 조선 농민들이 세금 징수 이야길 하면서 하늘같이 원망하더구나. 네가 그 우두머리였단 말이냐?"

이런 말을 듣자 김성주는 부끄러워 어쩔 줄을 몰라 했다. 그는 새빨갛게 달아오른 얼굴을 수그리며 진심으로 사과했다.

"죄송합니다, 선생님. 제가 생각이 짧았던 것 같습니다."

"그나마도 김성주라는 이름 대신 김일성이라는 이름을 지어서 사용한 모양이구나."

"저는 하나 일 자에 이룰 성 자를 사용했습니다."

---

49 국민부 조선혁명군 사령관 직책은 초기에는 '사령장'으로 불렸으며, 양세봉이 사령장이 되면서 사령관으로 호칭을 바꾸었다. 이종락은 '조선혁명군 길강지휘부 사령장'이었다.

"알겠다. 그런데 별 성 자를 사용했으면 더 멋있었겠구나."

박윤서는 김성주가 김일성이라는 가명을 사용한 것에는 칭찬을 아끼지 않았다.

"아주 잘했어. 한별의 별명도 하나 일 자에 별 성 자인 김일성(金一星)이었단다. 러시아에서 만났을 때 내가 순수 우리말로 고치면 더 좋겠다고 권했지. 그래서 한자로 쓸 때는 일성(一星)이지만 부를 때는 한별이라고 부르게 된 거란다. 그랬더니 동만주에서 그의 이름을 본떠 '한별인(韓別儿)'이라고 부르는 사람이 또하나 생겼단다. 너도 이제는 슬슬 김성주라는 이름을 숨기고 다른 별명을 가지고 활동할 때가 된 거다."

한편 김성주가 이때 자기 분대원들한테 분대장 이름을 김일성(金一成)이라고 부르게 한 것은 삼촌 김형권이 권했기 때문이다.

"네가 하고 다닌 짓거리들 때문에 네 어머니와 내가 무송에서 얼마나 곤경에 빠졌는지 말로 다 할 수가 없구나. 세금 징수하는 일도 그렇다. 고유수나 카륜 지방 사람들 중 장백이나 무송 쪽에 친구나 친척 없는 집이 어디 있느냐. 이번에 겨우 안도에 자리 잡았는데, 네 소문이 거기까지 퍼지는 날이면 정말 어머니 처지가 어렵게 된다. 그러니 김성주라는 이름 말고 다른 이름 하나 지어서 사용했으면 좋겠다."

실제로 김형권은 무송에서 김성주 때문에 여러 번 골탕을 먹었다. 첫 번째는 김성주가 화성의숙에서 돌아온 뒤 '반제반봉건투쟁'을 벌인다면서 중국 지주들 집을 습격하고 다녔을 때였다. 그때도 이종락이 뒷수습을 했기 때문에 무사했지 아니었다면 그때 벌써 중국 경찰들에게 잡혀 감옥살이를 했을지도 모를 일이었다. 두 번째는 김성주가 길림감옥에 갇혔을 때였다. 학교에서도 퇴학당하고 감옥살이까지 하고 있다는 소문이 무송 바닥에 쫙 퍼졌는데, 이 때문에 김형권은 몇 번 혼삿말이 오갔던 집에서 퇴짜 맞고 하마터면 장가도 못 들 뻔했다. 그런 탓에 박윤서가 떠날 때 멀리까지 배웅나왔던 김형권은 그에게 자기의 속 타는 이야기를 들려주었다.

"저 애가 굴레 벗은 말처럼 온 세상천지 나돌아 다니면서 하도 사고만 쳐대니, 형수님이 참다못해 저를 여기로 보낸 것입니다. 제가 가까이 같이 있으면 좀 살필 수도 있고 도움이 될지도 모르잖아요."

김형권이 걱정하는 말을 듣고 박윤서는 안도했다.

"허허, 자넨 쓸데없는 걱정을 하고 있네그려. 아니 어떻게 성주가 하는 일을 사고치는 것으로 보시나? 난 말일세, 이렇게 표현하고 싶네. 성주는 말일세, 어린 혁명가가 성장통을 앓고 있는 것이라고 보면 틀림없을 거네. 장차 두고 보시게, 오히려 삼촌인 자네가 조카한테서 더 많은 것을 배우게 될 걸세. 난 그날이 반드시 오리라고 믿네."

더불어 박윤서는 헤어질 때 몰래 김형권에게 귀띔했다.

"쓸데없는 의심일지 모르지만, 국민부의 현묵관을 조심해야 하네. 내 그 사람에 대해서 얻어들은 바가 좀 있네. 그 사람이 자네들이 하는 일을 절대 가만 두고 보지만은 않을 것일세. 성주한테도 각별히 신경쓰라고 일러주게."

김형권은 박윤서에게 들은 말을 김성주에게 전해주었다. 그랬더니 김성주는 이렇게 말하며 오히려 삼촌을 위안했다.

"삼촌, 남만청총 때 같았으면 우리가 당할 수밖에 없겠지만 지금은 우리도 당당한 혁명군입니다. 또 김광렬 선생님처럼 황포군관학교에서 군사를 배우신 분이 군사부장인데, 우리가 뭐가 두려울 것이 있습니까. 국민부에서도 절대 함부로 하지는 못할 것입니다."

얼마 후, 장춘에서 돌아온 이종락에게 김성주는 어머니를 뵈러 안도에 갔다

오겠다고 휴가를 냈다. 그러나 안도에 가지 않고 도중에 돈화에서 내려 진한장을 만났다. 여기서 김성주는 진한장과 함께 밤새워 가면서 전단을 찍고 구호를 쓰고 있는 김창민과 만나게 될 줄은 몰랐다. 김창민 곁에는 영안의 화검구 부탕평에서 만난 적 있는 강학제도 있었다. 김성주는 김창민 소개로 중국공산당 길돈 임시당지부 서기 마천목(馬天穆)[50]과도 만났다. 그는 마천목도 황포군관학교 졸업생이라는 소개에 혹했다.

그리하여 김성주는 진한장과 함께 전단 찍는 일을 도왔다. 강판글을 잘 쓰는 김성주와 붓글을 잘 쓰는 진한장은 밤을 새가면서 5월 30일에 들고 나갈 구호 준비를 도왔다.

"일본제국주의를 타도하자!"

"국민당 군벌정부를 타도하자!"

"토지혁명을 실시하고 소비에트 정부를 수립하자!"

이 폭동을 총지휘한 김창민은 5월 1일에 용정으로 내려가 직접 200여 명의 폭동대를 거느리고 용정발전소를 파괴하고 철도기관고를 습격했으며 용정의 동양척식회사 간도출장소에 폭탄을 던지기도 했다.

"선생님, 저도 같이 가겠습니다."

---

50 마천목(馬天穆, 1902-1931년) 사회주의운동가. 함경북도 길주군 동해면에서 태어났으며, 1905년 부모와 함께 길림성 화룡현 덕신사로 이주했다. 창동학교(彰東學校), 명동학교(明東學校), 달라자(大砬子)현립학교를 졸업하고 1920년 길림성립 제1사범학교에 입학했다. 1926년 중국 광주 황포군관학교 교도단에 입대했다. 1927년 4월 장개석의 반공쿠데타 이후 무한(武漢) 정치군사학교 장교로 있으면서 호북한국혁명청년회(湖北韓國革命青年會)에, 8월엔 상해에서 재중국본부한인청년동맹에 가입했다. 1929년 중국공산당 중앙의 지시에 따라 길림성 반석현으로 가서 조선공산당 만주총국(엠엘파)에 입당하고, 고려공산청년회 만주총국(엠엘파) 간부가 되었다. 9월에는 재중국한인청년동맹 대표대회에서 중앙집행위원장이 되었다. 1930년 3월 조공 만주총국을 해체하고 중국공산당에 입당해 5월 중공성위 소수민족위원회 특파원으로서 '간도 5·30폭동'에 참여했다. 7월 돈액임시당부 책임자로서 8·1길돈폭동을 지휘했다. 액목에서 중국관헌에게 체포되어 액목현성감옥에 투옥되어 복역하다 1931년 옥사했다.

김성주는 김창민에게 매달렸으나 결국 돈화에 남고 말았다. 마천목이 김성주와 진한장에게 이번 '붉은 5월 투쟁'을 마치면 중국공산당 당원으로 받아들이겠다고 약속했기 때문이다.

그때 김성주를 떼어놓고 강학제와 함께 동만주로 나온 김창민은 이 폭동의 최선봉에 서서 여기저기 불을 지르고 폭탄을 투척하다가 결국 간도 주재 일본 총영사관에서 파견한 경찰대에게 붙잡히고 말았다. 총상을 입은 데다가 감방에서 1주일 동안 단식한 탓에 건강이 악화되어 결국 영사관 감옥에서 죽고 말았다. 강학제도 폭동 현장에서 총에 맞아 죽었다.

그러나 박윤서만은 부리나케 약수동으로 피신하여 무장대오를 거느리고 있었던 신춘(申春)의 곁에 있었기 때문에 무사했다. 역시 황포군관학교 출신인 신춘의 적위대가 박윤서를 호위했다. 박윤서가 배후에서 조종하고 신춘이 앞에서 뛰어다니며 활동한 결과, 1930년 5월 27일 만주에서 첫 중국공산당 인민정권인 '약수동 소비에트정부'가 탄생하게 되었다.

한편 한별도 5·30폭동에서 가까스로 살아남았다. '3·1운동 11돌을 기념하는 대중시위' 때 숱한 동지를 잃어버리고 겨우 10여 명밖에 남지 않았던 당원들이 5월과 6월 한 달 사이에만 다시 200여 명 가깝게 늘어났다. 하루는 평강구 농민협회 책임자인 안정규가 연길현 조양천 부근의 무산촌으로 박윤서와 한별을 찾아왔다. 새로 성립된 연화중심현위원회 소재지가 무산촌에 있었기 때문이다.

안정규는 박윤서가 조선공산당 만주총국을 재건할 때 이도구 구산장에서 갑장 노릇을 하면서 박윤서를 많이 도왔던 젊은이였다. 말하자면 조선공산당 엠엘파 출신 당원이었다. 그러나 그가 5·30폭동 직후 정식 중국공산당원이 되면서 이도구의 일본 경찰이 그의 신분을 알아채는 바람에 이도구를 떠날 수밖에 없었다. 그러자 한별은 왕경과 의논해 이도구의 당 지부를 통째로 안도 쪽으로 옮겼는데, 안정규는 그리로 이동하면서 이름을 안정룡으로 바꾸었다. 이때 무송에서 안도로 이사온 김성주의 어머니 강반석과 두 동생 철주와 영주는 안정룡의 도움을 많이 받게 되었다.

3. 김명균과 만나다

김성주는 1930년 7월 중순, 오늘의 길림성 돈화시 현유향 모아산에서 열린 중국공산당 길돈 임시당부 회의에서 진한장과 함께 예비당원이 되었다. 이때 김성주는 열여덟 살이었고 진한장은 열일곱이었다. 이들은 마지막으로 3개월의 조사기간을 거친 뒤 정식당원으로 비준될 예정이었다.

박윤서는 조선공산당 만주총국 시절부터 줄곧 수하에 두었던 홍범도부대의 독립군 출신 간부 김명균(金明均)과 함께 이 회의에 나타났다. 그는 중국공산당 만주성위원회에서 직접 받은 지시라며, 과장해 가면서 몇 가지 결정사항을 전달했다.

"이번 5·30폭동을 계기로 우리 공산혁명은 세력을 회복했고 바야흐로 '혁명의 고조기'에 닿아가고 있소. 중앙에서는 '한 성 또는 몇 성에서 먼저 혁명승리를 쟁취함으로써 전국 혁명의 승리를 달성하고 나아가서는 세계혁명의 승리를 추진해야 한다.'고 호소하고 있소. 그러니 이제부터 우리는 일본제국주의와도 싸워야겠지만, 중앙의 호소대로 하루빨리 붉은 유격대를 창건하고 지방 소비에트정권을 수립해야 하오. 이번 5·30폭동에서 일본제국주의자에 동조하며 우리를 진압하려 했던 중국 군경들도 모두 우리의 투쟁 대상이 되었소. 가능하면 그들의 무장을 탈취하여 하루빨리 유격대를 창건해야 하오. 나는 다가오는 8월 1

일에 5·30폭동보다 훨씬 더 장대한 폭동을 일으킬 것을 중국공산당에 청했고 성위원회로부터 비준받았소. 오늘 그것을 선포하려는 것이오."

하지만 박윤서의 이런 행동은 나중에 그의 발목을 잡는 요인으로 작용한다. 이후 박윤서와 한별이 쥐고 흔들던 연화중심현위원회가 '중심' 두 자를 떼고 그냥 연화현위원회로 격하되고, 원래 동만특별지부는 동만특별위원회로 격상된다. 두 사람 모두 특위 위원으로 임명되지 못하고 새로 중국공산당 만주성위원회로부터 파견받고 내려왔던 중국인 료여원(廖如願)이 동만특위 서기가 된 것이다. 한편 왕경은 조직부장으로 내려앉았다가 지시를 받고 동만을 떠나게 되는데, 이때 그는 료여원에게 박윤서를 고발한다.

"이분은 자유주의가 아주 심하고 개인영웅주의도 아주 엄청납니다. 전에 성위원회에서 순찰원으로 임명된 적이 한 번 있었는데, 이분은 지금까지도 그 순찰원 신분을 제멋대로 꺼내듭니다. 특별지부에서 전체적으로 내린 결정을 전달할 때도 이분은 언제나 '특별지부' 이름은 홀쩍 빼고 자기가 직접 성위원회에서 임무를 받은 것처럼 자랑하는 방법으로 다른 당원 동무들에게 위압감을 조성하고 있습니다. 또 더 문제인 것은 '순찰원'이라고 했다가 '특파원'이라고 했다가 어떤 때는 성위원회 '대표'라고 거짓말도 하는 것입니다. 제가 여러 번 주의를 주고 경고도 했지만, 원체 남의 말을 잘 듣지 않습니다."

이 때문에 료여원은 서기로 내려오자마자 박윤서의 연화중심현위원회 군사부장직을 면직시켜 버린다. 물론 이것은 1930년 '8·1길돈폭동' 이후의 일이다.

어쨌든 이 회의에서 폭동총지휘부를 결성했는데, 길돈 임시당부 서기 마천목이 총지휘에 임명되었고, 조직부장에는 강세일, 선전부장에는 한광우가 임명되었다. 폭동지휘부 산하에 폭동대대 3개를 두었는데, 김성주는 제1대대에 배치된다. 대대장은 김명균으로, 그들은 폭동 당일 길림과 신참 사이의 철교를 파괴하고 또 신참, 교하, 내산자 등 지방의 전선과 전화선을 끊기로 했다. 인원수는 200여 명 남짓했다.

제1대대가 교하쪽으로 이동할 때 김성주는 김명균에게 찾아갔다.

"아저씨, 만약 철길을 지키는 호로군(護路軍)과 부딪치면 총 한 자루 없는 우리가 어떻게 그들과 싸울 수 있나요? 최소한 한 소대에 총 한 자루 정도는 있어야 합니다."

수염을 텁수룩하게 기른 김명균은 이때 마흔도 넘은 데다 겉늙어보여서 대원들 중 할아버지라고 부르는 사람이 있을 정도였다. 그는 기회가 있을 때마다 박윤서 같은 거물들에게도 종종 칭찬받던 김성주를 대견스럽게 바라보며 대답했다.

"이번 폭동이 끝나면 우리 대원들도 모두 총 한 자루씩은 갖추게 될 거다."

"그것은 저도 믿습니다. 그런데 문제는 지금 당장이 아닙니까."

"그렇구나. 어떻게 하면 좋겠느냐?"

김성주는 대뜸 자청하고 나섰다.

"제가 총 몇 자루 정도는 구해올 수 있습니다."

"네가?"

김명균은 자기 귀를 의심할 지경이었다.

"조선혁명군 길강지휘부의 대원들은 모두 중국공산당의 인정을 받고 싶어 합니다. 만약 아저씨께서 그들이 공산당에 들어오게 해주면 제가 가서 설득하여 그들을 이번 폭동에 모조리 참가하게 할 수 있습니다."

"모두 몇십 명쯤 되느냐?"

"다 합치면 백여 명은 됩니다. 총도 50여 자루 있습니다."

김성주는 두 배로 과장하여 대답했다. 김명균은 반신반의했다.

"네가 가서 내 뜻을 전하고 이종락 사령장에게 액목으로 한번 오라고 해라."

김성주는 김명균에게 직접 임무를 받았다. 그가 임무를 위해 교하에서 떠날 때, 2대대에 배치된 진한장도 무기를 구하려고 영안 쪽으로 나가다가 김성주와 만났다. 둘은 소곤소곤 귓속말로 대화를 주고받았다. 진한장이 김성주에게 물었다.

"성주야, 난 이해할 수 없는 게 있어. 5·30폭동 때는 일제에 반대하는 게 주요했는데 왜 이번에는 일제보다 중국 지방 군경들한테 총부리를 돌리는 거지? 당에서 시키는 일이니 일단 반론하지는 않았지만 몹시 불안해."

"성위원회에서 오신 순찰원이 그러지 않던? 항일하는 애국자들과 친일하는 반동 군벌은 따로 보아야 한다고 말이다. 이번에 우리가 타도하려는 것은 바로 반동 군벌들이잖아."

진한장은 반론하지 않겠다면서도 계속 많은 질문을 했다.

"일제를 주요 타도대상으로 하고 폭동을 일으켰을 때는 솔직히 말하면 많은 중국 사람이 내심 동정하고 지지하기까지 했거든. 근데 중국 정부를 주요 타도대상으로 삼고 폭동을 일으키면 어떻게 될 것 같아? 우리 쪽이 더 불리할지도 몰라. 난 이번 폭동지휘부에 너희 조선인들이 대부분 들어와 있어 내 뜻을 말하고 싶어도 제대로 말할 수가 없어. 또 나 같은 아이가 하는 말을 들어줄지도 모르겠고. 그래서 그냥 너한테만 이야기하는 거야."

진한장은 조선말을 아주 잘했다. 그는 조선말을 송무선과 김성주에게 배웠다. 물론 김성주가 중국말을 잘하는 것만큼은 아니었지만, 조선말 외에도 일본말도 아주 잘해 돈화 지방에서는 '신동'으로 소문난 젊은 수재였다. 4살 때부터 사숙에서 글을 배우고 14살 때 돈화현 사숙교원 입시에 통과하여 4등을 했기 때문에, 그가 오동중학교를 졸업하기 바쁘게 학교에서는 그를 교원으로 채용하려고 교육국에 신청까지 한 상태였다. 진한장의 오동중학교 동창생 범광명(范廣明)은 이렇게 회고했다.

"방학 때 김일성(김성주)이 자주 진한장에게 놀러왔는데, 그의 아버지는 김일성을 좋아하지 않았다. 그래서 김일성은 진한장의 집에 오지 못하고 항상 진한장을 밖으로 불러냈다. 간도에서 일어난 조선인들의 5·30폭동 때 진한장은 집에서 나가 몇 달 동안 실종되다시피 하여 그의 아버지가 매일 찾으러 다녔다. 한 번은 우리 반 동무들 가운데 누군가가 진한장이 액목현에서 김일성과 같이 다니는 것을 봤다고 알려주었다. 진한장의 아버지는 그때 진한장과 혼삿말이 오가던 추 씨(鄒氏)라는 여자아이까지 데리고 직접 액목으로 가서 진한장을 붙잡아왔다."[51]

진한장의 아버지 진해(陳海)는 만주족 정황기(正黃旗) 사람으로, 그의 일가는 따지고 보면 사실상 청나라 황족에 속했다. 그는 공산당을 좋아하지 않았지만 그보다 일본 사람들을 더욱 미워했다. 2년 뒤 만주국이 건립될 때, 만주족 부자 대부분이 이 국가에 복속했지만, 진해 부자는 그들과 대항하는 길로 나아갔다. 결국 부자가 함께 항일일가로 역사 속에 미명을 남기게 된다.

하지만 1930년 5·30폭동과 8·1길돈폭동 때 중국공산당이 쉴 새 없이 폭동을 일으키는 것에 진해는 몹시 반감을 가졌다. 그는 아들 진한장과 김성주를 조용한 곳으로 데리고 가서 한바탕 닦아세운 적도 있었다.

"내가 도대체 이해할 수 없는 것이 공산당이 어떻게 이런 짓거리까지 벌인단 말이냐? 너희들도 그렇지, 자기 주제를 알아야지. 총 한 자루 변변하게 없으면서

---

51 취재, 범광명(范廣明) 중국인, 진한장의 오동중학교 동창생, 취재지 돈화현, 1993~1994, 1996.

아무것도 배우지 못한 무식한 농민들만 동원해 정부에 대항하고 군경한테 달려들다니, 중국 사람들이 바보냐? 왜놈들하고 싸워 자기 나라를 독립시킨다는 조선 사람들을 동정하지 않을 수 없고, 나도 그들이 이렇다 저렇다 시비할 생각은 없다마는 공산당은 왜 하필 조선 사람들을 동원해서 중국 사람들한테 대들게 하는 것이냐? 그래서 이런 식으로 폭동 몇 번 일으키면 금방 이 세상이 너희들 세상이 될 수 있다고 믿느냐? 그것을 믿고 정신없이 나돌아 다니는 너희들을 그래 내가 두고만 보고 있으란 말이냐?"

나이는 어리지만 생각이 무척 깊은 진한장도 승산 없는 폭동에 도취된 조선인 공산주의자들의 행동을 굉장히 무모하고 모험적이라 생각하던 중이었다. 이를 파악한 진한장의 아버지는 고민에 빠진 아들에게 간곡하게 권했다.

"내가 소금을 먹어도 너보다는 몇 말 더 먹었을 것 아니냐. 두고 봐라, 내 짐작이 틀림없을 것이다. 공산당이 지금 분명히 잘못하고 있어. 언젠가는 크게 골탕 먹고 나서 제정신을 차리고 나중에 참으로 못 할 짓을 했노라고 후회할게다. 너만이라도 여기서 멈춰라. 나를 따라 집으로 돌아가자. 학교에도 취직하고 또 장가도 들어야 할 것이 아니냐."

이렇게 말하며 진한장의 아버지는 아들과 김성주가 보는 앞에서 눈물까지 훔쳤다. 이에 김성주도 갑자기 마음이 아팠다. 자기 때문에 갖은 고생을 다하는 어머니가 그리워 참을 수가 없었다. 진한장과 헤어진 김성주는 장춘행 상행열차에 타지 않고 안도 쪽으로 내려가는 하행열차에 몸을 실었다. 고유수에 가서 총을 얻어오겠다고 했던 김명균과의 약속을 버리고 그길로 안도를 향해 간 것이다.

이때 김성주의 삼촌 김형권은 안도 흥륭촌 중국 지주의 집에서 마름 일을 보는 채 씨의 딸 채연옥과 결혼했는데, 아내가 임신중이었다. 김형권은 이종락의 명령을 받고 군자금을 마련하러 떠나는 최효일, 박차석을 따라 조선에 들어가기 전 잠깐 안도에 들렀다가 김성주와 만났다. 그런데 김성주가 곧바로 집으로 가지 않고 삼촌 집에 온 것을 보고 할머니 이보익은 어찌해야 할지 당황해했다.

"어머니는 만나보았느냐? 왜 여기로 온 게냐?"

김성주가 아무 말도 하지 않고 가만히 있자 김형권은 금방 눈치챘다.

"삼촌, 수고스럽지만 삼촌이 가서 철주하고 영주를 좀 불러다주십시오."

"이게 뭐하는 짓이냐?"

김형권은 조카에게 눈을 부릅떠 보였다. 어머니 강반석이 안도에서 개가한 소문이 벌써 김성주의 귀에까지 들어갔음을 짐작했기 때문이다. 이보익은 땅이 꺼지게 한숨을 내쉬면서 손자의 손을 잡았다.

"성두야, 그러면 못 쓰니라."

이보익은 낮으나 조용한 목소리로 손자를 타일렀다. 평안도 사투리가 심한 이보익은 '성주'를 '성두'로 발음했다.

"시어미인 내가 이미 허락한 일인데 네가 뭘 그러느냐. 너의 밑에 어린 동생이 둘이나 있는데, 너의 오마니(어머니)인들 무슨 방법이 있었겠니. 너도 이제는 어리지 않은데 네가 다 알아서 이해하여야 할 것이 아니냐. 더구나 오마니가 올해 들어서는 몸도 좋지가 않은데 네가 이러면 얼마나 마음 아파하겠니."

김성주는 어머니의 개가 소식을 처음 들었을 때, 그것도 나이 예순을 넘긴 할아버지 같은 중국인 지주의 첩실로 들어갔다는 소리에 몹시 기분이 언짢았다. 하지만 할머니 이야기를 들으면서 자기 때문에 갖은 마음고생을 다 한 어머니가 다시 불쌍하여 눈물이 글썽해졌다. 그때 형이 왔다는 소리를 들은 철주가 영주의 손을 잡고 달려왔다.

"형."

철주는 달려오는 길로 와락 안기지만, 열 살 난 막내동생 영주는 큰형 김성주의 얼굴이 너무 낯설었다. 영주가 철주 뒤에 서서 우물쭈물하는 것을 본 김성주는 그를 덥석 안아들고는 싱글벙글 웃기 시작했다.

"넌 내가 누군지 알아?"

"큰형이잖아. 조선독립군 대장."

영주 대답에 김성주는 금방까지 울적했던 얼굴에 활짝 웃음꽃이 폈다.

"아직은 대장이 아니야. 그리고 독립군이 아니라 혁명군이라고 부른단다."

"그럼 혁명군 대장이야?

"아직은 아니라잖아. 그러나 언젠가는 대장보다 더 큰 사령장이 될 거다."

김성주는 철주와 영주를 데리고 함께 집으로 갔다. 마당 밖에서 기다리던 강반석은 큰아들 김성주를 보자 너무 반가운 나머지 연신 눈시울을 찍었다.

"성주야. 네가 드디어 왔구나."

"어머니, 얼굴이 왜 이렇게 부었습니까?"

김성주도 쏟아져 내리는 눈물을 참지 못하고 마침내 흐느껴 울기 시작했다. 강반석이 먼저 웃음을 지어보이며 아들을 달랬다.

"난 괜찮다. 오히려 네가 너무 여윈 것 같구나."

조금 뒤에 이보익이 둘째아들 김형권 부부를 데리고 건너왔다. 강반석 남편이 심부름꾼을 시켜 술과 고기를 보내왔으나 김성주는 계부(繼父)에 대해선 한마디도 묻지 않았다. 오랜만에 한 자리에 모여 앉은 강반석 일가는 그간 그립던 이야기로 밤을 새웠다.

1980년대 안도에서 살았던 노인 가운데 강반석 일가를 아주 잘 아는 사람이 이런 이야기를 들려주었다.

"강반석이 후실로 들어갔던 사람은 중국인 지주가 아니다. 소사하에서 얼마 멀지않은 곳에 만보(萬寶)라는 중국인 동네가 있는데, 그 동네에서 유일한 조선 사람인 조광준이라는 부농한테 재가했다. 모두 조광준을 지주라고 하지만, 사실은 해방 되던 해에 갑자기 살림이 펴서 땅을 많이 장만한 것이다. 그 때문에 지주 신분이 되어 맞아죽고 말았다. 그 전에는 우리와 똑같이 매일 무밥에다가 시래깃국이나 먹고 살 정도였다. 자기 땅도 조금 있었지만, 그것만 가지고는 모자라 중국 사람 땅도 소작 맡아서 악착같이 일했기 때문에 그런대로 끼니 거르지 않고 먹고 살만 했다.

조광준은 본처가 병으로 죽는 바람에 강반석과 재혼했다. 그러나 강반석과도 불과 반년을 살지 못하고 헤어졌다. 강반석은 자신의 건강이 좋지 않아 얼마 살지 못할 것 같다면서 조광준을 설득하여 헤어지고 집으로 돌아온 것이다. 그때까지 두 아들은 평양에서 온 시어머니가 대신 키워주고 있었다. 강반석이 중국인 지주에게 재가했다느니, 후에 얻은 남편이 경찰이라느니 하는 것은 다 엉터리 소문이다. 나는 조광준이 맞아죽는 것을 직접 보았다. 조광준의 본처 아들이 해방 전까지 만보에서 살았는데, 후에 송강(松江) 어디로 이사갔다고 하더라. 송강에서 본 사람도 있다니, 아마 찾아보면 만날 수 있을지도 모른다."[52]

새벽녘, 김형권의 아내 채 씨가 흐느끼는 소리가 들려왔다. 김성주가 안도에 온 다음 날, 그는 날이 새기 바쁘게 떠나야 했던 것이다. 김형권이 장백현과 가까운 천양(泉陽)이라 부르는 삼림장에서 최효일과 박차석을 만나기로 약속했기 때문이다. 천양까지 가는 경편열차가 이도백하역에서 점심에 출발하게 되어 있었다. 이 열차를 타자면 새벽부터 길을 다그치지 않으면 안 되었다.

---

52 취재, 조××(趙××) 외 2명, 조선인, 안도현 만보진 마쟁령촌 주민, 취재 당시 83세. 1983.
   취재, 리××(李××) 외 1명, 조선인, 안도현 송강진 소사하촌 주민, 취재 당시 77세. 1983.

"삼촌, 내일 천양까지 같이 갑시다. 최효일, 박차석 두 분 형님도 만날 겸."

"천양이 어디라고 거기까지 간단 말이냐? 그냥 이도백하까지만 같이 가면서 이야기하자. 그러잖아도 너한테 몇 가지 주의 줄 일도 있다."

김형권은 조카에게까지도 최효일, 박차석과 함께 조선에 입국하는 일을 철저하게 비밀에 붙였다. 이때 이 세 사람은 이름까지도 모두 별명을 사용했다. 김형권은 신용호(申用浩), 박차석(朴且石)은 김준(金俊)이라고 불렸다. 한편 이도백하에서 헤어질 때 김형권은 재차 조카에게 당부했다.

"성주야, 네가 이번에 중국공산당 쪽으로 완전히 넘어간 것을 아는 사람이 아주 많다. 국민부 쪽에서 결코 가만히 있지 않을 것이니, 이번에 고유수로 가면 각별히 조심하기 바란다. 혹시 종락이가 너보고 무기 구하러 같이 나가자고 해도 넌 무슨 핑계를 대서라도 절대로 따라가지 말거라."

"네. 그렇게 할게요."

4. 김일성(星)과 김일성(成)

김성주는 1930년 8·1길돈폭동에서 요행스럽게도 몸을 뺐다. 이는 그가 5·30폭동에서 얻은 경험 때문이었다. 그때 그는 진한장과 함께 중국공산당 예비당원이 될 수 있었는데, 불행하게도 그들의 입당 소개자였던 마천목이 이 폭동을 진압하려고 긴급 출동한 동북군 제13여단 7연대장 왕수당(王樹棠)이 직접 인솔한 300여 명의 정예부대에게 붙잡혔기 때문이다.

한편 5·30폭동에 이어 '8·1폭동'을 통해 중국공산당 길돈 지방 당원은 씨가 마를 지경까지 되었다. 가까스로 살아남아 여기저기 숨어버린 당원들은 모두 떨고 있었다. 이 폭동 직후, 동만특위 서기로 파견된 료여원은 해방 후 연변을 방문하여 박창욱 등 역사학자들과 만난 자리에서 이때의 상황을 이렇게 이야기했다.

"이와 같이 무모한 폭동을 벌였던 당 내의 주요 간부들조차 사실상 당의 노선에 대해 잘 알지 못했다. 하물며 백성들이야 더 말해서 뭘 하겠는가. 8·1폭동은 한마디로 실패였다. 보통 실패도 아니고 철저한 실패였다. 그때 중국공산당에 가입하여 간부로 활동했던 몇몇 사람이 조선공산당원들에게 '이 폭동에서 가장 열성적인 사람 먼저 중국공산당에 받아들인다.'고 했기 때문에 이 폭동의 무모함에 대해 반론하거나 심지어 한두 마디라도 의견을 내는 사람마저 없었다. 그때는 누구나 '폭동 폭동 또 폭동' 하면서 떠들고 다녔다."[53]

어쨌든 폭동 당시 김성주는 삼촌 김형권과 작별한 뒤 자신도 안도에서 며칠을 묵지 않고 바로 고유수를 향해 떠났다. 김명균과의 약속도 약속이지만, 진한장과 함께 예비당원으로 비준받은 상태에서 만약 당에서 맡긴 임무를 완성하지 못하고 이대로 사라졌다가는 그때까지 꾸준하게 노력해왔던 일이 모두 물거품이 될 수도 있기 때문이었다. 그러나 이번만큼은 5·30폭동 때처럼 물불 가리지 않고 무작정 덤벼들 수도 없었다. 특히 진한장의 아버지에게 받은 충격이 몹시 컸다.

'우리 조선 사람들은 일본만 상대해 싸우기도 벅차고 힘에 부치는데, 어떻게 중국 사람들까지 모조리 적으로 만들겠다는 것인가? 당은 왜 이렇게 하라고 지

---

53 취재, 박창욱(朴昌昱) 조선인, 항일투쟁사 전문가, 연변대학 역사학부 교수, 취재지 연길,
    1995~2000 10여 차례.

시하는 것일까? 아무래도 뭐가 잘못돼도 한참 잘못된 것은 분명한데, 어디 가서 누구한테 물어볼 수도 없고 또 함부로 의견을 내놓을 수도 없다니, 참 답답해.'

김성주뿐만 아니라, 이런 생각을 하는 사람들이 결코 한둘은 아니었다. 진한장도 고민하며 괴로워하다가 다시 아버지 몰래 집을 떠났다. 이미 추 씨와 결혼하고 오동중학교 교사로 취직해 자나 깨나 아들 일로 걱정이 태산 같았던 아버지의 감시를 덜 받았기 때문이다. 이번에 그를 데리러 온 사람은 일찍이 송무선 소개로 알게 된 조선 청년 이광(李光)[54]이었다.

진한장의 아버지 진해도 이광을 알고 있었다. 이광이 연길사범학교를 나왔고 연길현 제2소학교에서 교편까지 잡은 적 있는 교사 출신임을 알고 있었던 까닭에 그가 찾아오자 점잖게 인사도 받아주었다. 그가 설마 자기보다 나이도 훨씬 어린 진한장을 꼬드겨 어디로 떠나버릴 것이라곤 생각하지 않았다. 그러나 진한장은 이광과 만난 바로 다음날, "아버지께서 저를 대신하여 학교에 3일만 휴가를 청해 주십시오."라는 쪽지를 남겨놓고는 사라져 버렸다. 3일 후 바로 돌아오겠다는 소리였다.

그러나 진한장은 영안, 왕청 등의 지방을 모두 돌아다니다가 10일이 지나서야 돈화로 돌아왔다. 이때 진한장이 만났던 사람들 가운데는 이광의 중국공산당

---

54 이광(李光, 1906-1933년) 항일무장투쟁 참가자. 중국공산당 당원. 본명은 이명춘 또는 이승룡이다. 길림성 연길현 의란구(吉林省 延吉縣 依蘭溝)에서 태어나 의란소학교를 마쳤다. 연길에서 사범학교를 졸업하고 연길현 대방자(大房子)소학교 교사가 되었다. 1928년 왕청현 북하마탕(北蛤蟆塘) 후하툰(往淸縣 北蛤蟆塘 后河屯)으로 이주하여 지방행정기관 서기가 되었다. 1931년 중국공산당에 입당했다. 11월 반일구국군(反日救國軍) 오의성(吳義成) 부대에 입대했다. 1932년 2월 구국군 내에서 별동대를 건립하고 대장이 되어 가을에 왕청현 반일유격대와 협력하여 마록구(馬鹿溝) 매복전투에 참가했다. 11월 왕청현 대북구(大北溝)전투에서 전공을 올린 뒤, 구국군 전방사령관이 되었다. 1933년 3월 별동대와 함께 소왕청 항일유격근거지 보위전투에 참가했다. 5월 동녕현 노흑산(東寧縣 老黑山) 지구에서 동산호(同山好)의 삼림대와 공동전선을 맺기 위해 공작하다가 삼림대에게 살해되었다.

소개자였던 호택민(胡澤民)과 중국공산당 영안현위원회 책임자 중 하나였던 왕윤성(王潤成)도 있었다.

이광은 돈화에서 진한장을 통해 김성주의 행적을 듣고는 안도를 거쳐 쉴 새 없이 고유수까지 쫓아갔다. 그러나 김성주는 고유수에 도착하기 바쁘게 이종락과 함께 장춘으로 가버린 뒤였다.

이때 국민부에서는 고이허를 파견하여 이통현의 중국 경찰들에게 이종락 등이 몰래 무기를 사들이고 있으며, 간도 지방에서와 같은 폭동을 일으키려 한다고 고발했다. 이런 연유로 무기밀매상이 약속 시간에 도착하지 못하자, 장춘에서 잠복하고 있었던 장기명(장소봉)이 이종락과 의논하여 이종락을 따라왔던 김성주와 최득영, 유봉화를 먼저 돌려보냈는데, 이 세 사람은 고유수에 도착하기 무섭게 미리 대기한 경찰들에게 붙잡히고 말았다.

이통현으로 압송된 그들 셋은 각각 독방에 갇혔고 경찰이 번갈아가면서 불러내어 취조했다. 장기명의 내연녀였던 유봉화가 제일 먼저 불었다.

"장소봉이 관성자(寬城子, 장춘 시내 안의 한 지명)의 술집 기생과 눈이 맞아 집까지 얻어 죽자 살자 하는데, 저희 셋이 함께 있어 불편하니까 먼저 돌아가라고 했어요."

"그렇다면 이종락은 지금 어디에 있느냐? 혹시 장소봉과 기생이 같이 산다는 그 집에 같이 묵고 있는 것 아니냐?"

"딱히 자세하게는 모르지만 아마도 그럴 거예요."

"그 집이 어디에 있는지 아느냐?"

경찰이 따져 물었지만 유봉화는 심드렁하게 대꾸했다.

"제가 알았으면 그냥 이렇게 돌아왔겠어요?"

나이가 제일 많은 최득영은 세 사람 중 우두머리로 의심받았다.

"너희 셋 가운데 누가 책임자냐?"

"나이는 제가 많지만, 그냥 평대원입니다."

최득영은 부리나케 발뺌했다.

"김일성이라고 부르는 애는 누구냐?"

유봉화와 최득영은 김성주를 가리켰다. 이렇게 되어 최득영이 제일 먼저 풀려났고, 유봉화도 이종락과 장기명을 잡는 데 협조하겠다고 경찰에 서약하고 나흘 만에 풀려났다. 김성주는 10여 일째 이통현경찰서 유치장에 갇혀 버렸다. 한편 경찰은 이종락을 잡으려고 장춘을 며칠째 들락거렸으나 기생이 술집에서 떠나버렸기 때문에 단서가 끊기고 말았다.

이런 상황에서 오도 가도 못하게 된 김성주 앞에 이광이 불쑥 나타났다.

"이 애는 내 동생인데, 별명이 '찐이싱(金一星)'이 아니고 '찐이청(金一成)'입니다. 세금 거두며 다녔던 '찐이싱'은 다른 사람입니다. 따로 있습니다."

김성주가 경찰에게 잡혀 있는 걸 알게 된 이광은 그길로 이통현으로 달려와 고향에서부터 알고 지냈던 경찰을 찾아가 김성주를 변호했다. 마침 운 좋게도 이 경찰이 김성주의 안건을 취급하던 중이라 선선히 그의 말을 들어주었다.

"아, 이 향장이 그렇게 보증선다면 됐소. 그럼 그 '찐이싱'이 누군지나 대오. 서류를 작성하는 대로 놓아주겠소."

이광이 이 향장으로 불린 것은 이때 왕청현 하마탕향 향장이었기 때문이다. 원래 향장 호택민이 영안으로 전근하면서 향장 자리에 이광을 앉힌 것이다. 이광은 호택민 곁에서 줄곧 비서로 일하다가 얼마 전에 향장이 되었다. 그런데다가 김성주를 취조했던 경찰 부모가 왕청현 하마탕향에서 살고 있었다. 덕분에 김성주는 가까스로 풀려나올 수 있었다. 이광은 김성주를 구하려고 자기 멋대로 별 성(星) 자를 사용하는 '김일성'을 꾸며댔다.

"나도 고유수에 와서야 여기저기 돌아다니면서 좀 알아보았는데, 별 성 자를 사용하는 그 김일성은 본명이 김광렬이라는 사람이오. 황포군관학교까지 나온 분이라고 합디다. 내 동생 성주는 이제 열여덟밖에 안 된 애인데, 어떻게 '김일성'일 수 있습니까. 그 밑에서 보통 대원으로 있으면서 그 사람 별명을 본떠 김일성이라고 별명을 만들었으나 별 성(星) 자가 아니고 이룰 성(成) 자를 쓰고 있소. 우리 조선말로는 발음이 같으나 중국말로는 완전히 다른 이름이 아니고 뭡니까."

경찰들은 반신반의했다. 그러자 이광은 품에 지녔던 돈 10원까지 경찰 호주머니 속에 찔러 넣었다. 가까스로 풀려나온 김성주는 이광의 손을 잡고 안도의 숨을 내쉬었다.

"형님이 아니었다면 내가 이번에 진짜로 큰일 날 뻔했소."

이광도 너무 기쁜 나머지 김성주를 덥석 안았다가 내려놓으며 농담까지 건넸다.

"자, 이제부터는 너를 성주라고 불러야 하나 아니면 김일성이라고 불러야 하나?"

"아닙니다. 형님은 그냥 저를 성주라고 불러주십시오."

이광은 머리를 좌우로 도리질했다. 그리고 진심으로 말했다.

"너도 알지? 내 이름이 원래 이명춘에서 이광으로 바뀐 걸. 네 삼촌이 그러더라. 네가 세금 걷으러 다닐 때 '김일성'이라는 별명을 지어서 썼다고. 난 이 별명이 무척 마음에 드는구나. 일성이란 하나의 별이라는 뜻이 아니고 무엇이냐."

김성주는 이광이 '김일성'이라는 별명을 진심으로 반기는 것을 보고 그제야 소곤거리며 귓속말을 했다.

"형님만 알고 있으십시오. 저는 한별 선생님의 별명을 본떠서 중국말로 '일성'이라고 지은 것입니다. 그런데 이제는 형님 때문에 '일성(一星)'이 또 일성(一成)으로 바뀔지도 모르겠습니다."

이광이 임기응변으로 이통현 경찰들에게 아무렇게나 둘러댔던 '김일성'의 '성' 자가 별 성(星)에서 이룰 성(成)으로 바뀐 것은 1931년 3월 26일 〈동아일보〉에도 그대로 실려 있다.

"이종락 부하(李鐘洛 部下) 3명(三名) 피착(被捉), 이통현 공안국에 잡히어서 길림성 정부로 호송"이라는 제목의 기사로 그 내용은 다음과 같다.

'장춘전보, 조선혁명군 이(리)종락의 부하 김일성, 최득영, 유(류)봉화 등 3명은 수일 전 길림성 이통현 중국 공안국의 손에 체포되어 엄중한 취조를 받은 후 길림성 정부로 호송되었다.'[55]

이종락, 김일성, 최득영, 유봉화 등을 체포했다는 〈장춘전보〉 기사 사진.

---

55 〈동아일보〉, 1931년 3월 26일.

하지만 이 세 사람은 어디에도 이송되지 않고 모두 풀려났다. 후에 유봉화는 중국 경찰이 이종락을 체포하는 데 협조하다가 혁명군 대원들에게 맞아죽었고, 최득영은 혁명군이 해산될 때 최창걸을 따라갔다가 최창걸과 함께 실종되었는데, 둘의 소식을 아는 사람은 없었다.

만약 이광이 부리나케 달려와서 손쓰지 않았더라면, 김성주는 기사 내용처럼 정말 길림성 정부로 이송되었을지 모른다. 당시 길림성 정부는 오늘의 장춘시가 아니라 길림시에 있었다. 5·30폭동과 8·1길돈폭동 바로 직후여서 길림성 정부는 '방공사무처'와 '길림성토벌사령부'까지 신설하고 '전체 길림성 경내 관민들이 일치 합심하여 공산비적을 방지·토벌하는 데 관한 장례 및 징벌규정'을 발표하여 조금이라도 공산당과 연루되면 모조리 잡아들여 엄중하게 다루고 있었다.

이런 사정이었으니 길림에서 8개월 동안 유치장에 있었던 전과자 김성주를 중국 사법기관이 모를 리 없었다. 더구나 11월에는 간도의 유명한 혁명가이자 김성주가 그렇게나 존경했던 한별까지도 일본 간도총영사관에서 파견한 경찰들에게 끝내 체포되는 비운을 맞았다.

5·30폭동 때 용정경찰서에 잡혀온 농민들을 심사도 하지 않고 제멋대로 놓아주다가 일본인 경찰서장에게 얻어맞고 앞니 두 대가 부러졌다는 조선인 경찰간부 유재후(劉在厚)는 1945년 광복 후 당지 정부로부터 역사반혁명분자로 판결받았으나 농민들을 도와주었던 이력 때문에 감금까지는 당하지 않았다. 유재후는 여동생 유신순(劉信順)의 부탁으로 항일연군에 아편을 날라주다가 붙잡혀 연길감옥에서 징역 7년형을 살고 나왔다.

"나를 찾아왔던 그 사람이 우리 조선말로는 한별이라고 불렀으나, 자기 친구들을 유치장에서 꺼내주는 조건으로 돈 30원과 함께 일본사과 두 상자를 주겠다는 쪽지를 써주면서 자기 이름을 '김일성'이라고 적었다. 내가 알고 있는 김일성은 바로 그 사람이다. 그가 진짜 김일성이다. 내가 직접 여러 번 만났고, 한 번은 내가 없을 때 우리 집에 경찰서 동료들이 약속도 하지 않고 불쑥 찾아오는 바람에 내 아내가 놀라서 그 사람을 소 외양간에 데리고 들어가 짚더미 속에 숨겨주기까지 했다."

이것은 유재후의 장남 유명길(劉明吉, 용정양식국龍井糧食局에서 퇴직)이 직접 필자에게 제공한 유재후 본인의 회고자료 내용이다. 역사반혁명분자로 판결받은 것 때문에 자식들이 얼굴을 들고 살 수 없게 되자 "나도 항일연군을 도와주었다(我也幫過抗聯)"는 제목의 상소편지를 정부에 제출한 것이다. 이 상소편지에 따르면, 한별은 체포되자마자 바로 서대문형무소로 압송되었다가 이듬해 결국 옥사하고 말았다. 이 거물급 공산당원의 별명을 그대로 썼던 김성주가 이때 쉽게 풀려나오지 못하고 길림성 정부로 압송되었다면 그의 인생은 분명히 달라질 수밖에 없었을 것이다.

"성주야, 너를 만나려고 작년에는 길림에 갔다가 허탕치고, 올해는 네 어머니와 삼촌이 안도로 이사 나왔다는 소리를 듣고 행여나 너와 만날 수 있지 않을까 해서 안도에도 갔다가 또 허탕쳤지 뭐냐. 여기로 올 때도 소사하 흥륭촌까지 갔다가 거기서 네가 고유수로 온 것을 알고는 이번에는 반드시 만나려 이를 악물고 쫓아온 거다. 너는 왜 이렇게도 일이 많으냐? 게다가 가는 곳마다 아슬아슬한 얼음장 위 아니냐? 봐라, 이번에도 내가 안 왔더라면 진짜 큰일날 뻔했잖으냐. 알아보니 너희네 저 혁명군 대원들이 저만 살겠다고 너를 불어버린 모양이더구나. 이게 무슨 놈의 혁명군이란 말이냐? 네가 도대체 무엇을 바라고 이런 군대에 붙어 있는지 모르겠구나."

이광은 사정없이 김성주를 나무랐으나 김성주는 자기 생각이 따로 있었다.

"혁명군을 이대로 놔둘 수는 없잖아요. 여기 있는 내 동무들은 모두 총 한 자루씩 가지고 있습니다. 그들의 부모는 대부분 노동자와 농민입니다. 난 그들을 데리고 우리 공산당의 영도를 받는 노농유격대를 만들고 싶습니다. 돈화에서 올 때 김명균 선생님도 이미 대답했습니다. 내가 이들을 모두 데리고 오면 만주성위원회와 동만특위에 회보하고 우리를 전문 적색유격대로 따로 조직해준다고 했습니다."

이광은 김성주와 만나러 올 때 호택민에게 들은 이야기를 했다.

"자세히는 모르지만, 나는 직접 중국인 당원들에게 들었다. 조선인 공산당원들이 중심이 되어 발기한 5·30폭동과 8·1길돈폭동도 모두 잘못된 투쟁이었다고 비판받고 있다는구나. 심지어 박윤서 동지는 출당까지 당했다. 우리 만주 형세와 전혀 어울리지 않게 관내(중국 산해관 이남 지역) 중앙 근거지의 경험을 그대로 받아들였기 때문이다. 여기 만주의 실제 정황을 염두에 두지 않은 잘못된 투쟁이라는 것이다. 생각해봐라. 이번에 얼마나 많은 당원과 당 조직이 파괴되었니. 너 하나가 지금 고유수에서 헤매는 것은 아무것도 아니야. 당원들 모두 산산이 흩어졌고 조직들도 다 파괴되고 와해 직전까지 갔단다."

이광의 말을 듣고 있던 김성주는 갑자기 반발심이 일어났다.

"아니, 형님, 그래도 이번 폭동으로 우리 조선인 백성들의 반일반봉건투쟁 정신은 충분히 세상에 과시하지 않았습니까. 그리고 중국공산당에게 우리 조선인 당원들의 반제반봉건투쟁의 철저성도 확실하게 보여주지 않았습니까. 제가 보기에는 성과도 결코 적지 않았다고 봅니다."

"그래, 그것은 맞는 말이야. 나도 동의한다."

이광은 비로소 자기가 김성주를 찾아온 이유를 이야기했다.

"네가 벌써부터 여기 혁명군을 우리 당의 직접적인 영도를 받는 노농유격대로 만들려고 했다니 얼마나 기쁜지 모르겠구나. 그러잖아도 진한장에게 네 소식을 듣고 왕윤성 동지와 호택민 동지가 직접 책임지고 너의 정황을 동만특위에 보고한다고 했다. 너는 이미 예비당원이고 동만특위에도 너를 아는 사람들이 적지 않다고 하더라. 반동군벌이 공산당이라면 눈에 쌍심지를 켜고 달려드는 때다. 만약 길림성 정부 소재지에서 가까운 고유수나 오가자에서 활동하기 어렵다면 유격대를 동만주 쪽으로 데리고 나오는 것도 한번 연구해볼 만하다고 했다. 지금 안도에도 우리 당 조직이 들어가 있는데, 네가 동만주 쪽으로 나오면 안도의 당 조직에서도 직접 너와 연락을 취하게 될 것이다."

김성주에게는 오랜만에 듣는 반가운 소식이었다. 그동안 박윤서가 출당당하고, 마천목, 한별 같은 사람들까지도 모두 체포되었다는 소식은 그야말로 충격적이었고 비참한 일이었다. 하지만 당 조직이 자기를 기억하고 또 예비당원으로 인정한다는 사실에 한껏 고무되었다. 그는 얼마나 기뻤던지 그제야 비로소 이광에게 그의 아내 공숙자 소식도 물었다.

"우리 형수님은 잘 있습니까?"

김성주가 아주 잘 아는 사이인 듯, 형수님이라고까지 제법 깍듯하게 불렀던 이광의 아내 공숙자는 길림 시내 안 우마항거리에서 객줏집을 하는 객줏집 주인의 딸이었다. 그곳에서 이광은 송무선의 소개로 김성주를 만났고, 공숙자와 눈이 맞아 결혼까지 하게 된 것이다. 당시 이광은 결혼 1년 만에 첫 번째 아내를 잃고 3년 상까지 치러가면서 홀아비로 지내던 중에 공숙자와 만났는데, 공숙자의 부모가 이 혼사를 반대했다. 그때 열일곱 살밖에 되지 않았던 김성주가 선뜻 나서서 공숙자의 아버지를 찾아가 설득한 것이었다.

"용정에 가면 명춘(이광의 본명) 형님을 모르는 사람들이 없다고 합니다. 공부도 많이 하고 더구나 사범학교까지 졸업하고 지금은 연길현 제2소학교 교사인

데, 언젠가는 교장까지 될 것이라고 합니다. 이렇게 훌륭하고 멋진 사윗감을 놓치면 아깝지 않습니까!"

김성주가 귀여운 덧니를 드러내고 웃으면서 공숙자의 아버지를 설득하는데, "난 자네가 좀 나이 들었으면 사위로 삼고 싶네." 하고 공숙자의 어머니가 거꾸로 김성주를 욕심내 모두 웃었다는 소문이 꽤 유명하다.

1933년 이광이 동녕현 노흑산 일대에서 활동하다가 그곳의 마적 '동산호(同山好)'에게 살해당했을 때, 김성주는 직접 달려가 이광의 아내 공숙자와 아들 이보천을 만나기도 했다. 따져보면 김성주는 이광과 공숙자의 중매자였던 것이다. 이처럼 두 사람 사이에 각별한 인연이 있었기에 김성주는 회고록에서 이광에 대해 많은 지면을 들여 회고한다. 하지만 그가 이통현에서 경찰에 잡혔을 때 이광 덕분에 풀려나왔던 일만은 일절 꺼내지 않고 있다.

김성주의 친구들 가운데 맨 처음 영화로 만들어져 소개된 사람도 이광이었다. 1977년에 삼촌 김형권을 원형으로 만든 영화 〈누리에 붙는 불〉에 이어 1979년에 바로 이광을 원형으로 〈첫 무장대오에서 있은 이야기〉가 북한에서 나왔다. 최현이 원형 인물인 〈혁명가〉와 김책이 원형 인물인 〈초행길〉 〈전선길〉, 그리고 안길이 원형 인물인 〈성새〉도 모두 그 후에 나왔다. 현재 이광의 손자인 이보천의 아들이 살아남아 북한에서 이광의 대를 잇고 있다고 한다.

5. 이종락의 체포

이종락과 장기명이 장춘에 가 있는 동안 조선혁명군 길강지휘부는 고문 김영순과 군사부장 김광렬이 지키고 있었다. 이종락은 돈이 떨어져 경리부장 이운파(李雲波)에게 돈을 보내라는 쪽지를 보냈으나 군자금 징수가 잘 되지 않았다며 거절당했다. 그는 군자금을 장춘에서 모금할 것이니 특무대원 2명을 보내라고 명령하는 말투의 쪽지를 다시 보냈다. 한편 이운파는 1919년 3·1운동 때부터 따라다녔으며 혁명군 내에서 유일하게 속마음도 서로 주고받는 사이인 김영순을 만나 이종락의 쪽지에 대해 의논했다.

"유봉화와 최득영이 똑같이 말했어요. 장기명이 장춘 관성자에 있는 요릿집 대정관(大正館)의 기생년과 눈이 맞아 죽자 살자 하고 있답니다. 다는 믿을 수 없겠지만, 돈이 아마도 그쪽으로 많이 흘러들어간 것 같습니다. 어떻게 할까요?"

"그래도 명색이 우리 혁명군 사령장인데, 우리가 부하로서 너무 각박하게 구는 건 도리가 아닐 성싶네."

김영순은 돈이 있으면 다만 얼마라도 보내주고 싶은 마음이었다.

"그런데 처음 쪽지를 보냈을 때 돈이 없다고 했더니, 이번에는 돈 소리는 전혀 하지 않고 특무대원 두 명을 보내랍니다. 이건 또 무엇 때문일까요?"

"군자금을 장춘에서 징수하겠다는 소리잖아. 강도 노릇을 하려는 것일지도 모르네. 누구를 보냈으면 좋겠나?"

별명이 타케다 요시오(武田義雄)로 일본 헌병대 밀정 출신이었던 김영순은 눈빛만 보고도 상대방의 마음까지 다 읽어낸다는 귀신같은 사람이었다. 조선혁명군이 아직 국민부에서 갈라져 나오기 이전, 독립군 제9중대장 안붕(安朋)의 부관이었던 이종락과 처음 만나 그가 국민부에서 나오도록 꾀어낸 사람이 바로 김영순이었다. 이때 김영순은 이미 청년 20여 명을 모아놓고 동아혁명군(東亞革命軍)이라는 이름뿐인 군대를 만들었는데, 이종락이 국민부에서 탈출하기 바쁘게 그를 불러들여 사령장으로 추대했다. 그리고 얼마 지나지 않아 이종락이 데리고 온 대원들까지 합쳐 조선혁명군이라는 원래의 국민부 혁명군 이름을 그대로 사용하게 하는 등 이종락의 제갈량 역할을 했다. 때문에 이종락도 다른 사람 말은 안 들어도 김영순의 말이라면 듣지 않는 것이 없었다.

"이번에 이통현 중국 공안국에 잡혔다가 제일 늦게 나온 김성주가 나이는 어려도 사상이 좋고 무슨 일을 맡겨도 진국으로 해치우는 애니, 그를 보내면 어떨까요?"

이운파의 대답에 김영순은 머리를 가로저었다.

"아니야. 특무대는 군사부장 소관이니 그에게 맡기는 게 좋겠네. 내가 알기로 김성주가 김일성이라는 별명으로 세금을 징수하러 다닐 때는 군자금도 적잖게 들어왔다고 하던데, 이 애가 몇 달 동안 사라져 있는 동안에는 돈이 모아지지 않아서 군사부장이 몹시 속이 탔다고 하더군. 이 일은 경리부장인 자네가 더 잘 알 것 아닌가?"

"네. 사실입니다."

김영순은 이종락이 보낸 쪽지를 가지고 군사부장인 김광렬에게 갔다. 누구를 보낼지 한참 의논하고 있을 때, 사령부 부관 최창걸이 몰래 김성주에게 달려가 이 소식을 알려주었다. 그러자 김성주가 자신이 가겠다고 나섰다.

"난 세금 걷으러 다니는 일이 이제는 정말 질리도록 싫으니, 장춘에 가는 특무대에 나를 넣어주라고 형님이 좀 김광렬 선생님한테 말씀해주십시오."

"내가 나설 것 없이 그냥 나를 따라 같이 가자. 네가 직접 말해보려무나."

김성주의 청에 최창걸은 그를 김광렬한테 데리고 갔다.

김영순은 김성주를 다시 장춘에 보내려고 했지만 김광렬이 반대했다.

"네 삼촌이 풍산에서 군자금을 징수하다가 붙잡혀 지금 경성형무소에 갇혀 있는데, 너를 또 그렇게 위험한 곳에 보낼 수는 없다."

"아닙니다, 선생님. 제가 장춘에는 여러 번 갔다 온 적이 있고 또 장춘 거리도 누구보다 환하게 압니다. 중국말도 잘하니 제가 제일 적임자 아닙니까."

김성주가 이렇게 주장하고 나섰지만 결국 장춘으로 파견될 특무대원은 김성주의 친구 백신한(白信漢)과 김리갑(金利甲)이 선정되었다. 그런데 그들이 떠나는 날 갑자기 김광렬이 김성주를 불러 이렇게 부탁했다.

"이번에는 나도 장춘에 한번 가보련다. 사령장이 도대체 장춘에서 뭘 하고 있는지 내 눈으로 확인해 봐야겠어. 나 없는 동안, 너한테 각별히 주의를 줄 일이 하나 있다."

김광렬의 말에 김성주는 깜짝 놀랐다.

"아니, 선생님까지 장춘에 들어가시면 여기는 어떻게 합니까?"

"내 그래서 특별히 너한테 부탁하는 거야."

"고문님도 계시고 부사령장님도 모두 계시는데, 저같이 어린 참사(하사관)한테 무슨 일을 시키려고 그러십니까?"

김광렬은 하이칼라 머리를 쓸어 올리며 호탕하게 웃었다.

"허허, 장차 조선의 큰 별이 되고자 하는 '김일성'이 왜 이렇게 약한 소리를 하느냐?"

김성주는 얼굴이 벌게졌다.

"선생님, 창피하게서리 왜 그러십니까?"

"아니야, 네 덕분에 중국 사람들이 나한테도 당신이 혹시 '찐이싱'이 아닌가 묻더라. 그래서 난 별 '성' 자를 쓰는 김일성은 따로 있다고 했지, 나는 이룰 '성' 자를 사용하는 '찐이청'이라고 대답해주었단다. 다 네 덕분이니 고맙다."

"저한테 시키실 일이 무엇입니까?"

"딱히 시킬 일이라기보다는 국민부 쪽에 박아둔 우리 사람한테서 소식이 왔다. 양세봉이 직접 군대를 거느리고 우리 길강지휘부를 습격할지도 모른다고 한다. 네가 오가자 쪽으로 갈 때는 각별히 조심하거라. 거기서 국민부에 협력하는 사람을 발견하면 즉시 고문님께 알려서 긴급하게 조치해야 한다."

"선생님, 그러면 특무대를 저희 세금 징수하러 가는 동무들한테 붙여주십시오."

"하지만 총 멘 특무대가 너희 뒤에 따라다니면 보기에도 좋지 않다. 또 사람들이 더욱 싫어할 것이 아니겠느냐."

김성주는 이때다 싶어 미리 생각해두었던 제안을 했다.

"그럼 선생님 돌아오실 때까지 저희들한테 총을 빌려주시면 안 됩니까? 제가 책임지고 총 한 자루라도 잃어버리거나 사고 내는 일이 없게 하겠습니다."

"그러는 것도 좋겠구나."

김광렬은 특무대의 총 20여 자루를 김성주에게 빌려주었다. 김성주에게는 자기 옆구리에서 권총 한 자루를 꺼내어 넘겨주며 다시 한번 의미심장하게 말했다.

"성주야, 지금은 한 자루의 총이 한 사람의 생명보다도 더 귀한 때란다."

"선생님 뜻을 알겠습니다."

김광렬에게 총 20여 자루를 받아낸 김성주는 너무 가슴이 설레어 온 얼굴에 기쁨을 감추지 못했다.

"총을 주니 이렇게 기뻐하는구나. 총이 그렇게도 좋으냐?"

"생명보다도 더 귀한 것이라고 하지 않았습니까."

김성주는 김광렬한테 권총까지 한 자루 얻게 될 줄은 몰랐다. 물론 김광렬이 돌아오면 다시 돌려줘야 하지만, 김성주는 처음부터 총을 되돌려주려는 생각을 해본 적이 없었다. 어쨌든 이때 헤어진 김광렬과 김성주는 두 번 다시 만나지 못한다.

1931년 2월 3일 자 〈동아일보〉 2면에는 장춘에서 이종락과 함께 붙잡힌 김광렬 사진이 실렸다. 손에 수갑을 찬 사진이다. 그와 이종락, 장기명, 박운석(朴雲碩) 네 사람이 장춘에서 회덕현(懷德縣) 방면으로 나가 돈을 모으다가 돌아오는 길에 남만선(南滿線) 범가툰(范家屯)이라는 자그마한 동네 기차역에서 뒤를 미행하던 장춘경찰서 경찰들에게 연행되어 장춘 일본영사관에 넘겨졌다는 내용도 실렸다. 그의 나이가 35세라고 쓰인 걸 보면 그는 1896년생이었던 듯싶다. 박운석은 27세이고 장기명은 25세, 조선혁명군 길강지휘부 사령장이었던 이종락은 겨우 24세로 제일 어렸다.

한편 백신한과 김리갑도 장춘에서 군자금을 모집하다가 일본 경찰들과 총격전을 벌였다. 장춘 관성자의 조선요릿집 대정관에서 발생한 이 총격전으로 백신한이 일본 경찰 한 명과 함께 피살되고 김리갑은 체포되었다.

어쨌거나 버젓이 독립운동을 위한 군자금을 징수한다고 내세웠지만, 누가 봐도 약탈 행위였다. 게다가 중국 경찰이 국민부의 조선혁명당과 이종락의 무리를 헷갈려 했기 때문에, 이러한 상황이 지속되면 국민부의 조선혁명당과 조선혁명군에까지 큰 해가 미칠 판이었다. 이렇게 되자 마음이 급한 건 국민부 쪽이었다.

"빨리 중국 정부에 알려 저자들을 소탕하지 않으면 이제부터는 중국 관리들까지도 우리 민족주의 계통의 독립운동 관계자들을 강도 취급하게 될 것입니다."

국민부 내에서 중국 관헌들과 가장 많이 접촉했던 고이허는 매일 현익철의 결단을 재촉했다. 현익철은 사태가 심각한 것을 알고 긴급 대책 마련에 들어갔다.

이종락 무리들의 약탈 행각은 주로 길림시와 장춘현 주변에서 진행되다가 이때 점점 범위를 넓혀 흑룡강성의 하얼빈까지도 뻗어갔다. 김성주와 함께 다니던 현대홍이 이번에는 부하 네댓과 함께 하얼빈 시내의 복덕루(福德樓)라는 요릿집을 습격했다. 현대홍은 그 자리에서 사살당했다.

6. 조선혁명군에서 탈출

1931년 7월, 조선혁명당 중앙집행위원장 겸 조선혁명군 총사령에 추대된 현익철은 이번에는 고이허 등을 데리고 직접 동북의 행정수뇌부가 있는 요령성 심양(瀋陽, 1929년부터 봉천이 심양으로 개칭되었다)시로 가서 지방정권 실세들과 만났다. 그는 재만 조선인 공산주의자와 자신은 서로 다른 조직이며, 그들을 소탕하는 데 국민부도 함께한다는 성명을 발표했다.

이때 국민부는 "동성 한교 정세일반(東省韓僑情勢一般)"과 "한중민족 합작의견서(中韓民族合作意見書)"를 만들어 중국 정부에 제출했고 한중 연합투쟁을 제의했다. 그러잖아도 중국 정부는 갈수록 기세가 높아지던 중국 내 공산주의 운동과 공산주의자들의 활동을 억제할 방법이 없어 노심초사했는데, 이보다 더 기쁠 일이 없었다.

"그렇다면 당신네 조선인들이 많이 모여 사는 이통현 지방 소탕은 국민부에서 책임지고 진행하여 주십시오. 필요하다면 우리는 경찰을 파견해 협조하고 조선인 구역에 직접 군대를 파견하는 일은 삼가겠습니다."

중국 정부에 이런 약속을 받아낸 현익철은 심양에서 돌아오기 바쁘게 바로 고유수를 토벌하려고 군사회의를 소집했다. 하지만 양세봉이 극구 반대하는 바람에 곧바로 행동에 들어갈 수가 없었다. 적극적으로 소탕을 주장했던 고이허까지 정작 군대를 동원하여 고유수를 토벌하는 데에는 반대 의견을 냈다.

"자칫하다가는 조선 군대끼리 싸우는 꼴로 보일 수 있습니다. 그러면 세상 망신을 당하게 됩니다. 오히려 우리 국민부 쪽이 더 불리한 여론에 휩싸일 수 있습니다."

"아니, 이 사람 용성이(崔容成, 고이허의 본명), 그러면 도대체 어떻게 하자는 것인가?"

현익철은 기가 막혀 말이 나오지 않을 지경이었다.

"우리가 얼마나 어렵게 중국 관헌의 양해를 구해놓은 마당인데, 갑자기 이래도 안 되오, 저래도 안 되오 하면 다른 무슨 좋은 방법이라도 있는가?"

"이종락과 김광렬이 잡혀서 저자들은 오래가지 못할 것 같습니다. 가만 내버려둬도 저절로 와해될 것입니다."

내내 침묵만 지키고 말이 없던 양세봉이 이렇게 말하자 현익철은 화를 냈다.

"아니, 가만 내버려두자고 우리가 심양에까지 갔다 왔단 말이오?"

이렇게 고유수를 소탕하느냐 마느냐는 의견이 갈라지게 되자, 이 회의에 참석했던 이효원, 김관웅, 장세용, 이규성 등은 좀 더 기다려보자는 양세봉의 견해를 지지했다. 고이허가 다시 현익철을 설득했다.

"일단 사람을 보내 그들이 다시 우리 조선혁명당으로 돌아오게끔 설득부터 해봅시다."

"용성이는 거 말도 되지 않는 소리만 하는구먼. 설사 돌아온다 해도 강도 노릇에 맛을 들인 저 자들이 그 버릇을 고치겠소?"

"돌아만 온다면야, 우리 혁명군의 법과 군율로 단단히 다스리면 될 것입니다."

양세봉이 이렇게 나오니 현익철도 부득이 한발 물러섰다.

"그렇다면 좋소. 좀 더 기다려봅시다. 그러나 일단 특무대를 파견하시오. 세금 징수하러 다니면서 농민들 못살게 하는 건 빨리 막아야 하오."

이는 양세봉도 동의했다. 현익철은 양세봉에게 따로 부탁했다.

"소문을 들어서 알겠지만, 형직의 아들이 지금 이름을 김일성으로 고치고 고유수와 오가자에서 그 짓거리를 하고 다닌다고 하오. 그 지방 농민들은 그 애만

온다고 하면 귀찮고 싫어서 치를 떨 지경이라고 하오. 우리가 저세상 사람이 된 친구를 봐서라도 한 번만 더 기회를 줍시다. 가능하면 그 애만은 다치지 않게 내 앞에 데려와 주기 바라오. 내가 더 설득해보겠소. 그래도 말을 듣지 않으면 인정 사정 볼 것 없겠지만, 지금은 형직 생각을 하면 참 마음이 아프오."

"저도 그 애를 잘 이끌어주지 못해 항상 미안한 마음입니다."

"잘 키웠더라면 우리 조선혁명당의 큰 후계자가 될 수 있었을 애인데, 아쉽게도 이종락 같은 공산 건달한테 빼앗겼소. 반드시 되찾아와야 하오."

하지만 양세봉의 파견을 받고 이때 고유수에 갔던 3중대(중대장 심용준) 산하 1소대 소대장 고동뢰(高東雷)는 허탕만 치고 돌아왔다. 김광렬이 장춘으로 갔다가 이종락과 함께 체포되었다는 소문이 고유수에 전달되자, 김성주에게 총을 빌려줬던 특무대 대원들이 찾아와 총을 돌려달라고 했지만, 김성주는 김광렬한테 받은 권총을 꺼내어 흔들어 보이면서 총을 찾으러 온 특무대원들을 달래서 보내고 바로 그날 밤 차광수에게 가버린 것이다.

"저희들도 혁명군을 위해 세금을 징수하러 다닙니다. 이 권총도 바로 김광렬 선생님께서 직접 나한테 맡기셨습니다. 제가 함부로 혁명군의 총을 가지고 돌려드리지 않을까 봐 걱정하십니까? 내일 김영순 고문님을 만나 뵙고 특무대에서 빌린 총들을 한 번에 반납하겠습니다. 탄알도 한 알 낭비한 것이 없이 모조리 그대로 있습니다."

이렇게 특무대원들에게 말하니 그들이 넘어갈 수밖에 없었다. 김성주가 고유수를 떠나자 김근혁이 연락을 받고 '길흑농민동맹(吉黑農民同盟, 길림성 및 흑룡강성 농민동맹)' 간부 몇을 데리고 마차까지 두 대 마련해 와서 차광수와 함께 기다리고 있었다.

"형님들, 마차는 준비해뒀습니까? 오늘 밤 안에 떠나야 합니다."

"최창걸은 왜 같이 오지 않았나?"

차광수는 최창걸의 얼굴이 보이지 않는 것이 이상하여 물었다.

"창걸 형님 이야기는 나중에 합시다. 그한테는 오늘 밤 일을 알려주지 않았습니다."

김성주가 이렇게 대답하니 차광수도 김근혁도 모두 짐작이 갔다. 최창걸은 차광수나 김근혁과 친했고, 또 특별히 김성주를 친형제같이 좋아했지만 이종락에게만큼은 절대적으로 충성했다. 그를 이종락에게서 떼어 내려고 차광수가 갖은 노력을 했지만 허사로 돌아갔다. 이광과 만난 뒤 김성주는 최창걸과 깊은 대화를 나눈 적이 있었다.

"창걸 형님, 언젠가는 광수 형님과 함께 고유수를 떠나 무송이나 안도 쪽으로 가서 진짜로 일본놈들과 싸우는 새로운 군대를 만들려고 합니다. 창걸 형님은 어떻게 하실 생각입니까? 저희와 함께 하겠습니까?"

최창걸은 심각한 표정으로 김성주에게 자기 의견을 내놓았다.

"성주야. 난 조선혁명군이 아니면 아니야. 사령장도 너를 얼마나 끔찍이 생각하는지 너도 잘 알잖느냐. 우리가 끝까지 이 혁명군에 남아서 군대를 새롭게 개조해도 좋고, 또 더 크게 발전시켜 진짜로 일본 놈들과 싸우는 군대로 만들면 될 것이 아니냐."

이것이 최창걸의 대답이었다. 결국 김성주가 먼저 단념하고 말았다. 그 후 김성주는 차광수와 김근혁의 도움으로 특무대에서 빌렸던 총 20여 자루를 빼냈다. 고마운 것은 최창걸이 이 일을 눈치챘으면서도 나서서 가로막지는 않았다는 점이다. 이 총은 나중에 안도에서 유격대를 만들 때 김성주의 대원들이 어깨에 메고 다녔던 첫 무장이었다.

한편 김광렬은 이종락과 함께 변절하고 말았는데, 감옥에서 나온 뒤 울화병이 터져 죽어버렸다. 자책감 때문이었을 것으로 짐작하는 사람들이 있다. 그래서 이종락이나 박차석처럼 김성주와 다시 만날 기회가 없었다. 아마 그런 이유 때문인지 모르나 김성주는 회고록에서 김광렬에 대해 단 한 마디 언급도 없다. 만약 언급했다면 어떻게 말했을까. 오로지 고맙고 미안한 마음만 가득했을 것이다. 그러나 김광렬 본인까지도 감옥에서 일제의 회유에 배겨나지 못하고 절개를 굽힌 마당에 이 20여 자루의 총을 멘 유격대원들이 끝까지 일제와 싸운 것을 생각하면 고마워해야 할 사람은 오히려 김광렬이었을 것이다.

이때 조선혁명군 사령부에서 호위병으로 지내며 현익철의 심부름을 다닌 적 있는 김영철의 또 다른 이름은 김청회였다. 그는 1945년 광복 이후 남한이나 또는 북한으로 가지 않고 1983년까지 계속 중국의 요령성 신빈현에서 살았다. 그는 김성주와 양세봉 사이에 있었던 세상에 공개되지 않은 이야기 하나를 들려주었다.

"고동뢰 소대장이 고유수에 갔다가 허탕치고 돌아와 김일성(김성주)이 총을 훔쳐 안도 아니면 무송으로 달아났을 것으로 보고했다. 그때 혁명당에서는 양세봉이 자기 친구 아들인 김일성을 해치고 싶지 않아 몰래 사람을 보냈다는 소문이 나돌았다. 혁명군 한 소대가 김일성을 잡으러 가니 빨리 몸을 피하라고 했다는 것이다. 그리고 그 일을 한 사람이 바로 나라고 했다. 그런데 나는 고유수에 갔다 온 적이 없었다. 현묵관 위원장도 나를 믿어주었다. 나는 현묵관 위원장에게 직접 임무를 받고 김일성이 가 있을 것으로 보이는 무송에 갔다 왔는데, 돌아와서 확실히 김일성이 무송에 있는 듯하다고 보고했다. 후에 알려진 바에 의하면, 중대장 심용준이 김일성 아버지 김형직과는 원래부터 친구 간이었다고 했다. 그리고 양세봉도 김형직과는 역시 친한 사이었던

지라, 어쩌면 이 두 사람은 몰래 짜고 김일성이 도망가게 만들었을지도 모른다고 했다.["][56]

다시 무송에 파견된 고동뢰 소대는 무송의 한 조선인 객줏집에서 점심밥을 먹다가 김성주의 친구 장울화가 데리고 나타난 중국 경찰들에게 모조리 붙잡히고 말았다. 고동뢰는 서툰 중국말로 자기들이야말로 중국 정부와 합작하는 조선혁명당에서 보낸 군대들이라고 해명했지만, 중국 경찰은 고동뢰의 말을 믿지 않았다.

장울화는 김성주의 부탁대로 중국 경찰들에게 고동뢰가 데리고 온 사람들이야말로 공산당이 사주하는 조선혁명군이라고 덮어씌웠다. 그래서 중국 경찰들은 고동뢰에게 "만약 조선혁명당에서 사람을 보내와 당신들이야말로 진짜 조선혁명당 산하의 조선혁명군이라는 사실을 입증하면 바로 놓아드리겠소."라고 약속했다. 고동뢰가 여기저기 수소문하여 중국말에 능한 조선인 유지 한 사람을 겨우 구해서 중국 경찰들에게 사정하여 일단 유치장에서 풀려나왔다. 하지만 중국 경찰은 몰수한 그들의 총을 돌려주려 하지 않았다. 고동뢰는 다시 그 유지에게 부탁했다.

"그러면 총에서 탄약은 빼고 총만이라도 돌려주게끔 사정해 주십시오. 우리 혁명당은 직접 중국 정부와 공산당 소탕을 위해 서로 합작하기로 협정까지 체결한 사이입니다. 이번에 우리를 밀고한 자들이야말로 진짜 공산당인데, 자기들이 다급하여 거꾸로 우리를 공산당이라고 덮어씌운 것입니다."

조선인 유지는 다시 나서서 중국 경찰들에게 말했다.

---

56 취재, 김영철(金永喆) 조선인, 조선혁명군 생존자, 취재지 요령성 신빈현, 1982.

"저 사람들이 공산당이 아니라 진짜 조선혁명군인 것을 제가 제 가족 모두의 생명을 걸고 보증서겠습니다. 총을 돌려주기 걱정되면, 일단 탄약은 다 빼내도 된다고 합니다. 조선혁명당에서 금방 사람을 보내올 것이니, 그때 쌍방이 서로 난감하지 않게 총이라도 돌려주십시오."

중국 경찰들도 마지못해 승낙했다.

"좋소. 그럼 총도 돌려드리겠소. 그러나 혁명당에서 사람이 올 때까지 함부로 나돌아 다니지 말고 우리가 정해준 여관에서 조용하게 기다려 주었으면 하오."

고동뢰는 중국 경찰의 요구대로 소대원 9명과 함께 무송현 소남문 거리의 중국인 여관에 방을 빌렸다. 대원들은 분노를 참지 못하고 고동뢰에게 항의했다.

"이때까지 이런 수모를 받아본 적이 없습니다. 결코 이대로는 돌아갈 수 없습니다."

"어떻게 하자는 거냐?"

"빨갱이들과 결판을 보겠습니다."

"탄약이 없는 빈 총 껍데기로 어떻게 결판을 본단 말이냐?"

"성주 그 애도 그렇고 모두 어린아이입니다. 두 주먹으로라도 얼마든지 작살내 버릴 수 있습니다."

분위기가 이렇게 되자 마침내 고동뢰까지도 참지 못하고 벌떡 일어나고야 말았다. 그런데 그때 예상치 못한 사건이 발생했다. 김영철은 이 사건을 이렇게 회고한다.

"소대장 고동뢰가 앞장서서 여관에서 나오다가 어디선가 날아온 총알에 배를 맞고 아이고 하면서 비명을 질렀다. 그러더니 별일 없는 것처럼 다시 일어서서 한참 걸어가다가 땅에 쓰러져 다시는 일어나지 못하더라. 누가 총을 쏘았는지 흉수를 잡지는 못했지만, 모두 김일성(김성주)가 사람을 데리고 와서 습격했다고 말했다. 그러자 중국 경찰들이 달려와서 나머지 소대원들을 유치장에 다시 가두고, 고동뢰의 시신도 경찰서에 가져가버렸다. 며칠 후 혁명당에서 사람들이 왔는데, 군대만 백여 명이나 데리고 와서 김일성을 붙잡으려고 했다. 김일성은 사태가 심상찮은 것을 보고 감쪽같이 사라져 버렸다. 그때 이규성이 내가 소속된 경위대 대장이었는데, 그분은 내가 얼마 전에 무송에 갔다 온 적 있으니 같이 가자고 했고, 현묵관 위원장도 같이 갔다 오라고 허락해서 나도 따라갔던 것이다."[57]

---

57 취재, 김영철(金永喆) 조선인, 조선혁명군 생존자, 취재지 요령성 신빈현, 1982.

이 세상에 위대한 사람은 없다.

단지 평범한 사람들이 일어나 맞서는 위대한 도전이 있을 뿐이다.

- 윌리엄 프레더릭 홀시

2부

혁명

1932년 6월~1933년 3월 길림구국군 별동대(안도반일적위대) 시절
김일성의 남·북만 행군노선도

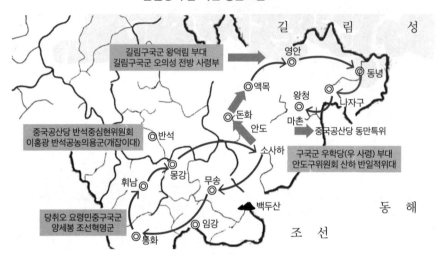

6장

소사하 기슭에서

"작년에 근혁이가 하얼빈으로 가면서 나한테 지금은 대원이 적지만
'누리에 붙는 불'을 생각하라고 하더라.
작은 불꽃도 큰 불길로 키워서 세상을 태우는 불길이 되라는 뜻이다."

1. 차광수와 세화군

김성주는 회고록에 이렇게 썼다.

"내가 돈화를 활동거점으로 삼고 안도 용정, 화룡, 유수하, 대전자, 명월구 등지와 연
계를 맺으면서 사업을 한창 전개해 나가고 있을 때 9·18사변이 터졌다. 나는 그때 돈
화 근처의 한 농촌마을에서 공청 열성자들과의 사업을 하고 있었다."

이는 거짓말이다. 1931년 여름, 이때까지도 중국공산당과 조직관계를 회복하
지 못한 김성주는 조선혁명군 소대장 고동뢰를 살해했다는 혐의를 받고 차광수
와도 갈라져 진한장 집에 숨어 있던 중이었다. 진한장이 하루는 조아범(曹亞範)

이라는 중국인 청년 하나를 데리고 김성주 앞에 불쑥 나타났다.

"혹시 채수항이라고 아십니까? 제가 그의 동지입니다. 그한테서 김성주라는 이름을 얼마나 많이 들었는지 모릅니다."

자신을 소개하며 김성주 손을 잡은 조아범은 연신 잡은 손을 흔들어댔다. 채수항의 이름을 듣는 순간 김성주도 너무 반가워 어쩔 줄을 몰랐다.

"아, 채수항이요? 그 형님은 내가 길림에서 중학교에 다닐 때 친했던 사이입니다."

"네, 채수항 동지가 학교에 다닐 때 당신과 만나 장차 나라를 찾는 큰일을 함께 하자고 약속했던 사이라고 합디다. 알고 지냅시다. 조아범은 제 본명이고 별명은 '청산준걸(靑山俊傑)'입니다."

"청산준걸이라, 별명이 정말 멋진데요."

"그래도 '김일성'만큼만 하겠습니까."

조아범은 벌써 '김일성'이라는 이름을 들어본 듯했다.

"그러잖아도 채 형을 만나고 싶고 소식도 궁금했는데, 이렇게 알게 되는군요. 빨리 채 형 소식부터 좀 알려주십시오."

마침 중국공산당과의 조직관계를 회복하기 위해 진한장에게도 부탁하고, 그 자신도 여러 경로를 통해 과거 친구들과 만나려고 알아보던 김성주는 조아범과 만난 것이 무척이나 반가웠다. 진한장이 계속 조아범 손을 잡고 흔드는 김성주를 나무랐다.

"아이고 급하기는, 천하의 김일성이 왜 어린아이처럼 이러나?"

진한장도 김성주를 '김일성'이라고 하자 조아범도 갑자기 생각난 듯이 말했다.

"참, 내가 사실은 채수항 동지뿐만 아니라, 왕청에서 이광 동지도 만났습니다. 그분들한테 성주 동무 이야길 많이 들었습니다. 김일성이란 별명이 참 멋집니다."

"아닙니다. 사실은 한별 동지 별명을 흉내내 제 별명으로 만든 것뿐입니다."

조아범은 진한장을 돌아보며 김성주에게 말했다.

"내가 한장 동무한테도 아직 알려주지 않았지요? 우리 동만주에 진짜 김일성 장군이 지금 와 있는 것을 아십니까? 아마도 조만간 만날 기회가 있을지도 모르겠습니다."

1911년생으로 어렸을 때 북경 향산자유원(香山慈幼院)에서 공부하며 공산주의 청년단에 가입한 조아범은 1927년 '4·12청당사건' 직후 당 조직에서 향산자유원의 진보적인 청년학생들을 동북으로 파견할 때 선발되어 오늘의 용정시 개산툰진 천평(開山屯鎮 泉坪)에 와서 소학교 교사로 취직했다. 당시 개산툰진은 화룡현에 속했고, 중공당 화룡현위원회 초대 당서기가 바로 채수항이었다.

조아범은 중국인이었지만 화룡현에서 교사로 일하는 동안 조선말을 배웠는데, 그가 조선말을 할 때면 아무도 그가 중국인이라는 생각을 하지 못할 정도였다. 1930년 5·30폭동을 겪으면서 중국공산당 내의 조선인 당원들과 깊은 우정을 쌓은 그를 조선인 당원들은 무척 칭찬했다. 특위 군위서기 양림(楊林)[58]이 유

---

58 양림(楊林, 1898-1936년) 독립운동가. 본명은 김훈(金勳)이며, 김춘식(金春植), 양주평(楊州平), 양녕(楊寧), 베스찌(피스더), 졸사책(卒士策), 라오주(老周) 등으로 불렸다. 북로군정서(北路軍政署) 장교이며, 중국공산당 당원이다. 평북 출신으로 평양에서 중학교 재학 중 3·1운동에 참여했다. 그해 가을, 길림성 통화현 합니하(吉林省 通化縣 哈泥河)에 있는 신흥무관학교에 입학해 1920년 5월 졸업했다. 그 후 북로군정서에 입대하여 사관연성소 구대장, 교성대 소대장이 되었다. 10월 청산리전투에 참전하여 한 중대를 지휘했다. 1921년 초 중국 곤명(昆明)에 도착하여 양주평이란 가명으로 운남육군강무당에 입학하고 1923년 말 졸업했다.
1924년 5월 황포군관학교가 설립되자 참여하여 훈련부 기술주임이 되었고, 1925년에는 국민혁명군 상위 계급과 함께 집훈처 상위교관이 되었다. 2월 초 황포군관학교 제1차 동정대(東征隊) 학생대대 제4대장으로서 반군벌투쟁에 참가했다. 5월 중국공산당에 입당했고, 11월 국민혁명군 제4군 독립단 제3영장이 되었다. 1927년 8월 모스크바로 유학하여 손중산대학에서 공부했다. 1930년 봄 상해로 가서 중국공산당 상해 임시중앙국 지시에 따라 만주성위원회에 파견되었다. 9월 동만특위를 결성하고 위원 겸 군사위원회 서기가 되었다. 10월 간도에서 반일농민운동을 준비했다. 1931년

격대 조직 일로 왕청과 화룡 지방을 뛰어다닐 때 조아범은 동만특위의 결정으로 양림 경호를 맡았다. 이때 양림을 따라 동만주 방방곡곡 가보지 않았던 곳이 없었다.

"아니, 진짜 김일성 장군이라니요?"

김성주도 진한장도 모두 놀라며 조아범을 바라보았다.

"정말 대단한 분입니다. 신분은 당의 비밀이니 제가 함부로 위반할 수는 없습니다. 그러나 인연이 되면 반드시 만나게 될 것입니다."

이때 조아범은 김성주에게 빨리 채수항과 만나라고 권했고, 그 자신이 김성주를 찾아온 경위를 설명했다.

"이광 동지로부터 성주 동무 가족이 모두 안도로 이사 왔다는 소식을 들었습니다. 제가 채수항 동지께 이 소식을 전해주었습니다. 안도 소사하에는 화룡현 이도구 지방에서 활동하다가 일제 경찰의 체포를 피해 온 당원들이 적지 않습니다. 그들로 우리 당의 안도지구위원회를 설립함과 동시에 유격대도 만들려고 하는데, 유격대 조직 일을 바로 성주 동무가 맡았으면 하는 것이 채수항 동지의 생각입니다. 아마 채수항 동지가 이 일을 특위에도 회보했을 것입니다. 가능하면 하루라도 빨리 성주 동무와 만나기를 기다리고 있습니다."

김성주는 유격대 조직 일을 맡아달라는 소리에 벌떡 일어났다.

12월 일제의 탄압으로 와해된 만주성위를 복구하고 군사위 서기가 되었다. 1932년 4월 만주성위 순시원으로 반석(盤石) 지구로 가서 반석현위의 활동을 도왔다. 5월 이홍광(李紅光)이 조직한 개잡이대[打狗隊]를 확대 발전시켜 반석공농의용군을 결성했다. 7월 상해에서 열린 중앙군사회의에 참가했다. 1933년 1월 중국 강서성(江西省) 중앙소비에트 구역에서 중국 홍군 총병참위원회 참모장이 되었다. 2월 중국국민당군의 제4차 포위토벌작전에 대항하여 싸웠다. 1934년 1월 중화소비에트 2차 대표대회에 조선족 대표로 참석하여 대회 주석단의 한 사람으로 선출되었다. 10월 대장정(大長狂) 당시 중앙군사위 간부단 참모장으로 참가했다. 1935년 10월 섬북(陝北) 근거지에 도착하여 제15군단 제5사 참모장이 되었다. 1936년 2월 제15군단 5사 23단 1대대를 인솔하고 도하작전에 나섰다가 전사했다.

"기다릴 것 없이 지금 당장 떠납시다. 유격대 조직은 내 오랜 꿈입니다. 얼마든지 조직할 수 있습니다. 저희한테는 총도 있고 또 사람도 얼마든지 있습니다. 오매불망 당 조직과의 관계를 회복하지 못하여 애를 태우고 있었을 뿐입니다."

김성주는 조아범과 며칠 뒤 화룡에서 만나기로 약속했다. 조아범은 다음날 아침 진한장과 함께 먼저 할바령(哈爾巴嶺) 쪽으로 떠났다. 김성주도 그날로 돈화를 떠나 안도로 갔다. 옹성라자 근처에서 차광수와 만났는데, 그는 고유수에서부터 데리고 왔던 대원들이 절반이나 줄어들어 10여 명밖에 남지 않았다면서 어쨌으면 좋을지 몰라 했다.

김성주도 당황하여 짜증냈다.

"사람을 자꾸 잃어버리면 나중에 무슨 수로 혁명군을 다시 만듭니까?"

그러자 차광수도 나름 화를 내면서 고충을 하소연했다.

"너야말로 어디 가서 태평세월을 보내다가 불쑥 나타나서 한다는 소리가 겨우 이거냐? 돈이 떨어져 밥을 제대로 먹지 못하니, 아이들이 이 핑계 저 핑계 대고 사라져버린다. 난들 무슨 수가 있단 말이냐? 난 너를 따라 동만으로 나오면서 중국공산당과 관계가 맺어지면 댓바람에 큰일을 만들 수 있다고 기대했는데, 아무래도 감나무 밑에서 절로 떨어지는 감을 얻어먹으려고 했던 것 같아 후회된다. 그러잖아도 작년에 근혁이가 하얼빈으로 가면서 나한테 지금은 대원이 적지만 '누리에 붙는 불'을 생각하라고 하더라. 작은 불꽃도 큰 불길로 키워서 세상을 태우는 불길이 되라는 뜻이다. 난 지금 데리고 있는 대원들로 세화군(世火軍)이라는 군대를 만들 생각이다. 어떠냐? 반대의견이 없겠지?"

김성주는 진한장에게서 여비에 보태 쓰라고 받은 돈 10원을 꺼내어 차광수 손에 쥐어주면서 달랬다.

"형님, 급하시기는. 조금만 더 기다려주십시오. 군대 이름은 형님 마음대로 지

어도 좋습니다. 다만 어떤 일로도 더는 동무들을 잃으면 안 됩니다. 세화군 이름
도 괜찮은 것 같습니다. 근혁 형님이 '누리에 붙는 불'이라고 했다는 말씀입니
까. 저도 찬성입니다."

남만청총 때 차광수 소개로 김근혁과 만나 친하게 지냈던 김성주는 붙임성이
좋고 서글서글한 성격인 차광수에게는 허물없이 형님이라고 부르면서도 내성
적이고 항상 말수가 적은 김근혁과 만나면 자기도 모르게 선생님이라는 호칭이
먼저 나갔다. 그럴 때마다 김근혁은 김성주의 손을 잡아당기며 정답게 말했다.

"성주야, 광수한테는 허물없이 형님이라고 부르면서 나한테는 왜 그래?"

이종락의 파견을 받고 하얼빈으로 갈 때 김근혁은 이미 장가를 들었고 아내
가 몸을 푼 지 얼마 안 되었다. 그래서 김근혁은 아내와 어린 아들 김환(金煥)을
유하에 두고 혼자 하얼빈에 갔다가 도리(道里)의 한 3층집에서 경찰에게 체포되
었다. 자살하려고 3층에서 뛰어내렸으나 죽지 않고 다리만 부러져 산 채로 붙잡
히고 말았다.

그는 나중에 여순감옥에서 옥사했는데, 김성주는 항상 김근혁을 그리워했다.
후에 평양으로 돌아가 북한정권을 세운 뒤 김성주는 김환을 찾아내 만경대학원
에서 공부시켰고 동독에도 유학을 보냈다. 김환은 유학을 마치고 돌아와 김성
주의 항일연군 시절 전우인 김일(박덕산)의 조카딸에게 장가들었다는 설이 있다.
어쨌든 김환은 1972년 노동당 중앙위원을 거쳐 1983년에는 정무원 부총리까지
되었다. 북한에서는 그의 아버지 김근혁을 김혁(金赫)이라 부른다.

채수항과 만나러 가면서 김성주는 다시 안도에 들렀다. 앓고 있는 어머니도
걱정이었지만 삼촌 김형권이 최효일, 박차석과 함께 조선에 들어갔다가 체포되
어 경성부 감옥에 수감되었다는 소식이 안도에도 들어왔을 걸 생각하니 숙모

채연옥과 어린 사촌 여동생 영실이 어떻게 지내고 있는지도 여간 걱정되지 않았다.

김성주는 회고록에서 이렇게 말한다.

"그 당시 우리와 같이 혁명을 한 청년들 속에서는 싸움의 길에 나선 남아 대장부라면 마땅히 가정쯤은 잊어야 한다는 심리가 상당한 정도로 유행했다. 가정을 생각하는 사람은 대사를 치르지 못한다는 것이 청년 혁명가들의 일반적인 견해였다."

하지만 김성주는 유달리 다정다감했고 눈물도 많았다. 다행스러웠던 것은 이때까지 김성주의 할머니 이보익이 처음에는 큰아들을 잃고 과부가 된 큰며느리 강반석이 걱정되어 만주로 나왔다가 이번에는 둘째아들이 감옥에 들어가 생과부가 된 둘째며느리 채연옥이 걱정되어 평양으로 돌아가지 못하고 계속 안도에서 지내며 두 며느리를 돌봐주고 있었다는 점이다. 강반석도 두 번째 남편 조광준과 헤어지고 다시 시어머니 곁으로 돌아와 있었다.

1931년 여름, 최정숙(崔貞淑)이라고 부르는 여성 중국공산당원이 강반석을 찾아왔다. 그는 소사하에서 부녀회를 조직하면서 여기에 강반석을 참여시키려고 무진 애를 썼다. 처음에 강반석이 말을 듣지 않자 최정숙은 공청조직을 움직였는데, 여기에 둘째아들 김철주가 가입하면서 강반석의 마음이 점차 바뀌기 시작했다.

김철주는 어머니가 처녀시절부터 몸에 지니고 다녔던, 지금은 너무 낡아서 보풀이 일고 책장이 너덜너덜해진 성경책을 몰래 훔쳐 숨겨놓고는 어머니에게 부녀회에 나가지 않으면 성경책을 돌려주지 않겠다며 졸라댔다.

"하나님밖에 모르는 우리 어머니를 철주 네가 혁명의 길로 나아가게 했구나."

김성주는 어머니에게서 동생 철주가 어느덧 공청원이 되어 활동하고 다닌다는 말을 듣고는 여간 기쁘지 않았다.

김성주가 소사하에 도착한 다음날, 김철주는 형을 데리고 대사하로 갔다. 돈화에서 조아범과 만났을 때, 그에게 소개받은 김일룡(金一龍)이 대사하에 살았기 때문이다. 그런데 어머니도 김철주도 모두 그를 아는 것이 여간 희한하지 않았다.

"그분은 대사하에 사는데, 여기서는 모두 그분을 '청산 아저씨'라고 부른다. 우리 부녀회에도 자주 오고, 철주네 공청에도 자주 가서 마르크스도 강의하고 또 노래도 가르쳐준단다."

김성주는 찬송가밖에 부를 줄 모르던 어머니가 부녀회에 다니면서 많이 변한 걸 알았다.

"그럼 어머니도 배운 노래가 있습니까?"

"남들이랑 같이 부를 때는 함께 따라 부르는데 혼자서는 시작하지 못하겠구나."

강반석의 대답에 김성주는 동생에게 시켰다.

"철주야, 네가 좀 시작해보려무나. 평생 찬송밖에 부를 줄 모르는 우리 어머니가 혁명노래 부르는 걸 한번 듣고 싶구나."

그러자 김철주는 좋아라 하며 노래를 시작했다.

아, 혁명은 가까워온다.

오늘 내일 시기는 박도한다.

일어나라 만국의 노동자야

깨달아라 소작인들 각성하라.

다음날 김성주는 동생과 함께 김일룡을 만나러 대사하로 가면서 계속 노래 이야기를 주고받았다.

"이 노래는 〈간도혁명가〉야. 전번 야학 때 배웠는데 두 번째 절이 기억 안 나."

김철주는 형을 돌아보며 물었다.

"형도 이 노래 알아?"

김성주는 모든 혁명가요는 거의 통달하다시피 했다.

"철주야, 형도 혁명가요 많이 알지만, 형 친구들 가운데는 혁명가요를 전문으로 만드는 분도 있어."

이렇게 말하면서 김성주는 김근혁과 차광수를 머릿속에 떠올렸다. 그는 철주가 미처 기억나지 않는다는 〈간도혁명가〉의 두 번째 절과 세 번째 절도 한 번에 쭉 불렀다.

놈들이 쓰고 사는 벽돌집도

놈들이 먹고 입는 금의옥식도

비행기, 연극장, 전차, 상품도

모두 다 우리들의 피와 땀일세.

소작인이 일 년 동안 잠도 못 자고

못 먹고 못 입어 병에 걸려

김철주는 형이 부르는 노래에 반했다.

"형은 정말 대단해. 또 무슨 노래도 알아? 우리 〈공청가〉도 알아? 난 〈공청가〉는 두 번째 절까지 모조리 부를 수 있어."

"공청원이 〈공청가〉를 모르면 어떻게 한다니?"

"난 이 노래가 제일 좋아."

"형도 제일 좋아하는 노래야. 그럼 우리 한번 같이 부를까."

새 사상 동터온다 모두 다 마중 가자.

오너라 무산청년 네가 갈 길이다.

용감하게 낡은 사회를 무찔러라 불 질러라.

너는 무산청년이니 무산청년답게

이마에 땀 흘리고 손에 못 박힌다.

호미나 곡괭이나 있는 대로 둘러메고

나서라 외쳐라 가라 혁명의 전선으로

너는 무산청년이니 무산청년답게

두 형제가 부르는 노랫소리가 대사하 기슭에 쩡쩡 울려 퍼졌다. 밭에서 김매던 농군들이 김철주를 보고 손을 흔들며 아는 체하기도 했다.

"철주야, 이 총각은 누구냐?"

"저의 형 성주예요."

김철주는 오랫만에 형과 함께 다니며 만나는 사람들에게마다 형을 자랑했다.

"혹시 그럼 김일성이라고 부르는 그 혁명군 총각인가?"

간혹 이렇게 묻는 사람들도 있었다.

"아니, 어떻게 김일성이라는 이름이 여기까지도 퍼졌지?"

김성주는 자신도 놀랄 지경이었다.

"이제는 안도에서도 형을 모르는 사람이 없어. 이제 청산 아저씨 만나게 되면

형도 놀랄 거야. 형이 감옥살이하고 또 경찰에게 잡혔던 신문 기사를 다 읽은 것 같아. 형뿐만 아니라 우리 아버지랑 외삼촌, 삼촌 일도 다 환하게 알고 있어. 전번 공청회 때는 청산 아저씨가 와서 형 칭찬하는 말을 많이 했는데, 형이 열네 살 때 벌써 왜놈과 싸우려고 군사학교에 들어가 군사를 배웠다는 이야기도 해 줬어."

동생 말을 들으며 김성주는 점점 호기심이 동했다. 빨리 김일룡과 만나기 위해 부지런히 걸음을 다그쳤다.

2. 김일룡과 대사하

대사하에 도착했을 때, 김일룡이 먼저 김철주를 보고 허둥지둥 달려왔다. 김성주는 깜짝 놀랐다. 철주가 아저씨라고 불러 나이가 서른 중후반쯤 되었을 것으로 생각했는데 쉰도 더 넘은 노인네 같았기 때문이다. 잠시 어떻게 불러야 할지 몰라 주저하다가 철주가 아저씨라고 부르니, 따라서 아저씨라고 불렀다. 그랬더니 오히려 김일룡 쪽에서 먼저 새파랗게 젊은 김성주에게 손을 내밀어 악수까지 청했다.

"성주 동무, 이렇게 만나게 되어 얼마나 반가운지 모르겠소."

김성주는 황망히 두 손으로 그의 손을 잡으며 말했다.

"저도 선생님 말씀을 많이 들었습니다."

김성주가 아저씨에서 선생님으로 호칭을 바꾸니 김일룡은 재빨리 말했다.

"그냥 나를 아저씨라고 부르면 편할 것 같소. 공부 많이 한 성주 동무가 더 선생님이라고 불릴 자격이 있을 것 아니겠소."

"아닙니다, 저는 그냥 평범한 중학생입니다."

김성주가 아무리 겸손하게 나와도 김일룡은 자기 고집을 꺾지 않았다.

"나를 선생님이라고 부르면 나도 성주 동무를 성주 선생님이라고 부르겠소. 내가 이래 뵈도 아직은 마흔 전이오. 형님이라고 부르기에는 내 나이가 많지만, 아직 노인네 취급 받을 나이까지는 아니잖소. 내가 얼마나 성주 동무와 만나고 싶어 했는지 아오?"

김일룡은 김성주 손을 잡고 길가 밭두렁에 가서 앉았다. 이 밭은 김일룡이 소작 맡아 짓고 있는 대전자 지주 장홍천의 땅이었다.

"길림성 정부에서는 올 봄에 벌써 '3·7', '4·6' 감조법령을 반포했는데도 간도 지주들은 누구도 이 법령을 실행하려 하지 않소. 내가 안도로 이사 나온 지 벌써 올해까지 햇수로 4년째인데 지금까지 한 번도 일 같은 일을 해본 적이 없었소. 이번에야 당에서는 '감조감식(減租減息, 소작료와 이자를 줄이는 정책)'을 반드시 성사시켜야 한다면서 안도에서 '추수투쟁'을 진행하라고 나한테 지시했소. 그동안 공청도 발전시키고, '부녀회'와 '반일회' '반제동맹' 같은 단체도 조직 중이지만, 문제는 이 지주들이 가병을 키우고 총까지 가지고 있는 게 가장 큰 골칫거리요. 그래서 걱정이 이만저만 아니었는데, 화룡에 갔던 연락원이 군사학교에도 다닌 적 있는 성주 동무가 안도에 올 것이라고 연락해왔소."

김성주는 지주 장홍천의 집에 총까지 있다는 말을 듣고 귀가 솔깃했다.

"아니, 아저씨. 장 지주 집에 총도 있단 말입니까?"

"장총 두 자루 외에도 마름이 궁둥이에 달고 다니는 목갑총도 한 자루 있다오."

김일룡 말에 김성주는 벌써부터 너무 좋아 안절부절못했다. 목갑총이라면 일반 권총이 아니고 일명 '싸창[匣枪]'이라고도 하는 마우저권총, 즉 모젤(Mauser)권총이었다. 김성주가 오랫동안 욕심냈던 권총이기도 했다.

모젤권총은 1896년 독일의 총기제작사인 마우저사에서 처음 제작했다. 보충탄창을 끼우면 최대 40발까지도 쏠 수 있고, 사격거리도 200m에 달해 만주의 마적뿐만 아니라 동북군의 군인들과 독립군들까지도 모두 선호하는 권총이었다. 그러나 나뭇갑이라는 뜻으로 '싸창'이라는 별명이 붙을 정도로 복제품이 많았다. 복제품 '싸창'을 중국 사람들은 모즐(毛櫛)권총이라고 불렀다.

김성주는 김일룡의 손을 덥석 잡으며 말했다.

"우리도 유격대를 만들어야 하지 않겠습니까. 그런데 장 지주에게 총까지 있다니 얼마나 좋습니까. 바로 빼앗아서 우리가 무장하면 될 것 아닙니까. 그 일은 제가 맡겠습니다. 안도의 이번 추수투쟁을 힘을 다해 도울 것이니 아저씨는 아무 걱정 마십시오."

김성주가 이렇게 나오니 김일룡도 안도의 숨을 내쉬었다. 김일룡은 너무 좋아 온 얼굴에 웃음을 띠고 말했다.

"큰 걱정거리가 풀린 셈이요. 난 성주 동무가 지금 '김일성'이라는 별명을 사용하는 것도 다 알고 있소. 천하의 '김일성'이 왔는데, 무슨 일인들 풀리지 않겠소."

"아니, 아저씨도 '김일성'이라는 이름을 알고 있었습니까?"

김성주가 놀라니 김일룡은 그제야 자기 소개를 했다.

"성주 동무는 내가 어디서 태어났는지 모르지? 내 고향이 바로 함경남도 단천이오. 내 본명은 이청산(李靑山)이오. 단천은 '김일성' 이름이 처음 태어난 고장이기도 하오. 단천에서 의병운동을 일으켰던 김창희 대장이 '김일성'이라는 이름을 사용했고, 나는 열네 살 때부터 김창희 대장을 따라다녔소. 그때 김창희 대장 나이도 아직 스물이 되기 전이었소. 김창희 대장 역시 성주 동무처럼 키도 컸고 미남이고 특히 말을 잘 탔던 걸로 기억하오. 나는 제일 나이 어린 의병이었기 때문에 어른 심부름이나 다녔는데, 어느 날 심부름 갔다가 숙영지로 돌아오니 일본군 토벌대가 와서 모조리 휩쓸고 가버린 뒤였소. 그때 김창희 대장과도 헤어졌는데, 그분이 계속 마천령 어디에 있다고 하는데 나로서는 도무지 찾을 수가 없었소."

김일룡은 김창희의 의병부대를 따라다닐 때 나이가 어려 겨우 심부름이나 다닐 정도였다고 자기를 소개했지만, 단천에서 주둔하던 일본군은 그를 잡기 위해 현상금까지 내걸었다.

항일연군 생존자들 중에는 김일룡을 아는 사람이 아주 많았다. 모두 그를 예순도 더 넘은 늙은이로 기억했다. 1940년이면 겨우 마흔여섯밖에 안 된 나이인데, 그의 실제 나이를 아는 사람은 아무도 없었다. 대원들은 그를 '부관 아바이'라고 불렀다고 한다. 김일룡은 그 해 봄, 항일연군 제1로군 3방면의 군수부 부관으로 일하다가 '되놈'이라는 별명의 한 변절자가 부대를 이탈하여 도주하는 것을 발견하고 쫓아가 설득하다가 그만 그자의 칼에 찔려 죽고 말았다. 이는 3방면군에서 김일룡과 함께 보냈던 적이 있는 여영준이 직접 들려주었던 이야기다. 그 외에도 김일룡의 소개로 중국공산당에 가입하고 1931년 가을의 추수투쟁과 이듬해 1932년 봄의 춘황투쟁에도 모두 참가했던 한 생존자가 1983년 화룡현 항일투사좌담회에서 그때의 일화 하나를 들려주었다.

"그때 대사하에 왔던 김일성(김성주)이 김일룡과 함께 '반일적위대'를 만들고 대장이 되었는데, 김일룡은 사무장이 되었다. 무기라고는 김일성한테만 권총 한 자루가 있었는데, 그나마도 탄알은 하나도 들어 있지 않았다. 빈 권총이었다. 그 외는 거의 터지지도 않는 화승총 몇 자루와 칼, 창 같은 것들이었다. 장홍천의 집을 습격하는 날, 그를 죽일지 여부를 두고 몇 시간이나 쟁론했다. 누군가가 장홍천이 가병을 동원해 혁명자를 체포해 명월구에 압송하였다가 '상'을 탄 적 있다고 말했다. 김일성은 '그 혁명자가 우리 조선 사람인가?' 하고 물었다. '중국 사람'이라고 대답하니, '그럼 그냥 총만 빼앗고 인명은 해치지 맙시다.'라고 했다.

그날 밤에 적위대가 장홍천의 집을 포위했다. 그 집에서 일하는 머슴 하나가 돈 1원을 받기로 하고 적위대를 도와 몰래 문을 열어주었다. 김일룡이 앞장서서 장홍천의 방에 들어가 잠자던 그를 흔들어 깨웠다. 김일룡은 '김일성이라는 이름 들어보았는가? 지금 그분이 왔다'고 하면서 김일성을 내세웠다. 그러자 장홍천은 무슨 큰 강도나 만난 것처럼 무척 놀라 땅바닥에 엎드려 벌벌 떨면서 바로 일어서지도 못했다. 김일성이 유창한 중국말로 '장 나으리, 겁낼 것 없습니다. 항일구국사업에 누구나 한몫해야 할 것 아닙니까. 집에 있는 총들을 우리 적위대에 헌납해야겠습니다.'라고 하니 장홍천은 부리나케 허락했다.'[59]

이 에피소드에서 알 수 있듯이 이때 벌써 '김일성'이라는 별명을 사용하기 시작했던 김성주는 당지 중국인 지주들이 이름만 들어도 놀라 자빠질 지경이었다. 이때 김일룡과 김성주 등이 장홍천을 죽이지 않고 살려둔 것이 훗날 큰 악재가 되었다. 장홍천이 명월구 경찰대대로 달려가 이렇게 고발했기 때문이다.

"우리 집 소작농이 '김일성'이라는 젊은 강도를 데리고 와서 곡간을 모조리 털어갔고, 총도 네 자루나 빼앗아갔다."

경찰은 김일룡을 붙잡기 위해 김일룡의 아내부터 붙잡았다. 김일룡의 아내

---

59 김일룡의 소개로 중국공산당에 가입했던 생존자이나 실명 공개를 거부하였다.

가 며칠 건너 한 번씩 명월구에 나와서 검정귀버섯을 팔았는데, 김일룡은 그 돈을 무슨 방법을 써서라도 빼앗곤 했다. 김일룡의 아내는 돈을 빼앗기지 않으려고 여기저기 숨겨놓았고, 악을 쓰고 울며불며 싸우는 일도 자주 있었다. 경찰대대는 김일룡의 아내를 인질로 잡아놓고 김일룡을 불렀으나 김일룡은 꿈쩍 하지 않았다. 그러자 경찰대대는 김일룡의 아내를 데리고 직접 대사하로 가기로 했다. 그러나 소사하까지 왔을 때, 김성주가 박훈(朴訓)과 함께 경찰들을 습격했다. 경찰 셋 가운데 둘은 박훈의 권총에 맞아죽고, 돌아서서 내뛰던 경찰을 김성주가 쏘았으나 경찰 대신 총소리를 듣고 놀란 김일룡의 아내가 땅에 넘어져 일어나지 못했다.

"김일성 동무, 동무가 사람을 잘못 쏜 것 같소."

역시 황포군관학교에서 공부하다가 동만주로 나왔던 박훈은 중국공산당 연길현위원회 비서 오빈(吳彬)[60]에게 김성주를 소개받고 안도로 올 때 그의 이름을 '김일성'으로 소개받았던 탓에 만나서부터 계속 '김일성'이라고 불렀고, 김성주도 그렇게 불리는 것이 싫지는 않았다. 김성주는 장홍천에게 빼앗은 권총이 진짜 독일제가 아니고 복제품이라고 불평했다.

"이 '싸창'이 죽어라고 명중되지 않습니다."

"총신이 문제여도 요령을 알면 되는 법이네."

---

60 오빈(吳彬) 독립운동가. 본명은 오학섭이며, 중국공산당 훈춘현위원회 제5임 서기였다. 고향은 조선 함경북도 온성군 남양면이나 일찍 간도로 이주하여 용정 동홍중학교에서 공부했다. 이때 함께 공부했던 친구 채수항의 소개로 중국공산당에 가입했고, 후에 김성주와도 만났다. 연길현위원회 비서를 거쳐 훈춘현위원회 제5임 서기까지 올랐으나 얼마 뒤, 당내 노선투쟁에서 비판받고 철직되어 훈춘유격대 평대원이 되었다. 1933년 '동녕현성전투' 때 훈춘유격대 선발대에 뽑혀 이 전투에 참가했고, 왕청유격대 선발대와 함께 왔던 김성주와 만나 함께 작탄대로 동녕현성 서산포대를 직접 날려 보내기도 했다. 중국 연변에서 항일열사로 추증받는 유명한 '대황구 13용사' 가운데 한 사람이다.

박훈은 김성주의 권총을 손에 들고 몇 번 가늠하더니, 도망치던 경찰을 단방에 명중시켰다.

"그나저나 빨리 저 아주머니한테 가보오."

박훈은 경찰들의 총을 걷어왔고, 김성주는 김일룡의 아내를 둘러업고 달려왔다.

"박 형, 청산 아저씨 아주머니가 총소리를 듣고 기절한 것 같습니다."

"빨리 피합세."

김성주는 박훈과 함께 김일룡의 아내를 둘러업고 소사하로 갔다.

뒤늦게 달려온 김일룡은 아내가 오랜 지병을 앓고 있었다는 사실도 털어놓았다. 올해 접어들면서 한 달에 한두 번 꼴로 졸도하여 쓰러졌는데, 한 번 쓰러지면 하루나 이틀 동안 정신을 차리지 못했다는 것이다. 그런데 불행하게도 이때 졸도한 김일룡의 아내는 다시 깨어나지 못했다.

3. 종성으로 가다

김일룡은 아내가 죽고 나서 바로 대사하를 떠나 다푸차이허(大蒲柴河)로 피신했고 김성주는 박훈을 데리고 왔던 연길현위원회 교통원 김춘식(金春植)과 함께 오늘의 용정시 조양천진 구수하로 오빈을 만나러 갔다. 박훈은 안도에 남아 김성주가 소개한 차광수를 만나러 천보산으로 갔는데, 김성주의 동생 김철주가 길 안내를 했다. 차광수가 김철주를 알기 때문에 그를 데리고 가면 소개장이 따로 필요 없었다.

"광수 형님이 천보산에서 세화군인지 뭔지 하는 군대를 만들겠다고 합디다만, 유하에서 데리고 나왔던 동무들이 모두 흩어지고 지금 몇 명이나 남아 있는 지 모르겠소. 대신 총은 모두 녹슬지 않게 기름도 바르고 잘 보관해두었다고 합 니다. 전문 군사지식을 가진 사람이 없어서 광수 형도 나도 정말 속 태웠는데, 이번에 박 형이 돕겠다니 얼마나 반가운지 모르겠습니다."

김성주는 기차역까지 배웅나온 박훈과 말을 주고받았다. 박훈은 작년(1930년) 부터 동만주 각지에서 중국공산당의 영도를 받는 유격대들이 우후죽순 조직되 는 것을 자세하게 소개했다.

"김일성 동무 이야기만 나오면 김일성이 자기 친동생이라고까지 자랑하는 사 람이 왕청에 있소. 그게 누군지 잘 알지요? 이광이 있는 왕청이 지금 제일 앞장 서고 있소. 우리 조선 사람이 사는 동네마다 유격대가 만들어졌소. 나자구, 대흥 구, 묘령, 천교령, 하마탕, 목단지(석현), 계관라자, 대북구, 일일이 기억하지도 못 하겠구먼. 어떤 동네는 대원이라야 고작 둘, 셋밖에 안 되지만, 그들을 한데 모 으면 한순간 수십 명씩 모인다오. 문제는 총과 탄알인데, 김일성 동무의 여기 조 건은 얼마나 좋소. 조선혁명군에서 훔쳐 나온 총이 그대로 잘 보관되었으니 말 이오."

이처럼 동만주 각지에서 유격대가 신속하게 조직된 것은 바로 박훈 같은 황 포군관학교 출신 혁명가들이 여기저기에서 활동했기 때문이다. 그들을 모두 중 국공산당 동만특위 산하로 집결시키는 데 결정적으로 기여한 사람은 양림이었 다. 김성주가 얼마 전 돈화에서 만난 조아범과 이번에 김성주를 찾아온 박훈이 "지금 만주 땅에 진짜 '김일성'이 나타나서 숱한 유격대가 만들어지는 중이오." 라고 한 말은 바로 양림을 말하는 것이었다.

김성주는 회고록에서 양림을 거의 언급하지 않고 이렇게만 적었다.

"만주성 당서기 나(라)등현과 당군사위원회 서기 양림은 만주사변 후 심양을 떠나 행처를 감추고 있었고, 양정우는 아직 감옥에 갇혀 있는 몸이어서 의논할 사람이 없었다."

일단 양림이 같은 조선인이며, 당시 중국공산당 만주성위원회에서 군사 분야를 책임진 최고 지도자라는 사실은 인정하지만 '그가 행처를 감추고 있었다'고 표현한다.

이런 사실을 증명하는 또 다른 회고담이 있다. 중국인 항일장병 마덕전(馬德全, 후에 변절)은 해방 후 길림성 돈화현에서 살았는데, 1961년 한창 북·중 갈등이 불거질 때 맨 처음 "북조선의 저 김일성은 가짜 김일성"이라는 말을 했다가 홍위병들에게 언어맞기도 했다. 그 일이 있은 후 돈화현을 떠나 교하현으로 피신한 마덕전은 1987년까지 살아 있었다. 그는 1930년대 자기가 직접 상관으로 모셨던 김일성에 대해 이렇게 말했다.

"김일성이 진짜 김일성이 아니고 가짜 김일성이라는 것은 항일연군에서 나 혼자만 알고 있는 사실이 아니었다. 왕덕태 군장은 김일성의 상관이었고, 나는 처음에 김일성과 동급이었다. 나중에 그가 제6사 사단장이 되면서 나는 그의 밑에서 9연대 연대장이 되었는데, 1940년 7월에 재수 없게도 나보다 먼저 변절한 사단참모장 임수산에게 붙잡혀 하는 수 없이 변절하고 말았다. 난 지금도 임수산에게 붙잡힌 그 장소를 잊지 않고 있다. 안도현 '요우퇀(腰團)'이라는 동네 뒷산이었다.

내가 주력부대와 떨어져 요우퇀에서 떠돌아다닌 것은 순전히 김일성 때문이었다. 그는 6사에서 유일하게 중국인 연대장이었던 나를 아주 많이 박대했다. 물론 그때는 그의 이름이 완전히 김일성으로 바뀐 뒤였다. 그러나 나는 김일성이 가짜인 걸 알았고,

군장이었던 왕덕태도 알고 있었다. 나와 왕덕태는 모두 재황(災荒, 자연재해로 인한 대기근) 때문에 산동에서 동북으로 피난 왔고, 차조구(茶條購)에서 머슴살이도 함께 했다. 1930년 '추수폭동' 때 우리 동네에 '김일성 장군'이 왔다는 소문이 돌았다. 왕덕태가 나한테 같이 가자고 해서 따라갔는데, 유격대에 가입한 후 왕덕태는 '진짜 김일성 장군은 동만특위 군사위원회 서기'라고 했다."

"우리가 그때 알고 있었던 '김일성 장군'은 '라오주(老周, 양림楊林, 양녕楊寧)'라고 부르는 사람으로 동만특위 군위서기였다. 그때 동만주에는 황포군관학교 졸업생들이 아주 많은데 모두 그의 제자들이었다. 그 사람은 중앙(중국공산당)에서 직접 파견 받고 연변(동만)에 나온 사람으로 황포군관학교 교관이었다. 교관으로 있을 때 벌써 국민당군의 상위 아니면 소좌였다고 하더라. 나와 왕덕태가 노두구와 천보산에서 유격대를 조직하려고 돌아다닐 때 하루는 연화중심현위에서 교통원이 와서 '라오주'란 분이 노두구에 온다고 알려주면서 우리 보고 마중할 준비를 하라고 했다. 그는 '라오주'가 바로 그 유명한 '김일성 장군'이라고 했다. 우리는 '김일성 장군'을 만난다는 생각에 들떠서 다음날까지 한숨도 못 자고 밤을 새기도 했다."

"나는 지금까지도 그 사람 생김새를 분명히 기억하고 있다. 키가 아주 큰 사람이었는데 목소리도 엄청 높았다. 눈은 크지 않고 '빼대대' 했다. 우리 2군 부대가 남만으로 이동할 때 난 왕덕태와 한동안 같이 행군하면서 '가짜 김일성이 이제는 진짜 김일성이 돼버렸다.'고 했더니 왕덕태가 이렇게 대답했다. '진짜고 가짜고 따로 있나. 진짜 김일성도 김일성이고 가짜 김일성도 김일성이다.' 그러면서 '가짜 김일성은 그럼 김일성이 아니란 말이냐.' 하면서 버럭 역증을 냈다. '진짜 김일성이 다 사라져버렸으니, 가짜

김일성이라도 김일성 노릇을 해야 할 것이 아니냐.'는 것이었다.'**61**

마덕전은 중국말 절반, 조선말 절반 섞어가면서 말했다. 마덕전은 항일연군에서 조선말을 배웠는데, 그가 거느렸던 항일연군은 대부분 함경도 출신이었고 간도 태생 대원들이 많았던 모양이다. 그래서 눈이 작다는 걸 '빼대대(뱁새눈이라는 뜻)'라는 간도 사투리로 표현한 것이다.

김성주는 오빈이 보낸 교통원 김춘식과 함께 중국공산당 연길현위에 도착해서야 자기를 부른 사람이 바로 채수항임을 알게 되었다. 김성주는 이때 처음 오빈과 만났으며, 소개받을 때 깜짝 놀랐다. 오빈이 그동안 김성주가 안도에서 김일룡과 함께 대전자의 지주 장홍천의 곡간을 털었던 일들이며, 차광수가 유하현에서부터 데리고 나온 조선혁명군 대원들 10여 명이 지금 천보산에 왔다는 사실까지도 낱낱이 다 알고 있었기 때문이다. 다음날 채수항이 김춘식 집에 도착했는데 그동안 오빈은 그 집에서 지내고 있었다.

"채 형, 어떻게 오 선생님은 마치 안도에 있었던 사람처럼, 내가 안도에서 하고 지낸 일들을 낱낱이 알고 있습니까?"

김성주는 채수항에게 따지고 들었다. 비로소 채수항이 오빈의 신분을 알려주었다.

"학섭이가 사실은 줄곧 옹성라자에서 활동하다가 얼마 전에 연길현위원회로 파견되었소."

오학섭이란 일찍이 오빈이 용정 동흥중학교에서 공부할 때부터 사용했던

---

61 취재, 마덕전(馬德全) 중국인, 항일연군 생존자, 2군 6사 9연대 연대장, 취재지 교하, 1982.

이름이었다.

"아니 그럼 오 선생님이 그동안 줄곧 안도에 계셨다는 말입니까?"

오빈은 싱글벙글 웃기만 하고 채수항과 김춘식이 번갈아가면서 대신 대답해 주었다.

"오 비서는 안도 토박이라고 불러도 과언이 아닐 정도요."

김춘식이 이렇게 말했고, 이어서 채수항이 오빈의 정황을 간단하게 설명해주 었다.

"학섭이는 차조구에서 오래 살았다오. 성주가 조선혁명군에 가 있을 때는 옹 성라자에서 툰장 노릇까지 하고 있었을 때였소. 이번에 연길현위원회로 전근하 기 전까지 줄곧 옹성라자구위원회 서기로 있었소. 김일룡 동지도 사실은 학섭 이의 지도를 받고 있었던 게요. 그동안 성주가 우리 당과 조직관계가 끊어진 상 태에서도 게으름 없이 반제반봉건 투쟁을 벌여왔고, 또 유격대를 건설하기 위해 총까지 마련한 사실도 이해했소. 돌아온 조아범 동무가 동만특위에도 보고했고, 연화현위원회에도 보고했댔소. 그래서 이번에 특별히 현위원회 결정으로 성주 동무를 왔다 가라고 부른 것이오."

나중에야 오빈은 김성주를 조양천까지 오게 한 사연을 말했다. 김일룡에게서 김성주의 당 조직관계를 회복하자는 보고를 받고 오빈은 한시도 지체하지 않고 이 일을 채수항에게 보고한 것이다. 이때 채수항은 화룡현위원회 제1임 서기였 다. 안도현위원회가 아직 조직되지 않았던 1931년, 오빈이 서기로 있었던 옹성 라자구위원회는 채수항이 지도하고 있었다. 더구나 채수항과는 용정 동흥중학 교에도 함께 다녔고 중국공산당 입당 소개인이기도 했다. 따라서 채수항과 오빈 이 김성주의 당원 증명인으로 나서면 아무 문제도 없을 성 싶었다. 이때 발목을 잡고 나선 사람이 있었다.

바로 김성도(金成道)였다. 김성도란 이름은 김성주뿐만 아니라 조선공산당을 거쳐 중국공산당으로 적(籍)을 옮긴 모든 사람에게 낯설지 않았다. 김성주는 남만청총 때부터 이 이름을 알았는데, 김성도가 일찍 조선공산당 만주총국 동만도 간부 신분으로 고려공산청년회 중구 책임자로 활동했기 때문이다. 1930년 8월, 동만특위의 파견을 받고 훈춘에 가서 훈춘현위원회를 직접 조직했던 사람도 바로 김성도였다. 그는 당시 동만특위 조직부장으로 임명되었고, 각 지방 당위원회에서 키워낸 당원들을 아주 엄격하게 심사하고 있었다.

"문제는 성도 동지가 아니라 그가 지금 왕청에 나가 있는 군사부장 김명균 동지한테서 성주에 대한 무슨 좋지 않은 말을 얻어들은 듯하오."

여기까지 들었을 때 김성주는 속이 덜컹 내려앉았으나 겉으로는 침착성을 유지했다.

"무슨 이유인지 알 만합니다."

"성주, 지금 두 가지 문제만 해명되면 입당 문제는 풀 수 있소."

"채 형이 하시는 말씀이 무슨 말씀인지 알겠습니다."

김성주는 채수항과 오빈에게 하나하나 설명했다.

"제가 김명균 아저씨한테 고유수에 가서 총을 구해오겠다고 약속하고 폭동 전에 돈화를 떠났으나 고유수에서 붙잡혀 이통현 공안국에 갇혔던 것은 이광 형님이 증명할 수 있습니다. 제가 무슨 수로 제시간에 돌아올 수 있었겠습니까?"

얼굴빛이 무겁게 가라앉았던 채수항과 오빈은 금방 밝아진 얼굴로 서로 마주 바라보았다.

"참, 그걸 미처 생각하지 못했군."

"다음, 작년 8·1길돈폭동을 앞두고 박윤서 아저씨가 직접 와서 조직한 '모아산'회의에는 나와 진한장이 모두 열성분자로 불려가서 참가했습니다. 이 회의에서 마천목 아저씨가 직접 우리 두 사람의 당 소개자가 되어주겠다고 했습니다. 저와 진한장은 당기 앞에서 선서까지 했고, 마천목 아저씨는 직접 우리 둘을 예비당원으로 인정해준다고 했습니다."

"그렇다면 김명균 동지가 이 사실을 증명할 수 있지 않겠소?"

오빈이 묻는 말에 채수항은 자기 생각을 이야기했다.

"이번에 성도 동지와 만나면 내가 다시 이야기하겠소. 그래도 길돈(吉敦) 임시지부에서 예비당원으로 인정된 사실을 받아들이지 않는다면, 나와 학섭이가 성주의 입당소개인으로 나서는 것이 어떻겠소?"

"아무래도 그렇게 하는 것이 제일 좋은 방법인 듯합니다."

채수항은 김성주에게 위로를 건넸다.

"성주, 우리가 공산주의 운동을 하루나 이틀만 하고 그만둘 것은 아니잖소. 한평생, 한목숨을 다 바쳐 하기로 한 일이니, 설사 정식당원으로 인정받는 일이 좀 늦춰지더라도 결코 낙심하거나 다른 생각 같은 건 하지 말기 바라오."

김성주는 길돈 당 임시지부에서 예비당원이 된 사실을 인정받지 못할 가능성이 있다는 채수항의 말에 몹시 기분이 상했다. 하지만 채수항과 오빈이 이렇게까지 자기를 위해 입당 소개인이 되어주겠다고 나서니 웃음을 지어보였다.

"아닙니다. 두 분께서 이처럼 나서주시는데 제가 다른 생각을 할 리 있겠습니까."

그때 오빈이 이런 제안을 했다.

"그러잖아도 이번에 성주 동무가 마침 잘 왔소. 채수항 동무와 내가 종성 지방으로 갈 일이 있는데, 이번 참에 같이 갑시다. 화룡현위에서 채 동무가 직접 책임지고 조선으로 파견한 동지들이 지금 육읍 일대에서 활발하게 활동하고 있소. 이번에 성주 동무도 우리와 함께 조국 땅을 밟아봅시다."

김성주 얼굴에서는 금방 환한 웃음이 피어올랐다.

"아, 이렇게 좋은 소식이 있었군요. 왜 진작 말씀하시지 않았습니까."

이렇게 되어 채수항과 오빈이 조선 종성 지방으로 갈 때 김성주도 따라가게 되었다. 종성은 채수항의 고향이기도 했고, 오빈의 가족도 얼마 전 모두 종성군 신흥촌으로 이사했기 때문에 두 사람은 기회가 있을 때마다 종성을 들락거렸다. 얼마 지나지 않아 종성에서는 '종성반제동맹'이라는 단체가 만들어졌다. 이 단체 책임자는 오빈의 아버지 오의선이었다.

"아니, 그러니까 조선 내 종성에까지 우리 당 조직이 있다는 말씀입니까?"

"학섭이 아버지가 우리를 많이 도와주고 계시오. 그 집이 우리 비밀연락처요. 우린 장차 두만강 연안에서 내 조국을 바로 눈앞에 바라보면서 항일투쟁을 벌일 생각이오. 이번에 성주와 같이 가서 종성 지방 우리 당 조직과도 연계를 갖게 하려는 것이오."

김성주는 채수항과 오빈을 따라 처음으로 조선 종성 지방에 발을 들여놓았다. 그때 조양천과 개산툰 사이에는 조개선 경편열차가 개통되어 그들은 개산툰까지 기차로 간 다음 석건평까지는 걸어서 갔다. 석건평에는 나루터가 있었는데, 건너편이 바로 조선 동관진이었다. 오빈이 직접 공청원으로 키운 광명촌청년회 회장 최성훈이 동관진 두량조합의 콩 정선장에서 일하고 있었다. 김성주는 이때 채수항과 오빈 소개로 종성 지방에 파견된 중국공산당 조직 책임자들 및 파견원들과 만났고, 최성훈 같은 종성 지방 열성분자들과도 만났다. 1931년 5월에 있었던 일이다.

4. 양림과 료여원

　이 무렵 중국공산당 동만특위는 김성도 세상이었다. 동만특위 관할구역은 1930년 10월 중국공산당 만주성위원회의 결정으로 동만특별위원회(동만특별지부위원회의 전신)가 설립될 때 획정되었는데 연길, 훈춘, 화룡, 왕청, 안도, 무송, 화전, 액목, 장백 등 10여 개의 현 당 조직이 모두 동만특위의 지도를 받게 되었다.

　동만주 바닥에서 가장 오래 활동하며 터전을 직접 닦았던 사람은 왕경과 박윤서, 한별이었다. 이때 한별은 이미 옥사했고, 박윤서도 출당 처분을 받은 뒤 실종 상태였다. 그런데 후에 남만주에서 오성륜과 만난 양림은 그에게서 박윤서가 자기를 찾아왔더라는 이야기를 들었다.

　"그 형님이 동만주에서 억울하게 출당당하고 나를 찾아왔기에 내가 그의 당적을 회복시켜 주었소."

　오성륜의 말에 양림은 기가 막혀 아무 말도 못 했다고 한다.

　"아니, 성위원회 순시원까지 했던 분의 당적을 당신이 제멋대로 회복시켜 주었단 말이오?"

　양림이 가까스로 한마디 물었더니 오성륜이 이렇게 대답했다고 한다.

　"그 형님에 대해서는 주평(州平, 楊州平, 양주평은 양림의 별명)이도 잘 모르는 데가 있소. 좀 뽐내기 좋아하는 단점은 있지만 얼마나 혁명 열정이 끓는 사람이오? 그 형님이 출당당하고 나를 찾아왔는데, 얼마나 상심이 컸던지 눈과 코, 귀에서 흰 고름이 줄줄 흐르고 있더구먼. 너무 화가 나서 당장이라도 복장 터져 죽을 것 같아하던데, 내 차마 두고 볼 수가 없었소. 그래서 내가 반석중심현위원회(盤石中心縣委員會) 이름으로 그 형님의 당적을 회복한다고 선포하고 만주성위에도 보고 했소. 그런데 동무도 잘 알다시피 지금 만주성위원회가 온통 뒤죽박죽이오. 서기부터 부장들이 모두 감옥에 잡혀 들어가 지방에 내려와 있는 우리로서는 도대체 누구 말을 들어야 할지도 모를 상황이오."

이렇게 한바탕 늘어놓더라는 이야기다.

한편 오성륜과 양림은 친구였다. 1926년 황포군관학교에서도 함께 교관으로 재직했는데, 오성륜은 새로 부임한 러시아어 교관이었고, 양림은 이미 상위계급을 달고 있었던 집훈처 교관이자 훈련부 기술주임이었다.

료여원이 만주성위원회 비서장으로 있을 때 양림은 황포군관학교를 떠나 소련으로 가서 1년간 공부하고는 만주성위원회로 파견된 것이다. 당시 만주의 중국공산당 내에는 양림만큼 전문적인 군사교육을 받은 간부가 없었다. 더구나 1925년에 벌써 중국공산당 당원이 된 사람이었고, 당원이 되기 이전에는 바로 이 만주 땅에서 '청산리전투'에까지 참가했던 독립군 출신 공산주의자였기에 여기서 활동할 명분도 있었다.

당시 만주성위원회에서 그의 혁명경력과 어깨를 겨눌 수 있는 사람은 남만의 오성륜과 북만의 김지강(金志剛, 최용건崔鏞健)밖에 없었다. 이들 모두 조선인이었다. 또 모두 황포군관학교 교관으로 재직했고, 비슷한 시기에 만주로 파견되어 동만주와 남만주 그리고 북만주로 갈라졌다.

물론 동만주에서의 양림의 활동이 가장 눈부셨다. 동만주가 지리적으로 조선과 강 하나를 사이에 둔 곳인 데다, 중국공산당의 '조선혁명 지원' 방침으로 조선인들이 집중되어 살았던 동만주의 혁명 열정이 여느 지역보다도 훨씬 높을 수밖에 없었던 것과도 무관하지 않다. 1931년을 전후하여 동만 각지에서 중국공산당이 지도하는 유격대가 여기저기에 생겨날 수 있었던 것은 양림이 중국공산당 동만군사위원회 서기로 활동했기 때문이다. 양림의 황포군관학교 교관 시절 동료나 제자들이었던 최상동, 방상범, 신춘, 김철산, 장자관, 박훈 등이 모두 나서서 적극적으로 그를 도왔다.

한편 료여원은 중국 관내(關內) 사람으로 1904년 호남성 안화(湖南省 安化)에서 태어났다. 조선말도 할 줄 몰랐고 동만주 사정에도 익숙하지 않았다. 나이도 양림보다 한참 어렸다. 직위는 양림보다 높았지만 양림을 부를 때는 항상 '라오주(老周)' 또는 '주 형(周兄)'이라 불렀다. 동만주에 도착해 거처를 잡을 때도 료여원은 위장용으로 차린 국자가의 한 약방 곁에 양림의 처소를 마련해서 항상 가까이 지냈고, 양림이 시키는 대로만 했다는 말도 있다. 그는 양림이 지방 어디로 떠날 때마다 "주 형, 언제 돌아오십니까? 빨리 돌아오십시오. 꼭 무사해야 합니다. 기다리고 있겠습니다." 이런 식으로 당부하며 배웅했고, 그가 돌아오면 너무 반가워 손을 잡고 흔들며 직접 차를 따르거나 요리까지 만들어가면서 그를 반겼다고 한다.

이런 상황이었으니 료여원은 유격대 건설을 모조리 양림에게 맡기다시피 했다. 대신 조직부장 왕경(王耿)[62]과 함께 당 조직 건설을 틀어쥐었는데, 동만주에

---

62 왕경(王耿王耿, 1904-?년)의 본명은 문갑송(文甲松)이며 조선인이다. 왕경이라는 별명 외에도 '샤오리(小李)', '라오리(老李)', '왕봉장(玉鳳章)', '왕번대머리(王禿盖子)' 등 여러 별명이 있다. 중국 봉천(奉天)에서 함북 종성 출신 이주민의 아들로 태어났다. 1916년 부모를 따라 중국 국적을 취득했다. 동녕현(東寧縣)에서 고등학교를 졸업한 후 사범학교에 진학하여 3년 6개월간 수학했다. 1922년 8월 고려공산당(상해파) 길림구역회에 입당하여 1924년 고려공산당 중동선(中東線) 구역 육첨(六站)세포에 배속되었다. 12월 블라디보스토크 혁공(革工)소학교에서 교사로 근무했다. 1930년 중국공산당에 입당하여 만주성위원회 합동국 서기장이 되었다. 2월 만주성위의 파견원으로서 동만특별지부를 건립하고 서기가 되었다. 5월 연변(延邊) 당부를 결성하고 서기가 되어 '간도 5·30봉기'를 지도했다. 8월 연화중심현위(延和中心縣委)를 건립하고 서기가 되었으며, 10월 동만특위 결성에 참여해 위원이 되었다. 1931년에 만주성위원회에 의해 반석 지방으로 파견되었으며, 반석중심현위원회를 설립하는 데 참가했고 조직부장을 맡았다. 1932년 반석유격대가 상점대와 합병할 때, 상점대 정치부 주임으로 임명되기도 했다.
이후 1934년 5월 요대현위(遼臺縣委) 선전부장으로 재직하다가 봉천총영사관 경찰에 체포되어 1937년 4월 경성지법에서 치안유지법 위반과 소요죄로 무기징역을 선고받았다. 수감 중 옥내 투쟁을 목적으로 한 옥내(獄內)공산주의자동맹 결성에 참여했다. 1945년 8월 15일까지 장기 복역했다. 해방 후 북한으로 간 왕경은 조선공산당재건설준비위원회에 참여하여 조공(장안파) 조직을 해체

도착하자마다 제일 먼저 한 일이 동만특위 산하 중국공산당 훈춘현위원회를 결성한 것이다.

이에 앞서 왕경의 파견을 받고 훈춘으로 갔던 김성도는 혜인(惠仁)과 혜은(惠銀) 두 지방에 중국공산당 구 위원회를 결성해두어 그것이 훈춘현위원회를 만드는 발판이 되었다. 이때 료여원과 만난 김성도는 지기지우(知己之友)를 만난 것처럼 료여원을 따랐고, 그의 지시라면 옳건 그르건 상관없이 무조건 집행했다. 일이 잘 풀려 성과가 나오면 료여원의 몫으로, 잘 풀리지 않아 과오가 생기면 다자기 책임으로 돌렸다.

항상 씩씩하고 성격이 불같이 급했던 김성도는 5·30폭동 때 시위 대오와 함께 돌진하다가 같은 편 농민이 휘두르는 작대기에 잘못 얻어맞고 한쪽 눈이 실명되는 불행을 겪었다. 일설에는 한 시골의 한의사가 그의 눈을 이식해준다며 자기 집 누렁이를 묶어놓고 산 채로 개의 눈알을 뽑아서 김성도의 실명된 눈구멍 안에 넣어주려고 무진 애를 썼으나 실패했다고 한다. 그때부터 실명된 그의 한쪽 눈에서는 시도 때도 없이 피고름이 흘렀다. 그래서 '구루메가네(선글라스의 간도 사투리)'라는 검은색 안경을 항상 썼는데, 동만 사람들은 '외눈깔왕개' 또는 '개눈깔왕개'라고 불렀다. 료여원은 인터뷰 때 김성도가 쓴 안경은 자기가 봉천에 다녀오면서 사가지고 온 것이라고 했다. 료여원이 김성도를 얼마나 신임하는지 보여주는 대목이기도 하다. 사실 김성도가 훈춘에서 활동할 때 왕개(王盖)라

하는 데 주도적 역할을 했다. 1946년 조공 서기국원이 되었다. 8월 반간부파 중앙위원 6인 명의로 '합당문제에 대하여 당내 동지 제군에게 고함'이라는 성명서를 발표하여 3당합당 방법에 대한 당 중앙 노선을 비판했고, 이로 인해 정권(停權) 처분을 받았다. 11월 사회노동당 임시중앙위원으로 선출되었다. 1947년 5월 근로인민당 결성대회에 참가하고 상임위원 및 사무국장으로 선출되었다. 사망 원인과 시간은 현재까지 밝혀지지 않고 있다.

는 중국 이름을 사용한 적이 있었다. 그 이름 때문에 비롯된 별명이 아닌가 싶기도 하다.

료여원이 적극적으로 김성도를 발탁했기에 그가 동만특위를 떠나 만주성위원회로 돌아갈 때 김성도는 연화현위원회 서기와 연길현위원회 서기를 거쳐 동만특위 조직부장까지 될 수 있었다. 더구나 김성도보다 나이도 많고 능력이 있었던 다른 특위 위원들, 예를 들면 중국인 위원 유지원(劉志遠)이나 이용(李鏞)[63], 이창일(李昌一) 같은 조선인 혁명가들이 모두 체포되었고, 왕경까지 남만으로 전근되었으니, 아직 새로운 특위서기가 오지 않았던 동만주에서 김성도는 제일 높은 간부나 다름없었다.

김성도는 누구에게 보고할 것도 없이 자기 멋대로 동만 각지 현위원회에 서

---

63 이용(李鏞, 1888-1954년) 독립운동가, 민족주의자. 헤이그 특사인 이준의 아들이다. 본명은 이종승(李鐘乘)으로 탄압을 피해 이용으로 개명했다. 호는 추산(秋山)이다. 부친 자결 후 중국으로 망명하여 절강군관학교를 졸업하고 중국군 소위로 임관했다. 1919년 4월 블라디보스토크 근교에서 열린 신민단과 한인사회당 군사부 담당 중앙위원이 되었다. 1920년 대한민국임시정부로부터 동로(東路)사령관으로 임명되어 북간도에서 반일무장부대 통합에 힘쓰는 한편, 대한국민회 산하 사관학교 건립을 준비했다. 그해 말 일본군의 간도참변에 대응하여 소련으로 퇴각했다. 시베리아내전이 끝난 뒤 소련 사관학교에서 수학했다가 1925년 소련 군사고문단과 함께 중국 광동(廣洞) 혁명근거지로 와 국민혁명군 산두(汕頭) 주둔 포병연대에서 근무했다. 1927년 4월 장개석의 반공 쿠데타에 반대하여 싸웠다. 12월 광주봉기 당시 봉기군 교도단 제1영 군사고문으로 참가했고, 봉기 실패 후 해륙풍(海陸豊)근거지 건설에 참여했다. 1930년 만주로 가서 조선공산당재건설준비위원회에 가입했다. 5월 중국공산당 연변특별지구 위원으로 '5·30폭동'과 이후의 반일농민운동에 참가하여 적색유격대, 자위대 결성에 노력했다. 10월부터 1931년 9월까지 동만특위 통신연락부장을 맡았다. 그해 11월 조양천(朝陽川)에서 일본 경찰에 체포되어 서대문형무소에서 복역한 후 북청에 거주제한 조치를 받았다. 1936년 11월 조국광복회에 들어가 지하활동을 했으며, 1944년 11월 장춘(長春)에서 비밀리에 동북인민해방정치위원회를 결성하고 일본군 군사시설 정찰활동에 참가했다. 해방 후 1946년까지 북청군 초대인민위원장을 지내다가 그해 3월에 월남하여 만 2년여간 서울에서 활동했다. 1946년 6월 이극로와 함께 남조선 단독 정부 수립에 반대했고, 1947년에는 신진당(新進黨) 부당수를 지내다가 1948년 4월 남북연석회의에 참가하기 위해 자진 월북한다. 그는 월북후 9월 9일 자로 수립된 첫 내각의 도시경영상이 되었다. 그후 1951년 12월에는 사법상으로, 다시 1953년에는 무임소상이 되었다. 1954년 8월 18일 서거한 이용은 1990년에 조국통일상을 수여받았고, 현재 애국열사릉에 안장돼 있다.

기와 현위원회 산하 부장들까지도 일일이 직접 임명하여 내려 보냈다. 김명균이 연길현위원회 군사부장에서 왕청현위원회 군사부장으로 전근된 것도 그때 일이고, 이용국이 동만특위 공청단 서기로 임명된 것도 그때다. 특히 이용국은 김성도 밑에서 오랫동안 공청단 사업을 책임졌던 사람이었다. 1930년 6월에 중국 공산당에 입당하여 8월에 연화중심현위원회 건립에도 직접 참가해 청년부장과 공천단 서기가 되기도 했다.

김명균이 부임지로 떠나는 날 작별 인사차 김성도에게 들렀는데, 마침 이용국도 같이 있어서 세 사람은 술 한 잔씩 따라가며 이야기를 주고받았다. 그런데 이용국 뒤에 그림자처럼 붙어다니던 '길주'라는 별명의 아이가 보이지 않는 걸 보고 김명균이 문득 물었다.

"이 사람 '성진'이, '길주'는 어디다 떼 두고 왔나?"

이용국 고향이 함경북도 성진이고 그 아이 고향은 함경북도 길주라서 두 사람을 부를 때 붙인 별명이었다. 이용국은 한숨을 내쉬었다.

"내가 잘 챙기지 못해서 지금 서대문형무소에 있습니다."

김성도가 한마디 거들었다.

"작년 추수폭동 때 그 애가 지주 집 곡간에 불을 질렀다가 왜놈 경찰에 체포되었답니다."

이 '길주'라는 아이가 바로 전문섭(全文燮)[64]이라고 회고하는 연고자가 여럿 있

---

64 전문섭(全文燮, 1919-1998년) 독립운동가. 함북 길주 출신으로, 1931년 11월 추수투쟁 당시 곡물 방화 혐의로 일본 경찰에 체포되어 서대문형무소에 수감되었다. 1933년 12월 징역 2년을 선고받고 출옥 후 동북인민혁명군 소속 경위중대원이 되었다. 1938년 동북항일연군 2군 6사 대원으로 임강현(臨江縣)에서 전투했다. 1939년 5월부터 1940년 초까지 길림성 무송현, 국내 무산 일대에서 전투했다. 해방 후 북으로 귀환했다. 1950년 8월 조선인민군 연대장, 1950년 10월 사단장, 1960년 8월 2군단장, 11월 개성지구 주둔 부대장, 1961년 9월 조선노동당 중앙위원, 인민군 제2집단군 사령

었다. 전문섭은 1931년 가을 추수투쟁 당시 곡물에 방화한 혐의로 일본 경찰에게 체포되어 징역 2년을 받았는데, 당시 서대문형무소에서는 최연소 수감자였다. 느닷없이 '길주' 이야기가 나오면서 김성도가 문득 김성주 얘길 꺼냈다.

"참, 내 그러잖아도 용국 동무한테 마침 할 이야기가 있었소. 여기 김명균 동지도 아는 젊은 동무인데, 혹시 들어보았소? 스스로 한별의 별명을 본떠서 '김일성'이라는 별명을 지어가지고 다니는 동무요. 채수항 동무와 길림에서 공부할 때 친하게 지냈는데, 그 동무 입당 문제로 요즘 말썽이 좀 있었소."

"아, 김성주라는 동무 말입니까?"

"용국 동무도 그 동무 이름을 알고 있었구먼. 생각보다 꽤 유명한 동무요. 지금 이 동무 손에 총도 몇 자루 있다는데, 나이는 어리지만 일찍 청총에서도 활동했고 열성분자요. 장춘 지방에서 국민부의 조선혁명군에 입대했다가 작년에 채수항 동무의 연줄을 타고 동만주로 나왔는데 당적에 문제가 생겼소. 자기 말로는 8·1길돈폭동 때 마천목 동지의 보증으로 예비당원까지 되었다고 하지만, 살아 있는 증인을 한 사람도 찾아내지 못했소. 문제는 예비당원으로 인정받았다면 시험기간이 필요했을 텐데, 바로 이 기간에 조직을 이탈해 폭동현장에서 사라져버렸소. 이 일은 김명균 동지가 증명하고 있소. 김 동지의 폭동대대에 배치되었는데, 무기를 구해오겠다면서 사라져버린 후 다시 나타나지 않았다오. 그러나 그때 이통현에서 반동군벌 경찰들에게 체포된 사실이 증명되었소. 그래서 말이오."

김성도는 이용국에게 이렇게 건의했다.

관, 1964년 사회안전성 부상(副相) 겸 호위국장, 1975년 4월 노동당 중앙위원회 정치국 후보위원, 1980년 10월 노동당 중앙위원, 정치국위원, 군사위원이 되었다. 1988년 5월 인민구 대장, 인민무력부 부부장이 되었다.

"이미 채수항 동무한테도 지시해놓았소. 벌써 작년부터 쟈피거우와 이도구 지방에서 안도 쪽으로 망명길에 오른 우리 동무들이 적지 않소. 오빈 동무가 연길현위원회로 전근하면서 안도구위원회가 옹성라자에서 대사하로 옮겨갔소. 지금 당 조직은 그런대로 활동을 시작했으나 유격대 건설은 안도가 동만주 지방에서 꼴찌요. 그래서 난 이 친구가 아직 당적 문제를 해결하지 못했지만 공청단 동만특위 순시원 일을 한번 맡겨보았으면 하오. 용국 동무 생각은 어떻소?"

"김성주에게 안도의 유격대 건설을 맡긴단 말씀입니까? 잘 해낼까요?"

이용국은 반신반의했으나 김명균도 지지하고 나섰다.

"내가 받은 인상으로는 이 친구가 제법 잘해낼 것 같소."

"그렇다면 이 결정을 화룡현위원회를 통하여 김성주 동무에게 전달할까요?"

"내가 한번 만나보고 싶었는데, 지금은 상황이 여의치 않고 아직까지는 소문만 무성할 뿐 우리 당을 위해 이 동무가 확실한 성과를 낸 게 없잖소. 그러니 일단 안도 쪽에서 한바탕 일을 시켜보시오."

이것이 김성주가 중국공산당 산하 공청단 동만특위 순시원(또는 특파원)으로 임명된 전후 과정이다.

그러나 이 결정은 1931년 12월 이전까지 김성주에게 전달되지 못했다. 채수항과 오빈을 따라 종성에 다녀온 지 얼마 되지 않았을 때 천보산에 있던 차광수의 부하 하나가 산속에서 총을 메고 돌아다니다 현지 동북군 초소에 잘못 들어간 것이 발단이 되어 천보산에 주둔한 동북군 중대 하나가 차광수와 박훈을 습격했던 것이다. 이때 차광수는 대원들을 거의 다 잃고 박훈 등에 업혀 가까스로 천보산을 탈출했다. 안도로 돌아온 차광수는 친구 계영춘의 집에 몸을 숨기고 있었다.

김성주는 안도에서 화룡까지 달려온 계영춘을 만나 이 소식을 듣고는 제정신이 아니었다. 그는 김성도와 만나게 해주겠다는 채수항의 제안도 뿌리치고 정신없이 안도로 돌아갔다. 어머니가 사는 소사하 흥룡촌 마을 입구에서 그를 기다리던 철주가 마을에 그를 붙잡기 위해 기다리는 사람들이 있다고 하자 그 길로 돌아서서 직접 계영춘의 집으로 갔다. 차광수가 반병신이 되어 들것에 누워 있는 것을 본 김성주는 그냥 그의 손을 잡고 위로하는 수밖에 없었다.

"어디를 얼마나 다쳤기에 이 모양이 되었습니까?"

"개머리판에 이마를 몇 대 맞았소. 뇌진탕인 줄 알았는데, 괜찮은 것 같소. 오른쪽 팔꿈치마디가 빠져서 일단 맞춰넣기는 했소."

화가 돋을 대로 돋은 박훈이 혼자서라도 자기들을 습격한 동북군에 보복하러 가겠다고 씩씩거리는 것을 가까스로 붙잡아놓았던 차광수가 김성주에게 물었다.

"어떻게 했으면 좋겠나?"

"그 동북군이 어디 소속인지나 알아보았습니까?"

"아, 안도야 온통 '노3영(老三營)' 세상이지. 그들 말고 또 누가 있겠나."

"잘 알아봐야겠습니다. 진한장에게서 들은 소린데, 왕덕림의 '노3영'은 웬만한 일로는 백성들한테 총부리를 겨누지 않는다고 합디다."

김성주의 말을 듣고 박훈이 참지 못하고 한마디했다.

"아이쿠, 우리가 총을 메고 다녔으니 그 사람들의 눈에 백성들로 보였을 리가 있겠소."

김성주는 그길로 안도를 떠나 돈화로 진한장을 찾아갔다. 언젠가 진한장에게서 친구 아버지가 노3영의 한 중대장과 아주 친한 사이라는 말을 들었기 때문이다.

5. 노3영(老三營)

진한장의 친구 범광명(范廣明)의 아버지 범자단(范子丹)은 돈화에서 유명한 중의(中醫, 한의사)였고, 진한장의 아버지 진해와도 잘 아는 사이였다. 범자단과 친한 노3영 중대장은 그의 중의원 곁에서 술집과 여관을 함께 운영했다.

그의 이름은 오의성(吳義成), 별명은 '오머저리(吳傻子)'로, 얼마 전 노3영에서 은퇴해 돈화에 들어왔다. 산동성 양곡현 출신으로 이때 나이가 벌써 44세였던 오의성은 노3영 대대장 왕덕림과 결의형제를 맺은 사이였다. '신축조약(辛丑條約, 북경의정서)' 이후, 의화단운동은 급격하게 쇠퇴했고 러시아 침략군과 싸웠던 당전영과 유영화의 충의군은 모두 사라졌다. 그러나 왕덕림은 부하인 오의성, 공헌영(孔憲榮)과 결의형제를 맺고 계속 무리를 긁어모아 1917년에는 어느덧 800여 명에 달해 길림성 경내에서는 최대 규모의 마적이 되었다. 왕덕림의 마적부대 규모가 계속 커진 것은 그들이 못사는 백성들은 괴롭히지 않고 주로 부자들만 공격했기 때문이라고, 일찍 왕덕림 부대의 참모장을 맡은 적이 있었던 주보중(周保中)은 1969년 1월 흑룡강성 사회과학원 관계자들과의 한 차례 좌담에서 회고했다.

확실히 왕덕림의 마적부대는 당시로선 희한한 마적이었다. 마적들이라고 모두 나쁘게 보면 안 된다는 걸 보여주었다. 그들은 특히 농민들을 존중했다. 웬만해선 농민을 건드리지 않았다. 어느 동네에 농민을 못살게 구는 지주가 있다는 소리를 들으면 사람을 보내어 반죽음이 되도록 패거나 죽여 버리기도 했다. 때문에 '길동팔현(吉東八縣)' 사람들은 대부분 왕덕림의 마적부대를 좋아했고, 관병들이 그들을 토벌하러 오면 모두 나서서 마적 편을 들어주었다.

1917년 9월 왕덕림의 마적부대가 목릉현 석두하(穆棱縣 石頭河)에 주둔할 때 일본군 대좌 후지타 이치로(藤田一郎)가 직접 왕덕림을 찾아와 협력하자고 설득했으나 쫓겨난 일이 있었다. 이때 왕덕림은 그에게서 문건 하나를 빼앗아 길림독군부(吉林督軍府)에 바쳤는데, 당시 길림독군 맹은원(孟恩遠)이 크게 기뻐했다. 이것이 인연이 되어 길림독군부로부터 초무(招抚)를 받은 왕덕림은 연길도 9영 통령 맹부덕(孟福德) 산하 기병3대대로 편성되었다. 산하에 중대 3개를 두고 중대장 자리에 모두 자기 부하들을 임명하는 등의 권위를 누리게 된 것이다. 1920년대에 들어서면서 길림독군부의 지휘 조직은 계속 바뀌었으나 왕덕림의 기병3대대만은 건들지 못할 정도였다.

이런 연유로 노3영이라는 별명을 가진 왕덕림 부대는 1931년 9·18만주사변이 발생했을 당시, 연길진수사(延吉鎭守使) 겸 27여단 여단장 길흥(吉興)의 관할 아래 있었고 부대는 옹성라자에 주둔하고 있었다.

그런데 왕덕림이 나이 쉰을 넘기도록 계속 대대장 자리에서 더는 올라가지 못하니, 그 밑의 중대장, 소대장들도 계속 그 자리에 머물러 있을 수밖에 없었다. 결국 오의성이 참지 못하고 먼저 퇴역했다. 이렇게 되어 오의성은 돈화에 들어와 그동안 모아둔 돈으로 땅과 집을 사고 시내 한복판 번화가에 술집과 여관을 차린 것이다. 그러나 왕덕림은 공헌영과 요진산을 데리고 기회가 있을 때마다 오의성을 보러왔다. 오의성도 자주 노3영을 들락거렸으니, 노3영 일이라면 오의성의 한마디로 해결하지 못할 일이 없었다.

그런 연유로 김성주와 진한장이 찾아와 부탁하자 범자단은 그날로 오의성을 찾아갔다. 얼마 후 돌아온 범자단이 말했다.

"노3영은 작년에 부대를 몽땅 옹성라자로 옮겨왔다네. 천보산에 있는 부대는 다른 부대라고 하더구먼. 노3영의 일이라면 자기 한마디로 해결 못 볼 일이 없겠지만, 이 일은 도와줄 수 없어서 안됐다고 하네."

진한장은 이 사실을 김성주에게 알려주자, 김성주는 맥이 빠져 한숨을 내쉬었다.

"성주답지 않게 왜 그러나. 내가 동행할 테니 우리 같이 천보산에 한 번 가보자구."

진한장은 김성주를 위안하며 직접 따라나섰다. 둘은 천보산에 가서 거기 주둔한 부대가 길림성방군 제677연대 제1대대임을 알아냈다. 또 연대장 우명진(于明震)의 본명은 우학당(于學堂)[65]이며 고향은 화룡현 관지(官地)로 그의 집이 5·30 폭동 때 시위대의 습격으로 불에 탔을 뿐만 아니라 나이 칠순에 가까운 그의 아버지가 거리로 끌려 나와 조리돌림을 당하면서 반죽음이 되도록 얻어맞았다는 사실도 알게 되었다. 우명진에 대해 잘 아는 사람이 이렇게 권했다.

"그 사람은 '꼬리빵즈(高麗棒子, 중국인이 조선인을 비하해서 부르던 호칭)'라는 소리만 들어도 잡아먹지 못해 안달이오. 공산당이라면 더 말할 것도 없고. 그러니 그냥 돌아가는 게 좋을 것이오."

그러나 진한장은 천보산까지 왔는데 그냥 돌아갈 수야 없잖냐며 나섰다.

"그냥 포기하고 돌아가야 할까 봐. 나 때문에 괜히 너까지 다칠까 겁나."

"그래도 한 번은 도리를 따져보는 것이 좋겠어."

"아까 그 사람 말 들었잖아. 우명진은 조선인이라면 잡아먹지 못해 안달이라고. 공산당이라면 더 말할 것도 없고."

김성주가 아무리 그만두자고 말려도 진한장이 계속 고집을 부렸다. 결국 둘은 우명진 병영 앞까지 가서 다시 말다툼을 했다. 김성주는 부득부득 병영에 들어가 도리를 따져보겠다는 진한장의 손목을 잡고 놓아주지 않았다.

---

65 우명진(于明震, 우학당于學堂). (하권 부록 주요 인물 약전 참조.)

"너 여기서 사고 나면 나 다시는 네 아버지, 네 아내 다 못 봐. 그러잖아도 너희 집 식구들이 나를 아주 미워하는데, 이번에 또 나 때문에 사고가 나봐라."

그때 보초병 하나가 뛰어왔다.

"너희들 여기서 뭘 하느냐?"

"아닙니다. 사람 찾으러 왔는데 여기가 노3영 병영인 줄 잘못 알았습니다."

김성주는 부리나케 둘러대고는 있는 힘을 다해 진한장을 잡아당겼다.

"에잇, 천보산에 헛 왔잖아."

진한장이 푸념하자 김성주가 갑자기 힘을 내서 말했다.

"한장아, 뭘 그래. 우리 둘이 같이 천보산 광산도 구경할 겸 놀러왔다고 생각하면 되잖아. 여기 천보산 좀 봐. 언젠가는 우리도 군대를 만들어 여기 천보산에 와서 전투한다고 생각하자. 천보산진에서 광산 쪽으로 가는 길은 어떻게 어디로 해서 빠져나갔는지, 광산 주변 산세는 어떻게 생겨먹었는지, 초소 경비는 어떻게 하고 있는지, 이런 것들도 두루 다 알아두면 좋을 것 아니야?"

이렇게 말하며 김성주는 밝게 웃었다. 그의 빛나는 눈빛은 금방 진한장까지도 설레게 했다.

"아, 그러니까 언젠가는 이 천보산을 점령해 버리겠다는 말이구나!"

"천보산뿐이 아니야. 나는 길게 10년쯤 잡고 안도현까지도 모조리 통째로 차지해버릴 자신이 있어. 넌 어때? 넌 돈화 사람이니까, 돈화는 너한테 맡긴다."

"좋아. 돈화는 내가 차지하마."

둘은 소꿉놀이 같은 대화를 나누며 천보산광산 쪽으로 천천히 발걸음을 옮겼다. 이때까지도 김성주의 꿈은 그렇게 크지 않았다. 말년을 중국 연변에서 보냈던 항일연군 생존자 여영준(呂英俊)은 한때 중국 연변주 법원 원장과 부주장을 지내기도 했다. 1980년부터 공직에서 은퇴하고 휴양생활을 시작한 여영준은 전혀 고위 공직에 있었던 사람답지 않게 성격이 소탈했고 생활도 검소하기를 이를 데 없었다. 그는 자신을 방문하여 인터뷰를 요청하는 모든 사람을 반갑게 대해 주었고 자신이 알고 있는 모든 일에 대하여 하나도 숨기지 않고 낱낱이 들려주었는데, 특히 김일성(김성주)과 관련한 일화가 무척 많았다.

"한번은 김일성(김성주)에게 이렇게 물어보았다. '김 정위, 우리가 이렇게 먹을 것도 못 먹고 입을 것도 못 입으면서 왜놈들과 싸우느라 산속에서 고생하는데, 왜놈들 다 몰아내고 해방이 되면 공산당은 우리한테 무엇을 시킬까요?' 그러자 김일성이 이렇게 대답했다. '나는 안도 사람이고, 안도에서 많이 활동했으니 최소한 안도현장쯤은 시켜주겠지.' 그래서 우리 몇은 김일성 주변에 모여앉아, '그럼 너는 김 정위 밑에서 안도현 공안국장을 하고, 나는 안도현 위수사령관을 하마.'라고 말장난하던 기억이 지금도 생생하다. 그때까지는 김일성도 북조선(북한)에 돌아가 이렇게 나라를 세울 줄은 꿈에서도 생각지 못했을 것이다.'[66]

천보산광산은 연길현 로두구 서남쪽으로 30여 리 남짓한 깊은 산골에 따로 떨어져 있는 은광(銀鑛)으로 만주에서도 개발된 지 가장 오래된 광산이었다. 청나라 광서 14년에 훈춘개간국에서 이 광산을 접수하고 정광제에게 맡겨 '관민합작' 형식으로 경영했다. 이때 주주들에는 당시 길림장군(吉林將軍) 장순(張順)은 물론 청나라 통상대신 이홍장(李鴻章)까지도 들어 있었다.

1890년대 초엽부터 두만강을 건너 간도로 들어온 조선인 청장년들이 이 광산에 모여들었다. 그런데 광산주 정광제가 서방의 선진설비를 매입하려고 돈을 돌

---

66 취재, 여영준(呂英俊) 조선인, 항일연군 생존자, 취재지 연길, 1986, 1988~1989, 1993, 1996.

리면서 광부 노임을 체불하게 된 것이 발단이 되어 1899년에 한 차례 대폭동이 일어났다. 정광제가 길림에 가 장순과 만나 대책을 상의하는 동안, '독사'라는 별명의 감독이 잠깐 광산 일을 대리하면서 불평을 터뜨린 광부들을 매질한 것이 도화선에 불을 붙인 것이다. 이후 천보산광산이 일본인 손에 완전히 넘어간 것은 일본 남만주철도주식회사가 광산업에 손대기 시작한 후였다. 언젠가는 이 광산을 점령하겠다는 19세의 김성주와 진한장의 대화가 현실이 되리라곤 아무도 생각지 못했다.

그로부터 8년 뒤인 1939년 6월, 김성주가 지휘하던 항일연군 제1로군 2방면 부대는 천보산진을 점령했다. 천보산진에 들어온 김성주 부대는 두 갈래로 나뉘어 한 갈래는 일본인 상점과 양식점, 약방 등을 습격하여 천과 약품, 고무신, 식품 등을 대량으로 가져갔고, 다른 한 갈래는 광산을 습격했다. 광산보위단 일본인 단장 기치다나가 현장에서 사살되었고, 일본군 15명과 만주군 경찰 우두머리 등이 생포됐다. 이때 천보산소학교에 사람들을 모아놓고 '인민재판'을 열어 이들을 공개처형했다. 김성주 부대가 천보산진과 천보산광산에서 턴 돈이 수십만 원도 더 된다고 주장하는 연구가들도 있다.

6. 푸르허에서 피신

김성주는 1931년 9·18만주사변을 앞두고 다사다난한 시간을 보내고 있었다. 천보산에서 돌아오는 길에 기차가 명월구역에 잠깐 멈췄을 때, 계영춘이 김성주를 발견하고 부리나케 올라탔다. 진한장과 헤어져 기차에서 내리려던 김성주는 계영춘에게 끌려 기차에 다시 올라탔다.

"성주야, 큰일 났어. 여기서 내리면 안 돼."

어안이 벙벙한 김성주에게 계영춘은 국민부에서 온 특무대가 아직도 그를 찾고 있다고 말했다. 소대장 고동뢰가 죽고 나자 중대장 심용준(沈龍俊)[67]이 직접 대원들을 데리고 김성주와 장울화를 찾아다니고 있다는 것이었다. 하지만 장울화는 중국인인 데다 무송현에서는 중국 경찰이 비호하니 함부로 건드리지 못하고, 김성주가 안도에 온 것을 알고 뒤쫓아왔는데 아직도 돌아가지 않고 있었다.

"그렇다고 내가 안도로 돌아가지 못하면 어떻게 해? 광수 형님은 뭐라던?"

"조금만 더 시간을 끌면, 심용준 패거리가 더는 기다리지 못하고 돌아갈 거라고 하더구나."

"그럼 나는 그런다 치고 광수 형님은 어디로 피했지?"

"광수 형님은 이영배하고 화룡현 쟈피거우로 갔어. 거기 독립군이 묻어둔 총이 있다고 누가 말해줘 장소와 지점까지 확인하고 갔는데, 돌아올 때 푸르허에 들르겠다니 너도 푸르허에서 몸을 피하고 있으면 어떻겠는가 하더라. 등잔 밑이 어두운 법이라면서. 오히려 심용준 패거리들이 상상도 하지 못할 것이라고 하더구나."

김성주는 머리를 끄덕였다.

---

67 심용준(沈龍俊, 1896-1949년) 평북 희천(熙川) 사람이다. 지금까지 알려진 바로는 1919년 3·1운동 발발 이듬해인 1920년에 최시흥(崔時興), 최지풍(崔志豊) 등과 함께 평북 천마산 중에서 무장항일 결사 천마산대(天摩山隊)를 조직하였고 1923년 6월 3일에는 천마산대 대표로서 상해에서 개최된 국민대표회의에서 창조파를 비판하는 성명 발표에 이름을 올렸다. 1920년대 전반기 서간도(西間島) 지역 독립운동단체 통합기관인 대한통의부(大韓統義府)가 조직되자 이에 참여하여 양세봉, 문학빈(文學斌) 등과 함께 활약하였으며 1925년 진동도독부(鎭東都督府)가 조직되면서 제2사령장(司令長)으로 통의부와의 재결합을 시도하기도 했다. 이후 1926년에는 새로 결성된 참의부의 제3중대장이 되었고, 1929년에는 정의부(正義府)의 조선혁명군(사령장 양세봉)에 편성되기도 했다. 이때 이미 나이가 마흔에 가까웠던 심용준은 조선혁명당(朝鮮革命黨) 집행위원회 위원으로 이름을 올리기도 했다. 김일성은 회고록에서 심용준을 '독립군의 영감'으로 호칭하기도 했다. 1998년에 한국 정부로부터 건국훈장 독립장이 추서되었다.

"그 말이 맞아. 푸르허에 청산 아저씨(김일룡) 조카 송창일이 사는데, 그 집에 가서 잠깐 지내고 있으마. 근데 난 쟈피거우에 간 광수 형님이 더 걱정이야. 화룡에 가서 사고치면 어떻게 한다냐?"

김성주가 걱정하니 계영춘은 그를 안심시켰다.

"광수 형님이 너를 피신시키고 나는 뒤따라 쟈피거우로 오라고 하더라. 무슨 문제가 생기면 금방 너한테 소식을 알려줄게. 국민부 특무대가 안도를 떠나기 전까지 넌 절대 함부로 나다니지 말라고 광수 형님이 신신당부했어."

김성주는 돈화에 도착하여 진한장과 헤어진 뒤 걸어서 푸르허까지 갔다. 푸르허는 안도에서 돈화로 넘어가는 길목에 있었고, 일찍부터 정의부의 영향을 많이 받았던 동네였다. 1929년 여름, 조선공산당 만주총국이 이 동네에 들어와 정의부와 제휴를 둘러싸고 말썽을 일으킨 적이 있었다. 정의부를 지지하는 동네 노인들이 탈곡장에서 젊은이들을 모아놓고 연설하던 김찬(金燦)에게 달려들어 불이 붙어 있던 담배 대통으로 김찬 이마를 지져놓았다는 일화로 유명한 동네였다. 그때 김찬이 불에 덴 이마를 수건으로 동여매고 푸르허를 떠나면서 "이처럼 지독한 반동 동네는 처음이다."라고 내뱉었다는 소문이 간도 바닥에 회자되기도 했다.

그러나 다행히 김일룡의 조카 송창일(宋昌一)이 이곳에 살고 있었고, 이 동네에서 오래된 집안이었기 때문에 김성주는 머슴으로 위장하고 숨어 지냈다. 한번은 송창일의 맞은편 집에서 잔치를 하면서 송창일한테 머슴을 보내 떡을 쳐달라고 부탁했다. 김성주는 이 일을 이렇게 회고한다. 한 번도 떡을 쳐본 적 없었던 김성주는 금방 정체가 드러날까 봐 당황했으나 송창일이 나섰다.

"이 사람, 그 팔을 가지고 어떻게 떡을 친다고 그러나? 내가 팔을 잘 건사하라고 몇 번이나 당부하던가!"

이렇게 말하면서 떡메를 가로챘다고 한다.

한편 양세봉은 사람을 보내 김성주를 잡겠다고 혈안이 되어 안도를 돌아다니던 심용준을 불러들였다. 1931년 7월, 현익철이 갑자기 일본영사관 경찰에 체포되었기 때문이다. 당시 현익철은 심양에 가서 중국 정부 관헌들과 만나 '한국 독립운동 원조, 만주와 몽골에서 일본 세력 축출' 등의 현안을 논의하고 돌아오는 길이었다. 그때 현익철을 붙잡으려고 조선총독부와 일본 외무성은 벌써 4~5년째 갖은 계책을 다 동원하던 중이었다. 그가 체포되었다는 소식은 〈동아일보〉와 〈조선일보〉는 물론, 연해주에서 발행되던 교포신문 〈선봉〉 638호(1931년 9월 24일)에도 실렸다.

현익철이 체포되자, 국민부 내에서도 은근히 좋아하는 사람들이 있었다. 그들은 국민부를 해산하기 위해 갖은 노력을 해왔던 '반국민부파'였고, 대부분 공산주의자였다. 국민부에서 그들을 단단히 억제한 사람은 현익철과 양세봉뿐이었다. 2002년까지 생존했던 국민부 계통 조선혁명군의 소대장 출신 계기화(桂基華)는 1932년 가을 중국 환인현 서간도의 깊은 산속에서 독립군 부대와 함께 있을 때 양세봉에게서 직접 들었다며 그를 찾아왔던 역사학자 박창욱에게 이런 증언을 했다.

"당시 엠엘당이나 정의부(국민부)에 있던 반대파들이 제일 무서워하는 것이 현 위원장(현익철)의 현하(懸河, 급한 경사를 세게 흐르는 하천)와 같은 정치이론과 과격한 성격, 그리고 양세봉의 침착하고 강의한 성격이었다. 그들에겐 아무리 불리한 전투에서도 패한 적이 없는 군신(軍神)이 있었으나 회색분자들에게는 직접 군사지휘권이 없었기 때

문에 표면화하지 못했다.'[68]

현익철이 체포되자 국민부 계통에서 탈출한 공산주의자들은 살맛나는 세상을 만난 듯이 뛰어다니기 시작했다. 푸르허에서 한 달 남짓 숨어 지내던 김성주는 자기를 잡으려던 조선혁명군 특무대가 모조리 사라진 것을 확인하고서야 비로소 소사하로 돌아올 수 있었다.

이때 김성주는 김일룡 소개로 '콧대'라는 별명을 가진 중국공산당 화룡현위원회 산하 안도구위원회 조직위원 안정룡과 만나게 되었다. 얼마 후 안도구위서기가 된 안정룡이 소사하에 살던 김성주 가족을 정성을 다해 보살핀 이야기는 안도 지방에 널리 알려졌으나 정작 김성주 회고록에서는 안정룡이라는 이름이 나오지 않는다. 그 대신 김정룡이라는 이름이 나오는데, 그가 안정룡을 김정룡으로 잘못 기억한 듯하다.

1931년 8월, 김성주는 서기 안정룡과 조직위원 김일룡의 보증으로 정식 당원이 되었고, 안도구위원회에 소속되어 선전위원 직책을 맡았다. 또 정식으로 공청단 동만특위로부터 특파원으로 임명한다는 결정을 전달받았다. 화룡현위원회 제1임 당서기인 채수항은 김일룡에게 지시해 안도현의 사포정자(四哺頂子)에 유격구 근거지를 만들 준비를 해나가라고 했다. 따라서 유격대 조직은 김성주가 맡게 되었다.

김일룡이 채만철, 김승권, 김태원 등과 사포정자 쪽으로 옮겨가면서 소사하에 남은 김성주는 몸을 아끼지 않고 일했다. 이도백하, 삼도백하, 사도백하, 대전자,

---

68　취재, 박창욱(朴昌昱) 조선인, 항일투쟁사 전문가, 연변대학 역사학부 교수, 취재지 연길, 1995~2000 10여 차례.

푸르허 등 그의 발길이 닿지 않은 곳이 없었다. 그가 '추수폭동' 때 김일룡과 함께 대전자의 지주 장흥천의 집에 들이닥쳐 총을 빼앗았던 소문이 나 있었기 때문에 흥륭촌 지주 목한장(穆漢章)까지도 은근히 그를 무서워했다. 그는 집에 보위단까지 두었지만, 김성주에게 총을 빼앗길까 두려워 모조리 땅에 묻어버리고는 명월구에 가서 숨어 살면서 웬만해서는 흥륭촌에 오지 않았다고도 한다.

이는 당시 안도 지방 중국인들까지도 김성주 이름을 알았고 무서워했다는 증거이기도 하다. 조선 사람들이 많이 사는 동네의 중국인 지주들은 특별히 중국말도 잘하고 한자도 아는 조선인 소작농을 골라서 마름으로 부렸다. 그러다보니 자연스럽게 그들에게서 김성주 소문을 많이 얻어들을 수밖에 없었다.

김성주가 겨우 열아홉밖에 되지 않았지만, 벌써 감옥에도 여러 번 들락거렸고 총도 백발백중 잘 쏘며, 그의 손에 걸려 쥐도 새도 모르게 사라져버린 사람도 이미 한둘이 아니라는 소문이 나돌아 안도 바닥에서는 차츰 김성주를 모르는 사람이 없게 되었다.

7. '콧대' 안정룡

안도 지방 당 조직들이 모두 화룡현위원회의 지도를 받게 된 것은 소사하에서 안도구위원회가 조직될 때 당원 대부분이 화룡현에서 건너온 사람들이었고, 안도에 현급 위원회가 아직 조직되지 않았기 때문이다. 소사하에 살던 김일룡 등 당원들과 나중에 이 동네로 이사 온 안정룡 등이 합쳐 안도특별지부로 명칭을 바꾸었지만 여전히 현급 위원회로 격상하지는 못했다. 안도특별지부의 당원들도 김일룡 등 몇몇을 제외하면 다수가 화룡현위원회 산하 이도구 당지부에서 활동했던 사람들이었다. 1930년 10월, 이도구 당지부가 현지 일본 경찰들에 의해 파괴되자 검거를 피해 안도 소사하로 온 것이다.

안정룡이 비록 안도에서 활동했던 당원은 아니지만 안도와 가까운 쟈피거우와 이도구 지방에서는 한때 '공산당 수령'으로 소문이 자자했다. 중학교까지 다녀 글도 많이 알았고, 이도구 구산장에 살 때는 갑장이었던 경력이 있어 조선공산당 만주총국이 이 지방에서 활동할 때 제일 먼저 조선공산당원이 되기도 했다.

1930년 7월, 중국공산당 연화현위원회가 평강구에서 혁명위원회를 설립할 때, 그는 한별의 소개로 중국공산당원이 되었고, 평강구농민협회 책임자로 임명되어 '추수폭동'에 참가했다. 이 폭동 직후 중국공산당 신분이 폭로되어 경찰에게 쫓기던 안정룡은 대사하의 지주 장홍천의 밭을 소작하던 김일룡과 만나게 되었다. 이것이 연줄이 되어 안정룡은 다른 대원들과 함께 가족들을 데리고 안도로 옮겨왔다. 이때부터 안도의 중국공산당 조직은 무척 활기차게 활동했다. 김일성은 회고록에서 안정룡을 김정룡으로 잘못 기억하고 있다.

김성주가 공청단 동만특위 특파원으로 임명받은 후 다 흩어지다시피 했던 적위대도 다시 살아났다. 지주 장홍천의 집을 습격할 때 함께 갔던 김철희와 이영배는 화승총 두 자루를 각자의 집에 숨겨두었는데, 화약이 없어 총을 쏠 수도 없었다. 그런데 하루는 김성주가 보내왔다면서 박훈과 계영춘이 장총 두 자루를 가지고 와서 그들에게 전해주었다.

"총 걱정은 하지 말고 대원들이나 좀 모아주시오. 총은 이제 또 생길 것이요."

박훈은 며칠 동안 김철희와 이영배의 집에서 번갈아가며 묵었는데, 밤에는 총 다루는 법을 가르치고 낮에는 산속으로 데려가 두 사람에게 총 메고 걷는 법과 총을 든 채 엎드려 포복·전진하는 방법 등을 훈련시키기도 했다.

일설에 의하면, 박훈이 밥을 너무 많이 먹는 바람에 김철희와 이영배의 집에서는 밥상 차리기가 어려웠다고 한다. 나중에 박훈이 눈치 채고 "이제 그만 떠나겠소. 나 없는 동안 훈련을 게을리하지 마시오. 대원들을 더 모아놓고 또 알려주면 그때 다시 오겠소." 하며 떠났다고 한다. 그런데 사실은 김철희와 이영배의 부모가 안정룡을 찾아가 하소연했다고 한다. 김성주가 보낸 어떤 총 찬 괴한이 자기들 집에 와서 번갈아가며 묵고 있는데, 밥을 너무 축내서 감당하지 못하겠다고 했다. 이 말이 김성주에게까지 전달된 것이다. 김성주는 급히 박훈을 불러들여 같이 화룡에 갔다 올 일이 생겼다고 말했다.

"혹시 차광수 동무에게 무슨 일이 생긴 게요? 그래 그 노인이 잡혔다는 게요? 아니면 우리 동무들한테 일이 생겼다는 게요?"

박훈은 깜짝 놀라 다그쳐 물었다.

그동안 차광수는 독립군이 사용하다가 묻어두었다는 총을 파내려고 쟈피거우에 몇 번이나 갔다 왔으나 번번이 허탕만 치고 빈손으로 돌아왔다. 그러다가 사문림자에 사는 한 노인이 찾아와, 독립군이 총을 묻을 때 그곳에 있었다면서 돈 30원을 주면 길 안내를 서겠다고 나섰다. 노인은 아들 장가보내는 일로 돈이 필요했기 때문이다. 흥정 끝에 겨우 20원으로 하기로 하고 차광수는 자기 손목시계까지 팔아 돈을 마련했다. 드디어 쟈피거우에서 총 11자루를 파내 돌아왔다. 노인은 아들 혼수 물품을 사야 한다면서 이도구로 들어갔다가 아는 사람을 만나 술 한 잔하면서 총을 파냈다고 자랑했다. 그 이야기가 그만 경찰 귀에까지 들어간 것이다.

"그 노인이 이도구경찰서에 일단 잡혀 있는데, 빨리 꺼내지 않으면 우리 일을 다 불어버릴 가능성이 있소. 다른 동무들은 총을 가지고 몰래 돌아왔으나, 광수 형님은 이도구에서 나를 기다리고 있습니다. 아무래도 가보지 않으면 안 될 듯합니다."

김성주의 말을 듣고 박훈은 감탄했다.

"김일성 동무는 항상 궁둥이에 불 붙은 사람처럼 바삐 돌아다니다가도 그 차 덜렁이한테만 무슨 일만 생겼다면 만사가 다 뒷전이구먼. 난 그런 광수가 정말 부럽기까지 하오."

"원, 나한테는 박 형도 광수 형님과 마찬가지로 소중합니다. '쌍총잡이'인 박 형한테야 원체 무슨 일이 생길 리 없지만, 광수 형님은 서생 출신입니다. 천보산 에서 총을 빼앗기고, 총이라면 눈이 달아올라 있는 광수 형님이 안쓰럽기까지 합니다. 이번에 총을 얻자고 그처럼 애지중지하던 손목시계까지 팔아버렸다고 하지 않습니까."

김성주는 안정룡에게 부탁해 말 두 필을 구해 박훈과 이도구로 갔다. 그러나 노인은 이도구경찰서 유치장에서 하룻밤을 보낸 다음날 아침에 바로 다 불어버리고 말았다. 사태가 심각한 것을 눈치챘는지, 노인을 실은 마차가 아침 일찍 화룡 쪽으로 떠나버렸다는 것이다.

"아니. 그럼 그냥 보고만 있었단 말이오? 어떻게든 손을 써야 할 게 아니오."

박훈이 차광수에게 버럭 소리를 지르면서 말을 몰아 화룡 쪽으로 뒤쫓아 가려고 했다.

"늦었소. 마차가 떠난 지 한참 됐소. 경찰도 한 소대나 따라갔소."

차광수가 말렸는데도 박훈은 말에서 내리려고 하지 않았다.

"김일성 동무, 내가 화룡까지 쫓아가서라도 그 영감 입을 막아놓고 돌아오겠소."

그러자 김성주가 화를 냈다.

"박 형, 그 방법이 좋긴 하지만 우리가 그 할아버지를 죽였다는 소문이 안도에 퍼지는 날이면 큰일납니다. 우리가 안도 바닥에서 배겨나지 못할 것은 둘째

치고, 나까지도 당 처분을 면치 못합니다. 그러니 그 방법은 안 됩니다."

"에잇, 그러면 어떻게 하겠소?"

"일단 화룡에 가서 방법을 찾아봅시다. 광수 형님은 빨리 안도로 돌아가십시오. 나와 박훈 동무가 가서 처리하겠습니다."

김성주는 그길로 박훈을 데리고 채수항을 찾아갔다. 채수항은 김성주가 찾아온 사연을 듣고 나서 안심시켰다.

"너무 걱정 마오. 방법이 있소."

채수항은 김성주와 박훈을 데리고 바로 화룡현 경찰국으로 갔다. 이때 김성주는 처음으로 시세영(柴世榮)을 만났다.

김성주는 회고록에서 시세영을 '채세영'[69]이라 부르며, 화룡현 경찰국 부국장이었다는 사실도 전혀 언급하지 않는다. 2008년까지 중국 사천성 중경시에서 살았던 시세영의 아내 호진일(胡眞一)은 김일성의 초청을 받고 평양으로 가 그를 만난 적이 있다. 그는 2002년 필자와 만난 자리에서 이런 이야기를 들려주었다.

시세영이 화룡현 경찰국 부국장일 때, 김성주가 자기의 중학교 시절 스승과 함께 시세영을 찾아와 경찰서로 압송되어 온 조선인 혁명가들을 풀어달라고 요청해 시세영이 그들을 놓아주었다는 것이다. 이것이 인연이 되어 두 사람은 항일연군에서 만났을 때도 각별히 친하게 지냈고, 1941년 항일연군이 러시아 경내로 철퇴하여 하바롭스크의 밀영에서 보낼 때도 김성주 김정숙 부부와 시세영 호진일 부부는 서로 이웃하고 살았다고 한다.

---

69 시세영(柴世榮)의 성씨인 시(柴)는 땔나무 섶 시 자로 풀 숲 채(蔡) 자와 같게 '차이(cai)'로 발음하는 까닭에 북한에서는 오늘날까지도 시세영을 채세영(蔡世榮)이라고 잘못 번역하여 사용하고 있는 듯하다.

그러나 호진일은 시세영의 첫 아내가 아니며, 그때 김성주가 채수항과 함께 시세영을 찾아왔던 자세한 내막은 알지 못했다. 1937년에야 시세영과 만나 결혼했기에 그가 들려준 이야기가 제멋대로 지어낸 것이 아니라면, 그도 시세영한테 들은 이야기일 것이다.

시세영은 1893년생으로 산동성 내주부 교주현(萊州府 胶州縣)에서 태어났으며 다섯 살 때 부모를 따라 오늘의 길림성 연변 화룡현으로 이사를 왔다. 1924년에 조선으로 건너가 4년 동안이나 일하다가 1928년에야 다시 화룡현으로 돌아왔는데, 이때 화룡현, 특히 용정촌(龍井村)에는 조선인들이 많이 살아 시세영이 조선말을 잘하는 것을 보고 경찰국에 취직시켜 주었던 것이다.

이때부터 만주사변 직후, 왕덕림이 노3영을 이끌고 구국군을 일으킬 때 시세영은 화룡현 경내에서 크게 이름을 날렸다. 사람들은 그를 '활보살(活菩薩)'이라고 불렀다. 구(旧) 시대 경찰을 모두 나쁘게만 말하는 요즘 세상에도 시세영 이야기를 들어보면 그 시절에도 멋있는 경찰이 아주 많았던 것 같다. 시세영도 그 가운데 한 사람이었다.

어쨌든 그때 시세영의 도움으로 무사히 풀려난 노인은 안도로 돌아오는 길에 실종되고 말았다. 당시의 진실은 알기 어려우나 노인이 술을 너무 좋아해 길에서 또 술을 사마시고 횡설수설하자, 노인을 데리고 안도로 돌아오던 사람이 죽여 버렸다는 이야기도 있다.

7장
만주사변

"'천하의 흥망은 필부에게도 책임이 있다'는 말도 들어보지 못했습니까!
나라가 망하게 생겼는데, 당당한 남아로 태어나서 가만히 노예가 되겠단 말입니까!
나는 설사 죽는 한이 있더라도 그렇게는 못 살겠습니다."

1. 진한장의 휴서(休書)

1931년 9월 18일, 만주사변이 발생했다. 바로 다음날 이른 아침에 이 소식을 듣고 진한장이 나에게 달려왔다.

"전쟁이오. 왜놈들이 끝내 불집을 일으켰소!"

그는 신음하듯 숨 가쁘게 소식을 내질렀다. 진한장은 장학량이 동북군 수십만을 거느리고 있었으면서도 일본군에게 대항 한 번 하지 않은 것을 참을 수가 없었다.

"장학량 같은 사람이 동북 땅을 지켜주리라고 생각했으니 나야말로 얼마나 어리석은 인간이었소? 그는 중화민족의 신의를 저버리고 항일을 포기한 겁쟁이고 패전 장군이요. 전에 심양에 가보니 온 도시에 군벌군이 모래알처럼 쭉 깔려 있더군. 골목마다 신식 총을 멘 군인이 와글와글했소. 그런데 그 많던 군인이 총 한 방 쏘지 않고 퇴각하다니, 이런 분한 일이 어디 있소. 이걸 어떻게 이해해야 하오?"

김성주 회고록에 쓰인 이야기다.

김성주는 진한장을 진정시키려 했지만 그는 도저히 참을 수 없었는지 다시 벌떡 뛰듯 일어나 돈화로 돌아가 버렸다. 다음 날 돈화현 민중교육관에는 학생 수백 명이 몰려들었다. 진한장은 자청해서 강사로 나갔다.

"여러분, 이제 더는 정부만 바라볼 수가 없습니다. 우리가 나서야 할 차례입니다. 우리가 일어나서 싸워야 합니다."

그의 연설을 듣고 있던 청중들이 요청했다.

"정부의 그 많은 군대가 싸우지 않고 뒤로 물러났는데, 우리가 나설 차례라고 소리치니 무슨 방법이 있는지 한번 말해보시오."

진한장은 이렇게 대답했다.

"'천하의 흥망은 필부에게도 책임이 있다(天下興亡, 匹夫有責).'는 말도 들어보지 못했습니까! 나라가 망하게 생겼는데, 당당한 남아로 태어나서 가만히 노예가 되겠단 말입니까! 나는 설사 죽는 한이 있더라도 그렇게는 못 살겠습니다."

진한장은 강연회가 끝나고 돌아와 아버지와 아내에게 선포하듯이 말했다.

"이제는 교사 노릇 안 합니다. 총을 들어야겠습니다."

진해는 땅이 꺼지도록 한숨만 내쉴 뿐 더는 아들을 말리지 않았다. 아내 추 씨가 다시 흐느끼자 진한장은 두말하지 않고 바로 그길로 문을 차고 나가버렸다.

1939년 10월, 추 씨는 시아버지와 함께 일본군의 총칼에 떠밀려 진한장과 만나러 산속으로 들어갔다. 아들을 귀순시키지 못하면 가족을 모조리 죽이겠다는 일본군의 핍박에도 아랑곳하지 않고 진한장은 아버지와 의논한 뒤 추 씨에게는 다른 데로 재가하라고 휴서(休書, 남자가 여자에게 주던 이혼 증서)를 한 장 써주었고,

항일연군 대원들이 모두 보는 앞에서 아버지의 옷을 벗겨 나무에 걸어놓고 옷에다가 기관총을 한 탄창 갈겼다. 다시 귀순하라고 권고하러 온다면 아버지라도 죽여 버릴 것이라고 일본군에게 대답한 것이었다. 이듬해 1940년 12월, 진한장이 죽고 나서 1946년 그의 아버지도 아들을 그리워하다가 그만 기절했는데 다시는 일어나지 못했다.

1970년대 일본에서 『독립 수비보병 제8대대 전쟁사(獨立守備步兵第八大隊史)』라는 사료가 출판되었는데, 이 대대의 대대장 1명과 중대장 2명이 진한장 부대와 전투하다가 모두 사살당한 사실이 기록되어 있다. 진한장도 결국 이 대대의 끈질긴 추격으로 경박호 기슭에서 사살당하고 말았다. 중학생 시절부터 일기를 써왔던 진한장의 일기책이 이때 일본군의 노획물이 되었는데, 일기의 내용 일부도 이 책에 공개되었다. 내용에 따르면, 진한장이 아버지 옷을 벗겨 나무에 걸어놓고 총을 쏜 것은 아버지가 시켜서 한 일이었다.

'만주사변'이 발생한 바로 다음 날, 9월 19일이었다. 봉천 거리 바닥에 수천 장의 반일 삐라들과 함께 '동북 인민에게 고하는 선언(告東北人民宣言)'이라는 제목의 대자보들이 골목 곳곳에 붙어 일본군들까지도 아연실색할 지경이었다.

국민당 정부군이 동북을 통째로 일본군에게 내놓은 이상 우리 동북 인민들이 더는 정부를 기대할 수 없게 되었다는 것과 그 어떤 방법과 수단을 다해서라도 일제와 싸워야 한다는 '선언'이 만주 각지의 중국공산당 조직을 부쩍 달아오르게 만들었다. 봉천, 하얼빈, 장춘 등 대도시에서는 노동자들이 파업에 들어갔고 학생들까지도 모두 동맹휴학을 시작했다. 중국공산당은 이와 같은 정세에 대응하기 위해 중앙정치국 위원 겸 중화전국총공회 위원장인 나등현(羅登賢)을 순찰원으로 파견했다.

나등현은 봉천시 중앙공원의 한 정자 밑에서 장응룡과 만나 깊은 대화를 나눴다. 이때 나등현은 장응룡에게 만주 각지의 당 조직에 지시하여 빨리 유격대를 무장시킬 것과 적극적으로 항일무장투쟁의 길로 나아가야 한다고 설명했다. 하지만 장응룡은 중국공산당 중앙의 명확한 지시가 아직 도착하지 않은 상황에서 제멋대로 당의 '노선'을 개편할 수 없다고 잡아뗐다. 이에 나등현은 몹시 화가 났다.

"나는 중국공산당 중앙에서 파견된 순찰원이오. 나중에 우리가 추진한 일들이 잘못되었다고 문책이 들어오면 모든 책임은 내가 감당할 것이오."

나등현은 더는 장응룡을 거들떠보지 않고 그길로 하얼빈으로 갔다. 중국공산당 동북반일총회 당 서기 풍중운(馮仲雲)이 그를 마중 나와 하얼빈 외곽의 두관가(頭關街)에 있는 자기 집으로 데리고 갔다. 여기서 나등현은 북만주 지방의 중국공산당 고급간부회의를 열었고 이렇게 엄포를 놓았다.

"왜놈들이 있는 곳에서 우리 공산당인들은 인민들과 함께 왜놈들과 싸울 준비를 해야 합니다. 지금이야말로 우리 공산당인들이 동북 인민들과 환난을 함께 겪어야 할 때입니다. 이럴 때 우리 당에서 동북을 떠나는 자가 있다면 그는 동요분자로 취급될 것입니다. 공산당에서 퇴출시키겠습니다."

이 회의 직후 나등현은 다시 봉천으로 돌아와 중국공산당 대련시(大連市)위원회 서기인 동장영을 소환했다. 동장영은 나등현과 만난 자리에서 이렇게 요구했다.

"동만주의 사정이 비교적 복잡한 것을 압니다. 민족 모순과 계급 모순이 첨예하게 대립하는 고장 아닙니까. 제가 당의 '중앙노선'을 위반하지 않는다는 대전제(大前提)하에서 마음껏, 능력껏 일하도록 권한을 주실 수 있습니까?"

나등현은 이렇게 대답했다고 한다.

"항일구국을 위하여 당신이 어떤 일을 하든 다 허락하겠소. 만약 문제가 생긴다면 모든 책임은 내가 안고 갈 것이오."

이렇게 장담했던 나등현은 이듬해 1932년 6월, 중국공산당 임시중앙위원회에서 비판받는다. 이 여파로 만주성위원회 서기직에서 내려오고 상해로 소환된다. 그러나 불과 1년도 안 되는 동안 중국공산당 만주성위원회 역사에서 그는 가장 많은 일을 한 사람으로 기록되었다.

그가 직접 만나서 면담하고 동북 각지로 파견했던 사람들 가운데는 동장영뿐만 아니라 조상지, 주보중, 양정우, 이연록(李延祿), 호택민, 맹경청(孟勁淸) 등 만주 땅에서 날고뛴다는 사람이 모두 들어 있었다. 말하자면 이후 10년 동안 만주각지에서 활약하는 중국공산당 항일연군의 최고위급 지도자들을 모두 나등현이 발탁하여 파견한 것이었다. 때문에 나등현은 중국공산당 만주항일투쟁의 초석을 닦은 사람으로 평가받기도 한다. 이때 곁에서 그를 가장 많이 도운 사람은 바로 군사위원회 서기였던 조선인 양림이었다.

양림이 동만특위 군사위원회 서기로 내려가 있는 동안, 자기의 군사 경험과 지식을 바탕으로 친필로 쓴『동만유격대사업요강』을 한 자도 빼놓지 않고 거의 암기하다시피 한 동장영은 동만주에 도착하기 바쁘게 동만 당 및 단 간부연석회의를 소집했다.

정확한 날짜는 1931년 12월 23일로 추정된다. 김성주는 회고록에서 이 회의의 사회자인 중국인 동장영 한 사람 이름만 언급하고 다른 중국인 참가자들 이름은 쓰지 않았다. 그가 회고록에서 밝힌 차광수, 이광, 채수항, 김일환, 양성룡, 오빈, 오중화, 오중성, 구봉운, 김철, 김중권, 리(이)청산, 김일룡, 김(안)정룡, 한일광, 김해산 등 40여 명의 조선인 젊은이들 가운데 이광, 양성룡, 오중화, 오중성,

김철 등은 이 무렵 왕청현에서 활동했던 동만특위 특파원 조아범이 직접 데리고 왔던 대표들이었다.

여기서 김성주 회고록은 김일룡 외에도 그의 별명이었던 이청산의 이름을 따로 더 적었는데 이는 이때 이미 팔순을 넘긴 김성주가 잘못 기억하고 있었다기보다는 차라리 회고록 집필에 참가했던 당 역사연구소 관계자들의 실수로 보는 편이 나을 것 같다. 왜냐하면 회고록 이전에 북한에서 출판했던 『항일빨치산 참가자들의 회고록』에서 김일룡에 대하여 회고하는 사람이 단 한 사람도 없었다. 김일룡이 바로 이청산이었다는 사실을 몰라서였을까? 설사 이청산이 김일성의 입당 소개자였다는 사실까지는 몰랐더라도 북한에서 그렇게나 과장하여 미화하는 조선인민혁명군 최초 부대였던 안도유격대 창설에 참가했던 사람이라는 자체만으로도 그는 반드시 비중 있게 다루어져야 했다.

이를테면 1945년 광복 이후 중국 연변에 정착한 제3방면군 출신의 생존자들이 모두 자기 부대의 군수부관 '청산 아저씨'를 기억하듯이 김성주와 함께 평양으로 돌아가 북한 정권을 세우는 데 참가했던 안길, 최현, 김동길, 조정철 같은 사람들도 모두 3방면군에서 가장 연장자 중 하나였던 김일룡을 몰랐을 리 없었기 때문이다.

화룡현에서는 현위원회 서기 채수항이 직접 화룡현 달라자구위원회 서기 김일환(金日煥, 후에 채수항의 뒤를 이어 화룡현위원회 서기가 된다.)을 데리고 왔다. 한 가지 의문점은 김성주가 이 회의에 참가했다고 회고한 오중화는 1931년 봄에 체포되어 서울 서대문형무소에 갇힌 후 1932년 12월에야 석방되었다. 그가 어떻게 이 회의에 참석했는지 의문이다. 김성주가 회고록에서 빠뜨린 박훈도 이 회의에 참가했다.

중국인 대표로는 돈화에서 진한장이 왔고 영안에서는 호택민이 왔다. 조선말을 잘하는 조아범이 동장영 곁에 붙어 앉아 조선말 통역을 직접 했다. 조선인 청년들 중에서는 주로 김성주와 이광이 중국어 통역을 도맡다시피 했다. 물론 회의 전 기간에 사용한 언어는 중국어였지 조선어(한국어)가 아니었다.

이 회의에서 동장영은 특별히 병사사업 강화 및 유격대 건립에 관한 중국공산당 중앙의 '1931년 10월 12일의 지시정신'을 전달했다. 또한 안도현 장흥향 신흥촌에서 발생한, 일명 '옹성라자사건'을 예로 들었다. 동장영은 질문을 내놓고 그에 대해 스스로 답하는 방식의 연설을 즐겨 했다.

"여기 사정에 대해 나보다 더 훤히 아는 분들이 계십니다. 누구겠습니까? 바로 동무들입니다. 말씀해보십시오. 우리가 지금 회의하고 있는 옹성라자가 어떤 곳입니까? 나는 대련에서 사업할 때 옹성라자라는 이 지방 이름을 들었고 또 기억해두었습니다. 왜이겠습니까? 그때 벌써 동만주가 화약고 같다는 느낌을 받았습니다. 누가 불만 붙이면 바로 폭발하게끔 되어 있는 화약고 말입니다. 옹성라자는 바로 이 화약고의 도화선 같은 동네입니다. 지금 이 화약고에 불이 붙어버린 것입니다. 누가 불을 질렀습니까? 바로 왜놈들입니다. 언제 불을 질렀습니까? '9·18'입니다. 이 불길이 동만주 화약고에 첫 불꽃을 튕겨놓은 것이 아니고 무엇입니까!"

동장영이 옹성라자에서 이 회의를 소집했을 때 그곳에 주둔했던 왕덕림의 노3영은 이미 옹성라자를 떠나 안도현 고동하(咕咚河)로 병영을 잠깐 옮겼다가 다시 명령을 받고 돈화로 한창 이동 중이었다.

2. 옹성라자사건

만주사변이 발생하던 날, 길림성 성장 장작상은 부친상을 당해 천진에 가 있었다. 장작상을 대리하여 길림성 군정업무를 주관했던 길림성방군 참모장 희흡(熙洽)은 부리나케 일본군에게 투항하고 괴뢰 길림성 정부를 성립했다. 이때 동만주를 지키던 길림성방군 제27여단장 겸 연길진수사 길흥은 희흡과 같은 만주족 황실의 후예이자 희흡의 당형(堂兄)이었다.

희흡의 부탁을 받고 연길에 온 일본군 길림특무기관장 오사코 미치시타(大迫通貞) 중좌는 길흥에게서 왕덕림의 노3영에 대해 자세한 보고를 받았다. 계속하여 연길 주변의 각 현을 돌아다니면서 정보를 수집하고 길림으로 돌아온 오사코 미치시타는 희흡에게 이렇게 권고했다.

"당신의 형 길흥 여단장이 동만은 아무 걱정 말라고 큰소리 탕탕 칩니다만, 내가 연길과 왕청, 안도 등의 지방들을 은밀히 다니며 몰래 조사해보니 동만은 굉장히 위험한 곳입니다. 왕청에서는 당신의 학생인 김명세(金名世)[70] 현장도 만나봤는데, 왕청 지방에서는 공산당이 크게 활동하고 있다고 합니다. 지금은 동네 구석구석에서 소규모 무장을 갖추고 소란을 일으키지만 조만간 크게 변질 조짐이라고 합니다. 문제는 노3영입니다. 대대장 왕덕림은 굉장히 불온한 인물

---

70 김명세(金名世, 1896-1964년) 자가 오선(吾宣)이며, 만주 흥경현 출신으로 만주국 황제 부의(溥仪)와는 동종(同宗)이었다. 베이징 공립 정법대학을 졸업하고 연길진수사 군법관과 빈강진수사 상좌 참모장 및 왕청현장을 맡았다. 만주국이 설립된 후 희흡에게 발탁되어 길림성 경무청장과 간도성 민정청장 등을 지냈고, 이후 계속 승승장구하여 삼강성 성장과 열하성 성장에 이어 만주국 수도였던 신경특별시 시장까지 지냈다. 1945년 10월에 소련군에 체포되어 연해주에서 감금생활을 하다가 1950년에 중국 무순전쟁범죄자 관리소로 압송된 후 중국 정부로부터 특별사면을 받았다. 이후 장춘시에 정착하였고, 정협문사위원으로 활동하면서 만주국과 관련한 사료를 정리하고 회고문장을 집필하는 일에 몰두하다가 병으로 사망했다.

이고, 조만간에 반란을 일으킬 가능성이 있습니다. 이 자를 동만에 이대로 놔두면 절대 안 됩니다. 빨리 손쓰지 않으면 큰 낭패를 볼 것입니다."

오사코 미치시타 기관장의 계획에 따라 희흡은 왕덕림의 노3영을 동만에서 길림으로 이동시키려 했으나 길흥이 말을 듣지 않았다. 길흥은 자기 여단에서 노3영을 떼어가려면 대신 돈화에 있는 왕수당(王樹堂) 연대를 자기 여단에 넘기라고 발목을 잡았다. 그러나 왕수당 연대는 성립된 지 얼마 되지 않은 우침징(于琛澄)의 길림토벌사령부 예하 부대였다. 이렇게 되자 길흥은 노3영을 빼앗기지 않으려고 벌써 2년째 옹성라자에 주둔했던 노3영을 안도현 고동하로 이동시키려 했다.

그런데 고동하의 병영이 미처 수리되지 못하여 한참 시간을 끌던 중이었다. 1931년 11월 7일 '만철(滿鐵, 만주철도주식회사)' 측량대원들이 일본군 한 소대와 길흥이 파견한 괴뢰 길림군 한 소대의 호위를 받아가면서 할바령의 노3영 대대부로 찾아왔다. 그들은 돈화-도문선(敦化-圖們線) 철도 선로를 측정한다며 노3영 병영이 자리 잡은 포대산에 올라가야겠다고 요청했다. 하지만 대대장 왕덕림과 중대장 공헌영은 대대부 대문 앞으로 나와 측량대 책임자 오토 오반지에게 사뭇 겸손하게 거절했다.

"나 왕모는 국가의 명령을 받고 이 땅을 지키는 중이외다. 당신들이 함부로 우리 병영 주둔지에 들어와서 선로 측량을 하겠다는 요청은 받아들일 수 없소. 먼저 우리 정부에 가서 신청하여 허락한다는 명령이 나한테로 내려오게 하시오. 안 그러면 동의할 수 없소. 그러니 어서 돌아가시오."

그랬더니 함께 온 일본인 소대장 하나가 버럭 화를 내며 대들었다.

"아니, 지금 만주 땅 전체가 모두 우리 대일본 군대 손에 들어왔고 길림성 정부도 우리와 합작하기로 한 사실을 모른단 말이오? 어서 길을 열어주시오. 안 그러면 우린 우리대로 행동을 취할 것입니다."

그 말이 떨어지기 바쁘게 공헌영 수하의 반장(분대장)인 사충항(史忠恒)이 뒤에서 불쑥 튀어나오며 욕설을 퍼부었다.

"왜놈 새끼들아, 그래 한번 해볼 테면 해봐!"

이 사충항이 바로 1933년 9월 김성주와 함께 동녕현성전투를 치렀던 사람이다. 왕덕림이 '길림중국국민구국군'이라는 깃발을 내걸고 의거한 뒤 이 부대에 참모장으로 온 중국공산당원 이연록과 만나 그의 부하가 되었고, 그의 소개로 중국공산당에 가입한 뒤 1936년 7월 항일연군 제2군 5사 사장까지 되었다. 그의 참모장이 후에 5사 사장을 이어받은 진한장이며 정치위원은 왕윤성이었다.

어쨌든 이날 왕덕림과 공헌영의 권고에 아랑곳하지 않고 노3영 제9중대 병영이 있는 포대산 남쪽으로 올라가 측량대를 세워놓고 여기저기 사진을 찍어대던 오토 오반지 뒤를 슬금슬금 뒤쫓아간 사충항은 병사 서대성과 주덕재를 시켜 일본인들에게 총을 쏘게 했다. 현장에서 일본인 2명이 거꾸러졌다. 오토 오반지도 그중 하나였다. 오토 오반지는 숨이 넘어가기 전 자신을 호위하던 일본군 소대장을 불러 이상한 유언을 남겼다는 소문이 전해진다.

"싸울 생각 하지 말고 빨리 돌아가시오. 지금 싸우면 다 죽게 되오. 우리가 잘못하고 실수했으니 사태를 확대시키지 말고 조용히 처리하기 바라오."

이 유언 때문이었는지는 모르나 일본인들은 이 사태를 확대시키지 않았다. 길회선 철도를 개통하는 일이 급한 데다가 사태를 크게 벌이는 것이 이미 투항하여 일본군 손아귀에 들어온 길흥 부대를 안정시키는 데 별로 도움 되지 않는다고 생각했던 모양이다. 그러나 일본인에게 총을 쏜 범인만은 반드시 내놓으라고 길흥을 압박했다. 하지만 왕덕림이 사충항을 내놓을 리 없었다.

1932년 11월 17일, 왕덕림과 공헌영은 오늘의 연길시 하남가에 있던 연길진수사서(延吉鎭守使署)로 와서 길흥과 만났다. 오사코 미치시타 길림특무기관장의 파견을 받고 일본군 소좌 오노 미네오(小野子雄)가 연길에 도착하여 이 일을 처리하고 있었다. 그는 길흥과 함께 있다가 왕덕림과 공헌영을 만나자 중국사람보다 더 능란한 중국말로 도리를 따지고 들었다. 이 일본군 특무가 어찌나 말을 잘하는지 왕덕림과 공헌영도 자주 말문이 막혀 쩔쩔맸다고 한다. 그런데 오노 미네오 소좌가 이런 실수를 했다.

"나도 군인입니다만, 두 분처럼 나이 많은 대대장이나 중대장은 정말 처음 봅니다. 어떻게 이런 일이 있을 수 있지요? 모두 쉰을 넘은 것 같은데, 지금처럼 제멋대로 총기를 난사하는 부하들을 다루지 못할 나이가 되셨으면 진작 집으로 돌아가 손주들 재롱을 받으면서 만년을 즐겨야 마땅하지 않겠습니까."

이 말이 떨어지기 바쁘게 공헌영의 구둣발이 오노 소좌의 사타구니를 걸어찼고, 동시에 왕덕림의 주먹도 그의 얼굴로 날아들었다. 길흥도 얼굴을 창밖으로 돌리고 못 본 체했다고 한다. 이것은 당시 구국군에 회자되었던 에피소드다. 『길림문사자료(吉林文史資料)』(봉화길림군烽火吉林軍, 1995년)에는 이때 오노 소좌가 왕덕림과 공헌영에게 얻어맞고 볼을 싸쥔 채로 이렇게 한탄했다고 한다.

"당신들 중국 군관들은 정말 너무나 야만적이고 몰상식합니다. 우리 대일본제국인을 살해한 것도 모자라 도리를 따지는 사람한테까지 손찌검을 하는군요."

왕덕림과 공헌영은 오노 소좌에게 손가락질을 해가면서 이렇게 반박했다고 한다.

"아니, 당신들이야말로 우리나라에 와서 사람 죽이고 불을 지르고 있지 않소. 그러고도 함부로 누구를 야만스럽다고 덮어씌우오? 진짜 나쁜 놈은 당신들이 아니고 뭐요?"

그런 일을 당한 후 오노 미네오 소좌는 길림으로 돌아와 자기가 관찰한 바로는 왕덕림의 노3영이 조만간 반드시 반란을 일으킬 것으로 보고했다. 오사코 미치시타 길림특무기관장은 희흡을 찾아가 재삼 권고했다.

"이 길림 땅에 함부로 우리 일본군에게 총을 쏘는 군대는 왕덕림의 노3영밖에 없습니다. 이 자들이 곧 반란을 일으키리라는 확실한 정보를 우리 특무기관이 입수했습니다. 빨리 조처하지 않으면 큰일납니다."

희흡은 반신반의하다가 결국은 믿게 되었다. 그는 길흥에게 동의도 구하지 않고 곧바로 길림성 장관공서 이름으로 왕덕림의 노3영을 길림경비 제6여단 1연대로 개편하고 여단장에는 왕수당, 제1연대 연대장에는 왕덕림을 임명한다고 통지했다. 이에 따라 왕덕림의 노3영은 고동하 주둔계획을 취소하고 빠른 시일 내에 돈화로 와서 집결하라는 통지를 전달받았다.

사태가 심상치 않음을 눈치챈 왕덕림과 공헌영은 곧바로 반란을 일으키기로 계획했다. 노3영으로 급히 돌아오라는 왕덕림의 편지를 받고 돈화에서 한달음에 달려온 오의성은 왕덕림, 공헌영과 상의하면서 자기 생각을 말했다.

"우리를 돈화에 불러들이는 목적은 분명 다른 데 있을 것입니다. 그러나 일단 돈화에 가서 길림경비여단의 개편을 받아들이는 척합시다. 연대로 개편한다니 총도 탄약도 더 보충해줄 것 아니겠습니까. 얻을 것은 다 얻고 나서 튑시다. 그럼 나도 그 사이에 아내와 아이들을 고향에 보내고 술집과 여관도 모두 처리해 군비에 보태겠습니다. 이번에야말로 한번 크게 해볼 때입니다."

아닌 게 아니라 돈화에 도착한 지 얼마 되지 않았을 때, 길림경비여단이 통째로 우침징의 길림토벌사령부에 예속된다는 결정이 또 내려왔다. 1932년 1월에는 여단 전체 병력을 유수현(愉樹縣)과 오상현(五常縣) 쪽으로 이동하라는 명령이 떨어졌다.

"이 자들이 이제 손쓰려는 것이 틀림없습니다. 우리도 빨리 움직입시다."

노3영으로 복귀한 오의성은 '오머저리'라는 별명과는 전혀 어울리지 않게 머리가 팍팍 돌아갔고 사태를 귀신같이 잘 파악했다.

"오머저리, 네 뒤에서 꾀를 내는 자가 있지?"

왕덕림과 공헌영이 따지고 들었더니, 그제야 오의성이 털어놓았다.

"형님도 잘 아는 사람입니다. 만나게 되면 깜짝 놀랄 겁니다. 지금은 알려주지 말라고 하니, 조금만 참아주십시오."

2월이 되자 노3영은 돈화에서 길림으로 이동하기 시작했다. 그러나 노3영 관병 500여 명은 도중에 탈출하여 연길현 소성자(延吉縣 小城子, 오늘의 왕청현)로 이동했다. 그곳에서 그들을 마중 나온 사람은 바로 노3영에서 오랫동안 사무장 노릇을 해왔던 중국공산당 특파원 이연록이었다. 이는 중국공산당 손길이 벌써부터 왕덕림의 노3영에 깊이 뻗쳤음을 말해준다. 1895년생으로 왕덕림, 오의성, 공헌영 등과 마찬가지로 산동에서 태어난 이연록은 열두 살 때 부모와 함께 동북으로 피난 나왔다. 1917년 왕덕림 부대가 연길도 9통영 기병3영으로 개편되었을 때, 연길에서 신입대원을 모집했는데, 이때 입대한 사람 중에 오의성과 한 고향에서 왔다는 젊은 산동 청년이 있었다. 나이도 오의성보다 여덟 살이나 어렸다. 그가 바로 이연록이었다.

노3영 관병들은 한 고향이나 한 지방에서 온 사람들이 많아 사석에서는 서로 형님, 동생, 삼촌 등 별의별 호칭으로 제각기 불러댔다. 그러나 이연록만은 그렇게 부르지 않았다. 오의성이 그를 불러 세워 자기를 형님이라고 부르라고 강요했더니, 가까스로 한마디 내뱉었다는 것이 '오머저리 형님'이어서 왕덕림과 공헌영이 웃느라고 하마터면 배가 터질 뻔했다는 이야기가 있다. 그때부터 노3영에서 오의성을 '오머저리'로 부를 수 있는 인물이 왕덕림 이후 처음으로 나타났다는 일화가 있다. 나중에 이연록은 노3영 사무장이 되었는데, 금전 관리를 깨끗하게 했기 때문에 부대의 많은 돈을 주무르는 사무장직을 맡게 된 것이다.

"이 사람, 경빈(慶賓)이. 자네가 공산당인 걸 알지만 우리가 이번에 왜놈에게 투항한 길림 정부와 확실하게 갈라섰으니 자네도 걱정 말고 다시 돌아오게. 이번에 돌아오면 사무장이 아니라 더 높은 직을 주겠네."

왕덕림이 이렇게 이연록에게 권했다. 그러자 이연록은 이렇게 대답했다.

"혜민(惠民, 왕덕림의 자) 큰형님, 대대장인 큰형님 밑으로 다시 들어가 봐야 중대장이나 소대장밖에 또 무엇을 더 할 수 있겠습니까. 그러지 말고 빨리 부대 명칭을 크게 내거십시오. 그래야 사람들이 몰려옵니다. 나뿐만 아니라 공산당에 있는 내 친구들도 모두 와서 큰형님을 돕겠습니다."

이연록의 말을 듣고 왕덕림은 크게 기뻐했다. 이연록은 동장영의 지시를 받고 자기뿐만 아니라 당 내 다른 동지들까지 모두 왕덕림 부대에 데리고 들어가려고 왕덕림을 구슬렀다. 결국 이연록은 왕덕림이 반란을 일으키도록 추켜세운 것이다. 방금 길림성방군(吉林城防軍)에서 탈출한 왕덕림의 처지로는 그런 사정을 따질 형편이 못 되었다.

1932년 2월 8일, 왕덕림은 연길 소성자에서 정식으로 '중국국민구국군(中國國民救國軍)'이라는 깃발을 내걸었다. 이연록의 도움이 거의 절대적이었다. 이때 국민당도 왕덕림의 구국군으로 국민당원들을 파견했으나 이연록이 구국군총부 참모장 자리를 차지한 바람에 국민당원들은 거의 맥을 추지 못했다. 개문화(盖文華), 왕존(王尊), 이요청(李耀青) 등 국민당원들도 구국군에서 활약했다는 기록이 있으나, 총부의 핵심부서에는 들어가지 못했다.

3. 이광과 별동대

이렇게 결성된 구국군은 불과 3개월도 안 된 사이에 1,200여 명으로 늘어났다. 동만주 각지에서 구국군과 손잡겠다고 나선 사람이 부지기수였는데, 적게는 1명에서 3명, 많게는 100명에서 200명까지 몰려들었다. 제일 먼저 달려온 사람은 바로 화룡현 경찰국 부국장 시세영이었다. 화룡현 이도구 경찰대 70여 명을 데리고 왕덕림을 찾아왔던 것이다.

연길현 로두구(老頭購)에 주둔하던 주옥강(周玉剛)의 보위대 130여 명도 자신들을 받아달라고 요청해왔고, 훈춘 홍기하 경찰대 대장 관함수(關咸受)도 경찰대 280명을 이끌고 왔다. 왕청현 목단천(牧丹川, 석현) 보위대 부대장 박영화(朴永和, 조선인)는 총 53자루와 탄약을 훔쳐 마차에 싣고 찾아왔다.

이때 왕청과 연길 두 지방 보위대와 경찰대 순관들도 부하 대원들이나 의기투합한 동료들을 이끌고 찾아왔다. 왕청현 대황구(大荒溝) 보위대 대장 노옥형(盧玉珩)은 116명, 연길현 전하(前河) 경찰대 순관 장지선(張志善)은 30명, 연길 소성자(小城子) 경찰대 순관 김계삼(金桂三, 조선인)은 20여 명, 연길 소삼차구(小三岔口) 보위대 대장 왕육화(王育華)는 42명을 데리고 왔다.

이렇게 모여든 9명의 현임 관장에 771명의 사병과 노3영의 원래 병사 500여 명을 합쳐 대뜸 1,211명이나 되는 큰 부대가 만들어졌다. 그러자 왕덕림은 구국군 총부와 전방사령부를 따로 만들고 전방사령관에 오의성을 임명했다. 이때 왕덕림과 오의성은 이연록을 서로 자기의 참모장으로 데리고 있겠다고 고집했는데, 왕덕림이 놓아주지 않는 바람에 이연록은 구국군 총부 참모장으로 남게 되었다.

동장영은 이때다 싶어 이연록을 통해 호택민을 들여보냈다. 이연록 추천으로 호택민까지 오의성의 전방사령부 참모장이 되자, 왕덕림의 구국군은 거의 중국 공산당 동만특위 세상이 되고 말았다. 분위기가 이러하자 동장영은 안도로 나와 김성주 등을 불러놓고 재촉했다.

"우리가 명월구회의 때 구국군 사업의 중점을 안도와 왕청에 두었는데, 안도에 있던 왕덕림 부대가 왕청 쪽으로 이동하리라고는 미처 생각지 못했소. 그러다 보니 지금 특위 역량이 모조리 왕청 쪽에 집중되어 안도의 사업이 지지부진한 상태요. 안도의 유격대 건설사업이 동만주에서 몇 번째인지 아오? 꼴찌요, 제일 꼴찌요. 왜 이 모양이오? 안도의 주민은 대부분 조선인들이오. 당, 단 구성도 모두 조선인 동무들이 주력이니, 이럴 때 김일성 동무가 앞장서서 일을 해내야 하지 않겠소. 빨리 유격대를 조직해야 하오. 동무들도 이미 총 여러 자루를 마련했다고 들었소. 그것이 사실이 아니란 말이오? 왜 빨리 유격대를 조직하지 못하고 있소? 대원 수가 좀 적더라도 빨리 선포부터 하시오.

이번에 왕덕림의 구국군이 일사천리로 커지는 걸 보면서 터득한 도리가 하나 있소. 깃발을 내들고 명분이 서면 의기투합하는 사람들이 자연스럽게 모여들기 마련이오. 설사 처음에는 대원 수가 적더라도 유격대를 조직해야 그만큼 우리도 힘이 있게 되고 또 본전도 생기게 되오. 구국군 사업도 우리에게 힘이 있고 본전이 있을 때 잘 풀리는 법이오. 그러지 않고 한둘이 빈털터리로 찾아가 보오. 구국군은 우리를 상대조차 해주지 않을 것이오"

김성주도 고충을 털어놓았다. 안도에 들어온 우명진 부대도 길림성 괴뢰정부와 관계를 끊고 구국군과 손잡겠다고 선포했으나, 공산당이라면 쌍불을 켜고 달려든다고 설명했다.

"그럼 공산당 신분을 숨기면 될 것이 아니겠소. 그리고 김일성 동무는 중국말도 잘하지 않소. 그러니 혼자 가서 만나지 말고 수완이 좋은 중국 동무도 한둘 데리고 찾아가 보시오. 우선은 친밀해지고 다음은 친구가 되어야 하오. 김일성 동무와 친한 이광 동무도 바로 이런 방법으로 오의성 부대에 편입됐고 총도 수십 자루 얻어냈소. 왕청현위에서는 돌격대 10여 명을 조직해 함께 보냈고 대원들이 적지 않은 것을 보고서야 오의성도 그들을 별동대로 인정하겠다고 대답했소.”

동장영은 왕청의 경험을 김성주에게 소개했다. 이광의 별동대는 왕청현위원회 군사부장 김명균의 작품이었다. 김명균의 부하들 중에는 이광을 비롯하여 김철, 양성룡, 김호, 이응만, 장용산 같은 듬직한 대원들이 있었다. 그들로 왕청현 유격대를 조직하고 대장에는 김철을 임명했으나, 오의성의 구국군과 함께 행동할 때는 이광이 나서서 대장이 되고 김철 등은 모두 대원으로 구국군 별동대라는 이름을 사용했다. 총이 한 자루도 없어 호택민이 보다 못해 자기 권총을 이광에게 주었는데, 이광은 그 총을 가지고 남하마탕, 쌍하진, 묘령 등지로 돌아다니면서 지주 집을 습격하여 총 30여 자루와 탄알 10여 상자를 마련하기도 했다.

이광은 총은 모조리 유격대로 빼돌리고 탄알만 10여 상자 들고 가 오의성에게 총을 달라고 손을 내밀었다. 이런 식으로 왕청현유격대를 무장시켰는데, 원래 10여 명뿐이었던 유격대가 소대 규모에서 눈 깜짝할 사이에 중대 규모로 발전했다. 별동대도 20명에서 70명으로 늘어났다. 70명이면 역시 중대 규모였다. 별동대가 매번 공을 세우고 돌아오면 오의성은 호택민에게 칭찬을 아끼지 않았다. 이광이 호택민의 연줄로 오의성의 구국군에 발을 들여놓았기 때문이다.

“호 참모장 덕분에 우리가 지금 별동대 신세를 톡톡히 지고 있소. 난 이광만 보면 참모장한테 얼마나 고마운지 모르겠소. 이런 별동대를 한두 개쯤 더 만들고 싶소.”

오의성에게 ‘오머저리’라는 별명 외에 ‘오깍쟁이’라는 별명이 하나 더 붙어버릴 정도로 별동대가 처음 조직될 때 그에게서 총 한 자루 얻는 것이 하늘의 별 따기보다 더 어려웠다고 한다. 그러나 별동대의 활약이 두드러지면서 오의성은 이광이 달라는 것이라면 자기에게 있는 것, 없는 것 가리지 않고 모조리 구해 주었다. 한번은 오의성이 직접 별동대까지 찾아와 이광에게 권총 네 자루와 군마 두 필을 선물로 주고 돌아간 적도 있었다.

"그 왕청 아즈바이가 정말 크게 해내는구나."

동장영이 돌아간 뒤 김성주는 차광수와 머리를 맞대고 앉아 의논했다. 차광수는 옹성라자회의 때 이광과 처음 만나 서로 '왕청 아즈바이'니, '차덜렁이'니 하고 부르면서 서로 허물없는 친구가 되었다. 차광수가 이렇게 부러워하는 것을 보고 김성주는 그동안 생각해둔 계획을 이야기했다.

"형님, 너무 부러워할 것은 없습니다. 무슨 일이나 표본이 있고 시범이 있는 법인데, 이광 형님이 첫 시작을 멋드러지게 뗐으니 우리도 이 경험대로 시작합시다. 그러나 우리는 왕청보다 더 크게 해낼 수 있습니다. 왕청이 구국군과 손잡은 것처럼 우리는 남만 쪽으로 이동해 양세봉 선생님의 조선혁명군과 손을 잡읍시다. 이렇게 되면 이광 형님네 못지않게 우리도 크게 해낼 수 있지 않겠습니까!"

"국민부 사람들이 우리를 만나면 가만있지 않을 텐데?"

차광수가 걱정했으나 김성주는 자신만만했다.

"형님, 지금은 예전 같지 않습니다. 동장영 동지도 말씀하지 않았습니까, 우리가 빈손으로 혼자 다닐 때와 손에 무장을 들고 유격대가 될 때는 우리 신분도 달라진다고 말입니다. 더군다나 양세봉 선생님네 형편이 상당히 어렵다는 건 형님도 잘 알지 않습니까. 올해 1월에만 조선혁명군의 숱한 간부들이 체포되었습니다. 만주사변이 발생하고 나서 그분들도 분명히 새로운 투쟁 방안들을 계획할 것입니다. 이럴 때 우리와 손잡지 못할 이유가 어디 있겠습니까. 나는 지금이 기회라고 봅니다."

김성주의 말에 차광수도 덩달아 흥분했다.

"그래, 네 말에 일리가 있어. 어쩌면 양세봉 선생이 우리와 손잡을지도 모르지."

김성주는 며칠 후 직접 김철희와 이영배를 데리고 왕청으로 갔다.

4. 안도유격대

소왕청에 본거지를 둔 중국공산당 동만특위는 이광의 별동대 경험을 소개하는 강습반을 마련했다. 여기서 3일간 묵으면서 이광의 별동대 경험을 자세하게 배우고 다시 안도로 돌아오는 날, 이광은 직접 김성주를 데리고 동장영에게 갔다. 거기에는 김명균과 호택민도 함께 와 있었다. 또 오의성의 부관인 초무영(肖茂榮)[71]이 김성주와 인사를 나누었다. 동장영이 입을 열었다.

---

71 초무영(肖茂榮, 1912-1989년) 길림성 교하현(吉林省 蛟河縣)에서 출생하였으며 1932년에 3월에 구국군에 참가하여, 당시 구국군 참모장으로 잠복하여 있던 공산당원 호택민의 추천을 받아 전방사령관 오의성의 부관이 되었다. 그러나 초무영 본인과 그의 가족들은 지금까지도 오의성이 아니고 호택민과 주보중의 부관이었다고 주장하고 있다. 1936년 4월에 병 치료차 소련으로 이송되었다가 후에 모스크바동방대학에서 공부하였다. 1938년 10월에 연안으로 들어가 당시 중앙 사회부 반간첩숙청과 주임으로 있었던 유한흥의 연줄로 역시 사회부에 배치되어 당시 중앙통전부 부장으로 내려앉았던 진소우(陳紹禹, 코민테른 중공 대표단 단장이었던 왕명의 본명)의 경호관 겸 비서로 약 1년 6개월간 일했다. 이 경력 때문에 초무영은 문화대혁명 기간에 반혁명분자로 의심받고 감금되기도 했다. 1945년 일본이 투항하고 다시 동북으로 파견받고 나와 동북파견 간부대대 대대장 등을 역임하였고 1949년 5월경 중화인민국화국을 앞두고 공군을 건설하는 준비사업에 참가하였다. 1950년에 화동군구 공군후근부 부부장과 상해공군기지 사령부 참모장, 후근부장을 역임하였고 9월에는 대좌의 군사직함을 수여받았다. 이후에도 계속 공군 계통에서 일직하다가, 남경군구 공군후근부 부부장 직위에서 은퇴하였다. 77세에 상해에서 병으로 사망했다.

"구국군이 조만간 안도를 공격하오. 안도의 우명진 부대도 우리 구국군과 합작하고 함께 행동하기로 했소. 아직 공격시간을 정하지 못했지만, 성주 동무가 우명진 부대와 접촉해볼 때가 된 것 같아 그것을 알리려고 불렀소."

그 말을 들은 김성주는 떨 듯이 기뻤다. 동장영이 이어 말했다.

"지금 구국군 대원 수가 갑작스레 수천 명으로 불어나면서 군량이 모자라 말이 아니오. 가만히 앉아만 있다가는 모두 굶어죽게 생겼소. 살아남는 방법은 부지런히 왜놈들과 싸우는 길밖에 없소. 싸워야 총도 탄알도 또 쌀도 생기오. 이건 구국군뿐만 아니라 유격대 모두가 생존하는 방법이오. 돈화 사정에 익숙한 오 사령관이 일본 사람들이 경영하는 '영항관 은전호(永恒官 銀钱号)'를 치자고 했고, 구국군 총부에서는 이 방안을 비준했소. 돈화의 '진퇀(陳團, 진영녕 부대)', '시퇀(時團, 시진보 부대)', 안도의 '우퇀(于團, 우명진 부대)'과 '맹퇀(孟團, 맹신삼 부대)'도 모두 함께 행동하기로 했소. 돈화에서 군량을 해결하고 바로 안도 쪽으로 이동해 길회선 철도를 폭파하려 하는데, 이 일은 우 사령관이 직접 하겠다고 답변해왔소. 그런데 이 일로 최소 참모장급 이상의 대표 한 사람을 보내서 작전토의를 함께 하자고 하오. 나는 도저히 몸을 뺄 수 없어 일단 오 사령관의 부관 한 사람을 먼저 보내는데, 성주 동무가 이번에 길 안내도 할 겸 같이 가주어야겠소. 가능하면 이번에 우 사령관한테 별동대 꾸리는 일을 말씀드려 보오. 일이 잘 풀리면 한 방에 모든 것을 다 해결할 수 있을지도 모르오."

김성주는 오의성의 부관 초무영과 함께 우명진 부대로 찾아갔다. 우명진은 초무영이 부관이라는 말을 듣고 사뭇 불쾌한 어조로 투덜거렸다.

"난 최소 참모장급 이상 되는 사람을 보내달라고 했는데, 군사작전과는 무관한 부관 따위를 보내면 어떻게 한단 말인가? 전투하겠다는 사람들이 나보고 부관과 무슨 작전을 토의하라는 게요?"

이때다 싶어 김성주가 앞으로 나서며 유창한 중국말로 우명진에게 말했다.

"사령관님, 만약 개의치 않으신다면 군사작전과 관련해서는 제가 도와드릴 수 있습니다."

"자넨 이 사람보다 더 어려 보이는데, 군사를 알면 얼마나 안다고 그러나?"

"제가 이래 뵈도 군사학교에서 공부했습니다."

김성주는 화성의숙을 염두에 두고 별 깊은 생각 없이 불쑥 내뱉었으나 정작 우명진이 어느 군사학교에서 공부했느냐고 따지는 바람에 결국 조선 사람이라는 사실이 들통 나고 말았다. 우명진은 험한 눈길로 김성주를 노려보았다.

"왜 꼬리빵즈이면서 중국 사람인 척했느냐?"

"사령님이 꼬리빵즈라면 몹시 미워한다는 소리를 들었기 때문입니다."

김성주는 솔직하게 대답했다. 이에 우명진이 대답했다.

"생각보다는 사람이 성실하군. 그럼 이것은 용서할 테니 자네가 공산당인지 아닌지 제대로 털어놓기 바라네. 사실대로 털어놓으면 설사 공산당이라도 자네를 성실한 사람으로 인정하고 봐줄 생각이 있네."

김성주는 이미 중국 사람인 척하다가 들킨 마당에 공산당원이라는 사실까지 알게 되면 우명진이 어떻게 나올지 판단하기 어려웠다. 그래서 딱 잡아뗐다.

"내가 조선 사람인 것은 사실이지만 공산당은 절대 아닙니다. 나는 조선혁명군입니다."

"어쨌든 난 꼬리빵즈는 싫네."

김성주는 조심스럽게 우명진을 설득했다.

"사령관님 부친께서 공산당이 일으킨 폭동 때 조선 사람에게 끌려 나가 피해를 보았다는 소문을 들었습니다. 그러나 그들 대부분은 공부를 못 한 농민들이고 공산당에게 속아 넘어갔기 때문이 아니겠습니까. 조선 사람을 다 나쁘게 보는 것은 옳지 않습니다. 보시다시피 이렇게 저처럼 사령관님을 좋아하고 숭배하는 사람도 있지 않습니까."

김성주가 하도 성실하게 말하니 우명진의 마음도 어느 정도 움직였다. 그러나 공산당과 깊은 원한을 가진 그의 의심을 완전히 없애지는 못했다. 우명진은 김성주에게 약속했다.

"자네가 공산당이 아니라는 사실을 확인시켜주면 그때 내가 다시 생각해보겠네."

김성주가 돌아간 뒤 우명진 부대는 소사하로 들어왔다. 공산당이 우명진 부대에 쫓겨 모조리 사라졌다는 소문을 들은 지주 목한장이 훙륭촌으로 돌아와 장훙천, 쌍병준 등 부자들을 동원하여 술과 고기, 쌀을 마련해 우명진을 방문했다. 그때 우명진이 문득 여러 부자에게 김일성 이름을 입에 올리며 물었다.

"여러분들은 김일성을 아시오? 그가 공산당이 맞소? 아니오?"

그랬더니 장훙천이 듣자마자 기다렸다는 듯 대답했다.

"아, 우리 안도 바닥에서 그자가 공산당이 아니면 누가 공산당이겠습니까? 그자야말로 제일 새빨간 공산당입니다. 사령관님께서는 꼭 우리 분을 풀어주셔야 합니다."

"그가 여러분을 많이 괴롭혔습니까?"

장훙천뿐만 아니라 쌍병준도 모두 김성주 무리에게 습격당해 돈과 쌀을 빼앗기고 또 총과 탄알을 빼앗긴 사연을 이야기했다.

"목한장 선생도 당하셨나요?"

목한장만은 김성주를 성토하지 않자 우명진이 의아해하며 물었다. 목한장은 비교적 우호적으로 김성주에 대하여 설명했다.

"아니요, 그 애들이 저의 집에도 왔다고 합니다. 그런데 저는 몇 자루 있는 총기들을 땅에 묻어버리고 집을 떠나 타지에 가서 지냈지요. 그래서 화를 면했습니다마는, 제가 알기로는 그 애들이 그렇게 경우 없이 막돼먹게 사람 죽이고 불을 지르지는 않습니다. 먼저 와서 좋은 말로 내놓으라고 제안합니다. 그때 적당하게 줄 것은 주고 못 줄 것은 못 주겠다고 사정을 이야기하면 대부분 들어줍니다. 그래서 저는 별로 피해를 입지 않았습니다."

우명진은 재차 따지고 들었다.

"확실히 공산당은 맞겠지요?"

"네, 그것은 사실인 것 같습니다. 공산당이 아니고서야, 우리 지주 집을 습격하겠습니까!"

목한장도 머리를 끄덕였다.

"고약한 자식이 나한테는 끝까지 공산당이 아니라고 잡아떼더란 말이오."

우명진은 곧바로 부하들을 보내 김성주를 붙잡았다. 차광수와 박훈이 총까지 빼들고 대들려는 것을 보고 김성주가 다급하게 그들을 말렸다.

"광수 형님, 그리고 박 형, 빨리 총을 집어넣으십시오."

김성주는 잡으러 온 우명진의 사람들에게 잠깐만 기다려달라고 사정하고는 돌아서서 차광수와 박훈에게 말했다.

"내가 말로 설득해서 금방 풀려날 것이니, 반드시 참고 기다려주세요. 지금 만약 우리가 잘못 처신해 섣불리 굴면 우리 모두 죽습니다. 유격대고 뭐고 다 물거품이 됩니다."

김성주가 얼마나 심각한 표정이었던지 차광수는 물론, 박훈까지도 꼼짝 못하고 멀거니 서서 잡혀가는 걸 바라만 보고 있었다. 김성주는 그길로 다시 우명진의 앞에 끌려갔다.

"엊그저께는 내가 미처 모르고 그냥 놓아 보냈다만, 다시 알아보니 네가 아주 대단한 자로구나. 너야말로 부자 곳간에 불을 지르고 자기 아버지나 할아버지뻘의 연세 있는 어른들을 길바닥으로 끌어내 머슴과 하인들 보는 앞에서 개 패듯 패고 세상에 못 할 짓이란 못 할 짓은 다 하고 다녔던 나쁜 놈 우두머리였구나. 나이도 어린 놈이 어떻게 그렇게 지독하게 나쁜 짓들만 골라하고 다녔느냐?"

우명진은 당장이라도 김성주를 끌어내 총살시켜 버릴 듯 노려보며 마구 욕설을 퍼부어댔다. 김성주가 대답 없이 계속 잠잠하게 듣고 있으니 우명진이 짐짓 덧붙였다.

"무슨 변명이라도 해보거라. 죽기 전에 마지막으로 말할 기회는 주마."

김성주는 우명진이 욕설을 다 퍼부을 때까지 기다렸다가 이렇게 물었다.

"사령관님, 제가 그렇게 사람 죽이고 불 지르는 악마였다면, 사령관님께 저를 모함하던 사람들 몸에서 사지 어디가 떨어져 나간 데라도 있었습니까? 아니면 얼굴 어디에 생채기 하나라도 나 있는 걸 보셨습니까? 아니면 저 때문에 그분들 집이 불에 타서 지금 길바닥에서 살고 있다고 합니까?"

우명진은 대답을 못 했다. 그는 목한장이 했던 말이 떠올라 한마디 덧붙였다.

"네가 사람을 죽이거나 물건을 빼앗을 때도 비교적 경우 있게 처사했다고 하는 사람도 있긴 있더라."

그러자 김성주는 능청스럽게 거짓말을 지어냈다.

"모르긴 해도 나를 제일 헐뜯은 사람은 쌍병준 어른 아닙니까? 그분은 사령관님께 사실을 말하지 않았습니다. 제 동무들이 그분 집에 가서 총을 빌린 적이 있습니다. 빼앗지 않았습니다. 차용증을 써주었습니다. 그 총으로 왜놈들과 싸워 이긴 다음 언젠가는 반드시 돌려드리거나, 총이 고장 나서 더는 사용하지 못하게 된다면 돈으로 갚아주겠다고 썼습니다. 그런데 그 어른은 차용증을 받은 이야기는 왜 사령관님께 하지 않았는지 모르겠습니다."

이 말에 우명진은 몹시 어리둥절했다. 처음 듣는 소리였기 때문이었다. 총을 빼앗은 것이 아니고 차용증을 써주고 빌렸다는 것과 차용증에 왜놈들을 몰아낸 다음 총을 되돌려준다는 내용을 썼다는 말에 부쩍 호기심이 동했다. 결국 쌍병준까지 다시 우명진 앞에 불러와 김성주와 대질하게 했다.

"결단코 그런 걸 써준 일이 없습니다."

쌍병준은 쌍병준대로 잡아뗐고 김성주는 또 김성주대로 쌍병준을 설득했다.

"연세도 있으신 어른께서 어떻게 이러실 수 있습니까? 어르신은 그래 중국 사람도 아니시란 말입니까? 왜놈들은 이미 오래전에 우리나라 조선을 다 차지하고 지금은 만주 땅을 차지했습니다. 이런 왜놈들과 싸우려고 총을 빌렸는데, 어르신께서는 우리가 마치 강도 노릇을 한 것처럼 사령님관한테 모함하면 어떻게 합니까? 과연 어르신은 중국인도 아니란 말씀입니까? 우리가 젊은 나이에 자기 생명도 내버릴 각오로 총을 마련해 왜놈들과 싸우려는 것인데, 무엇이 그렇게 잘못된 것이란 말입니까?"

이것은 쌍병준에게 들으라는 소리가 아니고 우명진에게 하는 소리였다. 쌍병준이 뭐라고 대답하려 하자 우명진이 버럭 고함을 질렀다.

"이봐, 쌍 영감. 이 젊은이가 하는 말을 듣고도 감동이 되지 않소? 왜놈을 몰아내고는 총을 돌려준다는데 이런 멋진 신사가 어디 있소. 영감 총을 가지고 이 젊은이들이 나라를 위해 왜놈들과 싸우겠다는데, 왜 총을 그냥 내주지 못한단 말이오."

우명진은 결국 김성주 말에 넘어가고 말았다. 우명진은 쌍병준을 돌려보내고는 김성주와 마주 앉았다.

"내 참모장이 요즘 병영 만드는 일 때문에 밖에 나가 있다 보니 아직 미처 의논하지는 못했네. 하지만 자네가 형제들을 데리고 내 별동대가 되겠다는 데는 동의하네. 이미 자네들이 총을 많이 모았다고 들었네. 만약 필요하다면 내가 총과 탄약도 대줄 수 있네. 일단 자세한 계획은 참모장이 온 뒤에 다시 의논해보고, 오늘부터 우리 사람들이 자네 형제들을 붙잡거나 해치는 일은 없도록 명령을 내려놓겠네."

우명진은 비로소 김성주가 자기 부대 이름을 내걸고 별동대를 조직하는 데 동의했으나 조건이 있었다. 반드시 공산당과의 관계를 깨끗하게 끊어야 한다는 것이었다. 김성주는 아무런 주저도 없이 우명진이 내놓은 조건을 제꺽 수락했다.

"우리가 사령관님의 별동대가 되고 나면 언제나 사령관님의 지시만 받으면서 활동할 것인데, 공산당과 다시 관계를 가질 필요가 있겠습니까."

우명진은 김성주가 진심으로 자기를 따른다고 믿게 되자 몹시 흡족해했다. 별동대 설립을 선포하는 날, 우명진의 참모장도 사령부로 돌아왔는데 김성주와 만나고는 깜짝 놀랐다. 물론 김성주도 놀랐다. 참모장 유본초(劉本初)는 길림 육문중학교에서 김성주에게 한문을 가르쳤던 교사였기 때문이다.

"나는 김일성이라는 빨갱이가 사령관님한테 몇 번 왔다 갔다 했다는 소식은 들었지만 그게 성주 너일 줄은 미처 몰랐구나. 네가 이름을 김일성으로 바꿨단 말이냐?"

유본초도 기쁨과 놀라움을 감추지 못했다. 김성주는 우명진이 보는 앞에서 유본초에게 말했다.

"선생님도, 좀 일찍 오시지 그랬습니까. 제가 하마터면 우 사령관한테 죽을 뻔했습니다."

우명진은 온 얼굴에 웃음이 어린 채로 유본초와 김성주에게 사과했다.

"오해요, 다 오해요. 우리말 속담에 '불타불성상식(不打不成相识, 싸움 끝에 정이 든다는 뜻)'이란 말도 있잖소. 나와 김 대장은 별로 싸운 것도 아니오. 그렇잖소?"

김성주도 웃으면서 우명진에게 맞장구쳤다.

"사령관님 말씀이 맞습니다. 저는 또 이런 속담도 생각납니다. '복은 쌍으로 날아든다(双喜臨門).' 사령관님이 제 유격대를 별동대로 받아들이셨는데, 제 중학교 한문선생님이 사령관님의 참모장으로 불쑥 나타나리라고는 정말 생각지도 못했습니다."

유본초는 김성주가 중학교 다닐 때부터 공산주의 활동을 해왔고, 또 감옥살이까지 한 것을 알고 있었으므로 몰래 주의를 주었다.

"난 네 신념에 대해 이러쿵저러쿵 말하고 싶지도 않고 또 말할 처지도 못 된다. 다만 우 사령관이 공산당이라면 치를 떠는 양반이니, 네 동무들이 별동대 이름을 걸고 뒤로는 몰래 공산당을 돕는다면 그때는 너도 나도 다 곤란해진다. 그러니 명심하거라. 특히 네 동무들한테 주의를 주어야 한다."

김성주는 유본초가 한 말을 그대로 안도구위원회에 알렸다. 김일룡, 안정룡, 차광수 등과 모여앉아 별동대와 유격대의 관계를 어떻게 처리할 것인가를 두고 고심했다.

"우리 유격대가 안도에서 합법적으로 살아남자면 우 사령의 별동대가 되지 않으면 안 됩니다. 이것은 왕청의 이광 형님이 별동대를 처음 조직할 때 취한 방법과 같습니다. 그러니 이미 우 사령관과 얼굴을 익힌 나나 광수 형님, 그리고 박 형은 별동대에서 직을 갖고, 우리 유격대의 정황을 동만특위에 보고할 때는 우 사령관이 전혀 모르는 다른 동무에게 유격대장직을 위임하는 것이 좋겠습니다."

김성주가 내놓은 이 방안은 중국공산당 안도구위원회의 동의를 거쳤다. 내부적으로는 중국공산당의 지도를 받는 안도유격대로 명명하고 대장과 부대장에는 이영배와 김철희를 임명했으나, 공개적으로는 구국군 별동대였다. 김성주가 별동대 대장 겸 우명진의 구국군부대 사령부 선전대장직도 겸하게 되었다. 부대장은 박훈, 참모장은 차광수였다.

이 별동대는 1932년 2월 8일 정월 대보름, 오의성이 직접 부하 100명을 거느리고 돈화현성으로 몰래 잠복할 때 중국인 양걸대로 위장하고 따라 들어갔다가 '영항관 은전호(永恒官銀錢号)' 앞에서 술에 취한 일본군 병사 3명을 사살했다.

또 오의성 부대가 돈화에서 철수할 때, 별동대를 거느리고 갔던 박훈은 몰수한 총 3자루와 함께 탄약 100여 발을 더 얻어왔는데, 우명진은 수고했다면서 총 7자루를 더 선물했다. 1932년 3월 2일에는 호택민이 직접 안도에 와서 우명진과 만났고, 우명진 부대에서 100여 명이 안도현성을 공격하는 전투에 참가했다.

공격부대는 1,000여 명 남짓했는데 별동대 30여 명을 데리고 갔던 김성주는 길회선 철도를 파괴하라는 임무를 받았으나 흑석령(黑石嶺)에 매복한 일본군 다노(田野) 여단의 한 중대와 부딪쳐 대원 10여 명을 잃고 뿔뿔이 흩어졌다가 가까스로 마록구(馬鹿溝)에서 다시 모였다. 이때 살아남은 대원은 19명밖에 되지 않았다. 김성주는 회고록에 이 19명 이름을 기억해 적었다. 차광수, 박훈, 김일룡, 조덕화, 곰보(별명), 조명화, 이명수, 김철(김철희), 김봉구, 이영배, 곽○○, 이봉구, 방인현, 김종환, 이학용, 김동진, 박명손, 안태범, 한창훈이었다.

5. 어머니와 영별

1932년 4월, 안도현성 전투에 참가했다가 큰 낭패를 본 우명진 부대는 일본군 다노 여단에 쫓겨 소사하를 뜨지 않으면 안 되었다. 오의성의 주력부대가 모조리 영안 쪽으로 옮겨가는 바람에 우명진 부대가 안도에서 일본군의 주요 표적이 되었기 때문이다. 20여 명밖에 남지 않은 김성주의 별동대를 누구도 돌아보지 않았다. 김성주는 유본초를 찾아가 자기들도 데리고 가달라고 부탁했으나 우명진에게 거절당하고 말았다.

"별동대는 사람도 많지 않은데 뭘 그리 걱정하는지 모르겠소. 일본군이 오면 그냥 다 흩어져 숨어버리라고 하오. 이번에 보니 애들이 모두 순둥이들인 데다가 싸울 줄도 모르니 우리가 데리고 다녀봐야 짐만 되겠구먼."

유본초는 우명진의 말을 그대로 전하지 않았다. 다만 새로운 활동이 있을 때 바로 연락할 테니, 20여 명밖에 남지 않은 대원들이라도 잘 지키라고 부탁했다. 별동대가 열정만 있을 뿐 전투력이 부족한 걸 본 우명진이 미련을 버린 것이다. 사실 김성주도 우명진 부대가 안도를 뜨면 그들에게 빌붙어 별동대 감투를 쓸 이유가 없었다. 하지만 당장 어디로 떠날 수도 없었고 식량 사정도 매우 어려웠다. 이렇게 소사하에서 밥만 축내고 있을 때, 유본초가 갑자기 다시 김성주를 찾아왔다.

"성주야, 좋은 소식이 있다. 나와 함께 통화를 한번 다녀오자."

유본초는 우명진이 요령성 환인현의 당취오(唐聚五)에게 받은 편지를 이야기해주었다. 당취오가 환인현에서 요령민중구국회와 요령민중자위대를 조직하는데, 5월 21일에 정식 거사하기로 하고 여기에 우명진 부대도 길림동로군으로 편성할 것이니 참가해달라고 요청한 것이었다. 당취오의 구국군은 왕덕림의 길림구국군과는 비교할 수 없을 정도로 엄청난 규모였다. 당취오 본인은 이미 장학량에게서 요령성 정부 주석대리직과 요령민중자위군 총사령관에 중장 군사직함까지 받기로 약속받았다는 내용도 들어 있었다.

"산이 커야 그늘이 크다고 우 사령관은 당취오 쪽에 붙기로 결심했다. 나보고 자기를 대신해 당취오에게 갔다와 달라고 하는구나. 내가 너희들을 데리고 가겠다고 이미 허락받았다. 남만까지 가는 길에 우리 구국군 선전도 해야 하니 '선전대장'인 네가 적격이라고 추천했지. 이 기간에 쓸 군수물자도 대주겠다고 하니 어서 같이 떠나자."

김성주는 이 일을 중국공산당 안도구위원회에 보고하고 동의를 얻었다.

한창 떠날 준비를 다그치고 있을 때, 김성주는 잠깐 틈을 내 어머니를 보러 갔다. 동생 김철주가 와서 어머니 건강 상태가 좋지 않다고 귀띔해주었기 때문이다. 그가 빈손으로 털털거리며 가는 것을 본 차광수가 뒤따라와서 돈 1원을 쥐어주었다.

"성주야, 앓고 계신 어머니한테 빈손으로 가면 못 써."

"형님은 시계까지 다 팔아버렸으면서 갑자기 어디서 돈이 났습니까?"

"천보산에서 지낼 때 네가 준 돈을 아끼고 남겼던 거다. 어서 받아라. 어머니한테 쌀이라도 좀 사다 드리거라."

김성주는 그 돈으로 좁쌀 한 말을 사서 어깨에 메고 어머니에게 갔다. 오랫동안 가슴앓이를 해왔던 강반석은 이때 이미 병상에서 일어나지 못할 상황이었으나, 큰아들 김성주가 오자 자리를 털고 일어나 앉았다. 언뜻 보기엔 별로 달라진 것 없어 보였지만 그래도 기력이 줄고 몸도 훨씬 허약해진 것은 분명했다. 어느덧 귀밑머리도 희여 있었다. 더 놀라웠던 것은 머리맡에 항상 보물처럼 두었던 성경책이 보이지 않았다. 김성주는 그날 밤 일을 이렇게 회고했다.

"어머니는 화제를 자꾸만 정치 문제로 유도했다. 집안 살림이나 자신의 병세가 화제에 오르면 얼른 매듭을 지어버리고 다른 문제를 꺼내어 내가 거기에 끌려가지 않을 수 없게 했다. 일본 군대가 어디까지 들어왔는가, 유격대는 앞으로 어떻게 행동하는가, 양세봉 선생과는 어떻게 손을 잡으려고 하는가, 근거지에서 해야 할 일은 무엇인가 등 두서없이 주고받는 이야기는 끝이 없었다. 아들에게 병을 숨긴다는 것은 어머니 자신이 그만큼 중태에 빠져 있다는 것을 의미하는 것이라고 나는 판단했다."

다음날 아침 김성주는 떠나려다가 또 어머니가 마음에 걸렸다. 마당에 땔나무가 한두 단밖에 남지 않은 걸 보고 철주와 산으로 올라갔다. 부리나케 나무 몇 단을 해서 지게에 메고 내려오려 했으나 산이 깊지 않아 땔나무로 쓸 만한 나무가 없었다. 부득불 온종일 야산 기슭을 헤매야 했다. 그는 저녁 무렵에야 나뭇단을 지게에 메고 내려왔다. 아들이 땔나무를 해놓느라 떠나지 않은 것을 안 강반석은 그를 꾸짖었다.

"왜놈들과 싸워 나라를 찾겠다는 사람이 이게 뭐하는 짓이냐? 산속에다가 자기 동무들을 처박아두고 혼자 내려와서 나무를 하고 있다니."

김성주는 눈물이 쏟아지는 것을 참으며 응석부리듯이 말했다.

"어머니, 급하지 않으니까 오늘 하루만 어머니 곁에서 더 자고 내일 떠나겠습니다."

그날 밤 김성주는 동생을 데리고 마당에 나와 한참 이야기를 주고받았다.

"어머니가 이제는 성경 안 읽으시나 봐?"

"부녀회에서 못 읽게 하니 안 읽는 거지. 그렇지만 하나님은 자주 부르시곤 해."

"정말로 하나님이 있어서 우리 어머니 병을 낫게 해주셨으면 얼마나 좋겠니. 그럼 나도 하나님을 믿겠다."

김성주가 느닷없이 내뱉는 말에 김철주는 눈이 휘둥그레졌다.

"형, 공산주의자가 하나님 믿으면 어떻게 해?"

"그만큼 나한테는 어머니가 소중하다는 거야. 그런데 내가 없으면 너라도 어머니를 돌봐드려야지, 왜 너까지 공청이니 뭐니 나돌아 다니면서 집을 비우나?"

"형, 나도 이젠 어리지 않아, 나도 형처럼 공산주의자가 될 거야."

"공산주의자가 내 집이고 내 나라고 다 없이 온 세상을 위해서 싸우는 사람인 줄 아니?"

김성주가 별 생각 없이 내뱉은 말에 김철주는 어리둥절했다.

"형이 지금 구국군 별동대가 된 것만 봐도 모르겠니? 형의 꿈은 자나 깨나 조선혁명군이다. 혁명군을 만들기 위해 정의부에도 참가했고 또 공산당에도 참가한 거다. 이번에 잘하면 다시 양세봉 아저씨네 조선혁명군으로 되돌아갈 수 있을지도 몰라. 그러나 형이 지금 한 말을 청산 아저씨나 안정룡 아저씨한테 함부로 해서는 안 된다. 알겠니."

두 아들이 주고받는 말을 듣고 있었던 강반석은 참지 못하고 일어나 앉았다.

"성주야, 나 좀 보자."

김성주는 어머니가 자지 않고 있는 것을 모르지 않았다. 김성주가 들어가니 강반석은 다시 양세봉의 정황을 꼬치꼬치 캐물었다.

"양세봉 아저씨 형편도 상당히 어렵다고 들었습니다. 올해 1월에 조선혁명당과 국민부 고위간부들이 만주사변 후의 형세를 분석하고 대책을 강구하려고 신빈현에서 회의하고 있었는데, 그곳 친일주구단체인 보민회가 이 정보를 알고 통하 일본영사관에 밀고했다고 합니다. 현묵관 아저씨가 사고를 당하신 후 혁명군 사령관이 되었던 김관웅, 장세웅 같은 분들도 모두 붙잡혔고, 지금은 양세봉 아저씨 한 분만 남아서 혁명군을 이끄는 중입니다. 그러니 양세봉 아저씨가 결코 저를 거부하지 않을 것입니다. 더구나 저는 지금 혼자가 아니고 별동대를 데리고 가니까요."

아들의 말을 듣고 강반석은 혀를 찼다.

"너는 지금도 현묵관 그 사람을 아저씨라고 부르는구나. 그 사람이 너희들을 해치려 했다는 말은 나도 좀 얻어들었다. 넌 기억하는지 모르겠다. 임강에서 살 때 그 사람이 우리집에 와서 내가 해주는 밥을 얼마나 많이 얻어먹었는지 모른다. 네 아버지와는 정말 친한 사이었는데 너를 해치려 했다니 너는 그렇게도 그 사람 눈 밖에 났더냐."

김성주는 웃으면서 대답했다.

"제가 공산주의자가 되니까 그렇게 된 것 아닙니까."

"하긴, 그러게 말이다."

강반석은 아들에게 물었다.

"그런데 그 공산주의라는 것을 꼭 해야겠나 하는 말이다."

"어머니, 어머니 앞이니 제가 드리는 말씀이지만 저도 공산주의를 잘 모릅니다. 솔직히 작년과 재작년에 발생한 '폭동'들을 경험하면서 정말 이런 것이 공산주의라면 이 공산주의를 해야 할지 말아야 할지 고민도 많았습니다. 저도 작년까지만 해도 공산주의자라면 이를 갈고 치를 떠는 현묵관 아저씨를 정말 미워했는데, 그 아저씨가 체포되어 감옥에 들어가니 마음이 바뀝니다. 더구나 이번에 우 사령관 부대와 접촉하면서 중국 사람들이 왜 이렇게 공산주의자들을 미워하는지도 알게 되었습니다."

"성주야, 그렇다면 너도 어서 공산주의에서 손을 떼야 할 것 아니겠느냐."

강반석은 아들과 속마음을 터놓고 이야기했다.

"나도 부녀회에서 너무 애를 먹여 성경책까지 다 집어던지고 그 사람들 모임에 나갔다. 이제는 열성분자 소리까지 들을 지경이 되었지만, 공산주의가 무엇인지도 모르겠거니와 또 마음에 들지도 않는구나. 네가 이번에 양세봉 사령관과 만나 그분의 용서를 구하고 네 동무들까지 모두 조선혁명군이 된다면 나도 한시름 놓겠다. 나는 더 이상 네가 중국 사람들의 별동대장이 되어서 돌아다니는 일을 하지 않았으면 좋겠구나."

김성주도 어머니를 안심시켰다.

"어머니, 통화에 도착할 때까지만 계속 우 사령관의 구국군 별동대라는 이름을 달고 양세봉 선생님과 만나면 바로 조선혁명군에 참가하겠습니다. 제가 정의부에도 참가하고 공산당에도 참가하고 또 우 사령관의 별동대가 된 것이 다 무엇 때문이겠습니까. 지금은 깊게 말할 수 없지만 저에게는 공산주의도 구국군도 다 목적이 아니라 수단과 방법에 불과할 뿐입니다."

아들이 터놓은 속마음을 듣고 나서야 강반석은 한시름을 놓았다.

다음날 아침, 벌써 이틀 밤을 어머니 곁에서 보낸 김성주가 진짜로 떠날 준비를 서두르는데 안정룡이 불쑥 나타났다. 안정룡이 안도구위원회 당원들을 동원하여 별동대가 도중에 먹을 쌀과 밀가루 등을 마련하여 찾아갔다가 김성주가 아직도 돌아오지 않은 것을 보고 아침 일찍 그의 집으로 달려온 것이다.

"성주 동무, 무슨 일이 생긴 게요?"

"아닙니다. 제가 어제 떠나려다가 집에 땔나무가 하나도 없는 것을 보고 온종일 산에 들어가 나무를 했습니다. 지금 바로 떠나겠습니다."

김성주의 말을 듣고 안정룡은 사과했다.

"내 잘못이오. 내가 소홀했소. 걱정 말고 떠나오. 우리 당위원회에서 성주의 동생들도 책임지고 성주 어머니의 병구완도 최선을 다하겠소."

강반석도 따라 나와 아들을 재촉했다.

"그래, 어서 떠나거라. 아무래도 갈 길인데."

"네, 지금 떠나겠습니다."

김성주가 신발 끈을 매고 있을 때 강반석은 그동안 푼푼이 모아두었던 돈이라며 20원을 아들 손에 쥐어주었다. 소 한 마리도 살 수 있는 큰돈을 어머니가 얼마나 어렵고 힘들게 모았는지를 짐작할 수 있었다. 하지만 그에게도 별동대라는 20여 명의 식구가 딸려 있어 돈이 필요했다. 그는 아무 말 없이 그 돈을 받아 넣고는 어머니에게 절을 올리고 밖으로 나오는데 눈물이 쏟아져 하마터면 소리 내어 흐느낄 뻔했다.

"아니, 남아대장부가 되어가지고 왜놈들과 싸우겠다며 왜 이 모양이냐?"

강반석은 생각 이상으로 냉랭하기 이를 데 없었다. 발길이 떨어지지 않아 집 앞에서 머뭇거리는 아들을 보고 강반석은 엄한 목소리로 꾸짖었다.

"어서 떠나거라."

"네, 어머니. 잠깐만 마당에 서 있다가 가겠습니다."

"넌 아직 살아 있는 내 생각을 할 것이 아니다. 지금 감옥에 계시는 삼촌과 외삼촌을 생각하거라. 집에 올 때마다 이 모양이겠으면 다시는 내 앞에 얼씬도 하지 말거라."

김성주는 다시 한 번 절을 올렸다.

"어머니, 안녕히 계십시오."

8장

남만 원정

"원, 형님도. 내가 무슨 군사를 배웠다고 그럽니까.
화성의숙에서 총 쏘는 것과 수류탄 던지는 것 말고는 맨날 줄서서
걸어 다니는 것밖에는 배운 게 없습니다. 나나 형님이나 이렇게 한 번 또 한 번
전투해 나가면서 스스로 익혀가는 것 아닙니까."

1. 노수하습격전

김성주의 어머니 강반석은 아들이 떠난 뒤 얼마 안 있다가 세상을 뜨고 말았다. 1932년 7월 31일이었다. 남편 김형직이 세상을 떠난 후 6년 동안 더 살면서 어렸던 김성주를 20대의 남아로 키웠으나 아직 덜 자란 둘째아들 김철주와 철부지나 다름없는 셋째아들 김영주는 세상에 내버려둔 채 힘들었던 생을 마감했다.

강반석의 생은 참으로 고달팠다. 그는 '어머니'라는 이름에 부끄러움 없는 훌륭한 여성이었음이 틀림없다. 불효자는 김성주였다. 그는 어머니에게 약 한 첩 변변히 달여 드린 적 없었다. 어머니가 아껴 먹고 아껴 쓰며 한 푼, 두 푼 모아두었던 돈 20원을 그대로 덥석 받아가지고는 별동대 대원들을 데리고 유본초를 따라 남만으로 갔다.

그러나 김성주는 남만에서 아무것도 얻지 못한 채 빈털터리가 되어 다시 안도로 돌아올 수밖에 없었다. 1932년 5월 21일로 계획된 거사 날짜가 한 달 앞당겨 4월 21일로 바뀌는 바람에 유본초와 김성주 일행 200여 명은 제시간에 도착할 수 없었다. 더구나 당취오와 만나기로 약속했던 환인현에 가까스로 도착했을 때, 당취오는 장학량으로부터 장차 요령성 임시정부를 통화에 둘 것이니 어떤 대가를 치르더라도 통화현성을 차지하라는 명령을 받고 예하 18로군 4,000여 명의 병력을 이끌고 통화 쪽으로 이동한 것이다.

양세봉의 조선혁명군도 당취오의 요령민중자위군의 한 갈래로 참가했다. 현익철이 체포되기 직전까지 조선혁명군은 요령성 동변도 지방 중국 관헌들과 항상 좋은 관계였기 때문에 당시 봉성현(鳳城縣)의 일개 부연대장이었던 당취오의 귀에 조선혁명군 이야기가 자주 들려왔다. 또한 당취오가 거사하기에 앞서 환인현을 본거지로 삼기 위해 봉성에서 환인으로 이동하던 도중 융링제에서 일본군과 조우하게 되었는데, 양세봉의 조선혁명군이 신빈현에서부터 달려와 일본군의 배후를 습격했다는 일화도 전한다.

당취오와 그의 군대가 양세봉을 굉장히 좋아한 것은 그 외에도 여러 일화를 통해 소개된다. 곽경산(郭景山), 이춘윤(李春潤), 왕봉각(王鳳閣), 양복(梁福), 손수암(孫秀岩) 등 당취오의 자위군에 편성되었던 한다하는 중국군 사령들도 모두 양세봉을 알고 있었다. 더구나 환인현 공안국장이었던 곽경산은 당취오와 결의형제까지 맺은 사이였는데, 그는 환인뿐만 아니라 홍경, 통화, 유하, 해룡, 무송, 화전, 즙안 등 여러 지방에서까지도 조선 사람과 관계된 일은 전부 양세봉에게 부탁하여 해결했다며 당취오에게 양세봉을 적극 추천했다.

1932년 5월 당취오는 통화성을 점령한 후 다른 부하 사령들의 사령부는 모두 통화성 밖에 두고, 유독 양세봉의 조선혁명군만은 통화성 안에 들어와 사령부를 설치하도록 허락했다. 그만큼 양세봉 조선혁명군의 군율이 세고 백성을 대할 때도 점잖았기 때문에 평판이 좋았음을 말해준다.

한편 김성주의 별동대도 조선혁명군 못지않게 군율이 셌다. 비록 유본초의 구국군 선발대 200여 명의 뒤에 함께 묻어가는 길이었기에 특별한 위험이 따르는 일은 없었지만, 간혹 조선 사람 동네에 머무르면 별동대가 구국군과 다르다는 걸 보여주기 위해 각별히 신경 썼다. 안도 소사하에서 떠난 지 얼마 안 되었을 때 양강구(兩江口)와 노수하(露水河) 사이에서 일본군 수송대와 만나게 되었는데, 인부 10여 명이 함께 따라왔다. 수송대를 습격하자 말자 한바탕 쟁론이 붙었다. 유본초는 피해가자고 주장했는데, 김성주가 습격하자고 고집했다. 김성주 뒤에서 박훈이 그들을 부추겼다.

"우리 별동대와 유 참모장의 구국군이 도로 양쪽 고지를 차지하고 매복하면 내가 몇 동무만 데리고 나가서 왜놈들을 유인해오겠소. 한번 해볼 만하오."

김성주는 대원들 중 총이 없는 대원 몇 명을 생각하고 주장했다.

"선생님, 왜놈들이 한 중대밖에 안 되니 칩시다. 우리가 앞장서서 왜놈들을 유인하겠습니다. 대신 탄알만 좀 주십시오. 선생님은 남쪽 능선을 차지하고 우리 별동대는 북쪽 길가에 매복하겠습니다."

"길가까지 내려가는 것은 위험하니 그러지 말거라."

유본초의 구국군은 만주군(괴뢰만주국)이라면 싸워볼 만하지만 일본군은 자신 없어했다. 그런데 겁 없이 덤벼드는 김성주와 그의 젊은 별동대 대원들이 무척 장해보였다.

"그러면 유인하는 것도 너희 대원들 외에 우리 구국군도 한 소대를 보내마."

김성주와 유본초는 각각 자기 부대를 데리고 도로 양쪽 고지로 올라가 매복했고, 박훈과 구국군 한 소대가 수송대를 습격하다가 도주하기 시작했다. 그런데 일본군은 뒤를 쫓아오지 않고 엎드려 사격만 가했다. 눈 깜짝할 사이에 구국군 한 소대가 모조리 쓰러졌다. 박훈이 데리고 갔던 별동대 대원도 1명이 죽고 1명이 중상을 입고 박훈 등에 업혀 돌아왔다. 그러자 김성주가 직접 뛰어나가려는데 차광수가 그를 말렸다.

"성주야, 네가 대장인데 함부로 나가면 어떻게 하느냐? 내가 가마."

차광수가 안경을 추어올리며 권총을 들고 벌떡 일어나는 것을 이번에는 김일룡이 뒤에서 그를 잡아 눌렀다.

"내가 가서 유인해 오마. 내가 이래 뵈도 독립군에서 싸웠던 사람이야."

김일룡이 대원 둘을 데리고 뛰어나가는데, 차광수가 참지 못하고 끝내 쫓아가다가 박훈과 만났다. 박훈은 업고 오던 대원을 부리나케 차광수에게 맡기고는 다시 몸을 돌려 김일룡 뒤를 쫓아갔다.

"일룡 형님, 같이 갑시다."

일본군은 수송대에 덤벼든 첫 무리의 과반수 이상이 죽거나 도망쳤는데도 다시 또 한 무리가 나타나 총격을 가하며 덤벼들자 부쩍 약이 올랐다. 하지만 상대방이 자기들을 유인하려는 것을 눈치 챘는지 끝까지 쫓아오지 않았다.

"왜놈들이 우리가 매복한 것을 눈치 챈 것 같구나."

차광수가 걱정했으나 김성주는 배포가 두둑하게 대답했다.

"그래도 좀 더 기다려봅시다. 어차피 이 길을 지나가지 않으면 안 될 겁니다."

차광수는 전혀 무서워하는 빛이 없는 김성주를 쳐다보며 안정을 되찾았다.

"성주야, 넌 뭘 믿고 그렇게 자신 하냐?"

"먼저 습격했던 구국군이 한 소대나 맥없이 당했으니, 왜놈들이 설사 매복이 있는 걸 알아도 우리를 아주 우습게 생각할 것입니다. 그렇지만 유본초 선생님의 구국군이 200명이나 될 줄은 전혀 생각지 못할 것 아닙니까."

김성주가 이렇게 대답하니 차광수는 감탄했다.

"역시 군사를 배운 네가 우리와는 다르구나. 난 아까 숨이 멎는 줄 알았다."

"원, 형님도. 내가 무슨 군사를 배웠다고 그럽니까. 화성의숙에서 총 쏘는 것과 수류탄 던지는 것 말고는 맨날 줄서서 걸어 다니는 것밖에는 배운 게 없습니다. 나나 형님이나 이렇게 한 번 또 한 번 전투해 나가면서 스스로 익혀가는 것 아닙니까."

아닌 게 아니라, 30여 분 동안 움직이지 않던 일본군은 두 소대로 나뉘어 앞뒤로 갈라서더니 땅바닥에 엎드려 있던 인부들을 일어나게 했다. 수송차량이 다시 움직이기 시작한지 20여 분쯤 지났을 때 유본초의 구국군에서 먼저 총소리가 울려 퍼지기 시작했다. 그러자 일본군은 유본초의 구국군이 쳐놓은 저격선 쪽을 향해 반격하기 시작했다.

이때 김성주의 별동대도 배후에서 사격하기 시작했고 길에 내려갔던 박훈과 김일룡도 내달리다가 다시 돌아서서 쉴 새 없이 총탄을 퍼부어댔다. 여기저기서 "야, 맞혔다!", "또 한 놈이 넘어간다!" 하는 환호와 환성이 터져 나왔다. 더는 배기지 못하고 일본군이 퇴각하기 시작하자, 인부들은 수송차를 버려두고 뿔뿔이 달아나다가 모두 머리를 싸쥐고 땅바닥에 엎드려 버렸다.

"동무들, 나갑시다."

김성주는 벌떡 뛰어 일어나 앞장서서 뛰어갔다. 구국군과 별동대 모두 진지에서 뛰쳐나와 길로 몰려들었다. 살아남은 일본군 몇몇이 정신없이 도망쳤으나 나머지는 모조리 전멸되었다. 구국군 사상자도 일본군 못지않게 많았다. 처음 유인할 때 한 소대가 모조리 죽었고, 산등성이에서 내려올 때 기관총 난사를 당해 모두 30여 명의 사상자가 나왔다. 김성주의 별동대에서는 전사자가 3명 나왔다. 차광수가 자기 별동대 전사자를 부둥켜안고 땅바닥에 앉아 우는 것을 본 한 구국군 중대장이 지나가다가 그의 궁둥이를 걷어차며 욕을 퍼부었다.

"어이 안경쟁이, 재수 없게 왜 징징거리느냐?"

"광수 형님, 그만하십시오. 구국군에도 숱한 사람이 죽었습니다. 우리 동무들 시체만 골라내서 안고 우는 모습이 썩 좋지 않습니다."

이처럼 냉담하고 차가운 김성주의 모습을 처음 본 차광수는 자못 의아한 표정이었다.

"빨리 출발해야 하니까 일어나십시오. 구국군에서 전사자들을 합장(合葬)하기로 한 것 같습니다. 우리 대원들 시체와 구국군 대원들 시체도 함께 묻읍시다."

"아니, 난 그렇게는 못한다."

차광수는 별동대 전사자 3명의 무덤을 따로 파겠다고 고집했다. 그 3명 가운데 2명이 남만청총 때부터 차광수를 따라다녔던 동무라고 박훈이 몰래 김성주에게 귀띔해 주었다. 이렇게까지 말하자 하는 수 없이 김성주도 동의했다.

2. 금비석비(今非昔比)

"보게나, 저자들은 우리와는 좀 다르지 않은가."

시간이 지날수록 구국군 내에서 쑥떡거리는 사람들이 하나둘 나오기 시작했다. 이것이 무엇을 의미하는 것인지, 김성주는 당장 느낌이 오지 않았다. 가끔 유본초는 말에서 내려 김성주와 함께 걸으며 이야기했다.

"내가 쓸데없는 소리를 하는 것 같다마는 우리 선발대에서 너희 별동대와 따로 행동하자는 사람들이 있구나. 이 일을 어떻게 하면 좋지?"

김성주는 유본초의 얼굴을 빤히 쳐다보았다.

"선생님은 구국군 형님들이 우리를 싫어하는 이유가 무엇이라고 봅니까?"

"그러게 말이야. 너희 군율이 세서 민가에 들러도 백성들한테 추호도 폐를 끼치지 않는 모습이 얼마나 좋으냐. 그런 것을 본받지는 못할망정 싫어하다니, 나도 참 답답하기 그지없구나."

유본초가 한숨 내쉬는 것을 보고 김성주는 속마음을 내보였다.

"저희들 때문에 저 형님네들이 백성 집에서 술도 맘대로 못 얻어먹고 또 갖고 싶은 것도 맘대로 가지지 못하고 하니 기분 잡친 것입니다. 제가 왜 그것을 모르겠습니까. 하지만 제멋대로 군다면 우리가 떠난 뒤 사람들이 우리를 뭐라고 손가락질하겠습니까."

김성주가 이처럼 진지하게 말하니 유본초가 감탄했다.

"역시나 성주 네 몸에서는 공산주의자 냄새가 나. 아무리 숨기려 해도 안 되는구나. 공산주의자들은 그런 수법으로 민심을 잘 당겨오지. 우리 구국군은 바로 그게 잘 안 된단 말이다."

유본초의 말에 김성주는 이것이 칭찬인지 무엇인지 판단이 서지 않아 한참 입을 다물고 있었다. 유본초가 김성주의 얼굴을 유심히 바라보며 또 물었다.

"성주야, 내가 얻어들은 소린데, 기분 상하더라도 개의치 말기 바란다. 전에 국민부에서 갈라져 나와 공산주의를 한다는 사람들이 장춘, 이통 지방에서 농민들에게 세금을 징수하면서 무지 못살게 굴었다고 들었다. 너는 이 문제를 어떻게 보느냐?"

김성주는 속으로 찔끔했다. 유본초가 과거 자기가 해온 일을 다 알고 있음을 눈치 채니 기분이 썩 좋지 않았다. 유본초의 말뜻인즉, 갑자기 깨끗한 척하지 마라, 너도 과거에는 여기저기 농가들을 뒤지고 다니면서 세금을 징수하고 농민들을 못살게 굴었던 적이 있지 않았느냐는 것이었다. 그러나 달변인 김성주의 입이 막힐 리가 없었다. 김성주는 유창한 중국말로 이 까다로운 질문에 대답했다.

"선생님은 저에게 한문을 가르치셨으니 금비석비(今非昔比)라는 말을 잘 아실 겁니다. 어제 일을 어떻게 오늘에 비할 수 있겠습니까. 우리는 왜놈들과 싸우기 위해 사람들을 모으고 또 총과 탄약도 사들이면서 여기까지 왔습니다. 처음엔 아무것도 없어 여기저기 찾아다니며 손도 내밀고 또 가능한 고장에서는 세금도 징수했습니다. 그러나 지금은 정황이 달라지지 않았습니까."

"어떻게 달라졌다는 것인가?"

"우리는 지금 왜놈들과 싸우는 군대가 되었습니다. 총도 있고 힘도 있습니다. 우리한테 필요한 것은 가능하면 왜놈들에게 빼앗는 방법으로 해결해야지, 못사는 동네 농민들한테 손을 내밀면 어떻게 하겠습니까. 물론 농민들이 진심으로 고마워하고 반가워하면서 자발적으로 주는 것은 다른 문제입니다. 그럴 때도 가능하면 사양하고, 그래도 계속 주려 한다면 그때는 받아도 문제가 없을 것입니다. 지금은 우리가 다른 부대와 손잡으려 찾아가는 길이니, 길에서 좋은 소문을 내고 다니는 것이 무엇보다도 중요합니다. 여차하여 단 한 번이라도 나쁜 입방아에 오르면 정말 좋지 않습니다. 그런 말도 있지 않습니까? 나쁜 소문은 좋은 소문보다 몇 배나 빨리 퍼진다고 말입니다."

유본초는 할 말을 잃었는지 잠잠히 듣고만 있다가 한숨만 내쉬었다. 이와 같은 대화가 오간 뒤 김성주와 유본초는 각자 자기 부대 대원들을 데리고 10여 리 간격으로 떨어져서 걷기 시작했다. 선발대 구국군들이 별동대와 함께 가는 걸 싫어했기 때문이다. 그래도 유본초는 김성주와의 인연을 생각해서 차마 버리지 못하고 뒤에서 좀 떨어져 따라오라고 했다. 그러자 김성주는 오히려 선발대가 되겠노라고 나섰다.

"선생님, 그러지 마시고 우리 별동대가 앞에 서겠습니다."

별동대 대원이 많지 않으니 앞에서 길도 탐지할 겸, 갑자기 돌방상황이 생겨도 뒤에서 선발대가 대처하기 좋다는 김성주의 주장에 유본초도 흔쾌하게 응낙했다. 그러나 정작 김성주의 마음은 다른 데 있었다.

무송현성이 가까워올수록 김성주의 마음은 설레었다. 발에 날개라도 단 듯이 그의 걸음은 빨라지기 시작했다. 이때 심정을 김성주는 이렇게 회고한다.

"무송은 내가 관헌들 손에 체포되어 구류장 밥을 먹어보았던 또 하나의 음험한 군벌 소굴이었다. 그러나 거기에 나의 소년 시절의 살점 같은 한 토막이 남아 있고, 아버지의 산소가 있고, 사랑하는 중국의 벗 장울화가 살고 있다는 것만으로도 나는 이 도시를 사랑했다."

여기서 김성주가 말하는 '소년 시절의 살점 같은 한 토막'이란 바로 중국인 친구 장울화를 두고 한 말이었다. 김성주가 제안한 일이라면 장울화는 생명까지 내걸고 뭐든지 다 해냈던 사람이었다. 오죽했으면 김성주는 산속에서 배고프거나 추울 때도 항상 장울화를 생각했고, 그에게만은 거침없이 손을 내밀었다.

부자였던 장울화는 총과 탄약은 물론, 솜, 신발, 양말, 내의, 천, 식량, 의약품에 이르기까지 김성주가 요구한 물건들은 하나도 빠뜨리지 않고 모조리 구해서 보내주었다. 하지만 김성주의 행방을 추궁하는 일본군의 핍박에 못 이겨 1937년 11월 4일에 자살하고 말았다.

어쨌든 이 당시 김성주가 왔다는 연락을 받은 장울화는 정신없이 달려 나왔다. 둘은 부둥켜안고 한참 그리웠던 정을 나누었다.

"성주야, 끝내 군대를 만들어냈구나. 이 사람들 모두 네 부하란 말이지?"

김성주는 나이 많은 김일룡이나 차광수, 박훈 같은 사람들을 세워놓고 그들을 모두 자기 '부하'라고 자랑할 수 없어 장울화의 말투를 시정했다.

"울화야, 혁명군대는 대장과 부하가 따로 없어. 다 혁명동지들이란다."

장울화는 연신 머리를 끄덕였다.

"그래, 그 정도의 도리는 나도 알아. 그런데 혁명군이면 혁명군이지 왜 구국군 별동대라고 부르는 거냐?"

김성주는 당취오의 요령민중자위군과 동맹을 맺으러 가는 길이어서 구국군 별동대 이름을 사용하고 있다고 간단하게 설명했다.

"그럼 어떻게 되는 거니? 공산당과는 진짜 손을 끊은 거니?"

"아니, 내 말 뜻을 못 알아듣네. 구국군과 함께 활동할 때는 구국군 별동대 이름을 쓰고, 따로 활동할 때는 유격대나 조선혁명군이라고 봐도 돼."

"그럼 지금은 구국군과 같이 있지 않으니 조선혁명군이라고 봐야겠구나. 내가 보기에도 조선혁명군이 좋을 것 같다. 내가 비록 중국 사람이지만 난 조선혁명군을 지지하고 또 네 친구이니까. 나도 너의 부대에 참가할 수가 있겠지?"

농담할 줄 모르는 장울화의 말을 듣고 김성주는 뛸 듯이 기뻤다.

"너 그 말이 정말이니? 나랑 같이 혁명군에 들어와 총을 잡고 다니겠단 말이니?"

"아, 그럼. 난 맨날 너 생각만 하면 너랑 같이 총 들고 다니는 꿈만 꾼다."

"너를 데리고 갔다가는 너의 아버지가 나를 가만두지 않을걸. 더구나 넌 장가까지 들었고 아내가 임신중이라면서? 어떻게 함부로 떠나겠니?"

김성주가 넌지시 던지는 말에 장울화가 정색하며 말했다.

"성주야, 날 치사하게 보지 마라. 내가 간다면 가는 거지."

김성주가 급히 머리를 가로저으며 설명했다.

"아니야, 너 오해하지 마라. 절대 그런 뜻이 아니야. 혁명하는 일은 총들고 싸우는 것만은 아니야. 총 들고 싸우는 사람도 있어야 하고 뒤에서 이들을 위해 할 수 있는 일이 얼마나 많은지 몰라."

김성주는 회고록에 장울화에게 이렇게 말했다고 썼다.

"울화의 체질을 가지고서는 험산준령을 타고 다니는 유격대 생활을 감당할 수 없어. 나야 뭘 숨기겠나. 나는 울화의 사상을 불신하는 것이 아니라 육체적 준비를 걱정하는 거야. 그러니 산에 들어와 고생하지 말고 집에 있으면서 사진관도 차려놓고 교원도 하면서 우리의 사업을 힘껏 도와달라는 것이지. 대부호의 자식이라는 간판이 얼마나 좋아. 그 간판이면 울화는 혁명을 하면서도 얼마든지 자기 정체를 숨길 수가 있거든."

김성주는 무송에서 나흘간 머무르다가 장울화와 작별하고 다시 길을 떠났다.

김성주는 별동대 뒤에서 차광수와 단 둘이 몰래 이야기를 주고받았다.

"성주야, 난 아직도 양 사령관이 우리를 받아줄지 미심스러워. 우리가 구국군 별동대 이름을 달고 왔는데, 괜히 잘못 들이댔다가는 양 사령관과 우 사령관 양쪽에서 모두 걷어채일지 몰라. 그게 걱정이다."

"형님, 이런 말은 오직 형님한테만 하는 말이지만, 만약 우리가 공산당과 확실하게 관계를 끊었다고 하면 양세봉 아저씨도 무척 반가워할지 모릅니다."

"그러면 우 사령관 부대와는 그날부터 헤어져야 하는 거겠지?"

차광수가 묻는 말에 김성주는 행여 누가 뒤에서 따라오며 엿듣는 사람이 없는지 한번 돌아보고는 그동안 꾹 참아왔던 불평을 털어놓았다.

"형님도 보셨다시피, 저 우 가가 언제 한 번이라도 우리를 자기 부대 사람들과 꼭 같이 취급해주었습니까? 우리 별동대가 전투 경험이 전혀 없는 걸 뻔히 알면서도 위험한 일이 생기면 총 두어 자루 던져주며 우리더러 앞에 나서라고 내몰지 않습니까. 솔직히 유본초 선생님만 아니었다면 진작부터 그만두고 싶었습니다."

"그러나 별동대는 중국공산당의 결정으로 만든 것 아니더냐. 만약 양 사령관과 손잡을 경우 동만특위 관계는 어떻게 처리할 것이니?"

김성주는 이 문제와 관련하여서는 길에서 김일룡과 주고받으며 의논한 내용을 차광수에게 말했다.

"상황을 봐가면서 청산 아저씨가 남만주의 당 조직과 연계해보겠다고 했습니다."

"그렇다면 중국공산당과도 계속 관계를 유지해 나가겠다는 뜻이니?"

차광수는 이때 김성주를 잘 이해할 수 없었다. 그러나 김성주가 조선혁명군이 되고 싶어 하는 마음만은 진심이며 진정임을 믿어 의심치 않았다. 그가 김일룡에게 부탁해 한편으로는 중국공산당 남만주 조직과 연계를 맺어가면서 구국군과 혁명군, 그리고 유격대 사이에서 최종적으로 자기가 서야 할 자리를 찾아가는 것을 차광수는 전혀 나무라고 싶지 않았다.

비록 그 자신도 열렬한 공산주의자였지만, 조선공산당이 해산되고 조선인 공산당원들이 모두 중국공산당으로 적을 옮기는 것에는 생각이 달랐다. 때문에 차광수는 중국공산당에 가입하지도 않았거니와, 또 중국인 공산주의자의 지도를 받으며 활동했던 김일룡이나 안정룡 같은 사람들과도 별로 친하게 지내지 않았다.

그러나 그가 김성주를 좋아했던 것은 바로 조선혁명군에 대한 김성주의 깊은 미련 때문이었다. 고유수와 오가자에서 동네 농민들에게 바가지로 욕을 얻어먹어 가면서도 이종락 밑에서 혁명군을 위해 세금을 거두고 다녔던 김성주의 꿈은 언젠가는 이 혁명군의 사령장이 되는 것이었다. 만약 그렇게 된다면 김성주는 자기 식대로 이 혁명군을 더 멋있게 만들어갈 큰 꿈을 가지고 있었다.

차광수는 그런 김성주를 믿었다. 그런 김성주는 절대로 공산주의자가 아니었다. 현재 겉으로는 구국군 별동대라는 감투를 썼지만 마음속에 우 사령관에 대해 손톱만치도 존경하거나 숭배하는 마음이 없음을 누구보다도 차광수가 너무 잘 알고 있었다. 만약 이번에 양세봉의 조선혁명군과 손을 잡게 되어 그의 수하로 들어갈 수만 있다면, 김성주는 구국군 우 사령관의 부대는 고사하고 중국공산당 남만 조직과도 굳이 연계를 가지지 않으리라는 것을 차광수는 모르지 않았다.

3. 양세봉의 분노

김성주는 통화성을 눈앞에 둔 이도강에서 하루 묵으며 유본초를 기다렸다가 유본초의 선발대와 함께 통화성으로 들어갔다. 연락을 받은 통화성에서 당취오가 환영대를 파견하여 내보냈다. 당취오의 부관이 직접 환영대를 데리고 마중 나왔는데, 유본초를 만나자마자 불쑥 이렇게 물었다.

"유 참모장, 공산당이 파견한 별동대가 구국군 선발대와 함께 왔다는 소문이 있습디다. 사실인가요?"

그 바람에 유본초도 김성주도 모두 속이 덜컹했다.

"아, 별동대 말이오? 공산당이 아닙니다. 조선인들로 조직된 유격대, 대부분 조선혁명군 출신입니다."

일단은 유본초가 황급히 둘러대 당취오의 부관도 더는 말이 없었으나 그날 저녁 유본초가 돌아와 김성주에게 말했다.

"성주야, 조심해야겠구나. 특히 대원들 입단속을 단단히 해야겠다. 여기는 왕덕림의 구국군과는 딴판이구나. 장개석의 국민당에서 파견한 특파원들과 비밀요원들이 득실득실해."

유본초의 선발대는 벌써부터 별동대와 거리를 두기 시작했다. 숙소를 정할 때도 유본초 선발대는 중국 사람 집에 숙소를 정하고 별동대 대원들은 따로 통화성 내 조선 사람들이 사는 집에서 묵었다. 그것도 양세봉이 숙박시켜 주라고 허락했기 때문에 별동대원들에게 방을 내준 것이다. 그날 밤에 김성주는 조마조마한 심정으로 양세봉을 찾아가 인사를 올렸다.

양세봉은 김형직과 친했기에 이태 전까지만 해도 김성주를 자기 아들 대하듯 했다. 그러나 이때는 김성주를 부르는 호칭이 바뀌었다. 특별한 경우였다. 이종락이나 장소봉, 박차석 등 이들의 나이가 김성주보다 훨씬 많았어도 존칭을 붙인 적이 없었던 양세봉이었다. 그만큼 김성주가 굉장히 유명한 인물이 된 것이다.

"김 대장, 하나만 먼저 확인하고 넘어가자꾸나."

"선생님, 말씀하십시오."

두 사람의 사이에는 반드시 짚고 넘어가지 않으면 안 되는 '통과의례' 같은 것이 있었다.

"고동뢰 소대장, 네 손에 죽은 것이 맞느냐?"

"하늘에 맹세합니다. 아닙니다."

"네 아버지 이름을 걸고 진실을 말하거라."

"네. 그러겠습니다. 제 친구 아청(장울화)이 공안국에 연락해서 그를 며칠 동안 구류소에 잡아가뒀던 것은 사실입니다. 그렇지만 여관에서 피해당한 사실은 우리와 상관없는 일입니다."

김성주는 진실을 말했다. 양세봉은 한참 그의 얼굴을 바라보다가 물었다.

"그러면 왜 그때 직접 나를 찾아와서 해명하지 않았느냐?"

김성주의 입에서 이런 대답이 나왔다.

"선생님, 그 당시에는 제가 범인이냐 아니냐가 중요하지 않았습니다. 범인이라고 했다면 그것은 진실이 아니었고, 범인이 아니라고 하면 남들이 믿어주지 않으니 말입니다. 그래서 그냥 침묵했습니다. 오늘처럼 선생님과 직접 만나서 말씀드릴 날이 있기만을 기다려 왔습니다."

양세봉은 비로소 안도의 숨을 내쉬며 김성주에게 술 한 잔을 넘쳐나게 따랐다.

"내가 그 일 때문에 우리 혁명당과 군대 안에서 자네를 위해 말 한마디도 할 수 없어 처지가 얼마나 난감했는지 모른다. 이제는 정말 한시름 놓이는구나."

양세봉은 김성주에게 약속했다.

"고동뢰를 너희가 해치지 않았다면 좋아, 내가 믿겠다. 다른 사람도 내가 설득하겠다. 나머지 문제는 네가 공산당과 철저히 손을 끊겠다고 약속하면 다 풀린다. 그러면 내가 나서서 너희를 모두 우리 조선혁명군에 받아들이겠다."

김성주는 한참 궁리하다가 양세봉에게 요청했다.

"아저씨만 저를 다시 받아주신다면 저는 꼭 아저씨께 돌아오고 싶습니다. 그런데 솔직히 말씀드리면 같이 온 제 동무들이 적지 않게 중국공산당 당원들입니다. 그들 모두를 당장 돌려세우자면 시간이 좀 필요할 것 같습니다. 그러니 먼저 혁명군 별동대로 이름을 달고 자위군 작전에 함께 할 수 있게 해 주십시오. 그러다 보면 저의 별동대도 차츰 커갈 것이고, 안도로 돌아가지 않으면 자연스럽게 그쪽 중국공산당 조직과도 관계가 끊어질 수밖에 없습니다. 더구나 자위군은 국민당의 영도를 직접 받고 있으니 시간이 더 흐르면 모두 공산당과 조직 관계를 끊게 될 수밖에 없잖습니까. 그때면 정식으로 별동대 명칭도 버리고 순수한 조선혁명군이 되겠습니다."

"김 대장의 이 제안은 그럴듯하네만."

양세봉은 잠시 어떻게 대답했으면 좋을지 몰랐다. 이 말을 믿어야 할지 판단이 잘 서지 않았기 때문이다. 도리상 김성주의 이 제안은 하나도 틀린 데가 없었다. 그러나 양세봉은 주저하지 않을 수 없었다.

그는 상대가 공산당만 아니라면 자기 발로 총까지 메고 찾아와 부하가 되겠다는데 반갑지 않을 이유가 없었다. 그러나 조선혁명군에서 총과 대원들을 빼내어 나가버렸던 이종락을 머릿속에 떠올리고는 마음이 착잡해졌다. 더구나 현익철이 공산당 소리만 나오면 발까지 굴러 가면서 절규하다시피 했던 말이 귓전에서 쟁쟁 울려오는 것 같았다.

"공산당은 전염병과 같아서 금방 여기저기 퍼지오. 그러니 조금이라도 가까이에 불러들이면 안 되오."

양세봉은 자신도 모르는 사이에 몸서리를 쳤다. 양세봉은 다시 김성주를 아들처럼 이름을 불러가며 고충을 털어놓았다.

"성주야, 넌 왜 공산당 물을 먹고 이 모양이 된 거냐? 너를 키우기 위해 우리 국민부가 얼마나 공을 들였는지 너도 잘 알지 않느냐. 내가 아니더라도 오동진 아저씨를 생각해서라도 어떻게 이럴 수 있느냐 말이다. 우리는 너를 장차 우리 민족주의 계열에서 크게 한 몫을 감당할 인재로 키우려고 오래전부터 마음속에 찍어두고 있었단다.

그러나 늦지는 않았다. 지금이라도 공산당과 손을 끊고 우리에게로 돌아오겠다고 하니 나는 두 손 들고 대환영이다. 다만 너희를 받아들이는 일은 나 혼자서 결정할 일은 아닌 것 같구나. 지금 조선혁명당은 너도 잘 아는 고이허가 위원장을 맡았고, 또 혁명군에도 공산당이라면 치를 떠는 백파(김학규)가 참모장으로 있지 않으냐. 그러니 공산당 부대나 다를 바 없는 너의 별동대를 혁명군에 받아들이는 일은 그분들과 의논하지 않고는 불가능한 일이다."

김성주는 양세봉이 혼자서 결정할 수 있는 사안이 아니라는 말에 수긍했다. 양세봉이 아무리 조선혁명군 총사령관이어도 조선혁명군은 조선혁명당의 지도를 받는 군대였다. 또 혁명당 지도계층뿐만 아니라 혁명군 내에도 바로 백파 김학규 같은 사람이 철저하게 반공하는 사람들임을 모르지 않았다.

그런데 양세봉이 말끝마다 계속 공산당을 너무 나쁘게만 보자 김성주도 반발심을 참느라 숨소리까지 거칠어질 지경이었다.

"선생님, 고이허 선생님이나 김학규 참모장님 같은 분들은 설사 죽는 일이 있어도 저희를 혁명군에 받아들이지 않을 것입니다. 그러나 지금은 왜놈과 싸우는 것이 대의 아닙니까. 나라를 구하는 일인데, 공산당이면 어떻고 구국군이면 어떻습니까. 모두 함께 손을 잡고 싸우는 데 뭘 그렇게 말끝마다 공산당, 공산당 하면서 이렇게 모질게 구는지 모르겠습니다. 그분들이 만약 반대하고 나서면 선생님께서 제 이 뜻을 꼭 전달해 주시기 바랍니다. 저도 인정할 것은 인정합니다. 공산당이 잘못하는 일이 많습니다. 농촌에서 폭동을 일으켜 중국 사람을 많이 괴롭힌 일은 잘한 일 같지 않습니다. 이 일은 저뿐만 아니라 공산당 지도부 내에서도 많이 반성하고 있다고 들었습니다. 그러나 지금은 왜놈들과 싸우자고 이렇게 총을 들고 먼 길을 걸어 찾아왔는데, 그냥 공산당이라는 이유 하나 때문에 이렇게 경계하는 것은 정말이지 너무하신 것 같습니다."

그 말에 오히려 양세봉이 버럭 화를 냈다.

"네가 하나만 알고 둘은 모르는구나. 다른 사람의 실수는 쉽게 용서가 되나 공산당이 저지른 나쁜 짓은 용서가 안 되는 이유가 있다. 가령 남의 곡간에 불이 나 지르고 또 좀 잘 산다고 끌어내 한 둘쯤 잡아팼다고 하자. 우리가 그런 것을 물고 늘어지는 줄 아느냐? 도시로 가서는 노동자를 선동해 자본가와 싸우게 하고, 농촌에 가서는 농민들을 선동해서 지주와 싸우게 하고, 가정에 들어와서는 남녀평등이라 하여 여편네가 남정에게 대들게 만드니, 이게 어디 손잡을 사람들이냐? 네가 친형처럼 믿고 따라다녔던 종락이 그놈만 봐도 그렇다. 혁명군에서 중대장까지 했던 놈이 결국 혁명군 총까지 수십 정을 훔쳐가지고 달아나지 않았더냐. 그놈을 따라갔던 너를 지금 탓하는 것이 아니다. 공산당은 이렇게 소란을 일으키고 분란만 조장하는 사람들이기 때문에 우리가 싫어하는 것이다."

"선생님의 말씀에 도리가 있습니다. 저도 그래서 공산당을 떠나려는 것입니다."

김성주는 괜히 한두 마디 반론을 내비치다가 날벼락을 맞은 셈이었다. 그래서 부리나케 숙이고 들어갔다. 말씨름 해봐야 좋은 점이 하나도 없는 걸 깨달았다. 오히려 자칫하다가는 구국군 우 사령관의 별동대에서 조선혁명군 별동대로 들어가려는 일에 차질이 생길지도 모른다는 걱정이 앞섰다. 김성주가 더는 반론하지 않자 양세봉도 김성주가 진심으로 조선혁명군에 다시 돌아오고 싶어 한다고 믿었던지 이렇게 약속했다.

"내가 내일 참모장과도 의논해보고 또 사람을 보내 고이허 위원장께도 네 뜻을 전하겠다. 너도 나도 함께 좋은 결과가 나오기를 기대해보자꾸나. 어쨌든 먼 길을 온 너희들이니 우리가 주인된 도리로 환영회도 마련하고, 나 또한 대원들을 한번 보겠다."

4. 조선혁명군과 결렬

그날 김성주는 양세봉의 집에서 묵고 다음날 아침 일찍 별동대가 있는 곳으로 돌아왔다. 간밤을 뜬 눈으로 새운 차광수가 멀리까지 마중 나왔다가 다짜고짜 김성주를 끌고 별동대 숙소와 떨어진 곳으로 갔다.

"형님, 왜 이러십니까?"

"이청산이 어제 밤새 자지 않고 너를 기다리는 중이다."

김성주와 차광수가 단 둘이 의논해 가능하면 조선혁명군에 참가하려 했던 것은 김일룡과 박훈에게도 아직은 알리지 않은 비밀이었다.

"청산 아저씨가 뭐라 합디까?"

"양 사령관과 만나는 너의 진정한 뜻이 무엇인지 못내 궁금해하는 눈빛이었다. 아직까지는 의심하는 것 같지 않으나 자위군과 동맹 맺는 일이 잘 풀리지 않으면 남만주의 당 조직과 연계해 보겠다고 하더구나."

이때 김일룡의 당내 신분은 중국공산당 안도구위원회 조직위원이었다. 별동대 대원으로 남만주에 따라왔지만, 그에게는 이 별동대가 어떤 경우에도 중국공산당을 이탈하는 일이 없도록 감시하고 인도해야 할 책임이 있었다.

"아, 그거야 원래 안도에서 떠날 때 이미 당위원회에서 의논했던 일이기도 합니다."

김성주는 차광수에게 양세봉과 주고받은 이야기를 들려주었다.

"형님, 양세봉 선생님이 환영회도 열어주고 또 우리 대원들을 보러 오겠다고 하니 낮에 잘 준비하고 있어야 합니다. 바로 조선혁명군으로 편입되는 것은 우리 쪽이나 그쪽 모두 받아들일 준비가 안 되었으니, 일단 혁명군 별동대로 이름을 달고 자위군과의 협동작전에도 참가시켜 달라고 했습니다. 낮에 의논해보겠다고 합니다. 최소한 우리를 함부로 거절하거나 문전박대하는 일은 없을 것 같습니다. 관건은 청산 아저씨입니다. 한마디라도 공산당과 관계를 끊고 조선혁명군에 참가한다는 소리를 잘못 냈다가는 청산 아저씨가 가만있지 않을 것입니다. 그렇게 되면 우리 일이 양쪽으로 복잡해질 수 있습니다."

"그럼 남만주 당 조직과의 연계를 서두르라는 핑계로 이청산이를 반석 쪽으로 빼돌려 볼까?"

차광수의 말에 김성주는 머리를 가로저었다.

"그렇다고 어떻게 오늘 당장 떠나라고 하겠습니까? 더구나 양세봉 선생님이 저녁에 위문대도 보내주겠다는데 말입니다."

"그럼 어떻게 할까? 이청산이한테도 어느 정도 귀띔을 해줄까?"

"안도에서 떠날 때 당위원회의 결정은 우리가 조선혁명군 별동대의 이름을 얻어 활동하는 선까지입니다. 우리가 당초 우 사령관의 별동대로 들어갈 때도 특위 결정이 바로 이랬습니다. 함부로 구국군이나 혁명군에 그대로 편성되는 일은 문제 삼기에 따라서 당을 배신하는 행위로 간주될 수 있습니다. 청산 아저씨가 걱정하는 일도 바로 그것일 것입니다."

김성주와 차광수가 걱정했던 일이 이날 저녁에 끝내 발생하고 말았다. 위문대를 데리고 온 양세봉이 대원들에게 환영사를 한답시고 나서서 조선혁명군에 참가하려고 불원천리(不遠千里) 찾아온 것을 고맙게 생각한다는 말을 했을 때, 전혀 생각지 못했던 이영배와 김철희 등 흥룡촌 출신 대원들이 중구난방으로 떠들어 댔기 때문이다. 김일룡은 말없이 묵묵히 듣고만 있었다. 여기까지의 반응은 양세봉도 전혀 짐작하지 못했던 바는 아니나 문제는 그 다음 연설 내용에 있었다.

"진정으로 조선독립을 위해 싸우는 군대라면 조선혁명군이 되어야지, 도처에서 나쁜 짓만 일삼는 공산당이 되어서야 되겠는가?"

양세봉이 이렇게 말하자 박훈이 참지 못하고 후닥닥 대들었다.

"아니, 공산당이 무슨 나쁜 짓만을 일삼았단 말입니까? 우리가 공산당 유격대가 된 것도 바로 공산당이 조선 혁명을 지원하기 때문입니다. 안 그러면 우리가 뭐하려고 이 먼 길을 찾아 양 사령관님의 부대까지 찾아온단 말씀입니까?"

배에 권총 두 자루를 찬 박훈의 위풍당당한 모습을 눈여겨보던 양세봉은 다시 불쾌한 눈빛으로 김성주를 돌아보았다. 왜 너의 대원들이 너와는 이렇게 딴소리를 하느냐고 묻는 눈빛이기도 했다. 김성주는 급히 대원들을 제지시켰다.

"동무들, 조용하십시오. 예의를 지킵시다. 사령관님의 말씀을 다 들어야 합니다."

양세봉과 함께 왔던 참모장 김학규가 참지 못하고 박훈을 꾸짖었다.

"뭐냐, 공산당이 조선 혁명을 지원한다고 했느냐? 못하는 소리가 없구나. 어떻게 지원했느냐? '붉은 5월'이니 뭐니 하면서 순박한 농사꾼들을 모조리 폭도로 만들어놓고 사람 때리고 불 지르게 만들어 모두 잡혀가 감방 살게 만드는 게 조선 혁명을 지원하는 거란 말이냐?"

박훈도 참지 못하고 계속 대들었다.

"못하는 소리는 당신들이 하고 있소. 우리는 당신들과 담판하려고 온 것이지, 결코 당신 부하가 되려고 온 것은 아니란 말이오."

이어 대원들도 박훈에게서 용기를 얻었는지 여기저기서 한마디씩 내뱉었다.

"농사를 지어보지 못한 사람은 모릅니다. 농사꾼이 왜 폭도입니까? 그럼 여름내내 죽도록 일하고도 가을에 얻는 것이 하나도 없는데 가만히 굶어죽어야 합니까?"

양세봉은 환영사를 하다 말고 여기저기서 떠들고 일어나는 젊은 대원들을 한참 바라보다가 김성주가 대원들을 제지하지 못하는 것을 보고는 김학규에게 대고 한마디 했다.

"참모장, 그만하고 갑세."

김학규는 계속 박훈과 말씨름할 태세였다. 그러나 양세봉이 돌아서서 먼저 나가버리자 김학규도 급히 뒤따라나가며 뒤에 대고 한마디 더 내뱉었다.

"철없는 녀석들, 자기 주제들을 알고 덤벼야지. 담판이라니 그게 뭐냐?"

난처해진 것은 양세봉이 데리고 온 위문대였다. 술과 고기, 떡 같은 위문품을 한 아름씩 들고 왔던 위문대가 잠시 어떻게 했으면 좋을지 몰라 어정쩡하게 서 있을 때 양세봉과 함께 나갔던 김학규가 다시 돌아와 위문대는 남아 있으라고 하고 김성주를 따로 불러놓고 몇 마디 더 했다.

"김 대장, 낮에 사령관님이랑 의논한 결과를 알려주마. 우린 사상적으로 너희들과 적대 진영에 있는 사람들이니 결코 합작할 수 없다는 결론을 내렸다. 또 별동대가 함부로 우리 조선혁명군 이름을 달고 활동하는 것도 허락하지 않기로 했다."

김성주는 맥이 빠져 한참 아무 말도 못했다.

"참모장님, 그렇게 한두 마디로 맺고 끊어 버리는 법이 어디 있습니까? 우리 사상이 과연 적대적인지는 좀 더 지내봐야 알 게 아닙니까."

가까스로 이렇게 대답했으나 김학규는 들은 척도 하지 않고 벌써 몸을 돌려 버린 뒤였다. 차광수도 맥이 빠져 김성주 곁으로 다가왔다.

"형님, 위문대도 있는데 이렇게 김빠져 있으면 어떻게 합니까?"

김성주가 한마디 하니 차광수가 억지로 웃어보였다.

"원, 내가 할 말을 네가 하는구나."

이때 일을 두고 김학규는 『백파 자서전』에서 이렇게 회고한다.

"내가 참모장으로 1932년 여름, 당취오의 군과 같이 통화(通化)에 사령부를 설치하고 있을 때, 그는 무송에서 한국 공산청년 수십 명을 데리고 중국인 유본초와 동행하여 통화성(通化城)에 있는 양 사령관과 나를 찾아와, 자기네도 항일할 터이니 무기를 달라고 요구하던 생각이 난다. 그러나 나는 그가 이미 사상적으로 우리와는 적대 진영에 있는 것을 알기 때문에 치지불리(置之不理, 내버려두고 거들떠보지 않는다는 뜻)해 보냈던 것도 생각난다. 공산주의의 소원은 세계를 정복하는 데 있으니 그들과 우리는 언제든지 양립할 수 없다. 그들과 타협하는 것은 호상(互相) 자기네 정략전략에 의한 일종의 시간 쟁취 수단에 불과하다고 나는 생각한다."[72]

과연 김성주가 이처럼 '일종의 시간 쟁취 수단'으로 양세봉을 찾아갔던 것일까? 아니다. 겨우 스물에 불과했던 김성주는 비록 중학생 때부터 공산주의에 물들기는 했어도 그의 꿈은 자나 깨나 조선혁명군이 되는 것이었다. 그가 안도에서 중국공산당원으로 활동했던 것이야말로 유격대라는 자기만의 군대를 만들기 위해 공산당과 손잡았던, 하나의 '수단'에 불과했다고 보는 편이 훨씬 더 합리적이라고 필자는 생각한다. 즉 김학규의 표현을 빌자면, 그 당시로서는 양세봉의 조선혁명군에서도 문전박대당하던 처지였기에 오로지 공산당에 몸담을 수밖에 없었던 김성주의 '정략전략'이라고 볼 수 있다.

그런데 양세봉에게는 그것이 전혀 먹혀들지 않았다. 양세봉과의 결렬로 오도 가도 못하게 된 김성주는 빨리 통화를 떠나지 않으면 안 되었다. 다행히도 김일룡이 앞장서서 남만주의 중국공산당 조직과 연계를 하자며 길을 안내했다.

---

72 김학규, 『백파 자서전(白波 自敍傳)』, 한국독립운동사연구. 제2집 (1988. 11) 부록 자료 I, 독립기념관 한국독립운동사연구소, 1988.

그들은 가는 도중 반석중심현위원회(磐石中心縣委員會)의 영도로 합마하자(蛤蟆河子)라는 고장에서 반일 대폭동이 일어났다는 소식을 얻어들었다. 이 폭동에 1,000여 명의 농민들이 동원되었고 지주들의 쌀 1,000석을 몰수했다고 한다.

"거 참, 알다가도 모를 소리로구나."

김일룡이 보낸 소식을 듣고 김성주와 차광수는 모두 어리둥절했다.

"그러게 말입니다. 여기서는 이제야 '춘황', '추수' 투쟁 같은 걸 벌이나 봅니다. 어떻게 아직도 이런 일이 발생하는지 모르겠습니다. 동장영 동지한테서 분명하게 들었는데, 중국공산당 중앙에서도 이미 '붉은 5월 투쟁'은 좌경적 맹동주의가 빚어낸 착오 노선이라고 비판받았다고 했습니다."

김성주는 머리를 흔들며 다시 생각을 굴렸다.

"남만주 사정은 동만주의 사정과 다를 수도 있습니다. '명월구회의' 때 들었는데, 유격대 건설이 우리 동만주보다 훨씬 늦어졌다고 합니다. 군사위원회 서기 양림 동지가 남만으로 파견된 것도 그 때문이라고 한 듯합니다. 우리가 '춘황', '추수' 폭동으로 유격대 건설의 기초를 다졌듯이 남만주에서도 같은 방법을 사용하는 게 틀림없습니다."

"그러나 동만주에서 폭동 후유증으로 얼마나 피해를 많이 봤느냐."

차광수의 말에 김성주는 머리를 끄떡였다.

"양림 동지가 남만에 와 계시니, 동만주에서 당했던 피해를 잘 알 겁니다. 반드시 무슨 대응조치가 있겠지요. 제가 궁금한 것은 남만주에서도 동만주와 마찬가지로 자위군이 크게 일어났는데, 유격대가 어떤 방식으로 그들과 합작하는가하는 것입니다. 동만주에서보다 더 좋은 방법이 있다면 그것을 따라 배우고 싶습니다."

이때 김일룡을 통하여 김성주는 처음으로 남만은 이홍광(李紅光)이라는 자기 또래의 한 젊은 적위대장 인솔 하에 일명 '개잡이대[打狗隊]'라는 소분대 규모의 특무대가 아주 활발하게 활동하고 있음을 알게 되었다.

이홍광의 개잡이대는 처음 조직될 때 대원 수가 고작 7~8명밖에 되지 않았다. 그러나 개잡이대 대원들은 모두 말을 타고 다녔고, 대원들마다 권총과 장총을 한두 자루씩 갖추고 있었다. 물론 이런 총은 모두 지주에게서 빼앗은 것들이었다. 처음에는 이홍광에게만 그의 입당 소개인이었던 전광(全光, 오성륜)이 준 육혈포(六穴砲, 리볼버권총) 한 자루가 있었을 뿐이었다. 이 육혈포 한 자루로 개잡이대가 만들어졌다. 불과 한두 달도 되나 마나한 사이에 권총 5자루를 빼앗았고 수류탄도 2발 장만했다. 이 개잡이대를 중심으로 1932년 5월에는 반석공농의용군이 조직되었다.

전광은 바로 오성륜이 남만주에 와서 새로 지은 별명이었다. 희한하게도 이 별명은 동만주에서 중국공산당으로부터 출당 처분을 받은 박윤서가 남만주에 와서 지어주었다고 한다. 만주 대륙 전체를 밝히는 '빛'이 되어달라는 뜻에서였다고 한다.

전광의 직접 지도를 받았던 이홍광의 개잡이대는 남만 지방에서 굉장히 이름을 날렸다. 그들은 중국인이고 조선인이고 가리지 않았다. 어떤 지주건 상관없이 일단 왜놈에게 협력한다는 소문만 나면 곧 그들의 척살대상이 되었다. 밤새 쥐도 새도 모르게 사라져버린 지주가 아주 많았는데, 그런 지주들에 붙인 이름이 '한간' 아니면 '개'였다. 왜놈 밀정 노릇을 하거나 친일파 조직인 '조선인민회(朝鮮人民會, 보민회保民會)'에 관여한 조선인들도 적지 않게 처단되었다. 결국 이 개잡이대는 남만 지방에서 중국공산당이 지도하는 첫 반일무장부대가 되었고, 이 부대를 기반으로 이후 동북인민혁명군(동북항일연군의 전신) 제1군이 창건되었다.

1932년 2월, 전광은 아직도 소대 규모밖에 안 되는 의용군을 더 크게 발전시키기 위해 중국인 간부 양군무(楊君武, 양좌청)와 조선인 간부 이동광(李東光)을 이 홍광에게 파견했다. 이동광은 전광이 남만주로 나온 뒤에 제일 먼저 발굴하여 중국공산당에 입당시킨 조선공산당 출신 혁명가였다. 1904년생으로 용정 동흥 중학교에서 공부했던 이동광은 1927년 조선공산당 만주총국 동만구역국에 입 당했고, '제1차 간도공산당 검거사건' 당시 체포되어 용정감옥에 투옥되었다가 호송 도중 탈출하여 바로 남만주로 피신했다. 이 시절 그는 남만청총 대표로 활 동했으나 다행스럽게도 왕청문사건에는 개입하지 않았다. 만약 그때 정의부가 요청했던 청총대회에 갔더라면, 이동광은 그때 벌써 김성주나 차광수와 만났을 지도 모른다. 그는 반석모범소학교 교사로 재직하던 중 남만주에 파견된 전광과 만났다.

이때 발생하였던 전광과 관련한 일화 하나를 소개한다.

이동광의 여동생 이영숙(李英淑)은 화목림자(樺木林子) 반일부녀회 회장이었다. 결혼한 지 얼마 되지 않았으나 남편이 쌍양현 대정자(雙陽縣 大頂子)의 지주 장구 진(張久振)의 아들과 피물 도매상을 하다가 서로 의견이 맞지 않아 말시비를 하 던 중에 장구진이 보낸 청부업자한테 맞아 죽었다.

전광은 남만에 도착하자마자 화목림자, 태평구(太平溝), 영성자(營城子) 등에서 활동하면서 이영숙의 집을 숙소로 잡았다. 새파란 나이에 과부가 된 이영숙은 인물이 예뻤지만 기(氣)도 세차서 웬만한 남자들이 당하지 못한다는 소문이 자 자했다. 그런데 그가 전광에게 반해버린 것이다. 전광이 집에 있는 날에는 하루 세끼 꼬박 시간 맞춰 밥상을 차리는 것은 물론, 전광이 시키는 심부름이라면 어 떤 일이든 거절하는 법이 없었다. 때로는 하루에도 수십, 백리 길을 바람같이 다 녀오기도 했다. 저녁 늦게 돌아와서는 피곤하지도 않은지, 전광이 잡아 끌면 못이기는 척 이불 속으로 기어들어가 밤새도록 뒹굴며 잠을 자지 않았다.

이렇게 불과 한 달도 안 되는 사이에 두 사람은 드러내놓고 동거에 들어갔다. 이때 전광이 한때 상해에서 사랑하고 지냈던 두군서(杜君恕)가 이 사실을 알고는 만주까지 찾아왔을 뿐만 아니라 하루는 전광과 이영숙이 살던 집으로 쳐들어왔다. 두 여자가 서로 머리끄덩이까지 잡고 대판거리로 싸우는 일이 일어났다. 둘다 보통 여자가 아니었다. 이영숙은 오빠와 함께 1927년 노동절 때 반일시위에 따라 나갔다가 경찰에게 머리채를 잡혀 수십 미터나 끌려가면서도 끝까지 맥을 놓지 않고 경찰 손목을 물어뜯어 탈출하는 데 성공했던, 이만저만 기가 센 게 아니었다. 두군서 역시 혁명가 출신으로 일찍 인도차이나에서 혁명 활동을 하다가 추방당해 중국으로 돌아온 신식 여성이었다. 더구나 두군서는 전광의 '의열단' 친구 김성숙(金星淑, 김규광金奎光)의 중국인 아내 두군혜(杜君慧)의 친동생이었다.

당시 김성숙은 광동 중산대학에서 공부하면서 동창이었던 작가지망생 두군혜와 사랑하게 되었고, 전광은 황포군관학교에서 교관으로 있다가 홍군 제4사(사단, 사단장은 중국인 엽용葉勇) 참모장 신분으로 해륙풍에 가 팽배(彭拜)와 함께 해륙풍소비에트 건설에 참가했다. 그러나 얼마 지나지 않아 국민당이 토벌을 진행하자 팽배는 잡히고 전광만 혼자 탈출하여 간신히 상해로 돌아왔는데, 마침 김성숙이 두군혜와 결혼해 상해에서 살고 있었다.

심장비대증으로 고생하던 전광은 김성숙과 두군혜의 도움으로 한동안 상해에서 치료받았다. 두군혜는 '노란(盧蘭)'이라는 필명을 사용했으며, 중국공산당 좌익작가연맹에 속해 있었고 유명한 저널리스트였다. 그는 당대의 문호 노신과도 아주 친했다. 주변에는 재능이 넘치는 젊은 문사가 많았지만 자기 여동생을 유독 전광에게 소개하여 주었다.

두군혜는 해방 후 북경 제6중학교 당지부 서기 겸 교장으로 재직하다가 은퇴하고 1981년까지 생존했다. 생전에 두군혜를 여러 차례 방문했던 마연개 교수는 두군혜의 조선인 남편 김성숙에 대해 관심이 많았다고 한다. 따라서 다음의 인용문에서처럼 김성숙의 친구였던 전광 이야기도 흘러나왔을 것으로 짐작할 수 있다.

"오성륜(전광)이 얼마나 멋있는 사람이었는지, 그를 좋아하고 따라다닌 여자들이 아주 많았다. 내 여동생은 오성륜과 만난 뒤 첫눈에 사랑에 빠졌고 오성륜을 따라 만주까지 같이 갔다. 그러나 얼마 후 혼자 돌아왔다. 왜 혼자 돌아왔는지 물었더니, 오성륜이 하는 말이 만주는 날씨가 추운 고장이니 남방 사람인 내 동생이 거기 기온에 적응할 수 없어 돌려보냈다는 것이다. 그러나 나중에 안 일이지만, 오성륜은 만주에서 금방 또 새 여자를 만났다. 그 여자도 만주 당지에서 한다하는 여성혁명가였다. 그렇지만 사랑에 눈이 멀어 서로 오성륜을 차지하려고 머리끄덩이까지 잡아당기며 싸웠으나 그 여자가 훨씬 더 사나워서 이길 수 없었다고 하더라. 그래서 내 동생이 하는 수 없이 오성륜을 빼앗기고는 혼자 돌아올 수밖에 없었다."[73]

이상에서 볼 수 있듯이, 두군혜는 전광이 자기 여동생 두군서와 끝까지 가지는 못했지만 그를 미워했던 것 같지 않다. 그러나 전광은 이영숙과도 별로 오래 살지 못했다. 1931년 가을 화목림자에서 '추수폭동'이 일어났을 때, 전광은 이홍광의 개잡이대에 지시하여 이영숙의 남편을 살해한 친일지주 장구진 부자를 산 채로 납치해 산속에 끌고 들어가서는 이영숙이 보는 앞에서 총살했다. 살아남은 장구진의 가족이 길림 일본총영사관 반석경찰분서(磐石警察分署)에 달려가서 이

---

73 취재, 마연개(馬延凱) 중국인, 중국인민대학교 역사학 교수, 취재지 북경, 1988.

영숙을 고발했는데, 이영숙은 전광을 엄호하다가 총에 맞고 경찰분서에 끌려가다가 피를 너무 많이 흘린 탓이 길에서 죽고 말았다.

이영숙의 죽음에 가장 마음 아파했던 사람은 그의 오빠 이동광과 애인이었던 전광 외에도 한 사람이 더 있었다. 이동광은 원래 동생을 자신의 제자였던 김영호(金永浩, 1936년에 중국공산당 남만성위원회 비서처장이 됨)와 짝을 맺어주고 싶어 하였다고 한다. 이 이야기는 나중에 다시 하겠다.

5. 개잡이대의 몰락

전광은 이 일이 있은 뒤로 개잡이대가 중국인 지주들을 습격하는 일에 남달리 집착했다. 하지만 지주들은 개잡이대 인원수가 정작 10여 명밖에 안 된다는 것을 금방 알아차렸다. 개잡이대의 습격에 대비해 집집마다 돈을 들여 총기를 구입하고 가병들을 두었다. 가병 인원수가 많은 데는 30명에서 50명까지 되는 곳이 있을 정도였다. 이런 가병들을 남만 지방에서는 '대패대(大排隊)'[74]라고 불렀다. 이렇게 되자 전광은 대패대와 싸우기 위하여 중국공산당 반석현위원회 이름으로 산하 각지 위원회에서 당원과 공청단원 30여 명을 선발하여 개잡이대를 보충했다. 1932년 6월 4일, '반석공농반일의용군'이 이렇게 성립되었다.

처음에는 대장에 이홍광이 임명되고 양군무가 정치위원을 맡았으나 이통현 영성자 만주군(만주군 제5여단 13연대 2대대 7중대)에 파견되어 잠복하던 중국인 공산

---

74 '대패대(大排隊)'란 당시 반석 지방의 토호들이 집에 갖춰두고 있었던 가병들에 대한 호칭이다. '패'란 한 소대를 의미하는 배(排)의 중국어 발음인데, 이 가병들은 보통 인원수가 한 소대보다는 많고 한 중대에는 또 못 미쳐 앞에 클 대(大)를 붙여 대패대라고 불렀다.

당원 맹걸민(孟杰民, 또는 맹길민孟洁民)과 만주군 반석 산포중대(磐石 山炮連)에 잠복하던 왕조란(王兆蘭)이 반란을 일으켜 30여 명을 데리고 와 의용군과 합류하면서 중국인 대원 숫자가 훨씬 더 늘어났다. 이렇게 되자 반석중심현위원회 중국인 조직부장 장옥형(張玉珩)이 직접 내려와 총대장을 겸임하게 되었다.

가뜩이나 반석공농의용군은 개잡이대로 있을 때부터 지주들과 너무 많은 원한을 맺었기 때문에 지주들의 대패대와 싸워야 했고, 다른 한편으로는 일본군과도 싸워야 했다. 더구나 대패대는 무릇 지주가 사는 동네마다 없는 곳이 없었다. 그들이 모두 들고 일어나 반석공농의용군을 공격했기 때문에 상황이 굉장히 어려운 때 군사에 일자무식인 서생 출신 장옥형이 내려와 이홍광 자리를 차지한 것이었다.

장옥형의 별명은 '눈먹쟁이[瞎子]'였다. 이때 장옥형은 장진국(張振國)이라는 별명을 사용했는데, 남만주 사람들은 그의 성을 앞에 붙여 보통 '장눈먹쟁이'라고 불렀다. 그가 공부를 못했거나 글을 몰라서 까막눈인 건 아니었다. 공부는 누구보다도 많이 했다. 다만 시력이 나빠 도수 높은 안경을 쓰고 다녔기 때문에 붙여진 별명이었다. 안경만 벗으면 한 치 앞도 내다보지 못했다. 이런 사람을 의용군 총대장으로 임명한 것을 보고 양림의 걱정은 이만저만이 아니었다. 그는 중국공산당 중앙의 결정으로 남만을 떠나 강서성 서금(瑞金, 중앙 홍군 근거지)으로 돌아갈 때 전광에게 이렇게 부탁했다.

"여러 상황 때문에 '장눈먹쟁이'를 총대장에 임명했겠지만, 실제 전투에는 내보내지 않는 것이 좋겠소. 의용군이 대충 군대 모양을 갖추었어도 좋은 무장을 가진 대패대들과 붙으면 이길 승산이 없어 보이오. 그러니 절대 함부로 나가서 먼저 싸움을 걸지 마시오. 좀 더 힘을 키우고 적당한 때를 봐서 의용군을 다시 이홍광에게 맡겨야 하오."

그러나 총대장 장옥형은 어디서 『손자병법』 필사본을 얻어다가 며칠 읽고 나더니 전광에게 한번 싸워보겠다고 요청했다.

"전광 동지, 곽가점(郭家店) 대패대에 총이 많다고 들었는데, 제가 직접 대원들을 데리고 가서 습격해 보겠습니다."

"괜히 사람을 웃기지 마시오. 당신 수준으로 되겠소?"

전광이 미심쩍어하니 장옥형은 『손자병법』을 꺼내 보이며 한바탕 자랑을 해댔다.

"제가 이미 이 책을 암기하다시피 했습니다. 병법에 보니 '공기무비 출기불의(功其無備 出其不意, 적이 방어하지 않는 곳을 공격하고, 적이 예상치 못한 곳으로 나가라는 뜻)'라고 했더군요. 우린 군위서기(양림)가 그냥 훈련만 열심히 하라고 명령하고 가버려서 벌써 한 달째 꼼짝도 못하고 있습니다. 나가서 싸우지 않고 어디 가서 총을 구해옵니까? 대원들 절반 이상이 지금 총이 없습니다. 한번 대담하게 싸워보겠습니다. 허락해 주십시오."

전광도 잠시 기분이 끓어올라 장옥형을 지지했다.

"옳은 말씀이오. 그냥 훈련만 하고 싸우지 않으면 그게 무슨 군대겠소."

곽가점이 반석현 반동구에 있었기 때문에 의용군 총대가 곽가점을 습격하기 하루 전날, 총대장 장옥형과 정치위원 양군무, 부대장 맹걸민은 반동구위원회 서기 이동광을 찾아와 곽가점의 정황을 설명했다.

"근데 왜 이홍광 대장은 보이지 않습니까?"

이동광은 의아한 눈빛으로 정치위원 양군무를 바라보았다. 그나마 양군무가 반석공농의용군이 성립되었던 때부터 이홍광과 함께 의용군을 이끌어왔기 때문이다.

"아, 이홍광 동무만 나타나면 적들이 우리 의용군을 '고려마적[高麗胡子]'이라고 부르는 게 좀 께름칙해서 이번 작전에는 참가시키지 않았소."

이동광은 장옥형이 잠깐 자리를 비운 틈을 타서 양군무에게 걱정스럽게 물었다.

"훈련과 실전은 다를 텐데요. 저 분이 직접 전투를 지휘한단 말씀입니까?"

"전광 동지도 이미 허락한 일이오. 태어날 때부터 군사를 알고 태어나는 사람이 따로 있답니까. 우리 혁명군인은 실전 가운데서 하나둘 배워가면서 커가는 것이 아니겠소."

이렇게 양군무까지도 자신만만하게 이야기했으나 전투 결과는 의용군의 참패로 끝났다. 1932년 7월과 8월 사이, 반석공농의용군은 세 차례에 걸쳐 곽가점을 공격했으나 곽가점의 대패대가 주변 동네의 대패대와 손잡고 또 만주군까지 불러와 의용군을 삼면으로 포위하고 반격해오는 바람에 대패하고 말았다. 의용군은 전투 중에 26명이 죽고 7명이 생포되었다. 양군무는 중상을 입고 들것에 실려 버리하투(坡璃河套, 반석중심현위회 소재지)로 돌아왔는데, 만주군이 그 뒤를 바싹 쫓아왔다. 패한 것도 모자라 추격군을 뒤에 달고 돌아온 의용군을 본 전광은 다급하여 장옥형에게 손가락질까지 해가면서 욕을 퍼부었다.

"장눈먹쟁이야, 네가 유격대를 다 말아먹고 현위원회 기관까지 망쳐놓는구나."

"제가 엄중한 착오를 범한 것은 인정합니다만, 일단 빨리 피하고 봅시다."

장옥형도 다급하여 어쩔 줄 몰라 했다. 이때 이홍광이 의용군 제1대를 거느리고 달려와 전광 등을 엄호했다. 그러나 현위원회 기관은 모조리 불타버렸고, 공산당을 돕던 버리하투 백성들 수십 명이 만주군에게 살해당했다. 오갈 데 없게 된 전광은 장옥형, 맹걸민, 왕경, 박봉 등 반석중심현위원회 간부들을 모두 데리고 평소 알고 지낸 삼림대 우두머리 목용산(穆容山, 본명 도련재陶連才)을 찾아갔다.

목용산은 당시 반석 지방에서 가장 큰 세력을 자랑하던 상점대(常占隊) 두령이었다. 목용산은 이런 조건을 내놓았다.

"당신네 유격대가 우리 상점대와 합병하고 내가 대장을 하게 되면 돕겠소."

전광은 수하 간부들과 따로 모여앉아 잠깐 상의했다.

"일단 살고 보는 것이 급선무니, 목용산의 요구대로 합시다."

"아무리 그래도 우리 당 유격대 명칭을 함부로 바꿀 수 있습니까?"

장옥형이 반대 의견을 내놓았다가 전광에게 작살을 맞았다.

"누구 때문에 이렇게 된 건데, 또 주제 없이 나서서 이러쿵저러쿵하는 거냐?"

그러나 이홍광도 나서서 반대했다.

"선생님, 전 죽는 한이 있더라도 상점대에는 들어가지 않겠습니다."

이홍광은 전광을 선생님이라고 불렀다. 전광은 하는 수 없이 목용산에게 하루만 의논할 시간을 더 달라고 청하고는 따로 이홍광을 데리고 나가 다시 설득했다.

"홍광아, 혁명도 사람이 살아남아야 할 수 있는 게 아니겠느냐. 아무런 명칭이면 어떠하냐. 우리가 내적으로는 계속 공농의용군이지만, 겉으로는 상점대라는 명칭을 달아야 만주군과 대패대의 공격에서 벗어날 수 있다. 상점대에 들어가는 것이 어디 너나 나 한 사람만 살자고 하는 노릇이냐."

전광은 가까스로 이홍광을 설득하고 목용산에게 말했다.

"우리 유격대가 상점대로 개편되는 것에 동의하오. 그러나 대장을 당신이 하면 부대장과 참모장은 모두 우리 사람이 해야겠소."

"부대장 한 자리는 당신네한테 주는 것이 도리겠지만, 참모장 자리까지도 내놓으란 말이오? 그것은 좀 너무하지 않소?"

그러자 전광은 웃으면서 목용산에게 이렇게 말했다.

"상점대 참모장이 황포군관학교 교관이라면 남만주 사람들이 모두 당신을 부러워할 텐데 뭘 그러오."

전광이 직접 참모장이 되겠다고 하자 목용산도 어쩔 수 없이 허락하고 말았다. 이렇게 그 유명하던 개잡이대, 반석공농의용대는 상점대로 편성되었다. 대장은 목용산, 부대장은 맹걸민, 참모장은 전광이 직접 맡았다. 공산당 유격대가 상점대 깃발을 들고 다닌다는 소문은 잠깐 새에 온 남만주 땅에 쫙 퍼졌다.

"공산당 유격대인 반석공농의용군이 쫄딱 망했다는구만."

"어디 그뿐인 줄 아오. 고려마적 이홍광까지도 목용산 부하가 됐다오."

이런 소문들이 온통 난무할 때, 김성주의 별동대는 통화를 떠나 유하를 거쳐 한창 반석현을 향해 가고 있었다.

6. 최창걸의 죽음

휘남현(輝南縣)이 가까워지자 김성주는 최창걸 소식도 알아보겠다고 유하에 잠깐 남은 차광수도 기다릴 겸 별동대를 멈추고 숙영했다. 들려오는 소문들이 하도 뒤숭숭해서 무작정 찾아갔다가는 낭패 볼까 걱정되기도 했다. 유독 박훈만은 이홍광과 빨리 만나고 싶은 마음에 지체되는 것이 못마땅한 눈치였다.

"천하의 이홍광이 소문처럼 그렇게 허무하게 무너질 수가 있단 말이오?"

"박 형, 나도 믿고 싶지 않습니다."

김성주도 이홍광과 만나고 싶은 심정은 간절했다.

"그러니 빨리 갑시다. 뭐든지 눈으로 직접 보고 확인해야 되지 않겠소."

박훈은 재촉했으나 김성주는 한번 결정을 내리면 쉽게 바꾸지 않았다. 더구나 이영배와 김철희도 김성주의 결정을 지지했다. 남만의 당 조직과 연계해 보겠다며 먼저 반석현으로 떠났던 김일룡이 돌아올 때까지 기다리자는 쪽으로 의견이 모아졌다. 그때 차광수가 계영춘을 데리고 유하에서 뒤쫓아 올라왔다.

유하현 삼원보에 갔다가 불과 하루 만에 다시 나타난 데다가 둘의 얼굴이 새파랗게 질려 있는 것을 보고 김성주는 최창걸에게 좋지 않은 일이 생겼음을 알았다. 그가 묻지 않고 차광수의 얼굴만 쳐다보고 있자, 차광수는 안경을 벗고 긴한숨을 내쉬었다. 차광수가 계속 아무 말도 하지 않자 김성주는 마침내 참지 못하고 계영춘을 돌아보았다.

"영춘아, 네가 말해보려무나."

"창걸 형님이 아무래도 돌아가신 것 같다. 작년에 이종락 사령장이 체포되고 창걸 형님은 나머지 대원을 다 데리고 고산자에 와서 동방혁명군을 만들고 사령장이 되었다는데, 국민부가 고산자를 습격해 창걸 형님을 납치했다고 하더라. 그 일이 있은 뒤로 창걸 형님 소식을 아는 사람이 아무도 없다."

김성주는 갑자기 양세봉을 만났을 때, 고동뢰를 누가 죽였냐고 따졌던 일이 떠올랐다. 그때 자기도 최창걸 소식을 따지고 들 걸 하고 후회하는데, 차광수가 비로소 입을 열었다.

"양세봉과 김학규가 보낸 특무대한테 잡혀 죽은 게 분명해. 정확한지는 모르겠으나 들리는 소문에 의하면 작년에 심용준이 와서 창걸이를 금천현 강가점으로 유인해 죽여 버렸다고 하더구나. 시체도 찾을 수 없고 어디서 어떻게 되었는지도 알 수가 없구나. 그러나 창걸이가 잘못된 것만은 틀림없는 것 같아."

차광수는 마침내 참지 못하고 울음을 터뜨렸다. 참으로 정도 많고 눈물도 많은 차광수는 김성주의 추억 속에 가장 중요한 자리를 차지하는 친구였고 혁명 동지였으며 친형님 같은 소중한 존재였다. 항상 김성주를 위안하고 위로했던 차광수를 이번에는 김성주가 연신 위안했다.

"광수 형님, 확실한 증거를 찾은 것도 아닌데 그런 소문만 믿고 죽은 것으로 단정해버리면 어떻게 합니까, 창걸 형은 죽는 사람이 아닙니다. 기적이 나타날지도 모릅니다. 어느 날 불쑥 우리 앞에 나타나 줄지도 모릅니다."

사실은 자신도 믿지 않는, 허황된 꿈같은 말을 하면서 김성주의 얼굴에서도 어느새 눈물이 흘러내렸다. 오히려 차광수보다도 더 먼저 화성의숙에서 최창걸과 사귀었던 김성주. 지금처럼 남만주 땅에서 오도 가도 못할 때 힘들수록 웃고 떠들기 좋아했던 최창걸이 차광수와 함께 자기 곁에 같이 있었으면 얼마나 좋을까 하고 생각하니 그리움과 함께 최창걸을 살해한 국민부에 대한 분노가 더 커졌다. 붙는 불에 기름이라도 끼얹은 듯 한참 후 차광수까지 씩씩거리기 시작했다.

"에잇, 생각하면 할수록 화가 터져. 이런 줄도 모르고 우린 양 사령관한테 찾아가서 다시 혁명군에 받아달라고 요청했어. 창걸이가 혼이라도 있어서 이 일을 알았으면 기가 차서 피를 토하겠다. 제기랄, 이 원한을 어떻게든 갚아야 해."

김성주는 괜히 대원들까지 끓어오르게 만들까 봐 다급하게 차광수를 말렸다.

"형님, 행여 그런 생각 하지 마십시오. 괜히 동무들한테 최창걸 복수를 하자고 말씀하시면 절대 안 됩니다. 우리가 이번에 그나마 양세봉 선생님과 만났기 때문에 비록 혁명군과 손까지 잡지는 못했어도 오해는 많이 풀었습니다. 최소한 우리가 고동뢰 소대장을 해친 적 없다는 걸 알리지 않았습니까. 혁명군도 더는 우리를 적대하거나 테러단을 보내지 않을 것입니다."

"성주야, 넌 양 사령관에 대해 아직도 잘 모르는구나."

차광수는 양세봉이 무척 철저한 반공주의자라는 사실을 김성주에게 상기시켰다.

"우리가 중국공산당과 손을 끊지 않는 한, 하늘이 두 쪽 나도 양 사령관은 우리를 받아들이지 않을 게다. 지금 상황이라면 정말 중국공산당과 손을 끊었다고 해도 믿지 않을 게 분명해. 우리가 이번에 남만주에 올 때 구국군 우 사령관의 별동대로 왔으니까 말이다."

차광수 말에는 일리가 없지 않았다. 1931년 9·18만주사변 이후, 중국공산당의 지도를 받던 만주 각지의 유격대들은 아직 힘도 작고 사람도 적어 구국군이건 자위군이건 또는 삼림대건 가리지 않고 협력했다. 설사 상대가 마적이어도 그들이 일본군과 대항한다면 바로 찾아가 함께 싸우겠다고 들러붙었다.

왕청에서 이광의 별동대가 그랬고, 안도에서는 김성주의 별동대도 그랬다. 반석공농의용군도 마적이나 다를 게 없는 목용산의 삼림대를 찾아가 '상점대'에 편성되었다. 그러나 궁극적인 목적은 이 기회를 타서 군사를 일으킬 수 있다면 좋고, 그렇게 되지 못하더라도 최소한 때가 되어 도망쳐 나올 때는 총이라도 훔쳐서 나오는 것이었다.

후에 발생한 일이지만, 상점대에 들어가 고비를 넘겼던 전광은 맹걸민과 장옥형에게 상점대의 장총 수십 자루를 몰래 훔치게 한 다음 도망쳐 나왔다. 이 일로 12월에 만주성위원회 순시원 신분으로 남만에 파견되어 내려왔던 양정우(楊靖宇)가 목용산에게 붙잡혀 하마터면 목이 떨어질 뻔했다. 양정우는 목용산에게 자신이 유격대 최고 영도자이며, 놓아주면 바로 가서 유격대가 훔쳐 달아난 총들을 되돌려주겠다고 약속하고 가까스로 풀려났다. 그러고는 화전현 밀봉정자의 깊은 산속으로 이홍광을 찾아갔다. 마침 총을 훔친 전광 등도 모두 이홍광과 함께 있었다. 양정우는 전광에게 크게 화를 냈다.

"아니, 어째서 우리 공산당 유격대가 도둑질이나 하고 다닌단 말입니까?"

1932년 11월, 양정우가 남만에 도착한 지 얼마 안 되어 눈먹쟁이 장옥형도 반석공농의용군 총대장직에서 물러나고 곧이어 중국공산당 반석중심현위원회를 새롭게 개조하면서 전광 역시 서기직에서 내려오고 말았다.

후에 더 자세하게 알려진 사연이지만, 양정우가 도착하기 전 전광은 이홍광 등을 대동하고 남만주를 떠나 동만주에 가서 유격투쟁을 하자고 설득했던 일이 드러나 '도망주의자'로 비판받았다고 한다.

7. 차광수의 조난

김성주는 남만에서 아무 일도 이루지 못했다. 통화까지 올 때는 구국군 선발대와 함께 와 주거할 곳도 얻고 식사도 했으나 유본초와 헤어지고 양세봉과의 관계도 틀어지자 고생이 말이 아니었다. 어디서도 그들을 인정해주지 않았다.

더구나 공산당 유격대라는 말은 더 꺼낼 수 없었다. 남만 땅에서 날고뛴다는 개잡이대 대장 이홍광까지도 지주들의 대패대에 당해 종적도 찾을 수 없게 된 마당이었다. 남만주 당 조직과 연계해 보겠다며 발 부르트도록 반석 지방을 샅샅이 뒤지고 다녔던 김일룡까지 허탕치고 돌아왔다. 결국 김성주는 다시 동만주로 되돌아가는 길만이 별동대와 어렵게 모은 대원들을 잃어버리지 않는 길임을 깨달았다.

김성주는 북쪽 반석현으로 가던 행군노선을 동쪽으로 바꿨다. 몽강에서 김일룡을 만나 무송으로 가서 며칠 쉬며 피로를 풀려 했으나, 심용준이 인솔하는 조선혁명군 특무대가 다시 김성주의 별동대를 쫓아왔다. 너무 화가 난 차광수는 박훈과 투합하여 주장했다.

"정말 악착같이 질긴 자들이오. 이번에는 정말 단단히 버르장머리를 고쳐줌시다."

차광수는 최창걸 원수를 갚겠다면서 팔을 걷어붙이고 달려들 태세였으나, 이들은 요령민중자위군에 참가한 몽강현의 한 중국인 부대 100여 명을 설득해 함께 쫓아왔다. 공산당 유격대를 토벌한다는 말에 따라나선 것이었다.

결국 크게 피해본 건 김성주의 별동대였다. 김성주는 돌아오는 길에 다시 무송에도 들르지 못하고 곧장 태평천과 노수하를 건너 양강구(兩江口) 쪽을 향해 줄곧 내달렸다. 양강구에서 돈화와 안도 쪽으로 길이 나뉘기 때문이다. 한때 우명진과 손을 잡았던 '시퇀'과 '맹퇀'이 양강구를 차지하려고 티격태격하다가 맹퇀의 차지가 되었는데, 시퇀은 홧김에 일본군 쪽으로 넘어가버리고 말았다.

양강구가 가까워 오자 조선혁명군 특무대는 더는 따라오지 못했다. 하지만 함께 온 중국인 부대는 끝까지 쫓아왔다.

"광수 형님, 내가 뒤를 막겠으니 형님이 맹퇀에 가서 구원을 요청해주십시오."

"아니, 중국말을 잘하는 네가 가야지. 내가 뒤를 막으마."

차광수가 남으려고 했으나 김성주는 허락하지 않았다.

"중국말 잘하는 동무를 하나 데리고 가십시오. 여기 사태가 위험합니다."

김성주는 권총 탄알이 떨어져 직접 장총을 들고 대원들과 함께 노수하 언덕에 진지를 구축했다. 벌써 200여 리 넘게 쫓기다 보니 더는 갈 곳이 없었다. 노수하 근처에는 산이 없어 부득불 강 언덕에서 진을 치고, 탄알을 있는 대로 모조리 쏘아버리고 나중에는 육탄전이라도 벌일 작정이었다. 김성주는 그 위험한 곳에서 빨리 빠져나가라고 차광수의 등을 밀었다. 그럼 빨리 다녀오겠다며 황급히 가버린 차광수와 변변한 작별인사조차 못했는데, 그길로 영영 헤어지고 말았다. 이후 차광수는 다시 돌아오지 않았다.

이때 기적처럼 맹탄 기병 한 중대가 와서 김성주를 도와주었는데, 차광수가 보이지 않았다.

"우리 별동대 참모장은 같이 오지 않았습니까?"

김성주는 기병 중대장에게 차광수 소식을 물었다.

"우리야 기병이니 같이 올 수 없지. 아마 곧 오겠지요."

"아니 그럼, 중대장은 우리 동무가 길 안내를 해서 온 것이 아니란 말입니까? 이런 법이 어디 있습니까? 같이 데리고 와야잖습니까."

김성주가 나무라니 기병 중대장은 불쾌해했다.

"우리는 도와주고 오라는 연대장 명령을 받고 총소리를 따라 찾아왔소. 대장이 보냈다는 사람은 얼굴도 못 봤소. 아마 곧 도착할게요."

김성주는 너무 기가 막혀 말이 나오지 않았다. 차광수의 평소 성격대로라면 기어서라도 다시 나타나야 하는데, 차광수뿐만 아니라 같이 간 대원 조덕화(趙德華)도 무소식이었다.

김성주는 기병 중대의 도움으로 추격군을 물리치고 겨우 양강구로 달려왔다. 맹탄에 도착하여 연대장 맹신삼(孟新三)을 만나 차광수 소식을 물었는데 누가 차광수냐며 오히려 맹신삼 쪽에서 더 어리둥절해 했다.

"연대장님께 도움을 요청했던 우리 별동대 참모장 말입니다."

"우린 그런 사람을 만난 적이 없네."

맹신삼은 머리를 가로저었다.

"아니, 그럼 어떻게 알고 우리한테 기병 중대를 보내셨습니까?"

"우리 초소에서 구국군 같아 보이는 사람들이 만주군에게 쫓기고 있다는 보고가 들어와 기병 중대를 파견했네. 자네가 보냈다는 사람은 만나지 못했어."

김성주가 당황하여 허둥대는 것을 보고 맹신삼은 부관에게 차광수를 찾아보라고 시켰다. 얼마 안 있어 놀라운 소식이 날아들었다.

만주군에 넘어간 시뢴의 한 소대 병사들이 노수하 서쪽 태평천에서 양강구 쪽으로 들어오는 길목을 지키다가 초소로 치고 들어온 구국군 병사 2명과 총격전이 벌어졌다는 것이다. 구국군 병사 중 한 사람은 키가 크고 안경을 썼는데, 권총 탄알이 떨어져 사로잡히자 바로 수류탄으로 자폭했다고 했다.

김성주는 소스라치게 놀랐다. 틀림없이 차광수였다. 김성주는 후드득후드득 뛰는 가슴을 억지로 가라앉히며 시뢴 병사들과 총격전이 벌어졌다는 태평천 현장으로 뛰어갔다. 차광수는 그만 길을 잘못 들어 태평천 방향으로 들어온 것이었다. 이 길목은 맹뢴과 시뢴의 경계였던 셈이다. 김성주는 다른 대원들이 다 보고 있는 앞에서 땅바닥에 털썩 주저앉아 울음을 터뜨리기 시작했다.

"광수 형님, 어떻게 이렇게 허무하게 가실 수 있습니까!"

대원들이 달려들어 김성주를 땅바닥에서 일으켜 세웠으나 그는 다시 주저앉아 일어서려 하지 않았다. 그는 아버지 김형직이 죽었을 때도 이처럼 아프고 슬프게 울지는 않았다. 그만큼 차광수의 죽음은 그의 별처럼 빛나고 불탔던 젊은 인생에 비해서 너무나도 허무했고 속절없었기 때문이다. 그래서 김성주의 마음이 더 아팠을지도 모른다.

"형님이 이렇게 가버렸으니 나는 이제 누구를 믿고 어떻게 하란 말입니까!"

김성주는 주먹으로 땅바닥을 때리며 오열했다.

9장

노흑산의 겨울

김근은 동녕으로 떠나는 김성주를 배웅했다.
날씨가 얼마나 추운지 잠깐만 서 있어도 그대로 얼어서 굳어버릴 듯했다.
잉잉 몰아쳐오는 눈보라 속으로 대원들과 걸어가는 김성주의 뒷모습은
잠깐 사이에 흐릿하게 사라져갔다.

1. 영안으로 가다

김성주가 슬픔에 잠겨 있을 때 진한장이 불쑥 양강구에 나타났다. 진한장은 오의성의 부관 초무영과 함께 쟈피거우 쪽으로 이동했던 우명진을 찾아가 관동군이 돈화에서 안도 쪽으로 이동하니 빨리 안도를 떠나 영안 쪽으로 이동하라는 구국군 총부의 지시를 전달했다. 우명진은 기다리기라도 했던 것처럼 부리나케 다시 대사하로 나왔다. 그가 다시 왕덕림에게 찰싹 들러붙게 된 것은 이유가 있었다.

1932년 10월 김성주가 양강구에 도착한 지 얼마 안 되었을 때, 당취오의 요령민중자위군이 다시 통화성을 일본군에게 빼앗기고 당취오 본인도 부관과 수행인원 몇 명만 데리고 북경으로 도망쳤다는 소식이 날아들었다. 불과 1년도 지나

지 않은 사이에 요령민중자위군이 풍비박산이 된 것을 본 우명진은 기절초풍할 지경이었다. 오히려 왕덕림의 구국군은 싸우면 싸울수록 점점 더 강해졌기 때문이었다. 한편 김성주는 대사하에서 우명진에게 인사하고 다시 양강구로 돌아오는 길에 진한장과 동행했다. 둘은 말을 타고 가면서 이야기를 주고받았다.

"우 사령관이 갑자기 나를 대하는 태도가 좋아졌어. 구국군 총부 지시를 저리도 잘 받드는 모습이 좀 수상할 지경이야."

김성주는 항상 건방지고 거드름을 부리던 우명진이 오늘 따라 자기에게 의자에 앉으라고 권하고 또 술까지 한 잔 따라주며 살갑게 대하던 모습을 떠올리며 말했다.

"네가 남만주에 가 있는 동안, 우 사령관이 우리 공산당의 힘이 얼마나 큰지 확실하게 보았어. 그래서 태도가 많이 바뀐 것 같아."

진한장은 1932년 6월에 쟈피거우에서 발생했던 일을 이야기했다.

'송영(宋營)'이라는 깃발을 들고 다니는 길림자위군 한 대대가 안도 지방을 차지하려고 우명진의 부대와 마찰을 일으켰는데, 이 기회를 타 무송에 주둔하던 일본군이 만주군 한 연대를 내세워 우명진을 토벌하려고 했다.

우명진은 급히 왕덕림에게 구원을 요청했고 왕덕림은 참모장 호택민을 파견했다. 그때 호택민과 함께 안도에 왔던 사람이 바로 주보중이었다. 구국군은 안도현성을 공격하려고 오의성 인솔 아래 병력 4,000여 명이 안도 쪽으로 이동하던 중이었다. 주보중은 왕덕림의 구국군 총부 총참의(總參議)와 오의성의 전방사령부 참모처장 신분으로 우명진 부대에 나타났는데, '송영'으로 불리던 대대장 송희무(宋喜武)와 일면식이 있었다. 이때 송희무가 주보중에게 말했다.

"난 당신이 아주 유명한 걸 압니다. 북벌혁명의 영웅이지요? 우리 자위군의 이두 사령관도 당신이 아주 대단하다고 했습니다. 그런데 당신이 공산당이어서 높이 중용하지 않는다고 했는데, 어느새 자위군을 떠나 구국군에 가셨습니까? 이젠 구국군을 도와 자위군을 치려는 겁니까?"

주보중은 송희무와 우명진에게 차근차근 설명했다.

"나는 누구 편을 들 생각이 조금도 없소. 구국군이나 자위군 모두 항일 부대인데, 어떻게 서로 싸울 수 있단 말이오? 더구나 송영은 만주군까지 끌고 나타났소. 소문이 새어나가면 세상 사람들이 자위군을 어떻게 보겠소."

주보중은 송희무가 고분고분 말을 듣지 않자 한바탕 위협까지 했다.

"만약 당신이 만주군까지 끌고 와서 구국군을 공격했다는 소문이 이두 총사령관 귀에 들어가 보오. 그때면 당신 머리가 열 개라도 남아나지 않을 것이오. 그러니 두 분이 빨리 싸움을 멈추고 군대를 합쳐 만주군부터 쫓아낸다면 나도 당신들을 돕겠지만, 안 그러면 일단 만주군부터 쫓아버리겠소."

주보중은 송희무에게 구국군 4,000여 명이 안도현성을 공격하기 위해 안도 쪽으로 이동 중이라고 슬쩍 내비쳤다. 사실은 안도가 아니고 영안 가까이 이동하던 중이었다. 영안현성전투는 왕덕림이 구국군에 온 지 얼마 안 된 주보중의 솜씨를 한번 테스트하기 위해 주보중에게 처음으로 군대 통솔권을 맡긴 전투이기도 했다.

이 전투에 송영과 우명진이 파견한 맹퇀도 참가했는데, 전투가 끝난 후 맹신삼은 안도로 돌아와 우명진에게 말했다.

"이번에 보니, 구국군 총부에 공산당이 우글우글한 것 같습니다."

우명진은 알고 있다는 듯이 머리를 끄떡였다.

"자넨 이제야 알았나. 노3영이 거사할 때부터 공산당이 개입했지. 총부 참모장도 전방 참모장도 다 공산당이야. 우리한테도 젊은 공산당이 하나 있지 않는가."

"아. 별동대 말입니까?"

"별동대 대장이 공산당인 걸 안도 바닥에서 모르는 사람이 없는데, 자네만 감감 부지(不知)였군. 그런데 공산당을 미워하고 싶어도 참 미워할 수가 없는 것이, 무슨 일이든 맡기면 아무리 힘들고 어려워도 군소리 없이 진지하게 제법 잘 해낸단 말일세."

우명진은 김성주가 별동대를 데리고 남만주로 따라나설 때, 그들이 다시 돌아오리라고 믿지 않았다. 가볍게 허락했던 것인데, 때가 되니 모두 멀쩡하게 살아 돌아왔을 뿐만 아니라, 애송이티 나던 김성주 얼굴이 제법 검실검실해지고 몸매나 표정도 아주 든든하게 변한 것을 보고는 은근히 감탄했다.

"아무리 봐도 이 별동대장 말이야, 언젠가는 큰일 칠 놈일세."

김성주를 대하는 우명진의 태도가 바뀐 것은 이런 여러 이유가 있었다. 우명진 말을 들으며 맹신삼도 반신반의했다.

"자위군에 가 있던 공산당들은 자꾸 반란을 일으켜 총살당했는데, 구국군의 공산당들은 모두 높은 자리에 중용되고 일을 정말 잘하는 것 같습디다."

"아마도 자위군 쪽에는 나쁜 공산당들만 몰려갔던 모양이야."

우명진의 태도가 바뀐 덕분에 김성주 별동대는 양강구에서 지내는 동안 맹탄의 도움도 적지 않게 받았다. 이때 진한장은 호택민과 함께 주보중의 지시로 구국군 내에서 중국공산당 조직을 만들 준비를 하고 있었다. 남만에서 돌아온 김일룡이 별동대를 떠나 안도구위원회로 돌아간 뒤 김성주의 당 조직관계는 진한장의 소개로 구국군 내 중국공산당 비밀 당위원회로 옮겼다. 당위원회 성원 면면을 소개받은 김성주는 뛸 듯이 기뻤다.

'참, 이광 형님도 구국군과 함께 활동하겠구나. 너무 보고 싶다.'

차광수를 잃고 슬픔에 잠겼던 김성주는 이광을 머릿속에 떠올리며 그나마 약간의 위안을 받았다. 이광이 차광수가 죽은 사실을 알면 얼마나 슬퍼할까 생각하면서 김성주는 별동대를 데리고 맹탄과 함께 양강구를 떠났다.

2. 유한흥과 김성주

1932년 12월, 김성주는 진한장과 함께 영안으로 가는 도중, 남호두(南湖頭)로 불리는 오늘의 영안현 성자촌(城子村)에서 처음 주보중과 만났다. 성자촌은 왕윤성이 중국공산당에 막 입당했을 때 야학을 꾸리고 처음으로 당 조직을 만들어 낸 동네였다. 성자촌 중국공산당원들은 자기 동네의 첫 당지부 서기가 왕윤성임을 기억했다. 왕윤성은 동만특위로 전근한 뒤에는 마영이라는 이름을 사용했는데, 그가 영안과 왕청 지방을 다니면서 얼마나 많은 당 조직을 건설했던지, 동만지방의 중국공산당원 중에는 '동만특위 마영'이라고 하면 모르는 사람이 없었을 정도였다.

왕덕림의 구국군이 영안으로 이동할 때, 호택민 연줄로 구국군에 들어온 주보중은 총부 총참의에 전방사령부 참모처장이 되었고 왕윤성은 선전처장이 되었는데, 진한장은 왕윤성 소개로 정식 중국공산당원이 되었다. 김성주도 회고록에서 밝히듯이 왕윤성은 성품이 매우 온화하고 선량한 사람이었다. 그는 주보중이 다리 상처 때문에 걸음걸이가 불편한 상황에서도 1932년 10월 9일과 10월 21일에 걸쳐 두 차례나 영안현성전투를 벌이는 걸 보고 그를 성자촌으로 데리고 왔다.

그리하여 주보중은 이 동네에서 왕윤성과 친한 아주 용한 의사가 만들어준 '황납고'라는 총상고약을 다리에 붙이고 쉬고 있었다. 제2차 영안현성전투에서 주보중은 일만군(日滿軍, 일본군과 만주군 혼성부대) 300여 명을 사살했는데, 김성주는 이 전투에 참가했던 맹퇀에게 주보중 소문을 많이 들었다. 김성주는 주보중을 만나 인사를 나누자마자 불쑥 이렇게 청했다.

"주 참모장님 곁에서 왜놈들과 싸우는 법을 배우고 싶습니다."

주보중도 김성주를 높이 평가했다.

"난 오히려 성주 동무가 훨씬 더 대단하다고 들었소. 속담에 친구를 보면 그 사람을 알 수 있다고 했소. 여기 영안에도 왕청에도 동무를 아는 사람이 아주 많더구먼. 별동대장 이광도 성주를 자기 친구라고 하던데, 여기 한장 동무는 더 말할 것도 없고 왕윤성 동무와도 벌써 아는 사이라면서요? 나이도 젊은데 어떻게 그렇게 유명해졌소?"

주보중이 진심으로 칭찬하는 것을 보고 김성주는 얼굴이 새빨갛게 달아올랐다. 그는 주보중이 잡아끄는 대로 침상 곁에 앉으며 말했다.

"이광은 친구이기도 하지만 사실은 친형님이나 다름 없는 분입니다. 제가 중학교 다닐 때부터 알고 지내는 사이입니다. 이번에 이광 형님과 일할 걸 생각하니 정말 기쁩니다. 실은 저나 이광 형님이나 모두 열정뿐이지 어디서 전문적으로 군사지식을 배워본 적도 없고, 싸움도 많이 해보지 못했습니다. 그러니 꼭 가르쳐주시기 바랍니다."

김성주가 이처럼 진정을 담아서 요청하자 주보중은 머리를 끄떡였다. 주보중은 그날로 왕윤성과 진한장, 김성주 등을 데리고 경박호 기슭의 완완구(宛宛溝)라는 동네에 주둔한 길림자위군 제2여단 3연대로 갔다.

병영 대문에서 보초병이 구국군 총부 주보중 총참의가 왔다는 말을 듣고는 정신없이 달려가 연대장에게 알렸다. 잠시 후 연대장이 달려 나왔는데, 그를 본 순간 김성주는 놀라지 않을 수 없었다. 연대장이라면 적어도 40~50살쯤 될 줄 알았는데, 새파랗게 젊은 20대 청년이었다. 어쩌면 자기보다도 더 어려 보인다는 생각에 김성주는 한참 아무 말도 못했다.

'정말 뛰는 놈 위에 나는 놈이 있고, 나는 놈 위에는 높이 솟는 놈이 있다더니.'

자기나 이광이 겨우 2~30명밖에 안 되는 별동대로도 무척 긴 시간 동안 현량자고(懸梁刺股, 머리카락을 대들보에 묶고 허벅지를 송곳으로 찌른다는 뜻)의 고통을 감수하느라 벅찰 지경이었는데, 지금 그의 눈앞에는 20~30명도 아니고 200~300명도 더 넘는 부하를 거느린 20대 청년 연대장이 나타난 것이었다. 연대장은 땀을 뻘뻘 흘리면서 주보중에게 절도 있게 경례를 올려붙였다.

"주 참모장님! 어떻게 오셨습니까?"

"어디서 오는 길인데, 이렇게 땀투성이요?"

"아, 교장에서 방금 훈련 중이었습니다."

그때 진한장이 김성주에게 몰래 귀띔했다.

"유 연대장은 무술을 하는데 혼자서 대여섯 명은 쉽게 때려눕히지."

왕윤성이 대신 나서서 3연대에 들른 사연을 말했다.

"주보중 동지께서 의원을 만나고 돌아가는 길인데, 안도에서 귀한 손님이 오셨소. 그래서 유 연대장에게도 소개하려고 들른 것이오."

젊은 연대장의 눈길은 자연스럽게 진한장과 김성주에게로 갔다. 진한장과는 만난 적이 있어 처음 보는 김성주에 가서 그의 눈길이 멎었다.

"안도에서 오셨다는 분이라면?"

연대장은 잠깐 손을 내들며 자기가 짐작해보겠다고 했다.

"혹시 안도에서 오셨다면 김일성이라고 불리는 그 친굽니까?"

이렇게 불쑥 김성주의 별명을 대니 김성주도 내심 놀라지 않을 수 없었다.

"네, 제가 김일성입니다."

"반갑소, 나 유한흥이오."

연대장은 김성주의 손을 잡고 자기 소개를 했다.

"내 나이 올해 스물둘인데 내일 모레면 스물셋이 되오. 당신은 얼마요?"

김성주는 상대방 성격이 호방한 것을 보고 같은 식으로 대답했다.

"나는 올해 스물입니다. 연대장님 말씀대로라면 나도 내일 모레면 스물하나가 됩니다."

"하하. 나하고 비슷한 데가 있는 것 같아서 좋소."

유한흥은 김성주의 손을 놓지 않고 연신 흔들어대자 왕윤성이 말했다.

"이봐, 한흥이, 우리를 그냥 병영 밖에 세워둘 셈인가?"

유한흥은 부랴부랴 그들 일행을 안으로 안내했다. 그런데 재밌는 일이 생겼다. 유한흥의 아내 장 씨(張氏)가 연대장 방 의자에 비스듬히 기대고 누워 해바라기 씨를 까고 있었다. 유한흥이 술상을 좀 마련하라고 하니, 그는 자기가 까던 해바라기 씨를 들고 와서 건넸다.

"그럼 그 사이에 이것 좀 까고 계세요."

그 바람에 유한흥은 얼굴이 새빨개졌다. 그러면서도 별로 화내지 않는 걸 보면 이미 습관이 된 듯 체념하는 모양이었다. 주보중과 왕윤성은 서로 바라보며 자못 희한하다는 눈치였다. 유한흥은 뒷덜미를 썩썩 긁으며 가까스로 말했다.

"제 아내가 저런 여자입니다. 다 중매쟁이를 잘못 만난 탓이지요. 중매쟁이가 잘못 데려왔는데, 되돌려 보내려 하니까 뻗대고 서서 어디 돌아가려고 합니까. 하는 수 없이 이렇게 살기는 합니다만, 온종일 해바라기 씨나 까고 하는 일이 없습니다. 너무 많이 까서 앞니 사이가 다 벌어졌는데도 말리는 말을 듣지 않습니다."

"이 사람 한흥이, 도대체 어떻게 된 거요? 거 재밌는 이야기가 있겠구먼. 중매쟁이 때문에 사람을 잘못 데려왔다는 건 또 무슨 소리요? 좀 들려주시구려."

왕윤성이 채근하자 유한흥은 조심스럽게 이야기를 들려주었다. 중매쟁이가 '작은딸'과 '키가 작은 딸'을 헷갈려 미리 점찍은 여성이 아닌 다른 여성을 데려와 울며 겨자 먹기로 결혼하게 된 것이었다. 그 '울며 겨자 먹기로 결혼한 여자' 장 씨가 주방에 나가 요리사를 내보내고 자기가 직접 요리한다며 한참 움직일 때, 주보중 등은 몰려 앉아 장 씨가 먹다 남긴 해바라기 씨를 까며 이야기를 주고받았다.

"유 연대장이야말로 길림 육군군관학교를 졸업하고 동북군에 와서 보통 사병으로 시작해서 불과 6년 만에 연대장까지 되었소."

주보중은 김성주에게 유한흥을 자세히 소개했다.

"며칠 전까지 구국군 제2여단 3연대 2대대 대대장이었소. 이번에 연대장이 됐지. 성주 동무와 또래이고, 앞으로는 모두 더 크게 될 동량지재(棟梁之材)들이라 믿소. 난 한흥 동무나 성주 동무, 그리고 한장이도 우리 공산당이 영도하는 항일부대에서 장차 사단장도 되고 군단장도 되는 큰 재목으로 자라나기 바라오."

주보중은 모두에게 자기가 기대하는 마음을 이야기했다.

"그래서 하는 부탁인데, 우리가 지금 전문군사학교를 만들어서 직접 작전을 지휘할 인재를 키울 수 있다면 얼마나 좋겠소. 그러나 그런 상황이 못 되니 한흥이가 성주나 진한장 동무와 종종 만나면서 군사 지식도 가르쳐주고 왜놈들과 싸우는 법도 가르쳐주기 바라오."

주보중은 자기에게 군사를 배우고 싶다는 김성주를 굳이 유한흥에게 소개하며 부탁한 이유가 그의 회고록 『주보중의 유격일기』에 나온다. '유한흥이야말로 꾀가 있고 지혜가 있으며, 용감하고 싸움을 잘하는 유격전쟁 지휘관'이었기 때문이다. 더구나 이때 나이도 스물두 살밖에 안 되었고 김성주, 진한장 등의 젊은 이와 서로 만나고 교류하기에도 좋았다.

길림자위군 출신 왕명옥(王明玉)은 동북항일혁명군 제3연대에서 연대장 방진성의 경위원(警衛員, 경호원)을 맡았던 적이 있었다. 1987년에 그는 필자에게 김성주와 관련한 이야기를 들려주었다.

"김일성(김성주)은 우리 혁명군 제2군 참모장의 학생이었다. 참모장 성이 유 씨였는데, 전문 육군군관학교를 졸업하고 스무 살 때 벌써 구국군에서 연대장까지 되었던 사람이다. 자세한 내막은 우리 같은 경위원은 잘 알 수 없지만, 참모장이 직접 김일성을 데리고 다니면서 군사 지식을 가르쳐주었고 작전하는 법도 가르쳐주었다. 그래서 김일성 부대는 웬만해선 피해 보는 일이 없었다. 내가 3연대에서 경위원으로 있을 때 연대장은 방진성이었고 정치위원이 김일성이었다. 두 사람은 늘 의견이 맞지 않아 다투었다. 그러다가 부대를 절반씩 갈라서 다녔는데, 그때 우리 대원들은 모두 김일성 부대에 편입되기를 원했다."[75]

이때 유한흥과 만난 김성주는 오랫동안 유한흥을 따라다녔다. 1935년 동북인민혁명군이 성립될 때 주보중과 왕윤성 추천으로 중국공산당 동만특위는 유한흥을 영안에서 동만으로 이동시키고 제2군 군 참모장으로 임명했다. 김성주가 2군 산하 제3연대에서 정치위원으로 임명된 것은 훗날 일이다.

---

75 취재, 왕명옥(王明玉) 중국인, 길림 자위군 생존자, 1934년에 항일연군에 참가하였다가 후에 도주한 경력 때문에 해방 후 역사반혁명분자로 판결받았다. 1983년에 다시 재평가받았고 1991년에 길림성 돈화현 추리구진(秋梨溝鎭) 횡도하자촌(橫道河子村)에서 사망했다. 취재지 돈화현, 1987.

3. 소만국경

1932년 12월, 구국군 총부가 주둔하던 동녕현성이 포위되었다. 관동군은 3개의 사단 병력을 동원하여 길림성과 흑룡강성 경내의 구국군과 자위군 및 의용군을 토벌하기 시작했다. '눈강전역(嫩江戰役)'에서 항일의 첫 총소리를 울렸던 마점산(馬占山) 부대가 일본군의 첫 타깃이 됐다. 곧이어 소병문(蘇炳文)이 패퇴했고, 이두(李杜)의 자위군도 여기저기에서 무너지기 시작했다.

하얼빈을 사수하던 정초(丁超)는 일본군 제2사단의 공격을 당해낼 길이 없어 철수하고 또 철수하다가 나중에 장경혜(張景惠)의 공관으로 피신해 들어갔는데, 장경혜는 그에게 투항하라고 설득했다. 다시 장경혜의 공관에서 탈출해 보청(寶淸) 쪽으로 피신했으나, 결국 일본군이 파견한 대표와 만나 통화성 성장을 시켜준다는 약속을 받고 투항하고 말았다.

왕덕림은 하마터면 동녕현성에서 포위되어 탈출하지 못할 뻔했으나 안도에서부터 올라온 우명진 부대와 맹퇀이 성 밖에서 일본군 배후를 습격하는 바람에 가까스로 성 밖으로 탈출할 수 있었다.

1933년 1월 1일 새벽부터 성 밖의 마도석(磨刀石)역에 진지를 구축했던 총부 참모장 이연록이 직접 거느린 보충연대가 견뎌내지 못하고 제일 먼저 호림(虎林) 방향으로 포위를 뚫고 달아났다. 마도석역을 차지한 일본군 제10 히로세(広瀨) 사단 산하 제3대대가 앞장서서 1월 10일 오전에 동녕현성으로 밀고 들어왔다.

이때 동녕현성에서 죽은 구국군이 1,300여 명이나 되었다. 우명진과 맹퇀도 풍비박산 나다시피 했다. 가까스로 탈출한 왕덕림과 공헌영은 일가 권솔들까지 모조리 합쳐 600여 명 남짓한 것을 보고 어찌해야 좋을지 몰랐다. 길이 막혀 영안 쪽으로는 갈 수 없고, 나자구 쪽으로 내려가자니 노흑산이 앞을 가로막고 있었다. 이때 조선에서 파견나온 일본군 간도파견대가 공군까지 대동하고 노흑산으로 들어온 상태였다. 다급한 오의성은 방 안에서 왔다 갔다 하면서 방법이 떠오르지 않아 주보중과 호택민을 재촉했다.

"두 분, 방법을 좀 내놓으시오. 총사령관을 구하지 못하면 우리 구국군도 이대로 끝장이오."

주보중과 호택민은 지도를 앞에 두고 한참 의논했다.

"오 사령관, 아무래도 총사령관 역시 마점산처럼 소련 쪽으로 건너가 버릴 가능성이 큽니다. 동녕에서 소련은 금방이니, 그냥 건너가 버리면 일본군에게 잡힐 염려는 없지요. 그렇게 되면 여기 남아 있는 우리가 문제입니다. 구국군이 크게 동요할 것입니다. 만약 총사령관이 거느린 총부 부대가 아직 전투력이 있다면, 그들이 나자구 쪽으로 내려오는 것이 제일 바람직합니다."

주보중의 말을 듣고 오의성도 지도 앞으로 다가와 한참 들여다보다가 한마디했다.

"이 추운 겨울에 노흑산을 어떻게 넘어오겠소?"

"우리도 나자구로 해서 노흑산 쪽으로 접근하면 되지요. 오 사령관만 결정하면 나자구 쪽과 더 가까운 유한흥의 3연대에 명령하여 빨리 그쪽으로 이동하게 합시다. 그리고 총사령관에게 사람을 보내 소련으로 건너가지 말라고 말리면 됩니다."

오의성도 동의했다.

"그렇다면 누구를 보내서 알리겠소? 동녕 가는 길도 무척 험할 텐데 말이오?"

"우학당(于學堂, 우명진의 본명) 부대의 별동대장이 지금 영안에 와 있습니다."

주보중은 김성주를 추천했다.

"이 애를 보내면 반드시 해냅니다."

"아, 안도에서 왔다는 그 '김일성' 말이오?"

오의성도 들어보았던 이름이라 반색했다.

"난 이광을 보낼 생각이었는데, 우학당과 맹판이 지금 총부부대와 함께 이동하니 마침 잘됐소. 누구보다도 우학당의 별동대장이 가는 게 경우에도 맞소."

이때 김성주는 김근(金根)[76]의 영안유격대와 만나 한창 왕청 쪽으로 이동하려던 중이었다. 호택민이 직접 진한장을 데리고 김성주에게로 말을 달려왔다. 성자촌에서 왕윤성, 김근 등과 함께 왕청 쪽으로 이동할 준비를 하던 김성주는 동녕에 가서 왕덕림에게 편지를 전해주라는 말에 어리둥절했다.

"동녕이 이미 일본군 손에 들어갔다던데, 어디 가서 총사령관을 찾습니까?"

76　김근(金根, 1903-1937년) 독립운동가. 본명은 김광진(金光珍)이고 김현(金鉉)이라고도 한다. 함북 경흥의 빈농 집안에서 태어나 1908년 부모를 따라 길림성 화룡현 상천평(吉林省 和龍縣 上泉坪)으로 이주했다. 광재욕서당에서 2년간 수학하고 1910년 화룡현 양정학교(養正學校), 1916년 연길중학(延吉中學)에 입학했다. 1918년 봄 길림공업학교에 진학하여 1921년에 졸업했다. 1922년 5월 남경대학(南京大學)에 입학했다가 1923년 중퇴했다. 1924년 북장동(北樟洞) 소학교 교장, 1925년 걸만동(傑滿洞) 소학교 교장, 1926년 화룡현 제14소학교 교장이 되었다. 교원으로 재직 중 학생과 농민들에게 사회주의 사상을 선전했다.
　　5월 조선공산당 만주총국에 입당했고, 가을에 고려공산청년회 만주총국 조직부 책임자가 되었다. 1927년 5월 전용락(全龍洛)과 함께 중국 경찰에 체포되었으나, 조공 만주총국의 노력으로 석방되었다. 1928년 용정(龍井) 대성중학교에서 영어와 중국어 교사로 일했다. 겨울에는 친일파 밀정 처단을 목적으로 하는 테러단체 철혈단(鐵血團)을 결성했다. 1929년 여름 대성중학 교사를 사임하고 반일동맹청년단을 조직했다. 1930년 4월 흑룡강성 영안현 화검구로 이주했고, 중국공산당에 입당했다.
　　만주사변이 일어나자 북만노농의용대를 결성하고 대장이 되었다. 1932년 가을 국민당계 반만항일 부대인 이연록(李延祿)의 구국군에 입대하여 영안현 무장부대들의 반일통일전선 결성을 위해 노력했다. 1933년 3월 요령자(腰崚子)전투, 가을 대과규(大鍋奎)전투에 참전했다. 1934년 2월 합달하(哈達河)에서 북만 노농의용대를 재편성하여 밀산(密山)유격대를 결성하고 지도원 겸 참모장이 되었다. 10월 밀산유격대를 동북인민혁명군 제4군 제2단으로 재편하고 제4군 참모처장이 되었다 1935년 3월 제4군 제2단 대리단장을 겸임했다. 1936년 9월 동북항일연군 제8군 제1사 정치부 주임이 되었다. 1937년 10월 12일 화천현 납자산(樺川縣 磲子山)에서 제8군 제1사 내부의 배반자에게 살해당했다.

"총사령관은 틀림없이 소만국경 쪽으로 이동할 것이네. 우리 계획은 총사령관이 총부부대를 거느리고 나자구 쪽으로 오게 하는 것일세. 만약 동의한다면 우리는 노흑산으로 마중 나갈 것이고. 총사령이 그래도 말을 듣지 않고 굳이 소련으로 넘어간다면, 총과 탄약은 가져가지 말고 만주에 남겨두라고 하게. 편지에도 그 내용을 다 썼네."

호택민의 말을 듣고 김성주는 마음이 동했다.

"그럼 그 총과 탄약은 제가 받아가지고 오면 됩니까?"

"그거야 당연한 일 아닌가."

호택민이 넌지시 대답하니 김성주는 바로 일어서서 영안유격대 대장 김근에게 말했다.

"선생님과 왕청에 가려 했는데 아무래도 같이 가지 못할 것 같습니다."

"아닐세, 빨리 다녀오게. 우리가 여기서 기다리겠네."

김근은 동녕으로 떠나는 김성주를 배웅했다. 날씨가 얼마나 추운지 잠깐만 서 있어도 그대로 얼어서 굳어버릴 듯했다. 잉잉 몰아쳐오는 눈보라 속으로 대원들과 걸어가는 김성주의 뒷모습은 잠깐 사이에 흐릿하게 사라져갔다. 그 뒷모습을 바라보며 김근도 진한장도 그리고 왕윤성도 모두 아무 말을 못했다. 할 말을 잃었던 것이다. 1933년 1월에 있었던 일이다.

오의성은 김성주를 보내고 걱정이 되어 다시 연락병 맹소명을 파견했다. 맹소명이 동녕현성에 도착했을 때는 이미 일본군이 현성을 점령하고 난 뒤여서 왕덕림을 만나지 못했다. 맹소명이 다시 영안으로 돌아왔을 때는 오의성의 전방 지휘부도 다른 데로 이동한 뒤였다. 김성주는 왕덕림과 만나보지도 못한 채 돌아오다가 맹소명과 길에서 만났다. 맹소명은 죽지 않고 살아남아 1974년에 김성주에게 편지까지 한 통 보냈다고 전한다.

김성주는 1933년 1월, 18명밖에 남지 않은 별동대 대원들과 동녕현성을 지나 대오사구하(大烏蛇溝河) 기슭까지 쫓아갔다. 한참 소만국경을 넘어서던 구국군 대원들을 붙잡고 남아서 같이 항일투쟁을 하자고 설득했지만, 그의 말을 귀담아 듣는 사람은 없었다. 총이라도 주고 가라고 했으나 그나마도 거절당했다.

왕덕림과 공헌영 등은 앞서서 이미 소만국경을 건너가 버렸고, 동녕현성이 함락될 때 우명진의 부대에서 차출되어 구국군총부 부대를 호위하고 있었던 맹탄도 이때는 이미 수십 명밖에 남지 않은 것을 본 김성주는 어안이 벙벙했다. 그는 맹추위와 더불어 어이가 없어서 말이 나오지 않을 지경이었다.

"아니, 항일하지도 않을 거면서 왜 총들은 가지고 갑니까? 소련에 들어가면 모두 빼앗길 것이 뻔한데요. 차라리 그 총들을 저희한테 맡기고 가십시오. 언제든지 항일하려고 만주로 돌아오면 잘 보관했다가 돌려드리겠습니다."

"말도 안 되는 소리, 내가 주라고 한다고 저 사람들이 고분고분 총을 내놓을 것 같은가."

맹신삼은 온 얼굴이 시퍼렇게 된 김성주를 바라보다가 권했다.

"이봐, 김 대장. 날씨도 추운데 어쩌자고 여기까지 쫓아와서 이 고생이란 말인가. 자네 얼굴에 동상이 온 것 같네, 어서 눈으로 문지르고 돌아가게. 아니면 우리와 소련으로 같이 들어가세. 자네도 부하가 몇 명 남지 않았구먼."

"아닙니다, 저는 혼자 남는 한이 있더라도 도주병이 되지 않겠습니다."

김성주는 자기 대원들을 돌아보며 맹신삼에게 다시 요청했다.

"저는 이 만주 땅에 남아 끝까지 왜놈들과 싸울 것이니, 맹 연대장이 일말의 양심이라도 있다면 저희한테 총이라도 넘겨주십시오."

구국군을 돌려세우기는 다 틀렸다고 여긴 김성주는 악에 받쳤다. 그가 인정

사정 두지 않고 그대로 들이대니 맹신삼은 창피하기도 하고 대답할 거리가 없어 어찌할 바를 몰라 했다.

"총이 없으면 소련에 들어가도 우리 역시 비렁뱅이 꼴을 면치 못할 걸세."

"그러니 구차스럽게 남의 나라 땅으로 피신하지 말고 여기 남아서 저희들과 함께 왜놈들과 싸워봅시다."

"자네, 못 봤나? 일본군 수십만 명이 달려들고 있네. 도무지 승산이 없어. 자넨 나이가 젊어 힘든 줄 모르지만, 나나 총사령관이 지금 나이가 얼만 줄 알기나 하는가? 총사령관은 지금 예순이야. 나도 쉰을 바라보고 있네. 어떻게 새파랗게 젊은 자네들과 꼭 같이 눈 속을 뒹굴며 다닐 수 있겠나."

김성주와 맹신삼이 이야기하는 사이에도 구국군이 계속 옆으로 지나갔다. 맹신삼의 부관이 곁으로 다가와 재촉했다.

"연대장님, 형제들이 다 건너갔습니다. 우리도 어서 떠납시다."

맹신삼은 머리에 쓰고 있던 개털모자를 벗어 김성주에게 주었다.

"자네 털모자를 벗고 이걸 쓰게. 내가 줄 것이라고는 이것밖에 없네그려."

김성주가 받으려 하지 않자 맹신삼은 억지로 개털모자를 김성주에게 안겼다. 그리고는 돌아서서 소만국경을 향해 허둥지둥 발걸음을 옮겨놓았다. 뒤에서 김성주가 참지 못하고 꾸짖는 욕설이 들려왔다.

"에잇, 비겁쟁이들, 개자식들, 갈 테면 가라!"

김성주는 맹신삼이 주고 간 개털모자를 맹신삼 뒤에 대고 던져버렸으나 눈바람이 불어오면서 개털모자가 다시 날아오자 대원들 중 하나가 제꺽 주워 썼다. 이때 구국군 대원 몇 명이 김성주 쪽으로 건너와 물었다.

"당신들은 소련 쪽으로 건너가려는 사람들인가? 아니면 건너가지 않는 사람들인가?"

"우리는 건너가는 당신네들에게 건너가지 말라고 말리려고 온 사람들이오."

평소 인사도 잘하고 싹싹하기 이를 데 없었던 김성주도 이때는 말소리가 몹시 거칠었다. 여태까지 구국군을 쫓아다녔던 자신에 대한 모멸감과 개털모자 한 개만 던져주고 달아나 버린 구국군에 대한 경멸감이 함께 드러났기 때문이다.

"그렇다면 우린 동행이 되겠구려. 그만 돌아갑시다."

그 구국군 대원의 말에 김성주의 얼굴에서는 잠깐이나마 화색이 돌았다.

"당신들은 소련으로 건너가지 않습니까?"

"공산당이 다 소련 때문에 생긴 건데, 우리가 한평생 공산당잡이만 해오다가 어떻게 소련으로 가겠소? 가봐야 떡이 생길 리도 없겠고 말이오."

그 말에 기분이 서늘해진 김성주는 그 대원들을 경계하지 않을 수 없었다. 한참 살펴보니 여기저기서 국경을 넘지 않고 돌아오는 구국군 대원들이 한둘이 아니었다. 그들은 소련으로 철수하는 줄도 모르고 그냥 따라가다가 소만국경까지 와서야 깜짝 놀라 건너가지 않고 남은 사람들이었다.

구국군 대원 중에는 김성주의 별동대가 공산당 유격대라는 걸 아는 사람도 있었다. 그러다보니 돌아올 때는 왕덕림 뒤를 쫓을 때보다 더 무시무시한 상황이 벌어지게 되었다. 길에서 간혹 외딴 농가를 만나 언 몸을 식힐 때조차 한순간도 방심할 수 없었다. 조선인 마을에 들러 쉬는 한이 있더라도 구국군 패잔병이 머무르는 중국인 마을은 되도록 지나쳤다. 다행스러운 것은 일본군이 소만국경까지는 쫓아오지 않았다는 점이다. 그러나 이미 옷이 다 찢겨 살이 보일 지경이 되었고, 몸에 메고 다녔던 비상 쌀주머니도 거덜 난 상황이라 얼어 죽지 않더라도 굶어죽게 될 판이었다.

김성주는 자신의 곁을 떠나지 않고 남아 있는 대원들을 세어보았다. 안도에서 영안에 올 때 40여 명까지 불어났지만, 이제는 18명밖에 남지 않았다. 이때를 회고하면서 김성주는 회고록에 이렇게 썼다.

"나는 그때 어떻게 해야 할지 향방을 잡지 못했다. 하늘이 무너지고 땅이 꺼지는 한이 있더라도 무장투쟁을 계속해야겠는데 남아 있는 대원들이란 모두 스무 살도 채 안 되는 홍안의 청년들이었다. 나 자신도 아직은 경험이 어리다고 할 수 있었다. 길림 바닥에서 삐라를 쓰고 연설이나 하며 돌아다닐 때에는 모두가 영웅호걸이었지만 이런 경우에는 누구나 다 애송이들이었다. 지하공작을 할 때에는 방법이 많았지만 수만 명의 우군을 다 잃어버리고 패잔병들만 남은 무인지경에서 18명의 행로를 어떻게 개척해야 하는가는 우리 힘만으로는 풀기 어려운 과제였다."

참으로 노흑산 오지에서 스무 살밖에 되지 않았던 김성주가 18명밖에 남지 않은 대원들과 굶어죽지 않고 얼어죽지 않은 것은 그야말로 기적 중 기적이라고 할 만했다. 오늘날 중국 흑룡강성 동녕현과 영안현은 노흑산을 관광지로 개발했고, 여기로 몰려드는 관광객이 적지 않다고 한다. 하지만 눈보라 몰아치던 1933년 1월의 엄동설한에 그 산속을 헤집고 다닌 조선 청년들을 기억하는 관광객은 과연 몇이나 될지 궁금하다.

중국 발음으로 '라오헤이(老黑)'라고 부르는 이 산 이름은 만주어에서 왔는데, '도(刀)' 즉 칼이라는 뜻이라고 한다. 해발 798m의 산정 양측에 칼날 같은 봉우리가 갈라져 서 있어서 붙여진 이름이었다고 한다. 나중에 주보중이 오랫동안 이 산을 근거지로 삼고 활동한다. 산정에서 서쪽으로 빠져 나가면 이도구(二道溝)가 나온다. 이 동네가 지금은 노흑산진(老黑山鎭)으로 바뀌었고, 영안과 나자구 그리고 동녕으로 가는 세 갈래 길이 여기서 갈린다.

여기서 김성주와 대원들은 마(馬) 씨 성을 가진 한 중국 노인 집에서 언 몸을 녹이다가 패잔병들에게 무장해제 당할 뻔했다. 그러나 다행스럽게도 이 패잔병들은 유한흥의 제3연대를 찾아가는 길이었다.

이때 유한흥의 3연대도 왕덕림의 구국군총부가 동녕현성에서 패퇴하면서 어려워지기 시작했는데, 부연대장이 구국군을 떠날 의향을 내비쳤다. 3연대에서 가장 오랫동안 있었던 부연대장은 이미 대대장들을 다 구워삶았다. 그는 인근의 '양산(亮山)'이라는 마적부대와 손을 잡고 구국군 깃발을 버릴 생각이었다. 그런데다가 일본군이 영안 쪽으로 몰려들면서 완완구를 떠나 왕청 쪽으로 이동하기 시작했는데, 아무리 연락병을 사방으로 보냈어도 주보중과 왕윤성, 진한장을 찾을 수 없었다.

길에서 절반 이상의 병사가 부연대장을 따라 달아났고, 절반 남았던 병사들도 비행기에서 뿌려대는 일본군 삐라를 주워 들고 읽다가 하나둘씩 사라져버렸다. 삐라를 가지고 일본군에 건너와서 총을 바치고 투항하면, 그 자리에서 '위엔따터우(袁大頭, 은화)'[77] 50원을 주고 고향까지 무상으로 보내준다고 쓰여 있었기 때문이다. 하지만 이때 투항한 구국군 패잔병들은 정작 한 사람도 고향으로 돌아가지 못했다. 모조리 하얼빈의 교정원(矯正院)으로 압송되어 한동안 갇혀 있다가 대부분 만주군에 강제 편입되었다.

유한흥은 영안현에서 수백 리 떨어진 유수하(柳樹河)에 가족들을 이사시키고 혼자 말을 타고 직접 주보중을 찾아 나섰다. 이때 주보중은 왕덕림이 벌써 소련

---

77 원세개(袁世凱)의 초상이 새겨진 은폐(銀幣)로 당시 중국인들이 가장 선호한 1원짜리 돈이다. 신해혁명 이후 원세개가 '임시대통령'에 취임하면서 만든 전국 통일화폐였다. 백성들은 습관적으로 '위엔따터우'라고 불렀으며, 은 함량이 90% 이상이었기 때문에 원세개가 죽은 뒤에도 중국 각 지역에서 모두 이 돈을 인정했다. 화폐 구조가 비교적 복잡했던 1930년대까지도 이 돈은 만주 지방에서 계속 유통되었다.

으로 건너간 것을 안 오의성이 동요하는 걸 막기 위하여 한시도 그의 곁에서 떨어지지 않고 백방으로 그를 설득하는 중이었다.

"보충연대가 아직 살아 있고 시세영 여단도 튼튼합니다. 또한 우학당의 부대도 경박호 쪽으로 이동하여 절반 이상은 살아 있으니 오 사령관만 마음을 다잡으면 우리 구국군은 아직 희망이 있습니다. 더구나 소련으로 건너가지 않고 되돌아오는 병사들도 아주 많다고 합니다. 우리가 동녕과 영안을 버리고 왕청과 안도 쪽으로 이동하면서 오 사령관 이름으로 기관을 설립하고 그들을 모조리 불러 모으면 1만 명 정도는 쉽게 모일 것입니다. 관건은 오 사령관입니다. 오 사령관만 튼튼하게 일어서 있어 준다면 제가 약속하겠습니다. 반드시 동녕현성도 되찾고 영안현성도 되찾아 드리겠습니다. 지금이야말로 남아로 태어나 영웅으로 이름을 남기고 죽느냐, 아니면 졸장부로 이름을 남기고 죽느냐가 결정되는 때입니다."

동녕현성이 함락될 때 성 밖의 마도석에서 패퇴하고 사라졌던 보충연대가 이연록과 사충항의 인솔로 천교령에 와서 주둔하며 오의성에게 사람을 보냈다. 부대가 통째로 살아 있다는 소식과 시세영 여단은 바로 오의성의 전방사령부로 이동한다는 것이었다.

살아남은 부대는 대부분 이연록과 호택민, 주보중의 연줄을 타고 중국공산당 당원들이 참모장 또는 부참모장인 부대들이었고, 부대장이 이미 공산당에 포섭된 경우도 많았다.

"모두 도망가기에 바쁜데, 유독 공산당이 내려간 부대들만은 요지부동이군."

오의성은 감탄하지 않을 수 없었다. 이때다 싶어 주보중과 호택민이 말했다.

"오 사령관, 공산당도 지금은 오 사령관만을 쳐다보고 있습니다. 오 사령관이 동요하지 않고 우리와 함께 있기에 우리도 믿는 구석이 있어 머무르는 것입니다."

오의성은 마침내 주보중과 호택민의 손을 잡고 약속했다.

"좋소. 마음을 정했소. 내가 이 나이 먹고 이제 어디를 가겠소. 만약 두 분이 끝까지 나를 밀어준다면, 내가 죽기 전까지 왜놈들과 싸워보겠소."

사충항이 오의성 사령부로 오다가 길에서 유한홍을 만나 데리고 왔다.

"한홍이 너는 부대를 모두 어디다 팽개치고 혼자 왔느냐?"

오의성이 물었더니 유한홍이 이렇게 대답했다.

"부연대장은 산동에서 함께 온 고향친구들을 데리고 달아나고, 나머지는 대대장 몇이 끌고 가서 마적이 되어버렸습니다. 나더러 남아서 마적 우두머리가 되어달라고 붙잡는 것을 팽개쳐 버리고 사령님께로 왔습니다."

그랬더니 오의성이 나무라지 않고 웃으면서 다시 물었다.

"보나마나 너도 공산당이렸다?"

이에 유한홍이 기지를 담아 대답했다.

"모두 도망가는데 도망가지 않고 사령관님 곁에 남아 있는 사람들이 모두 공산당이라면 나도 공산당이 되겠습니다."

이에 오의성이 참으로 오랜만에 하하 하고 소리 내어 웃었다고 한다. 이때 사충항도 보충연대 연대장에 임명된 지 얼마 안 되었는데, 이미 이연록 소개로 중국공산당원이 되었고, 시세영도 주보중의 소개로 공산당원이 되었다. 얼마 후에는 유한홍도 왕윤성 소개로 공산당에 가입한다. 그러니 오의성 주변은 모조리 공산당이었다. 일설에는 오의성까지도 중국공산당에 가입했고 당기(黨旗) 앞에서 선서했다는 말도 있다.

어쨌든 이때부터 중국공산당 동만특위의 직접적인 개입으로 오의성 주변에 남았던 구국군이 재편성되었다. 제일 먼저 이연록과 사충항이 틀어쥐었던 보충연대가 내적으로 중국공산당 유격총대로 개편되고, 겉으로는 동북항일구국유격군이라는 이름을 달았다. 훗날 성립된 항일연군 제4군이 바로 이 유격총대를 기반으로 한다.

장벽이 서 있는 것은 가로막기 위함이 아니라,

우리가 얼마나 간절히 원하는지 보여줄 기회를 주기 위해서

거기 서 있는 것이다

— 랜디 포시, 『마지막 강의』중

3부

시련

1933년 9월 동녕현성전투
구국군 및 유격대 진공노선도

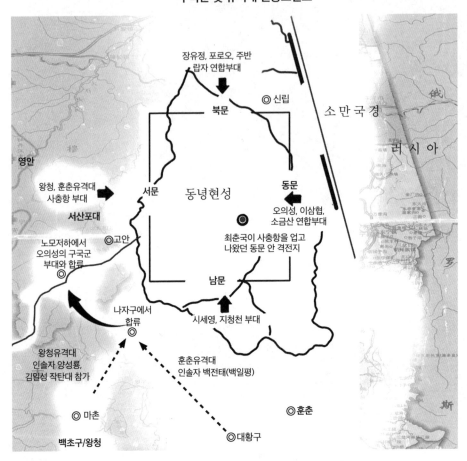

장유정, 포로오, 주반
랍자 연합부대

◎ 신립

소 만 국 경

俄

북문

러 시 아

영안

왕청, 훈춘유격대
사충항 부대

서문

동녕현성

동문

서산포대

오의성, 이삼협,
소금산 연합부대

◎고안

노모저하에서
오의성의 구국군
부대와 합류
◎

최춘국이 사충항을 업고
나왔던 동문 안 격전지

남문

나자구에서
합류
◎

시세영, 지청천 부대

왕청유격대
인솔자 양성룡,
김일성 작탄대 참가

훈춘유격대
인솔자 백전태(백일평)

羅

◎ 마촌

◎훈춘

斯

백초구/왕청

◎대황구

1933년 9월 동녕현성전투 당시
현성 내 일본군 및 만주군, 경찰 병력 합계

일본군 수비대 1개
일본군 변경감시대 1개
일본군 병원 및 통신반1개
합계: 680명

수비대 산하 중대 4개
만주군 보병대 3개 및 기병대 1개
합계: 400명

경찰 및 자위대 병력: 120명
총합계: 1,200명

구국군 연합부대 병력 합계

오의성 부대: 호택민
시세영 부대: 유한흥, 지청천 독립군
사충항 부대: 이연록(중공당 대표)
이삼협 부대: 마적
소금산 부대: 마적
장유정 부대: 마적
포로오 부대: 마적
주반랍자 부대: 마적
양성룡-왕청유격대: 김일성, 황해룡, 최춘국
백전태-훈춘유격대: 강석환, 오빈

합계: 3,000여 명

10장

동만주의 봄

동만의 평원에서 태어난 우리
꽃처럼 아름답고 향기 뿜는다.
목 놓아 노래하자 꼬마동무들
승냥이 호랑이도 무섭지 않다.

1. 관보전사건

1932년 11월, 김성주가 양세봉의 조선혁명군과의 합작이 무산된 후 한참 남만주에서 방황할 때이다. 동만에서는 일명 '관영(關營)'이라고 불린 구국군 관보전(關保全) 부대가 왕청유격대의 주요 활동거점이나 다를 바 없었던 왕청현 마촌(馬村)에 와서 주둔하게 되었다. 관영을 쟁취하기 위해 중국공산당은 왕청유격대 정치위원 김은식(金銀植)에게 이 일을 맡겼다.

1908년생으로 당시 24살이었던 김은식은 독립군 김선극(金善極)의 아들로 1920년 '경신년 대토벌' 때 아버지와 함께 죽지 않고 살아난 행운아였다. 아버지 김선극은 독립군이 러시아 쪽으로 이동할 때 따라가지 않고 만주에 남아 왕청 지방 여기저기 흩어져 있던 독립군 잔재 부대들과 연락하러 다니다가 토벌대에게 붙잡혀 살해당했다. 김은식은 아버지가 죽을 때 입고 있었던 피에 젖은 옷가지와 독립군 군자금을 모금하러 다니며 적었던 장부책을 보관하고 있었다. 김은식의 여동생 김정순(金貞順, 김백문金伯文)은 이런 이야기를 들려주었다.

"오빠는 아주 어렸을 때부터 아버지가 남긴 유물들을 집에 보관해두었는데, 시도 때도 없이 그것들을 꺼내 만져보면서 '이 피빚은 반드시 받아낼 것이다.'라고 말했다."[78]

오늘의 왕청현 하마탕향 대방자촌(蛤蟆塘鄉 大房子村)에 살았던 김은식과 여동생 김정순, 그리고 외사촌 일가친척 10여 명이 모두 중국공산당 계통의 항일조직에 참가했다. 그 중 가장 유명한 사람은 김은식 외에도 외사촌동생이자 이후 공청단 길동성위 서기를 지낸 이광림(李光林)이었다.

김정순은 2005년까지 살았다. 1937년 항일연군 제3군으로 전근해 제3로군 총지휘를 맡았던 중국인 항일장령(將領, 항일연군 시절 연대장급 이상의 지휘관을 통칭한다.) 이조린과 결혼하여 이름을 김백문으로 고쳤다. 2001년 북경에서 인터뷰할 때, 오빠 김은식 이야기를 들려주면서 아주 흥미로운 사실 하나를 제공했다.

"하마탕에서 소학교를 졸업하고 용정 대성중학교에 입학했던 우리 오빠는 고향마을에서 공부도 많이 한 데다 인물도 어찌나 멋있게 생겼던지 여자아이들까지도 한번 보면 놀라서 눈이 휘둥그레질 지경이었다. 그래서 오빠 별명이 '미남자'였다.
그때 나와 아동단에 함께 다녔던 단짝친구 한옥봉(韓玉峰)이 우리 오빠를 몹시 좋아했다. 후에 우리 오빠가 관보전 부대에 파견받아 갔다가 살해당하는 바람에 한옥봉은

---

78 취재, 김백문(金伯文, 김정순) 조선인, 항일연군 생존자, 항일연군 제3로군 총지휘 이조린(중국인)의 아내, 2005년에 사망했다. 취재지 북경, 왕청, 1998, 2000~2001.

울다가 혼절하여 쓰러지기도 했다. 옥봉이 슬픔을 이기지 못하고 자살할까 봐 우리 집에 데리고 와서 한동안 함께 자고 먹고 했다."[79]

김성주는 한옥봉에 대해 아명은 '옥봉이'였다고 회고한다. 나중에 한성희(韓成姬)로 이름을 바꿨는데, 김은식 뒤를 이어 왕청유격대 제2임 정치위원이 되었던 김성주와 만나면서 그녀는 점차 슬픔에서 헤어날 수 있었다.

그렇다면 왕청유격대 초대 정치위원 김은식은 어떤 연유로 살해당한 것일까? 이야기는 1927년으로 돌아간다. 1927년 10월 3일 용정에서 '제1차 간도 공산당 사건'으로 체포된 당원들의 공판대회를 반대하는 대대적인 시위에 참가했던 김은식은 외사촌동생 이광림과 함께 영안으로 피신했다가 2년 뒤에야 하마탕으로 돌아온다. 이 무렵, 하마탕에서는 왕청현의 첫 중국공산당 조직이었던 하마탕구위원회가 설립되었는데, 조선공산당 출신으로 얼마 전에 중국공산당으로 적을 옮겼던 김상화(金相和, 김재봉金在鳳)가 하마탕구위원회 서기를 맡고 한창 조직을 발전시키던 중이었다. 이때 김은식은 김상화의 소개로 중국공산당에 가입했다.

김상화는 불행히도 이듬해 1931년 1월에 길림군 돈화주둔 제7연대의 왕청 토벌 때 붙잡혀 살해당했다. 후에 김명균이 왕청현위원회로 전근하여 군사부장을 맡고 유격대를 조직하면서 김은식은 초창기 왕청유격대 대원이 되었고 1932년 4월에는 유격대 초대 정치위원이 된다.

한편 관보전 부대가 나자구 쌍하진에서 만주군에게 본거지를 빼앗기고 소왕청으로 온 후, 쌀도 떨어지고 부상자들을 제대로 치료할 수 없자 왕청유격대에 손을 내밀었다. 그러자 신임 왕청현위원회 서기 이용국과 군사부장 김명균이 머

---

79 취재, 김백문(金伯文, 김정순) 조선인, 항일연군 생존자, 취재지 북경, 왕청, 1998, 2000~2001.

리를 맞대고 의논했다.

"관보전 부대를 장악할 좋은 기회가 온 것 같소. 일단 우리 사람을 들여보내는 방법으로 일을 한번 벌여봅시다."

"관보전 본인이 원래 마적 출신인데다 대원 대부분도 마적이나 토비(떼강도), 산적들이어서 구성이 아주 복잡합니다. 섣불리 사람을 들여보내 자기 조직을 개편하려 하면 의심을 품을 것입니다."

김명균이 걱정하자 이용국이 방안을 내놓았다.

"방법이 있소. 먼저 반일회나 부녀회 사람들을 보내 무상으로 도웁시다. 그러면 우리를 믿게 될 것이오."

이용국은 '관영'을 장악하기 위해 갖은 방법을 다했다. 관영이 마촌에 도착하자마자 부녀회 간부 최금숙(崔今淑)을 보내 부상자들을 위문했다. 병사들의 옷가지도 빨아주면서 선심을 베풀어, 관영 중국인 병사들은 최금숙이 데리고 온 부녀회 회원들을 만나면 말끝마다 '따제(大姐, 누님의 중국말)'이라고 부르며 반가워했다.

한편, 6월에 일본군 한 중대가 마촌에서 얼마 멀지않은 대두천(大肚川)에 주둔했는데, 그들이 조만간에 마촌으로 토벌하러 내려올 것이라는 정보를 입수한 관보전은 왕청유격대에 사람을 보냈다.

"분명히 일본군은 마촌을 토벌하러 올 것이오. 우리가 함께 먼저 치는 것이 어떻겠소?"

김명균은 기다리기라도 했던 것처럼 부리나케 응낙했다. 왕청유격대에서는 정치위원 김은식이 직접 홍해일, 원홍권, 장용산, 김하일 등을 데리고 일본군 토벌대를 덕골로 유인하여 관영 매복권 안으로 끌고 들어왔다. 이 전투에서 관보전은 일본군 40여 명을 격퇴하고 크게 고무되어 김은식을 관영 참모장으로 바로 파견해 달라고 요청했다. 이때부터 왕청유격대와 관영은 서로 부딪치는 일이 없이 한집 식구처럼 아주 친해졌다. 이용국과 김명균은 이 상태가 조금 더 지속되면 유격대가 관영을 완전히 장악할 수 있다고 기대했다.

이때 불행하게도 나자구에서 활동 중이던 왕청유격대의 한 중국인 대원이 적구(적이 관할하는 구역)로 정찰을 나갔다가 돌아오는 길에 배가 고파 한 음식점에 들어갔는데, 짜장면 한 그릇을 달라고 해서 먼저 먹고는 값을 치르지 않았다. 가진 돈이 없었기 때문이다.

"나중에 돈이 생기면 와서 갚겠소."

그 대원은 음식점 주인에게 이렇게 약속하고는 유격대로 돌아와 이 사실을 소대장 김명산(金明山)에게 보고했다. 이 이야기는 새로 대대장에 임명된 지 얼마 안 된 양성룡(梁成龍)과 군사부장 김명균에게도 들어갔다.

"나중에 기회가 있을 때 밥값을 가져다주오."

김명균은 대수롭지 않게 대답했으나, 김명균과 같이 보고를 받았던 현위원회 서기 이용국이 이 일을 문제 삼았다.

"영업하는 백성의 음식점에 가서 밥을 먹고 돈을 내지 않다니, 그게 강도와 뭐가 다르겠소? 나중에라도 소문이 퍼지면, 우리 유격대 명예가 손상을 입을 것이오. 반드시 처리하여 군율을 바로잡아야 합니다."

이용국의 명령으로 음식 값을 치르지 않고 돌아온 중국인 대원이 체포되었다. 며칠 뒤에 군사부 주재로 공개 재판이 열려 총살형에 처한다는 소문이 돌자, 그 중국인 대원과 함께 유격대에 입대한 10여 명의 중국인 대원이 밤에 감방을 습격했다가 대대장 양성룡에게 제압당하고 모조리 체포되었다.

이 중국인 대원들은 모두 동북군 출신이었다. 길림성방군 돈화주둔 보안연대 대원들이었는데 만주사변 직후 보안연대가 통째로 일본군에 투항할 때 그들은 부대에서 탈출하여 왕청유격대로 찾아왔다. 그들을 데리고 온 사람은 바로 보안연대 상사반장(분대장)이던 김명산이었다. 그러나 이 사건으로 이들 10여 명이 모조리 처형당했다. 김명산만은 조선인이라는 이유로 가까스로 처형을 면했으나 유격대 소대장직을 박탈당하고 총까지 빼앗긴 상태로 며칠 동안 감금당하는 신세가 된다.

'같은 조선인이라고 믿었던 내가 잘못이다. 저자들이 언젠가는 나도 내버려 두지 않을 것이다.'

이렇게 생각던 끝에 김명산은 밤에 감방 문을 부수고 나와 관영으로 뛰어갔다. 그동안 줄곧 중국인 부대에서 중국인들과 함께 지냈던 김명산은 중국말을 유창하게 했으며 관보전도 김명산을 중국인으로 알고 있었다.

"관 대대장님, 큰일났습니다. 왕청유격대가 중국인 대원들만 골라내 모조리 총살했습니다."

김명산은 중국인 대원 10여 명을 모조리 잃어버린 것이 진심으로 원통하여 엉엉 울음을 터뜨렸다. 그러자 관보전은 대경실색했다.

"그게 무슨 소리냐? 유격대가 웬일로 우리 중국인만 골라내 총살한단 말이냐?"

관보전은 부관을 파견하여 사실을 알아보게 했다. 그는 유격대로 가던 중 일본군에게 붙잡혔다가 다시 관보전에게 돌아와 이렇게 이야기했다.

"공산당이 유격대에서 중국인 대원들만을 골라내 모조리 처형했을 뿐만 아니라 지금 우리 부대를 공격하려고 온 동네 백성들까지 모두 나서서 창과 몽둥이를 준비해 들고 유격대와 함께 동원대회를 여는 중입니다. 그러니 이대로 있으면 속수무책으로 당합니다. 빨리 마촌을 떠나 다른 데로 피해야 합니다."

관보전은 어찌나 놀랐는지 얼굴색까지 새파랗게 질릴 지경이었다. 그래도 의심쩍어 직접 부하 몇을 데리고 몰래 유격대 주둔구역으로 접근해 마촌 백성의 동태를 알아보았다. 아닌 게 아니라 온 동네 백성들이 넓은 공터에 몰려나와 웅성거리고 떠들면서 무슨 행사를 벌이는 것 같았다. 함께 따라온 부관이 계속 관보전 귀에 대고 의심을 부추겼다.

"공산당은 무슨 전투를 벌일 때면 언제나 저렇게 백성들을 모아놓고 한바탕 동원 대회부터 엽니다."

"저자들이 지금 우리를 치려고 저러단 말이지?"

"다른 이유가 있겠습니까. 안 그러면 왜 백성들까지도 창과 몽둥이를 들고 소리치면서 소란을 부리겠습니까?"

"어떻게 하면 좋겠느냐?"

"일이 벌어지기 전에 미리 막는 방법 말고 더 좋은 수가 또 있겠습니까."

이미 일본군의 밀정이 되어버린 부관의 꼬임에 넘어간 관보전은 그길로 돌아오기 바쁘게 유격대에서 파견된 김은식부터 포박했다.

"이 빨갱이 놈아, 사실대로 대라. 너희들 몇은 안에서 내응하고 유격대는 밖에서 우리를 공격하기로 짠 것 아니냐?"

관영에 있느라 유격대의 사정을 알 길 없었던 김은식에게는 청천벽력과 같은 일이었다. 그는 미처 사태를 파악할 새도 없이 처형장으로 끌려 나갔다.

"죽을 때 죽더라도 이유나 알고 죽읍시다. 도대체 왜 우리를 죽이려는 겁니까?"

김은식은 관보전에게 말했다.

"뻔뻔스럽구나. 그래 이 지경까지 왔는데도 끝까지 아닌 척하려는 거냐?"

김은식과 함께 처형장에 끌려 나온 홍해일, 원홍권 등은 서로 마주 바라보며 어리둥절해했다. 유격대 통신요원이었던 김하일이 이때 김명균의 파견을 받고 김은식에게 소식을 전하러 달려왔다가 그만 함께 붙잡히고 말았다.

"하일 동무, 마촌에서 도대체 무슨 일을 벌이고 있는 게요?"

김하일은 기가 막혀 한참이나 말을 못 하다가 가까스로 대답했다.

"김 정위(政委, 정치위원을 간략하여 부르는 호칭), 이건 큰 오해입니다. 지금 마촌에서는 '10월혁명절' 기념행사를 하느라 온 동네 사람들이 거리에 몰려나와 있습니다. 그것을 보고 관 대대장이 오해한 것입니다."

"관 대대장 말을 들어보니 그것뿐이 아니잖소. 우리 유격대에서 중국인 유격대원들만 골라내서 총살했다니 또 무슨 소리요? 도대체 그런 일이 있었소? 없었소?"

김은식은 김하일에게 따지고 들었다. 김하일은 잠시 생각하다가 머리를 끄덕였다.

"네, 그것은 사실입니다."

김은식은 아연실색하여 한참동안 아무 말도 못 했다. 김은식이 뭐라 말하기도 전에 관보전은 김은식 외 유격대 파견대원 4명을 묶어 깊은 산속으로 끌고 들어갔다.

이 일은 1932년 11월 9일에 발생했다. 김하일만 총탄이 급소를 비껴가 어깨를 묶은 포승줄을 끊은 바람에 산벼랑으로 뛰어내려 도주할 수 있었다. 이후 관보전은 이미 일본군 밀정 노릇을 하던 부관과 함께 부대 전체가 일본군 헌병대로 찾아가 투항하고 말았다.

2. 정치위원에 임명되다

한편 김은식이 죽고 나서 왕청유격대는 한동안 정치위원에 임명할 만한 적임자를 구하지 못하고 있었다. 유격대 정치위원이 되려면 정치 사상성도 좋아야 하지만 우선 김은식처럼 중학교 정도의 학력은 있어야 했다. 그리고 구국군이 판을 치고 있는 왕청 땅에서 중국인 못지않게 중국말을 잘하는 것도 필수조건의 하나였다.

하지만 왕청유격대 대원 대부분은 문맹이었고 더더욱 중국말은 할 줄 몰랐다. 한자를 아는 사람도 대대장 양성룡까지 포함해 단 한 사람도 없었다. 이런 상황은 왕청유격대뿐만이 아니었다. 나중에 제3군으로 전근한 김정순은 군부 피복장(被服場)에서 중국인 대원들과 함께 일했는데, 그들도 모두 자기 이름자 석 자만 알 뿐 문맹이었다. 심지어 상부에서 편지를 받아도 무슨 내용인지 알 수 없을 정도였다.

"기가 막힌 것은 우리에게 편지를 전한 군부 유수처(留守處) 교통원도 문맹이어서 편지를 읽을 수 없었다. 하는 수 없이 내가 직접 그 교통원을 따라 군부 유수처까지 왕복 180리 길을 달려가서 편지 내용을 알아오지 않으면 안 되었다."[80]

이처럼 당시 유격대에서는 글 몇 자 읽을 수 있는 소학교 학력자만 되어도 이만저만한 보배가 아니었다. 그러니 간도 지방 항일민족교육의 요람으로 불리는 대성중학교에서 공부했던 김은식 같은 젊은 유격대 간부를 다시 만나기란 결코

---

80 취재, 김백문(金伯文, 김정순) 조선인, 항일연군 생존자, 취재지 북경, 왕청, 1998, 2000~2001.

쉬운 일이 아니었다. 이때 오의성의 구국군에서 선전처장으로 활동하다가 왕청현위원회로 전근해 선전부장을 맡았던 왕윤성이 문득 이용국과 김명균에게 말했다.

"김은식을 대신할 적임자가 하나 있긴 합니다만, 구국군에 연락해야 합니다."

왕윤성의 말에 현위원회 당직자들은 모두 귀가 솔깃했다.

"어떤 동무입니까?"

"아마 나이는 김은식 동무보다 몇 살 어릴 겁니다. 그러나 보통내기가 아닙니다. 공부도 아주 많이 한 젊은 동무입니다."

왕윤성은 바로 김성주를 소개했다.

"그렇다면 김은식처럼 대성중학교에 다녔습니까?"

이렇게 묻는 사람도 있었다. 왕윤성은 웃으면서 머리를 저었다.

"대성중학교가 아니고 길림에서 중국 학교를 다닌 동무입니다. 열세 살에 벌써 조선 독립운동가들이 세운 군사학교에서 공부했고, 후에는 반동군벌에게 체포되어 길림에서 감옥살이도 했답니다."

"아, 그렇다면 나이는 어린데 혁명가로서의 저력은 대단하군요."

"나도 사실은 구국군에서 사업할 때 진한장 동무한테 소개받아 알게 되었습니다. 진한장 동무와는 오래전부터 알고 지낸 단짝친구더군요. 중국말을 어찌나 잘하는지 모르는 사람들은 그가 완전히 중국인인 줄 압니다. 후에 김광진(金光振, 김근(金根)) 동무도 그와 만났는데 아주 높이 평가합니다."

왕윤성이 이때 김근 이름까지 곁들인 것은 이유가 있었다. 1927년 10월에 영안으로 피신했던 김은식을 데리고 다시 왕청으로 나온 사람이 바로 김근이었기 때문이다. 또한 김근은 김명균과 함께 왕청유격대를 조직하는 데 크게 기여한 창건자 가운데 하나이기도 했다. 더욱이 김근은 길림공업학교와 남경대학에서 공부한 간도의 조선인 혁명가 중에서 가장 중국어를 잘하는 최고 학력자였다.

김은식이 대성중학교를 중퇴한 그 이듬해에 대성중학교 교사로 취직한 김근은 1930년 2월에 제자 주덕해(朱德海, 해방 후 중국 연변조선족자치주 제1임 주장)를 데리고 영안으로 갔다. 여기서 그는 중국공산당에 가입했고, 길동국의 파견으로 다시 왕청으로 나와 나자구 군사위원회를 조직하고 중국공산당 왕청현위원회를 도와 유격대 창건 준비 작업을 진행했다.

당초 왕청유격대가 처음 조직되었을 때, 대장과 정치위원을 김명균과 김근이 각각 맡을 계획이었으나 1931년 여름 김근은 길동국의 소환으로 다시 영안으로 돌아가게 되었다. 영안현위원회를 도와 북만노농의용대(北滿老農義勇隊)를 조직하라는 임무를 받았기 때문이다. 이 의용대가 바로 영안유격대의 전신이었다.

김성주가 소만국경으로 왕덕림의 구국군 총부를 뒤쫓을 때, 영안유격대는 김근의 인솔 아래 완완구에서 단산자로 이동했다. 그리고 완완구에 연락원을 한 사람 남겨두고 혹시 김성주가 찾아오면 데리고 단산자 쪽으로 나오라고 임무를 주었다.

한편 1933년 1월 26일, 중국공산당 중앙은 '만주의 각급 당 지부 및 전체 당원에게 보내는 편지(1·26지시편지)'를 발표했다. 강대한 일본군과 싸워 이기기 위해서는 손잡을 수 있는 모든 항일 역량과 손잡아야 한다는 것이 골자였다. 이 편지의 정신에 근거해 동만과 길동 두 지방에서는 거의 동시에 유격대를 확대하기 위해 각지에 흩어져 활동하던 유격대들을 한 곳으로 집중시키고 있었다.

이렇게 되어 이연록의 유격총대는 사충항의 보충연대뿐만 아니라 시세영의 여단과 유한흥의 3연대 잔여 부대를 모조리 통합해 4개의 로군으로 만들었다. 영안현성에서 60여 리 떨어진 단산자에서는 유한흥이 유격총대 부참모장 겸 총교관으로 임명되어 군사 훈련을 진행하고 있었다.

김성주는 끝내 왕덕림을 만나지 못하고 영안으로 돌아오면서 곧바로 왕청의 이광을 찾아가야 하는지 아니면 완완구에서 기다리겠다던 김근에게 가야 하는지 고민했다. 그의 마음은 은근히 주보중, 이연록, 호택민 등이 활약하는 구국군에 남고 싶었다.

그러나 김근이 기다리겠다는 약속이 생각나 하는 수 없이 훨씬 더 먼 길을 걸어 완완구에 도착하니, 김근은 보이지 않고 김근이 남겨놓은 연락원이 김성주를 기다리고 있었다.

"유격대가 모두 단산자로 옮겨갔습니다. 유격총대가 성립되었는데, 단산자에서 부대 편성을 다시 하게 될 것이라고 했습니다."

연락원의 말을 듣고 김성주는 자기도 혹시 길동 지방에 남게 되는 것 아닐까 생각하면서 쉬지 않고 다시 단산자로 향했다. 여기서 김성주의 안도유격대와 김근의 영안유격대는 한동안 함께 훈련을 받았다.

2월에 접어들자 길동지구뿐만 아니라 동만 각지의 당 조직과 당원들에게 중국공산당 중앙의 '1·26지시편지' 정신을 전달하기 위해 유격군은 참모장 장건동(張建東) 한 사람만 영안의 팔도하자(八道河子)에 남겨놓고 이연록, 맹경청, 유한흥 등이 모두 왕청의 마가대툰으로 이동하여 동만특위 지도자들과 만나게 되었다. 그리고 이 일로 먼저 왕청에 파견된 왕윤성이 동만특위 서기 동장영에 의해 중국공산당 왕청현위원회 선전부장으로 임명된 것이다.

동장영은 직접 주보중과 이연록에게 연락원을 보내 유격총대를 이용해 중국공산당이 영도하는 항일유격을 발전시키는 일련의 계획들을 전달하는 한편, 빨리 왕청으로 나와 만나자고 요청했다. 빠른 시간 내에 왕청으로 출발할 준비를 하라고 알려주러 왔던 유한흥에게 김성주는 아쉬운 듯이 말했다.

"유 형, 우리가 구국군 별동대로 편성되는 줄 알았는데 아닌가 봅니다."

"구국군이든 유격대든 다 항일하는 부대이고, 조만간 모두 우리 공산당이 지도하는 부대로 바뀔 것인데 어디에 편성된들 뭔 상관이겠소."

유한흥의 대답은 의미심장했다. 그도 그럴 것이 왕덕림의 구국군에서 가장 반공 입장이었던 사람은 부사령관 공헌영이었고, 가장 친공인 사람은 전방사령관 오의성이었다. 오의성 곁에서 이연록, 호택민, 주보중, 왕윤성, 진한장이 돕고 있었다. 그런데 왕덕림이 공헌영을 데리고 소련으로 건너가 버린 후에는 전투부대에서 사충항, 시세영, 유한흥 같은 작전지휘관들까지 모두 중국공산당 당원이 되었으니, 사실상 구국군은 이미 공산당이 통제하는 부대로 봐야 했다. 실제로 이때 이연록은 유격총대 안에서 대대적으로 당 조직을 발전시켜 구국군 중대 단위의 기층 부대까지에도 당원들이 하나둘씩 들어 있었다.

이렇게 되어 김성주의 구국군 별동대와 김근의 영안유격대는 유한흥과 함께 왕청으로 나와 왕청유격대와 합병하게 되었다. 왕청현위원회 서기 이용국과 선전부장 왕윤성은 직접 김성주를 마중 나왔다. 왕윤성의 추천으로 왕청유격대 신임 정치위원으로 점찍어두었던 김성주 이야기는 날개라도 단 듯 한두 입 건너 이미 왕청 땅 여기저기 퍼졌다. 특히 노흑산을 넘어 소만국경까지 왕덕림의 구국군을 따라가면서 남아서 항일투쟁을 하자고 설득한 일을 전해들은 이용국은 벌써부터 김성주에게 흠뻑 빠져 있었다.

이용국의 부탁으로 직접 김성주를 마중 나온 왕윤성은 왕청 사람이 다 된 듯, 항상 만나는 사람에게 웃음부터 지어보이던 그대로 김성주에게 농담까지 하면서 반갑게 맞았다.

"공부를 하려면 일본으로 가고 흘레브(흑빵)를 먹으려면 소련으로 간다는 말이 있소. 왕청에는 뭐가 있는 줄 아오? 왕청은 떡과 밥으로 유명한 고장이오. '떡밥'을 먹으려면 왕청으로 와야 한다오. 잘 왔소."

"생소한 왕청 땅에서 어떻게 적응할까 걱정했는데, 이렇게 왕윤성 동지께서 먼저 와 계시니 얼마나 안심이 되는지 모르겠습니다."

김성주가 하는 대답에 왕윤성은 손을 내흔들었다.

"그런 말 마오. 여기 왕청 사람들이 모두 성주 동무를 알고 있었소. 김성주라고 부르면 잘 몰라도 오히려 김일성 별동대라면 모르는 사람이 없소. 왕청에는 이광 별동대가 있고 안도에는 김일성 별동대가 있다고 하는데, 솔직히 나도 놀랐소. 내가 보기에는 성주 동무도 이제부터는 이름을 김일성이라고 정식으로 바꾸면 좋겠소. 나도 여기 와서 이름을 마영(馬英)으로 바꿨소. 그러니 이제부터는 나를 마영이라고 불러야 하오."

솔직히 김성주는 왕청에서 왕윤성뿐만 아니라 이광 덕도 톡톡히 봤다. 이 왕청 땅에 김성주를 소개하고 다닌 것은 다름 아닌 사람 좋은 이광이었다.

1932년 10월에 이광 별동대는 초기 12명에서 어느덧 70명으로 늘어나 직접 동장영으로부터 지시를 받았는데, 왕청유격대에 소속되지 않고 동만특위 직속 별동대가 되었기 때문이다. 왕청유격대를 일으켜 세우기 위해 이광과 함께 무기를 구입하고 대원들을 훈련시키면서 앞장서서 불철주야 뛰어다닌 사람들이 아주 많았다. 물론 거기에는 얼마 전 관영 참모장으로 파견되었다가 살해된 김은식 외에도 김호, 양성룡, 장용산, 이응만 같은 사람이 있었다. 그리하여 김성주가 왕청에 도착했을 때, 나자구 거리에는 이광을 생포하면 상금 2,000원, 죽여도 1,000원을 준다는 현상 광고까지 나붙을 지경으로 유명했다. 나중에 김성주는 이용국의 소개로 왕청유격대 대장 양성룡과도 만났다.

어느덧 왕청유격중대는 대원 100여 명의 대대로 늘어났다. 산하 각 중대와 소대들에 이르기까지 중국공산당 당원들을 간부로 배치하려니 당원이 턱없이 모자랐다. 더구나 유격대 경험이 있는 당원은 더욱 없었다.

유격대 내부에서는 김명균이 대대장을 겸하고 이용국을 유격대대 정치위원으로 임명하려 했다. 하지만 100여 명이나 되는 유격대대가 매일 전투해야 하는 마당에 전투 경험이 전혀 없는 이용국을 정치위원으로 임명하는 것이 옳은지 김성도가 이의를 제기해 결정을 내리지 못하고 있었다.

그렇다고 학력이 너무 낮은 사람에게 대대장이라는 막중한 자리를 맡길 수도 없었다. 김명균이 유격대대 안에서 가장 많은 전과를 올린 중대장 양성룡을 대대장으로 추천했을 때도 동장영은 양성룡의 학력부터 궁금해 했다.

"서당에서 이름자 정도는 익혔다고 합니다. 그런데 서당도 얼마 다니지 못하고 그만두었고, 자습으로 간단한 문장 정도는 읽습니다."

"소대장이나 중대장까지는 몰라도 대대장이 되려면 최소한 소학교 정도는 졸업하고 간단한 보고서 정도는 쓸 줄 알아야 하지 않겠소. 대대장은 잠시 군사부장이 직접 겸하시오."

그러나 동장영이 유격대대 정치위원으로 이용국을 추천하자 이번에는 김성도뿐만 아니라 김명균까지 나서서 반대했다.

"전투부대를 따라다니는 정치위원이라면, 작전은 몰라도 최소한 총 정도는 쏠 줄 알아야 하지 않겠습니까. 지금부터 훈련하여 배운다 해도 이용국 동무의 체질이 그것을 당해내겠습니까."

동장영은 생각하던 끝에 만주성위원회를 통해 주보중에게 호택민이나 김근처럼 정치와 군사 모두를 겸비한 사람을 동만에 보내달라고 요청하기에까지 이르렀다. 그 결과 왕윤성이 오게 되었으나, 군사 간부가 아닌 왕윤성은 동장영에게 이실직고했다.

"내가 구국군 전방 사령부에서 일했지만 선전처장이었고 직접 군사작전에 참가한 적은 한 번도 없습니다. 그러나 동장영 동지가 찾는 적임자 하나를 제가 추천해도 되겠습니까?"

그 말에 동장영은 놀랐다.

"아, 그런 사람이 있습니까?"

"동장영 동지와 아는 사이라고 하던데요."

왕윤성이 이렇게 빙빙 돌려가면서 말한 것은 동장영이 스스로 김성주를 떠올리기를 바랐기 때문이다. 동장영은 안경을 추어올리며 한참 생각했지만 끝내 이름을 짚어내지 못했다.

"속 시원하게 제꺽 알려주십시오. 내가 만난 적이 있습니까?"

"글쎄, 그 친구는 동장영 동지와 몇 번 만났다고 합디다. 사실 왕청에서는 이광이 그 사람을 제일 잘 압니다. 둘이 아주 친형제 같다고 들었습니다."

그 말을 듣자 동장영은 철썩 무릎을 때리며 소리쳤다.

"아. 생각납니다. 안도의 별동대장 김일성 동무이지 않습니까!"

"네. 맞습니다. 동장영 동지는 그를 김일성으로 알고 있군요. 김일성은 별명이고 본명은 김성주입니다."

왕윤성이 김성주의 본명을 알려주자 동장영도 알고 있다며 연신 김성주 소식을 물었다.

"본명은 나도 압니다. 작년에 옹성라자회의 때도 만났고, 특위에서 강습반을 조직했을 때도 만났습니다. 참, 그 동무가 지금 영안에 와 있다는 말씀입니까?"

왕윤성은 그간의 정황을 자세하게 설명했다.

"도리대로라면 특위 결정으로 안도유격대는 화룡 어랑촌에 가야 하지만, 구국군 별동대로 활동하다 보니 안도의 우 사령관 부대가 동녕으로 이동할 때 함께 따라왔습니다. 영안에서 김근 동무의 영안유격대와 합류했습니다. 그런데 왕덕림의 구국군 총부가 소련으로 철수할 때 주보중 동지가 성주 동무한테 편지를 주고 왕덕림의 뒤를 쫓아가게 했습니다. 별동대를 데리고 소만국경까지 따라가면서 구국군을 붙잡고 만주에 남아서 같이 항일투쟁을 하자고 설득했다고 합니다. 공부도 많이 했고, 우 사령관의 구국군에서 선전대장도 했으니, 제가 보기에는 동장영 동지가 찾는 적임자일 것 같습니다."

"내가 미처 그 동무를 생각 못하고 있었군요."

동장영은 희색이 만면해서 왕윤성에게 말했다.

"더 이상 의논할 것도 없이 김일성 동무를 왕청유격대의 정치위원으로 임명합시다. 김일성 동무라면 사실 김은식 동무 못지않게 공부도 많이 했고 또 중국말을 우리 중국 사람처럼 잘합니다. 김명균 대장은 양성룡 동무를 추천했습니다마는, 당장 양성룡 동무 말고는 마땅한 적임자가 눈에 띄지 않으니 일단 이렇게 결정하고 봅시다."

1933년 3월, 김성주의 나이 스물한 살 때였다.

3. 한옥봉

왕청유격대는 동만주에서 가장 주목받는 유격대였다. 1931년 1월, 동만의 첫 항일근거지가 오늘의 왕청현 동광진의 소왕청 즉 마촌에서 건립되었고, 이듬해에는 동만특위기관이 왕청으로 이동했기 때문이다. 왕청은 중국공산당 동만주 혁명의 수도라 해도 과언이 아닐 지경이었다. 한다하는 혁명가들이 모두 왕청 땅에 몰려와 있었다.

이처럼 중국공산당 동만특위가 왕청을 중심으로 동만 각 지방의 항일활동을 지도하게 된 이유는 왕청의 지리와 역사를 빼놓을 수 없다. 지리적으로 왕청은 북만주와 인접했고, 구국군이 활동하던 영안, 동녕과 비교적 가까웠다. 또 나자구에서 노흑산만 넘으면 바로 소만국경에 가닿았다. 역사적으로는 홍범도, 김좌진, 서일, 이범석 같은 사람들이 활동했고, 그들이 일본군과 전투를 벌였던 전장이기도 했다.

왕청유격대는 당시 동만주 각지에서 조직되었던 화룡현유격대와 연길현유격대, 훈춘현유격대와 비교해도 가장 전투력이 강했다. 이 유격대는 양성룡의 대대 기간부대와 이광의 별동대가 쌍두마차처럼 두 축을 이루었는데, 1933년 3월에 김성주가 정치위원에 임명되자 이 부대는 온통 조선 청년들의 세상이 되고 말았다.

유격대대 산하 제1중대장은 양성룡이 맡았던 자리였는데 그의 밑에서 소대장으로 있었던 이응만이 이어받았다. 이응만의 소대장 자리는 최춘국(崔春國)에게로 돌아갔다. 제2중대 중대장은 안기호, 제3중대장은 장용산, 그리고 김성주의 별동대와 김근의 영안유격대가 합쳐져 제4중대와 제5중대로 편성되었는데, 제4중대장에는 김근을 따라온 중국인 원지걸(袁志杰)이 임명되었다. 원지걸을 제외하면 제5중대장에 임명된 한흥권(韓興權)까지 모두 조선인 청년이었다.

제일 나이가 많은 중대장은 제3중대장 장용산이었는데, 그는 유명한 사냥꾼이었다. 1903년생으로 대대장 양성룡보다도 오히려 세 살이나 더 많았다. 사냥솜씨가 어찌나 대단했던지 왕청 지방에서는 '밀가루 반죽을 해놓고 밖에 나가단번에 노루 8마리를 잡아다가 수제비국을 해먹을 정도'였다는 이야기도 전한다. 특히 총을 잘 쏘아 '장포리'라는 별명도 붙어 있었다. 보통은 '장포리 형님'이나 '장포리 아저씨'로 불렸다. 이처럼 좌상이었던 장용산이 각별히 김성주를좋아했고, 또 자기보다 훨씬 어린데도 항상 깍듯이 '김 정위'라고 불러 대원들도모두 김성주를 어려워하기 시작했다.

왕청 사람들이 김성주를 '김 정위'로 부를 때는 전임자였던 김은식에 대한 한 없는 추억과 사랑이 묻어났다. 사람들은 자연스럽게 김성주의 일거수일투족을 김은식에게 견주어 보았다. 별명이 '미남자'였을 정도로 왕청 사람들에게 인기 있었던 김은식 못지않게 새로 온 김성주도 만나는 사람들에게 깍듯이 인사했고, 매력적인 청년이었다. 김은식보다 네 살이나 더 어린 데다 아직 미혼에 여자친 구도 없다는 사실은 순박한 왕청 여자들의 마음을 설레게 만들었다.

여자들만 김성주에게 빠진 건 아니었다. 유격대의 젊은 총각대원들도 모두 김성주를 좋아했고 가는 곳마다 그의 주변에서 맴돌았다. 김성주보다 두 살 어 렸던 소대장 최춘국과 동갑내기 한흥권은 원래 새색시보다 더 수줍음이 많은 데다가 김성주의 구국군 활동과 소만국경에서의 이야기를 들었기 때문에 김성 주 앞에서 함부로 머리를 쳐들고 바로 보지도 못했다. 그런 한흥권과 최춘국의 순수한 모습이 특히 마음에 들었던 김성주는 의도적으로 그들에게 접근했다.

1933년 3월, 왕청현 소재지인 백초구(百草溝)에 주둔하던 일본군 수비대와 만 주군 및 무장자위단, 경찰 등 700여 명의 일만(日滿) 군경이 소왕청근거지를 공 격했다. 이들을 물리치기 위하여 김명균이 직접 대대부에 도착하여 양성룡, 김 성주 등 간부들을 모아놓고 대책회의를 열었다. 김성주는 사수평(삼도구) 쪽 지형 을 보러갈 때 한흥권과 최춘국을 굳이 데리고 갔다. 이때 김성주는 한흥권과 최 춘국에게 진심으로 요청했다.

"우리보다 훨씬 강한 왜놈들의 공격을 막아내려면 우리는 정면으로 부딪치면 안 되오. 유리한 지형을 찾아 매복했다가 그들이 매복권 안에 들어오면 갑자기 습격해 이기는 방법밖에 없습니다. 나는 왕청 지형을 잘 모르니 두 분이 나를 도 와주어야겠습니다."

"김 정위 동지, 최선을 다하겠습니다."

대대장 양성룡은 자기보다 어린 대원에게는 모조리 '해라.'로 말하는 습관이 있었다. 양성룡보다 더 나이가 많았던 장용산은 그냥 '해라.' 정도가 아니라 기분이 언짢을 때면 '놈아.' 아니면 '자식아.' 같은 호칭을 쓸 정도였다. 하지만 김성주는 정치위원답게 동갑이건 더 어리건 모조리 존댓말을 써서 호감을 샀다. 한흥권과 최춘국이 수군거렸다.

"춘국아, 다음번엔 우리도 귀동녀 아부지(양성룡)와 장포리 삼촌을 만나면 대대장 동지, 중대장 동지 하며 존댓말로 불러보자. 어쩌나 보게."

한흥권의 말에 최춘국이 머리를 끄덕이면서 말했다.

"그럼 형님부터 내 이름 뒤에다 동무라고 붙이든지 아니면 최소한 소대장이라고 부르십시오."

한흥권도 질세라 말했다.

"그런 소대장 동무는? 소대장 동무도 바로 지금부터 나를 형님이라고 부르지 말고 중대장 동지라고 불러야 하지 않겠소?"

둘이 가까이 들이대 가면서 한바탕 말싸움하는 것을 보자 김성주가 참지 못하고 웃었다. 김성주가 차근차근 설명했다.

"한흥권 동무나 최춘국 동무처럼 두 분이 유격대에도 함께 입대하고 또 친형제처럼 친한 사이라면 사석에서 형님 동생 한들 무슨 문제될 것이 있겠습니까. 그러나 유격대는 전투부대입니다. 유격대에서는 다 같이 혁명동지입니다. 전투임무를 수행할 때는 상급과 하급으로 갈라지며, 명령과 복종이 따릅니다. 만약 구국군처럼 한 고향에서 온 사람들끼리 상하급 관계가 분명하지 않은 채 그냥 '큰형님'이니 '둘째 동생'이니 하면서 아무렇게나 부르고, 명령이 떨어져도 이러쿵저러쿵 거절하고 버티는 일이 생기면 절대로 안 됩니다. 상대방에게 존댓말을 하면 그 존댓말이 그대로 자기에게로 돌아오는 걸 잊지 말아야 합니다."

그러자 한흥권이 갑자기 물었다.

"그러면 김 정위 동지에게도 사석에서는 서로 형님 동생 하며 부르는 친구들이 있습니까?"

"왜 없겠습니까. 나를 친동생처럼 아끼고 사랑하는 사람들이 많습니다. 내가 안도에서 유격대를 조직할 때 참모장이 나에게는 형님 같은 분이었습니다. 그래서 사석에서는 늘 형님이라고 불렀고, 그도 내 이름을 불렀습니다. 어려운 일이 생기거나 힘든 일이 생기면 항상 그와 의논했습니다."

한흥권은 김성주에게 진심으로 말했다.

"언젠가는 나도 김 정위 동지에게 그런 속마음을 터놓는 친구 중 하나가 되고 싶습니다."

"난 우리가 이미 그런 친구가 되었다고 생각합니다."

김성주가 이렇게 허락했어도 한흥권과 최춘국은 끝까지 김성주 앞에서 함부로 말을 놓지 못했다.

셋은 사수평에서 돌아오는 길에 동일촌(同一村)에 있는 한흥권의 집에 들렀다. 동일촌은 최춘국이 어렸을 때 살았던 고향마을이었다. 집에는 어머니와 사촌동생 한옥봉이 살고 있었다.

한옥봉의 아버지 한창섭은 1년 전 대방자반일회 회장이었는데, 아들 한성우와 함께 유격대 군량미를 조달하러 나갔다가 대두천에서 일본군 수비대에 체포돼 살해당하고 말았다. 한성우 아래로 여동생 둘이 있었는데, 한옥선과 한옥봉이었다. 두 자매는 아버지와 오빠의 원수를 갚는다며 유격대에 입대하러 김은식을 찾아갔으나 한옥봉은 나이가 너무 어려 언니 한옥선만 유격대에 입대할 수 있었다.

그러나 입대한 지 한 달밖에 안 되었을 때, 김은식의 왕청유격중대와 이광의 별동대는 대북구에서 일본군 수비대를 저격(狙擊)하는 전투를 벌였다. 이 전투에서 일본군 20여 명을 격퇴하고 탄약 100여 발을 빼앗았으나 불행하게도 한옥봉의 언니 한옥선은 일본군에게 납치되어 쌍하진으로 끌려가서 화형당하고 말았다. 남편과 아들, 딸까지 잃어버린 어머니는 막내 딸 한옥봉을 큰아버지 집에 갔다 오라고 심부름을 시켜놓고는 집에서 목을 매고 말았다.

1918년생으로 열네 살밖에 되지 않았던 한옥봉이었으나 나이에 비해 조숙한 아이였다. 열두 살 때 한옥봉은 단짝친구 김정순의 집에서 처음 김은식을 보았다.

"나 이담에 크면 너의 오라버니한테 시집가고 싶어."

한옥봉이 단짝친구 김정순에게 불쑥 내뱉은 말이었다.

김정순은 한옥봉 이야기를 들려주었다. 1930년 가을에 있었던 일이다. 동갑내기였고 함께 아동단에 가입했던 김정순과 한옥봉은 또 다른 아동단원 한인숙(韓仁淑)과 함께 하마탕향 대방자촌 보안대에 붙잡혔다. 하마탕향 중국공산당 조직에서 이 지방 농민들을 동원하여 '추수폭동'을 일으키려고 김은식의 집에 수차례나 모여서 회의했는데, 이 정보를 알아낸 보갑장(保甲長) 김길송(金吉松)이 대방자촌 보안대에 일러바쳤고 보안대가 김은식의 집을 습격한 것이다. 미리 눈치챈 어른들은 모두 산속으로 피신해 남아서 보초 서던 아동단원들만 붙잡히고 말았다. 김정순은 이렇게 회고한다.

"나와 옥봉이 그리고 한인숙은 보안대 마당에서 죽도록 얻어맞았다. 보안대 사람들은 우리를 땅바닥에 엎드리게 해놓고 몽둥이로 엉덩이를 몇십 대씩 때린 다음 다시 나무에 묶고 고춧물을 억지로 먹였다. 우리 셋은 울기 시작했다. 나는 아무리 때려도 입을 악물고 변절하지 않았다. 보안대가 붙잡으려 한 사람이 바로 우리 오빠였기 때문이다.

한옥봉이 울 때 내가 소곤거렸다. '옥봉아, 너 이담에 크면 우리 오라버니한테 시집가겠다고 했잖니. 저 놈들은 지금 우리 오라버니를 잡으려고 저러는 거야.' 그랬더니 옥봉이도 울음을 딱 그치고 더는 신음소리도 내지 않았다.'[81]

하지만 더는 버텨내지 못한 한인숙 때문에 결국 '추수폭동' 비밀이 새어 나가고 말았다. 보안대는 한인숙이 말한 정보대로 '추수폭동'을 모의했던 중국공산당원들을 모조리 체포했다. 그때 체포된 사람들 중에서 주요 직책에 있었던 세 사람은 간도성 지방법원에서 3년형을 받았다.

김은식도 그때 수배대상이었으나 한옥봉의 아버지 한창섭이 몰래 자기 집 김치움 속에 숨겨주었다. 습기 찬 김치움 속에서 한 달 넘게 숨어 지내다 보니 김은식의 건강은 말이 아니었다. 그러나 김은식은 김치움 속에서도 매일같이 글을 쓰고 삐라를 찍으면서 바쁘게 보냈다. 그 삐라들을 몰래 날라다가 아동단과 부녀회에 전달하는 일은 전부 한옥봉이 맡았다.

그 시절 한옥봉은 매일 김은식과 만날 수 있어 무척 행복해했다. 한 번은 아동단원들과 함께 지주 집 울타리 안에 삐라를 던져 넣다가 지주 집 누렁개에게 다리를 물려 절뚝거리면서 김치움으로 돌아왔다. 김은식이 그의 다리 상처에 헝겊을 감아주자 한옥봉은 자기도 모르는 사이에 엉엉 울음을 터뜨렸다.

"옥봉아, 방금까지도 아프지 않다더니 왜 갑자기 우는 거니?"

김은식이 이렇게 묻자 한옥봉은 결심이라도 한 듯 오래전부터 마음속에 묻어둔 말을 꺼냈다.

"오라버니가 장가 들었을 줄은 생각지도 못했어요."

81　취재, 김백문(金伯文, 김정순) 조선인, 항일연군 생존자, 취재지 북경, 왕청, 1998, 2000~2001.

"아니, 그래서 울었단 말이냐?"

"정순이한테 물어보세요. 난 오래전부터 오라버니한테 시집가는 것이 꿈이었단 말이에요."

한옥봉의 대답에 김은식은 하하 웃음을 터뜨리고 말았다.

"쪼끄마한 게, 너 이제 몇 살인데 오래전부터라니?"

김은식은 친동생 김정순 못지않게 한옥봉도 여간 귀여워하지 않았다. 그가 기타를 치고 노래 부를 때면 한옥봉은 김정순과 함께 곁에서 김은식의 노래를 듣느라 시간이 가는 줄도 모르고 지냈다. 그들 둘은 김치움 속에서 지내던 김은식의 얼굴이 창백한 것을 보고 함께 돈을 모아 뜨개실을 사서 목도리도 뜨고, 허리에 두르는 띠를 만들어 김은식에게 선물하기도 했다.

그러나 김은식이 살해되고 나서 김정순과 한옥봉도 헤어지고 말았다. 중국공산당 왕청현위원회 아동국에서 김정순을 조직적으로 교육하기 시작했던 것이다. 김정순이 목단지(牧丹池)로 옮겨간 뒤 한옥봉도 더는 아동단에 마음을 붙이고 있을 수가 없었다. 그는 다시 유격대를 찾아가 정식대원으로 입대시켜달라고 대대장 양성룡에게 졸랐다. 하지만 사촌오빠 한흥권의 반대에 부딪혔다.

한흥권에게 한옥봉 이야기를 들은 김성주는 아버지와 어머니, 오빠와 언니까지 모조리 왜놈들에게 잃어버리고 고아가 되다시피 한 한옥봉에 대한 연민의 정 때문에 가만히 듣고만 있을 수 없었다.

"올해 열네 살이면, 너무 어린 것도 아니잖습니까. 유격대에서 전투부대에 배치하지 않고 다른 일을 시킬 수도 있잖습니까?"

한흥권이 고백했다.

"사실은 저도 반대지만, 누구보다도 제 어머니가 반대합니다. 옥봉이 그 애 앞에서는 드러내놓고 반대하지 못하고 몰래 나한테 여러 번 부탁했습니다. 옥봉이가 절대 유격대에 참가하지 못하게 해달라고 말입니다. 작년에 그 애 어머니까지 죽고 나서 지금 집에는 그 애 혼자만 남았습니다."

김성주는 벌써부터 얼굴 한 번 본 적이 없는 한옥봉에 대한 연민의 정이 북받쳐 올랐다. 한옥봉이 지금 한흥권의 어머니와 함께 살고 있다는 말에 은근히 만나고 싶은 마음도 간절했다. 한흥권은 집 가까이 다가가자 우렁찬 목소리로 어머니를 불렀다. 그런데 어머니보다 먼저 달려 나온 사람은 바로 한옥봉이었다.

"김 정위 동지, 저 애가 제 사촌동생 옥봉입니다."

한흥권이 소개했다. 한옥봉은 무척 신기한 듯한 눈빛으로 김성주를 바라보았다. 최춘국과는 잘 아는 사이었지만 김성주는 처음 보는 얼굴이었다. 게다가 나이로 보아서는 보총이나 메고 다녀야 할 김성주의 궁둥이에 권총을 담은 목갑이 매달린 것을 보는 순간 한옥봉은 어리둥절해 했다.

"옥봉아, 인사드려라. 새로 오신 우리 유격대 정치위원 동지야."

그 말에 한옥봉은 눈이 휘둥그레졌다. 사실 김은식보다도 더 어려 보이고 더 멋져 보이는 새파랗게 젊은 김성주의 웃는 눈빛을 마주 쳐다볼 수 없어 황황히 고개를 숙여버리고 말았다. 김성주는 한옥봉에게 말을 건넸다.

"옥봉 동무지요? 방금 중대장 동무에게 옥봉 동무 이야기를 많이 들었습니다. 아버지와 어머니, 오빠와 언니의 이야기도 들었습니다. 정말 훌륭하신 부모님과 형제들을 아깝게도 잃었습니다. 마음 아픕니다. 진심으로 위안의 말씀을 드립니다."

그가 정치위원이라는 말을 들은 한옥봉은 제정신이 아니었다.

"유격대 정치위원이라고요?"

"네, 새로 왔습니다. 김성주라고 합니다."

"유격대에 김일성이라는 정치위원 동지가 새로 왔다고 들었는데, 그 정치위원이신가요?"

"네, 김일성은 제 별명입니다."

김성주가 머리를 끄덕이자 한옥봉은 대뜸 김성주에게 매달리다시피 했다.

"정위 동지, 저를 유격대에 입대시켜 주세요."

한흥권이 동생에게 눈을 부릅떠보였으나 김성주는 웃으면서 말렸다.

"중대장 동무, 난 옥봉 동무가 무척 어린 줄 알았는데, 키도 크고 씩씩한 품이 얼마든지 유격대원이 될 수 있다고 봅니다."

김성주의 말을 들은 한옥봉은 온 얼굴에 웃음꽃이 피어올랐다. 그는 부엌에서 밥을 짓는 한흥권의 어머니 곁에서 일손을 돕는 데는 전혀 마음이 없고, 방에서 김성주와 한흥권, 최춘국 세 사람이 주고받는 이야기를 훔쳐듣기에 여념이 없었다. 심지어 밥이 다 되어 어머니가 차려준 밥상을 대신 받아 방으로 들여갈 때는 너무 당황하여 밥상까지 엎지를 뻔했다. 그 바람에 한흥권이 너무 놀라 눈까지 부릅뜨면서 꽥 하고 소리질렀으나 한옥봉은 즐겁기만 했다.

이때 김성주에게 반한 것은 한옥봉뿐이 아니었다. 한흥권의 어머니도 김성주가 김은식 못지않게 미남인 데다가 나이도 더 젊고 또 유격대의 큰 간부인 것을 보고는 조카사위로 삼고 싶었다. 그래서 이것저것 꼬치꼬치 캐묻기 시작했다.

"김 대장은 올해 나이가 얼마신가? 부모님은 모두 살아 계신가? 형제분들은 몇 분이나 되시고? 지금 모두 어디서 살고 계신가?"

김성주는 묻는 대로 하나하나 대답해드렸다. 어머니는 이미 돌아가셨고 어린 동생 둘을 남의 집에 버려두고 왜놈들과 싸우려고 안도를 떠나 왕청까지 오게 되었다는 말을 하자 한옥봉이 참지 못하고 먼저 흐느껴 울기 시작했다. 한흥권의 어머니도 듣는 도중에 연신 눈시울을 적셨다. 이렇게 되자 오히려 김성주가 그들을 달래야 했다.

"그런데 한흥권 동무의 어머니와 옥봉 동무를 보니, 저는 오히려 제 어머니와 동생들을 보는 같아서 기쁩니다. 앞으로 시간이 나면 종종 찾아뵙겠습니다."

한옥봉은 마을 밖까지 김성주를 따라 나왔다. 최춘국은 잠깐 집에 들렀다 오겠다며 자리를 피했고, 한흥권까지도 어머니한테 미처 할 말을 하지 못한 게 있다며 부랴부랴 자리를 떴다. 둘의 뜻을 알아차린 김성주는 말없이 한참 한옥봉과 함께 길을 걸었다.

"날도 어두워져 가는데 너무 멀리 나오는 거 아닙니까? 그만 들어가십시오. 제가 다시 바래다 드려야겠습니다."

한옥봉은 어린 자기에게까지 이처럼 존댓말을 꼬박꼬박 사용하는 김성주에게 어찌나 반했던지 이제는 그만 따라 나오고 돌아가라는 김성주의 옷깃을 붙잡고 애원하듯이 매달렸다.

"오라버니, 저도 지금 유격대에 따라가면 안 되나요? 입대를 허락한다고 했잖아요."

김성주도 그러는 한옥봉을 떼어놓기가 쉽지 않았다.

"옥봉 동무, 유격대에 입대하는 것은 이미 약속했으니 꼭 지키겠습니다. 그런데 지금은 아직 안 됩니다. 왜놈 토벌대가 토벌을 나온다는 정보가 있습니다. 언제든지 전투가 시작되면 철수할 준비를 하고 있어야 합니다."

"저는 총 쏠 줄도 알아요. 오라버니랑 함께 전투에 참가할 수 있어요."

김성주는 다시 옥봉에게 말했다.

"옥봉 동무가 총을 쏠 줄도 안다는 것을 믿습니다. 그런데 지금은 전투 임무가 급합니다. 전투 경험이 많지 않은 여성이 전투부대와 함께 따라다니면 오히려 유격대에 불편을 끼칠 수 있습니다. 제가 약속하겠습니다. 유격대에는 병원도 있어야 하고 또 유격대 전문 후방 밀영도 있어야 해서 여성 대원들이 해야 할 일이 많습니다. 그때까지 조금만 더 기다려주세요."

한옥봉은 비로소 머리를 끄덕였다.

"오늘 한 약속을 잊어서는 절대 안 돼요. 전 꼭 기다리고 있을 거예요."

김성주는 흔쾌히 머리를 끄덕였다.

"그러자면 옥봉 동무도 우리가 다시 만날 때까지 꼭 안전하고 무사해야 합니다. 그래야 장차 유격대에도 입대할 것 아닙니까."

"네, 저도 약속할게요. 꼭 오라버니와 다시 만날 날을 기다릴 거예요."

김성주는 어느덧 발걸음을 다시 동일촌 쪽으로 돌렸다. 한옥봉을 집에까지 데려다주기 위해서였다. 그러고 나서 마을 입구에서 한흥권을 찾았다. 한흥권은 김성주와 옥봉이 단 둘이 있게 하려고 마을 입구에서 장기 두고 있는 노인네들 곁에서 한참 훈수 보고 있다가 뒤에서 누가 와서 허리를 건드리는 바람에 뒤를 돌아보니 김성주가 서 있는지라 깜짝 놀랐다.

"아니, 김 정위 동지 왜 여기에 계십니까? 제 동생은요?"

"집에 데려다주고 오는 길입니다."

김성주는 한흥권에게 재촉했다.

"가서 최춘국 동무도 불러오십시오. 빨리 떠나야겠습니다."

그러자 최춘국이 바람같이 곁에 나타났다.

"소대장 최춘국, 여기 있습니다."

"빨리 갑시다. 어제 회의 때 군사부장 동지께서 오늘밤 유격대대에 들르겠다고 했습니다. 아마 지금쯤 도착했을지도 모르겠습니다. 아까 옥봉 동무 말을 들으니, 여기 구당위원회에서도 모두 철수준비를 하라고 통지했답니다."

그날 밤 요영구 유격대대 지휘부에는 왕청현위원회 서기 이용국과 군사부장 김명균 외 나자구에서 활동하던 이광까지도 직접 별동대를 거느리고 도착했다.

귀틀집 마당에서 양성룡과 한참 이야기를 주고받고 있던 이용국이 김성주가 달려오는 것을 보고 반갑게 손을 내밀며 물었다.

"성주 동무가 요즘 내내 지형을 보러 다닌다면서요?"

"왕청 지방이 익숙하지 않아서 여기 지리를 익히느라고 다니는 중입니다. 그런데 소감이 나쁘지 않습니다. 우리 근거지가 지리적으로 매복전을 펼치기 좋은 곳이 정말 많습니다."

그 말에 이용국은 몹시 기뻐했다.

"마영(왕윤성) 동무가 항상 성주 동무를 문무를 겸비한 인물이라고 그러던데, 참으로 작전하는 데도 자신 있다 그 말이오?"

"유리한 지형을 차지하고 매복전을 펴면 왜놈 토벌대가 천 명이고 만 명이고 와도 모조리 격퇴시킬 자신이 있습니다."

김성주가 자신만만하게 대답했다.

"좋소. 이 말을 들으니 속이 다 든든해지오. 믿음이 생기오."

이용국은 조금 있다가 정식 회의를 시작하면 특위와 현위원회의 결정을 전달하겠지만 일단 왜놈들의 토벌을 막아내고 근거지를 사수하는 쪽으로 이미 결정이 났다고 알려줬다. 회의장으로 들어갈 때 김성주는 뒤에서 양성룡을 붙잡고 잠깐 말했다.

"대대장 동지 용서해주십시오. 대대장 동지도 곁에 계시는데, 어린 제가 중뿔나게 나서서 큰소리를 탕탕 쳐댔으니 정말 죄송합니다."

"아니오, 김 정위가 자신 있게 대답해 이용국 동지가 아주 밝아졌소. 아까는 너무 긴장해 나까지도 다 불안했소."

양성룡은 항상 당당하고 씩씩한 김성주가 무척 마음에 들었다. 또 늘 싹싹하고 예절바른 처신도 양성룡의 호감을 사는 데 큰 역할을 했다. 김성주가 현위원회 간부들만 나타나면 나설 데 나서지 말아야 할 데를 가리지 않고 한두 마디씩 꼭 끼어드는 모습이 눈에 거슬릴 때도 있었지만, 그는 나중에라도 항상 사과하고 양해를 구했다. 때문에 대대장 양성룡은 정치위원 김성주에 대해 이렇게 평가했다.

"그래, 김 정위는 숨길 줄 모르는 밝은 성격이라서 좋은 거야. 속에 묻어두고 꼼지락거리면서 뒤에서 수작질하는 사람보다 김 정위의 이런 성격이 얼마나 좋은가."

4. 요영구 방어전투

1933년 4월 17일, 일본군은 끝내 소왕청 항일유격근거지에 대한 대대적인 토벌을 시작했다. 동원된 병력은 1,500여 명 남짓이었다. 이에 유격군도 대비를 시작했다. 근거지 방어전투의 총지휘는 김명균이 맡았다. 전투부대는 두말할 것도 없이 대대장 양성룡과 김성주가 지휘했다. 양성룡은 주로 1중대와 2중대를 인솔했고, 김성주는 3, 4, 5중대를 인솔했다.

분위기가 고조되면서 토벌대가 거의 같은 시간에 여러 갈래로 나뉘어 소왕청으로 들어오는 뾰족산과 쟈피거우, 마반산 등지에서 모습을 드러냈고 요영구(腰营沟)[82]와 대황왜(大荒崴)[83] 유격구로 통하는 산길에도 토벌대를 실은 자동차가 나

---

82 요영구는 오늘의 중국 길림성 왕청현 중부 계관향(鸡冠乡) 요영구촌 북쪽 당석하자구(塘石河子沟, 오늘의 길흥촌) 사이에 있다. 1931년 가을에 요영구 항일근거지가 창설되었고, 1934년에는 소왕청(小汪清) 구위원회와 왕청현위원회 및 동만특위 기관이 이곳으로 이동하여 이듬해 1935년 3월 근거지가 해산될 때까지 주둔하였다.

83 대황왜는 오늘의 중국 길림성 왕청현 하마탕향 대석촌(大石村) 서쪽에 있으며, 일명 대홍왜, 또는

타났다.

전투는 먼저 소왕청 쪽에서 시작됐다. 근거지 보위전이 개시된 지 이틀째 되던 날, 왕청 1구위원회에 적위대원이 달려와서 토벌대가 요영구 쪽에도 나타났다고 알려왔다.

"아무래도 부대를 나누어 그쪽도 지원해야겠소."

양성룡은 자기가 직접 떠나려고 했다.

"아닙니다. 대대장 동지, 제가 가보겠습니다. 제가 그쪽 지형을 많이 관찰해두었습니다."

김성주가 나섰다. 두 사람은 부대를 갈랐다. 양성룡은 제1, 2중대와 잔류하고 김성주가 장용산의 제3중대와 한흥권의 제5중대를 지휘해 요영구를 지원했다. 한편, 요영구 적위대는 제1구 당위원회 책임자 이응걸의 지휘로 요영구 관문인 대북구 서산고지에서 돌무더기를 쌓아놓고 적들의 차량이 나타나면 돌을 굴려 도로를 막을 준비를 하고 있었다. 이미 이곳 지형을 손금 보듯 알고 있었던 김성주는 이응걸을 만나자 칭찬했다.

"이곳은 그야말로 금성탕지(金城湯池, 방어가 튼튼한 곳)입니다. 여기만 차지하고 있으면 왜놈들이 설사 백 명이고 천 명이고 와도 끄떡없을 겁니다."

오후 3시쯤 되었을 때 일본군을 실은 트럭 2대가 나타났다. 기다리기 갑갑했던 장용산이 참호 밑에 앉아 담배를 태우다가 일본군이 나타났다는 보초소 신호를 받자마자 너무 흥분한 나머지 벌떡 뛰어 일어났다. 그때 돌무더기 곁에 몸

대황왜로 불린다. 여기서는 북한의 김일성 회고록에서 사용한 대로 따랐다. 1934년 초에 소왕청과 왕우구(王隅構)근거지의 지방 당조직 기관과 백성들이 모두 이곳으로 옮겨와 하마탕구위원회 및 하마탕인민정부를 창설하였다. 1935년 2월 상순경 동만특위 및 동북인민혁명군 독립사 사부가 이곳으로 옮겨와 24일부터 3월 3일까지 주요간부 연석확대회의를 개최하였다. 그것이 유명한 '대흥왜회의'다.

을 엎드리고 있던 김성주가 장용산 쪽을 바라보며 낮은 소리로 주의를 주었다.

"중대장 동무, 몸을 낮추십시오. 그리고 진정하십시오."

장용산은 심각하게 굳어 있는 김성주의 표정을 보고 허리를 굽힌 채 다가왔다.

"김 정위 동무, 저놈들이 드디어 나타났군요."

"여기 와서 좀 봐 주십시오. 어디까지 오면 돌을 굴릴까요? 트럭이 두 대뿐입니다. 놈들이 얼마나 될 것 같습니까? 한 놈도 놓치지 않고 모조리 섬멸할 수가 있겠지요?"

전투 경험이 많은 장용산은 재빨리 계산하며 대답했다.

"트럭 하나에 한 20~30명씩 나눠 탔을 테니, 줄잡아 50~60명은 될 것입니다. 김 정위 동지는 돌로 찻길만 막으십시오. 만약 한 놈이라도 살아서 빠져나가면 제가 책임지리다."

명사수인 장용산은 총을 들고 저격하기 좋은 자리를 찾아 참호에서 좀 아래로 떨어진 언덕 쪽으로 내려가면서 부탁했다.

"제가 밑에서 돌을 굴리라고 신호를 보낼 때까지 기다려주십시오."

"네, 그러지요."

김성주는 자기보다 훨씬 매복전을 많이 해본 장용산에게 믿음이 갔다. 그러나 긴장은 풀어지지 않았다. 동만특위와 왕청현위원회가 모두 자리 잡은 왕청에서 만에 하나라도 전투 중에 차질이 생기는 날에는 상상할 수 없는 후환이 빚어질 수 있었기 때문이다.

더욱 중요한 것은 나이도 어린 자기에게 유격대대 정치위원이라는 막중한 직책을 맡겨준 동만특위 서기 동장영과 왕청현위원회 서기 이용국, 군사부장 김명균, 왕윤성 등을 절대로 실망시키면 안 된다는 마음이었다.

"김 정위 동지, 너무 긴장하지 마십시오. 저희가 이런 매복전을 한두 번 경험해봤겠습니까? 장포리 삼촌은 전 왕청 땅에서도 일등 가는 명사수이니 아마 한 놈도 빠져나가지 못할 겁니다."

한흥권이 곁에서 김성주를 안심시켰다. 김성주는 서산고지로 올라올 때 4중대를 남겨 요영구 백성들이 산으로 피신하는 것을 돕게 하고, 장용산의 제3대와 한흥권의 제5중대만 데리고 왔다. 한흥권까지도 이처럼 자신 있게 말하는 것을 보고 비로소 잔뜩 긴장되었던 마음을 풀 수가 있었다. 그때 장용산이 밑에서 돌을 굴리라는 신호를 보내왔다.

"김 정위 동지, 시작합시다."

한흥권은 직접 돌무더기 쪽으로 가서 돌이 흘러내리지 않도록 나무 판때기를 고정시켜둔 끈을 낫으로 끊어버렸다. 돌 구르는 요란한 소리가 울리기 시작하자 몇십 미터 간격으로 달려오던 차 중 한 대는 더 속력을 내 지나가려 했고 뒤따르던 차는 멈춰섰다. 요영구 적위대원들과 5중대 대원들이 일제히 달려들어 있는 대로 돌을 들고 길에 내던지기 시작했다. 김성주는 급히 전령병을 장용산에게로 보냈다.

"3중대는 뒤차를 저격하시오. 한 놈도 도망치지 못하게 하오."

이때 앞차가 길이 막혀 빠져나가지 못하게 되자 차에서 내린 일본군들은 서산고지를 향해 기관총을 쏘아대기 시작했다. 뒤차에서 내린 일본군 20여 명도 도망가지 않고 앞차에 탄 자기 동료들을 구하려고 달려들었다.

"동무들, 한 놈도 놓치지 말고 모조리 섬멸합시다!"

김성주는 권총을 들고 앞장서서 3중대 진지 쪽으로 뛰어내려갔다. 돌을 다 던지고 난 5중대도 한흥권 뒤를 따라 아래로 돌진했다.

차를 방어물 삼아 기관총을 걸어놓고 유격대를 향해 난사하던 일본군은 유격대가 돌진해 내려오는 걸 보면서도 침착하게 반격해왔다. 장용산의 총에 기관총 사수가 둘이나 죽었으나 계속 다른 병사가 기관총을 물려받았다.

유격대 대원들이 화약에 뇌관을 묶어서 심지를 달아 만든 작탄을 몇 개나 뿌렸으나 날아가는 도중에 심지가 빠져버리는 바람에 하나도 터지지 않았다. 보다 못한 김성주가 자기한테도 작탄을 하나 달라고 했으나 장용산이 말렸다.

"김 정위는 이 진지에서 한 발짝도 더 내려가면 안 됩니다. 꼼짝 마십시오."

장용산은 자기 중대에서 병사 둘을 불러 김성주의 좌우를 붙잡고 함부로 진지를 떠나지 못하게 만들었다. 그리고는 아래로 뛰어 내려가려는 한홍권도 불러 세웠다.

"홍권이 이놈아, 너도 꼼짝 말고 엎드려라."

장용산이 꽥 소리치자 한홍권도 움찔하고 멈췄다가 허둥지둥 그의 곁으로 뛰어왔다. 장용산의 손에 이미 작탄 하나가 들려 있었다.

"내가 저 기관총 처치하고 나면 바로 돌격해 나오거라."

장용산은 담배에 불을 붙여 몇 모금 뻑뻑 소리 나게 빨더니 갑자기 차 쪽으로 뛰어가기 시작했다. 그는 뛰어가면서 담뱃불로 작탄 도화선에 불을 댕겼다. 그리고는 도화선이 거의 타들어갔을 때 차에 대고 던졌다. 눈 깜짝할 사이에 '쾅' 하고 작탄이 터지면서 차에 불이 붙었다. 불길이 금방 기름통에 옮겨 붙자 차 뒤에 숨어서 저격하던 일본군들이 뿔뿔이 달아나기 시작했다. 이때다 싶게 유격대원들의 총구가 일제히 그들을 향해 총탄을 내뿜었다. 전투가 진행된 지 불과 30분도 안 되는 순간이었다.

김성주는 이처럼 통쾌하게 전투에서 승리한 적이 한 번도 없었다. 좀 큰 전투라고 해봤자 유본초를 따라 통화로 갔을 때, 양강구 노수하에서 일본군 마차수송대를 습격한 것밖에는 없었다. 그것도 혼자가 아니고 구국군 우 사령관 부대와 함께 치렀던 전투였다. 그때도 구국군이 30여 명이나 죽었고 별동대도 전사자가 3명 있었다.

"우리 동무들의 피해 상황은 어떠합니까?"

김성주는 전장을 수습하기에 여념 없는 장용산을 한참 바라보다가 그에 뒤질세라 죽은 일본군 몸에서 옷가지들은 물론 사루마타(팬티의 일본말)와 양말까지도 모조리 벗겨내고 있는 한흥권을 불러 물었다.

"우리 유격대의 완승입니다. 왜놈 자동차 두 대 파괴, 토벌대는 전원 소멸된 것 같습니다. 시체를 헤아려 보았는데 73구나 됩니다."

"중대장 동무, 그런데 말입니다."

김성주는 한흥권을 한 편으로 데리고 가서 말했다.

"시체에서 사루마타까지 벗겨내는 것은 좀 너무하지 않습니까?"

"김 정위 동지, 우리 근거지 인민들에겐 헝겊데기 한 조각도 모두 소중합니다. 겨울 내내 양말 없이 맨발로 사는 인민들이 아주 많습니다. 저기 보십시오. 양말뿐만 아니라 훈도시(일본 남자들의 전통 속옷)까지 다 벗겨냈잖습니까."

시체를 모조리 발가벗겨서 길가 숲속에 내던진 것을 보고 김성주는 아연해서 한참 아무 말도 못 했다. 이를 제지해야 할지 가만 내버려둬야 할지 잠시 판단이 서지 않았기 때문이다. 나중에 이 사실을 알게 된 동만특위 서기 동장영은 직접 장용산을 지목하여 호되게 꾸짖었다고 한다.

다음 날 대북구 마을에서는 전투 승리를 기념하는 행사가 대대적으로 열렸다. 왕청현위원회 서기 이용국과 군사부장 김명균 등이 모두 마촌에서 올라와 축하 연설을 했다. 소북구 아동단원들도 모두 대북구로 올라왔는데, 아동단지도원 오진우(吳振宇)[84]가 어린이들의 합창을 지휘했다.

오진우의 이때 나이는 열여섯이었다. 〈어린이 노래〉〈소년단 노래〉 등 과거 즐겨 불렀던 노래들을 합창하는 아이들을 보며 김성주는 남의 집에서 눈칫밥 먹으며 살아가고 있을 두 동생 철주와 영주의 모습이 떠올라 자기도 모르는 사이에 눈물이 글썽해졌다.

동만의 평원에서 태어난 우리
꽃처럼 아름답고 향기 뿜는다.
목 놓아 노래하자 꼬마동무들
승냥이 호랑이도 무섭지 않다.
우리네 지도사상 맑스주의다.
시월혁명 따라서면 희망이 있다.

이날 행사지휘를 맡았던 왕청 1구위원회 조직부장 이웅걸은 갑자기 사람들에게 이렇게 제안했다.

---

84 오진우(吳振宇, 1917-1995년) 독립운동가, 북한 정치가. 함경남도 북청의 빈농 가정에서 태어났으며, 1933년 만주로 넘어가 조선의용군에서 항일유격대에 참가했다. 그는 항일 파르티잔 활동 당시 김일성과 연대하여 1938년 동북항일연군 군관으로 복무했다. 1946년 9월부터 중앙보안간부학교 군사부교장이 되었으며, 1948년 2월 조선인민군 창설 이후 조선인민군 제3여단 참모장, 여단장, 제3군관학교 교장, 1950년 한국전쟁 때는 인민군 제43사단장, 최고 사령부부참모장, 제6군단 참모장, 근위 서울 제3사단장이었고, 한국전쟁 후에는 인민군 공군사령부 참모장, 총참모부 부참모장, 민족보위성 차관, 김일성군사종합대학 총장을 역임했다. 1967년부터 인민군 총정치국장, 총참모장, 당중앙 군사위원, 국방위원회 제1부위원장이었다. 1993년 김정일이 국방위원회 위원장이 되면서 제1부위원장이 되었다. 1979년에는 총참모장직에서 물러났으나 1988년 다시 인민군 총참모장이 되었다. 1992년 4월 북한군 역사상 단 세 명밖에 없었던(오진우, 최광, 리을설) 인민군 원수에 가장 먼저 승진하는 등 말년에도 여전히 강한 권력을 유지했다. 사후에는 그가 북한군 인민무력부장으로 있던 기간의 이야기를 다룬 영화 〈백옥〉(상, 하)이 제작되기도 했다. 아들 오일정이 아버지 뒤를 이어 상장으로 군적을 유지하면서 조선로동당 당중앙위원회 군사부장을 역임하고 있다.

"다음으로는 이번 요영유격구 방어전투를 승리로 이끈 용감한 유격대 대장 동무와 정치위원 동무가 한 곡씩 부르는 것이 어떻겠습니까?"

그러자 마을 사람들에게서 댓바람에 환호성이 터져 올랐다.

"좋소. 그러는 게 좋겠소."

"성주 동무, 무슨 생각을 하고 있소? 빨리 나서지 않고."

이용국이 재촉했고 이웅걸은 한술 더 떴다.

"오늘 양 대장이 참가하지 못했으니, 김 정위가 양 대장 몫까지 몇 곡 더 불러야 합니다."

그때 아동단원들이 오진우 뒤를 따라 김성주에게 몰려왔다. 아이들은 자기들 형님같아 보이는 젊은 김성주가 어른 유격대대에서도 높은 간부라는 사실에 호기심을 금치 못했다. 특히 오진우는 김성주가 허리에 느슨하게 맨 권총 담은 목갑을 만져 보고 싶어 죽을 지경이었다. 몇 번이나 오진우 손이 목갑 쓰다듬는 걸 눈치 챈 김성주는 그를 돌아보며 빙그레 웃었다.

"얘, 총을 차고 싶으면 너도 유격대에 입대하면 되잖으냐."

"몇 번이나 신청했는데 나이가 어리다고 받아주지 않습니다. 김 정위께서 저의 입대를 허락해주십시오."

"그러면 나이 되기를 기다렸다가 입대하면 되잖으냐."

"나이가 돼도 안 받아줄 것 같습니다."

오진우의 입이 한 치는 튀어나오며 불평했다. 알고 보니 그동안 오진우는 대대장 양성룡의 집까지 찾아가서 유격대에 들어가겠다고 애를 먹인 것이다. 처음에는 나이 되면 보자고 대답했는데, 계속 찾아와 빨리 입대시켜달라고 조르는 통에 나이 되어도 안 받아준다고 해버렸던 것이다.

"그건 또 왜냐? 이유가 있을 것 아니냐?"

"키가 너무 작다고 핑계 대지 않겠습니까. 그렇지만 보십시오. 내가 어디 너무 작습니까? 그래도 총대보다는 더 크잖습니까."

오진우는 유격대가 전투에서 노획해 땅바닥에 모아놓은 일본군 3·8식 보총한 자루를 주워 들고 자기 키에 댔다. 총신이 그의 턱 밑에 바짝 닿는 것을 보고 김성주는 황망히 그 총을 빼앗았다.

"얘, 진우야. 총구를 함부로 갖다 대면 안 된다."

아이들이 몰려들어 유격대가 노획한 총들을 만져보기도 하고, 일본군 철갑모를 주워 들고 머리에 써보면서 떠들어대는 것을 보고 이응걸이 부녀회 여성 몇을 데리고 왔다.

"김 정위가 노래 부를 차례인데, 빨리 나서지 않고 뭐하십니까?"

김성주는 오진우 손에서 빼앗은 총을 세워 짚고 마을 사람들에게 말했다.

"왜놈들과 싸워서 이긴 기쁜 날이니 좋습니다. 저도 혁명가를 부르겠습니다. 그런데 혁명가에도 어린이 노래가 있고 소년단 노래가 있으며 또 여성 노래도 있는데, 어느 쪽을 부르면 좋겠습니까? 요청하시는 대로 부르겠습니다."

그 말이 떨어지자마자 몇몇 부녀가 제일 먼저 말했다.

"김 정위, 그럼 우리 여성 노래를 먼저 불러주세요."

"여성 노래도 많습니다. 제가 모르는 노래가 없으니 제목을 말해주시면 불러보겠습니다."

보조개를 보이며 웃는 김성주에게 감탄하는 여인도 있었다.

"젊은 유격대장, 참 키도 크고 잘생겼구나. 뉘 집 사위가 되려나."

한 여자가 말했다.

"그럼 〈여자해방가〉부터 먼저 불러주세요."

김성주는 싱글벙글 웃으면서 노래는 부르지 않고 계속 이야기를 했다.

"여자해방가는 두 가지가 있습니다. 제가 조선혁명군에서 배운 노래에도 〈여자해방가〉가 있는데, 장춘과 길림 지방 우리 동포들은 〈여자해방가〉라 하지 않고 〈월선의 노래〉라고 합니다. 동만주에 나와 누님들이 부르는 노래를 들으니, 제목만 다르지 같은 노래였습니다. 그 노래부터 먼저 불러보지요."

오빠의 얼굴은 시들어지고
나의 가슴 속에도 불이 붙노라.
원쑤의 돈 300원에 몸이 팔려
사랑하는 오빠여 날 살려주오.
하늘의 한 개 별도 자유가 있고
땅 위의 일년초도 자유가 있다.

김성주는 〈월선의 노래〉부터 한 가락 뽑았다. 이 노래는 가락이 쓸쓸했다. 이 노래 말고도 많은 노래를 김성주에게 가르쳐준 사람은 남만청총 시절 김성주가 친형처럼 믿고 따랐던 김근혁이었다. 김근혁에겐 일본에서 유학하고 돌아올 때 갖고 온 기타가 있었는데, 아무 때라도 김근혁 집에 들르면 늘 기타를 부둥켜안고 있었다.

"성주야, 어서 와서 이 노래를 좀 들어 봐줘."

김근혁은 며칠 전 써둔 시에 곡을 달아보고 있다면서 김성주를 붙잡고 앉아서는 딩딩당당 기타 줄을 잡아뜯어가면서 한바탕 노래를 불렀다.

"형님, 혼자서만 기타 타지 말고 나한테도 좀 가르쳐주십시오. 형님이 써놓은 노래를 기타로 반주해보겠습니다. 그리고 내가 부르는 노래도 들어보십시오."

김성주는 이렇게 김근혁을 구슬렸고 결국 기타를 배웠다. 그러나 김근혁이 만든 노래 대부분은 반주 없이 그냥 손만 흔들어도 리듬이 척척 쉽게 묻어나왔다. 그 가운데 김성주가 가장 좋아하는 노래는 바로 김근혁이 작사 작곡한 그 유명한 〈결사전가〉였다.

우리는 만주에 붙는 불이요
종제(철쇄)도 마사내는(부수다는 뜻) 붉은 망치라.
희망봉의 푯대는 붉은 기요
외치는 구호는 투쟁뿐이라.
계급치는 소리에 목이 쉰 우리
우리의 피땀 빨아먹던 그놈들과
마지막 맹렬한 결사전으로
우리의 대오를 빽빽이 하자.
무기를 잡아라 외로운 자여
멍에를 벗으라 종 된 자들아

이날 행사가 끝날 때 이웅걸은 유격대원 전체가 함께 이 노래를 부르자고 요청했다. 유격대원들뿐만 아니라 마을 사람 모두가 함께 이 노래를 불렀다. 그러나 이날 김성주가 별 생각 없이 〈여자해방가〉를 부르면서 조선혁명군에 있을 때 배운 이 노래 제목이 원래는 〈월선의 노래〉였다고 소개한 것 때문에 아주 불안한 눈길로 김성주를 지켜본 사람들이 있었다.

5. '따거우재' 이용국

그들은 바로 이용국과 김명균이었다. 두 사람중 왕청현위원회 서기였던 이용국은 키가 커서 별명이 '따거우재(大个子)'였고 군사부장 김명균은 키가 작아서 '쇼거우재(小个子)'[85]로 불리기도 했다. 문제는 최근 두 사람이 동만특위 서기 동장영과 특위위원 겸 왕청현위원회 선전부장 왕윤성에게 각각 불려가 심각한 담화를 나누었다는 사실이다.

심사를 진행한 동장영과 왕윤성은 중국인이었고, 심사를 당한 김명균과 이용국은 조선인이었다. 동장영과 왕윤성은 마치 짠 것처럼 이용국과 담화할 때는 주로 김명균에 대해 따졌고, 김명균과 담화할 때는 주로 이용국에 대해 따졌는데, 그들이 연루된 문제, 특히 이용국 문제는 간단치 않았다.

사건은 1933년 3월로 거슬러 올라간다. 당시 이용국은 왕청현과 연길현 접경지대, 오늘의 연길시 의란진 의란향 경내의 한 산간에서 이 지방 당조직 확대회의 사회를 보고 있었다. 그들이 회의 장소로 쓴 빈 집은 산삼 캐러 다니는 사람들이 임시로 지은 산막보다 좀 더 크게 만든 토벽집이었는데, 앞문만 있고 따로 뒷문이 없는 집이었다.

이날 토벌대 병영이 있는 구룡촌에서 그리 멀리 떨어지지 않은 이 빈 집에 수상한 사람들 10여 명이 들어갔다는 정보를 입수한 일본군 토벌대가 불시에 달려들었다. 너무 갑작스럽게 발생한 일이라 회의 참가자 13명 전원은 속수무책으로 이용국 얼굴만 쳐다보았다. 밖에서 구룡촌 경찰서의 중국인 경찰 몇이 토벌대와 함께 와 중국말과 조선말을 번갈아하며 소리쳤다.

85　꺽다리라는 뜻의 '大个子'와 땅딸이라는 뜻의 '小个子'를 중국말로 발음하면 각각 '따꺼즈'와 '샤오꺼즈'이지만, 당시 중국말을 잘 못했던 조선인들은 '따거우재', '쇼거우재'라고 했다. (일러두기 참조)

"집 안에 있는 사람들은 빨리 밖으로 나오라."

"도망치거나 반항할 생각 마라. 너희가 안에서 회의하고 있다는 걸 우리가 알고 있다."

회의 참가자들 얼굴이 사색이 되었다. 이때 이용국은 참가자들 가운데 밀정이 있음을 직감했으나 당장 그것을 따질 형편이 못 되었다. 그는 창밖을 살피면서 참가자들에게 말했다.

"뒷벽을 밉시다. 토벽이라 쉽게 넘어갈 것이오."

13명이 힘을 합쳐 일시에 토벽을 밀었다. 쿵 하는 소리와 함께 벽이 무너져 내렸다. 이용국은 사람들과 집을 빠져나와 뒷산으로 내달렸다.

이용국은 왕청으로 돌아온 후 자발적으로 동장영을 찾아가 이 사실을 보고했다. 동장영은 듣고 나서 별로 의심하지 않고 무사히 돌아왔으니 다행이라고만 한마디했다. 그때 누구보다도 이용국을 잘 알고 또 이용국을 믿어야 하는 사이였던 조직부장 김성도가 갑자기 따지고 들었다.

"이보게 용국이, 난 통 이해할 수 없네. 토벌대가 총도 쏘지 않고 또 뒤쫓아오지도 않았단 말인가? 어떻게 열세 명 중 한 사람도 다친 데 없이 모조리 살아서 무사히 빠져나올 수가 있었나. 여기에 혹시 왜놈들의 무슨 작간 같은 게 있는 것 같지는 않나?"

이용국은 김성도와 친한 사이라 깊이 생각하지 않고 사실대로 솔직하게 대답했다.

"나도 처음에는 참가자들 중에 밀정이 있는 건 아닌가 의심했습니다. 하지만 다시 생각해보니 밀정이 정말 있었다면, 그때 도망쳐 나오지 못하고 잡혔을 것입니다."

"왜놈들이 밀정을 박은 목적이 자네가 아니라 특위일 수도 있지 않겠나? 다시 생각해보니 맞네 그려. 그래서 열셋이 모조리 살아서 빠져나올 수 있었던 것 아니겠나. 이 열세 명 가운데 밀정이 있다고 보네. 이 정황을 보고하지 않으면 안 되네."

김성도는 이용국과 한참 조선말로 주고받다가 동장영에게 중국말로 자기 생각을 털어놓았다. 그러자 동장영과 왕윤성도 모두 얼굴빛이 심각하게 굳어지기 시작했다.

"내가 깜빡했소. 조직부장 동무가 문제의 본질을 제대로 파악했소. 하마터면 큰일 날 뻔했구먼. 빨리 이 13명을 격리 조치하시오. 이용국 동무가 책임지고 반드시 밀정을 찾아내야 합니다. 이것은 당의 임무입니다."

동장영은 몹시 놀랐다.

"마영 동지, 내가 잠깐 소홀했던 것 같습니다. 최근에 발생한 여러 정황들을 종합해보면 아무래도 민생단(民生團)[86]이 우리 왕청에 침투한 것이 틀림없습니다. 이번에 발생한 이용국 동무의 일도 결코 우연이 아닙니다."

동장영은 따로 왕윤성과 머리를 맞대고 앉아 주고받았다. 왕윤성도 머리를 끄덕였다.

"다행스러운 것은 그래도 김성도 동무가 문제의 본질을 귀신같이 파악해냈으니 말입니다만, 저들이 자기들끼리 조선말로 주고받을 때는 무슨 말을 하는지

---

86 민생단(民生團)은 1932년 2월 동만주에서 조직된 친일 반공 조직이나 그곳 조선인들이 강력하게 저항하자 7월에 해산했다. 하지만 일제 관동군은 민생단 조직원들이 중국공산당 동만특별위원회와 유격대에 잠입한 것처럼 꾸며 조·중 연합을 분열시키려 하였다. 이에 수많은 조선인이 민생단, 즉 일제 밀정 또는 간첩으로 의심받아 살해되었다. 민생단사건(民生團事件)은 일제강점기 1932년부터 1937년까지 만주에서 조선인과 중국인에 의해 자행된 조선인 학살 사건이다. 일본제국 관동군은 동만주의 조·중 연합 세력에 조선인 밀정을 잠입하게 하여 항일유격대와 공산주의 세력, 중국공산당 조직과 대중단체 등 조·중 연합을 분열하게 하려고 획책했고, 수많은 조선인이 중국인과 같은 조선인들에게 일본제국 밀정이라고 의심받아 살해되었다. 당시 '민생단'은 일제 밀정, 또는 간첩으로 인식되었다.

한마디도 알아들을 수 없으니 좀 께름칙합니다."

"생각해보십시오. 민생단이 왕청이라고 침투하지 말라는 법이 어디 있겠습니까. 민생단 소리가 퍼진 게 작년 겨울 일이라면서요? 올해 들어 화룡에서도 벌써 난리가 아닙니까."

왕윤성은 다시 동장영에게 말했다.

"일단 하나 물읍시다. 서기 동무는 만약 따거우재 동무가 데리고 온 13명 가운데 밀정이 나오지 않는다면 누가 밀정이라고 봅니까?"

"그것이 무슨 뜻입니까? 그렇다면 따거우재 동무가 밀정일 가능성이 있다는 말씀입니까?"

"제 뜻은 따거우재가 밀정이라고 판단하려는 게 아니라 그에게 밀정 찾을 시한을 정하자는 것입니다. 계속 잡아내지 못하고 있으면 어떻게 하겠습니까?"

왕윤성의 말에 동장영도 머리를 끄떡였다.

"이 일은 조직부장 동무와 의논해보고, 그에게 시키겠습니다."

"나는 이 두 사람이 개인적으로도 친하다고 들었습니다. 그리고 군사부장 쇼거우재 김명균이 따거우재와 굉장히 친한 사이인 것도 왕청 사람들이 다 잘 압니다."

왕윤성의 말에 동장영은 점점 사태가 심각하다고 느꼈다.

"일단 빨리 밀정부터 잡아냅시다. '무를 뽑으면 흙이 묻어나온다[拔出萝卜帶出泥]'는 말이 있듯이, 밀정만 잡아내면 밀정과 연루된 자들의 면면도 모두 드러날 것입니다. 이는 우리 당의 생사존망과 관계된 문제입니다."

동장영은 왕윤성에게 이렇게 부탁했다.

"마영 동지는 군사부장과 이야기를 나눠보십시오. 따거우재 동무의 이번 일을 예로 들면서 그가 어떤 반향이 보이는지 한번 관찰해 주십시오. 나도 따로 따거우재 동무와 만나 김명균 동무에 대한 견해를 청취해 보겠습니다."

의심에 절은 두 사람 눈빛은 똑같았다. 그렇다고 밀정이 쉽게 잡혀 나올 리 없었다. 실제로 그때 이용국과 함께 왕우구 산간 빈 집에서 탈출했던 13명 가운데 밀정이 없었을지도 모른다. 그런데도 동장영 등 중국인 간부들은 필연만 믿었다. 우연이란 것은 세상에 존재하지 않는다고 생각했다.

더구나 이때 특위 특파원으로 직접 화룡에 다녀온 김성도는 민생단이 반드시 존재하며, 화룡에서 이미 여럿을 발견했다는 조아범(曹亞范)의 말을 믿었다. 그는 조아범과 함께 중국공산당 화룡현위원회 '민생단청산위원회'라는 지도부를 조직하고 왕청으로 돌아온 지 얼마 안 되었다. 정작 이 위원회에 화룡현위원회 서기 김일환(金日煥)이 들어가지 못하고 대신 화룡현유격대 정치위원 김낙천이 들어간 것은 동만특위 순찰원으로 화룡현 어랑촌에 와서 유격대 사업을 지도하던 조아범이 일방적으로 결정한 것이었다.

조아범은 김일환을 의심했다. 그는 조선인 대부분을 의심했다. 그때 자신의 말을 잘 듣고 무슨 일이 있으면 곧장 달려와 누가 어디서 방귀 뀐 일까지 하나도 빼지 않고 시시콜콜 보고하는 김낙천을 자기 눈과 귀로 삼았지만, 결국 김낙천도 역시 조선인이라는 이유 때문에 역시 민생단으로 의심받고 결국 처형당하고 말았다. 화룡에서 오랫동안 활동한 조아범은 자신의 중국공산당 입당 인도자나 다를 바 없는 화룡현위원회 제1임 서기 채수항 한 사람만 믿었고, 그 뒤 후임 서기들은 하나도 믿지 않았다는 설이 있다. 그런데 아이러니하게도 채수항 역시 조선인이었던 것이다.

1931년 12월, 옹성라자회의 직후 화룡으로 돌아와 유격대를 조직하기 위해 불철주야 뛰어다니던 채수항은 항상 같이 다니던 경위원과 함께 오늘의 용정시

백금향(龍井市 白金鄉) 함박골 주변에서 너무 배가 고파 한 농가로 찾아들어갔다가 불행히도 이 농가 앞을 지나던 평두산 자위단원 4명과 마주쳤다. 그들도 물을 얻어 마시려고 불쑥 농가로 들어오는 길이었다. 채수항은 맨 먼저 들어오던 자위단원을 공격하여 넘어뜨리고는 밖으로 달려나갔으나 자위단원들이 뒤쫓아 오면서 쏜 총에 그만 다리를 맞고 고꾸라졌다.

채수항은 먼저 쓰러진 경위원이 땅바닥에 떨어뜨린 권총을 주워들었으나 애석하게도 총을 다룰 줄 몰랐다. 방아쇠를 당겨도 총탄이 나가지 않아 낑낑대고 있을 때, 자위단원이 덮치며 개머리판으로 그의 머리를 내리쳤다.

"이름을 대라. 네가 덕신사 사장이었던 채수항 맞지?"

자위단원은 채수항을 나무에 묶어놓고 따졌다. 덕신사란 오늘의 용정시 동성 용진 금곡촌(金谷村)을 말한다. 채수항이 금곡촌에 살며 덕신사 사장도 겸한 적이 있었기 때문이다.

"성씨가 뭐냐? 이름은 어떻게 부르냐?"

"내 성은 '공 씨'요."

아무래도 빠져나가기 어려운 걸 알게 되자 채수항은 체념하고 당당하게 자기 신분을 드러냈다.

"공 씨라니? 허튼소리는 말아라. 네가 채 씨인 걸 화룡 바닥에 모르는 사람이 있는 줄 아느냐?"

"내 이름은 공산당이오."

그러자 자위단원들은 채수항을 발로 걷어차고 귀뺨을 때리면서 한참동안 폭행했다. 채수항의 다리 총상에서 피가 계속 흘러 잠시 후 실혈성 쇼크가 왔다. 그가 정신을 잃자 자위단원들은 그대로 버려두고 가다가 혹시라도 그가 다시 살아나면 보복당할 일이 걱정되자, 다시 돌아와 채수항을 죽여 버렸다. 시체는 평두산에서 달자로 가는 길가에 던져버렸는데, 나중에 금곡촌 사람들이 발견하여 마을에 싣고 와서 염습했다.

채수항이 죽었다는 소식을 들은 조아범은 너무 울어서 한동안 두 눈이 부어 있었다. 그 뒤 화룡현위원회 제2임 서기로 공청단 연길현위원회 서기 허호림이 임명되었으나 그도 얼마 못 가 간도 일본총영사관 경찰에 검거되었다. 일본은 그를 서대문형무소로 이송했으나 경성지방법원에서는 증거 불충분으로 석방했다. 그는 차표 살 돈이 없어 서울을 며칠 동안 떠돌아다니며 빌어먹다가 용정총영사관에서 파견한 고등계 주임 최창락과 순사 윤춘렬에게 붙잡혔다. 그들이 의논했다.

"이자는 틀림없이 공산당인데 경성법원에서는 무죄라고 내놓으니, 차라리 용정으로 데리고 가서 우리가 직접 처치해야겠어. 다시 끌고 갑세."

허호림은 이 둘에게 끌려 다시 용정으로 돌아오다가 열차가 회령을 지날 즈음 감시가 소홀한 틈을 타 갑자기 창문을 열어젖히고 밖으로 뛰어내렸다. 열차를 멈추기엔 최창락의 직급이 너무 낮았다. 결국 두 사람은 눈을 뻔히 뜨고 바람같이 사라져버린 허호림의 뒷모습만 바라본 꼴이 되었다. 허호림은 내달리다 말고 돌아서서 최창락과 윤춘렬에게 손까지 흔들어 보였다는 이야기가 전해진다.

허호림이 실종된 동안에 동만특위에서는 '꼬마 레닌'이라는 별명으로 불렸던 연길현 왕우구 사립 왕동소학교 교장 출신 김철산을 제3임 서기로 파견했는데, 그도 얼마 못 가 역시 일본군의 토벌로 죽고 말았다. 허호림도 살아서 다시 화룡현위원회를 찾아왔으나 서기직에 복직하지 못하고 안도현 처창즈 일대로 파견되었다가 1934년 5월에 있었던 일본군 토벌로 죽고 말았다.

김철산 뒤를 이어 제4임 서기가 된 사람은 유명한 〈기민투쟁가〉를 작사 작곡

한 최상동(崔相東)이었다. 1901년생으로 어렸을 때 러시아에서 살았던 그는 '레마커(列馬克, 레닌과 마르크스, 엥겔스를 한꺼번에 부르는 합성어)'라는 별명이 붙었을 정도로 새빨간 사람이었다. 최상동은 1932년 12월, 화룡현 유격대들을 어랑촌에서 모두 합병하여 화룡현 유격중대와 어랑촌 유격근거지를 만들어냈다.

어랑촌근거지를 소멸하려고 일본군은 삼도구와 투도구, 이도구, 용정 등지에서 모은 300여 명의 연합토벌대로 공격해왔다. 최상동은 이때 유격중대 대원들과 포위를 뚫었지만 뒤쫓아온 토벌대의 총검에 등을 찍혀 그만 죽고 말았다. 1933년 2월 12일 일이다.

한편 조아범이 의심했던 김일환은 화룡현위원회 제5임 서기였다. 김일환은 오랫동안 채수항 밑에서 최상동 등과 함께 일했다. 1931년 12월 옹성라자회의 때 채수항과 함께 안도에 가서 김성주와 만난 적 있었고, 돌아온 후에는 바로 달라자 구위원회 서기로 활동하면서 산속에 병기공장을 만들었다. 유명한 '연길작탄'이 바로 여기서 생산되었다.

김일환 밑에서 일했던 사람 가운데는 김성주 부대로 옮겨와 활동한 사람들이 아주 많았다. 김일환이 직접 병기공장 책임자로 임명했던 박영순뿐만 아니라 유명한 연극 〈혈해지창(血海之唱, 피바다)〉을 집필해 무대에 올렸던 김성주 부대의 '대통 영감'[87] 이동백도 김일환 밑에서 우복동 구위원회 서기직을 맡았던 사람이

---

87 이동백의 별명을 '대통 영감'으로 부르게 된 이유가 김일성 회고록 『세기와 더불어』 제4권 12장(광복의 새봄을 앞당겨) 5절(조국광복회)에 자세하게 소개되어 있다.
  "이동백은 그 파란 많은 과거사에 종지부라도 찍듯이 대통에 써레기담배를 재워 넣었다. 그는 담배를 지독하게 피웠다. 때로는 마상행군길에서도 대통을 꺼내 물었다가 애 어린 전령병들의 핀잔을 받곤 하였다. 그럴 때면 노염을 탈 대신 '이 정신 봐라. 행군 때 담배를 피우면 멀리 있던 개들까지 불러온다는 걸 또 잊었군.' 하고 변명삼아 웅얼거리며 대통을 덧저고리 주머니에 집어넣곤 하였다. 그는 담배를 절대로 종이에 말아 피우는 법이 없었다. 꼭 대통으로만 피웠다. '대통 영감'이란 별명

다. 그 연극 주인공 중 하나인 갑순이의 원형 김혜순(金惠順)도 화룡현위원회 아동국장이었다.

그뿐만 아니었다. 김일환은 온 집안이 모두 중국공산당에 참가했다. 부모도 당원이었고, 동생 김동산도 유명한 적위대원이었다. 조카 김선옥(金善玉, 가명)은 훗날 김성주 부대에서 '청봉의 꾀꼬리'로 알려진 대원이며, 아내 이계순도 김성주 회고록에서 '달비' 추억으로 유명한 화룡현 출신 여성 혁명가였다. 김일환과 이계순의 딸 김정임(어렸을 때 이름은 김정자)은 북한 당역사연구소 부소장으로 근무하기도 했다.

이런 김일환이 민생단으로 의심받기 시작한 것은 바로 최상동이 총검에 찔려 죽었던 어랑촌근거지 보위전투 직후부터였다. 현위원회 서기였던 최상동 밑에서 조직부장을 맡았던 김일환과 군사부장을 맡았던 황포군관학교 출신 방상범은 그 이전에도 회의 도중에 토벌대의 습격을 여러 번 받았다. 그때마다 아들 김일환이 걱정된 어머니 오옥경이 직접 망을 보아 김일환은 한 번도 토벌대에 당하지 않았다.

1932년 10월 22일, 약수동 상촌의 화룡현위원회 임시사무실에서 회의하던 중, 일본군 수비대와 경찰이 동시에 들이닥쳤으나, 김일환의 어머니가 뛰어와 알렸기 때문에 회의 참가자 일행이 뒷문으로 빠져나가 조밭 속을 헤치고 달아난 적도 있었다.

하지만 조아범은 김일환과 담화할 때마다 따지고 들었다.

"어떻게 당신이 참가한 회의는 토벌대가 아무리 달려들어도 매번 무사한지 설명해보시오. 당신이 없었던 회의에서는 대부분 체포되거나 희생되었소. 이 문

도 그런 연유로 해서 생긴 것이었다."

제를 어떻게 이해해야 합니까?"

김일환은 어떻게 대답하면 좋을지 몰라 한동안 우물쭈물하다가 가까스로 이렇게 설명했다.

"문제를 이런 식으로 해석하는 법이 어디 있습니까? 군사부장 방상범 동지가 보초선을 잘 만들었으니, 적정을 미리 통지받을 수 있었던 것 아닙니까."

조아범은 이런 대답을 기다리기라도 했던 것처럼 몰아세웠다.

"그렇다면 좋습니다. 최상동 동지와 유격대장 김세 등이 모두 희생된 어랑촌 근거지 보위전투 때는 보초선이 잘 만들어지지 못했습니까? 그때 방상범 군사부장이 직접 유격대실에 같이 있지 않았습니까. 이 문제도 한번 설명해 보시오."

김일환은 대답할 말이 없어 입을 다물고 묵묵히 앉아 있었다. 그날 포위 때 방상범이 직접 이끈 한 갈래가 방상범의 군사 경험 덕분에, 짚가리에 불을 질러 연기 때문에 앞뒤 분간이 안 되는 틈을 타서 어랑촌 서쪽 뒷산언덕으로 귀신같이 달아나는 데 성공했던 건 사실이었다. 하지만 방상범도 눈먼 총탄에 맞아 근거지 밖에서 죽고 말았다.

조아범은 김성도에게 김일환과 아내 이계순의 관계를 험담하기까지 했다.

"우리 중국 속담에 자고로 '친구 아내는 건드리지 않는 법[朋友妻朋不可欺]'이라고 했습니다. 아무리 최 서기가 살아계실 때 그들의 결혼을 주선했어도, 분명 자기 비서이자 친구의 아내였는데, 둘이 덜컹 결혼해버렸습니다."

한번 미워지니 모든 것이 눈에 거슬렸던 모양이다.

이렇게 연길현에서부터 불어온 민생단 바람이 제일 먼저 번진 곳은 바로 화룡현이었다. 특위 조직부장 김성도는 화룡현위원회 조직부장 이동규에게 부탁했다.

"내가 화룡에 왔다가 그냥 빈손으로 돌아갈 수는 없지 않겠소. 당신이 나를 도와 다만 한둘이라도 민생단을 잡아내야 내가 특위에 돌아가 동장영 동지한테도 보고할 수 있을 게 아니겠소."

이동규는 김성도가 하도 재촉해대는 바람에 직접 어랑촌 당지부 성원을 모두 모아놓고 화투짝 맞추듯 한 사람, 두 사람씩 이름을 불러가면서 누구한테 민생단 낙인을 찍어야 하나 고민했다. 그때 몇몇 이름이 오르내렸는데, 방승옥(몽기동 사람), 이명배(당지 적위대원), 이화춘(평강구 사람), 안학선(삼도구 사람) 등이었다.

결국 먼저 잡혀 나와 총살까지 당한 이화춘과 최병도는 모두 죄 없는 사람들이었다. 이화춘은 별명이 '흰 두루마기'로 1932년 봄 '춘황투쟁' 때 평강구 농민협회 책임자였던 사람으로, 그의 중국공산당 입당 소개인이 바로 김일환이었다. 이렇게 되어 김성도가 화룡에서 돌아온 후 얼마 지나지 않아 김일환도 화룡현위원회 서기직에서 제명당하고 말았다. 조아범은 이런저런 이유를 대가면서 그가 아무 일에도 손대지 못하게 만들었다.

"처창즈에는 이미 박덕산(김일) 동무 부부가 들어가 있습니다. 김일환 동무도 가족을 데리고 처창즈로 들어가십시오. 그 일대에는 구국군이 여러 갈래로 나뉘어 있으니 김일환 동무가 가서 그들을 장악해주시오."

이때 김일환의 친구 박덕산은 가족을 데리고 처창즈로 들어가 활동하고 있었다. 김일환도 아내 이계순과 조카 김선옥까지 데리고 그곳으로 옮겨갔다. 그는 이 씨라고 가명을 쓰며 화안(和安) 동쪽 골짜기에 있는 중국인 지주 집 대장장이로 들어가 잠복했다.

이때 처창즈에서 조직된 첫 당 조직 책임자도 김일환이나 박덕산 대신 그곳에서 몰래 아편농사를 짓던 이억만(李亿万)이 임명되었다. 이듬해 1934년 11월, 김일환은 결국 이 자의 손에 잘못 걸려들어 끝내 살해당한다.

이렇게 시작된 민생단 바람으로 김일환이 화룡현위원회 서기직에서 제명될 때와 거의 동시에 이용국도 왕청현위원회 서기직에서 해임당했다. 김일환은 그런대로 평당원 신분으로 처창즈로 옮겨가서 계속 일했으나, 이용국은 그날 대북구 마을에서 진행된 요영구유격구 방어전투 승리 기념 경축행사에 참가했다가 돌아온 다음 감금되고 말았다.

6. 동만특위 마영

김성주는 이용국이 마촌 앞 리수구 골짜기에서 감시를 받아가며 귀틀집 만드는 일을 하고 있다는 소식을 들었다. 그를 만나려 했지만 현위원회 간부 이건수에게 제지당했다. 이건수는 이용국 뒤를 이어 현위원회 서기에 오른 김권일(金權一)에게 이 일을 일러바쳤고, 김권일이 그길로 김성도에게 달려가 일러바쳤다. 김성도는 '구루메가네'를 벗고 솜덩어리로 눈구멍의 고름을 찍어내면서 중얼거렸다.

"아니, 유격대 정치위원이라는 사람이 근거지 방어에도 바쁠 텐데, 무슨 시간이 있다고 민생단과 만나려 한단 말이오?"

김성도는 벌써부터 이용국을 이름 대신 민생단이라고 불렀다. 그는 사사건건 자기한테 달려와 일러바치는 김권일을 나무랐다.

"그렇게도 머리가 안 돌아가오? 만나게 하지, 왜 막았냐는 말이오."

"네? 그게 무슨 말씀입니까? 만나게 해야 한다는 겁니까?"

"일단 두 사람을 만나게 하고, 그들이 무슨 이야기를 주고받는지 엿들었다면 훨씬 더 좋았을 것 아니겠소. 지금 유격대 방어 임무가 무척 긴박할 때인데, 그 동무가 유격대에 있지 않고 여기까지 민생단을 보러왔으니, 과연 아무 이유도 없겠소?"

김성도가 하는 말을 듣고 김권일은 다시 물었다.

"그럼 지금이라도 만나게 할까요?"

"이미 만나지 못하게 했다고 하지 않았소? 그가 돌아갔소? 아니면 아직도 거기 있소?"

"아직 돌아가지 않은 것 같습니다."

"그렇다면 좋소. 권일 동무가 먼저 김일성한테 물어보오. 민생단과 만나려는 목적이 무엇인가 말이오. 내가 동장영 동지한테 알리고 될 수 있으면 모시고 가 보겠소."

이건수가 김권일을 데리고 다시 리수구골에 나타났을 때, 김성주는 이미 이용국이 일하는 마당에 들어가 이용국과 마주 서서 이야기를 나누고 있었다. 김성주가 타고 온 말이 보초선 밖에 서 있고, 보초병이 보이지 않자 이건수는 허둥지둥 마당 안으로 달려들어 보초병을 찾았다.

"아니 이런, 보초병! 보초병!"

김성주가 일어서며 이건수에게 손짓했다.

"보초병이 여기 있습니다."

"아니, 현위 서기한테 보고하겠다고 하지 않았소. 이렇게 마음대로 들어와서 사람을 만나면 나더러 어떻게 하라는 거요?"

이건수가 나무라자 김성주는 해명했다.

"어제까지 우리 현위원회의 서기였던 분인데, 하루아침에 민생단이라면서 만나지 못하게 하면 어떻게 합니까? 사정이라도 좀 알고 갑시다."

이때 이건수 뒤에서 김권일이 불쑥 나타나는 바람에 김성주는 급히 일어서며 다시 해명했다.

"리수구에 유격대 활동실을 짓는다는 말을 듣고 그냥 한번 들른 것뿐인데 그만 서기동지에게까지 심려를 끼쳐드렸습니다."

"그냥 그것뿐이오?"

김권일이 묻는 말에 이용국이 대신 대답했다.

"김 정위는 유격대 활동실이 언제쯤 완공되냐고 물으면서 여기저기 좀 돌아본 것밖에 없소."

"그렇다면 나도 좀 물어봅시다. 과연 언제쯤 완공할 수 있겠소?"

"이제 이삼 일이면 완공할 수 있을 것 같습니다."

"그러자면 빨리 일을 서둘러야 할 것이 아니겠소. 이렇게 얘기하면서 시간 때우고 있어야 되겠소."

김권일의 곱지 않은 말에 이용국은 두말없이 돌아서서 일하러 가며 김성주에게 한마디 더 했다.

"유격대 활동실을 아주 멋지게 지어놓을 테니, 김 정위는 안심하고 돌아가 일을 보시오."

이용국이 일하러 가자 김성주도 서둘러 떠나려 했다. 그때 김권일이 말했다.

"조직부장 동지도 아마 여기로 오실 것이오. 김일성 동무한테 묻고 싶은 말씀도 있다던데, 만나 뵙고 가는 것이 어떻겠소?"

김성주는 말고삐를 잡다 말고 돌아서서 불쾌한 눈길로 김권일과 이건수를 바라보며 한마디했다.

"그새 달려가서 조직부장 동지께 말씀드렸습니까?"

김권일이 대답도 하기 전에 벌써 김성도의 목소리가 들렸다.

"김일성 동무는 나를 만나기 싫은가 보구면?"

김성도 뒤에는 동장영의 차가운 안경알도 빛을 번뜩거렸다. 김성주는 황망히 달려가 두 사람에게 경례를 붙였다.

"서기 동지, 조직부장 동지, 안녕하십니까?"

동장영이 경례를 받고 나서 다가와 다시 악수를 청했다.

"자세한 이야기는 사무실로 가서 이야기합시다. 내 그렇잖아도 시간 내서 김 정위를 만나러 요영구에 한번 올라가보려고 했소. 유격대 임무가 엄중해서 불러 오기도 그랬고, 여기도 그동안 좀 복잡한 일이 많았소. 오늘 이렇게 뜻밖에도 스 스로 와주었구면. 이용국 동무를 만나러 왔다면서? 무슨 중요한 일이라도 있었 던 게요?"

김성주는 잔뜩 긴장했다. 김권일과 김성도가 자기가 온 것을 동장영에게까 지 알려 여럿이 불쑥 나타난 것이 여간 불안하지 않았다. 그래서 다시 한번 둘 러댔다.

"사실은 유격대원들 군복이 너무 낡아서 너덜너덜합니다. 그래 좀 의논해볼 까 하고 군사부장 동지를 찾아오는 길이었는데, 여기 와서 군사부장 동지께 여 러 문제가 제기되고 심사받고 있다는 소리를 듣게 되었습니다. 그래서 고민이 되어 그냥 돌아가려다가 유격대 활동실을 짓는다는 소리도 들었던 게 생각났습 니다. 어느 정도 완공되었는지 궁금해 들렀는데, 이용국 동지와도 만나 몇 마디 인사 정도 나누게 되었습니다."

이때 김성주는 이용국과 주고받은 대화는 일절 입 밖에 꺼내지 않았다.

사실 그때 이건수가 데리고 있던 보초병은 중국말을 전혀 알아듣지 못했고, 김성주가 유격대 정치위원이라는 것만 알고 있었다. 그래서 이건수가 김권일에 게 달려간 사이, 사정을 모르는 보초병은 김성주가 마당으로 들어와 이용국과 만날 수 있게 해준 것이다. 당시 김성주는 이용국에게 몇 가지 궁금한 것들을 물 었다.

"이용국 동지, 근거지 내에 소문들이 난무하고 있습니다. 나도 궁금한 것이 있으면 참지 못하는 사람입니다. 몇 가지만 묻겠으니 해명해 주시기 바랍니다. 첫째는 의란구에서 당 비밀회의를 하다가 포위당했지만 한 사람도 체포되지 않고 모조리 탈출해서 돌아온 것이 왜 문제가 되고 죄가 되느냐는 것입니다. 그래서 탈출한 사람들 가운데 반드시 밀정이 있다고 하니 도무지 이해할 수 없습니다. 둘째는 왜 당 회의를 매번 거기서 했는가입니다. 한두 번도 아니고 여러 번이라고 합니다. 이런 문제가 해명되면 이용국 동지 문제도 쉽게 해결되지 않겠습니까?"

이런 질문에 이용국은 긴 한숨만 내쉬었다.

"방금 성주 동무가 질문한 처음 문제 말이오, 특위에서는 나한테 시간까지 정해주면서 밀정을 찾아내라고 했소. 정한 시간이 다 되었지만 내가 찾아내지 못하자 결국 이렇게 된 것 아니겠소."

이용국은 두 번째 질문에는 쉽게 대답하려고 하지 않았다. 나중에 알게 된 사연이지만 소왕청근거지가 성립되기 전 왕청현위원회 기관은 왕청현과 연길현 접경지대에 있는 의란구 산골에 자리 잡았고, 현위원회 부녀위원으로 활동하다가 토벌당해 죽은 이용국의 아내 김영식의 장지(葬地)도 바로 그 골짜기에 있었다.

"이용국 동지, 제가 특위위원 마영 동지와 정말 친한 사이입니다. 이 억울한 사연을 마영 동지께 말씀드려 볼까요?"

김성주가 불쑥 이렇게 묻자 이용국은 그의 손을 잡고 당부했다.

"안 될 소리요. 난 김 정위가 순수하고 정의로운 사람이라는 걸 잘 아오. 그러나 이번 일은 함부로 나설 문제가 아니오. 연길과 화룡에서 이미 얼마나 많은 사람이 민생단으로 몰려 처형되었는지 모르오. 괜히 나 때문에 전도창창한 김 정위가 연루되면 안 되오. 난 나 자신을 믿듯이 당 조직도 믿소. 당 조직에서 반드시 나의 청백함을 믿어줄 것을 기다리는 중이오. 그러니 함부로 나섰다가는 오히려 문제가 더 복잡하게 번질 수도 있음을 잊지 마오."

그러면서 이용국은 김성주에게 몇 가지 주의도 주었다.

"지금부터 하는 내 충고를 명심하고 각별히 조심하시오. 이는 내 교훈이기도 하오. 실례를 하나 들겠소. 저번 요영구 전투승리 기념행사 때 김 정위가 불렀던 노래 말이오. 조선혁명군에서 배운 것이라며 불렀던 노래 있잖소. 〈여자해방가〉면 그냥 〈여자해방가〉지 굳이 다른 데서 배운 노래인데 원래 제목은 〈월선의 노래〉라고 밝히며 말하는 습관을 꼭 버려야 하오. 그런 것이 긁어서 부스럼 만드는 것이오. 아무것도 아닌 일을 문제 삼아 더 큰 문제로 만들어낼 줄 아는 사람들이 우리 현위원회에도 있고 특위에도 있소. 그러니 정말 조심하오."

이어 이용국은 김성주에게 이렇게 주의를 주었다.

"성주 동무가 마영 동지와 '정말' 친한 사이라고 하는 것처럼, 사실 나도 조직부장 김성도 동지와 누구보다도 '정말' 친한 사이었소. 그는 어찌 보면 내 혁명 스승이기도 하오. 내가 봉림동에서 살 때 바로 김성도 동지의 도움으로 야학도 꾸렸고 나중에는 봉림동 특별당지부도 만들었소. 그런데 지금 보시오. 누구보다도 나를 잘 아는 분이 지금은 오히려 나를 더 민생단으로 몰아붙이고 있다오. 그래서 하는 말인데, 성주 동무는 동장영 등 중국 간부들이 있을 때, 곁에 김성도 동지 같은 우리 조선인 간부들이 함께 있어도 절대 따로 조선말로 대화하지 마오. 그분들이 설사 중국말이 서툴러도 조선말로 하지 마오. 단 한 사람이라도 중국인 간부가 그 자리에 있다면, 성주 동무는 끝까지 중국말로만 대화해야 하오. 내 말 뜻 알겠소? 성주 동무는 누구보다도 중국말을 잘하고 또 중국글도 잘 쓰니 얼마나 좋소."

이용국의 이 충고를 김성주는 심각하게 받아들였다. 이때부터 김성주는 동만 특위나 왕청현위원회 중국인 간부가 있는 자리에서는 조선인 간부들과 대화하더라도 조선말로 말하지 않았다.

동만특위 사무실에 도착하자 동장영은 민생단과 관련한 문제가 무척 엄중하다도 강조했다. 이것이 어떻게 파생되었고 또 어떻게 발견되어 여기까지 오게 되었는지 김성주에게 설명했다. 그는 연길현위 서기 한인권(韓仁權, 한범韓范)에게서 직접 보고받은 이른바 '송노톨사건'을 한참 이야기하다가 김성도에게 말했다.

"참, 조직부장 동무가 직접 송노톨을 심문했으니, 설명해 주시오."

11장
반민생단투쟁

"조선인들을 동원해서 조선인들을 잡는다는 소립니까?
아니면 중국인과 조선인을 이간시킨다는 소립니까?"
"더 정확하게 표현한다면 공산당 손을 빌어서 공산당을 잡는 것이지요.
즉 공산당 내의 중국인 손으로 공산당 내의 조선인을 잡자는 것입니다."

1. 송노톨사건

1932년 10월 연길현에서 발생했던 '송노톨사건'의 당사자 송노톨은 수염이 많아 생긴 별명이다. 별명만 '노톨'이지 사실 나이는 30대 안팎이었고, 연길현 노두구(老頭溝)위원회 비서였다.

그는 2개월 전인 8월경, 연길 헌병대에 체포되었다가 불과 7일 만에 풀려 나왔다. 자기 말로는 탈출했다고 하나 앞뒤 말이 잘 맞지 않고 수상한 점이 적지 않았다. 그렇다고 당장 무슨 문제를 집어낼 수도 없어 당시 연길현위원회 서기 한인권은 일단 송노톨의 비서직을 정지시키고 그를 연길현 농민협회에서 꾸리는 〈농민투쟁보〉사에 내려 보냈다. 거기서 인쇄소 일을 하게 하면서 계속 조사하는 한편, 상급 당위원회에서 새로운 결정이 내려질 때까지 기다리게 했다.

그런데 2개월 뒤인 10월 16일, 일본 헌병 고노(小野, 상등병)와 통역관 주모(周某) 등 3명이 나무꾼으로 위장하고 유격대근거지를 향해 오다가 삼도만 대동구 당 지부의 파견으로 노두구 매봉산 부락으로 모금하러 갔던 연길현유격대 장총분대와 맞닥뜨리게 되었다. 이 장총분대 분대장은 최현(崔賢)이었는데, 본명은 최득권으로 1945년 광복 이후 북한으로 돌아가 민족보위상과 인민무력부장 자리에 올랐고, 오늘날 북한의 최고인민회의 상임위원장에 올라 있는 최룡해의 생부이다. 뒤에서 계속 이야기하게 될 인물이므로 여기서 자세한 소개는 생략한다. 최현은 이 일과 관련해 회상기를 발표했다. 최현 외에도 1962년까지 생존했던 당시 삼도만 대동구 당지부 서기였으며, 이후 북한노동당 평양시위원회 위원장이자 노동당 중앙조직부장을 지낸 김경석(金京錫)[88]도 회상기에 이렇게 썼다.

"최현이 마상대를 멘 위에 덧저고리를 쓰고 민간인으로 가장한 다음 설렁설렁 고노 일행에게 접근하여 둘을 쏘아 죽이고 하나만 산 채로 붙잡아 왕우구로 압송했다."[89]

격살당한 사람은 일본 헌병 고노였고, 사로잡힌 사람은 통역관 주모였다. 심문과정에서 주모는 토벌대의 파견으로 유격구 군사약도를 그리러 왔다고 자백했다.

"에잇, 더러운 왜놈의 개야."

---

88 김경석(金京錫, 1910-1962년) 북한 정치가. 함경북도 성진에서 출생했다. 1932년 김일성 항일유격대 가담, 1948년 3월 북조선노동당(북노당) 중앙위원 (제2차대회), 1950년 10월 사단정치부 지휘관, 1953년 7월 노동당 검열위원회 부위원장, 1956년 4월 노동당 중앙위원(제3차대회), 1957년 8월 최고인민회의 제2기 대의원, 9월 동 상임위원회 위원, 1958년 10월 당 중앙위원회 부장, 1960년 5월 평양시당 위원장, 1961년 9월 당 중앙위원(제4차대회), 1962년 10월 최고인민회의 제3기대의원 등을 지냈다. 이해 11월에 사망했다.

89 김경석, "혁명의 위기를 한 몸으로 막으시여", 『항일빨치산 참가자들의 회상기』, 16집.

최현이 당장이라도 때려죽일 것처럼 욕설을 퍼붓자 주모는 무서워 혼비백산할 지경이었다.

"분대장 동무, 그냥 죽여 버리고 맙시다."

한 사람이 이렇게 말하자, 주모는 다급하여 최현에게 애걸했다.

"당신네 연길현위원회에 송 영감이라는 비서를 좀 만나게 해주십시오."

"네가 어떻게 송 비서를 아느냐?"

"그분이 헌병대에 체포되었을 때 내가 통역했습니다. 혹시 유격대에 잡힌다면 자기를 찾으라고, 자기가 꼭 도와주겠다고 약속했습니다."

최현은 주모 말을 듣고 부쩍 의심이 들어 부하 대원이었던 류삼손(柳三孫, 류경수柳京洙)에게 주모를 꽁꽁 묶게 하여 유격구로 데리고 왔다. 보고를 받은 한인권은 의란구유격대 정치위원 이상묵(李相默)과 함께 직접 주모를 심문했는데, 주모가 이렇게 간청했다.

"저를 죽이지 않는다고 약속하면 모든 것을 다 말씀드리겠습니다."

"좋다. 사실대로 대라. 그러면 목숨만은 보장하마."

왕우구 유격근거지의 최고위 간부였던 한인권이 이렇게 약속하니 주모는 비로소 술술 털어놓기 시작했다.

"사실 송 영감은 헌병대에서 '탈출'한 것이 아니고 근거지로 돌아가 민생단을 조직하라는 헌병대의 요구대로 하기로 약속하고 풀려나왔던 것입니다."

한인권은 사태가 심상치 않다고 보고 이상묵에게 당장 송노톨을 잡아가두게 하고 자신은 특위기관이 있는 의란구 고성툰으로 달려갔다. 마침 동장영의 방에 화룡현위원회에서 조아범이 직접 보낸 통신원이 와 있었다. 통신원은 한인권과도 잘 아는 사이였다. 한인권이 연길현위원회로 오기 전 화룡현위원회에서 선전부장으로 일했기 때문이다.

한인권은 1901년생으로 연길현 용신구 조양향(勇新溝 朝陽鄕)에서 태어났다. 1928년 화룡현에서 반일운동에 참가했고, 1931년 11월에 화룡현위원회 선전부장에 임명되었다. 한 달 뒤인 12월에 연길현위원회 선전부장으로 전근되었다가 이듬해인 1932년 7월에는 연길현위원회 서기가 되었다.

"한범(韓范, 한인권의 별명) 동지 마침 잘 왔습니다. 그러잖아도 부르려고 했습니다."

동장영은 화룡현위원회에서 보내온 정보를 한인권에게 보여주었다.

"화룡유격대가 대회동에서 일본 헌병 몇 명을 생포했는데, 그자들의 입에서도 역시 연길현위원회 비서 송 영감 이름이 나왔소. 송 영감을 만나면 죽지 않는다고 했다고 합니다. 여기 청산(靑山, 조아범의 별명) 동무가 보낸 편지가 있으니 직접 읽어보십시오."

한인권이 편지를 다 읽자 동장영은 재촉했다.

"송 영감을 빨리 체포해야 하지 않겠습니까."

"그러잖아도 제가 이미 사람을 보내 도망가지 못하게 붙잡아 가두라고 했습니다. 저도 사실은 이 일 때문에 달려온 것입니다."

한인권은 헌병대 통역관 주모를 사로잡아 유격구로 데려온 일을 이야기하면서 동장영과 함께 주모의 진술 내용을 한참 논의했다.

"헌병대에서 송 영감을 놓아줄 때, 우리 유격근거지로 돌아가 민생단을 조직하라고 했답니다. 이게 무슨 소릴까요? 민생단은 사무소도 다 폐쇄되었고 올 여름에 이미 망했다고 하지 않았습니까? 그렇게 들었는데, 어떻게 민생단 소리가 다시 나온 걸까요? 그것도 우리 유격구 안에다 다시 조직하겠다는 소리 아닙니까?"

동장영도 민생단을 전혀 모르지는 않았다.

동장영이 1931년 12월에 동만주 특위서기로 임명받고 내려온 지 얼마 안 되었을 때의 이야기다. 간도 지방에서는 민생단(民生團)이라는 친일 민간단체가 한창 조직되고 있었다. 조선에서 민족 개량과 자치론을 주창하며 일본에 협력하던 조병상(曺秉相), 박석윤(朴錫胤), 김동한(金東漢), 이인선(李仁善) 등 친일 인사들은 만주사변이 일어난 직후인 9월 26일에 용정으로 왔다. 그들은 일본의 만주 침략이 간도 지역에 사는 조선인의 권익을 확보하기에 좋은 기회라며 선동하고 다녔다. 그들은 김택현(金澤鉉), 이경재(李庚在), 최윤주(崔允周) 등 간도 지역 친일계 민회 인물들과 접촉해 민생단 설립을 협의했다. 그리하여 10월 7일 조병상, 박석윤, 이경재, 최윤주, 김택현 5명을 대표로 오카다 겐이치(岡田兼一) 일본총영사에게 민생단 설립 허가를 신청하고 준비했다. 1932년 2월 15일 민생단이 정식으로 설립되었는데, 발기자 명단이 1,252명이나 되었다.

민생단은 설립 취지문에서 '40만 재만 동포의 생존권 확보와 확충'을 위해 노력한다는 목표를 내세웠고, '자위와 자율, 자립'의 권리를 확보해 '이곳에 자유 낙토를 건설하자.'고 주장했다. 그리고 '산업인으로서의 생존권 확보, 독특한 문화의 건설, 자유천지의 개척'을 3가지 강령으로 내세웠다. 처음에는 단장이 공석이었고 부단장으로 과거 '대한국민회(大韓國民會)' 총무를 지냈던 한상우(韓相愚)를 선출했다. 그러다가 3월 5일, 뒤늦게 일본육군사관학교 출신 박두영(朴斗榮)이 단장으로 취임했다. 진치업(陳致業), 이인구(李麟求), 전성호(全盛鎬), 조두용(趙斗容) 등이 핵심 간부로 활동했고 연길, 화룡, 왕청, 훈춘 등 네 현에 지단(支團)을 설치했다.

민생단은 '간도에 있는 모든 단체의 중앙기관'임을 자처하며 설립되었지만, 일본군의 만주 침략을 환영하는 순회강연단을 각 지역에 파견하고 선전문을 살포하는 등 일본의 만주 침략과 지배를 옹호하는 친일기관으로 역할했다.

이들이 조선인뿐만 아니라 중국인의 공노를 사게 된 것은 간도 조선인 자치를 주장하며 1932년 3월 1일 세워진 만주국에 간도를 특별자치구로 설정해달라고 일본에 청원했을 뿐만 아니라 만주국에 반대하여 싸우던 중국인 항일 무장 투쟁 세력을 모조리 '비적'으로 규정하고 그에 맞설 무장자위단까지 조직하려 했기 때문이다. 이러한 민생단의 활동은 간도 지역 이주민 내부에서 항일과 친일 세력의 갈등을 더욱 격화시켰다.

결국 항일투쟁의 하나로 '주구(走狗, 앞잡이) 청산운동'이 전개되었고, 각지에서 민생단에 가입한 인물들을 살해하겠다는 위협과 몰매 등이 있었다. 많은 사람이 민생단에서 탈퇴하자 민생단은 결국 폐쇄 신고를 하게 되었다. 민생단이 폐쇄된 주요 원인은 만주 조선인들의 자치와 무장 자위단 결성을 요청한 민생단을 일본 정부가 좋지 않게 보았기 때문이다. 그리하여 1932년 7월 14일, 끝내 사무소 간판을 내리고 말았다.

그러나 이때 민생단 해산을 아쉬워하면서 발까지 굴렀던 한 일본 군인이 있었다. 얼마 전 관동군헌병사령부 제3과 과장에서 연길헌병대 대장으로 발령받고 동만주로 나온 지 얼마 안 된 가토 하쿠지로(加藤泊治郎) 중좌였다. 1887년생으로 일본육군사관학교(제22기)를 졸업하고 나가사키포병대대에서 포병소위로 임관하였다. 그는 그때부터 줄곧 헌병으로 일본과 만주 여러 지역에서 복무하다가 1930년 8월에 관동군헌병사령부로 전근했다. 동장영이 동만주로 파견된 때와 거의 비슷한 시기에 연길헌병대장으로 발령받은 가토는 연길독립수비대장 다카모리 요시 중좌와 함께 간도 지방 반일세력 소탕에 대해 모의했다.

"갈대 화살로 갈대밭을 쏜다는 이야기를 들어보았습니까? 중국말로는 이이제이(以夷制夷)라고 하지요. 간도 지방 반일세력은 중국인들보다 오히려 조선인들이 더 극성인데, 1930년 이후 간도 조선인들 다수가 중국공산당과 합류했습니다. 우리는 그들의 공적이 되었습니다. 이럴 때 우리가 많은 물량과 비용을 소모해가면서 그들 모두를 상대로 싸우기보다는 말 그대로 그들끼리 서로 싸우게 만들고 적당한 미끼만 제공하면 됩니다. 여기에 외교 능력이 좋고 언변이나 사교술이 뛰어난 인재가 우리를 돕는다면 그야말로 금상첨화(錦上添花)요, 만사대길(萬事大吉)일 것입니다."

다카모리 수비대장은 좀 아리송한 표정이었다.

"좀 얼떨떨합니다. 조선인들을 동원해서 조선인들을 잡는다는 소립니까? 아니면 중국인과 조선인을 이간시킨다는 소립니까?"

"더 정확하게 표현한다면 공산당 손을 빌어서 공산당을 잡는 것이지요. 즉 공산당 내의 중국인 손으로 공산당 내의 조선인을 잡자는 것입니다."

가토는 이 음흉한 계책을 실시하기 위해 요카다 겐이치 용정 총영사와도 의논하고, 그의 도움으로 민생단 발기자 중 하나였던 김동한을 포섭했다.

가토가 얼마나 김동한을 좋아했던지 여러 일화가 전한다. 가토보다 다섯 살 어렸던 김동한은 사석에서 가토를 형님이라고 부를 정도였다. 두 사람 사이에서 하나는 일본군 헌병중좌이고 다른 하나는 조선인이라 해서 떽떽거리거나 굽실거리는 일이 없었다. 오히려 김동한이 "나야말로 조선에서 태어난 일본인"이라며 자부할 정도였고, 가토가 시키는 일이라면 무슨 일이나 다 했다. 많은 경우 김동한이 계책을 내고 가토는 그의 계책을 다 들어주는 식이었다.

"앞으로 내가 연길을 떠나는 한이 있더라도 만주의 헌병계통에서 근무하는 한 아우에게 매달 수당금이 지급되게 하겠소."

이때부터 김동한은 연길헌병대에서 매달 돈을 받았다. 가토 덕분에 헌병부사관(군조)급의 파격 대우를 받게 된 것이다. 때문에 연길헌병대의 일반 헌병들도 김동한을 만나면 경례까지 붙일 지경이었다. 가토는 민생단이 해산될 무렵, 민생단이 자체 무장부대를 두려 했으나 용정 총영사가 비준하지 않아 좌절되었음을 알고는 김동한에게 이렇게 약속했다.

"내가 좀 더 일찍 이 일에 손을 댔더라면 민생단이 오늘 이 지경까지 되지는 않았을 것이오. 이미 해산되고 말았으니 적절한 때를 기다렸다가 다시 하나 만드시오. 그때면 내가 최선을 다해 돕겠소. 사람을 달라면 사람을 주고 돈을 달라면 돈을 주고 총이 필요하면 총도 주겠소. 단체 이름도 굳이 민생단이 아니라 '민생'을 돕는다는 뜻을 담아 비슷하게 그러나 다르게 지을 수도 있지 않겠소."

"제가 생각해둔 이름이 하나 있긴 합니다. 만약 헌병대에서만 도와준다면 이 일은 정말 쉽게 해낼 수 있습니다."

이렇게 되어 이듬해인 1934년 9월 6일에 악명 높은 '간도협조회'가 창설되었다. 가토 하쿠지로 연길헌병대장과 다카모리 요시 연길독립수비대장의 전폭적인 지원과 지지를 받아 고고성을 울리게 되었고, 설립 1년 만에 회원 수가 6,411명까지 늘어난다. 회장은 당연히 김동한이었다.

2. 한인권의 변절

돌아가 1932년 10월의 '송노톨사건'도 바로 가토와 김동한이 손잡고 직접 모의한 작품이었다. 그들에게 상당히 성공적인 첫 합작품이라 할 수 있겠다. 이때 가토 하쿠지로는 45세, 김동한은 40세였지만, 중국공산당 동만특위 최고권력자인 동장영은 겨우 25세로 새파랗게 어렸고 세상 경험도 많지 않았다. 때문에 동장영에 비하면 가토나 김동한은 너무나도 노회한 음모가들이었다.

거기다가 동장영은 성격이 급했을 뿐만 아니라 사상도 급진적 사회주의 신봉자였다. 비록 일본에 유학할 정도로 공부도 많이 했고, 여러 지방에서 중국공산당 고위 간부로 활동했지만 급진주의 자체가 지닌 폭발적인 혁명의 추진력 앞에서는 어떤 사람도 그를 바로잡을 수 없었다. 더구나 동만주 중국공산당의 최고 권력자이자 최후 결정자였기에 그가 동만주 중국공산당에 끼친 폐해는 이루 다 말할 수가 없었다.

어쨌든 송노톨 사건에 말려든 동장영은 연길현위원회 서기 한인권과 의란구 유격대 정치위원 이상묵에게 이렇게 지시했다.

"두 분, 내 말을 명심하시오. 치사사고를 내더라도 송가 입을 열어서 우리 당내에서 민생단에 가입한 자들이 누구인지 알아내야 합니다."

기가 막혔던 것은 동장영뿐만 아니라 오랜 혁명가로 자처했던 특위의 다른 간부들까지도 이것이 혹시 적들의 이간책일 수도 있다는 의문을 가져보지 않았다는 점이다. 헌병대 통역관 주모의 말을 곧이곧대로 믿어버린 것도 문제지만, 뼈에서 살가죽이 떨어져 나갈 정도로 혹독한 매질을 당한 송노톨이 몇 번이나 혼절했다가 깨어났다가 다시 혼절하면서 아무렇게나 불러댄 이름이 모조리 민생단으로 치부된 일은 오늘날 누가 보아도 설명되지 않는 부분이다. 또 이때 동만특위가 연길현위원회와 함께 왕우구 유격근거지 안에 자리 잡은 것도 문제였다. 송노톨 입에서 쏟아져 나온 자백이 바로 동장영에게 보고되었고, 동장영이 그때그때 내뱉었던 한마디가 모두 최후 결정이 되어버렸다.

우선 일본군 토벌이 한창 살벌했던 때인지라 근거지 내부에 잠복해 있다는 민생단을 한순간이라도 지체 없이 척결하지 않으면 안 된다는 위기의식도 단단히 한몫했다. 그리하여 통역관 주모와 송노톨 입에서 나왔던 민생단 가입자 20여 명까지 모조리 처형되었다. 이 속에는 중국공산당 연길현위원회 산하 노두구 위원회 서기 이권수, 위자구 당지부서기 김창원도 들어 있었다. 이들은 처형당하기 전 모두 반죽음이 되도록 얻어맞았다. 때려죽이는 한이 있더라도 그들 입에서 또 다른 민생단을 찾아내야 한다는 동장영의 지시가 있었기 때문이다.

이때 동장영을 더욱 격노시킨 일이 발생했다. 송노톨사건 이후 가장 앞장서서 민생단을 숙청해 나가던 연길현위원회 서기 한인권이 2개월 뒤인 1932년 12월 직접 노두구에 달려가 이권수(노두구위원회 서기)가 죽기 전에 내뱉었던 민생단 혐의자 몇 명을 붙잡아 모조리 처형하고 돌아오는 길에 노두구와 가까운 동불사 대북동(銅佛寺 大北洞)에서 현지 자위대에 붙잡혀 일본 경찰에 넘겨진 것이다.

1947년 중국공산당 용정 고급간부학습반에서 과거 행적이 탄로난 한인권은 그때 자신도 일제에 투항하고 풀려 나왔음을 인정했다. 그러나 다행스럽게도 그는 혈채(血債, 남에게 피해를 입혀 생명을 잃게 하는 것)가 없었기 때문에 정부로부터 역사반혁명분자로 규정되기만 했을 뿐 수감생활을 하지는 않았다.

한인권 뒤를 이어 연길현위원회 서기에 오른 사람은 왕우구 유격근거지를 지키던 의란구유격대 정치위원 이상묵이었다. 이때 왕청현위원회에서는 서기 이용국에 이어 두 번째로 면직당해 감금되었던 군사부장 김명균이 밤에 귀틀집 창문틀을 통째로 뜯어내고 아내와 함께 도망쳤다. 이 일로 '민생단감옥'을 지키던 현위원회 간부 이건수가 잡혀 들어갔고, 얼마 안 있어 김권일까지도 또 왕청현위원회 서기직에서 면직되었다.

한편, 근거지에서 탈출한 김명균은 도망치다가 대두천 일본수비대에 붙잡혀 왕청현 백초구에 끌려갔다.

"진심으로 귀순하면 양민으로 살게 해주겠소."

가토 하쿠지로 연길헌병대장은 김명균이 중국공산당 왕청현위원회 군사부장인 걸 알고 있었기에 김동한을 데리고 직접 백초구로 달려왔다. 그들이 꾸민 민생단이 큰 결실을 본 것이었다.

"민생단으로 몰려 이제는 공산당으로 돌아갈 수도 없고, 또 다른 데 가서도 공산당을 위해 일할 수 없게 됐소. 진심으로 귀순하고 이제부터는 깨끗하게 손을 씻겠소."

김명균은 가토의 요구대로 그동안 군사부장으로 있으면서 왕청유격대를 거느리고 30여 차례 '습격행동'을 했던 '죄행'을 모조리 자백했고 얼마 뒤 풀려났다. 그는 그길로 연길현 태평구에 정착해 태평구 소학교 교장이 되었다.

그런데 2개월 뒤인 8월 16일, 김명균은 다시 체포되었다. 그를 감시하던 백초구경찰서와 노두구경찰서가 '공비가 허위 귀순한 후 비밀공작을 진행한 데 관한 건'이라는 보고서를 연길헌병대에 보냈고, 가토는 그것을 받아보고 깜짝 놀랐다.

"이자가 귀순하고도 몰래 무리를 긁어모으다가 들통이 났구먼. 용서할 수 없는 일이오."

다시 잡혀온 김명균은 용정총영사관에서 서류절차를 마친 후 서대문형무소로 압송당했다. 경성지방법원에서는 그의 '가짜 귀순 행위'를 굉장히 나쁜 '죄질'로 판단해 사형을 언도했다. 사형이 집행된 것은 이듬해 1934년 9월이었다.

김명균 탈출사건이 발생하자 동장영은 같은 중국 사람인 왕윤성 한 사람만 제외하고 왕청현위원회 조선인 간부 모두를 의심했다. 민생단감옥을 지켰던 이건수까지도 며칠 뒤에 바로 총살당했다. 그가 김명균과 일본에서 같이 공부한 적이 있었다는 이유로 김명균을 일부러 놓아주었을 것으로 의심했기 때문이다. 그리고 얼마 지나지 않아 이용국 뒤를 이어 왕청현위원회 서기직에 올랐던 김권일도 면직되고 감금되었다. 김권일 동료로 몰려 함께 잡힌 사람은 왕청현위원회 조직부장 석초였다.

이렇게 한 사람에게 문제가 생기면 그와 관계있는 사람이 함께 잡히는 형국이 벌어지다 보니 동만특위 내 각 현위원회는 간부가 부족해 공석이 많아졌고 온통 뒤죽박죽이었다.

1933년 6월 6일, 중국공산당 왕청현위원회 제1차 확대회의가 열리기 사흘 전 동장영, 왕윤성, 김성도 등 특위 위원들은 공석이 된 동만특위 선전부장 인선을 의논했다. 여기서 김성도는 연길현위원회 서기직에 오른 지 며칠 안 된 이상묵을 추천했고, 왕윤성은 김성주를 추천했는데 김성도가 강력하게 반대했다. 김성주가 혁명에 참가한 경력도 일천하고 무엇보다도 나이가 너무 젊다는 이유였다.

"그게 무슨 소립니까? 김일성 동무는 1930년 8·1길돈폭동 때 벌써 예비당원이 된 사람입니다. 그러니 혁명경력을 짧다고 볼 수 없지요. 그리고 나이 젊은 것도 문제가 됩니까? 우리 서기 동무 나이도 20대 중반밖에 안 되지만 동만주에서 서기 동무의 혁명자력에 비할 사람이 과연 몇이나 되겠습니까."

왕윤성이 이런 식으로 김성주를 변호하자 동장영의 얼굴 표정이 굳어졌다. 이때다 싶어 김성도는 왕윤성을 나무랐다.

"마영 동지, 비교할 상대가 따로 있지 무슨 말씀을 그렇게 하십니까?"

왕윤성은 실언한 걸 깨닫고 황망히 동장영에게 양해를 구했다.

"서기 동무, 내 뜻은 김일성 동무를 서기 동무와 비교하려 했던 것이 아닙니다. 우리 중국 동무들과 달리 조선 동무들은 오히려 나이가 젊을수록 민족주의 파벌싸움 냄새가 적고 비교적 순수하다는 걸 말하려 했는데, 그만 비유가 잘못되었습니다. 서기 동무의 혁명자력이 젊음과 관계있다는 뜻은 절대 아닙니다."

"아닙니다. 괜찮습니다. 저도 젊은 것은 사실입니다."

동장영은 웃었지만 그래도 표정은 어딘가 부자연스러웠다. 동만특위에서 왕윤성과 김성도는 사사건건 부딪쳤다. 그럴 때마다 동장영은 누구 편에도 서지 않고 항상 중립을 취했다. 그러나 오늘따라 왕윤성의 말에 불쾌해 하는 걸 눈치 챈 김성도는 손가락까지 꼽아가며 따지고 들었다.

"마영 동지, 서기 동지 올해 나이는 스물여섯입니다. 김일성 동무는 올해 스물하나 아닙니까. 무려 다섯 살이나 차이 납니다."

"조직부장 동무 말씀이 맞습니다. 내가 생각이 짧았습니다."

왕윤성은 부득이 사과하고 말았다. 이상묵은 스물여덟 살로, 김성주가 당위원회 기관에서 일한 경력이 없었던 반면 이상묵은 연길현유격대에서 중대 정치위원과 대대 정치위원을 거쳐 연길현위원회 선전부장과 현위원회 서기직을 거쳤다. 따라서 경력 면에서 김성주는 이상묵과 비교가 되지 않았다. 김성도는 왕윤성이 사과하자 자기 주장을 더 강하게 밀고 나갔다.

"물론 김일성 동무가 나이는 젊지만 유격대 정치위원으로 임명된 뒤로 우리 소왕청 유격근거지를 보호하는 여러 차례 전투에 직접 참가하면서 아주 잘해오고 있습니다. 그러나 김명균이 도주하고 나서 유격대 내부에서 민생단을 적발하기 시작했을 때 김일성 동무가 보여준 태도는 문제가 있습니다. 저는 줄곧 이 문제를 제기했지만 마영 동지의 방해로 묵살되었지요. 그런데 보십시오. 최근 더 많은 문제가 제보되고 있습니다. 제가 특별히 말씀드리고 싶은 것은 우리 특위의 '반민생단 투쟁'에 대한 그의 태도에는 근본적인 문제가 있다는 것입니다. 그런데도 마영 동지는 그런 사람을 어떻게 특위 선전부장직에 추천할 수 있습니까?"

김성도가 이렇게 말하자 왕윤성도 마침내 참지 못하고 역정을 내었다.

"아니, 조직부장 동무는 왜 김일성 동무 이름만 나오면 지나간 일까지 끄집어내 죽어라 물고 늘어지지 못해 안달이오?"

그러자 김성도뿐만 아니라 동장영까지 몹시 놀라는 눈치였다.

사람됨이 온화하고 좀체 화를 낼 줄 모르는 왕윤성은 다른 사람들은 다 믿지 않고 의심해도 유독 김성주만은 믿었다. 누구라도 김성주에게 해가 되는 말을 하면 지체 없이 나서서 변호했다.

계속하여 왕윤성의 지인들이 들려주고 있는 이야기다.

"그 시절 조선인 간부들은 조금만 무슨 문제가 생겨도 모조리 의심받고 또 민생단으로 몰렸다. 그런데 당신은 어째서 김일성만은 그렇게 믿었고 또 지켜주려 했는가?"

그러자 왕윤성은 이렇게 대답했다고 한다.

"1933년 1월, 그 추웠던 겨울, 영안에서 노흑산을 넘어 소만국경까지 왕덕림의 구국군을 따라가면서 만주에 남아서 항일투쟁을 하자고 그들을 붙잡고 설득했던 사람은 내가 알기에 김일성밖에 없었다. 그가 거의 한 달을 걸어서 다시 영안으로 돌아왔는데, 그때 보니 손발이 다 얼어터지고 입과 눈에서는 고름이 흐르고 있었다. 동상으로 말도 제대로 못했다. 그가 죽을까 봐 더럭 겁이 나기도 했다. 나는 그 모습을 직접 본 사람이다. 나도 동장영 못지않게 많은 조선 동무를 의심했고, 또 직접 나서서 민생단으로 몰아붙인 사람도 한둘이 아니었다. 당시 군사부장 김명균을 민생단으로 처단할 때 나는 가장 앞장서서 그를 공격했다. 그러나 김일성만은 항일투쟁에 대한 그의 철저성을 의심할 수 없었다. 구국군에서 활동할 때 그가 어떤 사람이었는지 내 눈으로 직접 보았고 확인했기 때문이다.

내가 만약 중국인이 아니고 조선인이었다면, 나도 진작 김성도에게 민생단으로 몰렸을 것이다. 직급도 동만특위 조직부장이었던 김성도가 나보다 훨씬 높았고 또 동장영의 위임으로 민생단숙청위원회를 책임졌기에 권력도 막강했다. 간부 인사 배치는 그의 절대 권력의 영역과 다를 바 없었다. 원래는 내가 전혀 관계할 바가 아닌데도 동장영이 나한테 공석이 된 동만특위 선전부장 자리에 누구를 임명했으면 좋겠는지 묻기에 깊이 생각하지 않고 김일성이 좋겠다고 대답한 것이다. 김성도가 그렇게나 강력하게 반대할 줄을 몰랐다. 그래서 나도 참지 못하고 한바탕 논쟁했는데, 결국 내가 추천한 김성주도, 또 김성도가 추천한 이상묵도 안 되었다."[90]

동만특위 선전부장에는 왕중산(王仲山)이라는, 글을 모르는 '까막눈'이 임명되었다. 그 이듬해 1934년에 공청단 만주성위원회 특파원으로 동만주에 와서 계속 민생단 잡이에 혈안이었던 종자운(鐘子雲)의 표현을 빌면, 왕중산은 '돼지불알을 까는 데에는 박사'지만 그 이상은 아무것도 할 수 없는 어처구니 없는 인물이었다. 자격 미달자로 줏대도 없고 기억력도 나빴던 모양이다. 그러나 그는 여섯 살 때부터 지주 집 머슴으로 들어가 돼지몰이했던 100% 순수한 무산노동계급의 대표적인 간부였다.

그는 1930년 5·30폭동이 일어났을 때 머슴으로 일했던 지주 집에 불을 질렀고, 자기가 몰고 다녔던 돼지들을 모조리 훔쳐서는 폭동 참가자들에게 나눠줬다. 그 후에도 '추수', '춘황' 투쟁 때마다 팔을 걷어붙이고 앞장서 연길현 반제동맹위원장에 선출되기도 했다. 그때 연길현 반제동맹위원회는 '돼지몰이 왕중산'과 '소몰이 왕덕태(王德泰, 훗날 항일연군 제1로군의 부총지휘 겸 제2군 군장, 김성주의 직계 상사)'의 세상이었다. 왕덕태가 왕중산 밑에서 조직부장을 맡고 있었기 때문이다.

그러다가 송노톨사건 직후, 한인권이 실종되자 왕중산은 한인권 뒤를 이어 연길현위원회 서기직에 오르게 되었고, 왕덕태는 왕중산이 뒤에서 적극적으로 밀

90 취재, 양강(楊剛, 가명) 외 왕윤성의 지인들, 양강은 중국인, 길림성 정협문사위원(文史委員) 겸 역사당안관리처장, 취재지 장춘, 1986.

어주어 연길현유격대 평대원으로 시작해 어느덧 대대장 박동근(朴東根)과 정치위원 박길(朴吉)까지 밀어내고 연길현유격대대 최고 지휘관이 되었다. 이렇게 된 데는 '민생단사건'이 발생한 후 동장영이 조선인 간부보다는 중국인 간부가 더 믿을 만하다고 생각했기 때문이다. 심지어 1933년 6월, 반경유와 함께 왕청에 왔던 만주성위원회 순시원 양파(楊波)는 동장영에게 이런 말을 하기까지 했다.

"조선공산당이 해산하게 된 근본 원인이 무엇인지 아십니까? 바로 창당되자마자 한시도 쉬지 않고 파벌싸움을 일삼았기 때문입니다. 파벌싸움에 혈안이 되어 정적을 공격할 때는 왜놈들과도 주저 없이 손잡았습니다. 나중에 그들 대부분이 우리 중국공산당으로 적을 옮겼지만, 보십시오, 그들의 본질이 어디 쉽게 고쳐지겠습니까? 그러니 간부를 등용할 때는 될수록 '한국 민족주의자 출신들은 대부분 파벌싸움주의의 잔여'라는 사실을 잊어서는 안 됩니다. 특위 주요 부서에는 가급적 우리 중국인 당원을 배치하시오. 조선인 간부를 배치하지 않으면 안 되는 경우에도 가능하면 파벌싸움에 물들지 않은 순수한 젊은 당원을 선발해야 합니다."

그렇게 1933년 6월 9일에 열렸던 제1차 중국공산당 왕청현위원회 확대회의에서 서기였던 이용국에 이어 김명균까지도 정식으로 군사부장직에서 내려앉게 된 것이다.

3. 반경유가 동만주에 오다

이 회의에서 김성도는 다른 일도 언급했다. 동만특위 민생단숙청위원회에서 파견한 사람들이 유격대 제3중대장 장용산을 체포할 때, 김성주가 유격대 중대장을 잡아가면서 어떻게 정치위원인 자기에게 귀띔 한마디 없었냐고 불평했다는 것이다. 그뿐만 아니었다. 그 후 민생단 혐의가 있는 유격대원들을 불러 심사하려고 김성도는 자신이 직접 김성주에게 편지를 써서 보냈다고 한다. 그런데 김성주는 편지를 묵살해버리고는 유격대원을 보내지 못하겠다고 잡아뗐다고 했다. 이는 처음 듣는 일이라 동장영도 몹시 놀랐다.

"아니, 그래서 그 민생단은 어떻게 처리했습니까? 설마 처리하지 못한 것은 아니겠지요?"

동장영은 민생단이라면 늘 과격하게 반응했다. 특히 왕청현위원회 군사부장 김명균이 민생단으로 지목되어 심사받기 시작했을 때 그의 가장 충실한 부하나 다를 바 없었던 유격대 대대장 양성룡이 제일 먼저 연루되었다. 양성룡과 함께 걸린 사람은 유격대대에서 제일 나이 많은 중대장 장용산이었고, 장용산의 제3중대에서 또 함께 걸린 대원은 한봉선이었다. 한봉선을 체포하기 위해 직접 김성도의 편지를 가지고 갔던 민생단숙청위원회 간부가 정치위원인 김성주를 찾아갔다가 그에게 쫓겨 빈손으로 되돌아온 것이다. 김성도는 그 길로 동장영에게 달려가 일러바쳤다.

"동 서기 동지, 김일성 동무가 민생단숙청위원회를 너무 우습게 압니다. 모두 그런 태도로 나오면 어떻게 반민생단 투쟁을 제대로 진행할 수 있겠습니까? 김일성 동무의 정치위원직도 정지시켜야 할 것 같습니다."

그때도 왕윤성이 나서서 김성도를 제지했다.

"아니, 대대장이 이미 직무 정지 당해 한창 심사받는 중인데, 정치위원까지 직무 정지하겠다는 말씀입니까?"

왕윤성은 동장영과 반경유에게 말했다.

"지금 유격대 사정이 말이 아닙니다. 대대장이 직무를 하지 못하니 정치위원인 김일성 동무가 대대장직까지 겸하다시피 하여 직접 전투를 지휘하고 있습니다. 유격대가 매일같이 달려드는 왜놈 토벌군을 막아내느라 정신이 하나도 없습니다. 요즘 보니 대원들 군복이 너덜너덜한 게 말이 아닙니다. 신도 없어 맨발로 뛰어다니는 대원도 있다고 합니다. 김일성 동무가 대원들 군복을 새로 갈아입히겠다고 여기저기 뛰어다니면서 돈을 모았지만 잘 모아지지 않아 속을 태우고 있다던데, 이런 마당에 우리가 도움을 주지는 못할망정 정치위원직까지 정지시키면 어쩌자는 겁니까?"

"마영 동지 말씀에 도리가 있긴 합니다."

동장영은 머리를 끄덕였다. 그러나 김성주의 정치위원직을 정지시키자는 김성도의 주장도 내치지 않았다. 일편단심 민생단 잡이에만 빠져 버린 동장영은 누구라도 민생단숙청위원회 앞을 가로막는다면 절대 용서할 수 없었다. 그래서 그는 조용히 왕윤성을 설득했다.

"마영 동지, 김일성 동무가 괜찮고 훌륭한 동무인 건 인정합니다. 양 대대장이 지금 심사받고 있어 정치위원인 김일성 동무가 유격대대를 이끌고 우리 근거지를 지키는 일에 혼신을 바치고 있는 것도 잘 압니다. 그러나 민생단숙청위원회 사업을 방해하는 것은 옳지 못합니다. 심각한 문제입니다. 이 문제를 바로 처리하지 않으면 우리의 반민생단 투쟁이 영향 받게 됩니다. 그러니 반드시 상응한 처분을 내려야 합니다."

이렇게 동장영은 김성도의 손을 들어주었다. 그러나 왕윤성은 끝까지 김성주를 변호했다.

"서기 동무와 조직부장 동무, 다시 한번 잘 생각해 보십시오. 사실, 왕청유격대야말로 김명균 세력이 바닥까지 깊게 침투한 곳입니다. 대대장은 물론 이하 중대장, 소대장에 이르기까지도 김명균이나 양성룡과 관계되지 않는 사람이 어디 있습니까? 그러나 유일하게 김일성 동무만 그들과 아무 관계가 없고 신분 자체가 깨끗한 사람입니다. 생각해 보십시오. 김일성 동무는 왕청 출신이 아니잖습니까."

왕윤성은 나중에 반경유에게도 도움을 청했다.

"라오판(老潘, 반경유에 대한 호칭), 저들이 지금 김일성 동무를 의심합니다. 만약 그 동무까지 정치위원직에서 내려앉으면 우리 왕청유격대 사정이 어려워집니다. 아니, 단순히 어려워지는 게 아니라 곤경에 빠질 수 있습니다. 아무래도 라오판이 좀 나서서 동장영 동무를 설득해주십시오."

이에 반경유는 흔쾌히 대답했다.

"내 일단 김일성 동무부터 한번 만나보겠소. 그러잖아도 왕청으로 올 때 주보중 동지한테서 김일성 동무 이야기도 좀 얻어들은 것이 있소. 소련으로 도망가는 구국군을 쫓아 소만국경까지 따라갔다가 돌아왔다는 이야기도 들어서 알고 있소. 영안에서는 김일성 동무가 아주 훌륭한 동무라고 그러던데 여기서는 좀 아닌 듯한데, 왜 그런지 모르겠소."

반경유가 이렇게 나서주자 왕윤성은 비로소 한 시름 놓을 수 있었다. 반경유와 왕윤성은 아주 친한 사이었다. 함께 영안현위원회에서 서기직과 선전부장직으로 일했는데, 특히 반경유는 1932년 6월 수녕중심현위원회를 개편하고 서기직을 맡기도 했다. 영안뿐만 아니라 목릉, 동녕, 밀산 등 현위원회가 모두 수녕중심현위원회 지도를 받았으며 중국공산당 길동국이 성립되면서 반경유는 조직부장까지 맡았다. 말하자면 왕윤성의 오랜 상사였던 셈이다.

한국의 적지 않은 사료들[91]에는 반경유가 김책(金策)의 맏형 김홍선(金弘善, 金洪

---

91 대표적인 사료로 강만길, 성대경이 엮은 『한국사회주의운동 인명사전』(창작과비평사, 1996)이 있다.

善)이라고 기록되어 있지만, 둘은 서로 다른 인물이다. 김책의 맏형은 김홍선이 아니라 김홍성(金弘成)이며, 별명은 김성(金星)이다. 고향도 서로 다르다. 김홍성의 고향은 함경북도 성진이지만, 반경유는 순수 간도 태생으로 훈춘현 대황구에서 태어났다. 1935년 이전 중국공산당 내 조선인 중에서는 만주성위원회 군위 서기였던 양림에 이어 두 번째로 높은 직위에 올랐던 사람이다.

반경유가 왕청에서 직접 김성주와 만나려 하자 동장영뿐만 아니라 김성도까지도 은근히 불안해했다. 동장영은 자기가 직접 모시겠다고 나섰다.

"그럴 것 없소. 그냥 나 혼자 찾아가보겠소."

"유격대가 지금 관문라자와 뽀족산 쪽에서 토벌대와 싸우는 중이니 그쪽으로 가는 건 위험합니다."

동장영은 재삼 말렸으나 반경유의 고집을 꺾지 못했다.

"내가 이래 뵈도 군사가 전공이오. 북벌전쟁과 무창봉기까지 참가했던 사람인데, 동장영 동무는 모르고 있었소?"

"아닙니다. 다 알고 있습니다. 다만, 여기 상황이 좀 다릅니다."

"걱정할 것 없소. 동만주 왕청유격대가 아주 잘 싸우는 유격대라는 소문은 나도 많이 들었소. 스물한 살밖에 안 된 새파랗게 젊은 김일성 동무가 유격대를 거느리고 토벌대와 싸우고 있다는데, 나도 솔직히 궁금하오. 꼭 가서 내 눈으로 한번 싸움하는 모습을 보고 싶소."

결국 왕윤성이 반경유를 모시고 김성주를 만나러 갔다. 이때 반경유와 함께 왕청에 왔던 만주성위원회 위원 양파도 함께 갔는데, 앞서 갔던 특위 통신원의 연락을 받고 김성주가 정신없이 말을 타고 달려왔다.

"마영 동지, 앞으로 더 오시면 위험합니다."

김성주가 그들의 앞을 가로막았다. 왕윤성은 김성주에게 반경유를 소개했다.

"김일성 동무, 만주성위원회 순찰원 라오판이오. 내 오랜 상급자이자 친한 친구이기도 하오. 그래서 나는 허물없이 라오판이라고 부르지만, 다른 동무들은 그냥 '반 성위(潘 省委, 만주성위원회 위원이라는 뜻)'라고 부르오. 그러니 동무도 편안하게 반 성위라고 부르시오."

김성주는 반경유와 양파에게 경례를 했다.

"순찰원 동지 안녕하십니까? 유격대 정치위원 김성주입니다."

"반갑소. 김일성 동무."

김성주와 처음 만나는 양파도 무척 반가운 표정이었다.

"동무가 그 추운 겨울에 노흑산을 넘어 소만국경까지 왕덕림의 구국군을 쫓아갔다가 돌아왔다는 이야기를 영안에서 들었습니다. 구국군의 오 사령관까지도 김 정위의 이름을 알고 있다고 합디다."

반경유는 주보중과 진한장 등의 인사부터 전하고 나서 단도직입적으로 김성주에게 물었다.

"김일성 동무, 내 몇 가지 궁금한 일도 있고 해서 직접 한번 만나 동무의 입으로 하는 말을 듣고 싶었소. 이번 회의 때 보니 적지 않은 동무들이 김일성 동무가 민생단숙청사업을 방해한다고 하오. 또 민생단을 비호하기까지 한다는데 어떻게 된 거요? 좀 자세하게 설명하지 않겠소?"

김성주가 망설이자 왕윤성이 곁에서 권했다.

"하고 싶은 말이 있으면 지금 다 하오."

"해도 괜찮을까요?"

김성주가 주저하는 것을 보고 반경유도 웃으면서 말했다.

"먼저 약속하겠소. 동무의 정치위원직을 정지시키자고 주장하는 사람들이 있지만 나나 왕윤성 동무는 반대요. 그러니 걱정 말고 하고 싶은 말이 있으면 다

하오. 약속하겠소. 도울 수 있는 일이 있다면 반드시 돕겠소. 설사 잘못 말하는 일이 있어도 문제 삼지 않겠소."

김성주는 그제야 한시름 놓고 도리를 따져가면서 한참 주장했다.

"보시다시피 이 달에 접어들면서 우리 유격대는 토벌대와 싸우느라고 한시도 진지와 참호를 떠나지 못했습니다. 그런데 민생단숙청위원회가 제멋대로 와서 중대장을 체포했는데, 유격대 지휘관에게 미리 알리지도 허락을 받지도 않았습니다. 그렇게 하는 것이 옳습니까?"

김성주는 또 제3중대장 장용산을 위해서 변명했다.

"다른 사람이라면 또 모르겠는데, 장포리 동무가 어떤 동무인지는 이 왕청 땅에 모르는 사람이 없습니다. 그는 포수 출신이고 명사수입니다. 전투 때마다 언제나 앞장서서 참호 밖으로 뛰어나가 놈들의 기관총 사수부터 쏘아 죽이는 유능한 중대장입니다. 자세히 계산해보지는 않았지만, 그의 손에 죽은 왜놈이 100명은 더 될 것입니다. 이런 사람이 어떻게 민생단일 수가 있단 말입니까?"

반경유는 김성주가 하는 말을 열심히 들었다. 가끔 수첩을 꺼내들어 메모도 하면서 이것저것 의문 나는 점들은 묻기도 했다.

"그런데 장포리 본인이 스스로 민생단이라고 이미 승인했고 진술 자료에 서명까지 했다지 않습니까? 그런데도 김일성 동무는 그 사람이 민생단이 아니라고 주장합니까? 그렇게나 믿습니까?"

"저는 그래서 더 한심하고 기가 막힙니다. 제가 직접 찾아가 장포리 중대장과 만나기까지 했습니다. 숙청위원회는 마땅한 근거 하나 없으면서 무작정 민생단이라고 자백하라고 했습니다. 얼마나 구박하고 못살게 굴었으면 그러겠습니까. 장포리의 죄는 김명균 문제를 제보하라고 했는데 무엇을 제보하면 좋을지 몰라 '아는 것이 전혀 없는데 무엇을 제보하라는 것인가.'라고 반문 한마디 한 것이 죄가 되어 버렸다고 합니다. 대대장(양성룡) 동지한테도 의심스러운 문제가 있다면 아는 대로 증명해달라고 자꾸 핍박했다고 합니다. 도대체 무엇이 의심스러운 문제란 말입니까? 김명균이 그때는 현위원회 군사부장이었고 유격대에 내려와 전투를 지휘했습니다. 그 때문에 그의 지휘를 받으며 전투했던 대대장이나 중대장, 대원들에게 문제가 있다면, 그를 군사부장으로 파견한 사람들에게는 아무 문제도 없단 말입니까?"

김성주가 흥분하여 말이 길어지자 왕윤성이 연달아 주의를 주었다.

"아이고, 김일성 동무, 그런 식으로 거침없이 말해버리면 어떻게 하오? 제발 말 좀 조심하시오."

그런데 반경유와 양파는 김성주의 말에 도리가 있다고 생각했다.

"일리 있는 말씀이오. 김명균 문제는 김명균 본인 선에서 멈추어야지 그의 지휘 아래 전투에 참가했던 유격대원들에게까지 김명균 문제를 제보하지 못했다고 함께 의심받는 것은 올바른 처사라고 보기 어렵소. 이 문제는 반드시 시정되어야 하오."

이렇게 반경유와 양파가 김성주의 손을 들어주었기 때문에 얼마 뒤에 양성룡과 장용산이 풀려나와 다시 유격대로 돌아올 수 있었다. 그런데 이때 반경유가 왕청현을 떠나 훈춘현위원회로 순찰하러 나갔다가 훈춘현 대황구 유격근거지에서 회의를 진행하는 동안 그에게 면직당한 훈춘현 영남유격대대 정치위원 박두남에게 살해당하는 일이 발생했다.

4. "유령이야, 유령"

동장영 못지않게 급진주의자였던 반경유는 동장영과 함께 훈춘현위원회에 도착하여 대황구 유격근거지에서 훈춘현위원회 산하 당·단(공산당과 공청단) 확대회의를 소집했다.

이 회의는 일주일간 계속되었다. 회의에서 반경유는 중국공산당 중앙 '1·26 지시편지' 정신을 전달하면서 현지에 주둔한 구국군 등 우군(友軍)들과 반일민족통일전선을 빨리 건설해야 하며 그동안 추진해왔던 '소비에트 건설'이야말로 '이립삼 좌경노선'의 산물이라고 몰아붙였다. 모두 얼떨떨하여 갈피를 잡지 못했다. 어느 때는 소비에트야말로 혁명의 이상이자 최고 목적처럼 노래했다가 또 하루아침에 노선이 바뀌어 '이 지구에 소비에트를 건설한 것은 좌경노선이자 민생단의 책동'이라고 몰아붙였기 때문이다.

이때 가장 많이 공격당했던 사람은 오빈(吳斌)이었다. 1931년 5월, 채수항과 함께 김성주를 데리고 종성에 다녀왔던 오빈은 1932년 2월에 훈춘현위원회 제5임 서기에 임명되었다. 하지만 오늘의 훈춘현 춘화진에 주둔하던 구국군 두령을 설득하여 훈춘현위원회 유격대와 함께 통일전선을 이룩하려 했으나 일이 잘 풀리지 않아 결국 면직되고 말았다. 그의 후임으로 서기 직에 올랐던 서광(徐光)[92]

---

92 서광(徐光, 1899-1933년) 독립운동가. 함경북도의 한 농민가정에서 태어났다. 본명은 알려지지 않았다. 밝은 세상에서 맘껏 살아가라는 뜻으로 아버지가 지은 이름이라는 설이 있다. 중국 화룡현 토산자로 이주했고, 용정 대성중학교에서 공부했다. 1930년 5월, 붉은 5월 투쟁 때 중국공산당에 가입했고, 1931년 봄 연길현위원회에서 현위원회 비서였던 오빈과 사귀게 되었다. 오빈이 제5임 서기로 훈춘현위원회에 부임하자 서광도 훈춘으로 왔다. 1932년 6월 동만특위 조직부장 김성도의 사회로 연통라자에서 열린 훈춘현위원회 긴급회의에서 오빈이 물러나고 그의 뒤를 잇게 되었다. 1933년 6월, 삼도구 마영툰에서 구국군을 환영하는 모임을 조직하다가 토벌대의 기습으로 피살되었다.

도 얼마 전 훈춘현 삼도구 마영툰에서 토벌대의 습격을 받고 죽은 뒤였다.

반경유는 서광 이름까지 거론해가면서 서광, 오빈, 박두남 등 훈춘현위원회 당과 군대 간부들을 모조리 공격했는데, 말수가 적은 오빈은 머리를 푹 떨군 채 앉아 일을 잘하지 못해서 죄송하다고 연신 반성했지만, 유격대대 정치위원 박두남은 참지 못하고 계속 대들었다. 그 바람에 반경유는 화가 날 대로 났다.

"다 위에서 그렇게 틀리게 시켜놓고는 이제 와서 모두 아래 사람들 잘못이라고 몰아붙이는 법이 어디 있습니까?"

박두남이 이렇게 따지고 들자 반경유는 새로 훈춘현위원회 서기에 임명된 겨우 스물세 살이었던 중국인 청년 주운광(朱雲光)에게 당장 박두남의 권총을 회수하라고 명령했다. 그러면서 그의 정치위원직은 물론 중국공산당 당적까지도 제명한다고 선포했다. 그러자 박두남은 그만 눈알이 뒤집히고 말았다. 조만간 자신도 민생단으로 낙인찍혀 처형되리라 생각한 박두남은 가만히 당하고만 있지 않았다.

'죄 없는 이 박두남을 죽이려는 네 놈이 먼저 죽어봐라.'

1933년 7월 20일, 반경유가 유격대 대원 김남규의 집에서 글을 쓰고 있을 때, 마당에서는 유격대원들이 한창 식사준비를 하면서 새로 노획한 일본군의 3·8식 보총을 돌려가며 구경하고 있었다. 박두남이 다가와 그 총에 손을 댔다. 그들은 어제까지 자기들의 정치위원이었던 박두남을 막지 못했다.

"이 총은 이렇게 다루오. 탄알은 여기로 넣고."

총을 받아들고 대원들한테 시범을 보이는 척하면서 장탄한 박두남은 갑자기 반경유가 있는 방으로 뛰어가 발로 문을 걷어차고는 단방에 그를 쏘아 죽였다. 박두남이 명사수인 것을 알기에 아무도 그에게 덤벼들지 못했다. 박두남은 그길로 산속으로 내달렸다. 6개월 가까이 오갈 데 없이 산속을 헤매고 다니다가 나중에는 동상을 입고 발까지 썩어갔다.

"더는 견디지 못하겠구나. 투항할 수밖에 없다."

1934년 봄, 박두남은 산에서 내려와 훈춘현 일본헌병대에 찾아가 귀순하고 말았다. 나중에 그는 일본군 특무기관에서 조직한 훈춘현 정의단(正義團)에 참가하여 부단장 겸 선전부 정치과장이 되었고, 지난날 자기 동지들이었던 훈춘현 대황구 유격근거지 토벌작전을 직접 지휘하기도 했다. 1937년에는 관동군사령부 제2과 이해천(李海天) 특무조직에도 참가했으나 1945년 광복 이후에 실종되었다.

어쨌든 반경유까지 동만주에서 살해당하자 동만주 공산당 내의 조선인 간부들은 씨가 말라갔다. 대신 중국인 간부들이 대대적으로 발탁되어 높이 등용되기 시작했다. 정치 간부로 가장 두각을 드러낸 사람이 화룡현위원회 서기 조아범(동만특위 위원으로 임명)이라면, 군사 분야에서는 연길현유격대에서 소대장과 중대장을 거쳐 대대 참모장까지 되었던 왕덕태(王德泰)였다. 연길현유격대대 정치위원 박길(朴吉)이 연길현위원회 서기 한인권의 실종에 연루되어 삼도만근거지에 한동안 감금당했는데, 왕덕태가 그의 정치위원직을 이어받은 것이다. 얼마 뒤에는 동장영에 의해 동만특위 위원 겸 특위 군사부장에까지 임명되었다.

또한 동만특위 내 간부들은 민생단으로 몰려 대대적으로 물갈이를 당했다. 1933년 9월경, 동장영은 직접 나서서 군중대회를 조직하고 마촌 앞 물 건너 리수구 들판에서 이용국뿐만 아니라 이용국의 뒤를 이어 왕청현위원회 서기에 올랐던 김권일과 조직부장 석초 등 당·단 간부 20여 명을 모두 처형하여 버린 것이다.

이들은 죽으면서까지 "중국공산당 만세!"를 외쳤다. 하지만 이 자체도 동장영의 눈에는 끝까지 반항하는 것으로 비쳤다.

"이것이야말로 죽으면서까지도 민생단 신분을 드러내지 않으려는 수작질이 아니고 뭐겠습니까."

이렇게 동장영 비위를 맞추던 조직부장 김성도조차 며칠 뒤에는 종파주의자로 지목되어 체포되었다. 김성도는 동만특위 위원과 동만특위 조직부장직에서 면직당하고 자신이 숱한 당원들을 민생단으로 몰아서 감금했던 민생단감옥에 감금당하는 비극을 맞게 되었다.

1933년 6월, 동만특위는 제1차 확대회의를 소집하고 반민생단 투쟁의 새로운 국면에 접어들었다. 확대회의 결의문을 다음과 같이 공표했다.

"조선국 파쟁주의자와 민생단 분자들이 하나가 되어 당 내에서 일본 간첩집단을 성립하고 당의 지도기관을 차지함으로써 중앙에서 온 편지(1·26지시편지)에서 공표한 당의 임무를 완전히 집행할 수 없게 하여 당과 혁명운동이 매우 큰 손실을 입게 했다."

동장영은 밤을 새 가면서 이 결의문을 직접 만드느라 건강이 악화되어 피까지 토할 지경이었다. 이 결의문으로 과거 조선공산당 각 파와 그 산하 반일 혁명조직에 참가한 많은 사람이 민생단과 동일시되었고, 민족독립운동에 참가한 사람들은 의심과 경계의 대상이 되어버렸다.

이렇게 되자 특위 영도기구 내에서 제일 먼저 잡혀 나온 사람은 특위에서 가장 열성적으로 반민생단 투쟁을 이끌어갔던 김성도였다. '파쟁수령'으로 지목되어 곧바로 직무를 해임당하고 사형이 집행되던 날, 그에게 민생단으로 몰려 이미 처형당했거나 아직도 감금되어 있던 사람들과 가족들은 말로 형언할 수 없는 참담한 기분에 빠져들었다.

'과연 민생단이란 것이 존재하는 것일까?'

이렇게 질문해 보았던 사람은 거의 없었다. 모두 누가 민생단이고 누가 민생단이 아닌지에만 관심이 있었다. 김성도의 처형은 '너'도 '나'도 모두 민생단이 될 수 있다는 공포를 안겨주었다. 눈구멍으로 흘러내리는 고름을 쉴 새 없이 닦으면서 김성도가 사형장에서 내뱉었던 말은 유명하다.

"유령이오, 유령. 민생단은 유령이란 말이오."

뜻인즉, 민생단은 존재하지만 실체는 없다는 소리였다. 그 '존재'와 '실체'를 그들 스스로 일제의 꼬임에 넘어가 만들어낸 것에 불과하다는 소리였다.

특위부장급 고급 간부의 처형도 김성도에서 끝나지 않았다. 이듬해 1934년과 1935년에 벌어진 일이지만 이용국과 김권일이 처형당했고, 왕청현위원회 서기직에 올랐던 송일(宋一, 이송일)과 김성도에 이어 동만특위 조직부장에 올랐던 이상묵도 민생단으로 몰렸다. 그러나 이상묵은 용케도 처형 직전에 도주했다. 그는 연길헌병대로 달려가 김동한과 만났고 '간도협조회'에 가입했다. 그는 헌병대 밀정이 되어 활동하던 중 1937년 오늘의 돈화시 액목진에서 아편 중독으로 죽고 말았다.

이상묵은 도주하면서 '전체 조선인 당원 제군 앞'으로 희한한 내용의 성명서를 발표했는데, '조선인들은 중국혁명으로부터 이탈해야 한다.'는 말이 들어 있었다. 어쩌면 그 자신이 반민생단 투쟁을 경험하면서 얻은 뼈저린 교훈이었을지도 모를 일이다.

민생단으로 몰린 모든 사람은 심사받으면서 또 다른 사람을 민생단으로 끌어들이는 '공술'을 자료로 남겼다. 이렇게 연루된 사람 대부분도 빠져나가지 못했다. 그런데 그 자료들 속에 유독 김성주와 관련한 공술이 많았는데도 그가 끝까지 감금되거나 처형당하지 않았던 것은 참으로 신기한 일이다.

5. 왕덕태와 만나다

김성주는 여러 가지로 운이 좋았다. 반경유가 훈춘에서 살해당했던 1933년 7월, 김성주는 대대장직을 회복한 지 얼마 안 된 양성룡의 파견으로 제1, 5중대를 거느리고 연길현유격대와 함께 팔도구를 습격하는 전투에 참가했다. 왕청유격대 제1, 5중대는 김성주가 직접 데리고 다녔던 기동 중대였다. 제2, 3, 4중대는 양성룡의 인솔로 왕청현 십리평과 소왕청 그리고 황구에 주둔하고 있었다.

이때 김성주는 처음 왕덕태와 만났다. 그는 중국인으로 연길현 유격대에서 참모장 및 정치위원을 겸직하다가 일약 동만특위 군사부장으로 올라온, 동장영이 절대적으로 신임하는 군사간부였다. 그런데 그가 김성주에게 반해버린 것이었다.

팔도구전투를 하기 위해 제1, 5 중대를 거느리고 왕우구근거지에 도착한 날, 왕덕태가 직접 마중 나와 김성주를 자기 집으로 데리고 갔다. 왕덕태가 진한장처럼 조선말을 잘하는 것을 보고 김성주는 은근히 놀랐다. 그러나 김성주가 조선말을 하지 않고 계속 중국말로 이야기하는 것을 수상하게 여긴 왕덕태가 물었다.

"혹시 내 조선말이 듣기 불편하오? 아니면 어색한 데가 많소?"

"그런 것이 절대 아닙니다. 조선말을 정말 잘하십니다."

"그럼 왜 나랑 조선말로 대화하려 하지 않소?"

"나도 중국말을 더 숙련하려고 그러는 것입니다. 솔직히 우리 조선 사람과 함께 있을 때도 되도록 중국말을 합니다."

김성주가 이렇게 대답하니 왕덕태는 의미 있게 머리를 끄떡였다.

"김 정위 뜻을 알겠소. 그렇지만 나와 있을 때는 그런 걱정이나 의구심은 갖지 않아도 됩니다. 솔직히 나는 조선 사람을 좋아하오. 또 조선말 하는 것도 재미나고 기분이 좋소."

왕덕태가 집에 도착하여 자기 아내를 소개했다. 놀랍게도 조선인이었다. 이름은 임창숙(林唱淑)으로 왕우구 북동촌 여자였는데, 중국말을 한마디도 할 줄 몰랐다. 오히려 왕덕태가 죽을 둥 살 둥 조선말을 배우는 중이었다.

"내가 조선말을 배우지 않으면 안 되는 이유를 이제 알겠소?"

왕덕태의 말에 김성주는 감탄했다.

"약속하겠습니다. 제가 이제부터 군사부장 동지와 함께 있을 때는 아무 걱정하지 않고 조선말로 하겠습니다."

왕덕태도 진심으로 김성주에게 권했다.

"나도 얻어들은 소문이 있소. 김 정위는 조선 동무들과 함께 있을 때도 곁에 중국인이 있으면 무조건 중국말로만 대화한다고 하더구먼. 왜 그러는지는 굳이 따지고 싶지 않소. 그러나 그럴 필요까지야 있겠소? 조선 동무들이 모두 중국말을 잘한다면 모르겠지만 서투른 동무들도 아주 많은데, 그런 동무들과 대화할 때도 김 정위가 계속 중국말을 한다면 그 동무들이 마음속으로 어떻게 생각하겠소. 그러니 더는 그러지 마오. 만약 조선말 하는 것 때문에 누가 김 정위에게 시비 걸고 늘어진다면 내가 나서겠소."

김성주는 오랜만에 마음을 터놓고 이야기를 나눌 수 있는 친구를 만난 것처럼 기뻤다. 소박하고 털털한 성격도 마음에 들었지만, 왕덕태가 중국말을 한마디도 할 줄 모르는 조선 여자와 결혼하고 그 여자와 소통하기 위해 나서서 조선말을 배우는 모습도 무척 마음에 들었다.

왕덕태는 이때 동만 당 내에서 조선인 간부들이 대부분 민생단으로 몰려 무더기로 처형되고 있는 살벌한 상황에도 개의치 않고 자기 자신이 혁명에 참가하게 되었던 이야기를 김성주에게 들려주었다.

"나는 봉천성 개평현(奉天省 蓋平縣)에서 태어났소. 공부를 얼마 하지 못했소. 소학교를 3학년까지 다니다 말고 일하기 시작했는데, 열여덟 살 때부터 만주 각지로 떠돌아다니면서 막벌이를 했소. 1925년에 안동에서 한 친구를 사귀게 되었는데, 그는 조선인이었소. 안도 차조구(安圖 茶條溝)에서 온 형님인데 성씨가 허(許) 씨요. 이름은 모르고 그냥 '쉬따거(許大哥, 허 씨 성 큰형님이라는 뜻)'라고만 불렀소. 나는 그를 따라다니면서 한동안 장사도 하고 돈도 벌었는데 그는 나를 친동생처럼 챙겨주었소. 조선말도 그때부터 배우기 시작했소. 후에 나는 쉬따거를 따라 그의 고향인 안도 차조구로 와서 살았고 여기서 또 별의별 일을 다 하게 되었소. 잡화점 가게에서 점원도 해봤고 '이 씨네 셋째 곰보(李三麻子)'라는 별명의 지주 집에 들어가 머슴살이도 몇 해를 했소. 그러다가 동불사 금불촌으로 이사 왔는데, 여기서 금불사 당 지부서기로 있었던 정(程) 씨 성을 가진 누님 한 분과 만나게 되었소. 그분도 조선인이었는데, '청따제(程大姐, 정 씨 성 누님이라는 뜻)'라고 불렀소. 그리고 그분 소개로 당에 가입했소. 5·30폭동 때 노두구에서 이 폭동에 참가했는데, 그때도 나는 매일 조선 옷을 입고 다녔소. 후에 나는 노두구 탄광에 파견되어 그곳에서 노두구 탄광유격대를 조직했소. 그런데 그때 내가 누구를 만났는지 아오? 김 정위가 지금 별명으로 사용하는 '진짜 김일성'을 만났더란 말이오."

왕덕태와 함께 안도현 차조구의 '이 씨네 셋째 곰보' 집에서 머슴살이했던 왕덕태의 부하 마덕전은 해방 후 중국 연변에서 살았다. 1938년에 제2방면군 총지휘자였던 김성주 밑에서 제9연대 연대장이 되기도 했다. 1940년 7월 15일, 안도현 요우퇀 뒷산에서 제2방면군 참모장이었다가 변절하여 일본군 토벌대에 협력하던 임수산특무대에게 붙잡히고 말았다. 결국 마덕전도 변절했으나 혈채가 없었기 때문에 처형되지 않고 풀려나왔다. 그는 왕덕태나 김성주와 관련한 많은 회고담을 남겼다.

마덕전은 1933년 7월 29일 새벽에 개시되었던 팔도구 습격전투에 대해서 이런 이야기를 들려주었다.

"나도 팔도구전투 때 처음 김일성과 만났다. 나중에 안 일이지만, 그는 나보다 두 살 어렸는데 덩치는 훨씬 컸다. 왕덕태도 키가 작은 사람이 아닌데 김일성은 더 커보였다. 하지만 몹시 말랐고 특히 입고 온 옷이 어찌나 낡고 너덜너덜하던지 그냥 보기에도 민망할 지경이었다. 그래서 난 그들이 천을 얻어 옷을 해 입으려고 팔도구 습격전투에 참가하러 온 것 아닌가 의심이 들 지경이었다."[93]

사실 연길현유격대는 팔도구를 한두 번만 습격한 게 아니다. 1932년 한 해에도 대대장 박동근과 정치위원 박길의 인솔로 2차례나 습격하여 돈과 쌀, 천 등을 빼앗아갔다. 왕우구 소비에트 정부에서 필요한 물건들은 전부 팔도구에서 얻을 정도였다.

1932년 10월에 일본군 대대 병력이 팔도구에 들어와 병영을 만들고 주둔하면서 팔도구 주변의 삼도만, 부암, 왕우구 등을 대대적으로 토벌했다. 이듬해 1933년 1월에는 1,000여 명에 달하는 토벌대 병력이 삼도만근거지로 쳐들어와 모조리 잿더미로 만들고 돌아갔던 적이 있었다.

왕덕태는 연길현 경내의 여러 근거지들에 대한 토벌대의 살벌한 기세를 한순

---

93 취재, 마덕전(馬德全) 중국인, 항일연군 생존자, 2군 6사 9연대 연대장, 취재지 교하, 1982.

간에 확 꺾어버리기 위해 그들의 본거지나 다름없는 팔도구 시가지를 습격하기로 계획했다. 일명 '위위구조(圍魏救趙, 위나라를 포위하여 조나라를 구함이라는 뜻)'라는 중국 역사 속의 전략이었다. 이를 위해 왕덕태는 동만특위 군사부장으로 임명되었으나 한동안 왕청에 가서 부임하지 않았다.

7월에 접어들면서 팔도구 일본군이 여러 갈래로 나뉘어 왕우구, 삼도만 석인구 등의 근거지들에 대한 대대적인 토벌에 나서자 왕덕태는 팔도구의 빈틈을 이용해 연길현유격대를 거느리고 곧장 토벌대 본거지를 습격하기로 작정했던 것이다.

그런데 이때 연길현유격대 제1중대는 박길을 따라 삼도만 능지영에 가 있었고, 팔도구 습격전투에 참가할 수 있는 중대는 제2, 3, 4, 세 중대밖에 안 되었다. 그나마도 왕우구, 북동과 남동에 각각 한 소대씩 남겨 근거지를 지키게 해야 했다. 그러다 보니 유격대 병력만으로 팔도구 시내를 모조리 점령할 수 있을지 의문이었다. 이럴 때 김성주가 방법을 내놓았다.

"삼도만은 안도와 가까운 고장인데, 이 지방 구국군들은 먹을거리가 있는 전투에는 무조건 나서는 습관이 있습니다. 이곳에 사람을 보내 구국군과 연계해 모두 이번 전투에 참가시키면 승산이 있지 않겠습니까!"

왕덕태도 그 방법이 좋겠다 싶어서 마덕전에게 임무를 주었다.

"덕전이 네가 삼도만에 가서 박 대대장(박길)한테도 이 일을 이야기하고, 능지영에 주둔한 1중대도 이번 전투에 참가할 수 있는지 의견을 들어보고 오너라."

그런데 마덕전이 평상시 왕덕태와 허물없이 주고받는 말 습관대로 별 생각 없이 아무렇게나 대답했다.

"그럼 팔도구 시내 안에 있는 먹을거리는 다 그 애들이 가져가 버릴 텐데 우리는 무엇을 먹습니까? 왕청에서 온 아이들을 보십시오. 옷들이 다 닳아 궁둥이가 나올 지경입니다. 천 한 조각도 얻지 못하고 돌아가면 되겠습니까?"

이 말에 기분을 잡친 김성주가 왕덕태에게 물었다.

"이 사람이 유격대원입니까?"

"그러게 말이오. 말하는 본새로는 삼림대나 마적 같은 소리지 말이오."

왕덕태도 허물없이 아무 소리나 해대는 마덕전을 단단히 혼쩌검 낼 심산이었다. 마덕전은 다급하게 잘못했다고 빌었다.

"형님, 용서해주십시오. 그냥 한 소립니다. 왕청유격대가 입고 온 군복이 너무 낡아서 도와주고 싶은 마음에서 한 소립니다."

마덕전은 부리나케 삼도만으로 달려갔다. 삼도만 구국군들은 이미 오래전부터 연길현유격대와 합작한 적이 있었고, 또 전대(前代) 대대장이었던 박동근, 임승규, 박길 등과도 익숙한 사이었다. 비록 민생단 혐의를 쓰고 대대장 자리에서 내려앉았으나 그들은 모두 왕덕태를 도와주었다.

구국군들은 옛 친구들 생각으로 팔도구 습격전투에 참가하러 왔으나, 정작 그들을 마중한 사람은 전혀 모르는 얼굴의 새파랗게 젊은 김성주였다. 그러나 다행스럽게도 김일성이라는 이름은 이미 구국군들에게도 꽤나 알려진 이름이었다.

"아이고, 김일성이 젊다는 소리는 들었는데, 완전 애송이로구만."

"저 애송이가 우리 연합부대 참모장이란 말이야?"

왕덕태에 의해 연합부대 참모장으로 임명된 김성주는 마적들이나 다를 바 없이 산만하고 제멋대로였던 구국군들을 제압하기가 힘에 부쳤다. 군율을 세우지 못하는 대신 김성주는 왕덕태에게 이런 꾀를 대주었다.

"어차피 구국군들은 먹을거리를 보고 왔으니 먹을거리로 그들을 움직일 수밖에 없습니다. 먼저 앞장서서 성문을 부수고 들어가는 부대가 노획물의 절반을 차지할 수 있게 하면 됩니다. 그러면 서로 선두에 서려고 할 것입니다. 공격은 동문과 서문 두 곳에서 동시에 시작하되, 각 부대는 시내로 들어가 점령한 자기 구역 안에서만 물건을 빼앗아 가지게 하고 다른 부대가 차지한 지역은 범하지 못하게 하십시오. 우리 유격대는 후비부대로 전투에 참가하면 됩니다."

작전 배치를 할 때 구국군들은 모두 다투어 앞장서겠다고 나섰다.

"그런데 하나만 물읍시다. 만약 성문을 쉽게 공략할 수 없고 사상자가 많이 생기면 어떻게 하오? 당신들 공산당 유격대만 뒤에서 큰 이익을 보는 것 아니요?"

왕덕태가 어떻게 대답하면 좋을지 몰라 쩔쩔맸다. 그때 김성주가 대답했다.

"왜놈들이 지금 우리 공산당 유격근거지를 토벌하느라 정신이 하나도 없습니다. 팔도구 시가지가 다 비어 있습니다. 우리가 아무려면 이런 정보도 미리 알아보지 않고 전투를 준비하겠습니까?"

그러자 구국군이 김성주에게 계속 따지고 들었다.

"아니, 팔도구 시가지가 다 비어 있는 게 확실하다면 왜 유격대 혼자 습격하지 않소? 그러면 시내 물건들도 다 차지하고 더 좋을 텐데 말이오. 참모장이 한번 대답해보시오."

"우리 유격대는 구국군과 사정이 좀 다릅니다. 당신네는 사령관에게 결정권이 있어 사령관 마음대로지만, 우리 유격대는 당에서 지시하는 대로만 해야 합니다. 당에서는 우군인 당신들과 통일전선을 이루어 함께 손을 잡고 왜놈들과 싸우라고 지시했습니다. 때문에 우리는 당의 지시대로 하고 있는 것입니다."

"그럼 당신네 공산당에서는 노획물을 나눌 때 어떤 식으로 나누라고 규정했는지 한번 소개해주시구려."

"아 그거야 상식 아닙니까. 전투에서 가장 희생이 많은 부대가 더 많은 노획물을 차지하는 것이 당연한 도리가 아닙니까."

김성주의 대답이 막히는 법이 없었다.

"그렇다면 좋소. 하나만 더 대답해주시오. 만약 우리가 앞장서서 어려운 전투를 다 치르고 잔뜩 희생한 다음 맥이 빠져 더는 성 안으로 돌진할 수 없다 칩시다. 그때 뒤에서 아무런 희생도 내지 않은 유격대가 들어가 차지한 자리가 제일 많다면, 노획물을 어떤 식으로 나눌 것이오?"

"두말할 것도 없습니다. 가장 공헌을 많이 하고 희생이 많은 부대가 노획물 절반을 차지하여야 합니다."

구국군들은 이구동성으로 찬성했다. 이때 팔도구 습격전투에 참가하려고 몰려든 부대는 구국군뿐만 아니라 삼림대들까지 합쳐 도합 여덟 갈래나 되어 400여 명이나 되었다. 그들이 서로 앞장서서 돌격하려 했기 때문에 왕덕태가 인솔한 연길현유격대와 김성주가 인솔한 왕청유격대는 후위에 서게 되었다.

6. 팔도구전투

그리하여 7월 29일 새벽 5시경, '쌍승(双勝)' 깃발을 내건 삼림대가 가장 앞장서서 동문으로 쳐들어갔고 삼도만에서 온 구국군 한 중대가 서문으로 돌격했으나 성문을 지키던 만주군에게 모조리 격퇴당하고 말았다. 불과 20여 분도 되지 않은 사이에 서문으로 공격해 들어가던 삼도만 구국군 중대가 풍비박산이 나자 후속부대들이 계속 증원되었으나 성문을 쉽게 점령할 수 없었다. 마덕전이 참지 못하고 달려와 왕덕태에게 요청했다.

"형님, 우리 유격대가 나설 때가 되지 않았습니까? 제가 서문을 공격하겠습니다.”

왕덕태는 김성주를 돌아보았다.

“김 정위 보기에는?”

“아직은 안 됩니다.”

김성주가 마덕전을 가로막았다.

“왜 안 된다는 거요?”

“안 된다면 안 되는 줄 알고 가만 기다리기나 하시오.”

김성주가 흘겨보자 마덕전은 입을 다물고 말았다. 마덕전은 김성주가 누구한
테나 정말 살갑게 대했지만 유독 자기한테만은 쌀쌀맞기 이를 데 없었다고 회
고했다. 이유는 알 수 없었다.

하지만 왕덕태는 김성주에게 빠져 있었다. 왕덕태는 이름만 팔도구전투 연합
부대 지휘관이었을 뿐 전부 김성주의 의견대로 따라했다. 동문을 공격하던 구국
군이 또 물러나자 김성주가 왕덕태에게 이야기했다.

“군사부장 동지가 ‘쌍승’ 부대를 지원하십시오. 서문은 제가 가서 지원하겠습
니다. 이제 우리가 나설 때가 된 것 같습니다.”

왕덕태는 김성주가 데리고 온 왕청유격대 인원수가 너무 적다며 연길현유격
대에서 한 중대를 떼어 보태주려고 했다.

“그럼, 저 마 씨네 중대를 보내주십시오.”

김성주는 마덕전을 향하여 턱짓했다. 왕덕태가 동의하자 김성주는 바로 마덕
전을 불러 선두부대에 세웠다.

“당신이 아까부터 싸우겠다고 제일 급해하지 않았소. 앞장서서 돌격하십시
오.”

“못할 것이 없지요.”

마덕전은 좋아라 응낙하고 공격부대 선두에서 돌격해 나갔다. 다시 20여 분 지나자 동문을 지키던 만주군이 시내 안으로 철수하기 시작했다. 연길현유격대가 왕덕태의 인솔로 수류탄 50여 발을 던져 만주군 포대를 모조리 날려버렸기 때문이었다. 제일 앞장 섰던 쌍승 부대가 이때 절반가량 죽고 연길현유격대 뒤에서 묻어 들어왔다.

동서 두 성문을 지키던 만주군은 모두 철퇴하여 팔도구 영사분관 쪽으로 달려가 그곳을 지키던 일본군과 합류했는데, 김성주가 인솔한 왕청유격대도 이때 마덕전의 연길현 중대가 대원 절반을 잃어가면서 혈로를 개척한 덕분에 아주 쉽게 서문을 점령하고 팔도구 영사분관 앞에 도착해 일만군(日滿軍)과 대치상태에 들어갔다. 이때 김성주가 마덕전에게 명령했다.

"당신이 직접 군사부장 동지께 달려가서 내 의사를 전하시오. 20분만 더 공격해보고 만약 영사관을 점령할 수 없다면 그때는 일제히 성 밖으로 퇴각해야 한다고 말이오."

그런데 마덕전은 왕덕태에게 다르게 전달했다.

"김 정위가 20분만 더 공격해보고 안 되면 양쪽에서 공격하지 말고 부대를 한데 합쳐 공격해보자고 합디다."

"아니야, 20분씩이나 시간을 끌면 우리가 위태로워질 거야."

왕덕태가 이렇게 대꾸할 때 아닌 게 아니라 제일 앞장서서 서문으로 공격하다가 패퇴했던 삼도만 구국군이 다시 성 안으로 돌아왔다. 그들 뒤로 일본군이 따라 들어왔다. 삼도만과 왕우구 쪽에서 토벌작전을 벌이던 일본군이 총소리를 듣고 팔도구 쪽으로 달려왔기 때문이었다. 더구나 차를 타고 왔기 때문에 생각했던 것보다 훨씬 더 속도가 빨랐다. 김성주가 파견한 전령병 조왈남(趙日南)이 다시 달려왔다.

"김 정위가 빨리 철수해야 한다고 다시 요구했습니다."

그제야 왕덕태는 김성주가 보낸 전령 내용과 다른 것을 알아차리고 마덕전을 돌아보며 버럭 화를 냈다.

"덕전아, 네가 나발을 불었구나. 너는 김 정위가 20분 뒤에 유격대를 한데 합쳐 공격하자고 했다지 않았느냐?"

"네. 분명히 그랬습니다."

"그런데 이게 뭐냐? 전령병이 가지고 온 연락은 다른 내용이다."

왕덕태 쪽에서 시간을 끌자 김성주는 더 기다리지 못하고 먼저 철수하기 시작했다. 그러나 성문 쪽에서 일본군을 실은 차가 나타났기 때문에 그쪽으로 퇴각할 수 없었다. 김성주의 왕청유격대는 왕덕태의 연길현유격대와 합쳐 동문 쪽으로 빠져나가기 시작했다. 김성주는 왕덕태에게 권했다.

"연길현유격대가 먼저 퇴각하십시오. 저희가 잠깐 남아서 영사관에 불을 지르겠습니다."

김성주는 한 소대의 화력으로 엄호하면서 다른 한 소대에게 짚단과 나무, 그리고 기름을 담은 유리병 수십 개와 함께 불붙인 횃불을 영사관 담장 안에 던져 넣게 했다. 잠깐 사이에 영사관이 화염에 휩싸였다. 그러는 사이에 왕덕태가 앞장서서 동문으로 빠져나가기 시작했다. 이렇게 팔도구 시가지로 쳐들어올 때도 배후에 서고 또 나올 때도 배후에 서다 보니 김성주의 왕청유격대는 단 1명의 희생자도 내지 않았다. 다만 중대장 이응만이 다리에 총탄을 맞았는데, 수술할 수 없어 끈으로 다리에 탕개를 틀어 지혈시켰다. 이때 영사관 건물뿐만 아니라 팔도구경찰서까지 불에 타버렸는데, 이 전과는 김성주의 왕청유격대가 올린 것이었다.

그러나 이 전투에서 구국군은 물론 유격대도 역시 아무런 노획물도 얻지 못하고 사상자만 잔뜩 내고 말았다. 연길현유격대의 손실이 구국군 못지않게 컸다. 마덕전 중대가 절반 이상이 죽었을 정도였다. 마덕전은 하마터면 소대장으로 강등당할 뻔했으나 김성주 덕분에 무사할 수 있었다.

왕청유격대가 돌아가는 날, 마덕전은 길목을 막고 김성주에게 말을 건넸다가 또 한 번 묵사발 당하고 말았다.

"김 정위, 당신이 나를 싫어하는 걸 내가 모르지 않소. 나도 당신을 별로 좋아하지는 않소. 그러나 당신이 내 형님(왕덕태)한테 나를 위해 좋은 말을 해준 것도 알고 있소. 내가 당신에게 진 인정의 '빚'이라고 생각하겠소. 반드시 갚을 날이 있을게요."

마덕전의 이 말에 김성주는 멈춰 서서 마덕전을 똑바로 세워놓고 한바탕 훈계하기 시작했다.

"마 동무, 보자보자 하니 정말 안 되겠소. 우리 유격대가 구국군이나 삼림대와 다른 것이 무엇이오? 우리는 공산당이 영도하는 혁명군이오. 그런데 왜 툭하면 '형님'이니 '큰형님'이니 하고 부르오? 그리고 뭐가 인정의 '빚'이오? 마 동무 중대가 절반 이상 줄었지만 분명 잘 싸웠으니 소대장으로 강등되는 것은 불공평한 처분이라고 한마디 했을 뿐이오. 그리고 내가 왜 동무를 싫어하겠소? 동무 몸에서 나는 '마적' 냄새가 너무 역겨운 것뿐이오. 다음번에 또 만나더라도 계속 이런 식으로 말투부터 마적들 같으면 다시는 동무를 혁명동지로 상대하지 않겠소."

이때 마덕전이 '미안하다. 다시는 안 그러마. 말투도 꼭 고치도록 하마.' 대답해버렸더라면 아무 일도 없었을 것이다. 그러나 자기에게서 마적 냄새가 난다는 말에 또 참지 못하고 대들었다.

"거 참, 김 정위는 이상한 사람이구만. 내가 이래 뵈도 머슴꾼 출신이오. 내가 중국인이라 다행이오. 만약 조선인이었으면 당신은 나한테 민생단 낙인까지 덮어씌웠을지도 모르겠구만."

마덕전은 이렇게 투덜거리면서 경례도 하지 않고 휙 돌아서서 와버렸다. 왕덕태는 이 사실을 알게 되자 마덕전을 나무랐다.

"덕전이 네가 내 망신을 다 시키는구나. 김 정위가 사람이 선비같이 착한데, 너는 왜 구국군이나 삼림대 사람들 앞에서는 꼼짝도 못하면서 김 정위한테만은 그렇게 함부로 버릇없이 구느냐?"

그러자 마덕전이 억울하다며 항변했다.

"그 망할 자식이 내 몸에서 마적 냄새가 난다지 않겠소."

"너 말투부터 좀 고치라고 내가 얼마나 부탁했느냐? 사석이고 공석이고 가리지 않고 '형님', '큰형님' 불러대니 그게 그래 마적들이 하는 '말본새'가 아니고 뭐냐. 내가 오늘 마지막으로 분명하게 경고하겠다. 덕전이 너 다시는 나를 '형님'이라고 부르지 말거라. 지금 너하고 내가 차조구에서 머슴살이 같이 할 때와 같으냐? 아니잖으냐."

왕덕태가 이런 식으로 경고까지 하자 비로소 마덕전도 더는 왕덕태를 '형님'이라고 부르지 않았다. 그런데 팔도구전투에 실패해 빈털터리로 돌아갔던 김성주가 얼마 지나지 않아 유격대 정치위원직에서 제명되었다는 소문이 마덕전 귀에까지 날아들었다. 혹시 잘못 들었나 하고 마덕전은 자기 귀까지 의심할 지경이었다.

"김일성 대장이 도문에서 경제 모금 사업을 하다가 돈이 너무 모아지지 않아 아주 부자들을 납치하고 노략질을 했다오."

왕청에 회의하러 갔다가 이런 소문을 듣고 돌아온 왕우구근거지의 한 간부가 이렇게 전했다. 그들은 처음에는 반신반의했지만 얼마 지나지 않아 금방 사실로 확인되었다.

9월에 오의성의 구국군이 동녕현성을 공격하는 전투에 함께 하려고 연길, 화룡, 훈춘 등 각 현위원회 산하의 유격대에서 중대를 선발하여 파견했는데 연길현에서는 최현의 중대가 선발되었다. 하지만 중국 글을 모르는 최현 때문에 통신원한테 구두로 전달받은 참전 시간을 잘못 기억하여 결국 이 전투에 참가하지 못하고 마촌에서 이틀이나 밥만 축내다가 그냥 돌아왔다. 그런데 그들이 마촌에서 팔도구 습격전투에 참가했던 왕청유격대 제1, 5 중대 대원들과 만나 직접 들은 소식에 따르면, 김성주는 근거지에 필요한 보급품들을 마련하기 위해 도문과 양수천자 쪽으로 나가 활동하고 있었다.

듣기 좋은 말로 '활동'이지 실제로는 노략질이라 해도 과언이 아니었다. 보급품으로 다량의 쌀과 천이 무엇보다 필요했다. 특히 날씨가 추워지기 전에 유격대 군복부터 해결해야 했다. 팔도구전투에서 천을 구하려고 했던 계획이 물 건너가자 김성주는 양수천자와 회막동골 등 지방을 돌아다니면서 경제 모금 활동을 벌였다. 왕윤성이 직접 책임지고 모금단을 조직하여 유격대에 파견했는데, 모금단 대장은 한옥봉이었다.

이 모금단이 회막동골에서 경제 모금 활동을 벌일 때 유수하자의 구국군이 그들의 공연을 구경하려고 몰려왔다. 그때 마름과 함께 회막동에 와서 소작농들과 만나고 있었던 황(黃) 씨 성의 중국인 지주가 구국군 병사들에게 붙잡혔다. 마름이 다급하여 모금단의 경호를 책임졌던 한흥권에게로 달려와 부탁했다.

"우리 주인나리를 구해주시면 유격대에 헌금하겠소."

한흥권은 좋아라고 달려가서 구국군 병사 앞을 가로막고 황 지주를 빼냈다.

"우리 유격대가 지금 한창 경제 모금 활동을 하고 있는데, 여기 와서 제멋대로 사람을 납치해가는 법이 어디 있소?"

"당신들만 모금단을 조직하나? 우리 구국군도 모금을 받고 있다. 그리고 황 지주는 우리 중국인인데, 왜 조선인인 당신들이 나서서 함부로 우리 중국인 지주를 납치하려 한단 말인가?"

구국군이 이렇게 따지고 나오자 한흥권도 질세라 부랴부랴 중국인 대원들을 앞에 내세워 도리를 따졌다.

"자고로 '우물물은 시냇물을 침범하지 않는다(井水不犯河水)'고 했소. 우리가 먼저 여기서 모금 활동을 했는데, 여기 와서 공연을 구경하던 사람을 당신들이 잡아가는 법이 어디 있소. 만약 당신들이 먼저 모금활동 중이었다면 우린 두말 없이 물러갈 것이오."

이렇게 한바탕 시비 중일 때 소식을 들은 구국군 우두머리가 유수하자에서부터 말을 타고 달려왔고 김성주도 나머지 한 중대를 다 데리고 회막동골에 도착하여 구국군 우두머리와 협상했다. 나중에 김성주가 방안을 내놓았다.

"선택권은 황 지주한테 줍시다. 황 지주가 선택하는 대로 합시다."

구국군도 그러는 것이 좋겠다고 했다. 그러자 한흥권이 다급하게 김성주에게 말했다.

"아니 김 정위 동지, 저 지주가 '되놈'이니 당연히 같은 '되놈'을 선택할 것이 뻔하지 않습니까?"

"아닙니다. 두고 보십시오."

김성주는 느긋하게 대답했다. 황 지주는 마름을 시켜 구국군과 유격대 중 어느 쪽이 대원 수가 더 많은지 알아보게 했다.

"구국군은 100여 명도 더 되고 유격대는 다 합쳐봐야 60여 명 남짓합니다."

대답을 들은 황 지주는 주저 없이 유격대를 선택했다. 구국군은 돈과 쌀을 원하지만 유격대는 무엇보다도 군복을 해 입을 천이 필요하다는 것까지 금방 다 이해한 황 지주는 선뜻 유격대에게 헌금하겠다고 약속했다.

그런데 구국군이 돌아가고 나서 김성주가 황 지주에게 내놓은 조건은 굉장했다. 최소한 150여 명의 유격대원이 입을 군복 천과 면화를 마련해달라고 요구했고, 또 옷을 만들 손재봉틀 10대도 명목에다가 적어넣은 것이다.

"재봉틀까지 마련하란 말씀이오?"

한흥권이 김성주 대신 나서서 황 지주를 을러멨다.

"원래는 봄철에 입을 군복까지 한 200벌 지을 천이 필요하지만, 우리도 당신 사정을 모르지 않으니 100벌만 요구한 것이오. 그리고 재봉틀이 없으면 우리가 무슨 방법으로 한두 벌도 아닌 군복을 만들어내겠소. 당신이 머슴들한테 삯바느질을 시켜서 우리 군복을 대신 만들어주겠소?"

황 지주는 울면서 애원했다.

"제가 그렇게 큰 부자는 아닙니다. 그냥 남들보다 좀 더 먹고 살만한 처지일 뿐인데, 한꺼번에 그렇게 많은 양을 어떻게 해결합니까?"

"그러면 그냥 구국군 쪽으로 넘겨드릴까요?"

한흥권이 슬쩍 이렇게 나오니 황 지주는 더욱 혼비백산했다.

"어쩌면 그렇게도 세상 돌아가는 형편을 모르시오? 우리는 모금단이 나서서 모금하지만 마적들이나 삼림대한테 한번 걸려보십시오. 아마 모르긴 해도 코나 귀 정도는 바로 잘렸을 것입니다. 요구대로 하지 않으면 나중에 손이고 발이고 무사할 줄 압니까. 다 떨어져 나갑니다. 꼭 그렇게 당하고 나서야 정신을 차리겠습니까?"

결국 황 지주는 울며 겨자 먹기로 승낙하고 말았다.

"좋습니다. 군복 천부터 먼저 해결하지요. 재봉틀도 제 집에 있는 것부터 먼저 드리겠습니다.”

황 지주는 도문에 있는 아들에게 직접 편지를 썼다. 편지 배달을 갔던 사람은 김성주의 마부 오백룡(吳白龍)[94]이었다. 그 다음 날 황 지주의 아들이 군복 천을 마차에 싣고 양수천자로 찾아왔는데, 손재봉틀은 두 대밖에 구하지 못했다.

“재봉틀을 사려면 장춘이나 길림에는 갔다 와야 하는데, 그렇게 되면 시간이 너무 걸릴 것 같아서 재봉틀 대신 재봉틀 10대를 살만한 돈을 따로 더 드리겠습니다.”

황 지주 아들이 이렇게 나서니 김성주도 더는 황 지주를 붙잡아 둘 수가 없었다.

그때 오백룡이 나서서 김성주에게 말했다.

“제가 유격대에 입대하기 전에 온성에서 몇 년 살았습니다. 온성에 가면 일본 사람 백화상점에서 재봉틀을 살 수 있습니다.”

한시라도 빨리 대원들에게 새 군복을 입히고 싶었던 김성주는 온성에 가면 재봉틀을 사올 수 있다는 말에 귀가 솔깃했다. 그는 급기야 온성으로 나갈 대원을 선발했다. 제1소대장 최춘국[95]과 제3소대장 박태화가 온성 출신이었다. 서로

---

94 오백룡(吳白龍, 1913-1984년) 독립운동가, 북한 군인. 함경북도 회령에서 출생했으며, 1919년 만주로 이주했다. 1933년 만주 항일단체에 가담했으며, 1937년에는 동북항일연군에 입대해 보천보전투에 참가했다. 1949년 조선민주주의인민공화국 내무성 제1여단장이 되었으며, 1950년 한국전쟁에는 조선인민군 제8사단장으로 참전했다. 1953년 조선인민군 제7군단 부군단장, 1958년에는 내무성 부수상을 지냈다. 1968년 노농적위대 사령관이 되었으며, 1982년 김일성훈장을 받았다.

95 최춘국(崔春國, 1914-1950년) 독립운동가, 북한 군인. 함경북도 온성에서 빈농 출신으로 태어났다. 1925년 길림성 왕청현 동일촌으로 이주했다. 1928년부터 머슴, 철도공사 노동자로 생활했으며, 1931년 왕청현에서 추수투쟁에 참가했다. 1932년 중국공산청년단에 입단하고, 1933년 왕청현 항일유격대에 입대했다. 9월 동녕현성전투에서 구국군 사령관 사충항을 구출했다. 1937년 동북항일연군 독립여단 연대장 및 정치위원을 지냈다. 8월에는 남만으로 이동하여 제2군 경위연대 연대장, 정치위원이 되었다. 1938년에는 동북항일연군 제2로군 제1단 단장을 지냈다. 12월 화전현 회

자기가 갔다 오겠다고 나섰으나 한흥권이 박태화의 손을 들어주었다.

"어진 춘국이보다는 태화가 훨씬 더 영리하고 머리가 팍팍 돌아가니 이런 일에는 박태화를 보내는 게 더 좋을 것 같습니다. 대신 춘국이네 1소대의 오백룡을 함께 보내면 도움이 될 것 같습니다."

오백룡은 김성주 회고록에서도 소개되듯이 '비지깨(성냥)권총' 또는 '무철'이라고 부르는 스스로 만든 화약권총으로 온성세관에서 순사까지 쏴 죽였던 아주 만만찮은 부랑 소년이었다. 1914년생으로 김성주보다 두 살 어렸던 오백룡은 회령에서 태어났다. 여덟 살 때 간도로 이주하여 한동안 삼도만에서 살다가 열네 살 때 형들을 따라 다시 조선으로 막벌이를 나갔는데 주로 온성 지방에서 떠돌아다녔다. 한때는 왕재산에서 숯 굽는 일까지도 해봤다고 한다.

"한 집에서 재봉틀을 여러 대 사면 의심받을 수 있으니 꼭 여러 집을 돌아다니면서 사야 하오. 만약 사태가 심상찮으면 재봉틀이고 뭐고 다 팽개치고 재빨리 철수하시오. 사람부터 살고 보아야 하오."

김성주는 박태화와 오백룡에게 신신당부했다. 그런데 생각지도 못했던 일이 일어났다. 온성에 재봉틀 파는 집이 몇 집 있었는데, 주인은 모두 한 사람이었던 것이다. 두 조로 나뉘어 상점에서 재봉틀을 사다가 온성주재소 경찰들에게 박태화와 함께한 대원 1명이 연행되었다. 주재소로 압송되던 도중 박태화는 탈출하

성천 시가지 전투에 참전했다. 그즈음 푸르허, 한총령, 정안툰, 홍쓰라자 등지에서 싸웠다. 1940년 9월 제3방면군 경위여단 제3단 정치위원이 되었다. 10월 제13단 정치위원이 되었다. 같은 해 11월 소련 영내로 이동하여 오께얀스까야 야영학교에 수용되었다. 1945년 9월 함경북도 나진에서 경비사령부 책임자를 지냈으며, 1946년 말 보안간부훈련소 제1소 제3분소장으로 임명되어 조선인민군 창군 과정에 참가했다. 1950년 한국전쟁에 사단장으로 참전했다가 중상을 당했다. 1949년 2월 인민군 창설 1주년에 북한 정부로부터 제2급 훈장을 받았다. 1968년 9월 공화국 창건 20돌을 맞아 그의 고향인 함경북도 온성군 고성로지구에 그의 동상이 세워졌으며, 조선로동당창건 30돌을 맞이하여 혁명렬사릉에 그의 반신상이 세워졌다. 또한 조선민주주의인민공화국 영웅칭호와 금별메달과 국기훈장 제1급을 수여했다.

다가 총에 맞아 죽었고, 다른 대원은 경찰들에 의해 주재소에까지 불려온 부모에게 설득당했다.

"같이 온 자들이 어디서 다시 만나기로 했는지 집결장소만 대라. 그러면 입공속죄(立功贖罪, 공을 세워 죄를 씻는다는 뜻)한 것으로 치고 무죄 석방하겠다."

온성경찰서 일본인 순사부장이 직접 나서서 이렇게 다짐한 데다가 부모가 눈물을 흘려가며 애원하는 바람에 붙잡힌 대원은 오백룡 등과 만나기로 약속했던 장소를 불고 말았다.

"우리는 두 소조가 나왔는데, 타막골에서 저녁에 만나기로 했습니다."

"지금 저녁 무렵이 다 돼 가는데, 지금 가면 그들이 기다리고 있겠느냐?"

그 대원은 머리를 끄덕였다. 그 대원은 경찰서로 실려 온 박태화 시체를 가리키며 일본인 순사부장에게 말했다.

"저분은 소대장입니다. 그러니 꼭 기다릴 것입니다."

그 대원을 통해 타막골에서 박태화와 만나기로 한 다른 소조 책임자가 오백룡이라는 것을 알게 된 온성 경찰들은 흥분했다. 그들은 오백룡을 잘 알고 있었다. 온성군 경찰서에서는 오백룡을 붙잡으려고 기마대까지 동원했으나 오백룡은 다른 대원들에게 두만강을 건너 양수천자로 들어가게 하고 자기만 혼자 남아 왕재산 쪽으로 경찰대를 유인하여 달아나버렸다.

박태화가 죽고 오백룡까지 돌아오지 않자 다급해진 김성주는 직접 최춘국을 데리고 몰래 온성으로 들어갔다. 황 지주에게 받은 천과 재봉틀을 한흥권에게 맡겨 왕청으로 보내고 자신은 최춘국과 다른 대원 40여 명을 데리고 타막골 대안에 도착하여 솔골에서 숙영하며 대원들을 풀어 일주일 동안이나 오백룡을 찾았다. 결국 왕재산을 샅샅이 뒤지던 최춘국이 산속에서 모닥불을 피워놓고 족제비를 잡아서 구워먹던 오백룡을 만나 데리고 돌아왔다.

12장
동녕현성전투

"승리하는 군대는 먼저 이긴 뒤에 싸움을 찾고,
패하는 군대는 먼저 싸운 뒤에 승리를 구한다'고 했소.
즉 우리는 '승전후구전(勝戰後求戰)' 해야지
'패전후구승(敗戰後求勝)' 해서는 안 된다는 것이오."

1. 작탄대 대장을 맡다

8월 말, 김성주가 오백룡을 데리고 양수천자로 다시 돌아왔을 때 대대장 양성룡이 보낸 전령병이 기다리고 있었다. 중요한 군사행동이 있을 것이니 빨리 왕청으로 돌아오라는 대대장의 말을 전하고 전령병이 먼저 돌아가자 김성주도 대원들을 데리고 양수천자를 떠났다. 일행이 마반산까지 왔을 때 현위원회 통신원이 또 말을 타고 정신없이 달려왔다.

"김 정위 동지, 저는 마영 동지가 보내서 왔습니다."

김성주와 안면이 있는 이 통신원은 김성주만 조용히 따로 만나 단도직입적으로 물었다.

"김 정위 동지, 군복 천은 인질을 납치해서 빼앗은 것입니까?"

"아닙니다. 경제 모금으로 지주가 자발적으로 지원한 것입니다."

김성주가 잡아뗐다. 통신원은 한참 말이 없다가 입을 열었다.

"구국군과 연락하는 사람이 있어 내막이 동장영 동지 귀에도 들어갔습니다. 마영 동지가 저를 보낸 것은 왕청에 도착한 뒤 현위원회에서 이 문제를 조사할 때 김 정위께서 지금처럼 잡아뗐거나 거짓말하면 절대 안 된다고 주의를 주기 위해섭니다. 만약 잡아뗐다가는 심문이 더 엄중해질 터이니 후과를 감당할 수 없게 됩니다. 지금 왕청 사정이야 누구보다도 김 정위가 더 잘 알지 않습니까."

김성주는 소스라치게 놀랐다. 사태가 심상찮은 것을 느낀 김성주는 미리 검토서부터 한 장 써서 품속에 간직하고 왕청에 도착하자 제일 먼저 왕윤성을 만나 회막동에서 도문의 황 지주를 납치했던 일을 자세하게 보고했다.

"동 서기가 어디서 들었는지 김일성 동무가 도문 지주를 두고 구국군과 서로 빼앗으려 했다고 하더구먼. 그래서 지금 단단히 화가 났소. 일단 동장영 동지한테 가서 아무 변명도 하지 말고 잘못부터 성실하게 고백하고 용서를 구하는 것이 좋겠소. 나하고 같이 갑시다."

왕윤성은 직접 김성주를 데리고 동장영에게로 갔으나 마침 호택민이 구국군에서 보낸 오의성의 부관 초무영과 만나고 있어 동장영을 만날 수 없었다. 대신 왕중산이 나와 잠깐 김성주와 만났다.

"군복 천을 해결한 것은 정말 잘했소. 하지만 어떻게 그런 짓을 벌일 수 있소? 지금은 길게 말하지 못하지만 빨리 현위원회에 가서 먼저 그동안의 일을 자세하게 보고하고 처리결과를 기다리시오."

김성주가 돌아오는 길에 왕윤성에게 물었다.

"왕윤성 동지, 현위원회에서는 이 일을 어떻게 처리하기로 했습니까?"

"나는 극력 반대했소만, 송일 동무가 통 듣지 않소."

"그러면 저한테 처벌을 내리기로 이미 결정했단 말씀입니까?"

왕윤성은 한숨을 내쉬었다.

"상황이 안 좋소. 유격대의 군복 사정은 알지만, 마적들처럼 인질을 납치하고 물건을 노략질한 것으로 비쳐졌으니 말이오."

김성주는 억울한 마음을 애써 참아가며 변명했다.

"뭐가 납치란 말입니까? 우리가 경제 모금을 하는데, 도문 지주가 우리 모금단 공연을 구경하다가 구국군에 잡혀가는 것을 우리가 빼냈습니다. 우리는 그에게 오라를 지운 적도 구타한 적도 없습니다."

"송일 서기를 만나면 절대 이런 식으로 말하면 안 되오."

왕윤성은 사건의 옳고 그름을 가리려 하지 않았다. 다만 김성주가 처벌당하는 것을 막아보려고 백방으로 노력했으나 끝내 김성주의 왕청유격대 정치위원직을 지켜내지 못했다.

신임 왕청현위원회 서기 송일이 김성주의 유격대 정치위원직을 해제해야 한다고 한결같이 주장하는 데다가 동장영의 파견을 받고 이 회의에 직접 참가했던 특위 조직부장 이상묵까지도 송일의 주장에 찬성하는 바람에 왕윤성도 반대할 수 없게 되었다. 왕윤성이 남몰래 김성주를 위로했다.

"어쩌겠소. '신관상임삼파화(新官上任三把火)'[96]라는 말도 있소. 저 두 사람 모두 신관으로 한바탕 열정이 나서 불을 일으키고 있는 중이오. 그러니 그냥 재수 없게 걸렸다고 생각하시오."

김성주는 왕윤성에게 요청했다.

"평대원으로라도 좋으니 어떤 일이 있더라도 저를 유격대에 남게 해주십시

---

96 신관상임삼파화(新官上任三把火)는 『삼국지』에 나오는 말로, 지금도 중국 관료사회에서 유행하는 말이다. 새로 임명된 공무원은 세 개의 횃불처럼 기세등등하다는 뜻이다.

오."

송일은 김성주를 왕청현위원회 아동국장으로 임명하려고 했으나 대대장 양성룡의 반대로 결정을 내리지 못했다. 아동단, 소년단, 부녀회 등 반일단체 조직은 선전부장인 왕윤성 관할이었다. 그들은 비록 나이는 어렸지만 근거지의 생산, 건설, 전선지원, 상병 간호, 보초, 밀정 탐지, 정찰, 통신, 선전 등 여러 분야에 걸쳐 활동했다. 양수천자에서 경제 모금을 할 때 데리고 갔던 모금단에는 오늘까지도 북한에서 '9살 나이로 영생하는 영웅'으로 기리는 왕청의 아동단원 김금순도 있었다.

"솔직히 아동단 사업도 만만치 않소. 우리 동만주근거지의 아동단원이 지금 얼마인지 아오? 자그마치 1,600명을 넘어서고 있소. 전체 당원(공산당)과 단원(공청단)을 모조리 합친 수와 맞먹소. 더구나 각 근거지의 아동단들도 모두 왕청에 와서 배워가는 중이오. 그러니 다른 지방은 몰라도 왕청의 아동국장이라면 어쩌면 유격대 정치위원 못지않게 주요한 직책이라는 것을 잊어서는 안 되오."

나중에 왕윤성까지 나서서 이처럼 설득했으나 끝까지 유격대에 남으려는 김성주의 마음을 돌려세우지 못했다. 당시 아동국장 물망에 오른 사람도 여럿 있었다. 왕청현위원회 공청간부 조동욱, 나자구 아동국장 최광, 왕청 제5구 아동단장 박길송 외 연길현에서 파견된 공청간부 이순희 등이 있었다. 김성주는 왕윤성에게 말했다.

"아동단 사업은 제가 유격대에 있으면서도 얼마든지 도와드릴 수 있습니다. 저는 유격대에 남아서 평대원부터 다시 시작할 것이니 당 조직에서는 저를 신중히 조사해 주시기 바랍니다. 넘어진 곳에서 다시 일어나겠습니다."

그 결과 왕청현위원회 아동국장은 왕청 제5구 아동단장이었던 열다섯 살 난 박길송(朴吉松, 박주원朴周元)이 임명되었고, 김성주는 왕청유격대 제4중대 평대원으로 내려갔다. 그는 권총을 대대장인 양성룡에게 바치고 보총(병사들이 쓰는 소장총)으로 바꾸었다. 말은 양성룡에게도 한 필이 있었으므로 자신이 타고 다녔던 말은 팔도구전투 때 다리를 다쳐 수술 받은 이응만이 병기창으로 전근될 때 타고 가라고 주었다.

그런데 이때 예상치 않았던 변수가 생겼다. 권총 대신 보총을 메고 제4중대가 주둔하는 왕청현 소북구로 떠나는 날, 양성룡이 갑자기 나타나 김성주를 붙잡았다. 그의 온 얼굴에 웃음이 어려 있었다. 너무 급하게 말을 타고 달려오다 보니 숨까지 헐떡거렸다.

"일성아, 좋은 소식이 있단다. 동 서기가 부르는구나."

양성룡은 진심으로 기뻐하면서 흥분한 목소리로 김성주에게 말했다.

"동 서기가 지금 특위 사무실에서 너와 나를 기다리고 있다는구나. 빨리 가자. 나보고 당장 너를 데리고 오라고 했단 말이야."

"갑자기 무슨 일 때문입니까?"

"아 그거야 가보면 알겠지. 빨리 가자."

"그래도 뭔가 감이 좀 잡혀야 준비하고 갈 것이 아닙니까."

"그냥 이대로 보총을 메고 가는 것이 더 보기 좋을 것 같구나. 아까 보니 구국군에서 온 특파원이 너를 알던데, 너랑은 잘 아는 사이인가 봐. 혹시 누군지 생각나는 이가 있니?"

양성룡의 말에 김성주는 더 의아했다.

"구국군에서 왔다면 혹시 주보중 동지가 보낸 사람입니까?"

"오의성 사령관의 부관이라고 하는 같더라."

"아, 그러면 혹시 초 부관이라고 불렀습니까? 이름은 생각나지는 않는데, 성씨가 초(肖) 씨인 건 기억합니다."

김성주는 반신반의하면서 양성룡과 함께 마촌의 특위 사무실로 갔다. 안도에서 진한장의 소개로 만난 적이 있는 오의성의 부관 초무영이 동장영 사무실에 와 있었다. 1932년 10월, 김성주가 별동대를 인솔하고 남만에서 돌아와 양강구에 잠깐 머무를 때 초무영이 진한장과 함께 안도의 구국군 사령관 우명진을 찾아온 적이 있었다.

"김 대장, 이게 얼마만입니까?"

김성주와 동갑이었던 초무영은 김성주와 단 한 번 만났을 뿐인데, 주보중과 호택민 등에게서 김성주 이야기를 너무 많이 얻어듣고는 자기도 모르는 사이에 숭배할 지경까지 되었다고 한다. 그런데 보총을 메고 평대원이 되어 나타난 김성주를 본 순간 초무영은 자기 눈을 의심할 지경이었다.

"아, 초 부관님이군요. 오 사령관이랑 주보중 동지랑 호택민 참모장이랑 모두 다 잘 계십니까?"

김성주도 너무 반가워 어쩔 줄을 몰랐다.

"난 김 대장이 왕청유격대 정위라고 들었는데, 왜 이렇게 보통 병사 모습입니까?"

초무영이 이렇게 묻자 정작 난처해진 것은 동장영이었다. 김성주는 부리나케 둘러댔다.

"초 부관님, 정위도 보총 메고 다닐 때가 있습니다. 전투할 때는 권총보다 보총이 훨씬 더 살상력이 높습니다."

김성주의 재치 있는 대답에 동장영도 미소를 지었다. 초무영이 말했다.

"오 사령관이 김 대장을 만나고 싶어 합니다. 이번에 제가 왕청으로 올 때 오 사령관의 사령부도 나자구로 이동하기 시작했습니다. 우리가 이내 큰 전투를 치를 텐데 김 대장도 참가하겠지요?"

이때 김성주가 양성룡을 돌아보았고, 양성룡은 자연스럽게 동장영에게 눈길을 돌렸다. 동장영은 말없이 머리를 끄덕여보였다. 묵시적으로 허락받은 양성룡은 바로 김성주에게 말했다.

"구국군 오 사령관 부대가 이번에 동녕현성전투를 한다며 우리 동만특위 산하 각 현 유격대들도 함께 참가해줄 것을 요청했단다. 초 부관이 그래서 온 거다. 동 서기도 이미 동의했다. 이제 군사부장 동무가 오면 바로 회의를 열고 이 문제를 집중적으로 의논할 것이다."

"그러면 곧바로 군사 행동이 있을 거라는 말씀입니까?"

김성주는 방금까지 울적했던 기분이 말끔히 사라졌다. 자기가 이미 평대원으로 강등된 사실도 잊은 채 초무영 손을 잡고 연신 소리쳤다.

"동녕현성을 친다는 말씀이지요? 우리 왕청유격대 반드시 참가합니다. 우리 왕청유격대는 전 동만주에서 제일 싸움을 잘하는 유격대입니다."

"유격대뿐만 아니라 삼림대들도 모두 참가합니다. 제가 올 때 삼협(三俠, 이삼협 李三俠), 금산(金山, 소금산小金山) 등에도 사람들이 파견되어 갔습니다."

"기쁨은 쌍으로 날아든다는 말이 이래서 생겨난 것 같습니다."

김성주는 곧바로 요청하고 나섰다.

"대대장 동지, 동녕현성전투에 제가 가겠습니다. 저를 보내주십시오."

"각 현 유격대에서 모두 한 중대씩 선발하기로 했는데, 우리 왕청에서는 제일 전투력이 강한 3중대를 데리고 내가 직접 갈 생각이다."

초무영을 바래다주고 돌아오는 길에 양성룡 집에 들른 김성주는 큰형님 같기도 하고 삼촌 같기도 한 양성룡을 붙잡고 앉아 강하고 열정적으로 그를 설득했다.

"설마 잊고 계시지는 않겠지요? '외눈깔 왕가(김성도의 별명)'한테 민생단으로 몰렸던 대대장 동지와 장포리 형님 혐의를 벗겨드리려고 누가 나서서 백방으로 변호했습니까? 또 누가 반 성위(반경유)한테까지 말씀드려서 문제를 해결했습니까? 솔직히 제가 황 지주를 인질로 잡고 군복 천을 마련해온 것이 과연 그렇게 잘못한 일입니까? 비록 정치위원직에서 내려앉았지만, 그렇다고 이렇게까지 아무짝에도 쓸모없는 인간으로 굴러 떨어진 것을 두고만 보실 생각입니까? 저에게 기회를 주십시오."

양성룡은 머리를 끄덕였다.

"3중대 외에도 다른 중대에서 한두 소대를 더 선발하여 따로 '작탄대'를 만들어 볼 생각이다. 말하자면 결사대말이야."

"그러면 그 결사대를 내가 맡겠습니다."

김성주는 양성룡과 함께 일명 '작탄대'라는 결사대를 따로 조직했다. 김성주가 정치위원에서 면직될 때 제1소대장에서 제2중대 지도원으로 임명된 최춘국이 이때 작탄대에 선발되어 김성주와 함께 동녕현성전투에 참가하게 되었다. 선발대는 대대장 양성룡 인솔로 신임 제3중대장 황해룡(黃海龍)과 제2중대 지도원 최춘국 외 따로 특별히 조직한 작탄대까지 합쳐 40여 명이 마촌에서 동장영과 왕덕태의 배웅을 받았다.

왕덕태가 밤새 얼마나 동장영을 구워삶았던지 다음날 아침 선발대를 사열할 때 특위서기 동장영이 이상묵, 송일 등 특위와 현위원회 주요 당직자를 제치고 직접 나서서 선포했다.

"근거지의 보급품을 구하는 과정에서 구국군과 발생했던 일부 오해를 이미 해명했습니다. 따라서 김일성 동무의 유격대 정치위원직을 지금 다시 회복합니다."

그 말이 떨어지기 바쁘게 정렬한 대원들이 마치 약속이라도 한 듯 열렬한 박수를 쳐댔다. 특위 군사부장 왕덕태가 양성룡한테서 목갑권총을 받아 직접 김성주의 어깨에 매주었다. 그러고는 김성주가 메고 있던 보총을 벗겨내려 했다. 김성주가 "이 보총 제가 메고 가겠습니다. 작탄대도 맡겠습니다." 하고 말렸으나 곁에 함께 서 있던 최춘국이 참지 못하고 달려들어 억지로 보총을 벗겨냈다.

비록 동녕현성전투를 앞두고 정치위원직을 회복했으나 김성주는 이 전투에서 작탄대 대장을 맡았다. 그가 목에 작탄을 걸고 앞장에서 주공격 임무를 맡았던 사실은 중국 항일전쟁 사가들에 의해 생생하게 기록되어 있다.[97] 김성주가 양성룡과 함께 왕청유격대 선발대를 인솔하고 나자구에 도착한 날, 하루 먼저 도착했던 훈춘유격대 선발대에 평대원으로 함께 따라온 오빈이 김성주를 발견하고 달려와 반갑게 부둥켜안았다.

두 사람은 감개무량했다. 할 말도 너무 많았다. 자연스럽게 화제는 민생단으로 이어졌고 김성도 이야기가 나왔다. 결국 김성도 본인도 최후에는 민생단으로 몰려 처형되었지만, 왕청에서 김성주를 가장 괴롭힌 사람이 바로 김성도였고, 김성도 때문에 훈춘에서 제일 많이 골탕먹은 사람은 바로 오빈이었던 것이다.

1932년 6월, 훈춘현위원회에서는 연통라자에서 오빈을 비판하는 회의를 열었는데 오빈은 그 회의에 참가하지 못하고 동흥진 분수령에서 구국군 두령 왕옥진을 설득하고 있었다. 그런데 훈춘현위원회에 내려와 민생단숙청사업을 지도하고 있었던 특위 조직부장 김성도가 직접 사람을 보내 오빈을 붙잡았다.

그때 회의에서 오빈은 훈춘현위원회 서기직에서 면직되고 유격대 2소대 평대원으로 배치되고 말았다. 그러나 오빈은 낙천가였다. 그가 소속된 제2소대가

---

97 中國抗日戰爭紀實叢書, 『東北抗聯苦戰記: 黑的土, 紅的雪』, 朱秀海, 解放軍文藝出版社, 1995.

소대장 강석환의 인솔로 동녕현성전투에 참가한 것이다.

"유격대 정위가 웬 작탄을 이렇게 목에 걸고 다니오?"

오빈이 물으니 김성주가 웃으면서 오빈 귀에 대고 속삭였다.

"오빈 동지, 나도 며칠 전까지는 평대원이었습니다. 정치위원직에서 면직되었다가 다시 회복했답니다. 오빈 동지께서도 병사로 강직되었다고 낙심하지는 마십시오."

오빈은 껄껄 웃음보를 터뜨렸다.

"혁명가에게 직위가 무슨 상관 있겠소. 다만 분공이 다를 뿐이지. 보다시피 난 아직도 이렇게 생기발랄한 혁명전사라오."

김성주가 동만주에서 가장 친했던 사람들을 꼽으라 하면 두말할 것 없이 이광과 채수항에 이어 바로 오빈이 세 번째로 손꼽힌다. 2년 전인 1931년 10월, 채수항의 소개로 오빈과 만난 김성주는 그 뒤로 종성군 신흥촌 그의 집에도 놀러 갔고, 그때 그의 아버지 오의선은 국수를 좋아하는 김성주에게 메밀국수를 눌러주려고 30리 밖에 있는 풍계장까지 가서 메밀가루를 구해온 적도 있었다.

하지만 옹성라자회의 직후, 채수항이 제일 먼저 저 세상 사람이 되었고, 또 얼마 전에는 이광까지도 노흑산에서 토비 동산호의 마수에 걸려 살해되었으니 지금은 오빈만 남은 것이다.

"오늘 듣자니 성주네 왕청에서는 작탄대까지 만들어가지고 왔다던데, 그게 사실이오? 만약 작전할 때 우리 훈춘대대도 함께하게 되면 그 작탄대에 나도 넣어주오."

오빈이 이렇게 요청하자 김성주는 손을 내저었다.

"오빈 동지, 행여나 그런 마음은 접으십시오. 보시다시피 이 작탄대 대장은 제가 맡고 있습니다."

김성주는 목에 걸고 있던 작탄을 흔들어보였다.

"오빈 동지가 제 앞에 얼씬거릴 생각을 해서는 안 됩니다."

"허허, 성주가 나를 걱정하는 것은 알겠는데 내가 이래 뵈도 유격대 생활이 하루이틀이 아니오. 우리 소대에서는 내가 노병이오."

"어쨌든 안 됩니다. 안 된다면 안 되는 줄 아십시오."

김성주는 어림도 없다는 듯이 딱 잘라버렸다. 그런데 말이 씨가 된다더니 작전배치 때 훈춘유격대는 왕청유격대와 함께 동녕현성 서산포대를 점령하는 전투를 담당하게 되었다.

총지휘는 왕청유격대 대대장 양성룡이 맡고 부총지휘는 훈춘유격대 정치위원 백전태가 맡기로 했으나 백전태 대대가 제시간에 도착하지 못하자 먼저 도착한 강석환 소대가 왕청유격대와 합류했다. 이때 오빈과 함께 다른 대원 2명이 김성주의 작탄대로 넘어왔다.

2. 작전회의

1933년 9월 2일, 작전회의는 나자구 근처 노모저하(老母猪河)에서 열렸다. '노모저하'란 글자 그대로 '늙은 어미돼지 강'이라는 뜻이다. 나자구 지방에는 이런 식의 이름을 단 동네가 아주 많았다. 노모저하 외에도 '구방자툰(狗幇子屯)', '노회랑점(老灰狼店)' 같은 이름도 있다. '구방자툰'은 '개를 때리는 몽둥이'라는 뜻이고, '노회랑점'은 '늙은 회색빛 승냥이'가 출몰해서 생긴 이름이기도 하다.

오의성은 동녕현성전투에 참가하기 위하여 몰려온 각지 반일부대 지휘관들을 대접하느라 '늙은 어미돼지' 수십 마리를 잡았다. 오의성, 호택민, 사충항, 시세영, 유한흥, 이삼협, 소금산, 장유정(張裕亭), 포로오(鮑老五), 주반라자(朱半砬子), 양성룡, 김성주, 백전태 등이 모두 이 회의에 참가했다. 참모장 호택민이 먼저 적의 상태를 보고했다.

"현재 동녕현성을 지키는 일본군은 1개의 수비대와 1개의 변경감시대(邊境監視隊)요. 여기에 1개의 일본군 병원과 1개의 통신반까지 합쳐 모두 681명이 있소. 수비대는 4개 중대인데, 만주군 3개 보병대와 1개 기병대가 또 400여 명이고, 그 외 경찰과 자위대 병력이 120여 명이니 모두 합치면 1,200여 명이 되오. 이전의 전투 경험과 비교해보면 만주군이나 경찰대는 별 문제가 아닌데, 정규훈련을 받은 일본군 실력과 우리 군 실력을 비교하면 1 대 10 정도라고 볼 수 있소. 따라서 현실을 직시하자면 이 전투는 굉장히 어려운 전투가 될 수 있소. 여러 지휘관의 고견을 한번 들어보고 싶소."

회의에서는 주로 구국군 지휘관들이 발언권을 얻어 한바탕 자기들 나름의 의견을 터놓았다. 이때 구국군과 유격대에서 선발된 대원들을 합하면 3,000여 명 가까이 되었으나, 1 대 10으로 계산한다면 턱없이 부족한 병력이었다. 최소한 1만 명은 있어야 대등한 수준에서 싸워볼 수 있었다.

그날 회의에서 입김이 가장 센 사람은 시세영과 유한흥이었다. 시세영 뒤에는 일찍부터 김경천, 신팔균(신동천)과 더불어 '남만주 3천'으로 불리던 일본군 육군사관학교 졸업생 지청천이 있었다. 지청천의 이때 나이는 45세, 구국군에서 영감 취급을 받던 시세영보다 여섯 살이나 더 많았다.

그의 부대원 300여 명은 오의성의 구국군에서 가장 병력수가 많았던 시세영 여단과 손잡고 2월경에 경박호 남구에서 일본군 기병부대 200여 명을 전멸시켰을 뿐만 아니라 6월에는 노송령(老松嶺)으로 이동하다가 대전자(大甸子, 나자구)에서 일본군 이즈카(飯塚) 부대와 접전한 적도 있었다. 4시간 남짓한 전투에서 이즈카 부대를 전멸시켰는데, 그때 얻은 전리품을 서로 빼앗으려다가 오의성의 노여움을 사기도 했다. 전리품이 얼마나 많았던지 군복 3,000벌, 박격포 5문, 평사포 3문 외에 소총 1,500자루가 있었다.

이런 연유로 동녕현성전투를 7일 앞두고 열린 이 작전회의에 오의성은 고의로 지청천을 참가시키지 않았으나 지청천과 시세영이 항상 입김을 통하고 있음을 알고 있었다. 그래서 시세영에게 먼저 고견을 말해보라고 시켰다.

"이보게 세영이, 자네 여단에서도 따로 작전 토의는 했을 것 아닌가. 자네 의견부터 한번 들어보고 싶네."

시세영의 참모장 유한흥이 대신 나서서 대답했다.

"군사적으로 볼 때 공성(攻城)하자면 공격하는 자의 병력이 방어하는 자의 병력의 최소한 3배는 넘어야 합니다. 더구나 왜놈들은 이미 우리가 공성하려는 것을 눈치 챘으니 만반의 준비를 했을 것입니다. 여러모로 분석해본 결과 승산 확률이 50%를 넘지 못합니다."

승산이 50%를 넘지 못한다는 소리에 잔뜩 화가 돋은 오의성은 유한흥에게 다시 따지고 들었다.

"한흥이 네가 군관학교 졸업생이겠다. 승산 확률이 50%를 넘지 못한다면, 그러면 정확히 몇 퍼센트냐?"

"정확하게 말씀드리자면 30%에서 한 40%가량밖에 되지 않습니다."

"제기랄, 왜 그렇게 김빠지는 대답밖에 못하나?"

오의성은 시세영 여단에서 작전회의를 할 때는 언제나 지청천을 모셔다가 고견을 듣는 걸 알고 있었다. 그래서 전문적으로 군사를 배운 사람들의 고견을 듣자는 것이었는데 이런 대답이 나오자 몹시 기분이 상했다.

"오 사령관님, 너무 심각하게 들을 것은 없습니다. 보나마나 승산이니 퍼센트니 하는 것은 모르긴 해도 또 '고려사령관(지청천)' 입에서 나온 말일 것입니다. 그 사령관은 일본에서 군사를 배운 사람이라 일본군 전법에만 능했지 우리 중국군 전법은 잘 모릅니다. 그러니 너무 귀담아 들을 필요는 없습니다."

'삼협'과 '금산'부대 두령들인 이삼협과 소금산이 이렇게 말하자 유한흥이 그들에게 물었다.

"죄송하지만 두 분 두령, 중국군 전법은 무엇입니까?"

"죽음도 두려워하지 않는 것이오[不怕死], 대담하게 덤비고[敢打], 대담하게 결사전[敢拼]을 하는 것이오. 이거면 안 되겠소?"

"아이쿠, 그러면 다 죽습니다."

유한흥이 더 상대하지 않고 입을 다물어버리자 사충항이 번쩍 손을 쳐들고 발언권을 요구했다.

"오 사령관님, 제가 한마디 해보겠습니다."

"그래, 사충항 네가 한번 말해 보거라."

노3영 출신이고 오의성의 오랜 부하였던 사충항은 가슴을 때려가면서 자신만만하게 자기 견해를 피력했다.

"우리는 지금까지 무수하게 승산 없는 전투를 벌여왔고, 또 '전패위승(轉敗爲勝, 패배를 승리로 역전시킨다)'했던 경우도 아주 많습니다. 비록 공성전투 경험은 별로 없지만 우리는 성을 빼앗겨 본 경험은 꽤 많습니다. 그러니 그 경험에서 교훈을 찾아내면 우리도 일본군들 못지않게 동녕현성을 쉽게 빼앗을 수 있다고 봅니다. 얼마든지 자신이 있습니다. 제가 비록 유 참모장처럼 전문적으로 군사공부를 한 사람은 아니지만, 이번 전투에서 경비가 제일 튼튼한 서문을 맡을 생각입니다. 그러니 사령관님께서 허락해 주십시오."

그 말이 떨어지기 바쁘게 가장 구석 쪽에 앉아 있던 김성주도 흥분을 참지 못하고 벌떡 일어났다.

"사 연대장님 말씀이 너무 좋습니다. 옳은 말씀입니다. 군대의 군사 소질을 가지고 몇 대 몇이니 하며 퍼센트까지 매겨가면서 전투하는 것은 바보스러운 짓입니다. 작전은 기술 문제이기 전에 전사들의 사기와 100% 관련 있습니다. 이 것을 소홀히 보면 안 됩니다."

누구보다도 새파랗게 젊었던 김성주의 느닷없는 발언은 좌중을 놀라게 했다. 각자 수백 명씩 되는 대오를 거느리고 온 각지의 구국군과 삼림대 등 여러 갈래의 반일부대 지휘관들 나이는 모두 삼사십 대, 많은 경우에는 오십 대까지도 심심찮게 섞여 있었다. 그때 겨우 스물하나인 김성주의 당당한 모습을 보며 어리둥절한 표정으로 어깨를 으쓱하거나 고개를 갸웃거리는 사람도 있었다. 오의성이 흐뭇한 표정으로 김성주를 소개했다.

"여러분, 이 젊은이는 내 친구 김일성이요."

3. 오의성과 이청천을 이간하다

이때쯤 왕청 지방에서는 김성주를 김일성으로 알고 있는 사람들이 적지 않았다. 특히 중국인들이 아는 김일성은 전설 속의 노장이 아닌, 20대의 젊은 유격대장 김성주였다.

오의성은 비서였던 진한장의 소개로 김성주와 만나기 전부터 김일성에 대해 알고 있었다. 자기가 직접 관장했던 이광의 별동대에 이어 안도에도 또 별동대가 생겨나 서로 별동대 1대니 2대니 한다는 소리를 들어온 지 오래되었기 때문이다. 그러다가 직접 김성주와 만났던 것은 바로 이광의 별동대 10여 명이 노흑산에서 동산호의 올가미에 걸려 살해된 뒤였다.

　동산호가 이광의 별동대를 습격한 이유가 있었다. 지금은 동산호가 일제에게 매수되어 저지른 사건이라고 대충 얼버무리는 사람들이 아주 많지만 실제로는 동산호와 친하게 지냈던 영안현 팔도하자의 조선인 대지주가 이광 별동대에 잡혀가 살해당했기 때문이다. 이 대지주가 바로 소래(笑來)라는 아호로 불린 한국의 독립운동가 김중건(金中建)[98]이었다.

　김중건은 1929년에 영안의 팔도하자로 옮겨와 대량의 황무지를 헐값에 사들인 다음 개간하여 농촌공동체 어복천을 건설하려고 동분서주했다. 그는 이 지방에서 가장 큰 세력인 마적 동산호에게 다달이 쌀을 바치는 조건으로 그들로부터 보호받고 있었다. 그런데 그것을 알 리 없는 이광 별동대가 나자구에 볼일을 보러 갔다가 돌아오는 길에 김중건을 연도에 인질로 잡아두고 쌀을 내놓으라고 을러멨던 것이다.

98　김중건(金中建, 1889-1933년) 독립운동가. 함경남도 영흥 출생이다. 한학을 익혀 서당을 운영하다가 근대식 교육을 실시하는 연명학교(鍊明學校)로 개편했으며, 1909년 천도교에 입교했다. 천도교도들 중 이용구 계열 중심의 일진회가 '일한합방상주문'을 제출하며 한일병합조약 체결을 재촉하자, 〈천도교월보〉에 '토일진회(討一進會)'라는 제목으로 일진회를 비판하는 글을 실었다. 1910년 한일합방조약 체결 이후 천도교단을 통한 구국운동을 비관적으로 보고 고향으로 낙향한 뒤 천도교교단의 개혁을 촉구하는 활동을 했고, 이로 인해 천도교에서 출교당했다.
1913년 원종(元宗)을 창립했다. 1914년 원종 신도들과 함께 북간도로 망명했고, 학교를 설립해 민족 교육을 실시하다가 1917년 일본 경찰에 체포되어 옥고를 치렀다. 그는 간도 지역을 무대로 원종 포교 활동을 벌이며 자본주의와 제국주의를 반대하는 자신의 이념을 설파했다. 그의 사상은 농촌 중심의 개혁으로 국가가 없는 이상촌을 건설하는 것으로 아나키즘과 유사한 면이 있다. 1920년 원종교도들을 규합하여 대진단(大震團)을 조직했다. 대진단은 기본적으로 사상 단체였으나 무장 조직이었고, 1921년 무장독립운동 단체들이 연합하여 대한국민단이 결성될 때 참가했다. 이후 잡지 『새바람』을 발행하다 체포되는 등 우여곡절을 겪었다.
1929년 북만주 황무지 지역에 공동생산 공동분배가 이루어지는 이상적 농촌공동체 어복촌을 건설해 운영했다. 이 공동체는 평소 교육과 군사 훈련을 했기 때문에, 만주사변 이후 부대를 일으켜 일본군과 전투를 벌였다. 원종 부대가 일본군에게 패퇴하여 어복촌으로 물러나 있던 중, 공산주의 계열의 독립운동부대인 길림구국군과 이광 부대 등과 갈등을 빚었다. 결국 1933년 길림구국군에 잡혀 처형당했다. 1977년 건국훈장 독립장이 추서되었고, 남양주에 기념비가 세워져 있다

"나는 동산호가 지켜주는 사람일세. 자네들이 나한테 함부로 이렇게 대하면 동산호가 가만히 두고 보지만은 않을걸세."

김중건의 말에 이광의 별동대 대원들은 코웃음을 쳤다.

"영감은 우리가 누구 부대인지 알고나 하는 소리요? 우리 사령관은 오의성이란 말이오."

"일본놈들과 싸우는 길림구국군이란 말인가?"

"그렇소."

'길림구국군에도 우리 조선인이 이렇게 많이 있었나?'

김중건은 놀라서 한참 팔자수염을 쓰다듬더니 선선히 대답했다.

"자네들이 모두 나랑 같은 조선인이고 나이로 봐도 내 아들 같으니 내가 쌀을 주겠네. 그러니 인질이니 뭐니 일을 복잡하게 만들지 말고 그냥 놓아주게나. 내가 집에 도착하면 바로 쌀을 마련해서 자네들한테 보내주겠네."

김중건은 자기를 납치한 이광의 별동대가 전부 조선인 청년들인 것을 보고 진심으로 도와주고 싶은 마음도 생겼다. 그런데 이광의 별동대는 김중건을 믿어주려 하지 않았다.

"안 되오. 가족에게 편지를 쓰오. 우리가 사람을 보내 편지를 전하겠소."

"우리 가족이 내 편지를 받으면 금방 동산호에게 가서 알리고 구원을 요청할 것이니 그러면 일만 더 복잡해지네. 내가 직접 가지 않으면 안 되네."

김중건은 직접 이광을 설득했다.

"나를 혼자 놓아 보내기 염려되면 당신들이 나와 함께 갑시다. 그러면 내가 다시 올 것도 없이 당신들이 곧장 우리 집에서 쌀을 가지고 가면 되지 않겠소. 내가 마차와 수레까지도 다 마련해서 함께 드릴 것이니 내 요구대로 해주시오."

이광은 마침내 동의하고 말았다. 그런데 김중건을 따라 영안까지 갔던 별동대

대원들이 쌀을 받아가지고 나자구로 돌아오는 길에 운 나쁘게도 동산호에게 걸려 쌀을 모조리 빼앗겼다. 또 대원 몇 명이 살해당하는 일까지 발생하게 되었다.

나중에 이 일은 오의성 귀에까지 들어갔다. 오의성은 이광의 한쪽 말만 듣고 김중건이 시켜서 동산호가 자기 별동대를 습격한 것으로 오해했다. 시세영의 여단 산하 부현명(傳顯明) 연대가 나자구로 나올 때, 오의성은 직접 부현명에게 김중건을 잡아오라고 시켰다.

부현명 부대가 워낙 큰지라 동산호는 자기 산채에서 피신 중이던 김중건을 내줄 수밖에 없었다. 그래서 김중건을 포박한 부현명 부대가 노야령을 넘어갈 때 동산호 무리들은 검은 천으로 얼굴을 가리고 김중건을 구하려고 달려들었으나 끝내 구해내지 못했다. 오히려 혼전 중에 김중건만 눈먼 총에 맞아죽고 말았다.

이것이 동산호와 이광 별동대가 서로 원한을 맺게 된 사연이었다. 그런데 이광 쪽에서는 김중건을 직접 해친 사람이 자기들이 아니라는 이유로 동산호가 보복하려고 호시탐탐 기회만 노리고 있다는 사실을 전혀 몰랐다.

1933년 5월, 동산호는 노흑산 일대의 삼도하자를 차지하고 이광의 별동대에 초대장 한 장을 띄웠다. 초대장에는 항일 대업을 위하여 별동대와 합작할 의향이 있다는 내용도 써넣었다. 그것이 올가미인 줄도 모르고 이광은 별동대에서 제일 뛰어난 대원 10여 명을 특별히 선발하여 동산호를 찾아갔다가 그만 모조리 살해당하고 말았다. 그때 이광의 나이는 스물아홉이었다.

이광이 죽자 별동대의 다른 대원들은 모두 구국군을 떠나 왕청유격대로 돌아갔는데, 엎친 데 덮친 격으로 왕청에서는 바로 이때 '관보전사건'까지 발생했던 것이다.

때문에 구국군과 유격대 관계가 점점 비틀리고 있을 때 오의성의 구국군 사령부가 나자구로 옮겨왔다. 김성주가 회고록에서 밝힌 것처럼, 유격대는 구국군의 행패가 두려워 낮에는 나다니지도 못할 지경까지 되었다.

이광이 죽고 나서 오의성과 연줄을 놓을 수 있는 사람은 오의성의 구국군 사령부에서 선전처장으로 일했던 왕윤성과 김성주밖에 없었다. 유격대의 존망과 관계된 문제라 섣불리 찾아갔다가는 피해를 볼 수 있다고 만류하는 것도 마다하고 김성주는 직접 오의성을 찾아갔다.

왕윤성이 구국군을 떠나 왕청으로 온 뒤 왕윤성 자리에 올랐던 진한장과 참모장 호택민이 여전히 오의성 곁에 있었으나 중국인인 그들은 중국인과 조선인 관계가 이토록 민감할 때 함부로 나서서 공개적으로 김성주를 도울 수 없었다.

김성주는 이때 일을 두고 '오의성과 담판했다.'고 회고하지만, 정작 오의성 구국군에서 복무했던 중국인 노병인 왕명옥(王明玉) 등은 이런 이야기를 들려주었다.

"오 사령관은 이광 별동대가 통째로 달아난 것 때문에 몹시 화를 냈다. 김일성은 오 사령관에게 손이야 발이야 빌기만 했다. 담판했다는 말은 거짓말이다. 담판이란 관계가 대등할 때 하는 법이다. 1,000명을 거느린 구국군 사령관과 100명을 거느린 유격대 대장이 어떻게 담판할 수 있는가? 무슨 담판을 한단 말인가? 그때 나자구를 대감자라고도 불렀는데, 구국군이 대감자 바닥에 쫙 널린 뒤로 유격대는 낮에 함부로 나오지 못하고 밤에만 몰래 쏠락쏠락 나다녔다. 그래도 김일성만은 용감하게 대낮에 찾아왔더라. 오의성과 김일성은 원래부터 좀 아는 사이었다. 김일성 본인이 원래 길림 구국군 출신이었다."[99]

---

99 취재, 왕명옥(王明玉) 중국인, 길림 자위군 생존자, 취재지 돈화현, 1987.

이때 오의성으로 하여금 공산당의 왕청유격대를 받아들이게 만든 결정적인 계기는 구국군이 그동안 친하게 지냈던 지청천의 한국독립군과 한창 마찰이 빚어졌기 때문이었다. 김성주는 이 기회를 타서 오의성을 꼬드겼다.

"지금 우리 공산당은 민생단 숙청사업을 바짝 틀어쥐고 있습니다. 민생단에 가입한 자들이 속속 잡혀 나오고 있습니다. 그런데 하나만 물어봅시다. 이 민생단이 한국독립군에 침투하지 말라는 법이 어디 있겠습니까? 더구나 사령관 이(지)청천은 반공주의자로 유명한 사람입니다. 그러니 우리 공산당 유격대가 오 사령관의 구국군과 합작하는 것을 그 사람이 좋아할 리가 있겠습니까! 제가 지금 당장 증거를 댈 수는 없지만 그 사람들이 구국군과 우리 유격대 사이에 오해를 일으킬 만한 쐐기를 적지 않게 박아 넣은 것 같습니다."

"확실한 증거를 가지고 오면 내가 자네 말을 믿어줄 수가 있네."

"좋습니다. 증거만 잡히면 바로 사령관님께로 달려오겠습니다. 그러나 한번 시탐해볼 수는 있지 않겠습니까! 예를 들면 말입니다. 우리 유격대가 구국군 별동대가 되었던 것처럼 오 사령관도 지청천에게 한국독립군이 구국군과 합류할 수 있겠는지 물어보십시오. 다 같이 왜놈들과 싸우는 부대들인데, 제각기 깃발을 내걸지 말고 한데 합치면 힘이 더 커질 것이 아니겠는가 하고 이해를 따져보십시오. 그래서 그들이 두말없이 순순히 합류하겠다고 응낙하면 문제가 없겠지만, 만약 거절한다면 문제 있는 것이 아니겠습니까!"

이처럼 황당한 논리를 내놓는 김성주를 한참 지켜보던 오의성이 입을 열었다.

"그렇다면 하나만 더 묻겠네. 자네가 유격대를 대표해 나를 찾아왔으니 이광 별동대가 가지고 달아났던 무기를 모조리 되돌려 달라고 하면 돌려줄 것인가?"

김성주는 재치 있게 대답했다.

"무기뿐만 아니라 우리 유격대를 모조리 달라고 해도 됩니다. 오직 왜놈들과 싸우는 전투가 있으면 불러주십시오. 아니 '불' 자 한마디 없이 유격대가 통째로 달려와서 오 사령관의 지휘에 전적으로 복종할 것입니다."

오의성은 김성주의 이 대답에 몹시 만족했다. 김성주를 돌려보낸 후 오의성은 김성주의 말대로 지청천에게 이 바닥에서 활동하겠다면 한국독립군 깃발을 내리고 구국군에 와서 합류하라고 명령하다시피 했으나 일언지하에 거절당하고 말았다. 오의성은 나중에 김성주가 알려준 대로 물었다.

"다 같이 왜놈들과 싸우는 부대들인데 제각기 깃발을 내걸지 말고 한데 합치면 힘이 더 커질 것이 아니요?"

그러자 지청천이 되려 오의성에게 따지고 들었다.

"내가 듣자니 최근에 공산당 쪽에서 수상한 조선인 하나가 오 사령관 부대에 찾아와서 오 사령관과 우리 독립군 사이에 이간을 놓고 있다고 합디다. 그 사람이 이렇게 하라고 시키던가요? 만약 그런 것이라면 왜 공산당 유격대는 구국군과 합류하지 않는답니까?"

"유격대는 통째로 건너와서 전적으로 우리 구국군의 지휘를 받을 용의가 있다고 이미 이야기했소."

이때 지청천의 참모로 독립군 선전위원장을 맡고 있던 안훈(安勳, 조경한趙擎韓)[100]이 참지 못하고 나서서 오의성을 설득했다.

"오 사령관, 공산당에도 지금 우리 조선인이 아주 많이 들어가 있습니다. 그렇지만 조선인들의 형편이 어떠합니까? 숱한 사람이 민생단으로 몰려 죽임을

---

100 조경한(趙擎韓, 1900-1993년) 독립운동가, 정치인. 전라남도 순천 출생이다. 다른 이름은 안훈이다. 1930년대 초엽 지청천의 독립군에서 선전위원장을 지냈고, 독립군이 광복군과 합류한 뒤에는 1944년 4월 임시정부 국무위원이 되었다. 1945년 9월 임정 비서실장 차이석이 병사하자 임정 비서실장이 되었다. 12월 임시정부 귀국 시 제2진으로 입국했다. 1946년 2월 비상국민회의 징계청원위원회로 선출되었고, 1949년 8월에는 민족진영강화위원회 상무위원에 선출되었다.

당했습니다. 공산당은 조국도 민족도 없다고 선전합니다. 그러니 그들은 누구와도 합작할 수 있습니다. 오직 자기들에게 이롭기만 하면 말입니다. 그러나 이익이 없고 손해가 생길 때면 그들은 금방 약속을 저버립니다. 남의 뒤통수를 때리고 남의 집 뒷마당에 불을 지르는 데 이골이 난 자들입니다. 때문에 우리는 공산당이 하는 말을 믿지 않습니다. 오 사령관도 믿으면 안 됩니다. 세상에서 거짓말을 가장 잘 하고 또 많이 하는 자가 바로 공산당입니다.

오 사령관 별동대가 통째로 공산당 쪽으로 달아나버린 것도 바로 어제 일인데, 왜 기억을 못하십니까? 어디 오 사령관 부대뿐입니까! 공산당과 거래하다 당한 부대들이 부지기수입니다. 관영이 마촌에서 공산당과 밀월을 보내다가 결국 무장해제 당하지 않았습니까. 훈춘의 왕옥진 부대, 마계림의 부대도 보십시오. 최근에 왜놈들한테로 넘어가버린 구국군 가운데 공산당이 손대지 않은 부대가 있습니까? 결국 공산당 때문에 구국군이 계속 사분오열하고 있는 것입니다. 공산당의 수작질이 어느덧 오 사령관을 통하여 우리 독립군에까지 마수를 뻗쳐오고 있습니다."

오의성은 중국말을 중국 사람처럼 잘하는 안훈에게 일단 설득당해 돌아왔으나, 한번 김성주의 이간에 넘어간 뒤로 한국독립군을 병탄하려는 마음을 지울 수가 없었다. 하지만 이때 지청천의 한국독립군은 대전자령전투 이후 40일 넘게 나자구 지방에 주둔하면서 일본군에게서 빼앗은 수천 벌이 넘는 군복 일부를 농민들에게 나눠주는 등 적지 않게 민심을 산 데다가 중국인들과의 외교술에 뛰어난 안훈 같은 유능한 인물이 있어 다행스럽게도 동녕현성전투 직전까지는 구국군과 한국독립군이 서로 총부리를 겨누는 일이 발생하지 않았다. 그러나 이런 연유로 동녕현성전투를 앞두고 진행된 군사회의에 당시 나자구 지방에서 가장 유명한 군사가로 알려진 지청천이 초대되지 못했다.

그것이 김성주에게는 얼마나 다행이었는지 모른다. 김성주 회고록에는 이렇게 기록되어 있다.

"내가 나자구로 갈 때 제일 우려했던 것은 오 사령관이 그동안 동녕현성전투를 포기하지나 않았는가 하는 것이었다. 이(지)청천과 같이 우리와의 합작을 달가워하지 않는 사람들이 오의성이 동녕현성전투를 단념하고 우리와 구국군과의 관계를 협상 이전의 상태로 되돌려 세우도록 설득하지 않았겠는가?"

하지만 지청천, 안훈 등은 구국군과의 관계를 회복하기 위해 적극적으로 전투에 참가하겠다고 요청했다. 그리하여 작전 배치를 할 때 지청천의 한국독립군은 오의성의 주력부대와 함께 동녕현성 남·동문을 공격하게 되었다. 또한 경비가 가장 튼튼한 서문은 사충항의 연대가 맡고, 서문에서도 제일 경비가 삼엄한 서산포대를 정면으로 공격하는 전투를 김성주가 자진하여 맡았다.

4. 승전후구전, 패전후구승

김성주는 누구보다도 먼저 대대장 양성룡[101]을 설득하는 데 성공했다. 작전

---

101 양성룡(梁成龍, 별명 양병진, 1906-1935년) 독립운동가. 길림성 왕청현 북하마탕에서 태어났다. 1912년 왕청현 대홍구 하서마을로 이주했고, 1920년 일본군의 '간도토벌' 당시 아버지와 외할아버지를 잃었다. 1927년 합마당에서 반일운동에 투신하고, 1929년 하서마을에서 항일아동단을 조직했다. 1930년 중국공산당에 입당하고 나자구유격대 결성에 참여했다. 1932년 왕청현유격대 재조직에 참여하여 대장이 되었다. 1933년 봄 소왕청 유격근거지에서 소비에트 건립에 참가하고 그해 중국공산당 동만특위 제3기 위원회 위원이 되었다. 9월 동녕현성전투에 참전했다. 1934년 민생단 혐의를 받아 직위 해제되었다. 그 후 계속 유격투쟁에 참가했으며, 1935년 9월 17일, 계관라

배치가 끝나고 각자 자기 부대를 인솔하고 동녕현성으로 출발할 때 김성주와 양성룡은 함께 걸으면서 많은 이야기를 주고받았다.

"대대장 동지, 이번 전투가 나나 대대장 동지한테 그리고 지금까지도 계속 민생단으로 의심받는 동무들한테도 아주 중요합니다. 또 이번 전투가 우리가 구국군과 통일전선을 맺는 데도 명줄이 걸린 일임을 잊어서는 안 됩니다. 이번에 우리 유격대가 진짜로 본때를 보여야 합니다. 지금도 오 사령관은 지청천의 독립군과 우리 유격대 사이에서 망설이고 있습니다. 이번에 우리가 더 잘 싸워 오 사령관의 환심을 사야 합니다. 전리품을 나눌 때도 절대로 나서면 안 됩니다. 대신 전투 중에 얻는 총과 탄약, 수류탄 같은 것들은 부리나케 챙겨야 합니다. 반드시 우리가 다른 우군에게 좋은 본보기를 보여줘야 합니다."

양성룡도 처음에는 무척 불안했으나 김성주의 말을 듣고 또 이번에 대원들이 모두 일제 38식 보총과 일인당 300여 발씩 되는 탄약을 탄띠에 담아 메고 온 것을 보자 많이 안심되었다. 양성룡은 젊은 정치위원 김성주의 재기발랄하고 넘치는 열정에 감복하지 않을 수 없었다. 이때 김성주에게 반한 사람이 한둘이 아니었다. 오의성까지도 김성주를 자기 친구라고 소개한 데다 사충항도 작전회의 때 김성주의 갑작스런 출현에 몹시 놀랐다.

김성주는 행군 도중 사충항 부대와 만났다. 마침 유한흥과 사충항이 길가에서 지도를 펼쳐놓고 마주 앉아 의논하고 있었는데, 김성주와 만나자 반가워 어쩔 줄을 몰랐다. 김성주는 나이로나 직급으로나 자기보다 훨씬 더 높은 두 사람에게 선뜻 경례부터 올려붙이고 나서 유한흥에게 용서를 구했다.

"유 형, 작전회의 때 제가 그만 흥분하는 바람에 실례했습니다."

자(雞冠砬子)에서 토벌대와의 갑작스런 전투 중 사망했다.

"성주, 그렇지 않소. 방금 사 연대장과도 이야기하던 중이었소. 우리가 낡은 구식 무기를 가지고 신식 무기로 무장한 일본군과 싸우는데, 어떻게 전투 기술만 가지고 되겠소? 우리가 언제 승산 있는 전투만 골라가면서 해왔소. 사 연대장이나 성주 말에 일리가 있소. 전투에서는 군대의 사기와 투지가 여간 중요하지 않소. 그것이 없다면 어떤 전투도 이길 수 없는 법이오."

유한흥은 오히려 사충항과 김성주 칭찬을 아끼지 않았다. 그러나 헤어질 때가 되자 따로 김성주를 불러 주의를 주었다.

"지금부터 내가 하는 말을 잘 명심하오. 전투는 결코 용기만 가지고 하는 것이 아니오. 우리 속담에는 '담대심소(膽大心小)'라는 말이 있소. 담력은 크게 가지되 주의는 세심하게 해야 한다는 소리요. 전체 전략상에서 적을 경시할 수 있지만 전술상에서는 함부로 적을 경시해서는 절대로 안 되오."

"명심하겠습니다."

유한흥은 길가에서 돌덩이를 몇 개 주워다놓고 말했다.

"이 큰 돌이 동녕현성 서문이라고 치고 이 작은 돌은 서문 밖 서산포대라고 가정합시다. 서산으로 올라가는 포대 앞에는 참호가 여러 겹 있소. 내가 올 봄에 시세영 여단장과 서산포대를 공격해본 경험이 있어서 하는 소리요. 정면으로 올라가는 길로 화력이 집중되면 백 명이고 천 명이고 절대 빠져나갈 수 없소. 어떻게 하겠소?"

유한흥은 계속하여 김성주에게 자기 생각을 털어놓았다.

"올 봄에 우리 여단이 동녕현성을 칠 때는 지금처럼 병력도 많지 않았고 또 서문 쪽 지형에도 익숙하지 않았소. 그러나 이번 전투에서는 상황이 달라질 수가 있소. 일단 적들이 동문과 남문에서도 동시에 공격받으니 사퇀(사충항 연대) 병력이면 서문을 점령하는 데 별 어려움이 없을 것이오. 다만 서산포대를 날려 보내지 못하면 사퇀이 앞뒤에서 공격받게 될 터이니 이 포대부터 날려 보내는 것이 급선무요. 그러니 성주네 유격대가 서산포대를 공격할 때, 정면공격을 하기 전에 포대 좌우측 참호부터 파괴해야 하오. 그리고 유격대를 절반으로 나눠 양쪽에서 공격하여 화력을 분산시키면 정면으로 공격해 올라갈 기회가 생길 것이오. 그래야만이 승산이 있소."

지금까지 이런 대형 공성 전투에 참가해본 적이 없었던 김성주는 유한흥의 말에 귀를 기울였다. 유한흥은 서문이 열린 다음 사충항의 연대를 따라 안으로 돌격할 때 주의할 점도 몇 가지 알려주었다. 김성주는 감탄하지 않을 수 없었다.

"유 형은 작전회의 때 이번 전투의 승산이 30~40%라고 하지 않았습니까. 그런데 지금은 벌써 성문을 깨고 우리 부대가 성 안으로 들어가는 일까지 다 계획을 세워놓았군요."

사실 유한흥은 회의 후 부총참모장인 호택민의 부탁을 받았다.

"나이 지긋한 대대장은 말이 없지만, 새파란 성주가 나서서 저렇게 흥분하니 자칫하다가는 유격대를 다 말아먹게 될지도 모르겠어. 한흥이 자네가 직접 성주를 만나서 단단히 주의를 주게."

길림육군군관학교 졸업생인 유한흥은 작전회의 때와 달리 이미 동녕현성을 공략한 후 상황을 묘산(전쟁에 앞서 세우는 계책)하고 있었다. 이때 유한흥에게 들었던 성문이 열린 다음 안으로 돌격할 때 필요한 몇 가지 주의사항은 훗날 김성주의 유격대 생활을 좌우하는 큰 전술의 하나가 되기도 했다. 그런 유한흥이 얼마나 고마운지 김성주는 말로 다 표현할 수 없을 지경이었다.

"앞으로 유격전을 할 때도 그렇소. 유격대가 비록 열세이어도 작전을 짤 때는 그냥 싸워보다 안 되면 도망간다는 식으로 작전을 짜면 절대 안 되오. 반드시 승전하고 철수할 때의 일까지 미리 짜서 전투 결과에 대비해야 하오. 군사상에선

이것을 '승전후구전(勝戰後求戰)'이라고 하오. 잊지 마오. 우리나라의 유명한 군사가 손무(손자)가 한 말이오. '승리하는 군대는 먼저 이긴 뒤에 싸움을 찾고, 패하는 군대는 먼저 싸운 뒤에 승리를 구한다.'고 했소. 즉 우리는 '승전후구전' 해야지 '패전후구승(敗戰後求勝)' 해서는 안 된다는 것이오."

유한흥이 떠난 뒤 김성주는 대대장 양성룡과 중대장 황해룡, 지도원 최춘국, 그리고 훈춘유격대 정치위원 백전태와 소대장 강석환, 오빈 등 핵심 인물들과 함께 유격대 작전계획을 다시 짰다.

김성주는 유한흥이 알려준 대로 대대장 양성룡과 중대장 황해룡에게 각각 한 소대씩 데리고 포대 좌우에서 참호를 파괴하고 공격하는 방법으로 화력을 분산하자고 요청한 후 자신은 직접 작탄대와 함께 정면을 공격하겠다고 나섰다. 모두 정치위원인 김성주가 직접 작탄대를 인솔하여 포대를 공격하는 건 안 된다고 반대했으나 김성주의 고집을 꺾지 못했다. 그러자 최춘국이 양성룡에게 약속했다.

"대대장 동지, 제가 있는 한 김 정위가 나보다 먼저 돌진하는 일은 없게 하겠습니다. 제가 보증하겠습니다."

구국군과 유격대, 한국독립군 등의 부대가 1933년 9월 5일까지 동녕현성 주변의 고안, 신립 등의 마을에 속속 도착했고, 구국군의 일부는 변복하고 현성 안으로 잠입했다. 공격이 시작되면 성 안에서 불을 질러 일본군을 혼란에 빠뜨리기 위해서였다.

다음날인 6일 밤 9시, 김성주는 양성룡과 함께 서문 밖 능선에 위치한 서산포대 참호 근처까지 몰래 접근했다. 여기서 양성룡과 황해룡이 각자 맡은 소대를 데리고 좌, 우로 갈라지면서 공격하고 총소리는 정면에서 돌격하는 김성주가 내기로 했다.

9시가 되자 동녕현성 동·서·남문에서 동시에 총성과 함께 수류탄이 한꺼번에 터지기 시작했다. 여기저기에서 화광이 번쩍거렸다. 밤이었지만 하늘이 대낮같이 환해지기도 했다.

사충항의 연대 수백 명이 벌떼같이 서문으로 돌격하는 것을 보면서 김성주도 최춘국, 오빈 등 작탄대 소속 대원들과 함께 서산포대를 공격하며 올라갔다. 반드시 포대 좌우로 화력을 분산시켜야 한다고 주의를 주었던 유한흥의 방법이 큰 효과를 보았다. 포대에 설치된 여러 정의 경기관총과 중기관총이 동시에 불을 내뿜었으나 화력이 양쪽으로 갈라지면서 중간 통로가 열리자 최춘국과 오빈이 먼저 작탄을 안고 뛰어나갔다. 달려가다가 화력이 이동해오면 두 사람은 땅바닥에 납작 엎드려 죽은 듯 꼼짝하지 않았다가 다시 일어섰다.

서산포대의 화력이 모조리 유격대에 집중되자 서문으로 통하는 진군로가 열려 사충항 연대는 아주 쉽게 서문에 접근할 수 있었다. 3면에서 공격받은 성 안의 일만군은 서로 응원할 수도 없었다. 남문이 제일 먼저 시세영과 유한흥 부대에게 점령되었다. 구국군이 물밀듯이 성 안으로 쳐들어가기 시작했고, 이때 서산포대도 마침내 오빈이 던진 작탄에 포대 뚜껑이 날아가고 말았다.

양성룡과 김성주는 아주 침착하게 사충항 연대를 따라 성안으로 돌진했다. 그러나 성 안으로 깊게 들어가면서 대원 수가 점점 줄어들었다. 이는 유한흥이 가르쳐준 대로 50m 간격으로 대원을 2명씩 남겼기 때문이다. 갑작스러운 상황이 발생할 경우, 두 대원 중 한 명이 남아서 관찰하고 한 명은 달려와서 상황을 전달할 수 있었다. 후에 김성주는 일본군 토벌대에게 쫓겨 다닐 때도 항상 이런 방법으로 보초선을 세워두고 부대가 숙영하는 주변 30리 안팎에서부터 이상 상황이 발생되면 즉시 보초병이 정황을 전달할 수 있게끔 했다.

성 안으로 먼저 돌입한 사충항 연대는 노략질하느라 정신이 없었다. 제일 먼저 상가를 덮쳐 마구 털다가 나중에는 가옥에까지 달려들었는데, 이때 주민들의 가옥으로 숨어 들었던 만주군이 여기저기서 반격해오기 시작했다. 시가전이 벌어진 것이었다.

서문에 이어서 남문이 지청천의 한국독립군에게 점령되었으나 오의성의 사령부 직속부대가 맡았던 동문이 계속 공략되지 못했다. 다급해진 부총참모장 호택민은 직접 선두부대로 달려가 총까지 뽑아들고 전투를 독려하다가 날아오는 총탄에 가슴 한복판을 맞고 쓰러졌다. 호택민의 나이 서른하나였다.

시가전은 다음날인 9월 7일 정오 무렵까지 계속되었다. 포대가 날아가고 성문을 점령당했으나 일본군 동녕현성 수비대는 병영과 경찰서, 전화국 등 주요 시설들에 진지를 구축하고 완강하게 사수했다.

노략질에 눈이 어두워진 구국군이 여기저기서 물건들을 챙기기 시작하자 진지 앞에서 일만군과 대치중이던 구국군들까지도 마음이 급해져서 뒤로 몸을 빼기 시작했다. 자기 부대가 사분오열되기 시작한 것도 모르고 사충항은 직속 경위대만 데리고 동문으로 오의성이 직접 인솔하고 있었던 사령부 직속부대를 응원하러 가다가 그만 동문 안에서 포위당하고 말았다.

이때 남문을 이미 점령한 지청천의 한국독립군이 응원했다면 사충항은 쉽게 곤경에서 벗어날 수 있었을 것이다. 그러나 이때 독립군 상황도 좋지 않았다. 강진해(姜振海) 등 독립군 여러 대원이 전사했고, 지청천 본인도 부상을 당하여 운신이 불편했다. 더구나 구국군이 성 안에서 노략질을 시작하자 지청천은 괜히 구국군과 전리품을 놓고 다툰다는 소리가 나게 될까 봐 일찌감치 남문에서 독립군을 철수시킨 것이다.

이런 사정으로 사충항은 홀로 포위를 돌파하다가 기관총 난사에 당했다. 다행스럽게도 치명상을 당하지는 않았으나 왼쪽 어깨와 두 다리 그리고 궁둥이에까지도 탄알이 박혀 온몸이 피투성이가 되고 말았다. 사충항이 피를 흘리며 쓰러지자 다른 경위대원들까지 모조리 흩어져 달아나버렸다.

"아이고, 저 자식들 봐라. 자기 상관을 내버리고 모두 도망가는구나."

양성룡이 보다 못해 최춘국을 데리고 직접 사충항에게 뛰어갔다. 김성주와 황해룡은 다른 대원과 함께 화력으로 엄호했다. 그렇게 사충항은 최춘국의 등에 업혀 나왔는데, 뒤늦게 동문을 점령하고 성안으로 돌진하던 오의성이 이 광경을 목격했다.

사충항은 왕청유격대 덕분에 목숨을 건졌고 동녕현성에서 퇴각할 때도 유격대가 마련한 들것에 실려 나자구로 돌아왔다. 나중에 사충항 부하들이 찾아와서 들것을 넘겨달라고 손이 발이 되도록 빈 후에야 인계될 수 있었다.

이것은 큰 사건이었다. 구국군 체면상 유격대 앞에서 큰 망신을 당한 셈이다. 대신 유격대의 위신은 하늘을 찌를 지경이 되었다. 그때부터 구국군은 공산당 유격대라고 해서 함부로 괄시하거나 비난하는 일이 더는 없게 되었다.

이 사건으로 가장 어려운 처지가 된 것은 바로 지청천의 한국독립군이었다.

"우리 사령관도 부상을 입고 들것에 누워 있었던 상황이라 어쩔 수 없었소. 더구나 먼저 들어간 당신네 구국군이 시내에서 물건들을 약탈하느라 정신없는 마당이었으니 우리가 어떻게 그 사이에 끼어든단 말이오?"

안훈이 나서서 변명했지만 오히려 시세영의 오해까지 사게 되었다.

왜냐하면 제일 먼저 성문을 돌파하고 들어갔던 한국독립군과 함께 남문을 공격한 부대가 바로 시세영 여단이었고, 또 성 안에서 민가를 덮쳐 가장 많이 약탈

했던 부대도 다름 아닌 시세영 여단이었기 때문이다. 결국 독립군은 동녕현성 전투 직후 구국군과의 사이가 최악이 되어 결국 나자구에서도 배겨나지 못하게 되었다.

1933년 10월 13일 밤엔 오의성이 독립군 330여 명을 포위하고 무장을 해제 시키는 사태까지 생기고 말았다. 이 사건 중심에 있었던 안훈은 사령관 지청천 등 많은 한국독립군 장병이 구금되었을 때 마침 선전대를 거느리고 훈춘 방면 으로 계몽강연을 나가고 없었다. 그는 소식을 듣고 정신없이 돌아와 오의성을 찾아갔다.

안훈의 중재로 지청천 등은 가까스로 풀려 나왔으나, 이때부터 만주에서 한 국독립군의 생존 환경은 점점 더 열악해졌다. 나자구에서 쫓겨나 동녕과 영안현 사이의 산악지대를 전전하다가 결국 모조리 해체되고 말았다. 이는 중국 관내에 있던 김구(金九)와 의열단을 이끌었던 김원봉(金元鳳) 등이 1932년 4월 말 윤봉길 의거 이후 중국 국민당 정부의 지원을 받아 관내 조선인 청년들을 조선독립전 쟁을 위한 핵심 인력으로 양성하려고 중국 군관학교에 입학시켜 군사교육을 실 시하려고 했던 탓이기도 했다. 이때 중국 정부는 중앙육군군관학교 낙양(洛陽)분 교에 '한국청년군사간부 특별훈련반'을 설치하고 만주에서 활동하던 독립군 주 요 간부들과 청년들을 교육시키려고 했다.

이 계획은 1933년 10월 초순, 이규보와 오광선 등을 통해 한국독립군에까지 전달되었다. 지청천이 이 '한국청년군사간부 특별훈련반'의 교관 겸 책임자로 지정되었다는 소식은 나자구 오지에서 곤경에 빠져 오도 가도 못 하던 한국독 립군에게는 실낱같은 희망이 아닐 수 없었다.

결국 당시 한국독립군의 당 지도기관이었던 한국독립당은 당수 홍진과 사령 관 지청천, 안훈, 오광선, 공진원, 김창환 등 주요 간부들 외 중국군관학교 입학

지원자 40여 명 정도만 중국 관내로 이동시켰고, 핵심 인력이 빠지자 나머지는 모조리 흩어지고 말았다. 이들 중 유격대로 찾아온 대원들도 적지 않았다.

5. 구국군의 몰락

1933년 10월을 전후하여 지청천의 한국독립군이 만주에서의 마지막 나날을 보내고 있었다면, 수천 명을 넘나들던 오의성의 구국군도 그때까지 표면화하지 않았을 뿐 이면에서는 급격하게 사분오열하고 있었다. 이때 오의성은 사충항뿐만 아니라 시세영, 유한흥 등이 모두 공산당 쪽으로 넘어가버린 사실을 미처 몰랐다.

중국공산당 만주성위원회와 동만특위는 통일전선 간판을 내걸고 오의성 및 만주 동남부 산야에 널려 있던 수십 갈래의 구국군 부대에 접근했고, 구국군의 주요 군사간부들을 당원으로 포섭한 다음에는 당원 신분을 비밀에 붙여두고 당 조직으로부터 정식으로 부대를 데리고 탈출해 나오라는 명령이 떨어지기 전까지는 철저하게 신분을 은폐했다.

오의성이 동녕현성전투를 벌일 당시, 주보중은 안도현 경내에 남아 구국군 요길변구유수처(救國軍 遼吉邊區留守處)를 설립하고 관내로 흩어져 달아나던 구국군 산병들을 불러 모으는 일에 열중했다. 일본군이 철도를 모두 장악했기 때문에 구국군 산병들이 관내로 이동하는 길은 안도와 돈화 경내의 산간지대를 통과하여 남만 쪽으로 빠져나가는 길밖에 없었다.

주보중은 바로 이 길목을 노린 것이었다. 그는 오의성에게 구국군 병력을 보충해주겠다고 속여 넘기고는 불과 반년도 안 되는 사이에 병력 수백 명을 긁어

모았다. 주보중은 이 부대를 데리고 쥐도 새도 모르게 영안현 경내로 이동했다. 물론 이런 행동은 중국공산당 만주성위원회와 길동국, 영안현위원회의 결정에 따른 것이었다.

동녕현성전투 직후 시세영 부대가 오의성의 사령부 직속부대와 갈라져 영안 쪽으로 이동하면서 주보중 부대와 합류했다. 여기에 시세영 연줄을 타고 구국군 제14여단 제1연대 부현명 부대가 동참하는 바람에 수녕(綏寧) 지구에서 주보중 의 영향력은 어느덧 오의성을 능가하게 되었다. 부대 이름도 수녕반일동맹군이 라고 짓고 이 동맹군을 통일적으로 지휘할 군사위원회를 설립해 주보중이 위원 장을 맡아버렸다.

결국 오의성의 구국군 절반이 주보중의 손아귀로 뭉텅 넘어가버린 셈이 되고 말았다. 수녕반일동맹군이 설립되었다는 소식을 들은 공헌영은 발을 굴러가면 서 오의성에게 욕설을 퍼부었다.

"세상에 저런 '머저리(오의성의 별명이 원래 '머저리'였다)'도 있다니. 내가 그렇게나 공산당과 손을 떼라고 일렀는데 부득부득 말을 듣지 않더니 결국 이 꼴, 이 모양 이 되어버리지 않았느냐. 벌써 이 년째 이연록에게 한 여단을 도둑맞고 주보중 에게 한 여단을 도둑맞았으니, 지금 남아 있는 부대가 과연 얼마나 되겠느냐?"

공헌영은 구국군들이 여기저기서 공산당에 의해 한 무리씩 떨어져 나가는 것 을 보며 발만 굴렀을 뿐 어찌할 도리가 없었다.

1932년 2월, 노3영이 왕덕림과 오의성, 요진산, 공헌영 등의 인솔 아래 의거 할 때부터 노3영 사무장 출신이었던 이연록 연줄을 타고 호택민, 주보중, 왕윤 성, 하검평(賀劍平), 이성림(李成林, 김동식金東植), 진한장 등 중국공산당원들이 쉴 새 없이 구국군으로 들어와 잠복하여 요직을 차지했던 것은 세상이 다 아는 일 이나 이듬해 구국군이 영안현을 공략한 뒤에는 남경의 국민당 정부에서까지도 특파원을 파견했던 일은 잘 알려져 있지 않다.

그때 국민당 동북당무위원회(國民黨 東北黨務委員會)에서 온 특파원은 왕덕림을 중국국민구국군 총사령관 겸 영안경비사령관에 임명하면서 구국군 내에 잠복한 중국공산당원들을 모조리 색출하여 처치하라고 권했으나 이연록의 방해로 실현되지 못한 일이 있었다. 공헌영은 국민당 특파원과 함께 조선인 중국공산당원 이성림과 중국인 당원 하검평을 체포했으나 오랜 친구였던 이연록과 차마 얼굴까지 붉혀가면서 싸울 수 없어서 결국 놓아주고 말았다.

그런데 이듬해 1933년 1월 동녕현성이 함락되면서 왕덕림이 소련으로 철수할 때 제일 먼저 보충연대 제1연대 400여 명의 부대를 데리고 탈출했던 사람이 바로 이연록이었다. 그를 따라갔던 구국군들은 중국공산당의 직접 관할 하에 들어갔고, 동북항일유격군(東北抗日遊擊軍)으로 이름을 바꿨다가, 7월에는 동북인민항일혁명군(東北人民抗日革命軍)으로까지 개명해버렸다.

이연록에 이어 주보중이 수녕반일동맹군을 설립하고 시세영, 유한흥, 부현명 등을 모두 자기 부하로 만들어버렸는데도 오의성은 아직 곁에 남아 있던 중국공산당원들을 축출하지 못했다. 이들을 대신할 만한 군사간부들이 없었던 탓에 부득불 그들에게 의존하지 않을 수 없었다.

결국 1933년 9월 동녕현성전투 직후에는 구국군 일반 병사들 중에도 유격대를 동경하고 공개적으로 유격대에 참가하고 싶어 하는 사람들까지도 생겨났다. 오의성의 별명이 아무리 '오 머저리'라 해도 이런 낌새를 눈치 채지 못할 리 없었다. 그러나 이미 오의성은 이빨 빠진 호랑이나 다름없었다. 나자구에서 동녕현성전투 승리를 축하하는 연합모임을 열었을 때 일어난 해프닝이 이 사실을 잘 설명한다.

이 모임에서 오의성은 작탄으로 서산포대를 날려 보낸 훈춘유격대 오빈과 사충항을 구한 왕청유격대 최춘국의 이름을 부르면서 한바탕 칭찬을 아끼지 않았다. 그러면서 연설 도중 이런 말을 했다.

"여러분, 우리 길림구국군은 장개석 위원장과 국민당의 지도를 받는 중국국민구국군이라는 사실을 잊어서는 안 되오. 이번 전투를 통해 우리 구국군의 위세를 온 세상에 알렸고, 남경정부도 우리를 더 중시할 것이오. 이제 남경정부와 장개석 위원장은 우리에게 총과 대포도 보낼 것이오. 그렇게 되면 우리도 정부의 여느 정규군 못지않게 나라에서 직접 군비를 지원받을 것이고, 또 신식무기로 무장하게 되오. 따라서 더는 일본군이 무섭지 않을 것이오. 항일전쟁도 승승장구할 수 있으리란 말이오."

이 연설을 듣고 훈춘유격대의 젊은 정치위원 백전태가 참지 못하고 나서서 오의성에게 대들었다.

"오 사령관님, 장개석과 남경정부가 구국군에게 총과 대포를 보내 일본군과 싸우게 한다고요? 무슨 잠꼬대 같은 말씀을 하십니까? 당초에 일본군이 심양과 장춘을 공격할 때, 총 한 방 쏘지 않고 그대로 다 내줘버린 것이 국민당 남경정부 아닙니까?"

오의성은 중국말을 아주 잘하는 백전태와 몇 마디 변론하다가 백전태가 끝없이 반론해오는 바람에 말문이 막히자 버럭 화가 났다.

"에잇, 버릇없는 놈 같으니라고, 네가 죽고 싶어서 환장했구나."

오의성은 부하들에게 백전태를 포박하라고 명령했다. 구국군이 백전태를 잡으려 하자 훈춘유격대원들이 모두 총을 들고 달려들었다. 그러나 유격대는 다 들고 일어나 봐야 30명도 되나 마나한 작은 중대 규모밖에 안 되었다. 여기에 왕청유격대까지 모조리 합쳐도 100명이 안 되는데, 나자구의 구국군 제3여단(오의성의 사령부 직속부대)은 1,000여 명 정도 되었다. 백전태는 꼼짝 못하고 사형당할 위기에 처하게 되었다. 김성주가 나서서 또 오의성을 설득했다.

"오 사령관, 노엽겠지만 너그럽게 생각하고 백일평(백전태의 별명)을 놓아주십시오. 그 사람이 사령관의 체면을 생각하지 않고 말한 것은 외람된 일이지만 오 사령관도 좀 생각해보아야 합니다. 온 중국이 제국주의의 개라고 낙인찍은 장개석을 그렇게 추어주면 과연 달갑게 받아들일까요? 구 동북군이 항일하지 못 하도록 9·18사변 전부터 장학량에게 못 박은 사람도 바로 장개석 아닙니까. 만일 백일평을 총살하면 온 만주가 오 사령관을 역적이라고 손가락질할 터인데 심사숙고했으면 합니다."

이렇게 김성주는 회고록에서 자기가 또 나서서 오의성을 설득했다고 주장한다.

하지만 오의성은 백전태를 쉽게 놓아주려 하지 않았다. 이틀이나 가두어두자 구국군 하층병사들까지 나서서 오의성을 비난하기 시작했다. 그리하여 백전태는 사흘째 되는 날에야 가까스로 풀려나와 훈춘으로 돌아갔다.

오의성은 1933년 9월 이후로는 동녕현성전투 때처럼 수천 명의 구국군을 움직일 수 있는 힘을 갖지 못했다. 겨울에는 나자구에서도 쫓겨 겨우 100여 명만 데리고 노흑산 이도구 일대로 피신했다. 후에는 그도 어쩔 수 없이 소련으로 철수하였고, 신강군벌 성세재(盛世才)의 도움으로 남경의 장개석을 찾아가기도 했다. 1946년에는 장춘이 중국공산당군(동북민주연군)에게 함락되었을 때 오의성은 주보중에게 사로잡혔다. 하지만 주보중 덕분에 감옥에서 풀려나 길림시 남강연병원(南江沿高大夫醫院)에 입원하여 치료받다가 예순두 살 되던 1949년 봄, 병원에서 세상을 떠났다.

한편 구국군 시절 오의성의 부관이었던 초무영은 1989년까지 살았다. 그의 아들 초철민(肖鐵民)은 자기 아버지가 오의성의 부관이 아니라 주보중과 호택민의 부관이었다고 주장한다. 해방 후 중국공산당군 남경군구 후근부장(南京軍區 後勤部長)이 된 초무영은 '문화대혁명' 기간에 홍위병 반란파들에게 너무 많은 비판을 당했기 때문에 그의 가족들은 자기 아버지 과거사를 이야기할 때 되도록 오의성보다는 주보중이나 호택민 같은 사람들을 가져다 붙이는 듯하다.

최근 오의성에 대한 평가는 많이 달라졌다. 주보중은 1950년대에 진한장을 회고하는 문장에서 오의성을 이렇게 평가했다.

> "오의성 이 사람은 글을 모르고(不識字), 우직하며(大老粗), 농민 출신이기는 하나 극히 교활하고 지독하다."[102]

하지만 김성주는 회고록에서 오의성에 대해 과장 없는 옛 정을 과시하기도 했다. 북한에서는 항일투쟁 당시의 역사 사건을 배경으로 한 우표를 발행했는데, 그 우표 가운데는 심지어 오의성과 김성주의 담판을 그린 우표도 한 매가 들어 있다. 결과적으로 오의성은 김성주 덕분에 중국에서보다는 오히려 북한에서 더 잘 알려진 인물이 된 셈이다.

---

102 『周保中文選』, '回憶陳翰章同志', 雲南人民出版社, 1985.

13장

불타는 근거지

일본군은 1933년 동기 토벌작전에 조선 주둔 제19보병사단 관할 부대까지
도합 5,000여 명을 동원해 동만주 지방 유격근거지들을 소탕했다.
소왕청근거지에서만 1,000여 명의 백성이 죽었으나
정작 유격대는 200여 명 정도의 토벌대밖에 사살하지 못했다.

1. 오빈을 잃다

동녕현성전투 직후, 대대장 양성룡과 정치위원 김성주에게 덮어 씌워졌던 민
생단 혐의는 한동안 사라지는 듯했다. 한때 대대장 직을 정지당했던 양성룡이
동만특위 위원으로까지 선출된 것은 1933년 9월 16일 소왕청근거지 마촌에서
열린 제1차 중국공산당 동만특위 확대회의에서였다. 동장영은 회의에서 양성룡
과 김성주를 높이 평가했다.

"이번 전투를 통해 우리 당 중앙의 1·26지시편지 정신을 보다 잘 관철했고,
전투 중에 부상당한 구국군 지휘관(사충항)을 구해냄으로써 우리 당의 반일통일
전선 방침도 잘 관철한 공로를 충분히 긍정하는 바요."

특위위원을 보충선거할 때 군사부장 왕덕태는 대대장 양성룡과 함께 정치위

원 김성주도 함께 추천했으나 송일의 반대로 무산되었다. 이때 송일은 왕청현위원회 서기뿐만 아니라 동만특위 민생단숙청위원회 위원장까지 맡고 있어 권세가 이만저만이 아니었다. 무릇 근거지 내의 조선인 당원들은 모두 송일의 차가운 눈빛 앞에서 기를 펴지 못했다.

송일에게 반론할 수 있는 사람들은 아무래도 민생단과는 하등 관련이 없는 중국인 간부들밖에 없었다. 동녕현성전투 직후 김성주가 이 살벌했던 민생단 바람을 가까스로 피해갈 수 있었던 데는 왕윤성과 왕덕태의 도움도 적지 않았다.

그 두 사람은 동장영의 좌우 손이나 다를 바 없었다. 동장영이 당 업무에서 가장 의탁하는 사람은 왕윤성이었고 군 업무는 왕덕태에게 의지했는데, 이 시절 왕윤성의 '마영'이라는 이름은 동만주 당·단 내에서 동장영 다음으로 영향력을 과시했다.

그해 10월, 김성주가 열병으로 앓아 누워 있을 때 병문안 왔던 양성룡이 김성주 귀에 대고 소곤거렸다.

"마영 동지 부탁이니 잘 들어두오. 빨리 박춘자 집에서 나오라고 했소."

박춘자는 십리평에 사는 예쁘게 생긴 젊은 과부였다. 이때 발진티푸스로 고생하던 김성주는 이 과부네 윗방에 묵고 있었다. 그런데 박춘자의 남편이 바로 민생단으로 처형되었던 왕청현위원회 서기 김권일(이용국의 후임자)이었기 때문이다.

하루에도 너덧 번씩 열이 오르면서 혼수상태에 빠졌던 김성주는 입안과 혀가 헐어 물도 마실 수 없어 갖은 고생을 다 겪고 있었다. 박춘자는 김성주를 살리려고 입안이 헐었을 때 효과가 좋다는 꿀을 얻으려고 나자구까지 백 리도 넘는 밤길을 남장하고 혼자 다녀온 적도 있었다. 김성주의 온몸이 불덩이가 되어 혼수상태에서 헛소리를 할 때면 곁에 붙어 앉아 물수건을 갈아 가면서 간호해주었다.

그런데 병문안 왔던 사람들 중에서 젊은 유격대 정치위원과 예쁜 과부 사이에 무슨 일이 있는 것 같다는 염문을 만들어냈다. 이 소문은 어느새 송일 귀에까지 들어간 것이었다.

이렇게 되자 왕윤성은 급히 양성룡을 시켜 김성주를 박춘자의 집에서 나오게 했다. 김성주보다 훨씬 나이가 많은 왕청현위회 부녀주임 최금숙을 보내 김성주를 간호하게 했다. 최금숙은 왕청 시절 김성주와 서로 '누이', '동생'으로 부를 정도로 친밀한 사이이기도 했다. 김성주 회고록의 한 토막이다.

"그가 나를 친동생과 같이 사랑해주었기 때문에 나도 그를 보면 누이라고 불렀다. 내가 싸움터에 나갔다가 돌아오면 이 여자가 제일 먼저 나를 찾아왔고 요긴하게 쓸 수 있는 물건들을 한 가지씩 준비했다가 살그머니 쥐어 주곤 했다. 어떤 때에는 옷도 기워주고 털실로 내의도 떠 주었다. 최금숙이 리수구골 안에 오랫동안 나타나지 않을 때는 내가 그를 찾아가기도 했다. 이렇게 남매 간처럼 가깝게 지내다 보니 만나기만 하면 서로 농담도 자주 했다."

최금숙은 김성주뿐만 아니라 왕청 모든 혁명가의 사랑과 존경을 받았던 '누이'였고 또 '동생'이었다. 이듬해 1934년 3월 21일, 토벌대가 들이닥쳤을 때 병을 앓던 동장영을 간호하던 최금숙은 동장영을 직접 업고 뛰다가 함께 살해당하고 만다. 최금숙 조각상은 지금 중국 혁명열사박물관 대청에 세워져 있다.

한편 1933년 10월, 연길현 전화국에서 근무하던 한 교환수가 일본군 토벌대와 만주군 사이에 오가는 전화를 엿듣고 이 내용을 중국공산당 조직을 통해 왕청에 전달했다. 일본군이 이른바 '제2기 치안숙정공작' 계획을 작성해 보병, 기병, 포병, 항공대까지 동원하는 대대적인 토벌을 준비하고 있다는 정보가 확인되었다. 하지만 이때 양성룡은 동녕현성전투 직후 열병으로 쓰러진 김성주의 안전이 걱정되어 한 소대 병력까지 따로 떼어 그를 호위하게 했는데, 이 때문에 또 송일의 눈 밖에 나게 되었다.

아마도 1933년 가을처럼 힘들었던 때가 청년 시절의 김성주에게는 몇 번 있지 않았을 것 같다. 그가 병으로 쓰러져 혼수상태에 빠진 적은 그때까지 한 번도 없었다. 그럴 때 오빈이 동녕현성전투 직후 훈춘으로 돌아갔다가 대황구에서 살해당했다는 슬픈 소식이 날아들어 그를 비통하게 만들었다.

10월 6일 백전태, 오빈 등은 나자구에서 열렸던 동녕현성전투 경축모임을 마치고 훈춘으로 돌아오는 길에 대황구의 한 농가에서 그 동안의 여로에 지쳐 단잠에 곯아떨어지고 말았다. 하지만 다음날 새벽녘, 훈춘과 밀강(密江), 마적달(馬敵達) 세 방면에서 동시에 토벌대가 덮쳐들었다. 근거지 외곽에서 보초 서던 두 여성이 농민으로 위장해 접근한 토벌대 특무들에게 납치되었기에 상황을 알릴 수 없었다.

그렇게 토벌대는 새벽어둠을 틈타 쥐도 새도 모르게 유격대 주둔지까지 접근해 들어왔다. 그제야 적들을 발견한 신입대원 김재근이 너무 당황하여 손에 총을 든 채 방아쇠를 당길 생각도 못하고 그냥 뛰면서 "토벌대가 왔다!"고 소리쳤으나 때는 이미 늦어버리고 말았다.

그리하여 오빈 외 13명이나 되는 유격대원들이 이날 살해당했다. 복부를 관통당한 오빈의 배에서는 창자가 밖으로 흘러나와 있었다. 정치위원 백전태는 박광영, 강창영 등을 데리고 반격하면서 뒷산으로 피신하다가 총탄에 맞아 죽었다. 이들의 시체가 묻혀 있는 오늘의 훈춘시 영안진 회암산 기슭에는 1962년에 세워놓은 '13용사 기념비'가 지금도 있다.

1932년 1월부터 착수하여 만들었던 훈춘현 대황구유격근거지의 전체 둘레는 1,000km²[103]에 달했다. 이 근거지를 개척하기 위해 죽을 둥 살 둥 모르고 일해 왔던 오빈은 중국공산당 훈춘현위원회 서기직에서 제명된 뒤에도 항상 낙관하며 유격대 평대원으로 싸우다가 그만 이렇게 가고 만 것이다.

김성주의 회고록을 빈다면 그야말로 '청천벽력과도 같은 충격'이었다. 그는 심지어 추도식을 할 때 추모연설을 하면서 "엉엉 울기도 했다."고 고백한다. 이때 큰 피해를 보았던 이 근거지는 끝내 배겨나지 못하고 이듬해인 1934년에 왕청으로 이동하게 되었다.

김성주가 열병에다가 오빈을 잃은 아픔까지 한데 겹쳐 앓는 소리를 내면서 괴로워할 때 최춘국의 심부름으로 김성주에게 약을 가져다준 적이 있는 유격대원 한옥봉을 고발하는 편지가 민생단숙청위원회에 날아들었다. 송일이 파견하여 한옥봉을 체포하러 갔던 사람들이 양성룡에게 제지당하고 돌아왔는데, 이 일로 양성룡과 송일은 얼굴까지 붉혀가면서 싸움이 대판 붙었다.

나중에 양성룡은 왕덕태에게 도움을 청했고 송일은 이상묵에게 달려갔다. 이때 왕덕태는 반토벌전투를 지휘하러 연길현 의란구에 가 있었고, 양성룡도 뾰족산과 마반산을 오가며 전투를 지휘하느라고 정신없이 지내고 있어 별 효력이 없었다. 결국 송일은 한동안 김성주를 간호했던 박춘자를 체포하여 별의별 황당무계한 공술들을 수십 장이나 받아냈다. 전부 김성주와 관계된 죄증이었다.

"김 정위가 아플 때 한옥봉은 몇 번 왔다 갔는가?"

---

103   김철수, 『연변항일사적지 연구』, 연변인민출판사, 2002년.
    "훈춘 대황구유격근거지는 영안, 밀강의 북부에 위치하고 있었는데 중강자, 삼안(하중구), 상중구, 청수동, 황구, 동구, 북구, 대빈랑구, 소빈랑구, 서대마구, 양목교자 등 자연 툰을 포섭, 1,000여 호의 주민이 있었으며 둘레는 1,000여 km²였다."(1932년 11월에 분석한 일본 자료.)

이것이 심문자의 질문이었다.

"우리 집에서 지낼 때는 거의 매일이다 싶게 찾아왔다."

박춘자의 대답에 심문자는 계속 따지고 물었다.

"한옥봉이가 혼자 왔다 갔는가?"

"처음에 '남자번지개(재봉대 대장 김련화의 별명, 성질이 남자처럼 괄괄한 여자를 뜻함)'와 같이 왔다가 그다음부터는 계속 혼자 왔다 갔다."

"한옥봉이 너를 어떤 태도로 대했나?"

"처음에는 나쁜 소문을 듣고 와서 나를 좋아하지 않는 눈치였으나, 남편이 생전에 김 정위에게 너무 못되게 굴었던 것을 사과하는 마음에서 잘 간호하고 있다고 내가 설명하니 오해를 풀었다. 그 뒤로 옥봉은 나와 속심을 터놓고 많은 이야기를 나누었다."

심문자는 끝없이 따지고 들었다.

"어떤 이야기를 들려주었는가?"

"옥봉이가 김 정위의 아이를 뱄는데, 이 사실을 김 정위에게 알렸더니 김 정위는 한옥봉을 가야하로 데리고 가 맨발로 찬 물 속에서 한 시간 넘게 서 있게 했다고 하더라. 그게 뱃속 아이를 떨어뜨리는 요법이라고 했다. 김 정위가 한의사였던 자기 외삼촌에게서 배운 방법이라고 했다고 하더라. 그래도 아이가 계속 떨어지지 않으니 이번에는 발로 수십 번이나 배를 걷어찼다고 하더라. 그렇게 몇 번 시도했더니 아이가 정말 떨어졌다고 했다. 그 일이 있은 다음부터 김 정위가 다시는 한옥봉을 찾지 않는다면서 몹시 서운해했다."

박춘자의 이야기는 점입가경이었다.

이 책에 나오는 대화체로 나오는 이야기들의 상당수가 그러하듯이, 김성주와 한옥봉 관련 이야기는 필자가 소문을 바탕으로 임의로 작성한 것이 아니다. 중국 공산당의 민생단 관계자 공술자료와 같은 자료들에 입각해서 그 정황을 이해하기 쉽도록 재구성한 것이다. 물론 민생단숙청위원회가 받아낸 이러한 공술 내용 대부분은 혐의자들이 사실을 말한 것인지, 심문받으면서 위협과 공갈을 배겨낼 수 없어 심문자들이 유도하는 대로 아무렇게나 지어낸 것들인지는 확인할 수 없다. 진실은 그 둘의 양 극단에 있을지, 아니면 어정쩡하게 어느 중간 지점에 있을지 아무도 모른다. 사실 필자가 취한 대화체 방식의 기술은 그래서 오히려 진실과 더 가까울 수도 있다. 아무튼 중국공산당의 민생단 관계자 공술자료에는 그렇게 돼 있다. 이런 공술내용들을 문서로 만든 송일은 의기양양하게 동장영에게 달려갔다.

"서기 동지, 보십시오. 민생단이 아니고는 한 대오 내의 여성동지에게 이렇게 잔인하게 대할 수는 없을 것입니다."

"박춘자의 공술만으로는 신빙성이 없습니다. 박춘자는 한옥봉에게 들었다는 소린데 그럼 한옥봉의 공술도 있습니까?"

"조만간 공술을 받아내겠습니다."

"그럼 한옥봉의 공술까지 받아낸 뒤에 다시 봅시다."

동장영은 김성주만은 항상 예외였다. 민생단으로 찍힌 사람에 대해 이처럼 신중하게 처리한 적이 한 번도 없었다. 이는 김성주라면 무조건 싸고 도는 동만 특위 위원 겸 왕청현위원회 선전부장 왕윤성 때문이었다.

"이 정도 자료로는 누구보다도 마영 동지를 설복하지 못합니다. 그러니 자료를 좀 더 보충한 뒤에 다시 봅시다."

송일은 과거 김성도 못지않게 김성주에게 집착했으나 김성주 비호세력도 만만치 않았다. 왕윤성 외에도 왕덕태가 자주 김성주 역성을 들었는데, 송일과 특위 조직부장 이상묵이 한편이 되어 동장영 면전에서 왕윤성, 왕덕태와 한바탕

언성이 높아졌던 적이 있었다.

"대대장 양성룡과 정치위원 김성주는 마치 짠 것처럼 '민생단 숙청사업'을 백방으로 방해하고 있습니다. 빨리 이 두 사람을 처리하지 않으면 안 됩니다."

"지금 토벌대와 싸우느라고 정신이 하나도 없는데, 왜 자꾸 유격대 사람들을 오라 가라 합니까?"

"유격대야말로 정치적으로 더 순수하지 않으면 안 되는 대오이니 지금처럼 사태가 엄혹할수록 더욱 더 민생단 숙청사업을 틀어쥐어야 합니다. 그런데 민생단 혐의가 있는 자를 불러다가 심사하려고 하면 양 대대장과 김 정위는 그들을 뒤로 빼돌려서 숨겨놓거나 전투하러 나가고 없다고 딱 잡아떼면서 내놓지 않습니다."

동장영은 마침내 송일의 손을 들어주었다.

"자세하게 설명해보시오. 도대체 어떻게 방해하고 있습니까?"

"한옥봉을 심사하러 갔던 일꾼들이 재봉대를 찾아다녔지만 대대장 양성룡이 고의로 재봉대를 계속 이동시키는 바람에 열흘 넘게 만나지 못하다가 겨우 셋째섬(대왕청하 기슭에 있는 동네)[104]에서 찾아냈습니다. 한옥봉을 데리고 돌아오려다가 셋째섬에서 제2중대 지도원 최춘국에게 또 빼앗겼습니다. 최춘국 말이 양성룡 대대장이 유격대 사람을 데려가려면 자신과 정치위원의 허락을 받아야 한다고 명령을 내렸다는 겁니다."

송일이 자세하게 설명하자 왕윤성이 나서서 해석했다.

"이 문제는 내가 설명하겠소. 지난 9월, 특위 확대회의 때 군사부장 동무가 마촌에 왔다가 김일성 동무와 만나 이렇게 지시한 적이 있습니다. 만약 유격대원

---

104 고현숙, "오직 그이의 가르치심대로-최춘국 동지를 회상하여", 『항일빨치산 참가자들의 회상기』 10권.

들에게 문제가 있다면 먼저 유격대 정치위원이 책임지고 심사를 진행하는 것이 좋겠다고 했습니다."

"그러나 지금 적발된 문제들은 바로 대대장과 정치위원과 관련한 문제입니다. 이 두 사람이 가장 문제가 많습니다. 이 두 사람이 서로를 심사하게 할 수는 없잖습니까!"

동장영은 듣고 나서 송일의 손을 들어주었다.

"송일 동지 말씀이 맞습니다. 빨리 심사를 진행해야 합니다. 어떤 일로도 민생단 숙청사업을 느슨히 하거나 중단하는 일이 있어서는 절대로 안 됩니다."

동장영은 만약 필요하다면 유격대 대대장이건 정치위원이건 상관없이 직무정지는 물론 면직시키더라도 민생단 숙청사업을 바짝 틀어줘어야 한다고 일갈했다. 그는 토벌 때문에 마촌 바닥에서 쉴 새 없이 이 골짜기, 저 골짜기로 피해 다니면서도 중국공산당 만주성위원회에 올려보내는 민생단 관련 사업보고서를 작성하느라고 밤낮 없이 일했다.

사실 그들의 견지에서는 중국공산당으로 적을 옮긴 조선공산당 출신 간부 대부분은 모두 민생단으로 내정되어 있었다고 봐도 전혀 과하지 않았다. 또 그들은 당 조직 내에서 '모조리 몰아내야 하는' 대상으로 이미 분류되어 있던 셈이다. 여기에 젊었던 김성주보다는 사사건건 김성주를 보호하고 나섰던 양성룡이 먼저 걸려들고 말았다.

2. 적후교란작전

민생단숙청위원회 일꾼들은 한옥봉뿐만 아니라 김련화, 전문진, 이일파, 김명숙 등 재봉대 대원을 모두 불러 공술을 받아냈다. 이쯤하면 김성주를 체포할 수 있겠다싶어 유격대와 토벌대가 한창 공방전을 벌이던 뾰족산 꼭대기로 대대장 양성룡을 찾아갔다. 하지만 양성룡은 김성주가 있는 곳을 알려주지 않았다.

"김 정치위원은 지금 어디 있습니까?"

"어디 있는 걸 알아서는 뭘 하려고 그럽니까?"

"송일 동지 지시로 김 정치위원을 심사하려고 그럽니다. 이 일은 동 서기도 아는 일이니 경고하건데 함부로 방해할 생각을 하면 안 됩니다."

"혹시 군사부장 동지도 압니까?"

"동 서기가 직접 허락했는데, 여기에 군사부장 동지는 왜 끌어들입니까? 그는 지금 의란구에 가 있습니다."

이들은 동장영 이름을 대며 사납게 달려들었다. 양성룡은 하는 수 없이 김성주가 있는 곳을 대주었다.

"지금 한창 전투 중이라서 김 정치위원이 딱히 어느 초소에 있는지는 나도 자세히 모르오."

일꾼들은 며칠 동안 헤맨 끝에 유격구의 관문이라 할 수 있는 마반산 쑥밭골 초소에서 가까스로 김성주를 찾아냈으나 불과 몇 분도 이야기를 나누지 못했다. 토벌대가 덮쳐드는 바람에 중단할 수밖에 없었다.

"오늘은 왜놈들이 너무 급하게 덮쳐드니 내일 봅시다."

김성주에게 이런 약속을 받고 일꾼들은 초소에서 하루를 묵었다. 그런데 다음날 보니 마반산을 지키던 중대가 교체되었고, 김성주는 어디로 가버렸는지 보이지 않았다.

"어제까지 보이던 김 정치위원이 왜 보이지 않소?"

민생단숙청위원회 일꾼들은 새로 초소를 인계받으러 온 최춘국에게 따지고 들었다.

"김 정치위원 동지는 대대장 동지의 명령으로 적후교란작전을 벌이려 오늘 새벽에 적구로 나갔습니다."

일꾼들이 돌아와 이 사실을 보고하자 송일은 너무 화가 돋아 미칠 지경이었다.

"김 정치위원보다는 양 대대장의 문제가 더 엄중합니다."

민생단숙청위원회에서는 김성주가 최춘국에게 십리평을 지키게 하고 자신은 적후교란작전을 벌이려고 포위망을 뚫고 양수천자 쪽으로 빠져 나간 것은 양성룡이 김성주를 빼돌리려는 계책이었다고 몰아붙였다. 그러자 양성룡은 적극적으로 변명했다.

"우리가 방어에만 매달리니까 토벌대가 점점 더 기승을 부리고, 우리 근거지의 피해는 점점 더 커지고 있습니다. 그래서 적의 뒤통수를 치는 방법을 취하기로 했습니다. 올해 1월에도 이런 방법으로 적구에 들어가 석현에서 군사작전 회의를 하던 토벌대 지휘부를 습격해 큰 성과를 올리기도 했습니다."

양성룡은 별로 깊이 생각하지 않고 대답했으나, 그의 공술자료를 꼼꼼히 들여다 본 송일은 다음날 심문현장에 직접 얼굴을 내밀었다.

"동무는 올해 1월에 석현에서 군사작전회의를 하던 왜놈 토벌대 지휘부를 습격했다고 했는데, 그때 일을 다시 한번 자세하게 설명해주기 바라오. 그게 정확히 언제 일이오? 무슨 전투였소? 누가 지휘한 전투였소?"

양성룡은 그만 입이 굳어지고 말았다.

송일은 이미 민생단으로 판결이 내려져 철직당하고 근거지에서 도주한 전임 왕청현위회 군사부장이며 왕청유격대 제1임 대대장이었던 김명균에 대한 공술자료들을 한 묶음이나 들고 와서 한 장, 두 장 뒤져가면서 따지고 들었다.

"그때 양 대대장은 김명균 밑에서 제1중대장을 맡고 있었지요? 1월에 왜놈 토벌대가 삼도구로 몰려들 때 김명균은 토벌대 배후를 친다고 하면서 양 대대장을 사수평에 남겨두고 혼자 한 중대만 데리고 석현으로 들어가지 않았소?"

양성룡의 얼굴빛은 금방 사색으로 짙어졌다.

실언을 깨달았으나 이미 엎질러진 물이 되고 말았다. 그때 일이야말로 김명균과 장용산이 민생단으로 몰린 가장 주요한 죄증 가운데 하나였고, 양성룡도 그때 일로 심사받다가 심문자들의 요구대로 공술하지 않는다는 죄명으로 한동안 대대장 직을 정지당하기도 했다.

"그때 나는 적후로 나가지 않아 자세한 것은 모릅니다."

아무리 변명해도 소용이 없었다.

"왜 중대장이었던 당신에게 제1, 2중대를 다 맡기고 군사부장 겸 대대장이었던 김명균이 한 중대만 데리고 그 위험한 적후(적의 후방)로 나갔느냐 말이오? 둘 사이에 무슨 약속 같은 건 없었소?"

"그가 현위원회 군사부장인 데다가 대대장까지 겸했으니 나는 다만 그의 명령에 따랐을 뿐입니다."

그때 양성룡은 김명균의 명령으로 제1, 2중대를 데리고 사수평에서 남아 토벌대와 정면으로 대치했고, 김명균은 장용산과 함께 3중대를 데리고 적후로 들어가 토벌대 지휘부가 있었던 석현에서 배후 교란작전을 벌였다. 마침 석현 바닥에서 오랫동안 활동해왔던 왕청현위원회 산하 제5구(석현 지구)위원회 서기 오중화(吳仲和)[105]가 이때 서대문형무소에서 석방되어 집에 돌아와 있었다. 그의 사

---

105 오중화(吳仲華, 吳仲和, 吳錫和. 1899-1933년) 독립운동가. 함경북도 온성 출신이다. 1914년 길림성 왕청현 석현 하목단촌으로 이주했다. 서울에서 중등학교를 졸업하고 보성전문학교에 입학했고, 3·1운동에 참가했다. 1925년 봄 석현공립 제1소학교 교사로 일하면서 사회주의운동에 참가했다. 1928년 사립화성학교 교사일 때 조선공산당에 입당했다. 삼동에서 농민협회, 부녀회 조직

촌동생 오중선(吳仲善, 오세영吳世英)이 신입대원이 되어 장용산의 3중대와 함께 왔다가 장용산과 김명균을 안내하여 석현의 하목단촌(下牧丹村)으로 오중화를 찾아갔다. 오중화는 김명균에게 이렇게 권했다.

"등잔 밑이 어둡다고 직방 토벌대 지휘부를 습격하면 놈들이 크게 놀랄 수 있을 것이오."

며칠 후 토벌대는 지휘부 회의실에서 만주군과 경찰대 및 무장자위단 등 각지 토벌 참가부대의 주요 간부들을 모아놓고 작전회의를 열고 있었다. 오중화를 통해 이 정보를 입수한 김명균은 중대를 두 소대로 나누고 직접 한 소대를 데리고 앞장에서 회의실을 습격했다. 결사대원으로 뽑힌 오중선과 전만송(全万松, 항일열사), 문덕산(文德山, 항일열사) 두 대원이 보초병을 해치우고 회의실 창문가로 살금살금 접근하고 있었는데 예정 지점에 도착하기도 전에 공격을 알리는 신호 총소리가 갑작스럽게 울리고 말았다.

김명균은 민생단숙청위원회에서 이렇게 해명했다.

"그때 내 곁에 엎드려 있던 한 신입대원이 너무 긴장하여 방아쇠를 잘못 당기는 바람에 오발사고가 났소. 결사대원들은 그것을 공격 신호로 잘못 알게 되었소."

오중선과 전만송, 문덕산은 신호와 함께 곧바로 회의실 문을 걷어차고 돌입했으나 다른 결사대원들이 미처 뒤따르지 못했기 때문에 맞총질이 시작된 지 얼마 안 되어 문덕산이 먼저 총상을 당했다.

총소리를 듣고 지휘부 건물 안팎 여기저기서 일본군이 반격해왔다. 김명균은

에 참여했다. 1930년 '간도 5·30폭동'에 참가했다. 7월 중국공산당에 입당하여 왕청현위원회 산하 삼동지부를 담당했다. 12월 연화현위원회 개산툰구위 조직위원을 맡았다. 1931년 1월 왕청현 제5구위를 조직했다. 그해 봄 일본 경찰에 체포되어 서대문형무소로 이송되었다가 1932년 12월 석방되었다. 1933년 7월 석현에서 일본 경찰에 체포되어 살해당했다.

데리고 갔던 습격대원 절반 이상을 잃어버리고 오중선 등 몇몇 대원만 데리고 가까스로 영창동까지 후퇴했다. 나중에는 탄알이 떨어져 다 죽게 되었으나 장용산이 다른 1개 소대원들을 데리고 달려와서 김명균을 구했다.

민생단숙청위원회는 김명균이 왜놈들에게 알리기 위해 신호 소리를 앞당겨 냈다고 덮어씌우면서 양성룡과 장용산에게 공술을 받아내려 했다. 양성룡은 현장에 없었기 때문에 김명균을 비호하고 있다는 혐의에서 벗어날 수 있었으나 장용산은 김명균과 함께 석현에 나갔기 때문에 민생단으로 몰렸고, 민생단감옥에 갇혀 별의별 고문을 다 당했다. 그때 장용산은 고문을 못 이기고 김명균을 민생단으로 몰아가는 공술을 아주 많이 했다. 하지만 나중에 반경유 덕분에 가까스로 풀려날 수 있었다.

물론 반경유에게 양성룡과 장용산이 민생단이 아니라고 나서서 보증 섰던 사람은 김성주였다. 아이러니한 것은 반경유 본인이 동만 지방을 순시하면서 왕청과 훈춘의 간부들에게 민생단 모자를 적지 않게 덮어씌웠는데, 유독 김성주에게만은 무척 잘대해 주었다. 그래서 반경유가 훈춘에서 박두남에게 살해되었다는 소식을 들었을 때, 김성주는 무척 많이 울었다고 회고했다.

그러나 반경유가 죽고 나서 11월, 소왕청 유격근거지가 통째로 토벌대의 화염 속에 있을 때 양성룡은 자기가 죽는 줄도 모르고 김성주를 적후로 빼돌렸다가 다시 한번 민생단으로 몰려 대대장 직에서 철직당했다.

"김일성을 적후로 파견한 목적이 뭐요?"

"적구를 교란하기 위해서입니다."

"원래는 최춘국을 적구로 보내려 했던 게 아니오? 왜 하필이면 우리가 김일성과 담화하려 할 때 갑작스럽게 적구로 파견했냐는 거요. 이미 토벌대 배후에는 미리 적구에 배치한 한흥권 중대가 있지 않았소?"

"그렇지 않습니다. 한흥권 중대는 노야령 쪽에 있고 김일성은 지금 양수천자 쪽으로 나갔습니다. 양수천자 쪽은 김일성이 올해 여름에 줄곧 경제 모연(모금)을 해왔던 고장이기도 하고 그곳 지리에도 무척 익숙하기 때문입니다."

이렇게 설명하는 데도 송일은 양성룡을 공격했다.

"힘을 다 합쳐도 모자랄 판에 많지 않은 유격대를 나누어 여기저기로 흩어지게 만드는 당신의 목적을 도무지 이해할 수 없소. 이것이야말로 근거지 인민들이야 어떻게 되든 상관하지 않고 오로지 자기 유격대만 살고보자는 속셈이 아니면 뭐겠소."

양성룡은 안타깝기도 하고 화도 나서 대들기 시작했다.

"몇 번이나 말해야 알겠습니까. 유격대가 적후로 나간 것은 유격대만 살려고 나간 것이 아니라 근거지를 살리기 위해 싸우러 나간 것입니다. 두고 보십시오. 근거지를 공격하는 토벌대들이 배후에서 교란받으면 금방 기세가 줄어들 것입니다."

양성룡이 이처럼 장담했지만 정작 토벌대의 기세는 수그러들 기미가 전혀 없었다. 10여 일 뒤에는 십리평 다섯째섬(오늘의 왕청현 동관진 십리평촌과 창림촌 사이에 있었던 동네)을 지키던 최춘국의 중대 초소가 일본군 토벌대에게 점령당했고, 마촌에서 대왕청으로 이동 중인 근거지 백성들이 수십 명이나 사살당하는 일이 발생했다. 또 며칠 지나 두천평이라는 동네가 통째로 불에 탔고 미처 피신하지 못한 마을 사람들이 열에 아홉은 죽었다. 더구나 특위기관이 자리 잡은 리수구골이 안전하다고 생각한 피난민들이 그곳으로 몰려들어 작은 골 안에 1,500여 명의 피난민들로 바글바글했다. 토벌대가 들이닥치면 피난민들 모두가 오도 가도 못 하고 모조리 살해당할 판이었다.

이때 특위기관은 이미 리수구를 떠나 묘구의 대북구 일대로 옮겨가 버린 뒤였고 마촌은 송일의 세상이 되었다. 당장 내일 모레면 마촌도 토벌대에 의해 함락될 판인데 송일은 동장영에게 받은 지시대로 민생단감옥에 갇혀 있던 민생단 혐의자들을 처치하기 위하여 군중심판대회를 열었다. 그가 직접 작성한 처형자 명단에는 양성룡의 이름도 들어가 있었다. 대회장에 몰려든 근거지 피난민들은 유격대 대대장 양성룡이 끌려 나오는 것을 보고 모두 기절초풍하도록 놀랐다.

"아니 저 사람은 양성룡 아니오?"

"토벌대와 싸우고 있어야 할 유격대 대대장이 어떻게 여기에 있단 말이오?"

송일이 한바탕 연설을 늘어놓는 동안에도 백성들은 계속 술렁거렸다. 민생단 혐의자 18명에게 모조리 사형을 선고하고 곧 집행한다고 하자 한 할머니가 허둥지둥 사람들 사이를 비집고 나왔다.

"성룡이는 못 죽이오."

이 할머니는 양성룡의 친구 서홍범의 어머니 박 씨였다. 박 씨가 나서서 송일 면전에 대고 따졌다.

"내가 비록 양 대장의 친어미는 아니지만 내 친아들처럼 잘 알고 있소. 그는 절대 나쁜 사람이 아니오. 그래 우리 유격구에서 왜놈들을 제일 많이 죽인 양 대장을 모르는 사람이 어디 있단 말이오?"

피난민들까지 함께 들고일어났다.

"지금 토벌대와 전투해야 할 유격대 대장을 죽인단 말이오? 그러면 왜놈들이 얼마나 좋아하겠소? 왜 당신들은 왜놈들이 좋아하는 일을 하려고 하오? 이러고도 누구를 민생단이라고 거꾸로 몰아붙이는 것이오? 우린 오히려 당신들이 의심스럽소."

여기저기서 이런 질문들이 쏟아져 나오자 송일은 너무 다급하여 연신 집행대원들에게 소리쳤다.

"빨리 집행하지 않고 뭘 하느냐?"

군중이 앞길을 가로막았기 때문에 집행대원들도 꼼짝할 수 없었다. 더구나 집행대원들도 유격대에서 뽑은 대원들이었기에 그들 역시 자기 대대장을 민생단으로 몰아 죽이려는 민생단숙청위원회의 결정을 받아들일 수 없었다. 그렇다고 공개적으로 항명할 수도 없던 차에 피난민들이 물불을 가리지 않고 달려들자 모두 총대를 내리고 묵묵히 서 있기만 했다. 대회장 연단에서 송일과 함께 앉아 있던 왕윤성이 특위 선전부장 이상묵 귀에 대고 소곤거렸다.

"선전부장 동무, 송 서기 좀 말리십시오. 양 대대장은 나중에 다시 보는 것이 좋을 것 같습니다. 일단 놓아주지 않으면 사단이 일어날 것 같습니다."

이상묵은 머리를 끄떡이고 송일에게 한마디 했다.

"이보, 송일 동무. 양성룡은 나중에 다시 보면 안 되겠소?"

"안 됩니다. 지금 놓아주면 더 엄중한 사태를 불러올 수 있습니다. 지금 우리 근거지의 유격대 역량이 왜 이처럼 쇠퇴하여 맥을 못 추고 있는지 아십니까? 바로 저자가 유격대를 절반 이상이나 다른 데로 빼돌렸기 때문입니다. 여기 심문자료에도 다 적혀 있습니다. 이번에 김일성이 또 한 중대를 데리고 적후를 교란하러 간다고 하면서 사라져버렸고, 한흥권의 5중대는 그 전에 벌써 통째로 노야령 어느 숲속으로 들어가 엎드려 있으면서 지금까지도 꼼짝하지 않고 있습니다. 이게 다 저자가 명령을 내리지 않으면 가능한 일이겠습니까? 저자는 우리 근거지를 말아먹기로 작심하고 나선 무서운 민생단이 틀림없습니다."

송일이 이렇게 고집하니 이상묵은 두 번 다시 입을 열지 않았다. 그러자 왕윤성이 참지 못하고 송일에게 화를 냈다.

"사람이 임기응변할 줄도 알아야지 않겠소? 적후교란론은 하루이틀 일도 아니고 또 양성룡이 혼자 결정한 일도 아니잖소. 인민군중이 지금 모조리 들고일어나는데 지금 사형을 강행하면 인민군중의 뜻과 역행하는 것 아니오? 인민들이 지금 뭐라고 말하고 있는지 들어보시오. 거꾸로 우리를 민생단이라고 공격하지 않소? 그러니 빨리 결정을 바꾸시오."

왕윤성이 이처럼 권고하고 나서니 송일도 함부로 무시할 수 없었다.

이때 최춘국이 대회장으로 달려와 곧장 연단으로 뛰어올라왔다. 토벌대와 한창 싸우고 있어야 할 유격중대 책임자가 직접 달려왔다는 것은 웬만큼 중대한 상황이 아니고는 불가능했기에 연단에 앉아 있던 이상묵 등 간부들은 모두 놀라지 않을 수 없었다.

"춘국아, 왜 그러느냐?"

"토벌대가 이쪽으로 오고 있습니다. 빨리 군중을 피신시켜야 합니다. 안 그러면 모두 죽습니다. 현위원회 기관에서도 빨리 요영구 쪽으로 이동하라고 특위 통신원이 소식을 전했습니다."

"통신원이 왜 너한테로 갔느냐?"

"우리 초소까지 왔는데 피를 너무 많이 흘리고 그만 죽었습니다."

최춘국이 송일을 재촉했다.

"빨리 군중을 해산하고 리수구를 떠나게 해야 합니다. 늦어지면 모두 빠져나가지 못합니다."

양성룡이 등에 오라를 진 채로 연단 쪽으로 뚜벅뚜벅 걸어왔다.

"춘국아, 서두르지 말고 내가 묻는 말에 대답하거라."

상황이 긴박하게 돌아가자 송일은 곁에 멀거니 서서 양성룡과 최춘국이 주고받는 말을 듣기만 했다.

"토벌대가 어느 쪽으로 오고 있느냐?"

"어젯밤까지 셋째섬과 다섯째섬이 다 점령당했고, 오늘 아침 무렵부터는 십리평의 중대 초소들이 무너지고 있습니다. 이제 리수구를 버려야 합니다. 특위 통신원이 리수구 인민들을 대흥왜와 요영구 쪽으로 이동시키라는 말을 남기고 죽었습니다."

이상묵과 왕윤성도 그들 곁으로 다가왔다. 최춘국이 양성룡에게 직접 달려들어 그의 두 팔에 지운 오라를 풀었다. 송일이 양성룡에게 말했다.

"당신 문제는 좀 더 시간을 들여서 다시 조사할 것이오. 일단 사형은 취소할 것이니 빨리 춘국이를 도와 인민을 대피시키시오."

송일의 말이 떨어지자 양성룡은 최춘국에게 명령했다.

"춘국아, 한 소대만 남겨 십리평에서 좀 더 시간을 끌고, 다른 소대는 모두 인민들과 함께 서대파와 쟈피거우 쪽으로 포위를 돌파하자꾸나. 그쪽 포위망을 뚫어야 대흥왜와 요영구 쪽으로 통하는 길로 접어들 수 있다. 빨리 행동하거라."

양성룡은 가까스로 사형은 면했으나 모든 직위에서 면직당하고 평대원으로 강등되었다. 그는 최춘국과 함께 대리수구로 몰려든 피난민들을 피신시키느라 자기 가족은 하나도 돌보지 못했다. 아내와 노모를 비롯한 일가식솔이 모조리 토벌대에 잡혀 죽고 외동딸 양귀동녀 하나만 살아남았다.

그러나 양성룡이 파견해 토벌대 배후를 교란할 목적으로 소왕청근거지를 빠져나간 김성주는 비교적 무사한 나날들을 보냈다.

양성룡이 최춘국과 함께 피난민들을 데리고 서대파와 쟈피거우 쪽으로 포위를 뚫고 나갈 때, 토벌대가 또 불시에 달려들어 공격하는 바람에 행렬이 두 토막 났다. 서로 종적을 찾느라 온종일 헤매고 있을 때 양수천자 쪽으로 빠져 나갔던 김성주는 그곳에서 대오를 정비하고 토벌대 배후를 교란할 생각으로 도문영사관 습격을 계획했다. 그러나 영사관을 지키는 경찰 병력이 너무 삼엄하여 성사시키지는 못했다.

1934년 1월 1일, 김성주는 모두 설날을 쇠는 틈을 타 대오를 이끌고 두만강 대안의 남양동을 눈앞에 바라보면서 강역을 따라 몰래 도문영사관 쪽으로 접근했지만, 정작 경찰대에게 쫓겨 다시 양수천자로 돌아오고 말았다.

그러나 다음날 신남구라는 오늘의 도문시 북안산을 넘어가는 산 길목에서 밀가루를 싣고 가던 차 한 대를 습격했다. 이때 빼앗은 밀가루 20여 포대를 메고 북봉오동 산악지대로 들어가 흰 빵과 교자를 만들어 먹으면서 숨어 지내다가 2월에야 요영구로 돌아왔다. 그때 김성주와 함께 돌아온 대원 40여 명 중 20여 명이 민생단으로 몰려 사형당했고, 나머지 20여 명은 김성주와 함께 민생단감옥에 갇히고 말았다.

3. 2차 면직

1934년 2월경, 동장영은 기진맥진 상태였다. 오랫동안 중병에 시달린 데다가 마촌에서 십리평으로 이동할 때 총상을 당했다. 십리평에 도착해서도 계속하여 여기저기로 이동하다 보니 지칠 대로 지쳤다. 나중에는 그를 간호하던 왕청현위원회 부녀주임 최금숙이 업고 다닐 지경까지 되었다.

이때 동장영은 얼마 남지 않은 생애의 마지막 시간을 보내고 있었다. 특위기관의 일상 사무는 조직부장인 왕중산이 이미 맡아하고 있었다. 그러나 까막눈인 왕중산은 자신의 후임자로 지정된 이상묵보다는 왕윤성에게 더 의존할 수밖에 없었다.

"마영 동지, 동 서기가 이번 토벌에서 근거지 인민들이 당한 피해 정황과 유격대가 토벌대와 싸워 올린 전과를 자세하게 정리하여 서면으로 보고해 달라고 하는데 아무래도 마영 동무가 나를 좀 도와주어야겠습니다."

왕중산은 교사 출신인 왕윤성의 손을 빌어 보고서를 작성했다. 이때 작성한 보고서에 따르면, 일본군은 1933년 동기 토벌작전에 조선 주둔 제19보병사단 관할 부대까지 도합 5,000여 명을 동원해 동만주 지방 유격근거지들을 소탕했다. 소왕청근거지에서만 1,000여 명의 백성이 죽었으나 정작 유격대는 200여 명 정도의 토벌대밖에 사살하지 못했다.

가장 전과를 많이 올린 유격근거지는 특위 군사부장 왕덕태가 직접 내려가 지휘하던 연길현유격대였다. 연길현 경찰국장 및 경찰대대장이 인솔하는 300여 명의 토벌대가 삼도만 유격근거지로 나왔다가 조선인 유격대장 주진(朱鎭)이 지휘하는 연길현유격대의 매복전에 걸려 전멸당했다. 이 소식이 특위기관에 전달되지 동장영은 너무 기뻐 어쩔 줄을 몰라했다. 종자운은 이때의 주진에 대해 회고한다.

"이 사람은 본명이 주백룡(朱白龍)이다. 당시 특위 선전부장이었던 이상묵이 의란구유격대 정치위원으로 있을 때 그를 소대장으로 발탁했고, 연길현위원회 서기가 되면서 또 그를 중대장으로 발탁했다. 그가 입당할 때도 현위원회 서기였던 이상묵이 직접 그의 보증인이 되어주었다. 때문에 이상묵은 주진을 항일대오에 끌어들인, 말하자면 주진에게는 혁명의 인도자와 다름 없었다. 사람됨이 과묵하고 침착한 데다 아주 용감하고 위엄까지 있어 유격대 대원들이 모두 주진을 따랐다. 연길현유격대에서 제일 말썽을 많이 부렸던 최현(崔賢)도 주진이라면 꼼짝 못했다."[106]

---

106 취재, 종자운(鍾子雲) 중국인, 항일연군 생존자, 취재지 북경, 1991~1992.

그 외 화룡과 훈춘 등 유격근거지들에서도 토벌대에게 쫓겨 다니면서 전투를 벌여 30~50여 명의 토벌대를 사살하는 등 전과를 올리기도 했으나, 동만 4현 유격근거지에서 가장 큰 전과를 올린 유격대는 여전히 주진의 연길현유격대였고, 가장 피해를 많이 본 유격근거지는 소왕청이었다. 특위기관이 있었던 마촌은 이때 잿더미기 되다시피 했고 그 뒤로 다시 회복되지 못했다. 이러한 모습을 보고 동장영은 땅을 치면서 통곡했다.

"미리부터 잘 대비했더라면 어떻게 이런 참상이 발생할 수 있었겠습니까? 근거지 항일군민이 1,000명이나 살해당했는데, 이송일(송일의 이름)은 뭐 하고 있었단 말입니까? 자기 잘못을 검토할 마음은 눈곱만큼도 없고 온통 남 탓만 하고 있습니다! 도대체 어쩌다가 이렇게 많은 인민이 죽게 됐습니까? 이게 어느 날 일입니까?"

"토벌대가 리수구에 들이닥치던 날, 송일 동무가 군중대회를 열고 양성룡 대대장을 처형하려 했는데, 그만 일이 잘 풀리지 않았나 봅니다."

왕중산이 별 생각 없이 이상묵에게서 들은 그날 일을 이야기했는데, 그만 동장영을 격노시켰다.

"이송일, 이자야말로 수상한 자요."

동장영이 이를 갈면서 내뱉은 말이 떨어지기 바쁘게 왕중산이 연신 머리를 끄덕였다.

"동 서기가 제대로 짚으신 것 같습니다. 이자가 그날 우물쭈물하면서 시간을 끈 탓에 우리 인민들이 피신할 시간을 놓쳤습니다."

"마영 동지는 어떻게 보십니까?"

"이송일 행태를 보니 김성도가 떠오릅니다. 원래 제일 엉큼하고 문제 많은 자가 제일 철저하고 깨끗한 척하잖습니까!"

왕윤성까지 현위원회에서 함께 일하는 동안 사사건건 대립했던 송일 뒤통수에 돌을 던지고 말았다. 그러나 동장영은 설레설레 머리를 저었다.

"아닙니다. 아직은 안 됩니다. 민생단 숙청은 결코 하루이틀에 끝나버릴 일이 아닙니다. 아직도 송일 동무 같은 조선인 간부가 계속 앞장서 주어야 합니다. 최소한 1, 2년은 더 필요합니다."

특위 중국인 간부들 중에는 당장 송일을 처단하자고 주장하는 사람도 있었으나 동장영이 말렸다.

"우리가 김성도를 처리할 때는 그 못지않게 이 일을 할 수 있는 이송일이 있었지만, 지금 당장 이송일을 처치하면 그만큼 이 일을 할 사람이 없습니다. 그러니 아직도 우리에게 필요한 사람입니다."

"그러면 김일성 동무는 어떻게 처리할 생각입니까?"

"송일 동무는 이번에 김일성 동무를 확실하게 처형해야 한다고 주장합니다. '적후교란'을 빌미로 근거지 밖으로 빠져나가서는 산속에 틀어박혀 만두나 만들어 먹으면서 두 달 동안이나 놀다가 왔기 때문에 데리고 갔던 대원들이 모두 피둥피둥 살이 쪄서 돌아왔다고 합니다. 어떻게 하겠습니까! 유격대 정치위원직을 면직하겠다는 요청에는 일단 동의했습니다만, 마영 동지의 생각은 어떠하십니까?"

왕윤성은 번번이 김성주를 비호했다.

"산속에서 만두만 해먹고 지내다가 돌아왔다는 것은 사실과 다릅니다. 여기 전투보고가 있습니다."

이 보고는 김성주가 요영구에 새로 설치된 민생단감옥에 갇혀 있으면서 직접 써둔 것을 아동단원 김금순이 몰래 왕윤성에게 전달한 것이었다.

"도문영사관을 습격하려다가 중도 포기하고 돌아온 것은 사실이지만, 그 뒤로 산속에 틀어박혀 밥만 축내면서 시간을 보내다가 돌아왔다는 것은 사실이 아닙니다. 대두천 경찰서와 자위단을 습격하고 불을 지른 적도 있고, 동골 산림 경찰대를 습격하고 병영에 불을 지르기도 했습니다. 적을 얼마나 소멸했는지는 정확한 숫자가 나와 있지 않지만, 토벌대 배후에서 교란활동을 벌인 것만은 틀림없다고 봐야 하지 않겠습니까."

왕윤성은 김성주의 전투보고를 동장영에게 바쳤다. 하지만 왕윤성이 아무리 설명해도 동장영의 노여움은 쉽게 가시지 않았다.

"그렇긴 하지만 근거지 인민들이 모두 굶주리고 괴로워하면서 무더기로 죽어갈 때 이 동무들은 만두와 기장떡을 해먹으면서 무사 편안하게 지내다 모두 살쪄서 돌아온 것만은 사실이잖습니까. 어떤 자는 교자를 140개씩이나 퍼먹고 배가 터질 지경까지 되었다고 합디다. 결코 그냥 넘길 수는 없습니다."

김성주도 역시 회고록에서 이렇게 회고한다.

"오백룡 소대의 김생길이라는 대원은 교자를 140개나 먹고 배가 아파 죽을 뻔했다."

그렇게 대원들을 배터지게 먹인 후, 양수천자의 만주군과 자위단을 기습해서 그들을 모조리 전멸하고 병영까지 점령했다고 회고하지만, 양수천자 자위단장이었던 정풍호(鄭豊鎬)는 김일성 유격대의 습격으로 자위단원 2명이 살해당했다고 말했다.

"그때 우리 양수천자 자위단에서 1명이 죽고 봉오동 자위단에서도 1명이 죽었다. 1명은 다리가 부러졌는데 셋 다 그 동네 농민들이었다. 우리는 거의 2개월 동안 김일성 뒤를 쫓아다녔다. 만주군과 경찰대대가 모두 동원되어 봉오동에서 김일성을 포위하기도 했다. 봉오동 고려령 쪽 산림경찰대가 우리와 합세해 빗으로 빗듯이 수색했는데, 어디로 빠져 달아났는지 보이지 않았다. 그들은 계속 도망쳤다. 나중에 나자구 쪽으로 모조리 달아나는 바람에 잡지 못했다.”

이처럼 김성주는 이렇다 할 만한 전과를 올리지는 못했지만 다행히도 빈손으로 돌아오지 않고 여기저기 습격해 빼앗은 쌀과 밀가루들을 몇 마대에 나눠서 메고 돌아왔다. 이 식량들은 잿더미가 되어 아무것도 남지 않은 마촌 백성들을 돕는 데 큰 몫을 했다.

동장영이 왕윤성에게 물었다.

“그런데 이 전투보고가 어떻게 마영 동지 손에 들어왔습니까? 마영 동지가 김일성 동무를 직접 만나보았습니까? 이 전투보고도 마영 동지가 시켜서 쓴 것입니까?”

“아닙니다. 만나지 않았습니다. 동 서기한테 올 때, 적후에서 있었던 일들을 좀 적어달라고 아동국장한테 시켰습니다.”

왕윤성의 대답에 동장영은 비명을 지르다시피 했다.

“아이고, 마영 동지가 직접 찾아가 김일성 동무 이야기를 들어보면 될 것을 왜 아이들을 시킵니까? 이 일이 이송일 귀에 들어가면 아이들한테도 불똥이 튈지 모릅니다. 일단 김일성 동무는 유격대 정치위원직에서 면직하는 것으로 마무리하고 감금은 풀라고 하십시오. 더는 유격대에 두지 못 합니다. 그러나 마영 동지뿐만 아니라 왕덕태 동무도 아주 믿는 동무이니 나도 한 번 더 믿어보겠습니다. 어디에 배치할지는 현위원회에서 따로 연구해보십시오.”

동장영은 민생단숙청위원회에 아주 큰 힘을 실어주었고, 그들 일을 전폭적으로 지지하고 후원했지만 불똥이 아이들한테까지 튀는 것은 원하지 않았다. 그래서인지 동장영 생전에 별의별 사람들이 민생단으로 몰려 처형당할 때도 그 불길이 아동단원들한테까지는 붙지 않았다.

그러나 김금순이 김성주와 왕윤성 사이에서 편지를 전달해 주었다는 사실이 송일 귀에까지 들어갔다. 송일은 어찌나 놀랐던지 열세 살밖에 안 된 어린 김금순은 차마 가두지 못하고 아동국장 박길송을 불러 따져 물었다.

"주원(박길송의 별명)아, 이 삼촌한테 속이는 것이 있지?"

박길송은 뒤통수만 썩썩 긁어댔다. 김금순은 김성주의 편지를 전달하면서 뒤에서 민생단숙청위원회 사람들이 자기 뒤를 따라온 것 같다고 이미 박길송한테 이야기한 것이다.

"네가 나를 삼촌이라고 부르는 데, 이런 일은 누구보다도 먼저 나한테 와서 보고하는 것이 도리 아니냐. 어서 이실직고 하거라."

"네, 제가 금순이한테 시켜서 편지 배달 몇 번 하게 했습니다."

박길송이 사실대로 털어놓자 송일은 너무 화가 나서 박길송의 귀뺨을 때리려고 번쩍 손을 쳐들었다. 박길송이 눈썹 하나 까딱하지 않고 빤히 쳐다보는 바람에 결국 손을 내리고 말았다.

"왜 이렇게 바보 같은 짓을 하느냐? 김 정위가 민생단인 걸 모르느냐? 너까지도 연루될 텐데 왜 그러느냐?"

"그럼 삼촌이 보기에 나도 김 정위처럼 민생단이란 말입니까? 그럼 빨리 민생단감옥에 넣어주십시오."

박길송이 이렇게까지 나오자 송일은 발로 땅을 구르다가 먼저 홱 돌아서서 가버렸다. 박길송의 아버지 박덕심이 송일에게는 생명의 은인이라는 것은 왕청 바닥에 널리 알려진 이야기다.

송일이 처음 동만특위 비서로 왕청에 왔을 때, 한동안 박덕심 집에서 지낸 적이 있었다. 석현경찰대가 송일을 붙잡으려고 영창동에 들이닥쳤는데, 박덕심이 부상당한 송일을 등에 업고 산속으로 뛰다보니 아내와 어린 아들은 집에 내버려두었다. 산속에서 이틀 숨어 지내다가 경찰대가 돌아갔다는 말을 듣고 돌아와보니 아내가 개머리판에 머리 몇 대를 얻어맞고 인사불성이 되어 있었다. 꼬박 반 년 넘게 정신을 못 차리다가 끝내 병상에서 세상을 떠났다. 박길송이 열네 살 때였다.

박길송은 송일의 편지 심부름을 수없이 다녔다. 또 송일이 뒷방에서 회의할 때면 항상 아동단원들이 마당 밖에서 보초를 서기도 했다. 공청단에 가입할 때 공청단지부에서는 그가 어리다고 받아주려 하지 않았다. 그러자 박길송은 송일을 찾아가 그를 보증인으로 내세우기도 했다. 그런 박길송이 만약 민생단이라면, 그가 입을 놀리기에 따라 송일에게도 무슨 혐의가 날아들지 모를 일이었다. 이것이 바로 당시 세상이었다.

며칠 뒤 박길송은 아동국장직에서 전근되었다. 아동단원 중에서 열다섯 살을 넘긴 아이들을 따로 10여 명 골라내 소년단과 합쳐 왕청현 의용군소대(汪淸縣 義勇軍小隊, 소년선봉대)를 설립했는데, 박길송이 이 소대 소대장으로 임명되었고 아동국장직은 김성주가 이어받게 되었다. 이 의용군소대 지도원직도 김성주가 겸했는데 이런 결정이 내려진 이유는 이때 왕윤성이 동만특위와 길동성위원회 결정에 따라 나자구로 파견되면서 데리고 갈 부대가 없었기 때문이다. 동만특위에서는 주보중이 보낸 편지를 받고 나자구 지방에서 떠도는 오의성 구국군과 이청천 독립군의 잔병들을 모으기 위해 나자구에 전문기구를 만들기로 한 것이다.

이 기구 이름은 '동만중한공농유격대 주수분하 대전자(東滿中韓工農遊擊隊 駐綏芬河 大甸子) 판사처'였다. 왕윤성을 주임으로 파견하면 좋겠다고 주보중이 이름까지 찍어서 요청했다. 송일은 궁리하다 못해 이처럼 열다섯 살도 되나 마나한 소년선봉대에 아동단원들까지 보충하여 임시로 의용군 소대를 하나 만들어낼 수밖에 없었다.

보다 못한 왕덕태가 직접 연길현유격대 대대장 주진에게 전령병을 보내 최고 싸움꾼으로 소문난 최현 소대나 아니면 부암유격중대의 김산호(金山浩) 소대를 데려오려고 편지까지 썼으나 왕윤성이 거절했다.

"그쪽 사정도 어려울 텐데 그만두십시오. 전투 경험이 풍부한 김일성 동무를 의용군소대 지도원으로 임명하여 내가 직접 데리고 가겠습니다."

왕윤성 말에 왕덕태도 동감했다.

"아, 그게 좋겠습니다. 김 정위가 구국군들한테 위신이 높으니 판사처로 데리고 가면 도움도 적잖게 받을 수 있을 것입니다."

왕윤성은 왕덕태에게 말했다.

"그런데 군사부장 동무가 하나만 더 도와주십시오."

"뭘 말입니까?"

"이번에 나 혼자만 나자구로 가면 무슨 걱정할 일이 있겠습니까. 그런데 주보중 동지가 왕청 아동단선전대도 함께 보내달라고 요청해왔습니다. 그 애들을 데리고 노야령을 넘어야 하는데, 어떻게 아이들만 보내겠습니까? 아무리 김일성 동무가 전투 경험이 많고 날고뛰어도 아이들뿐이라면 별 수 있겠습니까. 그래서 하는 말인데, 지금 민생단감옥에 김일성 동무가 데리고 다니던 대원 20여 명이 갇혀 있습니다. 군사부장 동무가 그 대원들도 데리고 갈 수 있게 도와주셔야겠습니다."

이렇게 되어 민생단감옥에 갇혀 있던 대원 20여 명 가운데 그새 또 몇 명 처형당하고 남은 16명을 모두 꺼냈다. 왕윤성은 김성주를 데리고 30여 명의 왕청현 소년의용대와 함께 그날 밤 요영구를 떠났다.

"왕윤성 동지, 오늘따라 왜 이리도 급해하십니까?"

김성주는 항상 태평스러운 왕윤성이 급하게 서두르는 것을 보며 덩달아 긴장했다.

"김일성 동무, '야장몽다(夜長夢多, 밤이 길어 꿈을 많이 꾼다는 뜻)'란 말도 있잖소. 이송일이 갑자기 마음을 돌려먹는 날에는 또 무슨 변괴가 생길지 모르오. 그러니 빨리 저 동무들을 데리고 먼저 한 30여 리쯤 앞서 가서 나를 기다리시오. 나도 바로 뒤따라가겠소."

왕윤성과 김성주는 나자구까지 함께 갔다. 이때 왕윤성 덕분에 민생단감옥에서 풀려난 대원 16명은 아동단선전대와 함께 20여 일 넘게 행군하여 노야령을 넘었다. 하마터면 민생단으로 몰려 죽을 뻔했던 이들이 이때 가까스로 살아남아 동만 각 현 유격대가 통합되어 동북인민혁명군 제2군 독립사단으로 개편될 때 모두 참가한다.

4. 동장영의 공과 죄

이 무렵 동만주 지방의 항일무장세력은 오의성 구국군과 이청천 독립군의 몰락으로 중국공산당의 지도를 받는 유격대쪽으로 세가 기울어지기 시작했다.

그러나 동만의 형편은 여전히 좋지 않았다. 남·북만에 비해 동만은 가장 일찍 중국공산당 조직들이 발을 붙였고, 또 코민테른의 '12월 테제'에 의해 조선공산당이 해산되면서 조선공산당원들이 대량으로 중국공산당 조직에 흡수되어 동만의 역량은 만주 전역에서 가장 강했다고 볼 수도 있었다.

하지만 1932년 10월에 시작된 민생단사건으로 1933년 한 해만도 100여 명이 넘는 당원들이 억울하게 처형되었거나 핍박에 못 이겨 도주하고 나아가서는 왜놈들에게 투항해버리는 일이 계속 발생했다.

민생단 투쟁을 직접 틀어쥐었던 동만특위 서기 동장영 등 특위 주요 간부들의 본거지였던 왕청에서 중국공산당 조직이 당한 피해는 이루 다 말할 수가 없다. 왕청현위원회 서기였던 이용국, 김권일 등이 처형당했고 김명균, 이웅걸 등은 근거지에서 도주했다.

유격대 대대장 양성룡과 정치위원 김성주까지 모두 면직되는 등 유격대가 사분오열이 되던 1934년 3월 21일, 동장영은 중병이 든 몸으로 일본군 토벌대에 쫓겨 다니다가 오늘의 왕청현 동광향(십리평) 묘구촌 대북구 입구에서 살해당하고 말았다. 마지막까지 동장영을 간호했던 왕청현위원회 부녀주임 최금숙도 동장영과 함께 살해당했다.

동장영은 공산주의 혁명에 혼신의 정열을 다 쏟아부었다고 해도 과언이 아닐 정도로 사적인 일들에 한순간도 정력을 낭비한 적이 없었다. 당 내 고위간부였으니 주변에 같은 또래 여성 혁명가도 많았고 마음만 먹으면 무슨 일이든 할 수 있었다. 그러나 한 번도 염문을 일으키지 않았을 정도로 철저하고 깨끗했다. 그는 오로지 혁명을 위해 태어났고 혁명을 위해 죽은 사람이었다.

그는 중공당 하남성위원회 서기로 일할 때부터 급진적이었고, 동만특위로 전근한 뒤에는 100여 명도 더 되는 조선인 당원들을 민생단으로 몰아 처형하는 등 범죄에 가까운 엄중한 착오를 범했다.

그런데도 그는 여전히 동만 중국공산당 혁명의 가장 대표적인 열사로 추앙받는다. 오늘의 왕청현에는 '동장영열사능원'까지 있는데, 누구도 '반민생단 투쟁'으로 수많은 조선인 당원을 오살한 그의 죄에 대해서는 일언반구도 없다. 심지어 김성주까지도 회고록에서 "동장영은 그래도 나만은 가장 믿어주곤 했다."면서 그의 죄를 감싸주었다.

동장영이 살아 있을 때 이미 두 번이나 면직당했던 김성주는 번번이 왕윤성 덕분에 살아난 것은 일절 공개하지 않았다. 생명의 은인이나 다름없는데도 그에 관해서는 그냥 '왕다노대'라는 별명이 있고, 처음 왕청에 왔을 때 반갑게 맞아주 었던 일만 이야기할 뿐이다.

동장영이 죽은 후, 만주성위원회의 파견으로 동만특위에 온 종자운(鍾子雲)도 동장영 못지않게 반민생단 불길을 지펴 올린 중국인 간부 중 하나였다. 왕윤성 과 아주 친했던 종자운은 2000년까지 살았는데, 지인들에게 이런 회고담을 남 겼다.

"그때 조선인 당원 간부들이 많이 배척받은 것은 사실이다. 민생단으로 의심받으면 대 부분 숙청되었다. 중국인 간부가 나서서 비호하지 않으면 거의 빠져나가지 못했다. 생 각해보라. 중국인 간부들 중 민생단으로 의심받는 조선인 간부가 민생단이 아니라고 변호하며 나설 사람이 어디 있겠는가! 그런데 유독 왕윤성만은 아니었다.

내가 처음 왕윤성을 만난 것은 그가 '수분하 대전자 판사처' 주임으로 와 있을 때였다. 그때 나는 목릉현위원회 서기로 있다가 동만특위로 파견받아 갔는데, 그는 왕청에 남 아 한동안 대전자 공작위원회 서기직을 맡고 있었다. 그때 왕윤성은 김일성을 데리고 와서 나에게 소개해주었다. 김일성이 나이는 젊으나 정치사상 수준도 높고 또 유격대 투쟁 경험도 많은 아주 좋은 동무라고 한바탕 칭찬하여 마지않았다. 그런데 이미 민 생단으로 판결받고 처형된 사람들이 김일성과 관련한 공술을 많이 남겨놓아 그것 때 문에 의심받고 유격대 정치위원직에서 면직되었다고 했다.

그러나 왕윤성은 흔들림 없이 김일성을 믿고 있었고 가능하면 내가 나서서 도와주기 를 바랐다. 그때 나는 소종천(蘇宗泉)과 왕우(王友)라는 별명을 사용했지만 왕윤성은 나를 '샤오중(小鍾)'이라고 부를 정도로 친했는데, 나중에 김일성까지도 나를 '샤오중'이라고 부를 정도로 우리는 친해졌다. 내 나이가 김일성보다 한 살 더 어렸기 때문이었다. 후에 나는 정말 중요한 때에 김일성을 한 번 도와주었다."[107]

이런 사실들을 고려해보면 반민생단 투쟁을 지도하던 중국인 간부들도 혁명에 대한 사심 없는 충성심으로 이 문제를 객관적으로 대한 것은 아닌 듯싶다. 특히 왕청유격대의 경우, 원지걸(袁志杰)이라는 한 중국인 중대장을 제외하면 각 소대 소대장들은 물론 중대 중대장들과 지도원들, 그리고 대대장과 대대 정치위원에 이르기까지 전부 조선인이었다. 그 유격대에서 조선인을 쳐내지 않으면 중국인 간부가 비집고 들어설 자리가 없었기 때문이다.

이런 연유로 동만 4현 유격대 중에서 한때 가장 전투력이 강했던 왕청유격대가 민생단 벼락으로 사분오열이 되어갈 때, 중국인 왕덕태가 참모장을 거쳐 정치위원과 동만특위 군사부장까지 겸했던 연길현유격대는 별 탈 없이 크게 발전했다.

주진이 연길현유격대 대대장에 오를 수 있었던 것도 정치위원 왕덕태의 배려 덕분이었다. 유격대 창건에 직접 참여했던 제1임 대대장 박동근도 민생단으로 몰려 처형되다보니 연길현유격대는 이미 왕덕태 세상이 되어버리고 말았다. 그러나 왕덕태도 차마 대대장직까지도 혼자 다 차지할 수는 없었던 것 같다. 또 당장 주진을 제외하면 조선인들 가운데서는 대대장에 오를 만한 적임자도 없었다. 주진이 1933년 이전까지 민생단으로 몰리지 않았던 것은 그가 대대장 위치

---

107 취재, 종자운(鍾子雲) 중국인, 항일연군 생존자, 취재지 북경, 1991~1992.

에 있지 않았기 때문이기도 하지만 더 중요한 건 그동안 왕덕태가 가장 믿고 의지했던 군사간부 중 하나였기 때문이다.

때문에 동장영 사후인 1934년 3월 말경, 동만특위가 연길현 삼도만근거지에서 동만 4현의 유격대가 동북인민혁명군 제2군 독립사로 개편될 때, 연길현유격대는 사단 몸통이나 다를 바 없는 기간부대가 되었다. 이때 이상묵은 선전부장에서 조직부장으로 자리를 옮겼다. 원 조직부장 왕중산이 동장영 뒤를 이어 특위서기 대리직을 맡았기 때문이다. 돼지몰이 출신 왕중산은 유격대 건설에 대해선 거의 몰랐고, 다만 철저하게 기억한 것은 동장영이 끝까지 민생단을 잡아내라고 했던 부탁뿐이었다. 그에 반해 이상묵은 연길현위원회 서기였고 왕덕태의 옛 상사였으며, 의란구유격대 창건에 직접 참가해 참모장직까지 맡았던 사람이다.

그렇게 동북인민혁명군 제2군 독립사 사장(사단장)으로 연길현유격대 대대장 주진이 임명되었고, 정치위원은 여전히 왕덕태가 겸직하게 되었다. 당시 독립사 산하에 세 개의 연대를 편성하기로 하고, 대원 수가 가장 많았던 연길현유격대를 절반으로 나누어 각각 제1, 2연대로, 화룡현유격대를 제3연대로 구성했다.

김성주는 3연대 정치위원으로 알려졌으나 이때 왕청유격대와 훈춘유격대 대원 수가 너무 적었고 특히 왕청유격대는 대대장 양성룡과 정치위원 김성주가 모조리 면직당한 상태여서 독립사에 편성되지 못했다.

1934년 7월, 왕덕태는 주진과 함께 제1연대를 데리고 나자구로 북상했다. 제1연대 연대장은 화련리 적위대장 출신 김순덕(金順德)[108]이었다. 1931년 가을 '추

---

108 김순덕(金順德, 1911-1934년) 독립운동가. 길림성 왕청현 백초구 여성촌에서 태어나 연길현 화련리 계림촌으로 이주했다. 소학교 졸업 후 공산당원 김철진이 운영하던 야학에서 중학 과정을 마쳤다. 소년선봉대, 호제회(互濟會), 반제동맹, 농민협회 등에 참가했다. 1931년 여름 화련리에서 농민적위대를 조직하고 대장이 되었으며, 1932년 중국공산당에 입당했다. 8월 계림촌 산속에 소

수투쟁' 때 연길현에서 일본 훈8급 훈장을 받은 계림촌 촌장이자 조선인 민회 참의원으로 아주 유명했던 김동후와 화련리 툰장 김성기, 허병팔 등의 지주들이 모두 이 김순덕에게 잡혀 거리바닥으로 끌려 다니면서 갖은 곤욕을 치렀던 적이 있었다. 거기다 김순덕은 명사수여서 화련리 일대의 경찰과 자위단원들은 그의 이름만 들어도 벌벌 떨 지경이었다.

후에 적위대는 화련리유격대로 확대되었고, 1932년 말 왕우구로 이동하여 연길현유격대에 편입되었다. 화련리 출신 김순덕 중대는 대원 전부가 중국공산당 당원으로 그만큼 규율도 강했고 전투력도 높았다. 그래서 정치위원 왕덕태가 늘상 데리고 다녔던, 말하자면 왕덕태 친위부대나 다를 바 없었다.

김순덕 중대에서 유명했던 사람은 최현 소대와 남창익(南昌益) 소대다. 남창익은 열두 살 때 화련리 명신소학교(明新小學校)에서 공부하면서 예순도 넘은 친일 교장의 뒤통수를 몽둥이로 때린 죄 때문에 경찰에게 잡혀갔던 유명한 악동이었다.

이상에서 보다시피 동북인민혁명군 제2군 독립사가 결성될 때 위로는 사단장 주진부터 아래로 각 연대 연대장들과 정치위원에 이르기까지 대부분 연길현유격대 출신이었고 전부 왕덕태가 데리고 다녔던 부하들이었다.

이들은 5월에 사충항 부대와 연합하여 동녕현 이도구에서 일만군과 전투를 벌였다. 이어서 6월에는 대전자로 이동하기 시작했다. 이때 주보중의 수녕반일동맹군이 사충항, 시세영, 공헌영, 이삼협 등 여러 갈래의 구국군 출신 부대들을 규합하여 지그만치 1,500여 명에 달하는 병력을 모아 나왔다. 이에 제2군 독립사단도 밀리지 않으려고 두 개의 중대로 독립연대를 따로 더 만들었다.

규모 병기공장을 만들었다. 그해 겨울 연길유격대 대장이 되었다. 1934년 3월 동북인민혁명군 제2군 독립사 제1단장으로 임명되었다. 그해 여름 길청령에서 전투 중 사망했다.

독립연대 연대장에는 역시 연길현유격대 출신 윤창범(尹昌範)이 임명되었다. 그는 만주 바닥에서 산전수전을 다 겪은 사람이었다. 1900년생으로 열아홉 살이 되던 1919년에 독립군에 입대하여 '청산리전투'에도 참가하는 등 크게 활약했으나 1925년 장학량의 동북군이 독립군을 박해할 때 붙잡혀 7년 형을 선고받았다. 이때 연길감옥에서 최현과 만났고, 감옥에서 7년 형기를 다 채우고 1932년 7월에야 석방되었다. 그때 최현도 함께 석방되었다.

최현은 이렇게 회고한다.

"나는 감옥에서 같이 나온 윤창범, 방영준 동지와 함께 적위대에 입대하게 되었다."[109]

팔도구적위대가 의란구로 옮겨올 때 함께 따라온 윤창범은 연길현유격대 소대장으로 임명되었다. 하루는 대대장 주진이 유격대원들을 모아놓고 마적 '장강호' 부대와 연줄 닿는 사람이 있으면 손을 들어보라고 했다. 윤창범이 손을 들고 대답했다.

"내가 연길감옥에서 형을 살 때 아편장사를 하다가 잡혀들어와 꼬박 7년을 나와 함께 보낸 의사가 있었소. 그가 지금 장강호의 군사(軍師, 군사작전을 짜는 사람)가 되었다고 하오. 나중에 팔도구에서 한번 만났는데, 나보고 장강호에게 와서 같이 지내자고 해서 내가 거절했소."

다음날 왕덕태는 윤창범을 앞세우고 장강호의 마적부대에 찾아가 잠복했다. 여기서 왕덕태는 꼬박 3개월 동안 장강호의 문사 노릇을 하면서 동향인 산동 출신 대원들과 결의형제를 맺는 등 여러 방법으로 20여 명을 빼내어 연길현유격

---

109   최현, "연길감옥에서의 공작", 『항일빨치산 참가자들의 회상기』 제7집.

대로 돌아왔다. 그때 데리고 나온 20여 명을 팔도구유격대와 합쳐 연길현유격대 제2중대로 만들었다. 이렇게 동북인민혁명군 제2군 독립사는 전부 연길현유격대 출신 세상이 되고 말았다.

왕덕태가 조선인 유격대원들을 각별히 좋아했고 또 신임했던 것은 동만주 항일부대들 내에서 널리 알려진 사실이다. 아내(임창숙)도 조선 여자였고 그의 곁에서 그림자처럼 붙어 다니며 그의 신변을 경호하던 사람도 송창선(宋昌善)이라는 늙은 유격대원이었는데 역시 조선인이다. 물론 송창선도 연길현유격대 출신이었다.

5. 주운광의 출현

이렇게 되자 특위 조직부장 이상묵은 제2군 독립사단의 연대장급 이상 지휘관들이 전부 왕덕태 부하로 채워지는 것을 불쾌하게 바라보았다. 왕중산은 몰래 왕덕태에게 권고했다.

"이보게 명산(銘山, 왕덕태의 별명), 독립사 지휘관들을 자네가 데리고 다녔던 사람들로 몽땅 채워 넣은 걸 탓하는 게 아니네만, 지휘관 가운데 조선인 비중이 너무 높아 불안하네그려. 연대 정치위원직까지 조선인이 모조리 차지해 버리면 어떻게 한단 말인가?"

"형님. 있는 사람, 없는 사람 빡빡 다 긁어서 채워 넣어도 모자랄 판인데, 나보고 더 어찌 하란 말입니까? 당장 독립연대 정치위원에 임명할 만한 적임자가 마땅치 않아서 고민 중입니다. 지금 대전자에 나가 있는 마영 동지가 추천한 사람이 하나 있지만 형님이 동의할지 모르겠습니다."

왕덕태의 대답에 왕중산은 단 한마디로 일축해버렸다.

"명산이, 조선인은 더는 안 되네."

"그러니까 말입니다. 독립연대 연대장은 우리 연길현유격대 출신 윤창범 중대장을 내가 이미 골라 놨으니, 그럼 정치위원은 형님이 직접 물색해서 임명하십시오."

"좋네, 내가 조직부장과 의논해보고 다시 결정합세."

왕중산과 이상묵이 마주 앉았다. 왕중산이 먼저 입을 열었다.

"조직부장 동무, 나나 부장 동무나 모두 연길현위원회에서 나온 사람들이오. 특히 부장동무는 연길현유격대에서 중대 정치지도원과 대대 정치위원을 지내고 특위로 올라온 사람 아니오. 그러니 우리 연길현유격대 출신 지휘관들의 자질은 누구보다도 부장동무가 훨씬 더 깊이 이해하리라 믿고 있소. 물론 나도 믿소. 그리고 나는 연길현유격대 출신 지휘관들을 신뢰하오. 그렇지만 말이오. 정치위원이 모조리 조선인 동무들로 채워지는 것은 좋지 않소."

이상묵은 단도직입적으로 말했다.

"그것이 문제가 아닙니다. 문제는 우리 연길현유격대 출신들이 왕청유격대로 결성된 제3연대의 연대장과 정치위원직을 다 차지해 버린 것입니다. 독립연대 정치위원이 또 연길현유격대에서 나오면 특히 왕청유격대 대원들의 감정이 크게 상할 수 있습니다. 그러니 왕청유격대 출신을 선출하거나 훈춘유격대에서 선출해야 합니다."

"마영 동무는 또 김일성 동무를 추천했는데, 내가 안 된다고 막아버렸소."

왕중산의 말에 이상묵은 머리를 끄덕였다.

"네, 그 동무에게는 민생단 혐의가 있어서 송일 동무도 다시 기용하는 것에 끈질기게 반대합니다. 아무래도 훈춘 쪽에서 한 동무를 전근시켜야 할 것 같습니다."

"적임자가 있소?"

"주운광(朱云光) 동무가 어떻습니까? 생각나십니까? 전에 특위 순찰원으로 연길현에도 왔다 간 적이 있지 않습니까? 왕옥진의 구국군에서 정치부 주임도 했고, 공부도 아주 많이 한 동무입니다. 그 동무를 독립연대 정치위원에 임명합시다."

기억력이 좋지 않아 사람을 잘 기억하지 못하는 왕중산이지만 주운광은 여느 사람과 다른 특별한 인물이었다. 동장영이 살아 있을 때도 주운광은 장차 동장영을 대리할 후임자로 거론되기도 했다. 중국공산당 동만특위 내에서 가장 나이 젊고 앞길이 창창한 사람이었다. 왕중산은 어리둥절해하며 이상묵에게 물었다.

"내가 혹시 잘못 기억하는 게 아니오? 주운광 동무는 훈춘현위원회 서기 아니오? 조직부장 동무가 얼마 전에 그를 특위 비서장으로 삼자고 제안하지 않았소?"

"당장 발등에 떨어진 불부터 *끄고* 봐야지요. 지금은 독립연대 정치위원을 임명하는 게 급하니 일단 주운광 동무를 혁명군으로 전근시킵시다. 내가 좀 생각해봤는데, 대전자전투가 끝나면 마영 동무의 대전자 판사처 업무도 끝날 듯합니다. 그때 가서 필요하면 마영 동무를 주운광 동무 대신으로 훈춘현위원회 서기로 파견할 수도 있지 않습니까?"

이상묵의 이런 제안에 왕중산은 환영했다.

"그것 참, 좋은 생각이오. 그렇게 합시다."

이렇게 되어 동북인민혁명군 제2군 독립사단 독립연대 정치위원은 훈춘현위원회 서기였던 주운광이 직접 겸직하게 되었다. 김성주보다 한 살 더 많았던 주운광은 1911년생으로 상해에서 대학을 다니다가 중퇴하고 1929년에 동만으로 파견 나온, 나이는 많지 않지만 중국공산당 동만특위에서는 이력을 쌓은 중국인 간부였다. 훈춘에서 현위원회 서기 오빈에 대한 비판회의를 직접 소집하고 사회 본 사람도 바로 주운광이었다. 그때 주운광은 겨우 스물한 살이었다.

당시 훈춘현 중강자에서 주구청산투쟁을 지도하던 오빈은 중강자학교 마당에서 군중대회를 조직하고, 친일지주 5명을 묶어 심판대에 올려놓은 후 농민들이 차례로 나와서 성토하게 하였다. 그런데 이 지주들에게 박해받았던 농민들이 무더기로 달려들어 몽둥이찜질을 한 바람에 지주 4명이 그 자리에서 맞아죽고 1명만 가까스로 살아남아 도주했다. 나흘 뒤에 그 지주를 앞세운 훈춘영사분관 경찰대가 중강자에 들이닥쳤다. 오빈 등 훈춘현위원회 주요 간부들은 부리나케 마을 뒷산으로 몸을 숨겼지만, 미처 피하지 못한 당원들과 군중 80여 명이 체포되고 말았다.

후에 훈춘으로 파견되어 순찰 나왔던 김성도는 이 일을 꼬투리 잡아 오빈에게 민생단 낙인을 찍으려 했으나 주운광에게 저지당했다. 주운광은 새파란 나이에 걸맞지 않게 아주 침착하게 김성도를 설득했다.

"오빈 동지가 적대투쟁에서 현실을 제대로 판단하지 못한 것은 사실입니다. 이것은 어디까지나 바로잡으면 되는 오류일 뿐이지 민생단으로까지 끌고 갈 문제는 아니라고 봅니다. 나는 오빈 동지 문제를 민생단 문제로 몰아가는 걸 동의할 수 없습니다."

어쨌든 주운광은 스물둘에 서광 뒤를 이어 제7임 훈춘현위원회 서기가 되었는데, 불과 1년도 지나지 않아 동북인민혁명군 제2군 독립사 독립연대 정치위원이 되었다. 그러나 대전자전투 직후, 왕윤성이 판사처 주임에서 훈춘현위원회 서기로 파견되었을 때 주운광은 동만특위 비서장까지 겸직하게 되었다. 때문에 제2군 독립사단에서 주운광의 권력은 사단장 주진이나 정치위원 왕덕태까지도 능가할 지경이었다.

1934년 6월 말경, 대전자전투를 앞두고 왕윤성의 '수분하 대전자 판사처'에서 주보중, 시세영, 사충항, 유한흥 등 동맹군 지휘관들이 모여 작전회의를 할 때다. 왕덕태가 주운광 귀에 대고 소곤거렸다.

"듣자니 저 유한흥이 길림군관학교 졸업생이고 군사 지식이 대단하다고 하던데, 저 사람을 우리 2군에 데려오는 것이 어떻겠소? 마침 주 동무가 특위 비서장으로 임명되었으니 우리 둘이 함께 동만특위 이름으로 주보중 동지와 길동성위원회에 요청합시다."

주운광도 대뜸 찬성했다.

"그러잖아도 우리 2군에 전문적으로 군사를 배운 인재가 없어서 걱정이었는데, 그러는 것이 좋겠습니다."

작전을 토의할 때 유한흥이 지도를 펼쳐놓고 연필로 여기저기 동그라미를 그려가면서 아주 자세하게 설명하는 모습에 왕덕태와 주운광이 깊이 반해버린 것이다.

"한흥이는 시세영 여단의 참모장인데, 시 여단장이 동의할지 모르겠소. 그렇지만 모두 항일 대업을 위한 일이고, 모두 공산당이 지도하는 항일대오이니 별 문제는 없으리라고 보오."

주보중은 선선히 동의했으나 시세영은 다른 누구도 아닌, 자기 수족이나 다를 바 없는 참모장 유한흥을 달라는 소리에 펄쩍 뛰었다.

"나를 내줄 수는 있어도 한흥이는 안 되오."

이것이 시세영의 대답이었다. 그러나 결국 주보중에게 설득당했다. 시세영 여단이 이미 중국공산당 수녕반일동맹군으로 편성된 데다 시세영 자신도 중국공산당에 가입한 상태였기 때문이다. 그를 포함한 동맹군의 모든 인사권이 동맹군 군장 겸 군 당위원회 서기였던 주보중의 손에 있었다. 시세영은 왕덕태와 주운광에게 농담 삼아 불평했다.

"그렇다고 남의 참모장을 공짜로 가져가는 법이 어디 있습니까? 한 연대를 주면서 바꾸자고 해도 할까 말까요. 이미 당위원회 결정이 내려졌으니 복종은 하겠소마는 나도 동만주 쪽에 욕심나는 사람들이 한둘 있습니다."

"한번 말해보십시오."

왕덕태는 유한흥만 데려온다면 자기들 쪽에서는 누구라도 다 줘버릴 생각이었다.

"말해도 들어줄 것 같지 않아 좀 고민됩니다."

시세영과 주보중이 서로 바라보면서 웃는지라 왕덕태가 시세영 말투를 흉내내면서 선뜻 대답했다.

"유한흥 참모장만 준다면 나를 가져가도 됩니다."

왕윤성은 벌써 시세영의 마음을 알아차리고 한마디했다.

"군사부장 동무, 함부로 대답하지 마시오."

"아닙니다, 마영 동지. 여기 마영 동지도 계시는데 우리가 결정하지 못 할 일이 있겠습니까. 특위 군사부장인 나와 특위 비서장 주운광 동무도 함께 있으니 뭐든지 말씀해보십시오."

왕덕태가 가슴을 두드리며 큰소리를 쳤다. 그러자 시세영이 말했다.

"좋습니다. 그러면 이미 허락한 것으로 알고 말하겠습니다. 왕청에서 온 아동단 선전대를 돌려보내지 않겠습니다. 되겠지요?"

왕덕태와 주운광은 소스라치도록 놀랐다. 왕덕태는 손까지 흔들어가면서 연신 사과했다.

"아이고, 죄송합니다. 그것은 정말 생각지도 못했던 일입니다. 그 일만은 여기서 함부로 결정할 수 없습니다. 아동단은 우리 근거지 인민의 아동단이고, 부모들은 아이들이 돌아오기를 기다리고 있습니다. 우리가 어떻게 함부로 그 아이들의 부모들을 대신해서 통째로 북만에 준다 만다 할 수 있겠습니까! 그러니 제발 다른 요구를 하시오. 죄송하지만 아동단 선전대만큼은 정말 절대로 안 됩니다."

벌써부터 이런 대답이 나오리라는 것을 알았다는 듯 시세영과 주보중은 한바탕 웃었다.

"그럼 좋습니다. 그럼 아동단은 돌려보내겠습니다. 대신 아동단을 데리고 왔던 아동국장 동무만이라도 남겨주면 안 되겠습니까?"

"아동국장이라니요?"

주운광이 어리둥절하여 왕윤성을 돌아보았다. 그때 왕덕태가 무릎을 쳤다.

"아차, 김 정위 이야기구먼."

"혹시 왕청유격대 정치위원이었던 김일성 동무를 말합니까?"

주운광도 낯설지 않은 이름이라서 왕윤성에게 물었다.

"그렇소."

"김 정위가 어떻게 아동국장이 되었습니까?"

"사정이 있었소. 민생단으로 몰려 정치위원직에서 면직되어 왕청아동국장이 되었는데 하마터면 처형당할 뻔했다오. 마침 주보중 동지가 아동단 선전대를 수녕에 보내달라고 초청해서 김일성 동무가 임시로 소년의용대를 조직하여 북만주로 나왔습니다. 아마 지금쯤 왕청으로 돌아가는 길에 올랐을 것이오."

왕윤성이 설명하자 주운광이 말했다.

"제가 훈춘유격대 동무들한테서 김 정위 이야기를 많이 얻어 들었습니다. 나랑 나이도 비슷한데 유격대 전투 경험도 아주 많다고 합디다. 작년 가을 동녕현성전투 때도 아주 용감하게 싸웠고, 직접 작탄대를 거느리고 서산포대를 날려 보냈다고 하더군요. 그것이 사실이라면, 어떻게 이런 지휘관이 우리 혁명군 결성에서 빠졌는지 참으로 알다가도 모를 일입니다. 제 생각에는 김일성 동무도 주면 절대 안 될 것 같습니다."

나중에 주보중이 말했다.

"그렇다면 좋습니다. 김일성 동무를 보내겠습니다. 그러나 다시는 민생단으로 몰아붙이지 않겠다고 보증하셔야겠습니다. 그런데 김일성 동무가 아동단과 함께 데리고 왔던 소년의용대에도 민생단으로 몰린 어린 대원들이 적지 않았습니다. 그러니 그 대원들은 북만에 남겨두십시오. 돌아가면 또 무슨 처분을 받게될지 모르니까요. 어떻습니까?"

이에 왕덕태와 주운광이 약속했다.

"저희가 책임지고 김일성 동무의 문제를 확실하게 해결하겠습니다. 그리고 혁명군 지휘관으로도 임명하겠습니다."

시세영이 북만주에 왔던 아동단 선전대를 욕심냈던 이야기는 김성주 회고록에도 나와 있다.

"채 사령관(시세영)은 감격한 나머지 자기 방에 금순이를 데려다가 무릎 위에 앉히고 그에게 귀걸이와 팔찌까지 끼워주었으며 순회공연을 잘할 수 있도록 유희대(아동단선전대)에 두 대의 마차까지 내주었다. 한 주일로 예정되었던 공연은 반일부대 장병들의 요청으로 자꾸만 연장되었으며 유희대는 주보중의 부대에 가서 공연을 하기도 했다.

채세영(시세영)은 그들에게 솜저고리, 다부산자[110], 목도리, 돼지, 닭, 당면, 밀가루를 비롯하여 두 달구지나 되는 선물을 보내주었다. 모든 아이에게 가방을 하나씩 메게 해

---

110 다부산자(長衫, 다브산즈)는 중국 명나라 때부터 민국 시대까지 유행했던 긴 가운 같은 남자 겉옷이다. 이와 비슷한 여자옷은 치포라고 부른다.

주고 총까지 선물했다."

그때 아동단 선전대 경호를 맡았던 소년의용대 대장은 박길송으로 겨우 열다섯 살이어서, 김성주의 어깨가 몹시 무거웠다.

김성주는 아동단 선전대뿐만 아니라 소년의용대 대원들의 안전까지도 모조리 혼자서 도맡은 셈이었다. 다행스러운 것은 김성주가 데리고 다녔던 이성림, 조왈남, 김재만, 송갑룡, 박낙권 등 소년단 출신 유격대원들이 이때 모두 소년의용대가 되어 북만주행 길에 올랐기 때문에 김성주에게 많은 도움이 되었다.

주보중의 요청으로 북만주에 남은 소년의용대 출신 유격대원 가운데 가장 유명해진 인물이 박낙권(朴洛權)이다. 1940년 3월, 동북항일연군이 가장 어려웠던 시절, 주보중의 안전과 경호를 책임졌던 사람이 박낙권이었다. 박낙권의 직책은 제2로군 총부 경위대대장이었는데, 1945년 9월 항일연군 연변분견대를 이끌고 제일 먼저 연길에 도착한 사람이기도 하다. 이듬해 1946년 4월 연변경비사령부 제1연대 연대장이 되어 장춘해방전투에 참가했다가 그만 전사하고 말았다. 그때 박낙권은 스물아홉밖에 되지 않았다.

김성주와 함께 아동단 선전대를 인솔하여 북만주에 다녀온 박길송은 그 후 나자구 지방으로 파견되어 아동단과 소년단을 조직하는 활동을 하다가 일본 경찰에 체포되어 1년 동안 감옥살이를 하고 풀려나왔다. 1936년 6월에 동북항일연군 제5군단 1사단에 입대하여 1943년 8월, 오늘의 흑룡강성 북안(北安)에서 처형되기 직전 그의 직책은 제3군 산하 제12지대 지대장이었으며, 당시 3군 군장 겸 3로군 총 참모장이었던 조선인 허형식의 부하가 되어 북만주 송화강 하류 평원지대에서 크게 이름을 날렸다.

사실 김성주와 박길송은 너무 일찍 헤어져 김성주 회고록에서 박길송 이야기가 많이 나오지 않는다. 김성주가 잊지 못했던 사람들 가운데는 그때 북만에 함께 갔던 아동단 선전대 대원 김금순도 있다. 1991년 북한에서는 신의주여자중학교를 '김금순초급중학교'로 이름을 바꾸었고 학교 정원에 김금순 동상까지도 만들어 세울 정도였다.

김금순은 1922년 오늘의 연길시 의란진에서 태어났고, 1933년 열한 살 때 소왕청근거지로 와 김성주와 만났다. 북한에서는 김금순의 유일한 남동생이라고 소개한 김량남 만수대예술단 부단장이 해방 후 마흔까지 살았다고 전한다. 2006년 12월에는 김금순의 친여동생 김금숙(확인 당시 83세, 1933년 출생)이 오늘의 중국 연변 연길시 연남가(延南街)에 살고 있는 것이 확인되었다. 그는 언니 김금순이 살해당할 때[111] 열두 살(또는 아홉 살)밖에 안 되었기 때문에 언니에 관한 자세한 이야기는 잘 모르고 있었다.

---

[111] 김금순(金今順)은 김금녀(金錦女)로도 불린다. 오늘의 중국 길림성 연길시 의란진에서 출생하였으며 1922년생이라는 주장과 1925년생이라는 주장이 있다. 때문에 그의 사망 당시 나이 역시 아홉 살 또는 열두 살이었다. 당시 연길현 왕우구 송림동(王隅溝 松林洞)으로 불렸던 이 동네에서 아동단원으로 생활을 하다가 후에 왕청 유격근거지로 옮겨왔다. 1933년에 마친 아동단학교와 왕청 아동단연예대에서 활동하였다. 당시 왕청에서 아동단 사업을 지도했던 김성주도 이 기간에 김금순과 만났으며, 그에게 깊은 인상을 받은 것으로 전해진다. 1934년에는 수녕반일동맹 판사처 주임 주보중의 요청으로 왕청 지구 아동단 연예대원으로 북만에 들어가 항일선전활동을 하였으며, 10월에 당 조직에서 준 임무를 받고 비밀쪽지를 전달하고 돌아오는 길에 왕청 십리평에서 일본군 헌병대에 체포되어 살해당했다. 처형 당하기 직전, 조리돌림을 할 때 김금순은 구경나온 주민들이 우는 것을 보고 "여러분 울지마세요."라고 위로하면서 "일본제국주의를 타도하자!"라는 구호를 외쳤다고 한다. 당시 프랑스 파리에서 발간된 〈구국시보〉는 "어린 열녀 약전"이라는 제목으로 항일소녀 김금녀의 최후를 기재했으며, 오늘날 북한에서는 남한의 유관순보다도 훨씬 더 위대한 여성 항일열사로 기념하고 있다. 북한에서 김금순은 영화로도 제작되었다. 중국 연변 왕청에도 김금순 항일열사 기념비가 세워져 있다.

6. 삼도하자전투

1934년 6월, 김성주와 박길송이 아동단 선전대를 데리고 삼도하자에 도착했을 때 왕청현위원회 공청간부 조동욱과 이순희가 현위원회 파견으로 마중 나왔다. 다음날 왕윤성이 주운광을 데리고 직접 삼도하자에 나타나 이태경이라는 일찍이 '대한독립군단' 총무로 일하며 북로군정서 총재 서일(徐一, 백포白圃) 뒤를 따라다녔던 조선인 노인 집으로 김성주를 찾아왔다.

김성주의 왕청유격대는 이때 독립사단 산하 제3연대로 편성되어 그 중 두 중대는 연대장 조춘학이 데리고 안도 쪽으로 나가고, 나머지 한 중대만 정치위원 남창익의 인솔로 북하마탕에 도착했는데, 독립연대를 결성할 때 3연대에서 또한 중대가 빠져나가 대원 수가 무척 부족했다. 남창익은 북하마탕에서 며칠 동안 주둔하며 징병활동을 벌여 대원 수를 보충하려 했다. 그런데 남창익이 데리고 다녔던 이 중대 중대장은 바로 한흥권이었다.

한흥권 곁에는 황동평(黃東平, 항일열사)이라는 구국군 출신 중국인이 정치지도원을 맡고 있었다. 황동평은 1912년생으로 김성주와 동갑내기였다. 영안현에서 소학교와 중학교까지 다녔던 황동평은 당시 혁명군에서는 고학력자에 속했다. 글을 잘 썼기 때문에 왕덕림의 구국군에 입대하여 선전처에서 고동대장(鼓動隊長) 일을 보기도 했는데 그때 구국군 표지와 구호들은 대부분 황동평이 썼다고 한다.

어쨌든 황동평은 3연대 간부들 반수 이상이 연길현유격대 출신들로 채워진 것에 불만을 품고 있었다. 북하마탕에서 이틀 묵는 동안 멀지 않은 삼도하자에 김성주가 와 있음을 알게 된 한흥권은 빨리 삼도하자로 떠나자고 황동평을 계속 구슬렸다. 민생단사건 이후 유격대에서 중국인 대원들의 입김이 굉장히 세졌는데, 특히 혁명군이 결성되면서 이런 상황은 점점 더 만연했다. 하물며 황동평은 일반 대원도 아닌 데다가 왕윤성이라는 큰 배경을 등에 업고 있었던 정치지도원이었기에 남창익도 그의 말에는 귀를 기울이지 않을 수 없었다.

"정 급하면 그럼 한 동무와 황 동무가 먼저 떠나오. 나도 징병이 끝나는 대로 따라가겠소. 이번 나자구전투는 연합부대 작전인데, 겨우 30여 명이 되나 마나 한 대원들만 데리고 참가해서야 어찌 체면이 서겠소? 한 20여 명 더 모아가지고 따라갈 테니 여기에는 한 소대만 남겨놓고 다른 두 소대는 모두 데리고 떠나오."

이렇게 되어 한흥권과 황동평은 바로 그날 절반 이상의 대원들을 데리고 삼도하자로 김성주와 만나러 달려왔다. 마침 1연대 선발부대 두 중대가 정치위원 임수산(林水山, 임우성林宇成)[112]의 인솔로 역시 삼도하자에 도착했다.

그런데 왕윤성과 주운광, 임수산 등이 삼도하자에 도착했던 그날 밤, 나자구 쪽으로 정찰을 나갔던 오백룡이 달려와 나자구 주둔 만주군 보병대대가 대대장 문성만(文成萬, 본명 문장인聞長仁)의 인솔 하에 곧장 삼도하자를 향해 오고 있다고 알려 왔다. 뜻밖에 발생한 일인 데다가 전투 경험이 없는 주운광과 왕윤성은 김성주와 임수산의 얼굴만 쳐다볼 뿐이었다.

"이는 적들이 선제공격으로 나자구에 대한 우리 연합군의 공격을 미리 제압하려는 것이 틀림없습니다."

임수산의 말에 주운광은 재촉했다.

---

112 임수산(林水山, 임우성, 1909-?년) 중국공산당 당원. 1934년 동북인민혁명군 제2군 제1단 정치위원이 되었다. 1937년 봄 동북항일연군 제2군 6사 참모장으로 임명되었고, 1938년에는 제1로군 제2방면군 참모장이 되었다. 1940년 2월, 변절하여 임우성공작대를 조직해 항일연군 토벌에 앞장섰다. 김일성 수하의 제9단 단장 마덕전도 임우성공작대에 의해 체포되었다. 1945년 일본 항복 이후 소련군에 체포되어 소련 연해주 군관구 법정에서 판결을 받고 노역하다가 석방되었으나, 이후 행방은 알려지지 않았다.

"빨리 무슨 방법을 내야 할 것 아니겠습니까!"

"일단 삼도하자에서 철수하고 봅시다. 두 분께서는 저의 1연대와 함께 움직입시다. 제가 책임지고 신변 안전을 담보하겠습니다."

"아 그럼 그렇게 할까요?"

그러자 김성주가 참지 못하고 임수산에게 말했다.

"임우성(임수산의 별명) 동지, 방금 적들이 기선을 제압할 심산이라고 말씀하시지 않았습니까. 그런데 우리 스스로 피해 달아나면 진짜로 적들의 목적하는 바를 달성시켜주는 꼴밖에 되지 않겠습니까?"

"그럼 어떻게 하겠소? 여기 지형도 익숙하지 않은 데다가 상대는 대대 병력인데 우리가 섣불리 맞불질을 해서야 되겠소?"

"여기 지형은 내가 익숙합니다. 그러니 무작정 철수하지 말고 맞받아칩시다. 부락이 통째로 우리 손에 있으니 사람들을 산속으로 피신시키고 우리는 부락 주위에 매복하면 됩니다. 적들을 부락 안으로 유인하면 몽땅 잡을 수 있습니다."

김성주가 아주 침착하고 자신만만하게 나서는 것을 본 주운광은 크게 기뻐했다.

"아, 그러는 것이 좋겠소. 왕청 지방은 김일성 동무가 익숙하니 이 전투를 김일성 동무가 직접 지휘하시오. 우리가 무엇을 도와주면 되겠소?"

김성주는 이때다 싶어 주운광에게 요청했다.

"한흥권 중대장이 데리고 온 왕청 중대가 20여 명밖에 안 되니 저한테 한 중대 병력만 더 보충해 주시면 적들을 섬멸할 자신이 있습니다."

주운광은 당장 임수산에게 명령하다시피 말했다.

"임 정위, 들으셨습니까? 연길연대에서 한 중대를 남겨 김일성 동무의 작전 배치에 따르게 하고 나머지 중대는 우리와 함께 행동합시다."

이렇게 되어 임수산이 데리고 왔던 연길연대 두 중대 가운데 한 중대가 김성주에게 넘겨졌다. 중대장은 임수산의 한 팔이나 다를 바 없는 연길현 부암동(富岩洞) 적위대장 출신 박득범[113]이었다.

이때 박득범 중대 대원들 가운데 1945년 광복 이후 중국 연변 지방에서 연변 전원공서 전원으로 사업에 성공하여 '임전원'으로 알려진 임춘추(林春秋)[114]도 있었다. 1983년에 북한 국가 부주석까지 지냈던 임춘추는 1934년 6월 말경, 나자구전투 바로 직전 삼도하자에서 발생한 만주군 문성만 대대와의 전투에 대하여 회상한 적이 있다. 임춘추는 김성주가 이렇게 말했다고 했다.

"부락에 의지하여 싸우면 적을 몽땅 잡을 수는 있습니다. 그러나 그렇게 하면 인민들이 상합니다. 인민을 위하여 싸우는데 한 사람이라도 상하면 되겠습니까. 그러니 동

---

113 박득범(朴得範, 朴得范, 1908-?년) 길림성 연길현 부암동 상촌 출신이다. 1932년 부암동 농민협회에 참가했다. 그해 중국공산당에 입당하여, 적위대 중대장 겸 지도원이 되었다. 1933년 부암동 당지부 위원이 되었다. 1934년 동북인민혁명군에 입대했고 1936년 동북항일연군 제2군 제1사 제1단 정치위원이 되었다. 6월 항일연군 제4사 참모장이 되었다. 1939년 8월 항일연군 제1로군 제3방면군 참모장이 되었고, 1940년 3월 제1로군 사령부 직할 경위여단 여장이 되었다. 그해 9월 말 왕청현에서 일본군에 체포되어 연길로 압송된 후 변절하여 간도성 치안공작반 제2공작반에서 일했다. 일제 패망 후 체포되어 소련 하바롭스크 세레프킨에서 노역하다가 1950년 석방되어 북한으로 들어갔다는 설이 있으나, 이후 행방은 알려지지 않았다.

114 임춘추(林春秋, 1912-1988년) 독립운동가, 북한 정치인. 길림성 연길현 빈농 가정 출신으로, 1930년대 초반 항일유격대에 입대했다. 동북항일연군 제1로군 제6사 제7단 제8연대의 당비서를 지냈으며, 유격대 내 의관 노릇을 했다. 1942년 7월 소련에서 설립된 항일연군 교도여단(소련극동방면군 제88보병여단) 소대장이 되었다. 해방 후 연변에서 동만주 지구 해방사업을 했다. 1945년 12월 조선공산당 북조선분국 평남도당 제2비서가 되었다. 1949년 6월 조선노동당 강원도당 위원장이 되었다. 1950년 12월 노동당 중앙위원회 제3차 전원회의에서 한국전쟁 '후퇴 시기'에 '후퇴를 계획적으로 조직하지 못하고 비겁하게 도망쳤다.'는 이유로 비판받고 도당학교 교원으로 좌천되었다. 1954년 노동당 연락부 부부장으로 재기했다. 1957년부터 1962년까지 알바니아, 불가리아 주재 조선민주주의인민공화국 대사를 지냈다. 1960년 『항일무장투쟁 시기를 회상하며』를 출간했다. 1962년 10월 최고인민회의 상임위원회 서기장, 1966년 10월 노동당 정치위원회 후보위원, 1974년 정치위원회 위원, 1983년 4월 국가부주석이 되었다.

무네 분대는 저 벌판으로 은밀하게 나가다가 이 마을에서 좀 멀어지면 적에게 발사하시오. 그래서 적들이 부락으로 들어오기 전에 우리 매복지점으로 유도하시오."[115]

하지만 실제로는 마을에 의지해서 싸우려 했던 사람은 김성주였다. 그렇게 되면 백성들이 모두 산속으로 피난해야 하고 또 집들이 모두 불에 타면 어떻게 하느냐면서 벌판으로 적을 유인하자고 주장했던 사람은 김성주가 아닌 박득범이었다. 연길현유격대 시절부터 '꾀쟁이'로 소문난 박득범은 임수산과 아주 친했다. 박득범이 이렇게 반발하자 임수산은 박득범 귀에 대고 소곤거렸다.

"이 사람 득범이, 김일성 저 친구 말대로 부락에 의지해서 싸우면 아무래도 승산이 더 커 보이는데, 왜 군이 적들을 벌판으로 끌고 나가려고 해? 만약 적들을 벌판으로 유인했다가 섬멸하지 못하고 우리 쪽 피해가 더 커지면 우리 둘의 낯이 뭐가 되나? 지금 여기 와 있는 주 정위(주운광)하고 마영(왕윤성) 두 사람은 모두 특위 실권자들이니 이럴 때 우리가 실수하면 안 되네."

"그렇지 않습니다, 선생님. 부락으로 적을 끌어들이면 자칫하다가는 마을 가옥들만 불에 탈 가능성이 더 큽니다. 그리고 설사 적들을 더 죽여도 동네 사람들이 자기 집이 다 타버린 것을 보면 우리 혁명군에 대한 불만이 더 커질 수 있습니다. 김 정위는 내가 설득할 테니 저 두 분한테는 중국말을 잘하는 선생님이 잘 설명해주십시오."

임수산은 주운광과 왕윤성에게 박득범의 뜻을 자기 뜻인냥 한바탕 과장해서 설명했다. 주운광은 듣고 나서 연신 머리를 끄덕였다.

"임 정위. 지극히 옳은 말씀입니다. 지금은 적들을 좀 더 소멸하느냐, 마느냐

---

115 임춘추, "왕청현 라자구전투", 『항일빨치산 참가자들의 회상기』, 제16권.

의 문제가 아니라 우리 인민의 안전과 재산이 더 중요한 때입니다. 적들이야 대 작전이 개시될 때 얼마든지 소멸할 수 있으니 지금은 삼도하자 인민의 이익을 더 우선시해야 한다는 데 전적으로 동의합니다. 마영 동지는 어떻게 생각하십니까?"

"군사지휘권을 이미 김일성 동무한테 맡기기로 하지 않았소. 그러니 김일성 동무의 의견을 다시 들어보고 최후 결정합시다."

김성주는 처음에 박득범이 반대의견을 냈을 때는 논리를 따져가며 반박했다.

"이보십시오, 박 중대장. 인민의 재산 안전이 중요하지 않다고 생각하는 게 아닙니다. 그러나 집들이 불에 타면 다시 지을 수 있지만, 지금 우리 혁명군에겐 총과 탄약이 더 필요한 때입니다. 작년 동녕현성전투 때 우리는 한 사람당 100 발 이상의 탄약을 가지고 다녔습니다. 그런데 지금 보십시오. 모두 10여 발씩밖 에 없는데, 어떻게 대부대 연합작전에서 한몫 해낼 수 있겠습니까? 지금 적들은 우리에게 총과 탄약을 가져다주러 왔다고 봐야 합니다. 반드시 부락으로 끌어들 여 섬멸작전을 펼쳐야 합니다."

하지만 주운광까지도 적들을 마을로 끌어들이면 안 된다고 하자 김성주는 금 방 태도를 바꿨다.

"주운광 동지 말씀이 맞습니다. 우리 혁명군은 인민의 군대입니다. 인민의 안 전과 재산이 우선시되어야 한다는 말씀에 동의합니다. 그럼 작전계획을 다시 짜 겠습니다."

이에 주운광은 너무 기뻐하며 왕윤성에게 말했다.

"마영 동지, 역시 마영 동지가 보신 대로 김 정위는 사상경계도 높고 또 전투 경험도 풍부한 훌륭한 간부입니다. 우리 혁명군에는 바로 김 정위 같은 문무를 겸비한 지휘관이 필요합니다. 저와 왕덕태 동지가 주보중 동지한테 김 정위 문제를 반드시 잘 해결하겠다고 보증을 섰습니다. 특위에 돌아가면 반드시 이 문제를 논의하겠습니다. 마영 동지도 그때 꼭 나서 주셔야 합니다."

주운광은 이때부터 벌써 김성주를 다시 '김 정위'로 부르기 시작했는데, 이는 김성주를 다시 정치위원직에 기용하려고 마음을 굳혔기 때문이다. 김성주는 적을 부락으로 끌어들이지 않고 마을 밖으로 나가 적들과 대치하는 작전을 다시 짰으나 여전히 마을 사람들에겐 집을 비우고 산으로 피신하라고 명령했다.

이는 만일의 경우에 대비하기 위해서였다. 김성주는 아주 주도면밀하게 작전을 짰다. 삼도하자와 가장 가까운 거리에 있는 사충항과 시세영에게도 각각 전령병을 보내어 응원을 부탁했다. 마을에는 한 소대만 남겨 주민들이 산으로 피신하는 일을 돕게 하고 나머지는 주운광과 왕윤성을 호위하여 동산 쪽으로 배치했다. 임수산까지도 어리둥절하여 김성주에게 물었다.

"김일성 동무, 왜 동산 쪽이 안전하다는 게요?"

"이 전투는 우리가 반드시 이깁니다. 적들이 패퇴하면 두 길로 나뉘어 도망갈 것입니다. 한 갈래는 정면으로 우리를 공격해오는 적들이고, 다른 갈래는 동산 쪽이 될 것입니다. 적들은 북쪽에서 내려오니 남쪽으로 길게 돌아오는 방법으로 우회할 수 없습니다. 서쪽은 우리가 차지하고 있으니까요. 제 전투경험에 의하면, 일본군은 정면공격을 펼칠 때도 항상 두 갈래로 나뉘어 상대방이 주의하지 않는 옆구리 쪽으로 몰래 치고 들어오는 수작질을 아주 많이 합니다. 화력이 양쪽 다 세기 때문에 어느 쪽이 주 부대이고 어느 쪽이 양동해오는 것인지 잘 판단되지 않을 때가 아주 많습니다. 그럴 때는 두 갈래 모두 주 부대로 간주하고 싸우지 않으면 안 됩니다. 지금은 만주군들도 일본군에게 배워 같은 수작질을 합니다. 그 때문에 황동평 중대가 여러분을 직접 엄호하여 동산 쪽으로 철수하고 나서 전투가 시작된 뒤 적들의 공격부대가 두 갈래로 나뉠 때 가만히 숨어 있다가 설사 응원군이 도착하지 못하더라도 동산 후면에서 적들의 배후를 습격하면 적들은 필시 혼란에 빠질 것입니다."

김성주는 자기가 직접 연필로 그린 지도를 땅에 펼쳐놓고 그 위에 다시금 여기저기 표시해가면서 자세하게 설명했다. 주운광은 지도를 볼 줄 몰랐지만 이 전투를 100% 승리할 것처럼 미리 계산하고 작전을 짜고 있는 김성주에게 감탄하지 않을 수 없었다. 나중에는 임수산까지도 혀를 내둘렀다.

"김일성 동무, 하나만 더 묻겠소. 적들이 반드시 두 갈래로 나뉘어 동산 쪽으로 우회할 것을 어떻게 장담하오?"

"위만군들도 바보가 아닌 이상 일본군에게서 많이 배웠을 것입니다. 더구나 제 정보에 의하면, 문 대대장 부대는 왜놈 지도관이 작전을 지휘하고 있다고 합니다."

그때 박득범이 말없이 듣고만 있다가 한마디 나섰다.

"그래도 문 대대장 부대는 일본군이 준 박격포까지도 여러 대 가지고 있소. 이처럼 병력 차이가 나는데도 100% 이긴다고 단언하는 것은 좀 과장된 주장이 아니오?"

"이보십시오. 박 중대장은 지금 무슨 소리 하는 겁니까?"

자신의 작전계획을 변경시킨 임수산과 박득범에게 가뜩이나 불쾌한 마음이 많았던 김성주는 이때 너무 화가 나 박득범을 노려보았다. 그러나 자기보다 나이 많은 박득범을 차마 꾸짖지는 못하고 여전히 존대어를 써가면서, 그러나 독기 품은 목소리로 경고했다.

"박 중대장, 왜 이처럼 낄 데 안 낄 데 가리지 않고 나섭니까? 지금은 민주적인 작전토의장이 아닙니다. 이미 작전배치도 끝났고, 무조건 지휘관의 작전배치에 따라야 할 때인데, 집행자인 중대장이 이런 식으로 계속 말꼬리를 잡고 나서면 어떻게 하자는 것입니까?"

웬만해서 화를 내지 않는 김성주가 이렇게 말하자 박득범은 섬뜩해서 입을 다물었으나 임수산이 나서서 박득범을 계속 비호했다.

"김 정위, 나도 박 중대장과 같은 의문이 드오. 이미 많이 설명했지만 이 문제도 마저 설명해주었으면 하오."

임수산보다 중국말을 더 잘하는 김성주는 작년 9월, 동녕현성전투 때 유한흥에게 배웠던 손무병법에 관해 말했다. 물론 주운광, 왕윤성 등이 모두 들으라고 능란한 중국말로 했다.

"승리하는 군대는 먼저 이긴 뒤에 싸움을 찾고 패하는 군대는 먼저 싸운 뒤에 승리를 구한다고 했습니다. 이것은 내가 지어내는 말이 아닙니다. 중국 군사가 손무가 한 말입니다. 중국말로는 '승전후구전(勝戰後求戰)'이라고 합니다. 과거 유격대 시절처럼 싸워보다가 안 되면 도망가 버리는 식으로 작전을 짜서는 안 됩니다. 더구나 지금 우리는 정규 혁명군으로 바뀌었습니다. 반드시 패퇴하고 도주하는 적들의 퇴로까지 모조리 작전계획 속에 넣어두어야 합니다."

"그것은 우리가 반드시 승리할 것이라는 가정 하에서 짜는 계획이지 않습니까. 만약 변수가 생겨서 이길 수 없을 때는 병력을 갈라 적들의 퇴로 쪽에 배치하는 것이 부질없지 않겠소?"

"아니지요. 그럴 때는 퇴로 쪽을 막으려고 배치해 두었던 병력이 오히려 우리의 외원이 되어 뒤에서 적들을 습격하면 정면에서 싸우는 우리의 부담이 줄어들 수 있습니다. 이런 것을 기각지세(掎角之勢)라고 합니다."

김성주는 주운광, 임수산 등 사람들 앞에서 한바탕 뽐냈다.

"임우성 동지, 제 설명이 납득이 됩니까? 혹시 '기각지세'가 무엇인지도 마저 설명해드릴까요?"

임우성은 얼굴이 붉어졌다. '기각지세'란 말은 많이 들었지만, 그것이 무슨 뜻인지 말로는 설명이 되지 않아 그냥 입을 다물고 말았다. 주운광은 김성주의 두 손을 잡고 재촉했다.

"시간이 급한데 어서 전투를 지휘하오. 우리는 김일성 동무만 믿고 동산 쪽으로 철수하겠소."

김성주가 한흥권을 데리고 삼도하자 서쪽 매복지점으로 떠나간 뒤 주운광과 왕윤성도 군부에서 파견 받고 따라와 경호를 책임진 경위중대장 이용운(李龍云)의 엄호를 받으며 서둘러 동산 쪽으로 철수했다. 도중에 주운광은 왕윤성에게 말했다.

"마영 동지, 왠지 김일성 동무가 그동안 왕청에서 처분당하고 박해받은 것은 일부 사람들의 시기와 질투 때문이 아니었는가 하는 의심까지 듭니다. 나는 우리 동만주에 이처럼 유능한 군사지휘관이 있는 것을 이제야 발견했습니다. 이런 동무가 혁명군에 들어오지 못하고 아동국장을 맡고 있는 게 과연 말이 되는 소리입니까? 참으로 알다가도 모를 일입니다. 이번에 특위에 돌아가면 한번 단단히 따져보겠습니다."

주운광의 말에 왕윤성은 긴 한숨 끝에 그동안 김성주가 당해온 일을 자세하게 이야기해주었다.

"내가 하는 말을 그냥 참고로 들어두기 바라오. 주 동무가 혹시 누가 김일성 동무를 시기하고 질투해서 일어난 일이 아닌가 하고 의심하기에 하는 말이오. 그냥 나는 사실만 말하니 판단은 주 동무 스스로 하기 바라오. 사실은 이상묵 동무가 연길현위원회 서기에서 특위 선전부장으로 전근할 때 내가 김일성 동무를 선전부장에 추천했던 적이 있었소. 김 동무가 나이는 젊으나 중국말도 잘하고, 유격대 정치위원으로 임명된 다음 근거지를 위해 열심히 일하는 것을 보고 특위 선전부장직도 잘해낼 수 있겠다 싶어서 추천했소. 그런데 생각밖에도 같은 조선 사람인 김성도의 강력한 반대에 부딪히고 말았소. 나중에 이 자들은 김일성 동무를 민생단으로까지 의심할 작정이었소. 그때 김성도한테 무지 박해를 받았고, 지금은 송일에게 당하고 있소. 그동안 벌써 두 번이나 정치위원직에서 면직되었소. 처음 면직되었을 때는 나도 항의하고 나중에는 동 서기가 직접 나서서 회복되었으나 이번에는 송일 동무한테 단단히 걸린 것이오. 민생단으로 처형된 사람들이 남겨놓은 진술 가운데 김일성 동무와 관련된 불리한 진술들이 너무 많은 것도 문제였소. 거기다가 동 서기가 희생된 뒤에는 라오왕(老王, 왕중산)이 원체 줏대 없는 사람인 데다가 이상묵이 조직부장까지 맡게 되는 바람에 나 혼자 힘으로는 도저히 김일성 동무를 지켜낼 수가 없었소. 정말 위태했소. 김일성 동무는 민생단감옥에 갇혔고 하마터면 처형당할 뻔했는데, 내가 왕덕태 동무와 짜고 김일성 동무를 북만주로 파견했소. 마침 주보중 동지한테서 왕청 아동단선전대를 북만주에 보내달라는 요청이 왔길래 잘 됐다 싶어 김일성 동무를 아동국장으로 임명하게끔 송일에게 내가 거의 간청하다시피 했소. 그렇지만 주동무도 이번에 보았다시피 우리가 참으로 아까운 인재를 잃을 뻔하지 않았소? 다행히도 주 동무가 이번에 나서겠다니 진심으로 부탁하오. 반드시 바로잡아주기 바라오."

주운광은 나중에 임수산에게도 물었다.

"임 정위는 김일성 동무를 어떻게 생각합니까?"

"네, 솔직히 저도 좀 놀랐습니다. 작년 여름에 김 정위가 왕청유격대를 데리고 우리 연길현유격대와 함께 팔도구전투에 참가했던 적이 있었습니다. 그때 나는 현위원회에서 사업하고 있었는데, 왕덕태 동지가 왕청유격대 김 정위가 나이는 젊지만 전투경험이 아주 많다고 칭찬하는 소리를 여러 번 들었습니다. 그런데 이번에 보니 과연 명불허전(名不虛傳)인 듯합니다. 병법 이야기는 전문 군사학교를 나온 사람 수준이던데요. 솔직히 감탄입니다."

임수산도 이때는 진심으로 김성주에게 놀라워했다. 처음에는 임수산뿐만 아니라 박득범까지도 자기들에 비해 한참이나 어린 김성주를 왕윤성과 주운광 등이 몹시 중시하는 것을 의심했다.

"말이 나온 김에 주 정위께 하나만 더 가르침을 청합시다. 기각지세란 말은 많이 들어왔지만 그냥 앞뒤에서 함께 협력한다는 뜻으로만 이해할 뿐 그게 중국말로 정확히 무슨 뜻인지 잘 모릅니다."

임수산이 요청하자 주운광이 설명했다.

"앞뒤에서 함께 협력한다는 말은 맞습니다. 그런데 중국말로 풀어보면, 기각(掎角)이란 뿔과 다리라는 뜻입니다. 뿔 각(角) 자에 한쪽 다리 끝이라는 기(掎) 자인데, 해석하자면 한 사람은 뒤에서 사슴 다리를 잡고 다른 사람은 앞에서 뿔을 붙잡는다는 뜻입니다. 앞뒤에서 적과 맞서는 태세를 말하지요. 나는 김일성 동무가 길림 육문중학교 출신인 것은 알지만, 어디서 이렇게 많은 군사지식을 배웠는지 모르겠습니다. 솔직히 아까 무슨 '승전후구전 패전후구승' 그런 말은 나도 처음 들어봅니다."

주운광과 왕윤성, 임수산 등이 삼도하자 동산 뒤쪽으로 몰래 빠져나갔을 때 김성주의 파견으로 시세영 부대로 갔던 조왈남이 돌아왔다. 조왈남은 먼저 주운광에게 시세영 원군이 곧 도착한다고 알리고는 서둘러 서쪽 매복지점으로 달려갔다. 원군이 이처럼 빨리 오리라고는 미처 생각지 못했던 주운광은 다시 감탄했다.

"이처럼 주도면밀하게 작전을 짜는 지휘관은 정말 처음이오."

주운광은 경위중대장 이용운에게 시켰다.

"여기는 이제 안전하니 중대장은 나를 상관하지 말고 빨리 김일성 동무네가 매복한 곳으로 가서 그들을 도우시오."

원군이 곧 도착할 뿐만 아니라 그 인솔자가 시세영 여단의 참모장 유한흥이라는 말을 듣고 김성주는 너무 기뻐 어쩔 줄을 몰랐다. 그런데 삼도하자를 습격한 위만군 문성만 대대는 부대를 두 갈래가 아닌 세 갈래로 나누어 그중 두 갈래가 김성주와 박득범이 매복한 서산기슭 진지로 공격해왔고, 다른 한 갈래는 곧바로 삼도하자 부락을 노리고 쳐들어갔다. 뜻밖에 발생한 일이었지만 다행스럽게도 이용운이 한 소대를 데리고 달려왔기에 김성주는 여유 있게 박득범에게 명령했다.

"박 중대장이 한 소대를 데리고 빨리 부락으로 내려가 유리한 지형을 먼저 차지하고 방어물들에 의지해 반격하십시오. 여기 적들을 처리하면 나도 바로 부락을 지원하겠습니다."

이렇게 되어 김성주 곁에는 한흥권 중대 20여 명과 박득범이 남겨둔 임춘추의 한 소대까지 합쳐 30여 명이 남았다. 다행스러웠던 것은 조왈남이 서산 매복지점으로 올 때 황동평이 또 한 소대를 나누어 보내주었고, 김성주가 원래 데리고 있었던 소년의용대 10여 명까지 합쳐 50여 명 가까운 대원이 만주군 문성만 대대의 주 부대와 정면에서 마주 붙었다. 50여 명이면 최소한 100여 m 반경의 저격선을 만들 수 있기 때문에 한바탕 해볼 만한 전투였다. 이 전투의 참가자였던 임춘추는 이렇게 회고한다.

"(김일성은) 전령병을 사도하자에 파견해 그곳에 주둔한 사 대장(사충항)과 채 사령관(시세영)에게 적이 차지한 동산 후면으로 신속히 우회하여 적의 배후를 공격하라는 명령을 내리었다. 적들은 계속 발악하며 사격했다. 우리 부대들이 동산 방면의 적들과 치열한 화력전을 진행할 때 나자구에서 새로 증강되어온 적의 한 소대가 삼도하자 부락을 차지하고 인민들의 가정 물건을 끌어내어 방어물을 만들고 농가 벽을 뚫어놓고는 거기에 의지하여 사격하기 시작했다. 전투 정황을 주시하던 김일성은 유격대의 사격을 중지시켰다. 만약 대응사격을 계속한다면 헛되이 총탄을 소비할 뿐만 아니라 달팽이처럼 집마다 들어박힌 적들을 쉬이 부락에서 끌어낼 수 없기 때문이었다. 그이의 예견은 틀림이 없었다. 유격대 진지가 조용해지자 적들은 박격포 사격의 엄호를 받으며 벌판으로 기어 나오기 시작했다. 적들은 유격대가 '소멸'된 줄로 생각한 모양이었다. 그래도 적들은 우리의 명중사격에 겁을 먹은지라 어디서 또 불벼락이 터져 나오지나 않을까 하고 두리번거리며 기어 나오고 있었다. 적들은 유격대 진지의 턱밑까지 기어들었다. 바로 이때 김일성의 명령을 받은 구국군 부대들이 적의 배후에 나타났다."[116]

이 전투에서 만주군 문성만(文成萬, 문장인) 대대는 30여 명의 사상자를 냈다. 결국 삼도하자에서 먼저 혁명군을 공격하여 기선을 제압하려던 계획이 파탄나고 만 것이다. 유격대는 이때 노획한 보총 40여 정을 바탕으로 삼도하자와 사도하자 일대에서 또 30여 명의 대원들을 모집했다.

이때까지도 김성주는 정치위원직을 회복하지 못했다. 김성주가 정식으로 동북인민혁명군 독립사단 제3연대, 즉 왕청연대 정치위원에 다시 임명된 것은 원정치위원 남창익[117]이 북하마탕에서 징병 활동을 벌이다가 집단부락에 끌려갔

---

116 임춘추, "왕청현 라자구전투", 『항일빨치산 참가자들의 회상기』, 제16권. 원문의 '위대한 수령님'은 '김일성'으로 대체했다.

117 남창익(南昌益, 남창일南昌一, 남일南一, 1910-1934년) 독립운동가. 길림성 연길현 화련리 출신이며, 명신소학교를 다녔고, 재학 중 친일교장 반대투쟁에 참여했다. 1928년 화련리에서 반일지하운동에 참가했으며, 1930년 '간도 5·30폭동' 당시 상촌반제동맹 책임자로 참가했다. 1931년 초 화련리적위대 결성에 참가해 소대장이 되었다. 1932년 5월 중국공산당에 입당했고 7월 해란구 항일유격대 결성에 참가했다. 1933년 연길현 왕우구 유격근거지로 들어가 현 유격대 제2중대 정치

던 청년들을 빼내려고 3연대의 청년간사 오중흡(吳仲洽)[118]과 함께 대원 3명을 데리고 북하마탕 부락 입구에 있던 만주군 포대를 습격하다 전사하고 난 뒤였다.

7. 나자구전투

삼도하자전투를 치른 바로 다음날이었다. 1934년 6월 27일, 각 부대 지휘관들은 모두 사도하자에 도착하여 다시 작전계획을 점검했다. 이 회의에서는 방금 삼도하자에서 만주군 문성만 대대를 패퇴시킨 김성주가 각별한 각광을 받았다. 주운광 등이 입에 침이 마르게 김성주를 칭찬한 데다가, 작전토의를 할 때 참모장 유한흥이 특별히 김성주를 지명해 여러 차례 발언권을 주었기 때문이다.

당시의 혁명군 지휘관 대부분은 유격대 출신이어서 대부대 작전경험이 거의 없었다. 심지어 적지 않은 지휘관이 지도 볼 줄도 몰랐다. 그저 땅바닥에 웅크리고 앉아 돌덩이나 흙덩이를 되는대로 몇 개 주워다 놓고 이리저리 움직여 가면서 주먹구구식으로 전투를 치르는 것이 습관이었기 때문이다.

지도원이 되었다. 김일성이 왕청유격대 정치위원직에서 철직당한 뒤 뒤를 이어 정치위원직을 맡았다. 1934년 여름 북하마탕에서 만주군 집단부락 포루를 습격하다가 전사했다.

118 오중흡(吳仲洽, 1910-1939년) 독립운동가. 함북 온성군 남양면 세선리에서 빈농의 아들로 태어났다. 오중선(吳仲善)의 형이다. 1914년 길림성 왕청현 춘화향 원가점으로 이주했다. 소학교를 졸업한 후 농업에 종사하면서 소년선봉대, 공청단, 농민협회 활동에 참가했다. 1930년 붉은5월투쟁에 참가했다. 1931년 가을 중국공산주의청년단에 가입하여 석현단 지부 서기가 되었다. 1933년 5월 소왕청유격구로 이주하여 왕청현 서대파 항일유격대에 참가했다. 청년의용군을 거쳐 항일유격대에 입대하여 중대장이 되었다. 이후 중국공산당에 입당했다. 1934년 동북인민혁명군 제2군 독립사 제3단에서 정치지도원, 중대장 등을 맡았다. 1936년 7월 동북항일연군 제6사 제7연대 제4중대장이 되었다. 1937년 6월 항일연군 제1로군 제2군 제6사 대원으로서 보천보전투에 참가했다. 1938년 연대장을 맡아 '고난의 행군' 시기에 사령부 보위임무를 수행했다. 1939년 12월 17일 돈화현 육과송 습격전투에서 전사했다.

그러나 김성주는 지도를 볼 줄 알았을 뿐만 아니라 스스로 지도를 그릴 줄도 알았다. 그는 유한흥이 그려서 벽에 걸어놓은 나자구 지방 지도를 들여다보면서 각 부대 위치를 귀신같이 찾아냈다.

"자, 그러면 공격은 어느 날로 정했으면 좋겠소?"

주진과 왕덕태가 물었을 때도 유한흥은 또 김성주를 추천했다.

"이번에 삼도하자에서 첫 전투를 멋지게 치른 김일성 동무한테 마저 들어보는 것이 어떻겠습니까? 과연 공격을 어느 날 했으면 좋겠는지 말입니다."

김성주는 사양하지 않고 나섰다.

"제 생각에는 단 하루라도 미루면 그만큼 적들은 방어를 더 강화하고 증원부대를 불러올 것입니다. 때문에 당장 오늘 밤 내로 공격을 벌이는 것이 좋을 것 같습니다."

"아니, 당장 오늘 밤에 말이오?"

주진과 왕덕태는 자못 놀라는 표정이었으나 김성주는 자세하게 설명했다.

"위만군 문 대대장 부대가 삼도하자를 선제공격한 것을 보면 적들은 어제까지도 우리 부대가 집결한 것을 알지 못했던 것 같습니다. 하지만 어제 전투로 적들도 이제는 완전히 눈치 챘을 것입니다. 우리 부대가 나자구 주변에 집결하고 있다면야 타격 목표가 나자구밖에 또 어디 있겠습니까. 그러니 하루라도 공격시간을 더 늦춘다면 우리한테는 좋은 점이 하나도 없습니다. 대신 적들에게는 숨을 돌릴 기회를 주게 될 수 있습니다."

회의에 참가했던 다른 지휘관들이 모두 김성주의 견해에 공감하는 표정으로 머리를 끄덕이는 것을 보며 왕덕태가 유한흥에게 물었다.

"군사에서는 전문가인 유 참모장도 같은 생각이오?"

유한흥은 김성주의 견해에 찬동을 표시했다.

"원래 병법에도 '공기불비 출기불의(攻其不備 出其不意)'라는 말이 있습니다. '대비가 없을 때 공격하고 예상하지 못한 곳에 출동한다'는 삼국지 고사가 있지 않습니까. 김일성 동무의 견해가 지극히 정확합니다. 그러니 바로 오늘 밤으로 공격시간을 정하는 것이 좋겠습니다."

이렇게 되어 총공격 시간은 1934년 6월 27일 밤 12시로 결정되었다. 12시가 가까워올 때 갑자기 큰 비가 쏟아져 내리기 시작했다. 거리 바닥은 온통 진창이었다. 나자구 부락 주변의 포대와 박격포 진지들을 격파하는 주공격 임무를 제2군 독립사가 맡았는데, 제1연대인 연길연대와 제4연대인 훈춘연대가 서로 제1진공대를 맡겠다고 나섰다.

나중에 북하마탕에 정치위원 남창익을 내버려두고 나자구전투에 참여한 황동평 중대와 제1연대에서 선발된 박득범 중대가 한데 합쳐 제1진공대를 형성하고 대장에는 김성주, 부대장에는 임수산이 임명되었다.

사실 민생단으로 몰렸던 정치위원 출신 간부들 가운데서 살아남은 조선인 출신은 김성주가 유일할 정도였다. 김성주는 민생단 낙인을 씻기 위하여 갖은 노력을 다했다. 아무리 어렵고 위험이 따르는 전투임무여도 항상 그 임무를 제일 앞장서서 해냈다.

나자구전투 때도 그랬다. 만주군 수비대가 '난공불락의 요새'라고 자랑했던 부락 입구 포대와 박격포 진지는 나자구 시내로 돌입하는 관문이었고, 이 진지의 점령 여부에 따라 전투 승패가 결정되었다. 김성주는 유한흥에게 몰래 요청했다.

"유 형, 작전 배치에서 나를 앞장세워 주십시오. 유 형도 잘 알다시피 구국군 출신 동맹군이 병력은 우리 혁명군보다 많아도 규율은 떨어지는 것이 사실이잖습니까. 그러니 주공격임무를 구국군에 맡기면 나자구 시내를 점령한 다음 불쾌한 일들이 발생할 가능성이 큽니다. 그러니 동맹군은 가능하면 석두하자와 화피전자 쪽으로 배치하여 적들의 응원군을 차단하게 하고, 주공격임무는 저희한테 맡겨주십시오. 동녕현성전투 때 서산포대를 날려 보냈던 사람이 바로 제가 아니고 누굽니까!"

유한흥은 머리를 끄덕였다.

"실제로 포대를 날려 보낼 만한 적임자는 성주뿐이오."

이미 2군으로 전근하기로 결정된 상태에서 유한흥은 동북인민혁명군 제2군 독립사 내에서 가장 믿고 일을 시킬 만한 부하로 김성주를 마음속에 점찍어두고 있었다. 김성주말고 두 번째 사람이 없었다.

제2군 독립사단 지휘관들은 독립사단이 조만간 2군으로 다시 개편되고, 주보중의 수녕동맹군에서 전근해오는 유한흥이 2군 군 참모장이 된다는 사실을 모두 알고 있었다. 때문에 주운광에 이어 유한흥이라는 큰 뒷심을 가지게 된 김성주는 이때 천군만마라도 얻은 기분이었고 세상에 무서울 것이 없었다.

그러나 포대와 박격포 진지를 점령하는 일이 순조롭지 않았다. 동녕현성전투 때와 달리 포대로 접근하는 과정에서 은폐물이나 진지가 없었기 때문이다. 적들이 기관총을 쏘아대면서 연방 수류탄을 내던지면 모두 땅바닥에 엎드려 머리를 들 수도 없었다. 부락 서쪽으로 진격하여 나자구 경찰서와 만주군 병영을 공격하게끔 되어 있었던 제2진공대와 남쪽으로부터 시내 중심으로 뚫고 들어와 제2진공대와 합류하기로 한 제3진공대 사이를, 포대에서 내쏘는 기관총과 쉴 새 없이 날아드는 수류탄이 가로막고 있었다.

몇 차례나 돌격을 시도하다가 실패하고 돌아온 박득범이 말했다.

"김 정위, 아무래도 일단 철수하는 것이 좋을 것 같소. 이대로는 돌격하다가는 대원들이 다 죽게 되오."

하지만 김성주는 들은 척도 하지 않았다.

"지금 퇴각하면 오히려 우리의 손실이 더 커질 수 있습니다."

"그럼 어떻게 하겠소? 은폐물이 하나도 없어서 대원들이 땅에 엎드린 채로 머리도 못 들고 있소."

"왜 없다고 그럽니까? 잘 보십시오."

김성주는 직접 박득범을 데리고 진공대가 차지한 계선까지 살금살금 기어가 앞을 가리키며 설명했다.

"저 앞에 보이는 집이 무슨 상점같이 보이는데, 지붕에 기와를 얹었고 또 병영 돌담과 높이가 비슷해 보입니다. 수류탄을 던져 넣을 만한 거리가 아닙니까! 진공대를 두 갈래로 나누어 정면에서 포대를 공격하는 한편 저 지붕을 먼저 차지하십시오. 지붕에서 병영 안으로 수류탄을 던져 넣으면 병영에서 포대와 박격포 진지로 이어지는 적들의 수송선이 끊어지게 될 것입니다. 그러면 포대가 얼마나 더 버티겠습니까."

박득범은 김성주가 명령한 대로 부리나케 상점을 점령하고 대원들을 지붕 위로 올려 보내 병영 울 안에 작탄을 너덧 개나 던져 넣었다. 병영 전체가 불길에 휩싸이며 대혼란에 빠졌다. 예상보다 훨씬 더 큰 혼란이 일어나면서 만주군은 곤경에 빠졌다.

전투는 3일 동안 계속되었다. 3일째 되는 날에는 한흥권 중대와 박득범 중대가 두 길로 나뉘어 포대를 좌우에서 협공했다. 한흥권이 직접 앞장서서 포대로 돌격하다가 복부에 총탄을 맞고 창자가 쏟아질 지경이 되었으나 포대 턱밑까지 기어가서 작탄을 터뜨렸다.

김성주는 한흥권이 죽는 줄 알고 어찌나 놀랐던지 정신없이 앞으로 뛰어가면서 연신 권총 방아쇠를 당겼다. 포대로 돌격할 때 김성주 뒤를 따르던 열여덟 살의 어린 전령병 조일남(趙日南, 조왈남)이 총탄에 가슴을 맞고 뒤로 넘어졌는데, 다행히 심장은 상하지 않은 탓에 목숨은 건졌으나 인사불성이 되고 말았다. 포대를 점령하고 나서 김성주는 한흥권부터 찾았다. 배를 움켜쥔 채 땅바닥에서 뒹굴던 한흥권의 상처를 들여다보던 황동평이 김성주에게 말했다.

"탄알이 배를 관통하지 않고 겉을 스치면서 뱃가죽을 찢어놓은 것 같습니다. 뱃가죽만 꿰매면 살 수 있을 것입니다."

"빨리 지혈부터 해야 하니 배를 싸매고 봅시다."

그때까지도 의식을 잃지 않았던 한흥권은 배 바깥으로 튀어나오려는 창자를 손바닥으로 막다가 안 되겠던지 김성주에게 애원했다.

"김 정위 동지, 도저히 안 되겠습니다. 한 방만 쏘아주십시오."

"무슨 허튼소리를 하는 겝니까?"

김성주는 떨리는 목소리로 한흥권을 꾸짖었다.

"천하의 한흥권이 이렇게 나약해지면 어떻게 합니까? 탄알이 배를 관통하지 않았고 그냥 가죽만 찢어졌다고 하지 않습니까. 이제 지혈했으니 별문제 없을 것입니다. 빨리 싸매고 의원을 불러오겠습니다."

김성주는 각반을 풀어 한흥권의 배와 허리를 둥그렇게 돌아가면서 꽁꽁 감쌌다. 정치지도원 황동평이 두 대원을 데리고 달려가 문짝을 뜯어와 한흥권을 문짝에 실었다.

이 전투를 기억하는 중국인이 여럿 있는데, 가장 유명한 사람은 당시 나자구에서 혁명군에게 얻어맞고 패퇴했던 만주군 문성만 대대의 2등병 출신으로 이듬해인 1935년 만군에서 탈출하여 혁명군으로 넘어왔던 장택민(蔣澤民)이다.

장택민은 2012년까지 살았다. 그의 회고에 의하면, 나자구전투에서 거의 몰살당하다시피 했던 위만군은 후에 훈춘으로 옮겨가 만주군 제26여단 산하 35연대 1대대로 편성되었다. 장택민은 1대대 산하 1중대 1소대장이었다. 이 부대가 훈춘현 대황구에서 동북인민혁명군 제2군 독립사 산하 제4연대, 즉 훈춘연대를 토벌하던 도중 장택민은 1소대 대원들을 모두 설득해 함께 만주군에서 탈출했다. 말하자면 의거했던 것이다.

만주군 한 소대가 혁명군을 토벌하던 도중에, 그것도 한창 혁명군이 위기에 몰려 여기저기 쫓겨다닐 때 스스로 만주군을 탈출하여 혁명군 쪽으로 넘어온 사례는 아주 드물었다. 이 일로 장택민은 혁명군 지휘부의 각별한 중시를 받았다. 이듬해 제2군 정치부 주임으로 파견된 이학충(李學忠)이 직접 장택민을 지명하여 소련 모스크바동방대학으로 유학 보낼 정도였다.

장택민은 1938년 팔로군 무한판사처에서 교통반장으로 일하다가 이듬해에는 연안으로 가 모택동의 보위참모가 되었다. 이런저런 자리를 거친 후 최후로 중국공산당군 총후근부 차선부(車船部) 부부장으로 은퇴했는데, 2000년 한 차례 인터뷰에서 나자구전투 당시의 이야기를 들려주었다.

"문 대대장 이름은 문성만인데 동녕현성 사람이었다. 노야령의 바투(巴妬)라는 큰 만주족 동네 족장이었다. 그 동네 사람 대부분은 노야령에서 삼림 채벌이나 사냥을 주업으로 하고 살았다. 문 대대장은 만주사변 이후 동네에서 총 가진 젊은이들을 모조리 모아 만주군으로 편성했다. 나자구전투 때 문 대대장은 병사들에게 이렇게 연설했다. 김일성이라는 아주 지독하게 악질인 데다 싸움 잘 하는 유격대가 나자구 근처까지 왔다면서 우리가 선수 쳐서 먼저 습격하자고 했다. 그런데 습격하러 갔던 부대가 매복에 걸려 30여 명이나 죽었다. 한 해 전 구국군이 동녕현성을 공격할 때도 서산포대를 습격한 것이 김일성 부대였고, 나자구에서도 부락 서쪽 박격포 진지를 날려 보낸 것이 김일성 부대였다. 김일성 부대 대원 수는 그리 많지 않았지만, 아주 싸움을 잘하는 부대로 소문났다. 그때 김일성은 중대장 아니면 소대장이었을 것이다."[119]

---

119 취재, 장택민(蔣澤民) 중국인, 항일연군 생존자, 취재지 요령성 심양, 2000~2001.

괴물과 싸우는 자는

괴물이 되지 않게 주의하라.

우리가 심연을 들여다보면

심연 또한 우리를 들여다보듯이

- 니체

4부

붉은 군인

14장

불요불굴

김순덕은 한 손으로 피가 쏟아져 나오는 배를 움켜쥔 채
나무에 기대서서 다른 한 손으로는 연속으로 권총 방아쇠를 당겼다.
탄알이 다 떨어지고 나서야 나무에 기댄 채 천천히 주저앉으며 중얼거렸다.
"깜빡했구나. 한 방은 남겼어야 하는데 말이야."

1. 길청령전투

　나자구전투 직후였다. 이 전투에 참가했던 동북인민혁명군 제2군 독립사 산
하 각 부대들은 각자의 활동구역으로 철수하기 시작했다. 제2연대는 화룡과 안
도의 접경지대인 차창자로, 제3연대는 왕청 요영구로, 제4연대는 훈춘 대황구로
돌아갔다.

　1934년 7월, 제1연대인 연길연대는 오늘의 연길시 의란향 북쪽 길청령에 도
착했다. 길청령은 당시 연길현과 왕청현의 변계를 이루는 산이었고 연길연대의
본거지나 다름 없는 왕우구 유격근거지가 바로 이 산속에 있었다. 제1연대 선발
부대가 연대장 김순덕과 정치위원 임수산, 중대장 박득범의 인솔로 길청령 산기
슭에까지 도착했을 때, 근거지에 남아 있었던 제1연대 참모장 안봉학(安奉學)이

중대장 최현을 데리고 마중 나왔다. 만나자마자 김순덕은 안봉학에게 물었다.

"적들의 경계가 이처럼 삼엄한데 왜 중대를 다 데리고 마중 나왔소?"

연도에 만주군이 설치한 보루들이 거의 100여 m 간격으로 설치되어 있는 것을 보고 김순덕은 그러잖아도 몹시 놀랐기 때문이다.

"나자구에서 돌아오는 연대장 동지네도 마중할 겸 적들의 수송차량도 습격할 겸 나왔습니다. 요즘 적들이 보루를 새로 많이 설치했는데, 보루에 쌀과 채소를 나르고 있다는 정보를 입수했습니다."

안봉학의 대답에 김순덕은 나자구전투에서 전리품으로 얻은 일본제 쌍망원경을 들고 한참 살피다가 말했다.

"저기 보이는 보루가 길청령에서 제일 큰 보루 아니오? 뒤에도 집 몇 채를 더 짓는 것 같은데, 혹시 병영을 만들고 있는 것은 아닌지 모르겠소. 적들이 한 중대 이상은 될 것 같소. 마침 참모장 동무가 또 한 중대를 데리고 나왔으니 잘됐소. 함께 칩시다."

김순덕과 안봉학은 부대를 두 갈래로 나누어 안봉학이 직접 최현 중대를 데리고 수송차량을 습격하고, 김순덕은 박득범 중대를 데리고 보루를 습격하기로 했다. 수송차량이 습격당한 것을 알면 보루에서 적들이 쏟아져내려올 터이니 그때를 틈타 보루 주변에 매복한 박득범 중대가 뒤에서 보루를 습격하기로 계획을 세웠다.

그런데 그동안 수송차량을 유달리 많이 습격하여 경험과 노하우가 있었던 최현 중대가 적의 군용트럭에 '연길작탄'을 던졌는데, 운 나쁘게도 작탄이 심지만 타들어가고 터지질 않았다. 게다가 쌀 수송차량인 줄 알았던 트럭 안에서 일본 군인들이 쏟아져 나왔다. 일본군 군용트럭을 만주군 식량 수송차량으로 잘못 판단했던 것이다. 결국 그들은 접전도 하지 못하고 바로 철수하기 시작했는데, 안봉학은 김순덕을 데리고 달아날 생각으로 일단 보루 쪽으로 철수했다.

"김 연대장이 보루 쪽에서 쫓겨 내려오면 우린 그냥 포위되어 만두 속이 되고 말텐데, 그쪽으로 철수하면 안 됩니다."

최현이 말렸으나 안봉학이 고집을 부렸다.

"그렇다고 우리만 살겠다고 어떻게 연대장을 내버리겠소. 빨리 가서 김 연대장한테 알리오. 수송차량에 왜놈들이 가득 타고 있다고 말이오. 병력 차가 현저하니 일단 철수하고 보자고 말이오."

그러나 최현은 안봉학이 시키는 대로 하지 않았다.

"내가 한 소대만 데리고 적들을 다른 방향으로 유인할 테니, 참모장 동무가 연대장 동지한테 가서 빨리 함께 철수하십시오."

최현은 보루와 반대 방향으로 내달리기 시작했다.

그러나 일본군은 보루 쪽에서도 총소리가 들리자 한 소대 병력만 풀어서 최현 뒤를 쫓고 나머지는 모조리 보루 쪽을 포위하며 올라왔다. 앞뒤에서 포위당한 김순덕이 안봉학을 나무랐다.

"아니 포위망 바깥으로 달려야지 보루 쪽으로 철수해오면 어떻게 하오? 전투 경험이 많은 참모장 동무가 왜 스스로 포위망 안으로 기어들어온단 말이오?"

"그렇지 않습니다. 지금 같이 병력 대비가 현저할 때는 부대를 두 갈래로 나누어 바깥에서 외원하는 것보다 오히려 한데 합쳐 동시에 치고 나가는 방법이 더 효과적입니다."

안봉학은 아주 침착하게 전투를 지휘했다. 그는 연길작탄을 가진 대원들에게 보루 쪽에서 공격하여 내려오는 만주군들이 가까이 접근하기를 기다려서 연길작탄을 투척하라고 시키고, 자기가 평소 데리고 다니던 세린하 적위대 출신 대원들과 김순덕의 화련리 적위대 출신 대원들을 한데 합쳐 왼쪽으로 빠져나가게 했다. 군용트럭에서 내려와 길청령 쪽으로 올라오던 일본군을 저격하는 임무는 박득범 중대에 맡겼는데, 이 중대는 모두 부암동 적위대 출신이었다. 그러자 박득범은 안봉학에게 항의했다.

"이런 식으로 배치하는 법이 어디 있습니까? 뒤에 남아서 엄호하면 그만큼 위험이 따르니 어느 한 지방 대원들로만 선발하는 것은 옳지 않습니다. 각 중대에서 한 소대씩 선발해서 엄호 임무를 맡게 해주십시오. 물론 엄호부대는 내가 맡겠습니다."

"박 중대장의 의견에 도리가 있소."

임수산까지 박득범의 의견에 찬성하고 나섰다. 도리를 따져보면 박득범 의견대로 엄호부대를 결성하는 것이 전투력을 강화하는 옳은 의견이었다. 하지만 문제는 시간이 너무 급박하다는 점이었다.

"시간이 급하니 모두 입을 다물고 내 결정에 따르오."

김순덕이 최후의 결정을 내렸다.

"엄호는 내가 하겠소."

이렇게 되어 임수산과 박득범이 앞장서서 포위를 뚫고 김순덕이 뒤에서 엄호했다. 보루에서 쫓아내려오던 만주군들은 남아서 엄호를 담당한 김순덕에게 쉽게 격퇴당했으나 앞장서서 포위를 뚫고 나가던 박득범 중대는 일본군 기관총 소사에 길을 가로막혀 모두 땅바닥에 엎드린 채 머리를 쳐들 수 없었다. 다행스럽게도 이때 포위망 바깥에 있던 최현이 몰래 일본군 배후에 접근해 갑자기 사격하는 바람에 포위망 한 귀퉁이가 열렸다.

"포위를 뚫고 나간 뒤에도 급히 달려가지 말고 적들과 10여 분만 더 대치해주시오. 그때 내가 제격 가서 연대장 동지를 데리고 오겠소."

안봉학은 임수산과 박득범에게 부탁하고는 돌아서서 김순덕에게 뛰어갔다.

만주군과 대치하던 김순덕은 안봉학이 뛰어오니 포위를 뚫지 못한 줄 알고 몹시 놀랐다.

"아니, 왜 돌아왔습니까? 임 정위와 박 중대장은?"

"포위가 뚫렸습니다. 연대장 동지를 데리러 왔습니다."

김순덕은 즉시 철수명령을 내렸다. 그러나 정작 자신은 대원 몇을 데리고 뒤에 남았다.

"우리가 철수하는 걸 알면 놈들이 또 쫓아올 것입니다. 한 번만 더 버텨보고 철수하겠습니다. 참모장 동무가 나머지 동무들을 모두 데리고 먼저 떠나십시오. 이것도 가지고 가십시오. 내가 만약 돌아가지 못하면 우리 1연대를 참모장 동무한테 부탁합니다. 이건 제가 참모장 동지한테 드리는 선물입니다."

김순덕은 앞가슴에 걸고 있던 쌍망원경을 벗어 안봉학에게 주었다. 하지만 안봉학이 김순덕을 설득하려 하면서 한참 티격태격했다.

"내가 엄호할 것이니 연대장 동지가 빨리 떠나십시오."

"어서 명령에 따르십시오. 나도 곧 뒤따라가겠습니다."

"안 됩니다. 함께 떠납시다."

안봉학이 이렇게 고집했으나 김순덕은 끝내 안봉학을 보냈다. 그들이 철수하는 것을 본 만주군이 시름을 놓고 다시 쫓아내려왔으나 김순덕과 두 대원이 불쑥 그들의 코앞에서 몸을 일으키며 연속으로 총을 쏘아 여남은 명을 쓰러뜨리고는 바로 돌아서서 내달리기 시작했다.

갑작스레 공격에 만주군은 다시는 쫓아 내려오지 않고 땅에 바짝 엎드린 채로 그냥 총신만 아래로 향한 채 마구 눈먼 총을 쏘아댔다. 불운하게도 총탄 한 방이 제일 뒤에서 반격하며 철수하던 김순덕 배를 관통했다. 김순덕이 휘청하며 몸을 기우뚱거리자 만주군들이 소리 질렀다.

"저자가 총에 맞았다. 산 채로 잡자."

"네놈들이 나를 산 채로 잡겠단 말이지? 그래, 한번 와봐라."

김순덕은 한 손으로 피가 쏟아져 나오는 배를 움켜쥔 채 나무에 기대서서 다른 한 손으로는 연속으로 권총 방아쇠를 당겼다. 탄알이 다 떨어지고 나서야 나무에 기댄 채 천천히 주저앉으며 중얼거렸다.

"깜빡했구나. 한 방은 남겼어야 하는데 말이야."

김순덕은 배에서 흘러나오는 피를 더는 막으려고 하지 않고 그냥 내버려두었다. 이미 포위망 바깥으로 빠져나간 안봉학은 다시 김순덕을 구하려고 필사적으로 반격하며 올라왔으나 적들의 화력에 눌려 실패하고 말았다.

만주군은 김순덕이 기대고 앉아 있는 나무를 앞뒤에서 포위하여 접근했다. 피를 너무 많이 흘린 김순덕은 점점 의식을 잃어가고 있었다. 적들이 아주 가까이까지 다가왔음을 느낀 김순덕은 본능적으로 다시 권총을 들었으나 빈 격침소리만 몇 번 절컥거릴 뿐이었다. 만주군들이 몰려들어 총검으로 김순덕을 찔러댔다.

2. 태문천의 구국군과 함께

최현이 길청령전투 직후 민생단으로 체포되었다. 죄명은 다음과 같았다.

"연대장이 사경에 빠진 것을 보면서도 달려가 구할 생각은 하지 않고 포위망 바깥으로 도망쳤다."

새로 연대장에 임명된 안봉학이 직접 나서서 아무리 설명해도 연길현위원회에서는 이를 받아들이려 하지 않았다. 더구나 정치위원 임수산이 입을 딱 다물고 한마디도 하지 않는 데다, 평소 성깔이 사나운 최현은 현위원회 간부들 눈에 잔뜩 미운털이 박혀 있었던 터였다. 안봉학은 왕덕태 앞으로 편지를 보내 최현을 구해달라고 요청했다. 편지를 전달한 연대부 부관 곽지산(郭池山, 곽찬윤郭燦允)은 사실상 왕덕태가 연길현유격대에 박아둔 자신의 눈과 귀와 다름없는 심복이었다. 그가 돌아와 안봉학과 임수산에게 왕덕태가 최현을 칭찬하더라고 전했다.

"최현 중대장이 그런 상황에서 포위망 안으로 뛰어들지 않고 포위망 바깥에서 접응(接應)한 것은 아주 잘했다고 합니다."

이때 곽지산은 왕덕태의 경위중대장 이용운을 데리고 왔는데, 제1연대가 크게 피해입은 것을 고려한 왕덕태가 자신의 경위중대를 통째로 떼어 제1연대를 보충해준 것이다. 안봉학과 정치위원 임수산이 부대를 두 갈래로 나눠 다닐 때는 항상 이용운 중대와 최현 중대가 안봉학을 따라다니고 박득범 중대는 임수산을 따라다니게 되었다. 이런 상황은 임수산이 동만특위 위원으로 전근될 때까지 줄곧 계속되었다.

한편 이용운은 왕덕태의 구두지시를 직접 전달했다. 전투 임무가 긴박한 때는 함부로 전투부대의 지휘관에게 민생단 낙인을 찍어 구속하는 일이 없게 해달라는 것과 설사 의심스러운 문제가 보고되더라도 가능하면 전투 속에서 관찰하고 신중하게 조사하라는 내용이었다. 이렇게 되니 임수산도 최현을 비호하는 쪽으로 돌아서지 않을 수 없었다.

길청령전투 이후, 제1연대는 독립사의 통일적인 작전 배치에 따라 신임 연대장 안봉학의 인솔 하에 노두구전투를 벌이게 되었고, 제2연대는 독립사와 함께 왕덕태와 주진의 인솔 하에 오늘의 안도현 만보향(萬寶鄕), 즉 대전자진(大甸子鎭)을 공격하는 전투에 참가했다. 한편 요영구로 돌아온 김성주는 정식으로 제3연대인 왕청연대 정치위원에 임명되었다. 그가 맡았던 왕청현 아동국장직은 삼도하자에서 그를 마중 나왔던 공청단 왕청현위원회 간부 이순희가 이어받았다.

김성주는 나자구전투에서 중상을 당한 한홍권을 요영구 병원에 남겨 치료받게 하고 한홍권 대신 오중흡을 중대장에 임명하고 연대와 함께 안도 쪽으로 이동했다. 이미 동만특위 비서장직에 오른 주운광의 결정에 따른 것이다. 먼저 안도현 경내로 들어선 왕덕태와 주진이 태문천의 구국군과 접촉한 뒤 함께 반일연합군을 결성했다. 총지휘에는 왕덕태, 부총지휘는 태문천과 주운광을 각각 추대했다고 연락해왔는데, 주운광은 오히려 김성주를 추천했다.

"김 정위. 내가 여러모로 생각해보았는데 아무래도 안도는 김 정위한테 익숙한 고장이니 태문천의 구국군과 합작하는 일에는 나보다는 김 정위가 나서는 편이 훨씬 적합하다고 생각하오."

그러잖아도 김성주는 한순간도 왕청에 있고 싶은 마음이 없었다. 모든 것이 달라졌기 때문이다. 일단 요영구에 돌아왔으나 이때의 왕청현위원회 사람들은 '김 정위'보다는 '남 정위'를 더 많이 입에 올리고 있었다. '남 정위'는 바로 북하마탕에서 전사한 남창익이다. 과거 김성주가 양성룡과 함께 직접 소왕청근거지 여기저기를 누비고 다니면서 직접 설치했던 초소들까지도 모두 원래 위치에서 옮겨져 있었다.

김성주는 1중대와 4중대에서 각각 한 소대씩 선발하여 20여 명의 대원을 데리고 안도 쪽으로 독립연대 뒤를 쫓아갔다. 이때 선발한 두 소대가 훗날 편성되는 제7중대의 모태가 되었다. 그런데 일행에 이학충(李學忠)이라는 중국인 고위급 간부가 함께 행동하고 있었다.

김성주보다 두 살 많았던 이학충은 1931년 만주사변 직후, 만주성위원회의 파견으로 소련 모스크바동방대학에 유학했던 인물이었다. 조선인 간부 대다수가 민생단으로 검거되고 동장영도 사망하자 만주성위원회는 중국인 고위급 간부를 대량으로 파견하여 내려 보냈다. 이때 선참으로 선발된 사람이 이학충이었다. 때문에 김성주에게는 이학충 역시 주운광 못지않게 중요한 인물이었다.

김성주는 소대장 강증룡에게 특별 임무를 주어 이학충의 신변 경호를 책임지게 했다. 이학충이 길에서 먹을 음식은 강증룡의 아내이자 최초의 여성 유격대원인 박녹금(朴錄今)이 배낭 속에 따로 챙겨가게 하는 등 각별하게 이학충을 돌보았다.

하지만 김성주는 태문천의 구국군에 도착하자마자 불과 나흘도 안 되어 쫓겨 돌아오게 되었다. 며칠 후 이학충이 직접 김성주를 데리고 다시 태문천 병영으로 찾아가 사정했다.

"사실은 정치부 주임이 아니라 참모장으로 파견하려던 것인데 전달이 잘되지 않은 것 같습니다. 우리는 귀군을 혁명군 아래 편성하려는 생각이 추호도 없습니다. 다만 함께 연합전선을 맺고 공동으로 왜놈들과 전투하자는 것뿐입니다. 그런데 귀군이 우리 혁명군과 연합하여 작전하려면 반드시 우리 혁명군에서 파견한 군사간부가 직접 태 사령관 부대와 함께 행동하면서 작전배치 때마다 서로 연락도 주고받고 또 작전의도에 대해 서로 소통해야 하지 않겠습니까. 그래서 김 정위를 파견했던 것인데 오해하게 된 점은 정말 유감스럽게 생각합니다."

하지만 태문천은 요지부동이었다.

"직책 이름 때문에 싫다는 게 아니오. 정치위원이건 참모장이건 아무 상관없소. 난 다만 저자가 분명히 꼬리빵즈인데도 중국인인 척 위장해 나한테 거짓말한 것이 싫단 말이오. 처음부터 꼬리빵즈라고 했다면 내가 왕덕태 총지휘관 얼굴을 봐서도 아주 내쫓기까지는 하지 않았을 것이오. 내 부하들 가운데도 저자가 '김일성'인 걸 알아본 사람이 있었소. 우리 안도에서 아주 오래전부터 나쁜 짓을 많이 하고 다녔던 자요. 우리 중국 지주들은 저자 이름만 들어도 이를 갈고 있소. 중국 지주들 곡간에 불을 지르고 쌀을 빼앗아간 적이 어디 한두 번인 줄 아오?"

이학충은 태문천을 설득할 수 없어 김성주를 데리고 돌아올 수밖에 없었다. 그런데 독립사 주력부대인 독립연대가 연대장 윤창범 인솔로 안도현 대전자를 공격하려고 이동하던 중 돈화현성 남쪽 다푸차이허에서 내려오던 300여 명의 일만군 혼성부대와 정면에서 부딪히게 되었다. 태문천의 구국군이 혁명군과 연합작전을 펼친다는 정보를 입수한 일본군이 혁명군과 구국군 사이를 가로질러 들어오면서 이도강 기슭에 방어선을 설치하려 한 것이다.

"그렇다면 우리가 미리 구국군 앞을 가로막은 만주군 방어선을 쳐부수면 이번 연합작전에 참가할 태 사령관 부대에 도움이 되지 않겠습니까?"

이학충의 말에 윤창범이 반대했다.

"안도현성전투 개시 전에는 될수록 적들과의 접전을 피하라고 주 사단장과 왕 정위(왕덕태)가 명령했습니다. 자칫 우리 군이 피해를 입는다면 연합작전에 차질을 빚을 수 있습니다."

그러자 이학충이 김성주에게 명령했다.

"이번이 기회요. 태 사령관에게 다시 갔다 오시오. 이도강으로 들어오는 만주군이 한 대대 병력 남짓하니 우리와 함께 양쪽에서 협공하자고 말이오. 만약 이번 전투를 잘 치르면 태 사령관의 불신도 삭일 수 있고, 또 우리 연합작전에 방해가 되는 걸림돌도 제거하는 셈이니 이도강으로 들어오는 만주군을 반드시 격퇴해야 합니다."

이학충은 윤창범에게 명령을 내렸다.

"이 전투 결과는 내가 책임질 것이니 빨리 전투 준비를 하십시오."

하지만 윤창범은 걱정이 이만저만이 아니었다.

"주임 동무, 이것은 누가 책임지고 안 지는 문제가 아닙니다. 지금 우리 독립 연대는 전투 임무를 받고 이동 중인 부대라는 사실을 잊어서는 안 됩니다. 여기서 섣불리 시간을 지체한다면 대전자가 공격 전투를 제 시간에 완성하지 못할 수도 있습니다. 그러면 큰일 납니다."

윤창범이 재삼 설명했으나 이학충은 들으려 하지 않았다.

"적들이 이도강을 차지하고 방어선을 구축하면 태 사령관 구국군이 연합부대 작전에 참가할 수 없습니다. 그렇게 되면 설사 대전자가전투를 제시간에 벌인다고 해도 우리 군 피해만 더 커질 것이 아닙니까. 그러니 여기서 반드시 저놈들을 저격해야 합니다."

이학충의 태도가 아주 굳건한 것을 보고 윤창범은 김성주를 조용한 데로 데리고 가서 나무라듯이 물었다.

"일성아, 이학충이 이도강 방어선을 쳐부수고 어쩌고 하는 말은 다 네가 가르쳐준 것 아니냐?"

"아저씨, 이학충 주임 말에 일리가 없는 것은 아닙니다."

당시 서른네 살이었던 윤창범은 혁명군 내 조선인 지휘관들 가운데 가장 연상이었다. 김성주 또래의 조선인 간부들은 대부분 윤창범을 '삼촌' 아니면 '아저씨'라고 불렀다.

"하긴 태문천을 불러올 수만 있다면 한번 싸워볼 만도 하다."

"제가 직접 가보겠습니다. 반드시 불러오겠습니다."

김성주는 윤창범의 말을 빌려 타고 다시 태문천에게 달려갔다.

"태 사령관님, 일만군 한 대대 병력이 지금 이도강 쪽으로 이동하면서 태 사령관의 구국군을 포위하려고 합니다. 알고 있습니까?"

"우리도 놈들이 나타났다는 소식은 들었다. 그런데 그놈들이 우리를 포위하려 한다는 근거는 무엇인가? 내가 보기에는 오히려 대전자가 쪽을 지키러 가는 것으로 보이는데 말이야."

"사실은 그렇습니다. 태 사령관 부대가 이번 대전자가전투에 참가하는 것을 가로막으려는 것 같습니다. 그래서 우리 이학충 주임은 이도강에서 이놈들을 먼저 격퇴해버리자고 태 사령관님께 전하라고 했습니다."

하지만 꾀가 많은 태문천은 김성주에게 권했다.

"그렇다면 좋네. 가서 전하게. 자네들 혁명군에서 먼저 선수를 치게. 전투가 벌어지면 혁명군이 정면에 서고 우리는 배후가 되겠네."

"그렇지 않습니다. 이번 전투는 정면과 배후가 따로 없습니다. 다 같이 정면이고 다 같이 배후입니다. 동시에 양쪽에서 협공해야 합니다."

태문천이 들으려고 하지 않자 김성주는 다시 말했다.

"태 사령관님, 제가 비록 나이는 어리지만 벌써 몇 년째 일본군과 싸워오고 있습니다. 제 경험에 의하면, 일만군이 혼성부대를 이루어 작전할 때는 왜놈들은 언제나 만주군을 앞세우는 경향이 있습니다. 왜놈들은 뒤에 섭니다. 때문에 태 사령관님이 배후를 담당한다면 태 사령관님 쪽에서 왜놈들 쪽을 감당하시겠다는 말인데, 진짜로 그렇게 하시렵니까?"

"어차피 내가 먼저 불질해도 결국 왜놈들과 맞붙는 게 아닌가?"

"제가 100% 장담합니다. 만약 태 사령관님께서 먼저 공격하면 왜놈들은 반드시 만주군을 앞세워 반격할 것입니다."

태문천은 응낙하고야 말았다.

"알겠네. 자네가 이처럼 장담하니 한번 믿어보겠네."

이렇게 되어 태문천 쪽에서 먼저 이도강으로 병력을 이동하면서 안도현성에

본부를 둔 만주군 제7여단 산하 제10연대와 전투가 벌어졌다. 그러나 김성주가 장담했던 상황은 발생하지 않았다. 일본군은 대전자가 쪽으로 이동하는 일이 급했기 때문에 앞에서 이동 중인 만주군 주력을 돌려세우려 하지 않았다.

일본군 한 중대를 데리고 배후에 섰던 만주군 제10연대 일본인 군사고문 이시카와 다카요시(石川隆吉) 소좌는 일본군 육군사관학교 제23기 졸업생으로 굉장히 싸움을 잘하는 군인 중 하나였다. 이때 쉰여 살에 가까웠던 이시카와 다카요시는 일찍 관동군 제2사단 산하 15여단 16연대에서 복무한 적이 있었는데, 만주에서 많은 전투를 치렀으나 생각 밖으로 별로 진급하지 못했다. 일본군에서 그의 최후 직위는 제16연대 소좌 부관에 불과했다.

1933년 제2사단이 만주를 떠나 일본으로 돌아갈 때 이시카와는 퇴역 비준을 받았지만, 전투 경험이 많아 다시 만주군에 채용되었고 대좌 군사직함까지 받았다. 때문에 이때의 이시카와는 이미 퇴역한 전 일본군 소좌 출신 군인일 뿐이고, 정확히는 만주군의 일본인 대좌로 봐야 한다. 2년 뒤인 1936년 10월 10일, 이시카와는 안도현 남부 동청구(東淸溝)에서 안봉학이 이끈 항일연군 제4사(사단)의 습격으로 죽었는데, 오늘까지도 역사상에서 항일연군이 처음 일본군 장성을 사살한 것으로 과장해서 소개되고 있다. 정확히 말하면 일본군 장성이 아니고 만주군의 일본인 대좌이거나 일본군 출신 만주군 대좌라고 해야 한다.

이시카와는 이도강 기슭에서 한 중대의 일본군 병력으로 태문천의 구국군 한 대대를 격파했는데, 다행히도 윤창범의 독립연대가 배후에서 만주군 제10연대를 공격하여 전세를 돌려놓아 태문천은 가까스로 살아날 수 있었다. 문제는 태문천의 구국군이 모조리 달아나 버리자 수세에 몰려 있던 만주군이 일본군과 합세하여 다시 반격해오는 바람에 독립연대의 상황이 어려워진 것이었다. 이런 상황에서 왕덕태의 파견으로 급하게 달려온 중국인 간부 왕요중(王耀中, 항일열사)

이 윤창범에게 말했다.

"주 사단장과 왕 정위가 지금 몹시 화나 있습니다. 누구 결정으로 함부로 이런 전투를 벌였냐면서 만약 부대의 피해가 클 경우 연대장인 당신을 사형에 처하겠다는 말까지도 했습니다. 빨리 철수하여 대전자가 쪽으로 이동하십시오."

이미 전세가 역전되기 시작하여 혁명군 쪽에서도 사상자가 생겨나자 이학충도 철수에 동의했다.

"내가 내린 결정이 착오일 수도 있습니다. 책임을 회피하지는 않겠습니다. 그러니 연대장 동무는 아무 걱정 마시고 어서 주력부대를 철수시키십시오. 내가 엄호하겠습니다."

윤창범은 펄쩍 뛰다시피 했다.

"엄호를 담당할 부대는 얼마든지 있으니 무엇보다도 주임 동무부터 안전해야 합니다. 안 그러면 그때야말로 내가 처분을 면치 못합니다."

"연대장 동무는 내가 책임진다고 하지 않았습니까. 어서 명령에 따르십시오."

윤창범은 김성주에게 물었다.

"일성아, 이학충 주임 경호는 네가 책임지지 않았더냐. 이렇게 고집불통이니 어떻게 하면 좋겠느냐?"

김성주는 윤창범에게 대답했다.

"아저씨, 저한테 한 중대만 더 보태주십시오."

"네가 엄호하겠단 말이냐?"

"네, 제가 적들을 유인해보겠습니다. 대전자가 쪽으로 달아나는 척하다가 방향을 다른 데로 틀겠습니다. 그러면 적들은 나를 주력부대로 오해할 것입니다."

윤창범은 김성주 의견에 동의하고 두희검(杜希儉, 항일열사)이라는 중국인 간부에게 한 중대를 맡겨 김성주와 함께 뒤에서 엄호를 담당하게 했다. 주력부대가 몰래 진지를 물러나 철수하기 시작할 때 김성주는 행여나 적들이 눈치 채고 달려들까 봐 선제공격하여 적들의 기염을 확실하게 눌러버린 다음에야 조금씩 후퇴하기 시작했다. 두희검은 독립연대 제1중대 정치지도원으로 중대장이 전투 중 전사해 중대장직을 대리하고 있었는데, 김성주가 후퇴 방향을 대전자가 쪽으로 정하자 반발했다.

"김 정위, 당신 의중을 알 수가 없군요. 주력부대의 엄호를 담당하는 우리가 적을 다른 데로 끌고 달아나야지 왜 대전자가 쪽으로 철수하려 합니까?"

"그렇게 해야 적들이 우리를 주력부대로 알게 됩니다."

"아니, 그러면 적들을 아주 대전자가 쪽으로 끌고간다는 소립니까?"

두희검은 의심이 들어 자꾸 따지고 들었다.

"지도원 동무, 자세한 설명은 나중에 합시다. 엄호부대는 내가 책임지기로 하지 않았습니까. 지금은 일단 명령에 따르십시오."

김성주는 자세하게 설명할 수 없어 강경하게 말했으나 두희검은 버텼다.

"대전자가 쪽으로 후퇴하는 것은 안 되오."

김성주는 하는 수 없어 두희검 곁에 웅크리고 앉아 한참 설명했다.

"지도원 동무, 내 말을 들어보오. 우리가 주력부대가 아닌 걸 알면 적들이 어떻게 할 것 같소? 금방 우리를 내버려두고 주력부대 쪽으로 쫓아갈 것이오. 그러면 주력부대의 피해가 더 커지니 엄호하기 위해 남은 우리 임무는 사라집니다. 그러니 우리는 일단 대전자가 쪽으로 철수하는 척해야 합니다. 진지를 굳히고 앉아 반격하는 것만이 엄호가 아닙니다. 적들을 유인하여 이리저리로 끌고 다니는 것이야말로 더 좋은 엄호가 될 수 있습니다."

김성주가 이렇게까지 설명해도 두희검은 계속 우물쭈물했다. 그러는 사이에 이시카와가 진지 앞까지 와서 망원경을 들고 살피다가 깜짝 놀라 소리쳤다.

"주력부대가 다 달아났다. 빨리 추격하라."

일만군 100여 명이 동시에 공격해 올라왔다.

"지도원 동무, 빨리 철수하지 않으면 다 죽습니다. 철수하면서 동시에 싸워야 더욱 효과적으로 적을 견제할 수 있습니다."

김성주가 외쳤다. 하지만 두희검은 계속 뻗댔다.

"엄호부대로 남을 때는 죽을 것을 각오한 것 아니요?"

김성주는 더는 두희검에게 상관하지 않고 직접 두희검의 중대원들에게 대고 소리쳤다.

"바보처럼 진지에 뻗대고 앉아 죽음을 자초할 것이 아니라 싸우면서 동시에 철수해야 합니다. 우리보다 더 강한 적들과는 진지전을 할 것이 아니라 운동전을 해야 합니다. 모두 내 지휘에 따르시오."

두희검 중대에서 대원 10여 명이 일어나 김성주의 명령에 따랐다. 김성주는 더는 두희검을 상관하지 않고 철수 방향을 대전자가 쪽으로 잡고 전투하면서 동시에 후퇴하기 시작했다. 명령을 따르지 않고 뒤에 남아서 적들과 대치하던 두희검과 10여 명의 대원은 결국 일본군에게 생포되어 모조리 총검에 죽고 말았다.

이때 일만군은 김성주를 내버려두고 독립연대 주력부대가 철수하는 방향으로 쫓아갔다. 김성주가 엄호부대를 데리고 적을 유인하려던 전술이 실패한 것이었다. 하는 수 없어 윤창범은 다시 부대를 두 갈래로 나누어 자신이 직접 적을 유인하며 도망치고, 다른 부대는 이학충을 호위하여 다푸차이허 쪽으로 철수하게 했다.

윤창범이 이학충을 다푸차이허 쪽으로 철수시킨 것은 그쪽에 태문천의 구국군이 있어서 상대적으로 안전할 것으로 생각했기 때문이다. 하지만 태문천의 구국군은 이도강에서의 한 차례 전투에서 어찌나 놀랐던지 감히 나서려 하지 않았다. 이학충은 강증룡에게 말했다.

"소대장 동무, 아무래도 우리가 적들을 유인해야겠소."

"안 됩니다. 제 임무는 주임 동지를 보호하는 것입니다."

강증룡이 딱 잡아뗐으나 이학충은 강증룡을 설득했다.

"이대로 함께 있다가는 누구도 빠져나가지 못하오. 다 함께 죽을 수야 없지 않소. 그러면 소대장 동무가 적들을 유인하오."

이학충은 강증룡에게 엄호 임무를 맡겼으나 강증룡 소대가 적을 유인하여 내달리기도 전에 데리고 있던 대원들에게 적들을 향해 사격하게 했다. 그 바람에 적들의 주의가 모조리 이학충에게로 쏠리게 되었다. 이학충은 박녹금과 함께 다른 9명의 대원들을 이끌고 적을 유인하여 내뛰기 시작했다. 강증룡 소대가 여러 차례 이학충 쪽으로 접근하려 했으나 만주군이 물밀듯이 몰려들어오는 바람에 가까이 할 수가 없었다.

이학충 주변의 대원들이 하나둘 쓰러지기 시작했다. 결국 남자는 모조리 죽고 열아홉 살의 여대원 박녹금만 살아남아 다리에 총상을 당한 이학충을 등에 업고 산속을 내달렸다.

"박 동무, 그만하오. 어서 나를 내려놓소."

이학충은 박녹금을 말렸다. 그러나 박녹금은 들은 척도 하지 않고 계속 달렸다. 그렇게 10여 리 길을 뛰고 나서 지칠 대로 지친 박녹금도 이학충을 등에 업은 채 어느 산등성이까지 올라가다가다 그만 쓰러지고 말았다. 다리 총상을 미처 처치하지 못하여 피를 너무 많이 흘린 이학충은 희미해가는 의식을 가다듬으며 박녹금에게 부탁했다.

"나는 상관하지 말고 빨리 혼자 뛰오."

말을 마치고 나서 이학충은 의식을 잃어버렸다. 박녹금은 치맛자락을 찢어 이학충의 상처를 꽁꽁 싸맨 다음 나무 수풀을 긁어 이학충의 몸을 덮고는 다시 산 아래로 달려가면서 적들에게 총을 쏘아 자기 위치를 노출시켰다. 박녹금을 발견한 만주군이 다시 쫓아오기 시작하자 박녹금은 이학충을 숨겨놓은 수풀 반대방향으로 내달렸다. 혼자인 박녹금은 아까보다 훨씬 더 빠른 속도로 달렸다. 그는 달아나면서도 만주군이 따라오지 않을까 봐 문득 멈춰 서서는 보총을 조준하여 한두 방씩 반격했다. 박녹금을 뒤쫓던 만주군은 어찌나 약이 올랐던지 계속 10여 리를 쫓아왔으나 결국에는 제풀에 포기하고 말았다. 이 만주군은 다푸차이허 쪽으로 되돌아오는 길에 왕덕태가 이학충을 찾으라고 파견한 제2연대인 화룡연대에게 괴멸되었다.

왕청유격대 출신인 강증룡과 박녹금 부부가 김성주와 헤어져 제2연대로 전근한 것은 바로 이때 일이다. 그러나 얼마 후 박녹금은 임신하게 되어 전투부대를 떠나지 않을 수 없었다. 아이를 낳은 후 친정아버지에게 아이를 맡겨두고 다시 남편을 찾아 김성주 부대와 합류한 것은 2년 뒤인 1936년 봄 일이다.

때마침 김성주 수하에 여성대원들이 늘어나면서 여성중대를 조직하려던 참이었다. 박녹금이 찾아왔다는 소식을 들은 김성주는 얼마나 기뻤던지 달려 나가 맞이하였다. 그때 첫마디를 이렇게 내뱉었다.

"여성중대 중대장이 알아서 와주셨군요."

3. 체포와 석방

1934년 7월, 안도현 대전자가전투를 눈앞에 두고 이도강 기슭에서 크게 낭패를 본 독립연대 연대장 윤창범은 하마터면 처형까지 당할 뻔했다. 직접 제2연대를 데리고 그들을 마중 나왔던 사단장 주진은 윤창범에게서 이학충을 잃어버렸다는 말을 듣는 순간 사색이 되었다.

"형님, 큰일 났습니다. 나를 원망하지 마십시오."

너무 놀라 한참이나 말을 못 하던 주진이 겨우 내뱉은 소리였다. 주진과 윤창범은 사석에서 서로 형님동생 하는 사이었다. 윤창범이 주진보다 다섯 살이나 많았기 때문이다.

"백룡이(주진의 별명), 왕 정위가 설마하니 나를 죽이기까지야 하겠나?"

윤창범은 반신반의했으나 주진은 머리를 끄덕였다.

"지금은 형님 한 사람만 문제가 아닙니다. 아마 나도 도망 못 갈 겁니다."

"이도강전투는 바로 이학충이 고집을 부려서 그리 된 것일세. 나는 절대로 안 된다고 했지만 이학충을 데리고 왔던 일성이 그 자식까지 전투를 벌여볼 만하다고 바람질을 해 내가 끝까지 막아내지 못한 것일세."

윤창범이 변명하자 주진이 버럭 소리를 질렀다.

"그러게 말입니다. 이학충을 살려서 데려와야지 이렇게 잃어버렸으니 이게 다 형님 혼잣말이 되고 말았지 않았습니까."

주진은 제2연대 정치위원 김낙천을 시켜 곧바로 윤창범의 권총을 회수하고 독립사단 사부에 도착할 때는 왕덕태의 이목을 신경 쓰면서 윤창범 두 팔에 포승까지 지웠다.

"형님, 왕 정위가 묻더라도 방금처럼 이학충에게 덮어씌우는 말은 절대 하지 마십시오. 그게 더 좋지 않을 수 있습니다."

"어차피 처형당할 바에야 할 말은 다 하겠네."

윤창범은 고집을 부렸으나 정작 왕덕태를 만나면서는 주진이 권고대로 모든 책임을 떠안았다.

"다 제 불찰입니다. 어떤 처벌이라도 달게 받겠습니다."

윤창범이 고개를 푹 떨군 채로 그렇게 말하니 왕덕태도 한참 말이 없다가 가까스로 긴 한숨을 내쉬었다.

"행군 도중에 적들과 갑자기 조우전이 발생하면 얼마든지 있을 수 있는 일입니다. 이번 전투도 그 정도로 이해하면 넘어갈 수도 있습니다만, 정치부 주임을 잃었으니 큰일 아닙니까. 특위에다 어떻게 보고할 것입니까?"

왕덕태는 일단 윤창범의 포승을 풀어주고 독립연대 정치위원 주운광이 도착할 때까지 가두었다. 이때 주운광은 동북인민혁명군 제2군 독립사로 전근한 유한흥을 마중하기 위해 왕윤성과 함께 '동북차(東北杈)'라는 영안현성 남쪽 깊은 수림에 있던 시세영 여단의 밀영까지 갔다가 헛걸음하고 돌아오는 길이었다. 유한흥이 밀영에 거주하던 아내 장 씨와 이혼하고 밀영을 나와 버렸던 탓이었다.

이후 주운광이 8월 중순경, 유한흥과 함께 요영구에 도착하자 대흥왜에서 한창 군중동원대회를 조직하던 송일이 만사를 제쳐두고 정신없이 달려왔다. 별명이 '다브산즈'일 정도로 항상 입고 다니던 다브산즈가 너무 낡아서 너덜너덜해진 데다가 항상 정결하게 빗고 다니던 하이칼라 머리까지 다 헝클어진 송일의 모습은 그야말로 꼴불견이었다.

"비서장 동무, 큰일 났습니다."

"뭔 일로 이리도 경황이 없으십니까?"

"독립연대 연대장 윤창범이 지금 압송되어 와 있습니다."

윤창범을 압송한 사람은 그동안 동만특위로부터 화룡현위원회에 파견받고 내려가 조아범의 조수로 일하던 중국인 왕요중이었다. 혁명군이 결성되면서 조아범은 왕요중을 독립사 제2연대 조직간사로 내려보내 김낙천 등 조선인 정치간부들을 감시하고 있었다. 그런데 이학충이 실종되었을 때 제2연대 청년간사 김산호(金山浩)와 함께 산속에서 이학충을 찾아낸 사람이 바로 왕요중이었다.

　　"윤창범 연대장의 죄는 명령을 어기고 함부로 승산 없는 전투를 벌여 독립연대 주력부대가 제시간에 예정했던 장소에 도착할 수 없게 되어 대전자가 공격 시간을 지연시킨 것이라고 합니다. 또 전투에서 철수할 때도 제대로 군사를 조직하지 못해 이학충 주임을 사경에 빠뜨렸습니다. 그러나 이학충 주임을 안전하게 구했으니, 이 문제는 더는 논의하지 않아도 된다고 했습니다."

　　"더는 논의하지 않아도 된다는 말은 누구의 말입니까?"

　　독립연대 정치위원인 주운광은 자기 연대장을 함부로 면직시키고 압송해온 것에 불쾌한 마음이 들었다.

　　"이학충 주임의 말입니다."

　　"왕덕태 동지는 어떤 의견입니까?"

　　왕요중은 잠깐 머뭇거리다가 다시 대답했다.

　　"행군 도중에는 갑작스럽게 적들과 맞닥뜨려 조우전이 발생하는 일도 많으니 굳이 문제 삼지 않아도 된다고 했습니다."

　　"아니, 그러면 무슨 이유로 윤 연대장을 처벌한단 말입니까?"

　　주운광은 어리둥절하여 송일을 돌아보았다.

　　"문제는 김일성 동무입니다."

　　송일의 대답에 주운광과 유한흥 모두 놀라움을 감추지 않았다.

　　"그게 무슨 말씀입니까?"

왕요중이 대답했다.

"김 정위의 이 일과 관련해서는 공술을 작성하지 말고 그냥 구두로만 전하라고 했습니다. 전투해본 경험이 없는 이학충 주임에게 이도강에서 전투를 벌이자고 부추긴 사람이 김 정위인 것 같습니다. 전투 도중 엄호부대를 책임졌는데, 독립연대 제1중대 두희검 지도원이 철수를 반대했으나 김 정위가 듣지 않고 철수시키는 바람에 두 지도원은 진지에 남아 끝까지 싸우다가 적들의 총검에 살해되었습니다. 그런데 이 일과 관련해서도 왕덕태 동지는 김 정위가 적들을 유인하려 했던 것이니 결코 문제되지 않는다고 했습니다."

"지금 김 정위가 어디 있습니까?"

왕요중은 송일을 돌아보았고 송일은 한참 대답하지 않았다. 아무래도 눈치들이 심상찮아 보여 주운광은 송일에게 따지고 들었다.

"송일 동지, 왜 대답이 없습니까? 혹시 김 정위도 윤 연대장과 함께 압송되어 왔습니까?"

송일은 말없이 머리를 끄덕였다. 주운광은 유한흥과 마주보며 주고받았다.

"유 참모장, 보나마나 또 김일성 동무를 민생단으로 몰아가는 것이 틀림없나 봅니다."

"그 문제는 이미 왕덕태 동지도 약속했던 일이 아닙니까?"

유한흥이 하는 말을 엿듣던 송일이 물었다.

"주 동무, 왕덕태 동지가 무엇을 약속했습니까?"

"나자구전투 때 왕덕태 동지는 주보중 동지한테 다시는 김일성 동무를 민생단으로 의심하는 일이 없게 하겠다고 약속했습니다. 그런데 왜 이런 일이 또 발생했습니까? 불과 3개월도 되나 마나한 사이에 다시 김일성 동무를 잡아 가두다니 이게 말이 되는 소립니까?"

주운광이 몹시 화내니 송일이 급히 변명했다.

"이번 일은 부대에서 발생한 일이라 사실은 나도 자세하게는 모릅니다. 또 왕덕태 동지가 직접 김일성 동무에 대하여 함부로 공술을 작성하는 일이 있으면 안 된다고 지시를 내려 민생단숙청위원회에서도 누구도 김일성 동무를 심사하는 일은 없었습니다."

"그렇다면 좋습니다. 지금 당장 김일성 동무를 내놓으시오."

유한흥이 김성주와 만나려 하자 주운광은 즉시 송일에게 요청했다. 그러잖아도 송일은 왕청현 1구위원회 연락원에게서 주운광이 요영구에 도착했다는 말을 듣고 부리나케 사람을 보내 민생단감옥에 가두었던 김성주를 꺼내 현위원회 '유동객잔소'로 옮겨놓았다. 부탁받았던 연락원이 일을 마무리하고 돌아와 시키는 대로 했노라고 슬쩍 신호를 보냈다. 그러자 송일은 주운광과 유한흥을 왕청현위원회 유동객잔소로 안내했다.

김성주는 유동객잔소 뒤 외따로 떨어진 귀틀집에 감금되었고, 문어귀에서 보초가 지키고 있었다. 원래 근거지 독신자 합숙소였던 유동객잔소는 1933년 겨울 제2차 대토벌 때 마촌에서 요영구로 옮겨왔으나 독신자들이 뿔뿔이 흩어져 빈 방이 많았다. 그리하여 유동객잔소는 유격대 병실로도 사용되었는데, 나자구전투 때 중상을 당하고 하마터면 창자가 흘러나올 뻔했던 중대장 한흥권과 김성주의 전령병 조왈남도 여기 묵고 있었다. 한편 귀틀집 문어귀에서 지키던 보초병은 송일 등이 올라오는 것을 보고 정신없이 병실 쪽으로 뛰어가면서 소리쳤다.

"김 정위 동지, 빨리 나오십시오. 현위원회 사람들이 옵니다."

거동이 불편한 조왈남을 목욕시켜주고 있었던 김성주는 보초병이 갑작스럽게 달려와서 소리치는 바람에 두 손에 물수건을 든 채로 병실에서 나오다가 송일 등과 마주쳤다. 송일은 평소 차갑고 냉랭하기 이를 데 없던 얼굴에 잔뜩 미소를 띠고 김성주에게 먼저 말을 건넸다.

"아, 환자를 돌보고 있었소?"

김성주는 송일의 표정이 백팔십도 바뀌었을 뿐만 아니라 주운광과 유한흥이 함께 나타난 것을 보고 반갑기도 하고 한편으론 서럽고 억울했던 마음을 하소연할 데가 생겼다는 심정에서 하마터면 눈물까지 쏟을 뻔했다. 그러는 김성주의 손을 잡고 유한흥이 연신 위로했다.

"성주, 잘 싸우고도 뭘 그러오. 이미 왕 동무한테서 자세하게 들었소. 유인하는 방법으로 주력부대를 엄호하려 했던 성주에게는 아무 잘못이 없소. 잘못은 명령에 따르지 않았던 두 씨라는 그 지도원에게 있소. 이미 그 지도원이 희생되었다니 문제삼을 필요가 없지만, 만약 그때 내가 성주였다면 어떻게 처리했을 것 같소?"

유한흥은 머리를 돌려 윤창범과 김성주를 왕청까지 압송한 왕요중에게도 들으라는 듯이 말했다.

"우리 혁명군은 지금 정규군대로 변했으며 과거 유격대 시절과는 다릅니다. 군인의 천직은 명령에 복종하는 것입니다. 당장 적들이 눈앞까지 들이닥쳐 엄호부대를 총책임진 지휘관이 유인하는 방법으로 적들을 다른 방향으로 끌고 가려는데, 두 지도원은 불복하고 뻗대고 앉아 적들과 계속 싸워보겠다고 시간을 끌었다고 합니다. 만약 왕 동무라면 어떻게 처리했겠습니까?"

유한흥은 이렇게 질문을 던지고는 스스로 대답했다.

"나는 다음과 같이 결정합니다. 제1차 경고를 하고 불복하면 제2차 경고가 없습니다. 바로 즉결 총살해야 합니다."

송일은 덤덤히 입을 다물고 있었고, 왕요중은 한참 뒤에야 동의한다는 듯 머리를 끄떡였다.

"그래서 왕덕태 동지도 문제 삼지 말라고 했던 것 같습니다."

김성주는 유한흥과 주운광에게 부탁했다.

"독립연대가 이도강전투에서 피해 본 것은 전부 윤 연대장 책임으로 돌릴 수 없습니다."

김성주는 윤창범을 구하고 싶었으나 윤창범은 이미 이도강전투의 피해를 모조리 자기 책임으로 떠안아버린 뒤였다. 그러나 이 전투를 종용했던 사람은 윤창범보다 직급이 훨씬 높은 이학충이었고, 이를 지지하고 나서면서 태문천의 구국군에도 연락했던 사람은 바로 김성주 자신이었다. 즉, 주범이 이학충이라면 김성주는 종범이었던 셈이다.

이학충은 박녹금 덕분에 살아 돌아온 뒤 이 전투를 밀어붙인 사람이 바로 자기였노라고 솔직하게 고백했으나 왕덕태는 윤창범을 용서하려 하지 않았다. 독립사 기간부대인 독립연대의 피해가 너무 컸기 때문이다.

"그러나 독립연대 전투 활동은 연대장인 당신에게 최후의 결정권이 있잖소? 당신이 끝까지 거절하는 것이 도리 아니오? 처음에는 굳건하게 반대하다가 왜 중간에 갑자기 마음이 바뀌어 전투하는 쪽으로 돌아섰느냐 말이오?"

주진이 윤창범을 구하려고 나섰다.

"김일성 정위가 갑자기 나서서 이 전투가 해볼 만하다며 직접 태 사령관 부대에도 다녀왔다고 합니다."

하지만 윤창범은 딱 잡아뗐다.

"아닙니다, 결코 그런 일은 없었습니다."

윤창범은 주진에게 몰래 말했다.

"이보게 백룡이, 다 내 불찰일세. 나 한 사람만 책벌 받으면 되지 어린 동생 같은 일성이까지 끌어들여 다치게 하고 싶지는 않네."

주진은 땅이 꺼지게 한숨을 내쉬고 더는 입을 열지 않았다. 민생단숙청위원회에서는 윤창범에게 온갖 혹형까지 가해가면서 김성주에게 불리한 공술을 받아내려고 유도했으나 윤창범은 끝까지 잡아뗐다. 나중에 왕요중은 윤창범과 단둘이 마주앉아 다음과 같은 거래를 진행했다.

"그렇다면 좋습니다. 김일성 동무와 관련한 일은 저희도 더는 문제 삼지 않겠습니다. 그러니 윤 연대장도 한 가지만 약속해주십시오."

"무엇을 약속하라는 것이오?"

"윤 연대장이 이도강에서 전투하자고 주장했을 때 이학충 주임이 반대한 것 맞지요? 그런데도 윤 연대장이 끝까지 주장해서 이 전투를 벌였다고 솔직하게 인정하면 윤 연대장이 처형당하는 일은 결코 없도록 약속하겠습니다."

윤창범이 한참 대답하지 없자 왕요중은 다시 자세하게 설명했다.

"윤 연대장이 방금 제가 말한 대로 우리 조사에 협력하고 자기 과오를 인정한다면 그냥 평대원으로 강등하는 선에서 처벌을 마무리하겠습니다. 이것은 조아범 동지가 직접 약속했습니다."

왕요중이 조아범 이름까지 들고 나오자 윤창범은 마침내 머리를 끄덕이고 말았다. 왕요중의 말을 믿지 않을 수 없었다. 왕요중은 조아범의 심복이었고, 직접 조아범이 독립사 제4연대 조직과장으로 파견해 조선인 정치위원 김낙천을 감독하던 중국인 간부였기 때문이었다.

4. 윤창범의 도주

1933년 3월 동장영 사후, '돼지몰이' 출신 왕중산이 임시로 동만특위 서기직 (대리)에 오른 것은 오로지 *그가* 중국인이었기 때문이었다. 종자운뿐만 아니라 위증민까지도 직접 만주성위원회에 올려 보낸 보고서에서 왕중산을 이렇게 평가했다.

"항일민족혁명에 매우 충실한 사람인 것만은 의심할 바 없지만 문맹으로서 그 자질과 정치 수준으로 말하면, 동만 항일혁명의 제1책임자인 특위서기로는 자격미달이거나 매우 불합당한 사람이라 하지 않을 수 없다."

사실 제일 큰 문제는 그의 기억력이었다.

1934년 10월, 대전자공작위원회 서기인 종자운은 왕윤성과 함께 파괴된 나자구 지방 당 조직을 다시 개편하는 일을 진행했다. 종자운과 만나러 온 왕중산은 종자운이 직접 작성하던 만주성위원회에 바치는 보고서 초고를 억지로 읽어내려 가다가 '인민혁명군은 내부에 존재하는 일부 민생단(화룡, 안도, 훈춘)을 제외하고는 매우 공고하다.'는 대목에서 문득 얼굴을 쳐들고 뜬금없이 이런 말을 내뱉었다.

"참, 샤오중 동무는 얼마 전 김일성이 민생단감옥에서 보초병을 때려눕히고 적구로 도주한 것을 모르겠구먼."

종자운과 왕윤성은 어리둥절하여 한참 아무 말도 못 했다.

"지금 무슨 말 하는 겁니까?"

왕윤성이 가까스로 한마디 묻자 왕중산은 열을 올렸다.

"샤오중 동무가 이 보고서에 '인민혁명군은 매우 공고하다.'라고 한 것 말이오. 나는 그게 무엇을 근거로 하는 말인지 모르겠소. 얼마나 많은 문제가 있는지 동무들은 그래 아직도 모른단 말이오?"

"근데 그게 김일성 동무와 무슨 관계가 있습니까? 그리고 김일성 동무가 보초병을 때려눕히고 적구로 도주했다는 것은 또 무슨 말입니까?"

종자운이 묻는 말에 왕중산 쪽에서 도리어 어리둥절해했다.

"내가 방금 김일성이라고 그랬소?"

"네, 방금 김일성이라고 했습니다. 김일성이 민생단감옥에서 보초병을 때려눕히고 적구로 도주했다고 그랬습니다."

왕중산은 그제야 철썩 하고 자기 무릎을 때렸다.

"아이고, 내 기억 봐라. 도주한 것은 김일성이 아니라 윤창범이지."

그러나 왕중산은 다시 심각한 표정으로 돌아왔다.

"윤창범이가 민생단숙청위원회에서 심사받을 때 끝까지 김일성을 싸고돌았소. 그때도 윤창범이 수상하다고 주장한 사람들이 있었소. 그런데 이번엔 보초병까지 때려눕히고 총까지 강탈해 적구로 도망쳐버렸소. 아직 증거는 확실하지 않지만, 지금 와서 보면 윤창범이 혁명군에 박아두려 했던 민생단 첩자가 바로 김일성 아닌가 의심하는 것도 결코 근거 없는 낭설은 아니잖소."

왕중산의 말에 왕윤성은 참지 못하고 바로 반박했다.

"참, 왕 서기 동지는 그게 문제입니다. 방금도 아직 증거는 확실하지 않다고 하지 않았습니까? 그런데 또 근거 없는 낭설은 아니라니요? 그럼 근거가 있다는 소리인데 근거가 무엇입니까? 윤창범한테 받아낸 공술이라도 있습니까?"

"아, 이건 내 말이 아니라 송일 동무의 견해요. 바로 그 동무가 그렇게 문제 제기하고 있소. 나뿐만 아니라 이상묵 동무도 같은 견해요. 나는 다만 샤오중 동무의 견해를 한번 듣고 싶어서 말을 꺼냈다오."

"그렇다면 좋습니다. 왕 정위와 주운광 동무도 모두 같은 견해입니까?"

왕윤성은 김성주를 독립사 제3연대 정치위원으로 임명한 왕덕태와 주운광 이름을 꺼내들었다. 왕윤성이 김성주를 무조건 싸고도는 걸 잘 아는 왕중산은 자못 심각한 표정으로 대답했다.

"그분들 견해는 아직 모르지만 이런 문제가 다시 제기되는 건 이미 알 것이오. 조만간 혁명군을 다시 편성할 텐데, 그때 동만 전체 당·단 및 군정간부 연석 확대회의가 열릴 것이오. 이 회의에서 아마 모든 문제가 밝혀질 것으로 믿소. 그 이전에 윤창범 도주사건 같은 게 재발하는 일이 없게 해야 하오. 만에 하나라도 그런 일이 생기면 샤오중 동무도 함께 곤란해질 것이오."

왕중산은 동장영 못지않게 민생단 문제에 열성인 종자운 입을 빌어 왕윤성을 설득할 생각이었다. 그런데 종자운 입에서 왕중산으로서는 도저히 예상치 못했던 대답이 나왔다.

"김 정위는 하늘이 두 조각이 나도 결코 '제2의 윤창범'이 될 사람이 아닙니다. 김 정위에 대해서는 저도 마영 동지와 함께 보증합니다."

종자운까지 이렇게 나오자 왕중산은 입을 다물어버리지 않을 수 없었다.

원래 왕덕태와 아주 친한 왕중산은 나자구전투 이후 왕덕태뿐만 아니라 주운광까지도 김성주 편을 드는 걸 모르지 않았다. 새로 독립사 정치부 주임이 된 이학충과 장차 재편성될 동북인민혁명군 제2군 군참모장으로 내정된 유한흥까지도 모두 김성주를 좋아하는 걸 알게 되었다. 이럴 때 민생단감옥에 갇혀 있던 윤창범이 갑자기 도주해버리는 사건이 발생한 것이었다.

윤창범이 민생단감옥에서 탈출한 것은 왕요중이 이도강전투 책임을 혼자 떠안으면 그냥 평대원으로 강등하는 선에서 처분하겠다고 한 약속을 지키지 않았기 때문이다. 그때 윤창범과 한 감방에 감금되어 있던 민생단 혐의자들이 10여 명 남짓이었는데, 매일 한두 명씩 시도 때도 없이 끌려 나가서는 다시 돌아오지 않았다. 처형당한 것이다. 나중에 빈 감방에 혼자 남게 되었을 때에야 윤창범은 소스라치도록 놀랐다.

"이번에야말로 내 차례로구나."

윤창범은 보초병을 창문가로 불러 물었다.

"나는 언제 끌어내 죽이는가?"

보초병은 너무 당황하여 어찌해야 좋을지 몰랐다. 독립군 출신 독립연대 연대장 윤창범이라 하면 혁명군 조선인 대원들 속에서 너무 유명했기 때문이다. 독립사 사단장 주진 다음가는 두 번째로 높은 조선인 군사간부였기 때문이기도 하지만 주진까지도 사석에서는 윤창범을 형님이라고 부른다는 소문이 독립사 내 조선인 대원들 속에 널리 알려져 있었다.

"이봐, 난 말이야. 아무리 생각해도 이대로 앉아서 허무하게 개죽음당할 수 없네. 그렇다고 지금 당장 억울한 마음을 호소할 수도 없고 말이야. 그러니 난 일단 떠나야겠네."

보초병은 총을 겨누며 떨리는 목소리로 물었다.

"떠나겠다고요? 도망치겠다는 겁니까?"

"일단 어디 가서 피신해 있다가 나중에 기회가 생길 때 돌아와서 내 억울함을 호소할 생각이네. 그러니 나를 막지 말게."

"이대로 달아나면 저만 처분당할 것 아닙니까!"

"그러니까 동무는 지금 빨리 소대장한테 달려가서 내가 도망칠 것 같다고 일러바치오. 그러면 소대장이 와서 나를 묶으려 할 것이오. 그때 내가 포승을 끊고 창문을 부수며 달아날 것이니 동무가 의심받지는 않을 것이오."

아닌 게 아니라, 잠시 후 소대장이 대원 하나를 더 데리고 감방으로 와 윤창범의 두 팔과 두 발을 꽁꽁 묶었다. 북한노동당 조직부장을 지낸 김경석(金京石)

은 이렇게 회고한다.

"원래 연길감옥 쇠살창을 맨손으로 잡아 뽑고 탈옥한 장사였으니, 그까짓 포승 따위
는 문제도 안 되었다. 한 번 힘을 써서 포승을 끊은 다음 자기를 지키고 있던 보초병
총을 빼앗아 쥐었다."[120]

윤창범이 보초병의 총을 빼앗은 것은 혹시 보초병이 뒤에서 총을 쏠까 걱정
되었기 때문이다. 그래서 이런 말까지 남겼다.

"보초병 동무, 너무 겁내지 마오. 나는 죄 없는 동무를 해치지는 않을 것이오.
그러나 이 총을 동무에게 주면 나를 쏠 것이 분명하니 가지고 가다가 저기 보이
는 길가 나무에 걸어두겠소. 나중에 와서 찾아가오."

윤창범은 그길로 삼도만에 주둔한 마적 '장강호' 부대로 달려갔다. 일찍 왕덕
태와 함께 장강호 부대에 잠복하여 총 20여 자루를 훔친 적이 있어 장강호는 윤
창범이라면 이를 갈았다. 그러나 나중에 장강호가 일본군 토벌대에 쫓겨 다닐
때 윤창범이 연길현유격대를 이끌고 달려와 여러 번이나 그를 위기에서 구해주
었다. 그리하여 오히려 장강호 쪽에서 은근히 윤창범에게 고마워하던 중이었다.
윤창범이 찾아오자 장강호는 첫마디부터 불쑥 이렇게 물었다.

"혹시 윤 연대장까지도 민생단으로 몰린 게 아니오?"

"잠깐 오해가 생겼을 뿐입니다. 해명될 때까지 좀 묵게 해주십시오."

윤창범이 이렇게 사정하니 장강호가 선선히 응낙했다.

"우리 사이에 있었던 일들은 다 묵과되었으니 오늘부터 바로 다시 시작합세.

---

120 김경석, "혁명의 위기를 한 몸으로 막으시여", 『항일빨치산 참가자들의 회상기』, 제16권.

혁명군을 떠나 정식으로 우리한테로 넘어오시게."

"내가 아무 죄도 없이 억울하게 당한 것이 분해서 이대로는 떠날 수가 없습니다. 언젠가는 다시 찾아가서 한번 따져볼 생각입니다."

윤창범의 대답에 장강호는 코웃음을 쳤다.

"자네 아직도 제정신이 안 들었군. 죽지 않고 살아난 것만도 다행으로 알고 이참에 공산당과는 확실하게 손을 씻게. 우리도 좀 얻어들은 소식이 있네. 공산당이 지금 자네들 조선인 간부를 모조리 일본 첩자로 의심하고, 일단 의심받으면 살아남지 못한다고 하던데 어떻게 다시 찾아가 따진단 말인가? 혁명군에서 연대장까지 했으니 우리한테 가담하면 부대장 한 자리 정도는 주겠네. 당장 대답하지 않아도 되네. 우리 산채에서 쉬면서 잘 생각해보게."

그 말에 윤창범은 땅이 꺼지게 한숨을 내쉬고 부득불 장강호 산채에 남기로 했다.

5. 노송령

윤창범의 탈출로 동만특위는 일대 비상이 걸렸다. 이때 동만특위는 스물한 살밖에 되지 않았던 새파랗게 젊은 청년간부 종자운의 세상이 되고 말았다. 1913년생으로 김성주보다 한 살 어렸던 종자운은 김성주 회고록에서 '쇼중(小鐘, 이 책에서는 샤오중)'이라 불린다.

두 사람은 친했을까? 어디에도 친했다는 기록이 없다. 그러나 종자운의 손에서 조선인 중국공산당원들이 민생단으로 몰려 수없이 처형당할 때도 김성주가 살아날 수 있었던 것에 대해 왕윤성은 생전에 가까운 지인들한테 이런 회고담을 남겼다.

"그때 중국인보다는 같은 조선인인 송일이 유별나게 김일성을 잡으려고 애썼다. 송일
은 동만특위 조선인 간부들 가운데 조직부장 이상묵 다음으로 직위가 높았다. 민생
단숙청위원회도 그가 틀어쥐고 있었다. 송일 전에도 역시 조선인 김성도가 민생단숙
청위원회 사업을 책임졌는데, 이 두 사람 눈에 김일성은 줄곧 문제 있는 사람으로 비
쳤다. 하여튼 왕청에서 무슨 문제가 발생하면 꼭 김일성이 끌려 들어왔다.
내가 왕청현위원회 선전부장으로 있을 때 민생단으로 몰렸던 김일성은 처형당하기 직
전까지 갔던 적이 한두 번이 아니었다. 내가 수분하 대전자 판사처 주임으로 파견되었
을 때 '쇼중(샤오중)'이 나자구 공작위원회 서기로 왔는데, 그때 윤창범 탈출 사건이 발
생했다."[121]

윤창범이 독립연대 연대장에서 제명당하자 원 독립사 제2연대 정치위원 김
낙천이 임시로 독립연대 연대장 대리에 임명되고, 김낙천의 정치위원직은 화룡
현위원회 서기였던 조아범이 직접 겸직했다. 하지만 실제로 정치위원 일을 한
것은 조아범의 부하 왕요중이었고, 왕요중이 원래 맡았던 제2연대 조직간사직
은 왕요중과 친했던 조선인 김산호가 이어받았다.

한편 10월에는 정식으로 항일연합군(抗日聯合軍)이 형성되어 총지휘에는 왕덕
태, 부총지휘에는 구국군 사령관 태문천과 독립연대 정치위원 주운광이 각각 부
임하고 참모장에는 유한흥이 임명되었다. 독립사 사단장 주진의 이름은 어디에
도 없었다. 이때부터 주진의 영향력이 급격하게 위축된 것은 결코 윤창범의 탈

---

121 취재, 이경백(李慶柏) 중국인, 교하탄광 이퇴직 간부, 왕윤성의 지인, 취재지 돈화, 1983.

출과 뗄 수 없다.

주진과 윤창범이 서로 형님동생 하는 사이임은 혁명군 내에서 널리 알려진 사실이지만 실제로 윤창범과 왕덕태 사이도 이만저만 가깝지 않았다. 그러나 윤창범이 민생단감옥에서 탈출했을 뿐만 아니라 보초병 총까지 빼앗아 달아났다는 소식에 왕덕태뿐만 아니라 김성주에게서 윤창범을 꼭 살려달라고 부탁받았던 주운광이나 유한흥까지도 모두 입을 열 수가 없었다.

이야기는 윤창범이 옥에 갇힌 후 막 풀려난 김성주에게로 다시 돌아간다.

사실 윤창범의 억울함은 누구보다도 김성주가 잘 알고 있었다. 때문에 오늘의 북한 혁명열사릉에는 윤창범 동상도 혁명군 독립사에서 함께 활동한 차룡덕, 박동근, 한흥권 동상과 함께 서 있다. 윤창범 탈출로 제일 먼저 연루된 사람 역시 김성주였다. 그러나 마침 요영구에 도착한 주운광과 유한흥 덕분에 김성주는 민생단감옥에서 풀려나왔고 송일은 그를 나자구에 파견하여 종자운을 돕게 했다. 이에 앞서 김성주의 옛 대대장 양성룡까지도 평대원으로 강등당한 뒤 왕청현위원회에서 조직한 식량공작대에 편입되어 도처로 뛰어다니면서 쌀과 소금 등 근거지 백성이 먹고 살 보급품 조달에 바쁘게 보내고 있었다.

그는 혼자 말 두 필을 몰고 조선 온성까지 가서 소금을 구한 뒤 나자구로 싣고 가서 쌀과 바꿔 근거지로 돌아오기도 했다. 그러나 이 정도로는 어림도 없었다. 근거지 백성들은 입에 풀칠하기도 어려웠다. 가장 좋은 방법은 적들에게 직접 빼앗는 것밖에 없었다. 이렇게 되어 김성주가 나자구로 파견될 때 근거지에 남아 있던 3연대의 두 중대를 모두 데리고 떠나게 되었는데, 한흥권도 상처가 회복되어 김성주와 동행했다.

11월에 접어들면서 나자구 주변 산림작업소들이 계속 혁명군에게 습격당했다. 작업소를 지키던 만주군들과 자위단, 경찰서의 거점들이 모두 날아갔다. 모두 김성주의 인솔 하에 진행된 습격이었다. 전투 규모는 크지 않았지만, 그들이 여기저기에서 일으킨 소란은 결코 만만치 않았다.

오늘의 길림성과 흑룡강성 접경지에 있었던 노송령(老松嶺)목재소는 규모가 아주 컸다. 이 목재소를 습격하기 위해 종자운은 대전자공작위원회 소속 일꾼들까지 직접 파견하여 목재소에 잠복시키기도 했다. 이 목재소 습격전투에는 종자운도 김성주와 함께 동행했다. 김성주가 조직했던 기습전이 성공하지 않은 것이 없었기 때문에 종자운은 김성주가 싸우는 법이 못내 궁금했고 또 호기심도 동했다.

노송령목재소 습격전투에서는 미리 목재소에 들어가 잠복했던 대전자공작위원회 일꾼들의 도움이 컸다. 그들이 목재소를 지키던 경찰대 보초소와 숙소 위치를 낱낱이 그려서 알려주었기 때문이다. 김성주는 이 정보를 아주 유용하게 써먹었다. 먼저 한 소대 습격조를 목재소 벌목공으로 위장시켜 작업장 안에 들여보내 그들이 경찰대 숙소에 불을 지르게 했다. 동시에 각 보초소들을 습격해 모두 점령하고 목재소 노동자들을 작업장 한복판으로 불러냈다.

"종 서기 동무, 목재소 노동자들에게 연설 한마디 해주십시오."

종자운은 처음 경험하는 일이었다.

"김 정위, 너무 흥분되어 당장 무슨 말을 해야 할지 잘 떠오르지 않습니다. 좀 가르쳐주십시오."

김성주가 소곤소곤 일러주었다.

"전리품이 너무 많아서 우리 힘으로는 다 들고 가기 어렵습니다. 벌목공들에게 도움을 요청합시다. 만약 우리 혁명군에 참가하기 원하면 환영하고, 참가하지 않아도 수고한 만큼 돈을 주면 됩니다."

"아, 그동안 항상 이렇게 해왔소?"

종자운은 반색했다. 가뜩이나 전투의 승리에 한껏 고무된 종자운은 김성주가 하는 말을 듣고 감탄하여 마지않았다.

"김 정위, 마영 동지가 왜 그렇게나 김 정위를 칭찬하는지 이제야 완전히 알게 되었습니다."

종자운은 김성주가 가르쳐준 대로 노송령목재소 벌목공들을 상대로 한바탕 연설했다. 연설이 끝나기 바쁘게 직접 혁명군에 입대하겠다고 나선 젊은이들이 여럿이 생겼다. 그 외에도 대부분 벌목공은 돈을 준다니 자진하여 전리품을 나르겠다고 나섰다. 노송령에서 오늘의 춘양진 대흥촌(春陽鎭 大興村)으로 돌아오는 길에도 군량을 싣고 가는 일본군 수송차량 두 대와 만나 한바탕 전투가 벌어졌다. 이 수송차량에는 일본군 두 소대가 타고 있었다.

김성주가 데리고 다녔던 제4, 5중대는 대단히 싸움을 잘하는 중대였으나 일본군 정규군 소대 2개를 궤멸시키기에는 힘에 부쳤다. 전투가 3시간 넘게 이어질 때 마침 송일과 함께 대흥왜에 와 있었던 3연대 연대장 조춘학이 연락을 받고 기동중대를 데리고 달려와 응원했다.

오후 3시경부터 시작된 전투는 저녁 무렵에야 끝났다. 일본군 10여 명이 사살되고 나머지는 모두 도주했다. 수송차량은 불에 탔으나 차에 실려 있던 군량들은 모두 건졌다. 노송령목재소에서 노획한 전리품과 수송차량에서 노획한 군량들을 합치니 100여 포대도 훨씬 넘었다. 그러나 불행하게도 이 전투에서 연대장 조춘학이 총상을 당해 두 다리가 부러졌고 4중대 정치지도원 황동평도 전사했다. 전리품은 대흥왜 유격근거지와 비교적 가까이 있었던 오늘의 대흥촌 동구(東溝) 산골에 가져다가 숨겨두었다.

김성주가 자정 무렵에야 일을 마무리하고 동구의 한 농가 방을 빌려 잠깐 눈을 붙이려는데, 한흥권이 원영숙(元英淑, 항일열사)이라는 식량공작대 한 여대원을 데리고 불쑥 나타났다. 원영숙은 한흥권의 친구 원진(元進, 항일열사)의 여동생이었다. 원진이 그해 5월에 왕청현 쌍하(双河)에서 토벌대에게 붙잡혀 살해된 뒤 원영숙은 혁명군에 입대하려고 요영구 유격대병원에서 치료받고 있던 한흥권을 여러 번 찾아왔다. 한흥권은 잔뜩 화가 난 얼굴로 김성주에게 말했다.

"영숙이가 그러는데, 방금 식량공작대 회의실에서 송일 서기가 민생단숙청위원회 사람들한테 직접 지시내리는 걸 엿들었다고 합니다."

김성주는 어리둥절하여 원영숙을 바라보았다.

"영숙 동무, 무슨 지시이기에 이리도 긴장합니까?"

원영숙은 너무 당황하여 한흥권 얼굴만 쳐다보면서 어떻게 대답했으면 좋을지 몰라 했다. 그냥 한흥권에게만 알려주고 돌아가려 했는데, 한흥권이 군이 김성주 앞으로 데리고 왔기 때문이었다.

"나도 방금 영숙이한테 들은 소린데, 민생단감옥에 갇혀 있던 윤 연대장이 보초병 총까지 빼앗아 적구로 도주했다고 합니다."

김성주에게는 청천벽력 같은 소식이었다.

"한흥권 동무, 도저히 믿을 수가 없습니다."

"믿고 안 믿고가 어디 있습니까. 이번만큼은 나도 결코 가만있지 않겠습니다. 민생단숙청위원회 사람들이 지금 김 정위를 체포하려고 방금 동구에 도착했다고 하니, 조금 있으면 여기까지 찾아올 것입니다. 송일 서기가 1중대장을 불러 김 정위를 체포하라고 지시내리는 소리를 영숙이가 직접 들었다고 합니다."

김성주는 흥분하여 씩씩거리는 한흥권을 진정시켰다.

"한 동무, 진정하십시오. 침착하게 행동합시다. 일단 나 혼자 동구에서 몰래 떠나겠습니다. 기동중대 동무들이 전혀 눈치 채지 못하게 한 동무도 서둘러 중대원들을 데리고 동구에서 나오십시오. 만약 나를 찾는 사람을 만나면 내가 송일 서기를 만나러 대흥왜로 갔다고 하십시오.”

김성주는 한흥권 귀에 대고 소곤거렸다.

“남들이 눈치 채기 전에 영숙 동무를 빨리 돌려보내십시오. 나는 대흥왜가 아니라 나자구 쪽으로 갈 것입니다. 만약 중대를 통째로 데리고 나올 수 없으면 한 동무 혼자서라도 꼭 빠져나와야 합니다.”

한흥권은 가슴을 치면서 장담했다.

“4중대는 아무 걱정 마십시오. 문제는 영숙이가 이번에는 꼭 우리를 따라오려 하는데, 어떻게 했으면 좋을지 모르겠습니다.”

김성주가 직접 원영숙을 설득했다.

“영숙 동무가 지금 우리와 함께 떠나면 우리는 더욱 의심받습니다. 조금만 더 기다려주십시오. 문제가 다 해결되면 내가 책임지고 영숙 동무를 꼭 혁명군에 받아들이겠습니다.”

원영숙은 머리를 끄덕였다. 원영숙은 그때로부터 2개월 뒤인 1934년 12월에 오늘의 왕청현 십리평 금구령에서 일본군 토벌대에게 살해되었고, 1957년 4월에 왕청현 민정과로부터 항일열사 칭호를 받았다.

어쨌든 김성주를 체포하지 못한 민생단숙청위원회 일꾼들은 송일에게 달려가 보고했다.

“보초소에서 그러는데, 새벽에 김일성이 대흥왜로 서기 동지를 만나러 간다고 하면서 동구 밖으로 나갔다고 합니다. 아침에 보니 한흥권의 제4중대도 통째로 보이지 않습니다.”

“내가 동구에 온 걸 알 텐데, 왜 대흥왜로 간다고 했을까?”

“우리를 대흥왜 쪽으로 유인해놓고 본인은 아마도 다른 데로 도주했을 것입니다. 그런데 중대를 다 데리고 간 것이 수상합니다."

송일은 연대장 조춘학까지 중상 당한 마당에 중대까지 데리고 사라져버린 김성주 뒤쫓을 용기가 생기지 않았다.

"서기 동지, 어떻게 하면 좋겠습니까?"

"아직은 놀라지 마오. 이번 일은 직접 특위에 보고하고 다시 결정하겠소. 도주한 것인지 아니면 군사행동으로 이동한 것인지 판단하고 결정해야 할 것 같소."

송일에게 보고받은 왕중산은 대경실색했다.

"아니, 중대를 통째로 데리고 사라져버리다니 말이 되는 소리요? 이는 그냥 단순한 도주가 아니라 반란과 맞먹는 엄중한 문제요."

"빨리 왕덕태 동무한테도 알려야 하지 않겠습니까?"

"독립사 지휘부 동무들이 요영구에 도착하려면 수십 일은 걸릴 텐데, 그때까지 기다릴 새가 어디 있소. 이 일은 마영 동무한테 가장 먼저 알리시오. 김일성이 사라진 건 마영 동무가 직접 책임져야 하오. 그리고 샤오중 동무가 마침 나자구에 있으니, 그에게도 빨리 연락원을 파견합시다. 만약 김일성을 만나면 현장에서 즉시 체포하라고 지시내리겠습니다. 아닙니다. 민생단숙청위원회에서 직접 나자구에 보위간부들을 파견하시오. 반항하면 즉석에서 처형해도 좋습니다."

왕중산이 직접 지시하자 민생단숙청위원회는 김성주를 체포하기 위하여 기동중대인 제1중대를 통째로 나자구 쪽으로 출발시켰다. 대신 뒤틀라즈(大砬砬子, 왕청유격근거지 리수구에서 동구로 올라가는 길목에 있었던 동네)[122]에 돌아온 지 얼마 안 된

---

122 砬子(립자)는 만주 지방 방언으로 '라즈'라고 하는데, 하나 또는 여러 개의 바위로 이루어진 지형을 설명하는 단어이다. 경사가 완만한 절벽이나 등반할 수 있는 높지 않은 절벽을 모두 '砬'으로 표현한다. 중국 조선족 어문사업위원회에서는 '라즈'를 '라자'로 통일했는데, 이는 '즈'가 아닌 '자'가 관용적으로 사용되는 통용음이기 때문으로 보인다. 이 책에서도 '砬子'가 쓰인 지명을 '라즈' 또

제5중대가 기동중대로 충당되어 중상 당한 조춘학을 들것에 싣고 요영구로 향했다.

김성주는 대흥왜로 간다고 보초병을 속이고 동구에서 탈출한 뒤 뒤따라 나온 한흥권의 중대를 데리고 나자구로 가는 척하다가 방향을 바꿔 5중대가 비워둔 뒤틀라즈로 몰래 들어갔다. 며칠 후 왕윤성이 뒤틀라즈에 도착했다. 김성주는 맥이 빠져 말했다.

"마영 동지, 제가 이제는 영영 동만주를 떠날 때가 된 것 같습니다."

왕윤성도 한탄했다.

"나도 김일성 동무가 민생단으로 몰려 갖은 수모를 다 겪는 걸 보면 눈물이 나올 지경이오. 이참에 남만주나 북만주 쪽으로 아주 피신하는 것도 나쁘지 않겠다고 생각하오. 일단 살고 봅시다."

김성주는 왕윤성에게 자기 생각을 털어놓았다.

"왜 이런 상황이 상급 당위원회에 반영되지 않는지 모르겠습니다. 만주성위원회에 알리고 또 코민테른에도 알릴 방법이 없을까요? 적어도 마영 동지는 알려주실 수 있지 않습니까?"

왕윤성이 다시 한번 한탄했다.

"왜 알려지지 않았겠소. 그래서 성위원회 순찰원도 내려온 것이 아니겠소. 문제는 순찰원들까지도 모두 민생단잡이에 동조하는 것이오. 내가 김일성 동무한테만은 숨기지 않고 솔직하게 말하겠소. 더도 말고 샤오중 동무도 그렇지 않소. 그 동무가 성위원회에 제출한 보고서도 읽다 보니 말이 아니오. 내가 아무리 말한들 그 귀에 들어가 먹히지 않소. 그가 우리 유격구를 뭐라고 평가했는지 아

는 '라자'로 표시했다.

오? '유격구의 모든 사람은 혁명조직에 들어 있고 대다수 부녀는 사람들과 질서 없이 혼잡하게 지낸다.'고 하면서 '유격구가 류망(流氓) 및 민생단 양성소가 되었다.'고 주장하고 있소. 보오. '류망'이라는 게 무슨 말이오? 남녀 간 부정한 행위 같은 나쁜 짓만 일삼는 건달이나 망나니를 뜻하는 말 아니오? 우리 유격구의 남녀노소가 한데 어울려 즐겁게 노래하고 춤추는 조선인 생활풍속을 아주 나쁘게 보고 있소. 이것을 일제의 간첩 주구단체인 민생단에 연계시켜 생각하는 것이오. 이게 지금 순찰원으로 내려온 사람들 수준이고, 또 그들의 보고서를 받아 읽는 만주성위원회 지도부 생각이오. 내가 나서서 아무리 주장한들 어떻게 쉽게 먹혀들겠소. 더구나 잘못 걸려드는 날이면 거꾸로 공격당하기도 쉽소. 그래서 나도 이제는 입을 다물기로 했소."

왕윤성 말을 듣고 나서 김성주도 한숨을 내쉬었다.

"제가 여기서 마영 동지를 기다린 것은 그나마도 성위원회에 반영해볼 길이 없을까 했던 것입니다. 설사 반영해도 거꾸로 더 의심받을 수 있다니 그렇다면 포기하겠습니다. 그렇지만 제 충정만은 믿어주십시오. 그리고 언젠가는 마영 동지가 증명해주십시오. 저는 공산주의에 충성합니다. 내 조국 조선을 강점하고 중국을 침략한 우리 두 나라의 원수 일제 왜놈들을 증오합니다. 동만을 사랑하고 왕청을 사랑합니다. 한시라도 이곳 인민들과 함께 있고 싶습니다. 그렇지만 좌경분자들이 이렇게 의심하고 끝까지 나를 해치려 하니 떠나지 않을 수 없습니다. 죽는 것이 무서워서가 아니라 이 목숨 살려서 하루라도 더 왜놈들과 싸우기 위하여 떠나겠습니다. 북만에 가서도 계속 왜놈들과 싸우겠습니다. 내 충정과 진심을 보여드리겠습니다."

이렇게 말하는 김성주의 눈에는 어느덧 눈물이 맺혔다. 왕윤성은 '북만에 가서도 계속 왜놈들과 싸울 것이고 그렇게 충정과 진심을 보여줄 것'이라는 김성주의 말에 큰 감동을 받았다. 그는 김성주 손을 잡은 채로 연신 흔들면서 약속했다.

"김일성 동무, 우리 당에 대한 동무의 충정은 내가 믿소. 내가 죽지 않고 살아 있는 한은 반드시 증명할 것이오."

"정말 지금 같아서는 눈앞에 아무런 희망도 보이지 않습니다. 이렇게 우리 전우와 동무들을 다 민생단으로 몰아서 처형해버리면 장차 누가 나서서 항일혁명을 계속해 나가겠습니까?"

"원래 여명이 더 어두운 법이 아니겠소? 여명이 가고 나면 바로 날이 샙니다. 그러니 조금만 더 참고 기다려주오."

왕윤성은 연신 김성주를 위안했다.

"너무 막막하게만 생각하지 마오. 솔직히 샤오중 동무가 지금 민생단잡이에 부쩍 열을 올리지만, 놀랍게도 동무에 대한 인상만은 나쁘지 않소. 성위원회에 바치는 보고서에 '조선인을 위주로 한 인민혁명군의 전투정신은 실로 사람을 놀라게 할 정도로 용감하다.'고 칭찬하고 있소. 그 근거가 무엇인지 아오? 바로 노송령목재소를 습격할 때 함께 따라가 자기 눈으로 직접 보고 왔다고 했소. 그것은 결국 동무를 칭찬하는 것이 아니고 뭐겠소. 언젠가는 샤오중 동무도 김 동무의 충정과 진심을 증명해줄 수 있을 것이오. 그러니 희망을 가지고 좀 더 기다려봅시다."

김성주에게는 참으로 다행스러운 일이 아닐 수 없었다. 어차피 북만주로 나가려 해도 나자구를 경유하지 않을 수 없었고, 종자운의 도움을 받지 않으면 안 되었다. 그냥 뒤틀라즈에서 바로 북만주 쪽으로 갈 수도 있지만, 그렇게 되면 주보중과 만난 후 동만주의 당내 처분이 두려워 도주했다고 오해받을 수도 있기 때문이다.

그러나 종자운의 동의를 얻어 근거지 식량을 해결하기 위해 북만주 쪽으로 이동한 것으로 보고된다면 설사 민생단숙청위원회라도 공개적으로 시비 걸 수 없었다. 송일은 동만특위 위원도 겸직했기 때문에 김성주가 종자운이라는 중요 인물을 거쳐 간다면, 윤창범처럼 도주했다는 덤터기를 김성주에게 함부로 씌울 수 없을 것이다. 왕윤성은 김성주 생각을 듣고 나서 철썩 하고 무릎을 때렸다.

"김일성 동무, 바로 이것이오. 이것이야말로 지금 난국을 타개할 가장 좋은 해법이오."

그러면서 김성주에게 부탁했다.

"송일 동무가 보낸 사람들이 샤오중 동무한테 먼저 가서 기다릴지도 모로오. 그러니 동무는 여기 뒤틀라즈에서 곧장 노야령 쪽으로 떠나시오. 샤오중 동무한테는 내가 다시 가서 설득하겠소. 김일성 동무는 가능하면 왜놈들을 더 많이 처치하면서 김일성 부대가 지금도 한창 왜놈들과 싸우는 중이라는 동정을 내주오. 동정이 크면 클수록 좋소. 그래야 김일성 동무를 잡아먹지 못해 안달이 나 있는 저 사람들도 더는 아무 말도 못할 것이고, 샤오중 동무는 또 그 동무대로 할 말이 있을 것이오."

왕윤성은 김성주와 작별하고 그길로 정신없이 종자운에게 달려갔다. 수분하 대전자 판사처가 정식으로 해산되어 훈춘현위원회 서기로 발령받은 왕윤성이 다시 불쑥 나타난 것을 보고 종자운도 짐작되는 바가 없지 않아서 은근한 목소리로 물었다.

"마영 동지, 혹시 김 정위 때문에 온 것이 아닙니까?"

"벌써 알고 있었소?"

"송일 동지가 보낸 연락원이 방금 도착해서 이야기해주더군요."

"그렇다면 샤오중 동무는 어떻게 생각하오? 그 말을 믿소?"

왕윤성이 묻는 말에 종자운이 이렇게 대답했다.

"다른 사람이라면 모르겠는데, 김 정위가 민생단이라는 것만큼은 정말 못 믿겠습니다. 김 정위가 어떻게 전투하는지 내가 직접 따라다니면서 내 눈으로 보았습니다."

"그러니까 말이오."

왕윤성은 종자운에게 간청하다시피 말했다.

"내가 내 당성(黨性)을 걸고 보증하겠소. 어느 날 김일성 동무가 우리 당에 해로운 일을 하거나 우리 조직에 피해 가는 일을 하고, 민생단 첩자임이 확실하다면 내 생명까지도 내놓을 생각이오. 그러니 나를 믿고 동무가 나서서 좀 도와주오. 정말 이대로 내버리기는 아까운 동무요."

"그런데 왕중산 동지는 김 정위를 만나면 즉결 처형해도 된다고 지시했다고 합니다."

"그래서 내가 동무한테 다시 달려온 것이 아니겠소."

종자운은 한참이나 아무 말도 못하고 왕윤성의 넓적하고 큰 얼굴만 물끄러미 쳐다보았다. 나자구에서 대전자공작위원회 서기로 있는 동안 왕윤성과 각별히 친하게 지냈던 종자운은 그에게 김성주 이야기를 많이 얻어들었다고 회고했다. 김성주가 엄동설한에 소련으로 패퇴하던 왕덕림 뒤를 쫓아 소만국경까지 따라가면서 만주에 남아 끝까지 항일투쟁을 하자고 붙잡았으나 성사하지 못하고 왕덕림 부하가 던져주는 개털모자 하나만 주워들고 다시 돌아올 때 너무 얼어서 하마터면 죽을 뻔했다는 이야기를 들을 때는 감동받아 눈물까지 흘렸다고 했다. 그는 1983년에 진행한 인터뷰에서 이런 말도 했다.

"그때 내가 특위 실권자였다는 사람들이 많은데 아니다. 실제 실권자는 마영이라는 편이 정확하다. 그러나 그 시절 민생단 딱지가 한번 들러붙으면 벗어던지기가 아주 어려웠다. 거의 불가능했다고 봐야 한다. 민생단으로 몰려서도 무사히 살아남았고 다시 복직된 사람은 내가 알기로 김일성 한 사람밖에 없었다. 마영이 직접 나서서 보증서는 바람에 나도 도와주지 않을 수 없었다."[123]

6. 종자운의 비호

"우리는 또다시 배낭을 짊어지고 왕청 땅을 떠나지 않으면 안 되었다. 북만주에서 활동하고 있던 주보중이 우리에게 사신(연락원)을 보내어 방조를 요청해왔던 것이다."

김성주가 회고록에 쓴 내용이다. 1934년 10월 하순, 북만주 노야령에는 함박눈이 펑펑 쏟아지고 있었다. 시베리아와 가까운 고산지대인 노야령은 10월 하순부터 눈이 내리기 시작한다. 그러나 "왕청, 훈춘, 연길에서 선발된 세 중대의 역량으로 꾸려진 170여 명의 북만원정대는 뒤틀라즈를 출발하여 노야령을 넘기 시작했다."는 김성주의 회고는 사실과 맞지 않는다.

민생단숙청위원회를 가까스로 피한 김성주 곁에는 한흥권의 제4중대 대원들뿐이었다. 이번에 떠나면 언제 다시 동만주로 돌아올지 모르는 막막한 심경으로 허둥지둥 북만 원정길에 올랐다.

북한에서는 이때의 사실을 '조선혁명군 제1차 북만원정'으로 명명한다. 주보중이 와서 도와달라고 요청했기 때문에 북만으로 갔다는 것인데 사실이 아니다.

---

123 취재, 종자운(鍾子雲) 중국인, 항일연군 생존자, 취재지 북경, 1991~1992.

이때 만약 김성주가 동만주를 떠나지 않았다면 왕윤성, 종자운뿐만 아니라 왕덕태, 주운광까지 모두 나서도 살아남을 수 없었다. 동만주 혁명군 최고지휘관이었던 왕덕태까지도 연길현유격대 시절부터 데리고 다녔던 윤창범을 지켜내지 못했던 것이 이 사실을 증명하고도 남는다.

더구나 윤창범이 보초병 총까지 빼앗아 사라진 것은 사태를 악화시켰다. 물론 약속대로 한참 가다가 길가 나무에 총을 걸어두었다. 보초병 역시 처벌을 면치 못했다. 과거 김명균이 도주하는 바람에 그를 지키던 현위원회 간부 이건수도 민생단으로 몰려 사형당한 것과 같은 경우였다.

1934년 10월, 수분하 대전자 판사처가 정식으로 해산되고 판사처에서 주임으로 일했던 왕윤성이 훈춘현위원회 서기로 임명된 것도 바로 전 서기 최학철이 민생단으로 잡혀 나왔기 때문이었다. 최학철은 금창(金倉)이라는 고장에서 정필국, 정동식, 서노톨, 오일파 등의 간부들과 함께 처형당했다. 연고자 채광춘(蔡光春)은 이렇게 회고했다.

"나는 처음으로 총살 임무를 집행하니 속이 떨려 세 번째부터 제대로 맞히지 못했다. 이때 반장은 '탄알이 귀중한데 낭비할 수 없다'면서 나의 사격을 저지했다. 그리고 총검으로 나머지 사람들을 찔러 죽였다."[124]

이처럼 일단 민생단으로 의심받으면 무작정 체포부터 하고, 거의 심사와 조사 없이 부리나케 처형한 것은 윤창범 도주 이후 김성주까지 한 중대를 데리고 북만주 쪽으로 사라져버린 다음 더 빈번해졌다. 김성주를 체포하려고 나자구를

---

124 취재, 채광춘(蔡光春) 조선인, 항일연군 생존자, 취재지 연길, 1983.

뒤지던 민생단숙청위원회 간부들은 종자운에게 이런 대답을 듣고 돌아왔다. 중국 사료에는 종자운의 대답이 이렇게 쓰여 있다.

"김 정위가 새 지역을 개척하려 나갔는데, 지금 공제할 방법이 없으니 김 정위에 대해서는 후에 다시 봅시다."[125]

이 사실은 왕중산 귀에도 들어갔다. 이때 동만특위 임시집행위원회는 왕중산 영도 하에 있었으나 실제 권력은 종자운 손에 있었다. 종자운이 만주성위원회에 왕중산을 글도 알지 못하는 '문맹자'라고 몰래 일러바쳤기 때문에 당장 특위서기가 새로 임명되어 온다는 소문이 돌았던 탓이다.

그런데 1934년 11월 5일, '반민생단 투쟁과 관련하여 동만특위와 인민혁명군 전체 동지들에게 보내는 만주성위원회 편지'를 전달하는 동만특위 임시특별집행위원회 회의에 조선인 위원들인 이상묵과 주진만을 고의로 참가시키지 않은 일이 발생했다.

이렇게 되자 특위 내부에서 중국인 위원들과 조선인 위원들 사이에 내분이 일어났다. 이 회의에서 종자운은 이미 처형당한 훈춘현위원회 서기 최학철을 비판하면서 당초 최학철을 연길연대, 즉 독립사 제1연대 정치위원으로 임명한 것이 주진이었고 주진을 독립사 사장으로 임명한 사람은 바로 이상묵 아니냐는 식으로 몰아갔다. 주진, 이상묵, 최학철 모두 연길유격대 출신들이고, 특히 이상묵은 연길현 의란구유격대 참모장으로 시작해 유격대 정치위원과 연길현위원

---

125 원문 "金團政委, 在開闢新區, 無法控制, 以後再說." 邢肇升,「黨史研究-識論鍾子雲的革命一生」,『世紀橋』, 2014, 第11期.

회 서기, 동만특위 선전부장을 거쳐 조직부장까지 된 사람이라고 주장하면서 동만특위 내 최고위 지도직에 올라 있는 이 사람들이야말로 민생단 두목이라고 몰아붙였다.

이런 사고방식대로라면 아닌 게 아니라 이상묵이 가장 의심받을 만했다. 왜냐하면 이상묵이야말로 간부 등용을 맡은 조직부장이었고, 또 동북인민혁명군 독립사가 결성될 때 특위 일상 사무를 주관했기 때문이다.

이때 이상묵은 최학철이 처형당하고 나서 훈춘현위원회 서기로 임명된 왕윤성을 데리고 훈춘현위원회에 가서 그의 임명을 선포하고 돌아오는 길이었다. 아내가 훈춘 여자였던 이상묵은 북대동 친정에 머무르던 아내를 보러 갔다가 민생단숙청위원회에 불려가 조사받고 돌아오던 훈춘현위원회 선전부장 김동규(金東奎)와 만났다. 김동규가 몹시 놀라 물었다.

"아니, 왜 여기 계십니까? 요영구에서 지금 특위 임시특별회의가 열렸는데 왕덕태 동지랑 모두 와 있습니다. 그러잖아도 조직부장 동지가 안 보여 은근히 의심하던 중이었는데, 혹시 그 사람들이 고의로 조직부장 동지한테 알리지 않은 것이 아닐까요?"

이상묵은 너무 화가 나 온 얼굴이 새파랗게 질렸다.

"아닌 게 아니라, 고의로 나만 빼돌린 게 틀림없소."

김동규가 한마디 더 했다.

"주진 사단장도 보이지 않습디다."

"사단장 직위를 정지당했다고 들었는데, 혹시 감금당한 것은 아닌가?"

"아직 그런 것 같지는 않습니다. 민생단숙청위원회에서 조직부장 동지가 훈춘에 와서 무슨 연설들을 했는지 따지고 듭디다."

김동규는 민생단숙청위원회에 불려갔던 일을 이상묵에게 이야기해주었다.

이상묵은 듣고 나서 요영구로 돌아가려던 생각을 접고 북대동 아내의 친정집에 주저앉고 말았다. 이상묵은 북대동에서 며칠 지내다가 마침내 아내에게 말했다.

"아무래도 이번에는 내 차례인 것 같소. 백룡이도 이미 면직당하고 감금됐다는 소리가 있소. 어떻게 했으면 좋겠소?"

"특위로 돌아가면 어떻게 되나요?"

"그냥 면직당하는 선에서 끝날 것 같지 않소."

이미 최학철 등이 모두 처형당한 것을 알고 있는 이상묵의 아내는 공포에 질렸다. 그는 남편을 붙잡았다.

"우리 돌아가지 말아요. 공산당을 위해 죽을 둥 살 둥 일해 왔지만 결과가 이 모양밖에 안 되는데 이제 다시 돌아가서 뭘 하겠어요?"

이상묵은 땅이 꺼지게 한숨을 내쉬었다.

"당신 말이 맞소. 돌아가 봐야 더는 살 길이 없소."

이상묵은 훈춘 북대동에서 몇 달 동안 숨어 지냈다. 그는 원래 가지고 다녔던 권총 한 자루 외에도 상당 액수의 특위 경비를 아내에게 맡겨 몰래 보관해두었기 때문에 돈 걱정도 별로 없었다. 그는 거의 반 년 가까이 숨어 지내다가 이듬해 1935년 4월 1일, 중국공산당 훈춘현위원회 전체 조선인 당원 앞으로 공개편지를 발표했다. 편지에는 이런 내용이 들어 있었다.

"경애하는 훈춘현 조선인 당원 제군.

우리들은 지난날 혁명전선에 나서서 중국공산당과 공산 농민을 위하여 사력을 다해 이상 실현에 노력하여 왔다. 하지만 중국공산당은 우리에게 무엇을 주었는가? 우리에게 반동분자라는 빈약한 이름만을 준 것밖에 없지 않는가. 오늘날 중국공산당은 과거 조선 사람의 빛나는 분투와 노력의 역사를 빼앗아 중국 사람의 역사로 변질시키려

하고 있다.'[126]

이때는 이미 독립사 사단장 주진까지도 모두 도주한 뒤였다. 주진이라면 동만주 혁명군에서 조선인으로서 제일 직위가 높았던 간부였을 뿐만 아니라 이상묵의 오랜 부하였다. 어디 주진뿐인가, 주진의 부하였던 윤창범도 도주했다.

이상묵이 이 공개편지를 쓸 때쯤 한동안 장강호의 마적부대에서 몸을 숨기고 있었던 윤창범은 왕덕태, 주진 등 독립사 지휘부 주요 간부들이 모두 처창즈에 머무르고 있다는 소식을 듣고 그리로 찾아갔다가 곧바로 체포되어 다음날 새벽에 총살당하고 말았다. 윤창범은 감옥에 주진까지 갇혀 있는 것을 보자 너무 기가 막혀 할 말을 잃고 말았다.

"이 사람 백룡(주진의 별명)이, 이게 어떻게 된 일이란 말인가?"

가까스로 이렇게 묻는 윤창범에게 주진이 버럭 화를 냈다.

"아니 형님, 도망쳤으면 영영 사라지고 말 것이지 왜 바보같이 다시 되돌아왔단 말이오? 뭘 어떻게 하자고 그러오?"

"여름에 주 정위(주운광)가 안도로 가면서 돌아올 때 내 문제를 꼭 해결해주겠다고 약속했네. 이번에 와서 보니 주 정위까지도 이미 희생된 줄 미처 몰랐네그려."

윤창범의 말을 듣던 주진은 벽에 기댄 채 앉아 담배를 말아 물면서 설레설레 머리를 저었다. 주진이 말했다.

"형님은 그동안 무슨 일이 일어났는지 몰라서 하는 소리요. 주 정위가 사람은 참 좋지. 나이는 젊어도 얼마나 싹싹하고 경우 바른 젊은이입니다. 그런데 이번

---

126   김득순, 『중공동만특위문헌자료집』(상·하), 연변인민출판사, 2011.

일만큼은 주 정위가 살아 있어도 우리를 못 구하오. 형님도 나도 이번에는 진짜 끝장이오."

주진은 그동안 있었던 일을 윤창범에게 들려주었다. 윤창범이 체포되어 요영구로 압송된 지 얼마 안 되었을 때, 독립연대 군수관이었던 한영호가 독립사 식량운수대 대장으로 임명되어 사방대 유격근거지에 군량을 가지러 갔다가 근거지에서 체포되는 사건이 발생했다. 이유는 사방대근거지 보초소에서 한영호를 찾던 수상한 두 인물이 보초병이 주의하지 않는 틈을 타서 갑작스럽게 달려들어 보초병을 때려눕히고는 그가 지녔던 보총과 수류탄 두 개를 빼앗아 달아나 버렸기 때문이다. 그들은 일부러 보초병을 죽이지 않았다. 한참 뒤 정신을 차린 보초병은 정신없이 달려가 방금 있었던 일을 보고했다.

"그 사람들이 한영호 대장과 잘 아는 사이라고 했고, 또 한 대장이 언제 돌아오는지 묻기에 의심하지 않았는데 그만 이렇게 당하고 말았습니다."

연길현 사방대근거지에 주둔했던 연길연대, 즉 독립사 제1연대 정치위원 임수산은 한영호가 도착하자마자 바로 두 팔에 포승을 지우고 들보에 달아맸다. 밤새 고문했는데 어찌나 매질을 했던지 정신이 흐리멍텅해진 한영호는 자기가 민생단에서 파견한 첩자가 맞다고 인정해버렸다. 1935년 1월에 있었던 일이다.

"너 말고 또 누가 민생단이냐?"

"주진 사단장과 박춘 연대장도 모두 민생단입니다."

너무나 어마어마한 사건이 발생하고 있었다. 임수산에게 보고받은 왕덕태와 이학충은 곧바로 주진을 체포했는데, 다음날에는 이학충이 독립사 정치부 주임 신분으로 임수산과 함께 직접 사방대로 달려와 연대장 박춘을 체포했다.

박춘도 한영호처럼 대들보에 매달렸다. 일본군 헌병이 공산당을 체포했을 때처럼 채찍으로 때리고 불집게로 가슴과 허벅지를 지지는 등 고문에 못지않은 혹형을 당했다. 박춘은 누구 소개로 중국공산당에 잠복해 들어왔는가 묻는 말에 자신의 중국공산당 입당 소개인이 이상묵이라고 대답했다. 그러면 민생단에는 누구 소개로 가입하게 되었는가 묻는 말에 누구 이름을 댔으면 좋을지 몰라 한참 머뭇거렸다.

"보나마나 민생단에 가입한 것도 이상묵 소개 아니냐?"

고문자가 따지고 드니 박춘은 한숨만 풀풀 내쉬었다.

"도대체 이상묵이냐? 아니면 주진이냐?"

박춘은 이상묵의 이름을 댔다.

"나를 혁명의 길로 인도했던 사람은 이상묵입니다."

"그렇다면 너를 민생단으로 인도했던 사람도 이상묵이란 소리 아니냐?"

이미 머리를 수십 대나 얻어맞은 박춘은 반 혼미상태에서 대답했다.

"뭐, 그렇게 생각해도 좋겠소."

이렇게 한영호와 박춘 입에서 물려 나온 사람이 그 외에도 여섯 명이나 더 되었는데 모조리 체포되고 말았다.

일명 '한영호사건' 또는 '사방대사건'으로 불리는 이 사건의 원안을 만들어낸 것은 바로 연길헌병대장 가토 하쿠지로의 전폭적인 지지를 받았던 간도협조회 회장 김동한[127]이었다.

---

127 김동한(金東漢, 호는 백산白山, 1892-1937년) 친일반민족행위자. 함경남도 단천군 파도면에서 태어났다. 1909년 평양 대성중학교를 수료했고, 이듬해 간도로 이주하여 간도 한민회 산하 교육회에서 사무원으로 근무하면서 항일운동 세력과 인연을 맺었다. 1911년, 러시아 블라디보스토크로 이주해, 한인촌에서 〈권업신문〉 교정원으로 일했다. 1915년 훈춘교우회 총무, 1918년 연해주 빨치산사령부 등에서 활동했다. 이 시기에는 이동휘, 김좌진, 이청천 등과 항일무장항쟁을 준비하는 독립운동가였다. 1919년부터 2년 동안 모스크바에 유학하여 모스크바군정학교 속성과정 및 코민테른 정치반을 수료했다. 1920년 전로한인공산당 선전과 및 조선인 공산주의자 부대에 소속되어 있었다. 1921년 이르쿠츠크 전한공산당 창립대회에서 의장을 맡고 상하이파 고려공산당의 군사부 위원에 임명되었다. 당시 일본 측에서는 그를 '굴지의 배일운동가'로 주목했다. 1921년

1932년 7월 14일에 민생단이 해산되자 발까지 굴러가면서 아쉬워했던 가토 하쿠지로의 도움으로 다시 창설된 '간도협조회'는 불과 3개월도 되지 않아 선언과 강령, 규약 등 제도를 정립하여 조직 자체가 상당히 정규 체제로 구성되었다. 연길에 본부를 두고 주관부처는 연길헌병대로 했는데, 회장 김동한과 부회장 손지환 외에 3명의 고문(박두영, 최윤주, 장원준)을 두고 산하에 서무부, 조직부, 선전부, 재무부, 교육부, 교양부, 산업부까지도 두었다. 산업부는 산하에 둔전영과 장

6월에 자유시 참변과 관련되어 소련군에 체포되어 4개월 동안 구금되었다가 풀려났다. 1924년에는 일본 지령을 받고 중국인과 내통한 밀정 혐의로 정치보안부에 또다시 체포되었다. 이후 일본 영사관에 넘겨져 조선으로 귀환한 뒤 적극적인 친일 인사로 돌변했다.

1931년 만주에서 민생단 조직에 관여했고, 1934년에는 일본군 특무조직인 간도협조회를 발기하여 회장이 되었다. 이 단체는 항일세력 파괴와 만주 지역 조선인 통제가 주요 목적인 대표적인 친일단체이다. 1935년 일본 관동군 헌병사령부 북지파견공작반 반장을, 1936년 만주국협화회 동변도 특별공작부 본부장을 겸직했다. 이때 김동한이 받은 대우는 일본군 헌병 부사관 군조급이었다. 중국 측 기록에 따르면, 이 기간에 김동한은 일본군 옌지 헌병대장과 대대적인 항일부대 토벌을 벌였으며, 각종 이간책과 유언비어 날조, 밀정 투입 등의 수법을 사용했다. 김동한이 체포해 투항시킨 항일운동가는 수천 명에 이른다. 내선일체와 황민화정책 선전 작업도 병행했다. 간도협조회가 폐지되고 만주국협화회에 통합된 뒤 1937년 1월 만주국협화회 중앙본부 지도부 촉탁이 되었다. 6월에는 북만주 지역을 토벌하기 위해 삼강성 특별공작부 부장이 되었고, 그해 12월에 동북항일연군 부대와 전투 중에 사망했다. 1940년 일본 정부는 김동한에게 훈6등 단광욱일장을 추서했다.

동북항일연군 기록에 따르면, '민족의 망나니'인 김동한을 '정의의 탄알로 처단'한 것으로 되어 있다. 김동한은 동북항일연군 11군 정치부 주임 김정국을 회유하기 위해 공작하다가 살해당했다. 김정국은 김동한의 목을 베어 대문에 걸어놓았다. 김동한 장례식은 관동군 헌병대 사령관이 참석해 조사를 읽는 등 대대적으로 치러졌다. 만주국협화회는 김동한 3주기에 조각가 김복진에게 위탁하여 동상을 제작해 건립하고 헌창기념비를 세우기도 했다. '흥아운동의 선구자', '만주국 치안 숙정의 공로자', '동아 신질서 건설의 공로자'로 김동한을 기리는 동상 제막식은 옌지에서 성대하게 열렸다. 쇼와 천황이 참석한 야스쿠니신사에서 개최된 일본 국가 행사에서는 김동한의 유족들을 초대하여 그의 공적을 청송하기도 했다.

김동한은 2007년 대한민국 친일반민족행위진상규명위원회가 발표한 친일반민족행위 195인 명단에 포함되었다. 2002년 친일파 708인 밀정 부문과 2008년 민족문제연구소 『친일인명사전』 수록 예정자 명단 중 해외 부문에도 들어 있다.

민생단 사건과 간도협조회 활동을 직접 목격한 김일성은 회고록 『세기와 더불어』에서 김동한을 언급한다. 김동한이 러시아 10월혁명 전에 이미 공산당에 입당한 운동가였으나, 전향한 후에는 "자기를 조선에서 태어난 일본인이라고 착각할 만큼 일본인으로 철저히 동화된 자", "매국배족 근성이 골수에까지 사무친 수급역적"이 되었다고 표현했다.

지영 등 농장집단부락까지 만들고, 중국공산당 유격대 중 자수하는 자와 무직업 회원 1,000여 명을 끌어들여 장사도 하게 하는 등 단체의 활동 경비를 헌병대 지원에만 매달리지 않고 스스로 보충해 나갔는가 하면, 귀순해온 사람들의 가족과 친지들의 추후 생계까지도 직접 협조회가 나서서 책임지기도 했다.

간도협조회는 그 외에도 연길독립수비대와 연길헌병대로부터 일본군 정규 무장들을 지원받아 자체 무장무대인 특별공작대와 협조의용자위단을 꾸리기까지 했다. 거기다가 각 지역에 분회를 두었을 뿐만 아니라 5개의 지부와 25개의 구회를 설치하여 굉장한 세력을 자랑했다. 만주 전역을 통틀어서 간도협조회만큼 방대하고도 치밀하게 조직된 민간 탈을 쓴 단체가 없었다.

1935년 1월 5일, 사방대근거지 보초소에 접근하여 한영호와 아는 사이라고 꾸민 인물은 허기열, 허진성으로 협조회 파견원이었다. 쌀을 구하러 자주 나다녔던 한영호는 배초구의 조선인 지주 한일에게서도 쌀을 산 적이 있어 두 사람은 서로 만난 적이 있었다. 가끔 한일 집에 들러 밥을 얻어먹었는데, 한일이 바로 간도협조회 회원이었고 이때는 또 배초구 분회 회장으로 임명되었다.

혁명군이 한창 안도 지방에서 전투를 벌일 때, 한영호가 안도와 사방대근거지 사이를 자주 오가는 걸 발견한 한일은 즉시 김동한에게 보고했고, 김동한의 획책으로 특별공작대 대장 김성렬과 부대장 김하성, 유중회 등이 모두 배초구로 달려왔다.

한영호가 독립연대 군수관 출신으로 지금은 독립사단 사부로 전근하여 쌀을 나르는 일을 맡고 있다는 확실한 정보를 얻은 김성렬 등은 즉시 작전을 짰다. 이때 직접 사방대근거지 보초소에 접근한 허기열과 허진성이 쳐둔 반간계에 걸려 주진이 체포되고 이상묵까지 종적을 감추고 행방불명이 되자 김동한은 승승장구의 기세로 내달렸다.

3월 13일에는 직접 김동한의 파견을 받고 간도협조회 특별공작대 대원들인 강현묵, 이동화가 배초구의 지주 한일의 처남 황시준의 안내로 왕청현 경내 쟈피거우로 몰래 잠입했다. 그들은 쟈피거우 유격대 보초소에 송일 앞으로 보내는 편지를 한 장 던져 넣었다. 이 편지 속에는 송일을 자기들 첩자로 몰아가는 내용이 들어 있었다. 인과응보라고 말해도 과언이 아닐 지경이었다. 그동안 그렇게나 민생단을 많이 잡아냈던 송일이 이번에는 진짜 민생단의 간계에 걸려 자신이 처형당하는 비운을 맞게 된 것이다. 특무들이 던져놓고 갔던 편지 속에는 이런 구절이 있었다.

"전번에 이야기한 유격구에 관한 비밀조사 보고는 새로 파견한 공작원과 면담하기 바란다."[128]

그야말로 기가 막히고 억장이 무너질 노릇이었다. 이때 동만특위는 이미 왕중산이 서기 대리직에서 밀려나 있었다. 종자운과 거의 비슷한 시기에 만주성위원회의 파견으로 동만주에 내려왔던 위증민은 종자운처럼 특위 사무에 직접 개입하지 않았다. 1934년 10월부터 12월까지 위증민은 연길현의 삼도만에서 동만의 당, 정, 군 영도간부 학습반을 조직했고, 몇 번이나 민생단 문제에 손을 대보려 했으나 전적으로 종자운의 보고에만 의존했던 만주성위원회의 지지를 얻어낼 수 없었다.

그런데 위증민은 만주성위원회에 불려가 놀라운 소식을 얻어들었다. 이미 코민테른에서 직접 민생단 문제에 개입하기 시작했다는 것이다. 뿐만 아니라 만

128　김득순, 『중공동만특위문헌자료집』(상·하), 연변인민출판사, 2011.

주에 나온 코민테른 특파원이 누군가한테 민생단 문제와 관련한 자세한 내막을 소개받아 이미 손금 보듯이 알고 있다는 사실과 직접 만주성위원회 앞으로 편지까지 보내왔다는 것이었다.

15장
제1차 북만원정

"설피를 신고 행전을 친 원정대원들이 멀리서 나타나면
이 고장 사람들은 '고려홍군'이 왔다면서 무작정 동네에 나가 돌아다니는
아녀자들을 불러들이고 문부터 닫아 걸었다."

1. 양광화와 만주성위원회

이때 중국공산당 만주성위원회 서기는 양광화(楊光華)였다. 양광화는 1983년 중국 호북성 정치협상회의(湖北省 政治協商會議) 비서처에서 이직하여 무한(武漢)에서 거주했는데 1991년까지 살았다. 한 차례 인터뷰에서 양광화는 그때 일을 회고했다.

"나는 1934년 10월에 중국공산당 상해 임시중앙국으로부터 만주성위원회 서기로 임명받고 당시 만주성위원회 기관이 있었던 하얼빈에 도착했다. 그때 직접 나를 임명했던 상해 임시중앙국 서기 성충량(盛充亮)이 나와 헤어진 뒤 얼마 안 되어 국민당 중앙조사통계국에 체포되었다. 나중에 알게 된 일이지만 성충량이 체포된 것은 전임자였

던 이죽성(李竹省)이 먼저 체포되어 귀순하고 자기가 비서로 데리고 있었던 진만운(秦蔓雲)이라는 여자를 고발했기 때문이다. 진만운은 원래 팔로군 120사 정치위원이었던 관향응(關向應)의 아내였다. 관향응이 근거지로 전근하자 상해에 남게 된 진만운은 관향응과 이혼하고 성충량과 살았는데, 성충량은 진만운의 말이라면 듣지 않는 것이 없었다.

진만운은 체포되자 성충량 고문실에까지 찾아와 울고불고하면서 국민당에 귀순하자고 매달리자, 성충량은 중국공산당을 탈퇴한다는 성명서를 발표했는데, 이 사실이 모스크바에까지 전해졌다. 그때 중국공산당 중앙이 근거지로 옮겨가면서 상해에 설치한 임시중앙국 업무는 각 성과 성급 지구기관에 당 서기를 임명하여 파견하는 일이었는데, 이 일보다 더 주요한 임무 하나가 당시 모스크바에 주재한 중국공산당 코민테른 대표단과의 연계를 책임지는 일이었다. 그런데 이죽성, 성충량 등 주요 책임자가 모두 체포되어 귀순하자 모스크바에서도 더는 상해 임시중앙국을 믿지 않게 되었다.

우리는 우리대로 상해 임시중앙국과의 연계가 끊어지자 부득이 직접 모스크바로 사람을 파견하여 중국공산당 코민테른 대표단과 연락을 취하려 했다. 이때 코민테른은 이미 홍군과 함께 장정 중이었던 중국공산당 중앙과 직접 연락하고 있었다. 대표단 단장 왕명(王明)[129]은 중앙에 연락하여 만주가 지리적으로 소련과 가까우니 만주성위

---

129 왕명(王明, 본명 진소우陳紹禹, 1904-1974년) 중화인민공화국 정치가. 안휘성 빈농 출신이며, 안휘성 제3농업학교 재학 시절 공산주의자인 스승에게 영향받아 레닌과 진독수(陳獨秀)의 저작을 탐독했으며, 좌익 학생운동을 이끌었다. 1924년 무창(武昌)대학에 입학해 중국공산당에 가입했고, 1925년 당의 주선으로 소련으로 유학을 떠나 모스크바 중산대학에서 러시아어와 마르크스레닌주의를 배웠다. 달변으로 부교장인 파벨 미프(Pavel Mif)의 총애를 받았으며, 1927년 미프가 소련사절단 대표로 중국에 파견되자 왕명은 통역으로 그를 수행했다. 1927년 국공합작이 결렬된 직후, 무한에서 열린 중국공산당의 제5차 당대회에서 선전부장이 되었지만 미프와 함께 소련으로 돌아갔다. 스탈린의 카를 라데크(Karl Radek) 숙청 이후, 미프는 모스크바 중산대학 교장과 코민테른 동방부 부부장을 맡았다. 이때 미프를 보좌하면서 왕명은 소련에서 교육받은 중국인 공산주의자 모임인 '28인의 볼셰비키그룹(이하 28인그룹)'을 구성했고, 스스로 정통 마르크스레닌주의자를 자처했다.

원회 지도는 중앙을 대신해 코민테른에서 직접 관장할 것을 요청하여 이미 승낙을 받아둔 상태였다.

내가 하얼빈에 도착했을 때, 이름이 '라오마(老馬)'라는 전임 만주성위원회 서기가 벌써 왕명에게 불려 모스크바에 들어간 지 한 달이 되도록 돌아오지 못하고 있었다. 모스크바에서 라오마를 부를 때는 잠깐 사업회보를 하고 돌려보내겠다고 했다. 하지만 왕명은 라오마를 보내지 않고 〈구국시보(救國時報)〉 편집을 시키면서 꼬박 3년 동안이나 억류해두었다가 1937년에 갑작스럽게 체포해 감옥에서 처형해 버렸다.'[130]

1929년 왕명과 28인그룹은 귀국하여 당권을 장악하려 했으나 장덕수(張國燾)와 주은래(周恩來)의 저항으로 한직을 맴돌았다. 이때 실질적으로 당을 이끈 이립삼(李立三)의 선전부에서 일하게 되었고, 당 기관지인 『홍기(紅旗)』에 이립삼 노선을 지지하는 논문 여러 편을 발표했다. 1930년, 상해에서 열린 비밀 당대회에 참가하던 중 체포되었으나 탈출에 성공했다. 하맹웅(何孟雄)과 림육남(林育南)과 연합하여 이립삼에 반기를 들었으나 실패하여 해임당하고 강소성으로 좌천되었다. 코민테른은 주은래와 구추백(瞿秋白)를 파견하여 이립삼의 좌익모험주의를 교정하려 했고, 이립삼은 지위를 잃고 모스크바로 소환당했다. 12월 파벨 미프가 다시 코민테른 특사로 파견되어 중국에 머물던 1년 동안 왕명과 28인그룹을 강하게 지지하여 당의 지도적 위치로 올렸고 중국공산당에 큰 영향력을 미쳤다.

1931년부터 1937년까지 모스크바에서 코민테른에 파견된 중국공산당 대표를 맡았고 코민테른에서도 고위직에 올랐다. 28인그룹은 모택동과 주덕(朱德)의 게릴라전술 대신 국민당군의 제5차 토벌전에 정규전으로 맞섰다가 큰 손실을 입었다. 그 후 당은 강서소비에트(중화소비에트공화국)를 포기하고 장정(長征, 1934-1936년 중국공산당군의 대이동으로 장시성江西省 서금瑞金에서 섬서성陝西省 연안延安까지 약 1만 2,500km를 걸어서 이동)을 결정한다. 1935년 장정 중 열린 준의회의(遵義会議)에서 장문천(張聞天), 왕가상(王稼祥), 양상곤(楊尙昆) 등의 주요 멤버가 모택동 편에 서면서 28인그룹이 붕괴하고 당권이 모택동에게 넘어갔다.

1937년 제2차 국공합작이 성립된 후, 왕명은 코민테른의 명령으로 연안으로 돌아왔다. 모택동은 코민테른의 후광을 업은 왕명을 존중하는 척하여, 왕명은 공산당에서 지도적 위치에 올랐다. 그러나 국민당을 포함한 항일통일전선을 지지하는 왕명과 공산당의 독자노선을 지지하는 모택동은 결국 대립했다. 1941년 독소전쟁이 발발하여 소련에서 반파시즘 통일전선을 위해 코민테른이 해체되자, 왕명은 주된 지지기반을 잃었다. 특히 1942년 모택동이 주도한 정풍운동으로 교조주의자들을 공격하자 왕명은 주요 공격대상이 되었으며, 영향력과 건강을 잃고 당대회에서 자아 비판하는 수모를 당했다.

중화인민공화국 성립 후 건강을 핑계로 1956년 소련에 사실상 망명하여 1974년 죽을 때까지 머물렀다. 이 때문에 문화대혁명의 칼날을 피해갈 수 있었다. 중소분쟁 이후 그는 소련 측에 서서 모택동과 중국공산당을 비판하는 많은 글을 발표했다.

130 취재, 양광화(楊光華) 중국인, 중공당만주성위원회 서기 역임, 취재지 호북성 무한, 1988.

일명 '마량', '임형(林炯)', '왕덕(王德)', '임전암(林電岩)' 등 여러 별명으로 불렸던 라오마는 1925년에 모스크바동방대학에 유학하여 초기 중국공산당 주요 지도자인 장문천(張聞天, 락보洛甫)과 한 반에서 공부했고, 러시아어와 영어에 정통하여 중국공산당 중앙에서 전문 통역사업을 맡기도 했다. 후에 상악서(湘鄂西) 소비에트근거지에 파견되어 선전부장직을 맡기도 했는데, 이때 상악서 임시성위원회 서기가 바로 양광화였다.

양광화가 상악서 임시성위원회 서기에서 상해 중앙국 조직부장으로 전근할 때 이미 만주성위원회로 파견되었던 라오마는 1933년 10월 30일 하얼빈에서 체포되었던 만주성위원회 서기 이요규 밑에서 성위원회 선전부장직을 맡고 있었다.

이요규는 조직원을 만나러 하얼빈 도리의 수상서점(銹湘書店)에 갔다가 갑작스럽게 불심검문을 당해 체포되었는데, 그때까지 진짜 신분이 폭로되지 않아 책도둑으로 몰렸고, 절도죄로 징역 1년 2개월 형을 받았다. 손을 써서 형기의 절반인 6개월만 감옥에서 보내고 곧 풀려나올 수도 있었으나 불운하게도 6개월이 다 되었을 즈음 공청단 만주성위원회 선전부장 양안인(楊安仁)과 서기 유명불(劉明佛)이 1934년 4월에 체포되었다. 이 두 사람은 체포되자마자 투항하는 바람에 그만 이요규의 진짜 신분이 폭로되고 말았다.

이요규는 다시 재판을 받고 정치범으로 징역 20년을 선고받았다. 이요규가 더는 풀려나올 가망이 없자 만주성위원회는 조직부장 유곤(劉昆, 조의민趙毅敏) 주도로 나이도 많고 혁명 경력도 제일 깊은 라오마를 만주성위원회 서기로 추대했다. 그런데 이죽성의 투항 사실이 알려지면서 일대 혼란이 빚어졌다. 더구나 이죽성에 이어 성충량까지 체포되어 투항하며 상해 임시중앙국이 파괴되는 바람에 라오마는 부득불 모스크바를 통하여 중국공산당 중앙과 연계를 취할 수밖에 없었다.

모스크바에 불려 들어간 라오마는 직접 왕명과 만나 그동안 만주성위원회에서 발생한 일들을 보고했다. 지금까지 만주성위원회 사업의 중점이 기본적으로 북만주 조상지 부대에 집중되어 있다는 말을 들은 왕명은 몹시 불쾌해하면서 라오마를 나무랐다.

"만주 전역의 항일혁명을 지도하는 기관으로서 어떻게 사업을 북만 한 지역에만 집중시켜서 전개할 수 있단 말입니까?"

왕명은 만주성위원회 상무위원 겸 조직부장 유곤이 직접 조상지가 사령으로 있는 동북반일유격대 합동지대 정치위원으로 내려가 있다는 말을 듣고 이와 같이 말하면서 특히 길동 지방과 동만주에서 발생한 문제들에 대해 꼬치꼬치 캐물었다. 구국군의 참모장이었던 이연록이 어디서 어떻게 보내고 있는지, 조선인 간부들이 온통 민생단으로 몰려 처형당한다는데 어떻게 된 일이냐고 대답을 재촉했다. 이는 왕명이 만주 각지의 항일유격대와 유격근거지들에서 발생한 일들에 대하여 이미 상당히 알고 있음을 보여준다. 이런 질문에 라오마는 바보가 되지 않을 수 없었다.

"죄송합니다만, 솔직히 그런 세세한 일들까지는 알지 못합니다."

라오마의 대답에 왕명은 자못 의기양양해했다.

"보시오. 그동안 만주성위원회가 해왔던 일들 말입니다. 여기저기 순찰원들을 파견해놓고 그들의 보고에만 목맸던 결과가 바로 지금 이 모양이 아닙니까. 순찰원들은 순찰 다녔던 지방의 당 책임자로 전임됩니다. 만약 성위원회에서 좀 더 주의를 기울여 한두 순찰원의 보고에만 의존하지 않고 다른 경로를 통해 직접 지방 동무들을 성위원회로 불러 정황을 설명하게 하고 여러 방면에서 종합적으로 분석 검토했다면 결코 지금 같은 일들은 발생하지 않았을 것 아니겠습니까?

라오마는 듣다가 어리둥절해했다.

"소우(紹禹, 왕명의 별명) 동지, 제가 일을 잘하지 못한 건 인정합니다만, 지금과 같은 일들이란 무슨 일입니까?"

왕명도 참지 못하고 화를 내기 시작했다.

"그거 보십시오. 동무는 지금도 만주에 발생한 일들이 대체 무슨 일인지도 파악하지 못하고 있단 말입니다. 하나만 물어봅시다. 동무는 만주에서 우리 당이 영도하는 항일유격대를 결성하는 과정에서 항일민족통일전선전략을 가장 잘 집행해온 사람이 누구라고 생각하십니까? 먼저 떠오르는 인물이 누굽니까?"

"구국군에서 활동해온 분들이겠지요?"

"그러니까요. 이름을 한둘 대보십시오."

"네, 이연록, 주보중 동무일 것입니다."

"그렇지요, 이연록입니다. 왕덕림의 구국군에서 가장 일찍부터 활동해왔고 후에 주보중 같은 동무들도 모두 이연록 동무 연줄을 타고 구국군으로 들어갔습니다. 그런데 알고 있습니까? 이연록 동무가 어떻게 지내는지 알고 있냐는 말입니다."

라오마가 이처럼 세세한 일들에 대해 알고 있을 리 없었다. 오히려 수만 리 떨어진 모스크바에서 왕명이 만주 일을 자기 손바닥처럼 환하게 꿰뚫고 있는 것이 신기하기만 했다.

"이연록 동무야말로 우리 당의 1·26지시편지 정신을 가장 잘 집행하고 관철해왔던 대표 실천가인데, 그는 동만과 길동에서 계속 비판받고 박대당했습니다. 이게 어떻게 된 일입니까?"

라오마도 가까스로 대답할 거리를 찾았다.

"아, 이연록 동무가 비판받았다는 이야기는 나도 후에야 얻어들었습니다. 그때는 내가 만주에 가지 않았을 때인데, 그 동무가 지시편지 정신을 잘 관철해서 일본인 공산당원(이다 스케오, 伊田助男)이 의거한 일도 있었다고 합디다."

"그게 의거입니까? 이다 스케오야말로 원래 공산당원입니다. 우리의 적 일본 파시스트에게 자살로 항전한 분이 아닙니까."

왕명은 라오마에게 그 외에도 또 이연록의 일을 이야기했다. 1933년 5월, 영안현 동남부 소수분하(小綏芬河) 기슭에 있는 팔도하자(八道河子, 오늘의 영안시 동남부)에서 전투 중이었던 이연록은 1·26지시편지 정신을 전달하는 동만특위 군정간부 확대회의에 참가하라는 통지를 받고 노야령을 넘어 소왕청 유격근거지에 갔다. 다시 북만주로 돌아갈 때는 특위 결정으로 부대를 절반이나 동만주 땅에 남겨두게 되었다. 영안에 남겨두었던 참모장 장건동(張建東)의 한 대대는 이미 주보중의 수녕반일동맹군에 편입되었다. 이연록에게는 멀리 밀산(密山) 지방으로 나가 새로운 근거지를 개척하라는 임무가 내려졌는데, 행군 도중에 또 정치위원 맹경청(孟涇淸)을 지방으로 전근시킨다는 명령이 전달되었다.

이연록이 구국군에서 직접 데리고 나온 부대를 이런 식으로 다 갈라내간 것도 모자라 참모장과 정치위원까지 모두 전근시켜버린 것이다. 밀산에 도착했을 때 그동안 데리고 다니던 부대가 가장 많았던 이연록은 빈털터리가 되다시피 했다. 그런 데다가 밀산현위원회로부터 박대 받아 그 지방에서 발을 붙일 수 없게 되었다.

이때 중국공산당 밀산현위원회 서기는 박봉남(朴鳳南, 김만흥金万興)이라는 조선공산당 화요파 출신 간부였다. 그는 이연록의 구국군이 출신 성분이 불분명하다는 이유로 그의 부대가 밀산현 경내로 들어오는 것을 가로막았다. 한편으로는 정치위원과 참모장을 직접 임명하여 내려 보내면서 유격군이 함부로 목릉하(穆棱河) 이북으로 접근하면 안 된다고 엄포를 놓았다. 밀산현 남쪽 지방에 비해 상대적으로 안전했던 목릉하 이북은 군중 기초도 좋았을 뿐만 아니라 밀산현위원회 기관의 본거지이기도 했다.

이연록은 밀산현 남쪽 지방에서 일만군의 토벌을 만나 여기저기 쫓겨 다니면서 갖은 고초를 다 겪었다. 결국 군량까지 떨어져 부대 전원이 굶어죽을 지경까지 되었다. 대원들 대부분은 모두 영안현 출신이어서 밀산을 떠나고 싶어 했다. 밀산현위원회는 이연록 유격군이 백성들에게서 군량을 얻는 일도 백방으로 가로막았다. 이렇게 되자 차츰 도주병이 생겨났다. 유격군 제2연대 연대장 왕육봉(王毓峰)은 이연록에게 영안현으로 돌아가 주보중 부대와 합치자고 졸랐다.

"여기서 더 시간을 끌다가는 도주병을 막을 방법이 없습니다. 일단 우리 2연대라도 먼저 영안으로 돌아가겠습니다."

이연록은 왕육봉의 요청을 받아들이지 않을 수 없었다. 왕육봉의 2연대뿐만 아니라 기병대대까지도 영안으로 돌아가 주보중 부대와 합류했다. 이연록에게는 겨우 보안중대와 양태화(楊太和)의 제1연대만 남게 되었다. 대원 수도 100여 명 남짓이었다.

1933년 겨울이 되자 밀산현위원회가 파견한 정치위원과 참모장, 정치부 주임 등 간부들도 모두 소환되어 돌아갔다. 왕덕림의 구국군에서 함께 일했던 밀산현위원회 선전부장 이성림이 몰래 이연록을 찾아와 말했다.

"지금 우리 밀산현위원회에서는 이연록 동지가 왕덕림의 구국군에서 활동했던 일로 '국민당의 상층분자들과 결탁했다'고 규정했습니다. 이는 당 중앙의 1·26지시편지 정신과 부합하지 않는다는 것입니다. 하지만 왕덕림의 구국군과의 합작을 과연 '국민당 상층분자들과의 합작'으로 봐야 할지 말지는 성위원회에서 결정할 일입니다. 그러니 한번 성위원회에 제출하여 보십시오."

이연록은 남은 부대를 밀산현 남부의 황와집(黃窩集)이라는 깊은 산 속에 숨겨두고 혼자 하얼빈 만주성위원회를 찾으러 돌아다녔으나 도저히 연락할 수 없었다. 하얼빈에서 허탕치고 오갈 데가 없게 된 이연록은 내친김에 상해로 가는 열차에 몸을 실었다. 직접 중국공산당 중앙위원회로 찾아가서 한번 시비를 따져보기 위해서였다. 그러나 이때는 중앙이 소비에트근거지로 철수하고 상해에는 임시중앙국이 남아 있었다. 그런 연유로 아무도 이연록을 만나주려 하지 않았고, 설사 만났어도 누가 나서서 이 문제를 해결할 수도 없었다. 결국 상해에서도 허탕만 치고 황와집으로 돌아왔을 때는 1934년 8월경이었다. 그때까지도 양태화 등 부대원들은 흩어지지 않고 산속에서 이연록만 눈 빠지게 기다리고 있었다.

"군장 동지, 갔던 일은 어떻게 되었습니까? 상급 당 조직은 찾았습니까?"

이연록은 어쩔 수 없어 거짓말을 했다.

"아, 그럼 찾고말고, 중국공산당 중앙에서는 항일투쟁에 대한 신심을 버리지 말고 끝까지 손잡을 수 있는 모든 항일세력들과 손잡고 왜놈들을 쫓아낼 때까지 만주에서 투쟁하라고 했습니다."

"그런데 왜 몰골이 이 모양입니까?"

지칠 대로 지친 데다가 너무 여위어 뼈에 가죽만 한 꺼풀 남은 지경이 된 이연록을 쳐다보면서 모두 반신반의했다. 그런데 이때 일이 풀리려 했던지 이성림이 갑자기 연락도 없이 불쑥 이연록을 찾아왔다.

"큰일났습니다. 이연록 동지, 저희를 도와주십시오."

이성림은 지난겨울 유격군이 동면 상태로 지내는 동안 구국군 삼림대들이 목릉하 이북 쪽에 들어왔다가 밀산현위원회 산하 유격대와 마찰이 생긴 일을 자세하게 이야기했다.

"이연록 동지가 없는 동안 삼림대가 우리 유격대 거점인 목릉하 북쪽으로 들어와 계속 노략질하고 다녔습니다. 우리 유격대 병력보다 월등해 계속 당하면서도 되도록 부딪히려고 하지 않았습니다. 더는 참을 수 없는 지경까지 와서 유격대와 삼림대가 붙게 되었는데, 우리 유격대가 통째로 포위되어 무장해제까지 당하게 되었습니다. 아무리 사정해도 총을 되돌려주려 하지 않습니다."

그 말을 들은 양태화가 일어났다.

"아니, 우리는 한집 식구인데도 목릉하 북쪽에는 얼씬거리지도 못하게 하더니 어떻게 삼림대는 그쪽 땅에 들여놓았답니까? 삼림대한테 당하고 나니 이제야 우리가 보입니까?"

"그때 일은 현위원회에서 잘못한 부분도 있으니, 내가 박 서기를 대신해서 사과하겠습니다. 그러나 다 같이 공산당이 지도하는 유격대 아닙니까. 어떻게 수수방관할 수 있단 말입니까?"

"박 서기라는 자가 직접 와서 사과한다면 우리가 나서겠소."

이연록 부하들이 이런 식으로 나오자 이성림이 말했다.

"좋습니다. 그럼 내가 돌아갔다가 박 서기와 함께 다시 오겠습니다."

이성림은 돌아가 박봉남에게 권했다.

"아무래도 박 서기가 직접 찾아가 사과하지 않으면 유격군이 나설 것 같지 않습니다."

그러자 박봉남은 벌컥 화를 냈다.

"거 참, 웃기는 사람들이구만. 우리 사정도 있어 이번 문제만 해결되면 그냥 이연록 문제는 넘어가 주려 했는데, 어떻게 이런 식으로 시비를 헷갈릴 수 있단 말이오? 가서 다시 전하오. 유격군도 우리 공산당 군대이지 이연록 개인 군대는 아니잖는가 하고 말이오. 만약 계속 이런 식이라면 성위원회에 보고하여 이연록에게 당 처분을 안길 것이라고 말이오."

"그러면 안 됩니다. 유격군 대원들의 감정이 좋지 않습니다. 잘 달래고 설복해도 들어줄지 말지인데 이런 식이면 더 어려워집니다. 우리 유격대의 무장을 되찾지 못하면 유격대가 해산될 수도 있습니다. 그러면 우리도 상급 당 조직에 할 말이 없게 됩니다."

"그러면 나더러 어떻게 하라는 거요? 가서 빌기라도 하란 말이오?"

"비는 것이 아니지요. 적당한 정도에서 서로 사과하고 타협하면 안 되겠습니까? 어차피 우리가 유격군을 너무 혹독하게 대한 면도 없지는 않잖습니까. 그점을 우리 쪽에서 먼저 사과합시다. 이연록 동지도 이해할 것입니다."

이성림이 이렇게 설득해도 박봉남은 쉽게 움직이려 하지 않았다. 이들이 한창 머뭇거리고 있을 때, 만주 중국공산당 역사에서 아주 주요한 인물 하나가 불쑥 밀산 땅에 나타났다.

2. 오평의 출현

바로 오평(吳平)[131]이었다. 오평은 중국공산당 코민테른 대표단 단장 왕명의

---

131 오평(吳平, 별명 양송楊松, 1907-1942년) 항일운동가. 중국 호북성 대오현에서 태어났다. 1927년 소련 모스크바 중산대학에서 중국공산당에 가입, 태평양국제직공회 비서처 중국부 주임, 코민테른 주재 중국공산당 대표단, 중국공산당중앙 선전부 비서장, 중국공산당중앙 기관지 <해방일보> 총편집 등을 역임했다. 1931년 왕명의 파견으로 중국공산당 만주성위원회 위원 손광영(孫廣英, 주극실朱克實)에게 코민테른과 만주성위 사이에서 연락을 담당하는 길동국을 설립하라는 코민테른 주재 중국공산당 대표단의 결정을 전달하고 구체화 작업을 했다. 길동국이 파괴되자 직접 만주로 나와 길동특별위원회를 조직하고 특위 서기직을 맡았다. 동북항일연군 제4, 5군 건립에 직

심복으로, 본명은 오조일(吳兆鎰)이며 1907년생이었다. 만주에 파견되었을 때 양송(楊松)이라는 별명을 사용했다. 1927년 모스크바 중산대학에 유학해 공산주의 이론을 공부했고 졸업 후에는 학교에 남아 정치경제학과 교원 겸 러시아어 통역을 담당했다. 1928년 중국공산당 제6차 당대표대회에 참석하고 공청단 중앙위원으로 선출되었다. 다시 왕명을 따라 중국공산당 코민테른 대표단원으로 모스크바에 갔다가 블라디보스토크에 주재하면서 코민테른 태평양국제노동자위원회(太平洋國際工會) 중국부 주임을 담당했다.

그런데 태평양국제노동자위원회는 왕명이 중국공산당 코민테른 대표단 단장으로 모스크바에 가기 전부터 있었고, 만주성위원회는 이 노동자위원회 중국부와 서로 연락할 수 있는 상설기구를 블라디보스토크와 비교적 가까웠던 길림 동부지구에 설치했다. 속칭 길동국(吉東局)으로 불린 이 상설기구는 당시 성위원회 위원이었던 손광영(孫廣英) 등이 블라디보스토크로 부지런히 오간 결과 1933년 4월에 정식으로 성립되었으나 이듬해 바로 파괴되었다. 그런데 1934년 8월에 접어들면서 직접 만주 일에 손대기 시작한 왕명은 오평에게 이런 지시를 내렸다.

"상해의 임시중앙이 모조리 파괴되었고 이죽성, 성충량이 모두 체포되어 투항했으니 이 사람들이 지도했던 만주성위원회를 믿을 수 없소. 그러니 빠른 시일 내로 길동국 당 조직을 재건해야 합니다. 그러나 이름은 길동국으로 하지 말고 길동성위로 합시다."

"만주성위원회가 이미 있는데, 또 다른 성위원회 이름으로 조직기구를 만들면 혼란이 생기지 않을까요? 동만이나 북만처럼 일단 길동특위라고 하는 것이

접 관계했고, 1934년 겨울에는 민생단으로 몰려 영안으로 피신했던 김일성과도 직접 만났다.

어떻겠습니까?"

오평이 걱정하니 왕명은 설명했다.

"우리 코민테른의 지시를 직접 전달하고 관철시켜야 하는 길동 지방의 당 조직 수뇌부가 지역급 특위이어선 안 됩니다. 처음에 밀고 나가야 합니다. 만주성위원회는 아무래도 믿을 수 없으니 길동성위원회가 되어야 합니다."

하지만 오평의 고집도 만만치 않았다.

"만주성위원회를 믿기 어려운 건 저도 동의합니다. 그러나 조직기구가 엄연히 존재하고 각지 당 조직도 만주성위원회의 지도를 받았던 것도 사실인데, 우리가 갑작스럽게 길동성위원회를 따로 만든다면 일대 혼란이 빚어질 것은 불보듯이 뻔합니다. 때문에 먼저 특위로 명명해야 합니다. 만주성위원회를 정식으로 해산한 다음 그때 가서 길동특위를 길동성위원회로 바꾸는 것은 어려운 일이 아니잖습니까."

오평의 말에 왕명도 수긍했다.

그리하여 오평은 원 길동국 팔면통(八面通) 교통참의 책임자 전요선(田耀先)과 전중초(田仲樵) 부녀의 안내로 목릉현에 도착했다. 목릉현 하성자구 하서툰(穆棱縣 下城子區 河西屯)은 과거 길동국 기관이 자리 잡았던 동네이기도 했다. 여기서 오평은 과거 길동국 산하에 있었던 당 조직들을 다시 복구하는 작업을 진행했다.

이때 오평에게 불려온 밀산현위원회 서기 박봉남은 호되게 공격받았다. 이연록 유격군이 밀산현 경내에서 갖은 수모를 받아가면서도 끝까지 흩어지지 않고 살아남아 있다는 소식을 들었을 때, 오평은 너무 감동해 박봉남에게 말했다.

"내가 누구보다도 먼저 이연록 동지부터 만나야겠습니다."

오평은 영안에 가서 주보중과 만나기로 약속되어 있었으나 이때는 이연록과 만나는 일이 더욱 급했다. 물론 박봉남도 급했다. 그는 직접 밀산현위원회 주요 당직자들을 모두 데리고 오평과 함께 이연록을 찾아갔다.

"제가 정말 죽을죄를 졌습니다."

박봉남은 이연록 두 손을 잡고 진심으로 사죄했다. 그리고 오평에게 요청했다.

"제가 엄중한 착오를 범했습니다. 저를 처분하여 주십시오."

"아닙니다. 1·26지시편지가 밀산현위원회에 제대로 전달되지 못한 것은 길동국이 파괴되었기 때문이지 결코 박 동무 한 사람 책임으로 돌릴 수는 없습니다. 지금이라도 늦지 않았습니다. 박 동무가 최선을 다해 이연록 동지를 도와야 합니다. 유격군이 지금까지도 흩어지지 않고 이 밀산 땅에 이처럼 튼튼하게 발을 붙이고 있는 것이 얼마나 다행입니까."

오평은 이연록에게 물었다.

"그런데 이연록 동지는 1·26지시편지 정신을 어디서 전달받았습니까?"

"길동국이 아직 성립되지 않았을 때 영안현위원회는 동만특위의 영도를 받았습니다. 작년(1933년) 5월에 동장영 동무의 연락을 받고 제가 유격군 제2연대와 제3연대 그리고 기병대대까지 합쳐 500여 명을 데리고 동만에 갔습니다. 그때도 동만 동무들이 나를 비판하면서 왕덕림 구국군에서 연합전선을 맺었던 것을 '국민당 반동 상층분자'들과 결탁했던 행위라고 몰아붙였습니다. 그때는 다행히도 동장영 동무가 저를 두둔해주어서 무마되었는데 밀산에 나와서 또 골탕먹게 된 것입니다."

이연록은 오평에게 부탁했다.

"오평 동지께서 코민테른을 대표하여 한 말씀만 해주십시오. 저희가 구국군에서 활동했던 것이 과연 '국민당 반동 상층분자'들과 결탁했던 행위입니까? 아닙니까? 이 문제는 나뿐만 아니라 모든 구국군에서 활동했던 당원 동무들의 명예와도 관계되는 문제입니다."

오평은 박봉남 등 밀산현위원회 주요 당직자가 모두 모인 자리에서 대답했다.

"우리 당의 1·26지시편지가 아직 발표되지도 않았던 때에 이연록 동지를 비롯한 많은 동무가 구국군에 들어가 활동했던 것이야말로 우리 당이 주장하는 항일통일전선을 위하여 빛바랠 수 없는 큰 공을 세운 것입니다."

오평은 또 이연록에게 물었다.

"밀산유격대가 삼림대에게 무장해제당한 일은 어떻게 해결했으면 좋겠습니까?"

그러자 이연록이 대답했다.

"총을 되찾지 말고 그냥 삼림대에 주십시오. 단 조건은 '끝까지 항일투쟁해야 한다.'고 하십시오. 그러면 삼림대도 언젠가는 우리 유격대와 손잡게 될 것이고, 좀 더 시간이 흐르면 우리 유격대에 흡수될 수 있을 것입니다. 밀산유격대의 총기는 저희 유격군에서 해결해 드리겠습니다."

오평은 감탄하여 마지않았다.

"박 서기 동무, 들으셨습니까? 이 얼마나 멋지고 또 멀리 내다보는 것입니까! 우리가 이런 포부와 배짱 없이 어떻게 만주의 항일투쟁을 지도할 수 있겠습니까. 이연록 동지의 의견대로 하십시오."

이연록의 방법은 큰 효과를 냈다. 그러잖아도 이연록이 다시 돌아왔다는 소식을 듣고 은근히 겁에 질렸던 삼림대는 빼앗았던 밀산유격대 총들을 다시 돌려주려고 연락하는 중이었다. 이 일이 있은 후 삼림대 쪽에서 먼저 이연록에게 사람을 보내와 유격군의 지휘를 받겠노라고 약속했다.

이때부터 박봉남의 적극적인 후원을 받게 된 이연록 유격군은 밀산 지방의 모든 삼림대와 구국군 잔존 부대를 유격군으로 개편했고, 밀산현 합달하(哈達河)

에 유격근거지까지 개척했다. 이연록 유격군이 항일동맹군으로 이름을 바꾼 것도 바로 이때 일이다. 밀산현 경내의 여러 항일 세력들을 규합하여 통일적으로 지휘하기 위하여 항일동맹군 총사령부를 만들었는데, 이연록이 총사령에 추대되었고 박봉남은 밀산현위원회 서기직에서 내려앉았다.

신임 서기는 '라오맹(老孟, 장묵림張墨林)'이라는 별명으로 불리던 원래의 조직부장이 임명되었다. 이연록은 선전부장 이성림을 서기로 추천했으나 오평은 다른 생각이 있었다.

"대륜(大倫, 이성림의 별명) 동무는 더 요긴하게 쓰일 동무입니다. 이번에 내가 데리고 떠나겠습니다. 문제는 박봉남 동무입니다. 너무 좌경화되어 있어서 이대로 지방에 두기가 불안합니다. 이연록 동지가 보기에는 어디에 배치하면 좋겠습니까?"

이연록은 그렇게나 박봉남에게 박해받고도 박봉남을 위해 말했다.

"박 서기 동무의 사상은 1·26지시편지 정신을 제시간에 전달받지 못했기 때문이기도 하니 이 일은 그냥 덮고 넘어갑시다."

이연록은 박봉남을 동맹군 당위원회 서기로 임명해달라고 요청했다. 밀산유격대도 이때 동맹군에 합류했고 동맹군은 동북항일동맹군 제4군으로 개편되었다. 훗날 성립되는 항일연군 제4군의 모태였다. 한편, 밀산을 떠날 때 오평은 이연록과 한차례 긴 대화를 주고받았다. 바로 민생단과 관련한 문제였다.

오평은 이연록에게 물었다.

"나는 동장영 동무가 구국군과의 통일전선에 관해 굉장하게 열정적이었고 또 적극적으로 지지하고 후원했던 것으로 압니다. 그런데 민생단 문제에서는 어떻게 그리도 경솔하고 과격하게 일을 몰아갔는지 모르겠습니다. 동지는 한때 동만주에서도 활동했고 동장영 동무와도 잘 아는 사이니, 그 이유를 알 것 아니겠습니까? 제가 보기에는 결코 절대로 간단하게 넘길 문제가 아닌 것 같습니다."

이연록은 자세하게 설명했다.

"제가 동만주에서 보낸 시간은 아주 짧습니다. 작년(1933년) 5월에 동만특위에서 1·26지시편지 정신을 전달하려고 군정확대회의를 소집했는데, 제가 유격군 제2연대와 3연대, 기병대대까지 1,000여 명의 대원을 데리고 소왕청근거지에 갔습니다. 그때 일본군 가메오카 무라이치(龜岡村一)가 지휘하는 일만군 혼성 여단 수천여 명이 갑작스럽게 소왕청근거지를 공격해오는 바람에 제가 동만에 남아서 한동안 소왕청근거지를 보호하는 전투를 총지휘하게 되었습니다."

김성주는 회고록에서 이 전투를 왕청유격대 대대장 양성룡과 정치위원이었던 자기가 지휘했노라고 회고했다. 이때 왕청유격대는 이광 별동대까지 다 합쳐도 200명 정도였지만, 이연록 유격군은 1,000여 명에 달했다. 대두천에서 일자장사진(一字長蛇陣)으로 기다랗게 방어선을 치고 진지 참호들에서 거듭되는 토벌대 공격을 막아냈던 것은 바로 이연록 유격군이었다.

사실 김성주나 이연록이나 이때 회고 내용은 다 믿기 어렵다. 이연록은 이때 자기가 데리고 갔던 유격군이 3,000여 명이나 되는 일본군 토벌대를 모조리 섬멸했노라고 뻥을 쳐 후세의 조롱거리가 되고 말았다. 그러나 전투 총지휘권이 이연록 손에 있었음은 분명한 사실이다.

이때 이연록 휘하 별동대가 대두천전투 직후, 대장 이광의 인솔로 동림하 강변에서 일본군 병사의 시체를 발견한 일이 있었다. 이 시체 옆에서 주운 일본어로 쓰인 쪽지를 이광이 직접 이연록에게 가져다 바쳤고, 이연록은 동장영에게 이 쪽지를 번역하게 했다. 동장영은 이 쪽지를 보고 놀라지 않을 수 없었다. 이 일본인 병사는 공산당원이었기 때문이다. 쪽지에는 이런 내용이 씌어 있었다.

친애하는 중국 유격대 동지들.

나는 산골짜기에 살포된 당신들의 삐라를 읽어보고 당신들이 공산당 유격대임을 알게 되었습니다. 당신들은 애국주의자이며 국제주의자입니다. 저는 당신들과 어깨를 나란히 하고 공동의 원수를 족치고 싶었습니다. 하지만 전 파쇼 야수들에게 포위되어 갈 길이 없습니다. 저는 자살하기로 결심했습니다. 내가 자동차로 운반해온 탄약 10만 발을 당신들에게 드립니다. 북쪽 소나무숲에 감추어 두었으니 이 탄알로 일본 파쇼를 향해 용감히 사격하십시오. 제 몸은 죽지만 정신은 영생할 것입니다. 당신들의 신성한 공산주의 위업이 하루속히 성공하길 축원합니다. 관동군 간도일본치중대 일본공산당원 이다 스케오(伊田助男). 1933년 5월 30일[132]

소왕청근거지에서는 동장영의 사회로 이 일본인 공산당원 추도식이 열리기도 했다. 이다 스케오 시신은 왕청 땅에 묻혔고, 근거지 백성들이 모두 나와서 이다 스케오를 애도했다.

1·26지시편지가 동만주에 전달된 것도 바로 이때다. 하지만 동만특위 군정확대회의에서 이연록 유격군에게 공격의 화살이 날아갔는데, 구국군 출신 유격군들의 군율이 산만했던 것이 주요 원인이었다. 이들 가운데는 국민당에 가입했던 사람들도 있었는데, 그들은 근거지 사람들이 국민당과 장개석을 '반동분자'나 '투항분자'라고 비판하는 것에 극도로 민감하게 반응했다. 다행스럽게도 동장영이 나서서 이연록을 감싸주었다.

"일제 왜놈들과 싸우는 일은 우리 공산당만의 일이 아닙니다. 전체 중화민족의 일입니다. 그러니 모든 반일세력과 손을 잡아야 하며, 그들과 항일민족통일

---

132 李延錄, 『過去的年代』, 黑龍江人民出版社, 1979, 183쪽.

전선을 건립해야 합니다. 이연록 동지가 직접 구국군에 잠복하여 많은 일을 해 냈는데, 반드시 인정해야 하고 또 긍정받아 마땅합니다."

반대론자들은 이연록이 구국군에 잠복했다기보다는 직접 구국군 참모장으로 위임되어 줄곧 구국군 상층부와 함께 일한 점을 강조하면서 그가 국민당 반동 상층분자들과 결탁했던 것으로 몰아가려 했다. 1·26지시편지 정신에 결코 부합 되지 않는다는 것이었다. 이에 대해서도 동장영은 끝까지 이연록의 역성을 들어 주었다.

"이연록 동지의 줄을 타고 숱한 우리 동지가 구국군에 들어가 잠복할 수 있었 고, 또 왕덕림이 소련으로 도주할 때도 이 동지의 과감한 결단으로 우리 당이 직 접 지도하는 보충연대가 통째로 구국군에서 갈라져 나와 오늘의 유격군이 결성 될 수 있었습니다. 이것을 어떻게 잘못이라고 할 수 있겠습니까? 나는 이 동지 에게 공은 있을지언정 결코 과오는 없다고 봅니다."

이때 동만특위에 도착하여 이연록을 공격했던 사람이 바로 만주성위원회 순 찰원 반경유와 양파였다. 다행스럽게도 동장영이 이연록을 극구 비호했기 때문 에 이연록은 무사히 동만을 떠나 밀산 쪽으로 갈 수 있었다. 그러나 국민당 반동 상층분자들과 결탁했다는 죄명은 오평과 만나기 전까지 줄곧 벗겨지지 않았다.

"이연록 동지 이야기를 들어보면 동장영 동무도 사상적으로는 참으로 건강하 고 똑똑한 동무인데, 그가 왜 민생단 문제를 이처럼 극단적으로 몰아갔는지 모 르겠습니다."

오평은 민생단 문제를 좀 더 깊이 이해하기 위해 직접 동만으로 나가볼 생각 도 없지 않았으나 길동특위 설립 때문에 정신없이 뛰어다니다 보니 도저히 몸을 뺄 수가 없었다. 길동 지방으로 나올 때 블라디보스토크에서 라오마와 만났던 오평은 동만주에서 1·26지시편지 정신이 제대로 관철되지 못한 것은 바로 '조선국 파쟁주의자와 민생단 분자들이 하나가 되어 동만 당내에 일본 첩자 집단을 만들고 당의 지도기관을 차지했기 때문'이라는 말을 듣고 몹시 의아해했다.

"혹시 성위원회에서 잘못 내린 일방적인 판단은 아닙니까?"

"아닙니다. 방금 제가 한 말은 작년 9월에 열렸던 동만특위 확대회의에서 내린 결의문입니다. 그 후 민생단으로 판결받고 처형당한 간부가 아주 많습니다. 물론 지금도 민생단숙청사업으로 몹시 바삐 보낼 것입니다."

라오마 자신도 자세히 모르다 보니 이처럼 떨떠름하게 대답할 수밖에 없었는데 그럴수록 오평의 의혹은 커져만 갔다. 이때 이연록이 오평에게 귀띔했다.

"만약 영안 쪽으로 내려가면 주보중 동지에게 한번 물어보시오. 주보중 동지가 올해 나자구 쪽으로 나가 동만 동무들과 함께 몇 차례 연합작전을 지휘했고 또 동만 동무들이 영안에 종종 옵니다. 아마도 훨씬 더 자세한 정보를 얻을 수 있을지도 모릅니다."

오평은 밀산에서 호림(虎林)과 보청(寶淸)을 거쳐 요하(饒河) 쪽으로 올라가려던 계획을 바꿔 남쪽 영안을 향해 갔다. 길동특위를 조직할 때 흑룡강성 북부 소만국경과 잇닿아 있는 요하 지방을 반드시 직접 관할구역에 넣으라는 것이 왕명의 지시사항이었다. 장차 만주성위원회를 대체할 길동특위의 지리적 중요성을 감안했기 때문이다.

3. 강신태와 강신일 형제

이 이전에 요하중심현위원회는 북만특위의 지도를 받았고, 중국인 특위 간부 소매(蘇梅)가 조선인 간부 서봉산(徐鳳山, 이양춘李陽春)을 데리고 직접 요하 지방에 내려와서 활동했다. 서봉산의 친구였던 황포군관학교 교관 출신 최석천(최용건)과 이학복(李學福), 박진우(朴振宇, 김산해金山海) 등을 중심으로 조직된 요하의 조선독립군이 이때 요하 주변 10여 갈래의 삼림대와 손잡고 요하 지방 항일동맹군으로 개편될 계획이었다.

오평이 밀산에서 요하 쪽으로 가려 했던 것은 바로 요하 지방 항일동맹군을 이연록 항일동맹군과 합병해 남만의 제1군과 동만의 제2군 그리고 북만의 제3군에 이이서 길동의 제4군 편제로 완성시키려는 목적이었다. 이연록이 구국군에서 데리고 나왔던 부대 대원 수가 가장 많았으나 이리저리 갈라내 이때는 사실상 와해 직전이었다. 만약 시급하게 부대를 보충하지 않으면 군 편제를 사용할 수 없었는데, 그때 요하중심현위원회에서 파견된 요하민중반일유격대 정치위원 박진우가 오평과 만나러 밀산에 달려왔다.

박진우에게 요하의 민중반일유격대가 설립된 과정과 배경을 자세히 들은 오평은 유격대 대장 최석천과 정치위원 박진우가 모두 운남 육군강무당에서 군사를 배웠고, 최석천은 황포군관학교 교관까지 했다는 걸 알게 되자 감탄해 마지않았다.

"요하민중반일유격대를 이연록 동지의 항일동맹군에 편입시킵시다. 최석천, 박진우 같은 군사 전문가들이 포진한 부대가 들어오면 제4군을 편성하는 데 상당히 도움이 될 것입니다. 이연록 동지가 장차 북만주 쪽으로 활동 지역을 옮기는 데도 도움이 되도록 대륜(이성림) 동무를 벌리현위원회 서기로 임명할 생각입니다."

오평의 말뜻을 제대로 이해하지 못한 이연록이 물었다.

"북만주는 조상지 부대가 이미 3군을 결성하지 않았습니까? 만주성위원회에서 직접 장악했다고 아는데, 내가 밀산에서 활동지역을 그쪽으로 옮길 것이라는 말입니까?"

오평은 하나둘씩 코민테른의 의도를 알려주었다.

"지금은 구상에 지나지 않지만 언젠가는 그렇게 될 것으로 봅니다. 이 동지뿐만 아니라 영안의 주보중 동지까지도 부대를 나눠 길동 지방 근거지를 확충해나갈 것입니다. 장차 만주의 항일투쟁은 길동특위가 중심이 되어 지도하게 될지도 모릅니다."

이는 만주성위원회 비서장 풍중운, 조직부장 유곤 등이 파견되어 내려가 있었던 북만주 지방에 대해서도 왕명을 비롯한 코민테른이 완전히 마음 놓지 않았음을 보여준다.

후에 벌리현위원회 서기로 임명되어 활동했던 이성림이 1936년 3월 오평에의해 북만특위를 총괄하는 송강성위원회 서기에 임명되었을 때, 조상지 등이 크게 반발했던 것도 다 이런 이유 때문이었다.

오평이 밀산의 합달하 북산에서 이연록과 헤어져 영안현으로 돌아온 것은 1934년 12월이었다. 11월 한 달 동안 밀산에서 지내면서 동북항일동맹군 제4군 성립을 주도했던 오평은 이연록을 제4군 군장으로 임명하고 정치부 주임에는 하충국(何忠國), 참모장에는 호륜(胡倫)을 임명했다. 요하민중반일유격대는 4군 산하 제4연대로 편성되고 연대장에 이학복(李學福, 이보만李保滿), 부연대장 겸 정치위원에 박진우, 참모장에는 최석천이 임명되었다.

오평은 곧바로 주보중의 수녕반일동맹군을 동북반일연합군 제5군으로 개편하는 작업에 들어갔다. 이때 영안 사정도 좋지는 않았다. 영안현위원회 서기 우홍인(于洪仁, 자 박안)이 1933년 한 해 동안 별명이 '평남양'인 이형박(李荊璞) 부대에서 활동하다가 이 부대를 개편하여 공농반일의무대(工農反日義務隊)로 만들었다.

이듬해 1934년 우홍인과 이형박은 영안 주변 반일삼림대들과 손잡고 천교령 경내의 한 산속 양지에 1,000여 명을 주둔시킬 수 있는 큰 규모의 근거지를 만들었다. 삼림대들을 근거지로 불러들여 그들을 공농반일의무대로 개편하던 중 삼림대들이 반란을 일으키는 바람에 그만 우홍인이 살해당하고 말았다. 이때 이형박도 반란부대에 납치되어 만주군 병영으로 압송당하던 중 영안현 팔도하자를 지나게 되었는데, 팔도하자에서 연년생으로 각각 열여섯과 열다섯 살밖에 되지않았던 조선인 소년형제 둘이 자기보다 머리 하나씩은 더 큰 부하 10여 명을 데리고 반란부대를 습격하여 이형박을 구해냈다. 이 소년형제가 바로 강신태(姜信泰), 강신일(姜信一) 형제였다.

형 강신태는 해방 후 북한군 초대 총참모장이 되는 강건(姜健)[133]이다. 1918년 생으로 고향이 경상북도 상주인 강신태는 열 살 되던 1928년 부모를 따라 만주로 이주하여 영안현 팔도하자에 정착했다. 이때 팔도하자는 대종교 세상이었다. 함경남도 영흥군 출신의 독립운동가 김중건(金中建)이 개척한 조선인 동네로, 김중건이 평소 개화장(開化杖, 지팡이)을 짚고 다녀 팔도하자를 '김소래지팡이'로 부르기도 했다. 김중건 별명인 소래(笑來)에 '지팡이'를 붙인 이름이었다.

---

133 강건(姜健)은 강신태(姜信泰)가 1945년 이후 사용했던 이름이다. 1933년부터 반일유격대에 참가하였다. 항일연군 시절에는 제5군에서 군장 주보중의 최측근 경호관으로 활동했고 1934년에 민생단사건으로 영안 지방에 피신했던 김일성과 처음 만나 인연을 쌓았다. 이후 1939년에는 2로군 산하 제5군 3사 9연대 정치위원으로 활동하였다. 1940년 이후에는 소련 극동군 제88국제여단에 들어갔으며 김일성의 핵심 측근이 되었다. 1945년 광복이 되자 박낙권, 최광 등과 함께 중국 연변으로 돌아와 연변군분구를 설립하였고 제1임 사령관이 되었다. 1년 뒤인 1946년에 귀국하여 조선인민군 창군 작업을 지휘했다. 1948년 조선인민군 총참모장, 북조선노동당 중앙위원회 위원, 최고인민회의 대의원을 지냈다. 6·25전쟁에 참전했다가 경북 안동에서 지뢰 폭발 사고로 전사한 것으로 알려졌다. 그가 전사한 후, 장례식에서 김일성과 박헌영이 직접 관을 운구했으며, 공화국 영웅 칭호를 받았다. 제1군관학교를 개명한 평양 강건종합군관학교는 그의 이름을 딴 것이다. 아들 강창주도 조선민주주의인민공화국 군인이다.

한편 해방 후 북한 내각 부수상이 되었고, 1950년 한국전쟁 때 북한군 전선사령관이었던 김책은 1930년 여름에 영안현위원회 산하 동경성구위원회 서기직을 맡고 있었다. 그는 조선인들이 가장 많이 살던 팔도하자에 거처를 잡았고, 이 팔도하자를 중심으로 영안현의 첫 소비에트 정부 성립을 추진하고 있었다. 그는 김중건이 설립한 학교의 교사로 취직했는데, 그때 김책한테 배운 학생들 가운데 강신태, 강신일 형제도 있었다.

이 두 형제는 벌써 10대 초반의 나이에 공청원이 되는 등 팔도하자에서 가장 주목받는 소년들이었다. 형 강신태는 열다섯, 동생 강신일은 열네 살 나던 해인 1933년에는 모두 2, 30대 청년들의 세상이었던 적위대에 참가하여 팔도하자에서 제일 큰 조선인 지주였던 김중건을 마을에서 몰아내는 일에 누구보다 앞장섰다.

어쨌든 이형박은 강신태, 강신일 형제의 도움으로 탈출하여 주보중에게 왔다. 생전에 이형박은 강신태 이야기만 나오면 엄지손가락을 내밀면서 대단한 소년이었다고 칭찬을 아끼지 않았다. 영안 지방에서 날고뛴다는 평남양의 생명은인이라는 소문이 널리 퍼지면서 각지 삼림대와 마적들까지도 강신태라면 그의 존재를 인정했다.

그렇다고 결코 좋은 평판만 있는 것은 아니다. 필자가 1980년대 초엽 답사차 오늘의 흑룡강성 동부 쌍압산시(雙鴨山市)에서 조사연구를 진행할 때 이 지방의 문사일꾼들은 집현현(集賢懸) 일대에서 크게 활약했던 항일연군 5군 3사 8연대의 정치위원 강신일이 형 강신태에게 어린 아내와 함께 나무에 매달려 살해당한 끔찍한 이야기를 해주었다.

이 사건의 경과는 이러하다. 5군 주보중 부대의 서정(西征, 서북원정)은 1938년 6월에 진행되었고 10월 28일에는 항일연군의 역사상 가장 유명한 '8녀투강(八

女投江)[134]사건'이 발생하기도 했다. 이 기간에 5군 3사 산하의 8연대에는 노래도 잘 부르고 춤도 잘 추는 이생금(李生金, 조선인)이라는 열여섯 살의 어린 여대원이 있었다. 비록 나이는 어렸지만 인물이 예쁘기로 전체 5군에서도 소문이 났을 뿐만 아니라 이미 결혼까지 한 몸이었다. 그 남편이 서정 도중 전사하자 이생금은 슬픔을 이길 수가 없어 몇 번이나 자살까지 시도하다가 주변의 대원들에게 발각되어 제지당하기도 했다. 그때 8연대 정치위원 강신일 역시 아직은 20대 미만의 젊은이었다. 강신일의 도움으로 이생금은 얼마 지나지 않아 곧 슬픔 속에서 헤어나올 수 있게 되었다. 그러는 사이에 이생금은 금방 강신일과의 사랑에 빠지게 되었다. 얼마 지나지 않아 그들 둘은 밀영에서 바로 동거하기 시작했고 이 소문은 파다하게 퍼져나가다가 결국 2로군 총지휘 주보중의 귀에까지 들어갔다.

남편이 방금 희생된 지 얼마 안 되었던 이생금에 대한 비난도 컸지만 특히 정치위원이었던 강신일은 당내 기율처분을 면치 못할 상황이 되고 말았다. 문제는 이 강신일이 다른 누구도 아닌 바로 강신태의 친동생이었기 때문에 더욱 악영향이 컸다. 이때는 강신태도 강신일과 3사에 함께 소속되어 있었는데 강신일이 8연대 정치위원, 강신태는 9연대 정치위원이었다. 강신태는 여간 난감하지 않았다. 더구나 그 여대원의 남편이 전사한 지 얼마 되지 않았다는 소식까지 전해듣고는 눈알이 뒤집힐 지경이었다.

"이 의리라고는 없는 년이 결국 내 동생까지 망쳐놓는구나."

강신태는 당장 강신일과 이생금을 붙잡아 죽여버릴 듯 길길이 날뛰었으나 3사 정치부 주임 왕효명에게 제지당했다. 왕효명은 몰래 강신일에게 사람을 보

---

134 1938년 6월부터 진행되었던 항일연군 2로군 산하 5군 1사 산하의 관서범(귀순하려다가 발각되어 처형당함) 부대가 목단강의 지류인 우스훈하 기슭에서 숙영할 때 1,000여 명에 달하는 일본군의 추격을 받게 되었다. 주력부대를 엄호하기 위하여 8명의 여전사들이 일본군을 유인하다가 모조리 강물에 뛰어들어 희생되었다. 이 가운데 2명은 조선인 안순복(安順福), 이봉선(李鳳仙)이다.

내어 두 사람이 조속히 헤어질 것을 권고하는 한편 이생금을 다른 부대로 전출까지 시키려고 했다. 하지만 이미 깊은 사랑에 빠져버린 강신일과 이생금은 헤어지고는 살 수 없을 지경까지 되고 말았다. 결국 두 사람은 부대까지 다 버리고 도주하기로 작정하였다.

당시 8연대에는 팔도하자 시절 강신태, 강신일 형제와 함께 영안현 적위대에 몸 담았던 출신들이 적지 않았는데 그들은 모두 강신일을 따랐다. 그리하여 나머지 중국인 대원들은 대부분 연대장 비광조(飛廣兆, 중국인 항일열사)를 따라가고 조선인 대원들은 강신일을 따라 함께 도주하였다. 강신일도 자기들을 따라온 8연대 대원들을 버릴 수 없어 그들과 함께 오늘의 쌍압산시 경내의 집현현 일대에서 계속 일본군과 싸우는 한편 북만 지구 재만한인조국광복회 조직도 복구하는 등 굉장히 많은 활동을 벌여나갔다. 이와 같은 이유로 강신일은 오늘날 쌍압산시 인민정부로부터 여전히 '쌍압산의 항일영웅 강신일'로 추앙받고 있다.

그러던 중 이듬해 1939년 가을, 드디어 비극이 찾아오고 말았다. 강신태의 9연대 일부가 집현현 일대로 이동하여 식량을 구하다가 강신일이 여전히 항일연군 3사 8연대의 이름을 내걸고 이 지방에서 활동하고 있다는 소식을 알아낸 것이었다.

"이런 죽일 놈 봤나. 도주한 주제에 아직도 항일연군 이름을 팔고 다니다니."

강신태는 부리나케 9연대 주력부대를 데리고 달려가 강신일이 데리고 있던 부대를 무장해제하고 동생과 동거 중이었던 이생금까지 붙잡았다. 이때 이생금은 임신중이어서 배까지 불러 있었다는 설도 있다. 왕경운(王慶雲, 5군 3사 8연대 1중대장, 해방 후까지 생존했다), 조서염(曹署焰, 4군 유수처 지도원) 등이 모두 나서서 친동생을 강신일을 직접 처형하겠다고 날뛰는 강신태를 말렸으나 강신태는 단마디로 거절해버렸다.

"내가 신일이 이놈을 용서할 수 없는 것은 결코 여자 문제 때문이 아니오. 이 놈의 죄는 부대를 버리고 도주한 것이오. 이 죄는 결코 용서할 수가 없소."

"그렇지만 강신일과 이생금이 일본군에 귀순하지 않았고, 또 산 속에 들어가 토비도 되지 않고 계속 우리 항일연군 이름으로 항일투쟁을 견지해오고 있지 않았습니까. 그러니 쉽사리 결정하지 말고 일단 총부로 데리고 가서 총지휘(주보중)의 의견을 들어보도록 합시다."

"다른 사람의 일이라면 모르겠지만, 이 자는 내 친동생이기 때문에 그런 사정을 봐줄 수가 없소. 반드시 처형해야 하오."

강신태는 끝까지 고집을 꺾지 않았다. 원래는 동생 강신일만 총살하려고 나무에 묶었는데 이때 이생금이 울음을 터뜨리면서 자기 동생도 용서하지 않고 죽이는 짐승과 한 하늘을 이고 살 수는 없다면서 차라리 자기도 함께 죽이라고 매달렸다고 한다.

"그래 좋다. 함께 죽여달라면 죽여주마. 그러잖아도 너만 살려뒀다가는 금방 달려가서 왜놈들을 끌고올지도 모를 일이니."

강신태는 부하들에게 명령하여 강신일, 이생금 부부를 함께 나무에 매달았다. 원래는 총으로 쏘아서 죽일 생각이었으나 임신부인 이생금의 몸에 차마 총은 쏘지 못하고 부부 둘을 함께 나무에 매달고 목을 매어 죽여 버리고 말았다.

이와 같은 자세한 이야기들은 당시 열일곱의 나이로 3사 8연대 1중대 대원으로 입대한 지 얼마 되지 않았던 중국인 여대원 오옥청(吳玉淸) 등의 회고담을 통해 자세하게 전해지고 있다.

"1939년 가을이었는데 강신태가 식량공작대를 데리고 이곳에 왔다가 강신일 등도 모두 이 지방에서 주둔하고 있다는 소식을 듣고 달려가서 무장을 해제시켰다. 그때 우리 3사 정치부 주임은 왕효명이었다. 왕효명도 해방 후까지 살았고 강신일의 8연대 1중대 중대장 왕경운도 역시 모두 해방 후까지 살았다.

우린 그때 강신태가 자기 친동생 부부를 나무에 산 채로 매달고 목을 매어 죽이던 모습을 잊지 않고 있었지만, 누구도 이 이야기를 입 밖에 꺼내기 싫어했다. 지금도 생각하면 끔찍하다. 강신태가 그렇게 무서운 사람이었다. 그때 우리 5군과 함께 행동하던 4군 유수처 지도원 조서염과 왕경운이 강신일과 이생금을 죽여서는 안 된다고 그렇게 말렸지만 강신태가 말을 듣지 않더라.

처음에는 강신일을 총으로 쏘아 죽이려고 했는데 이생금이 불쑥 달려와서 자기도 함께 죽겠다고 하는 바람에 강신태가 '차라리 잘 됐다. 너 때문에 내 동생이 도주병이 된 거다. 이참에 같이 죽어라.' 하고 욕을 퍼붓더라. 그리고는 총을 쏘지 않고 둘 다 나무에 매달아 죽였다. 그러고 나서는 강신일이 데리고 있었던 나머지 대원들을 모두 군부로 데리고 갔다. 지금도 생각하면 정말 아쉽다. 숱한 공을 세운 항일연군의 한 연대 정치위원을 이렇게 여자 문제 하나로 처형했다. 그것도 부부를 함께 말이다.

물론 강신태도 나름대로 이유는 있었다. 그때 상황에서 우리 항일연군이 제일 무서웠던 것은 일본군 토벌대보다도 내부에서 자꾸 도주병이 발생하는 일이었다. 그래서 도주병은 일벌백계하지 않으면 안 되었다. 강신일이 착오는 범했지만 사실 죽이기까지 할 죄는 아니잖은가. 너무 억울하게도 자기 편, 그것도 자기 친형의 손에 죽었지만 그는 여전히 항일영웅인 것만은 틀림없다."[135]

실제로도 오늘날 중국 정부에서는 강신일과 이생금을 항일열사로 인정하고 있다. 따라서 누나 강신애와 형 강신태, 그리고 동생 강신일에 이르기까지 이들

---

135 오옥청(吳玉淸), 2014년 92세로 사망.

3형제는 모두 항일열사로 소개되고 있다. 물론 동생 강신일은 1945년 이후까지 살아남아 북한으로 돌아가서는 인민군의 초대 참모총장까지 지낸 형 강신태만큼 유명하지는 않다. 특히 중국 측 자료들에서는 강신일, 이생금 부부의 사망 원인을 기술할 때 "특정한 환경 하에서 어쩔 수 없이 빚어졌던 착오적인 결정이었다."고 부언(附言)하고 있기도 한다. 그러나 오옥청이 회고담에서 말하고 있듯이, 다른 생존자들도 모두 친형이 자기 친동생 부부를 나무에 매달아 죽인 것과 같이 몸서리가 돋는 사건에 대하여서는 일절 입에 올리는 것을 삼가고 있다.

여담이긴 하지만, 필자도 취재과정에서 이 사건을 접하고는 몸서리를 치지 않을 수 없었다. 나아가 항일연군이라는 이 위대한 항일부대에 대한 회의감까지 들어 여간 곤혹스럽지 않았다.

"공산당 항일연군은 정말 무서운 부대였네요."

필자가 이 사건에 관해 회고자들한테 이렇게 한마디했다. 그러자 모두 서슴없이 이렇게 인정하는 것이 아니겠는가.

"그냥 무서운 정도가 아니라 아주 지독했지, 오죽 지독했으면 만주에서 그 많던 항일부대들이 이미 1930년대 초엽에 배겨나지 못하고 모조리 다 사라져버린 뒤에도 10여 년 동안이나 더 버틸 수 있지 않았겠나. 솔직하게 말하면 그래서 국민당도, 일본놈도 모두 공산당한테는 지고 말았던 게 아닌가."

다시 강신태에게로 돌아간다.

주보중은 나머지 공농반일의무대 대원들과 영안유격대를 합쳐 영안유격총대로 만들고 대장에 이형박을 임명하고, 이형박의 정치위원으로는 줄곧 자기의 심복으로 활동했던 진한장(陳翰章)을 파견하였다. 겨우 열여섯 살밖에 되지 않았던 강신태가 일약 유격총대 산하의 주력중대였던 제1중대 정치지도원으로 발탁되었다.

1934년 10월부터 '홍슈터우(紅銹頭)[136]'라고 불렸던 만주국 군정부 소속 직계부대였던 정안군(靖安軍)이 영안 지방 반일부대들을 공격해올 때, 강신태는 직접 1중대에서 가장 날랜 대원들로 두 소대를 만들어 주보중이 병 치료를 받던 대당구 산막에 와서 직접 그의 경호를 맡았다.

4. '동맹군'과 '연합군'

영안현위원회 교통원이 길동특위 서기 오평이 팔도하자에 도착했으며 주보중과 만나러 온다는 소식을 전하자 주보중은 강신태에게 오평을 마중하게 했다. 그러나 오평은 급한 마음에 강신태가 올 때까지 기다리지 않고 교통원이 떠난 후 조금 있다 바로 이복덕과 장중화를 데리고 길을 나서 중간 지점쯤에서 강신태 일행과 만났다. 장중화가 문득 강신태에게 물었다.

"강 지도원, 요즘 동만에서 나온 듯한 부대 한 갈래가 영안 지방을 떠돌아다닌다는 소문이 있던데, 대원들이 모두 조선인인가 봐요. '고려홍군'이라고들 합디다. 혹시 강 지도원은 들어본 적 없으시오?"

강신태도 조금 얻어들었던 모양인지 이렇게 대답했다.

"동만에서 민생단으로 억울하게 몰린 부대가 처형당하기 직전에 도주해 영안

---

136 정안군(靖安軍, 별칭 홍수대紅袖隊)은 일제강점기에 만주국에서 친일파들로 조직한 군대이며, 일본 지도관이 지휘했다. 필자가 만주 당지의 조선인들과 인터뷰하며 조사한 결과, 만주에서는 대체로 정안군을 '홍슈터우'라고 부르며, 북한에서는 '홍수톨'이라고 부른다. 이 책에서는 정안군의 별명을 '홍슈터우(紅銹頭)'로 통일한다.

에 들어왔다는 소문이 있긴 한데 혹시 그들이 아닌지 모르겠습니다. 제가 한번 알아볼까요?"

장중화는 별로 개의치 않는다는 표정으로 말렸다.

"아니, 연락이 오겠지. 내가 이미 사람을 파견하여 뒷조사하는 중이오."

그런데 이 둘이 주고받는 말에 누구보다도 놀란 사람은 바로 오평이었다. 오평이 따지다시피 하며 두 사람에게 물었다.

"동만에서 나온 부대라니요? '고려홍군'이면 모두 조선 동무들로 조직된 부대란 말입니까? 그리고 민생단으로 몰렸던 부대라고 했습니까? 지금 영안에 있다고요? 그들을 빨리 찾아내십시오. 내가 직접 만나야 합니다."

"지금 찾는 중입니다. 그쪽에서도 우리와 연락하려고 할지도 모릅니다. '고려홍군'이라고 부르지만, 우리 중국인 동무도 여럿 있는 모양입디다. 오래 굶어서 여기저기로 쌀을 구하러 다니는 모양인데, 중국 동네 백성들이 쌀을 잘 주지 않으니 중국인 대원들을 앞세워 동냥 다니는 것 같습니다. 조만간 팔도하자에도 찾아올 것 같습니다."

장중화의 대답에 오평이 신신당부했다.

"빨리 알아내서 그들을 나한테로 곧장 데려오십시오."

산막 가까이 도착하니 주보중이 지팡이를 짚고 다리를 절뚝거리면서 마중 나왔다. 나자구전투 때 박격포탄 파편에 다리를 상한 것이 반년이 돼가도록 낫지 않고 염증을 일으켜 갖은 고생을 하고 있었다. 김성주도 회고록에서 자신이 주보중 산막으로 찾아갔을 때 그가 지팡이를 짚고 대원들의 부축을 받으며 산막에서 퍽 떨어진 곳까지 마중 나왔다고 회고한다. 어쨌든 이때 주보중은 오평을 눈이 빠져라 기다리고 있었다.

오평은 1·26지시편지 내용을 강조하면서 주보중과 본격적으로 문제를 의논했다. 편지 이전에 공산당원들이 구국군에서 활동하는 목적을 한마디로 요약하면 구국군에 들어가 총과 병사들을 훔쳐오는 것이었지만, 이후에는 구국군과 손잡고 동맹군을 형성하는 것이었다. 그만큼 공산당의 반일 무장세력이 많이 강대해졌기에 편제상 과거처럼 구국군에게 소속된 별동대 수준이 아니라 서로 평기평좌(平起平坐, 지위나 권력이 같다는 뜻) 할 수 있는 대등관계까지 왔음을 확인시켜준 계기라 할 수 있다. 오평은 이렇게 말했다.

"주보중 동지는 내가 밀산에서 이연록 동지의 유격군을 개편할 때 왜 동만에서처럼 '동북인민혁명군'이라 하지 않고 '동북항일동맹군'으로 이름을 짓게 했는지 생각해보셨습니까? 이연록 동지에게서 동만 유격대들이 주변 구국군과 삼림대들과 무지하게 부딪혔고 피해도 많이 봤다는 이야기를 들었습니다. 실례로 별동대 이야기를 들었습니다. 나는 별동대의 한계가 바로 그 명칭에서 온 것 아니었나 생각했습니다. 우리 속담에 '명부정 언불순(名不正 言不順, 이름이 바르지 않으면 말이 순리에 맞지 않는다는 뜻)'이라는 말이 있지 않습니까. 이름을 잘못 지으면 큰일 납니다. 구국군 입장에서 보면 별동대가 '각답양지선(脚踏兩只船, 발을 양쪽에 걸친다는 뜻)'했던 것이 아니겠습니까? 이제는 그렇게 하지 말자는 것입니다. 대등한 관계에서 함께 작전하자는 것입니다. 그렇다면 어떤 방법으로 대등한 관계를 표현하고 구체화시킬 것인가? 바로 '명부정 언불순'에서 이 '아니 불(不)' 자를 떼어버리자는 것입니다."

공부를 많이 한 오평은 말도 재미나게 잘했다. 이연록에게 동만 사정을 많이 얻어 들은 데다가 밀산에서 직접 유격대의 총을 빼앗아갔던 삼림대들과의 마찰을 해결하는 과정에서 이연록이 취했던 태도를 돌이켜보며 말했다.

"구국군도 삼림대도 따지고 보면 우리 유격대와 전혀 다를 바 없이 농사꾼 출신이 많고 집에 두고 온 가족들이 모두 째지게 가난합니다. 한마디로 같은 무산자이고 빈농 출신으로 몸담은 부대가 서로 다를 뿐입니다. 그런데도 그들은 우리 공산당을 빨갱이 부대로 매도하고, 우리는 그들을 반동군대나 마적, 토비로 폄하합니다. 서로 사용하는 이름이 다르기 때문이 아니고 무엇이겠습니까."

주보중도 점차 오평의 의도를 짐작할 수 있었다. '명부정 언불순'에서 '불' 자를 떼어버리고 '명정언순'으로 바꾸자는 이유가 무엇인지 알 것 같았다.

"그렇다면 저희 영안 부대 명칭도 혁명군이 아니라 계속 반일동맹군을 사용하자는 말씀입니까?"

주보중이 조심스럽게 물었다.

"그렇지요. 그러나 시작 걸음은 크게 떼는 것이 좋습니다. 지역 이름은 부대가 편성될 때 숫자로 정하고 있지 않습니까. 가장 먼저 성립된 남만을 1군으로 하고 두 번째로 성립된 동만과 북만이 각각 2군과 3군을 사용합니다. 이연록 동지의 밀산이 4군을 차지했으니 주보중 동지의 영안에서는 5군으로 하되 부대 명칭은 똑같이 '동북'으로 하십시오. 내 생각에는 '동맹군'이든 '연합군'이든 다 좋습니다. 이미 밀산에서 모스크바에 보고하면서 명칭 확정을 최종 결정해달라고 요청했습니다. 조만간 답이 올 것입니다. 보고할 때 '동맹'과 '연합'의 뜻을 함께 보냈습니다."

오평의 대답에 주보중이 웃으면서 다시 물었다.

"그러면 코민테른에서 최종적으로 부대 명칭을 '연합군'으로 정할지 '동맹군'으로 정할지는 모른단 말씀입니까?"

"그렇지요. 다 같은 의미이니 대표단에서 최종적으로 비준하는 명칭을 사용해야 합니다. 이연록 동지의 부대를 '동맹군'으로 했으니 주보중 동지는 '연합군'으로 부릅시다. 제4군에 이어서 제5군이라는 부대 번호만 순서를 지키면 별문제 없어 보입니다."

이렇게 되어 주보중의 수녕반일동맹군은 동북반일연합군 제5군으로 명칭을 바꾸게 되었다. 중국공산당이 지도하는 만주 전체의 항일부대가 '연합군'이라는 명칭을 통일적으로 사용해야 한다는 코민테른의 지시가 온 것은 1935년 1월이었다. 오평의 보고서에 의해 결정된 것이었다.

이때 오평은 영안현위원회 서기로 임명된 지 얼마 안 된 이복덕을 다시 길동특위 조직부장으로 임명하고 전 공청단 영안현위원회 서기 장중화를 영안현위원회 당 서기로 임명했다. 이복덕이 자기를 대신해 특위 이름으로 다시 밀산에 가서 이연록 동맹군 제4군으로 하여금 밀산 한 지역에 근거지를 국한하지 말고 북만주 벌리 쪽으로 적극 진출하라고 촉구하기 위해서였다. 주보중은 잠시 이 일이 이해되지 않았다.

"북만은 3군 활동지역인데, 4군이 북만 쪽으로 진출한다면 혹시 오해할 수도 있지 않을까요?"

주보중의 걱정은 근거 없는 것이 아니었다. 이연록의 제4군이 북만주 쪽으로 진출할 때 조상지의 제3군과 오해가 생겨 제4군의 한 연대가 무장해제당하고 연대장 소연인(蘇衍仁, 마적 출신의 중국인 항일영웅)이 살해당하는 일까지 있었기 때문이다. 오평은 이유를 설명했다.

"3군과 4군 모두 우리 공산당 부대이지 어느 개인의 부대가 아닙니다. 지역도 마찬가지입니다. 4군 근거지가 3군과 이어지고, 다시 5군 근거지가 4군과 이어져야 합니다. 따라서 동만의 2군도 노야령을 넘어 4군, 5군과 이어져야 합니다. 이렇게 해야 진정한 의미의 반일연합전선이 구축됩니다. 3군도 마찬가지입니다. 하얼빈 주변에서만 활동하라는 법이 어디 있습니까? 3군도 반드시 더 북쪽과 더 서쪽으로 활동지역을 확대해 나가야 합니다."

주보중은 감탄하지 않을 수 없었다.

"양송 동지 말을 들으니 눈앞이 환해집니다. 진정한 의미의 반일연합군이 해내야 할 사명이 무엇인지 이제 확실하게 알 것 같습니다."

"관건은 동만의 2군입니다. 제가 너무 바빠서 지금까지도 동만 쪽으로 나가지 못했습니다. 2군의 전선은 남쪽으로 1군과 연결되어야 하고 반드시 노야령을 넘어 5군과도 이어져야 합니다. 이런 구상을 동만 쪽에 직접 전달할 적임자가 있으면 한 사람 소개하여 주십시오."

"순찰원을 파견할 수도 있고, 성위원회 명의로 지시를 내려 보낼 수도 있지 않습니까?"

주보중이 묻자 오평이 웃으며 대답했다.

"지금은 나도 구상 중인 일들이 아닙니까? 물론 모스크바에 보고서도 올리고, 또 성위원회와 각지 특위에도 조만간 지시문건을 내려 보내겠지만 이런 구상을 함께 의논하고 공유할 사람이 더 있었으면 좋겠다는 소립니다."

"옳은 말씀입니다. 저도 종종 경험하지만 상급 당 위원회 지시 한 통에 무조건 복종하는 방법으로 이루어지는 일과 같은 생각을 서로 공유하면서 행동으로 옮기는 일은 굉장히 다른 효과를 냅니다. 양송 동지가 당장 동만으로 갈 수 없는 상황이라면 동만특위 책임자들을 길동으로 불러올 수도 있지 않겠습니까."

오평은 자신의 고충도 털어놓았다.

"여러모로 고민하고 있지만, 만주성위원회가 아직도 상급 당위원회로 존재하기 때문에 내가 길동특위 이름으로 동만특위에 이러쿵저러쿵 지시를 내릴 상황이 못 됩니다. 때문에 빠른 시간 내로 동만특위 책임자를 모스크바에 불러다가 직접 이야기를 하라고 왕명 동지에게 이미 보고서를 보냈습니다. 다만 군사작전 면에서 만주 전역을 '전정전망(全程全網, 그물처럼 서로 이어지게 한다)'식의 전선으로 구축하는 것은 2군 군사 지휘원들과 의논 정도는 해 볼 수 있지 않겠습니까."

그러자 주보중은 오평에게 벌써 이 년째 동만주에서 벌이는 반민생단 투쟁에 대해 자세하게 설명했다.

"2군 군사지휘원 대부분은 조선인 동무입니다. 그중 민생단 간첩으로 몰려 면직당하거나 처형당한 사람이 한둘이 아닙니다. 모두 공포에 질려 민생단으로 의심받는다는 소문만 들려도 부대를 버리고 도주하는 일도 자주 발생합니다. 이런 상황인데 양송 동지가 무슨 방법으로 그들과 의사소통할 수가 있겠습니까."

"제가 그래서 걱정하는 거 아닙니까. 이연록 동지한테도 조금 얻어들었습니다. 영안 쪽으로 피신해온 사람도 있다고 하던데 그게 사실인가요? 그 사람들이 지금도 영안에 있습니까? 아니면 동만주로 돌아갔습니까?"

주보중이 김성주의 일을 이야기했다.

"동만의 아동단선전대가 영안에 왔다갔던 적이 있습니다. 그때 선전대를 데리고 왔던 왕청현 아동국장이 김일성이라는 젊은 동무입니다. 나이는 젊지만 아주 용감하게 잘 싸우는 유격대장이었습니다. 그 동무도 민생단으로 몰려 유격대 정치위원에서 면직되었는데, 참으로 안타깝고 안됐습니다."

"혹시 본명이 김일성입니까? 제가 블라디보스토크에서도 김일성이라는 이름을 들었는데 그 김일성은 아니겠지요?"

오평이 묻는 말에 주보중이 설명했다.

"본명은 김성주이고 김일성은 나중에 지은 별명입니다. 영안 이형박 동무의 정치위원인 진한장 동무가 김일성 동무와 아주 친한 친구입니다. 김일성이라는 이름이 아주 오래전부터 하도 유명하니, 그대로 가져다가 자기 별명으로 만든 것으로 보면 됩니다."

오평도 머리를 끄덕였다.

"모스크바에서 들은 소린데, 남만의 양정우 동지가 남만으로 가면서 별명을 그렇게 지었던 것도 바로 양씨 성인 '양림'과 '양군무' 두 동무의 영향력을 계속 살리기 위한 것이라고 합니다. 그러니까 김일성도 그런 차원에서 지었겠군요. 맞습니까?"

"이제는 동만주뿐만 아니라 북만주에서도 김일성 동무를 아는 사람들은 그의 본명을 기억하지 못할 지경까지 되었습니다. 진짜 김일성이 알면 복장 터질 노릇이겠지요?"

주보중이 웃으면서 하는 말에 오평도 웃으면서 대답했다.

"오히려 더 좋은 일일 수도 있지요. 요즘 이복덕 동무가 말입니다. 별명을 하나 더 만들려고 몇 가지 지어서 나한테 의견을 묻기도 했습니다. 뭐라고 지었는지 주보중 동지가 한번 맞춰보겠습니까?"

"글쎄요, 뭐로 지었나요?"

"제가 양송이라는 별명을 사용하니, 언젠가 제가 모스크바로 돌아가면 자신이 '장송'이라는 별명으로 활동하겠다는 겁니다. 그러니까 대외적으로 양송이 아직도 길동에서 우리와 함께 있는 것처럼 보여주겠다는 것입니다."

"그것 참, 괜찮은 방법인데요? 그래서 동의했습니까?"

"동의하지 않을 이유가 있겠습니까? 당연히 동의했지요. 지금 이름 이복덕도 평소 조선인으로 위장하고 다닐 때 진짜 조선인처럼 보이려고 지어낸 조선인 이름이라고 합디다. 지금 조선말도 어물쩍 잘합니다."

오평이 만주에서 양송이라는 별명을 사용했던 것처럼 만주에서는 진짜 이름을 숨기고 별명을 사용한 사람들이 아주 많았다. 후에 오평이 모스크바로 돌아가자 그의 직책을 이어받은 이복덕은 남만에서 양정우가 전임자였던 '양림'과 '양군무'의 '양'씨 성을 그대로 가져왔던 것처럼 오평 별명인 양송의 '송'를 그대로 자기 별명에 가져와 '장송'으로 사용했다.

감성주처럼 다른 사람 별명을 통째로 가져와 사용하는 일은 드물었다. 누가 진짜 김일성이냐 보다 누가 더 오래 그 이름을 사용했고 누가 더 많이 알려졌느냐가 중요한데, 오평이 김성주와 만날 무렵 김일성이라는 별명은 이미 그의 호칭으로 널리 인식되고 있었다.

5. 강신태와 박낙권, 그리고 오대성

1945년 광복 이후, 바로 북한으로 돌아가지 않고 한동안 동북민주연군에서 활동했던 강신태는 연변군분구(후에 길동군구吉東軍區가 됨) 사령원이었다. 이때 강신태와 친하게 지냈던 길동군구 독립 11사단 제2연대 연대장 황재연(黃載然, 관건關健)의 아들 황용호(黃勇虎, 뉴욕 거주)는 아버지가 직접 강신태한테 들은 이야기라며 필자에게 이렇게 말했다.

"훙슈터우(정안군)들이 한창 토벌을 시작할 때니까 1934년 11월 아니면 12월쯤이었을 것이다. 동만에서 온 '고려홍군'이 영안 지방에서 쌀을 구하지 못해 다 굶어죽게 되었는데, 팔도하자에까지 와서 사람들만 만나면 주 사령관(주보중)을 만나게 해달라고 했다. 자기들은 동만에서 왔는데, 김일성 부대라는 것이다. 한 10여 명쯤이었던 것 같다. 팔도하자를 지키던 대원들은 모두 내 부하들이었다. 내가 주 사령관 경호로 산속에 들어가 있었기 때문에 내 부하들은 장중화 서기에게 이 사실을 보고했고, 장 서기가 산속까지 우리를 찾아왔다. 나는 주 사령관이 김일성을 만나라고 해서 그때 김일성과 처음 만났다. 나는 그를 모르는데 김일성은 나를 본 적 있다고 했다. 어쩌나 많이 굶었는지 말라서 뼈밖에 없었다. 바람이 불면 그대로 날아가 버릴 것처럼 약해보였다. 그런 몸으로 어떻게 노야령을 넘어왔는지 모를 정도였다. 같은 조선인이어서 여간 반갑지 않았는데 그는 중국말도 엄청 잘했다. 보통 동만 사람들은 우리 북만 사람들보다 중국말을 잘하지 못했지만, 김일성은 진짜 중국 사람처럼 중국말을 했다. 후에 주 사령관과 진 정위(진한장)도 그러던데, 김일성이 중국 학교에서 고중(고등중학교)까지 다녔다고 했다."[137]

이 회고담은 황재연의 기록에서 발췌하여 강신태의 구술처럼 표현한 것이다. 연안파로 분류되었던 황재연은 1948년 8월에 북한으로 돌아갔다가 강신태와의 인연으로 한국전쟁 동안 북한군 제5사단장과 북한군 철도사단장까지 되었으나 맥아더 인천상륙작전 후 패하고 그길로 중국으로 돌아와 1980년까지 연길에서 살았다. 황용호는 아버지가 생전에 한 번도 김일성에 대해 좋은 말을 하는 걸 들어본 적이 없다고 회고했다. 그러나 황재연 자신도 강신태에게 들었던 김성주와 관련한 이야기에서만큼은 결코 살을 붙이거나 고의로 폄하한 부분은 전혀 없었던 것 같다. 위에 전하는 회고담도 김성주 회고록과 어느 정도 일치한다. 김성주는 이렇게 회고한다.

"노야령을 넘는 첫 순간부터 이런 냉대에 부딪쳤다고 하면 독자들은 아마 잘 믿지 않을 것이다. 그리고 물을 것이다. 참된 의리의 창조자이고 옹호자이며 대표자인 인민이 자기의 이익을 수호하는 혁명군대를 외면하거나 푸대접한 적이 있었던가 하고. 나는 있었다는 말로써 이 상식을 뒤집어놓을 수밖에 없다.

---

137 취재, 황용호(黃勇虎) 조선인, 조선의용군 유가족, 조선의용군 제3지대 참모장 황재연의 차남, 취재지 미국 뉴욕, 2006~2007.

풍요하고 기름진 영안땅이 곡창지대라는 것은 세상이 다 아는 바이다. 그러나 원정대가 노야령을 내려 북만지경에 들어선 초기만 하여도 영안 사람들은 우리에게 밥조차 잘 지어주려 하지 않았다. 궁해서 그런 푸대접을 한다면 연민의 정이라도 느끼련만 오해와 불신을 앞세우고 무턱대고 등을 돌려대니 인민의 지지와 환대에 습관 된 우리로서는 아찔해지지 않을 수 없었다. 설피를 신고 행전을 친 원정대원들이 멀리서 나타나면 이 고장 사람들은 '고려홍군'이 왔다면서 무작정 동네에 나가 돌아다니는 아녀자들을 불러들이고 문부터 닫아 걸었다."

노야령을 넘어오면서 지칠 대로 지친 데다 식량까지 떨어져 며칠을 굶고 난 김성주 일행은 주보중과 만나기 위해 도처에 사람들을 보냈다. 중대장 한흥권과 지도원 왕대흥은 물론 중대 산하 각 소대 소대장들과 분대장들까지 모두 동원되었다. 그들은 중국말을 잘하는 대원들을 하나씩 데리고 영안현 경내의 묘령(廟嶺), 장령자(長岺子), 이도하자(二道河子), 관문취자(關門嘴子), 와룡툰(臥龍屯), 관지(官地), 남구(南溝) 등 지방과 동네를 샅샅이 뒤졌다. 이 중 지도원 왕대흥과 함께 나왔던 오중흡의 동생 오대성[138]이 길에서 조선인이 사는 듯싶은 농가를 발견하고

---

138 오대성(본명 오중선吳仲善, 오세영吳世英, 1913-1940년) 독립운동가. 함북 온성군 남양면 세선리에서 빈농의 둘째아들로 태어났다. 1914년 길림성 왕청현 춘화향 원가점(吉林省 往淸縣 春化鄕 元家店)으로 이주했다. 1921년 석현(石峴) 국립소학교에 입학했다. 1925년 아동단에 가입했고, 1926년 소학교 졸업 후 청년동맹에 가입했다. 1929년 농민협회 회원이 되었다. 만주사변 후 중국공산주의청년단에 가입하여 통신연락 업무를 맡았다. 1932년 겨울, 일본군에 한때 체포되었다. 1933년 가족과 왕청현 십리평(十里坪) 항일유격구로 이주해 아동단과 청년단을 조직했다. 1934년 친형 오중흡(吳仲洽)과 동북인민혁명군에 입대하고, 중국공산당에 입당했다. 1935년 송리하(松梨河) 전투에 참전했고, 1936년 액목(額穆) 유격근거지 개척에 참여했다. 1938년 일본군의 삼강성(三江省) 지구 토벌에 맞서 항전했으며, 눈강(嫩江) 일대에서 유격근거지 개척에 참여했다. 1939년 동북항일연군 제3로군 제34대대 정치지도원 겸 조직위원이 되었다. 1940년 이수원자(璃樹園子), 조가툰(曹家屯), 풍락진(豊樂進) 등지에서 유격투쟁을 했으며, 10월 7일 조원현 오목대에서 전사했다.

들어가 밥을 빌다가 집주인 부자에게 포박 당했다. 오대성 품에서 권총이 나온 것을 본 집주인이 따지고 들었다.

"자네 뭐하는 사람인가?"

"그것을 알아서는 뭐하려고 그럽니까? 같은 조선 사람인 건 분명하니 일단 밥이라도 좀 먹여주십시오."

오대성이 묶인 채로 집주인에게 사정했다.

"혹시 동만에서 왔다는 '고려홍군'은 아닌가?"

집주인이 물었다. 오대성은 영안의 조선인들 가운데는 공산당을 좋아하지 않는 사람이 적잖게 있다는 것을 알고 있어 한참 대답하지 않았다. 그때 사람을 데리러 나갔던 집주인 아내가 무장한 장정 너덧을 데리고 나타났다. 우두머리로 보이는 사람이 오대성 앞으로 와서 한참 바라보더니 불쑥 조선말을 했다.

"혹시 왕청유격대에서 온 동무요?"

오대성이 뭐라고 대답하기도 전에 그는 오대성 두 팔에 지웠던 포승을 풀어주었다.

"난 강동수(姜東秀)[139]라고 하오. 우린 영안유격대요."

오대성은 너무 굶었던지라 집주인에게 소리쳤다.

"아저씨. 빨리 밥부터 좀 주십시오. 먹으면서 이야기하겠습니다."

집주인의 아내가 밥상을 차려 내오자 집주인은 그 밥상을 받아 오대성 앞에

---

139 강동수(姜東秀, 1908-1938년) 흑룡강성 영안현 발해진 상경촌에서 태어났으며 1929년 공산당에 참가했다. 1932년에 중공당 영안현 대목단툰(大牧丹屯) 위원회 서기가 되었고 이듬해 1933년에는 영안현 2구위원회 서기 겸 항일구국회 회장이 되었다. 1934년에는 영안현유격대에서 부지도원이 되었고 그해 연말에는 동북반일연합군 제5군 1사 1연대의 중대장이 되었다. 1935년에는 연대 정치위원이 되었고 1937년에는 토비부대를 바탕으로 개편되었던 제8군 사문동(謝文東, 후에 일본군에 귀순함)의 부대 3사 정치부 주임으로 파견되었다. 이듬해 1938년 가을 흑룡강성 벌리현 보안툰에서 일본군과 싸우다가 전사했다.

내려놓으며 농 삼아 말했다.

"자네가 굶어서 나한테 포박 당했던 걸세. 죄송하게 됐네."

"아저씨, 제대로 보셨습니다. 제가 사실은 우리 왕청유격대에서 씨름을 잘하기로 이름 났습니다. 하지만 벌써 이틀째 냉수 말고 아무것도 못 먹었습니다. 그러니 어디서 맥이 나오겠습니까."

오대성이 이렇게 농을 받으면서 비로소 영안유격대 부지도원 강동수에게 자기소개를 했다.

"저는 동북인민혁명군 제2군 독립사단 제3연대 김일성 정치위원의 전령병 오대성 입니다."

강동수는 알고 있다는 듯이 머리를 끄덕이면서 오대성에게 말했다.

"사실은 방금 동무네 중대 지도원 왕대흥 동무와 만나고 이리로 오는 길이오. 왕 지도원은 우리 동무들과 함께 지금 김 정위한테 갔소. 아마 늦어도 저녁쯤에는 동무네 부대가 모두 팔도하자에 도착할 것이오. 그러니 동무는 어서 밥을 먹고 우리와 함께 팔도하자에 갑시다."

왕대흥과 함께 김성주에게 직접 달려갔던 사람은 강신태였다. 그런데 김성주는 회고록에서 강신태에 대하여 잘못 쓰고 있다.

"우리가 영안 땅에 갔을 때 강건(강신태)은 아동단원이었다."

열여섯 살의 조선인 적위대 대장 강신태가 1934년 4월 영안현 팔도하자에서 반란군에게 포박당해 끌려가던 '평남양' 이형박을 구한 이야기는 아주 유명해 오늘까지도 영안 지방에서 널리 전해지는데도 말이다. 김성주는 이형박에 대해서도 주보중의 입을 빌어 회고한다.

"평남양이 비록 영웅심이 강한 사람이지만, 김 사령관에 대해서는 좋은 감정을 품고 있소. 자기를 구원해준 생명의 은인이 조선 공산주의자였으니까."

이렇게 회고하면서 그 '조선 공산주의자'가 바로 강신태임을 북한의 당 역사 연구소 관계자들은 왜 모르는지 궁금하다.

이듬해 1935년 2월 10일, 오평의 도움으로 수녕반일동맹군이 동북반일연합군 제5군으로 결성될 때 제5군 산하 1사단 사단장에 임명된 이형박은 강신태를 경위중대장으로 데려가려다가 주보중에게 빼앗겼다. 이형박이 하도 강신태를 내놓으라고 떼를 쓰니 주보중은 강신태가 스스로 선택하게 하라며 떠넘겼다는 설도 있다. 1996년 북경에서 있었던 한 차례 인터뷰에서 이형박은 강신태에 대해 회고했다.

"나를 따라가면 연대장까지 시켜주마 하고 구슬렀는데도 말을 듣지 않았다. 후에 장중화(당시 영안현위원회 서기)가 나서서 5군부가 팔도하자근거지에 설치되니 팔도하자 적위대가 통째로 군부 경위중대와 합류하게 되었는데, 어떻게 적위대 대장 강신태만 빼갈 수 있느냐면서 나를 비판했다. 그래서 강신태를 놓아주고 말았다. 그런데 강신태가 끝까지 군부에 남은 이유는 그때 동만에서 왔던 김일성 부대에 박낙권(朴洛權)이라는 단짝친구가 동만으로 돌아가지 않고 5군 군부 경위중대에 남게 되었기 때문이다. 둘이 어찌나 친한지 매일 그림자처럼 붙어 다녔다. 내 기억에 그때 박낙권이 경위중대장이 되고 강신태가 경위중대 지도원이 되었던 것 같다. 군부 경위중대는 전부 조선인

동무들이었다.'[140]

이형박의 이 회고에도 정확하지 않은 부분들이 있다. 박낙권이 주보중의 제2
로군 총지휘부 경위대장이 된 것은 1940년 3월이다. 처음에는 5군 군부 경위중
대 대원이었다가 이듬해에야 분대장을 거쳐 소대장으로 임명되었다.

강신태와 박낙권, 오대성 등은 모두 동갑내기였다. 이형박의 영안공농의무대
(寧安工農義務隊)에서 발생한 이른바 '점중화 사건'으로 불리는 삼림대 반란사건으
로 영안현위원회 서기 우홍인(于洪仁), 영안유격대 대장 백전정(白殿貞) 등 중국인
간부들이 모두 살해된 뒤로 주보중은 자기 신변 경위원들을 모두 조선인 대원들
로 바꾸었다. 그만큼 조선인 대원들에 대한 주보중의 믿음이 컸기 때문이다.

6. "일구난설입니다."

며칠 뒤 팔도하자에 도착하여 영안유격대와 합류한 김성주는 먼저 강동수의
안내로 영안현위원회 서기 장중화와 만났다. 장중화에게서 오평 소식을 들은 김
성주의 마음은 이루 말할 수 없이 설렜다.

"드디어 우리 동만의 문제가 해결될 것 같습니다."

김성주가 밑도 끝도 없이 내뱉는 말에 장중화는 어느 정도 알고 있다는 듯 머
리를 끄덕여 보였다.

"동만의 조선인 동무들이 민생단 첩자로 의심받아 마음고생이 아주 심했다고

---

140 취재, 이형박(李荊璞) 중국인, 항일연군 생존자, 취재지 북경, 1991, 1993, 1996, 1998.

들었습니다. 이제 다 바로잡힐 것입니다."

"그냥 마음고생 정도가 아닙니다. 이미 숱한 동무들이 억울하게 처형당했습니다. 아무런 근거도, 증거도 없었습니다. 그냥 의심하고 몰아붙이고 잡아가두고 처형했습니다. 바로 지금 이 순간까지도 얼마나 많은 좋은 동무가 피해를 보고 있는지 말로는 도저히 표현되지 않을 지경입니다. 그러니 한시라도 빨리 코민테른 파견원과 만나야 합니다."

김성주가 주보중의 산막으로 갈 때 장중화도 함께 동행했다. 소대장 김택근이 몇몇 대원과 함께 김성주를 따라가고, 다른 대원들은 모두 중대장 한흥권 인솔로 영안유격대와 함께 팔도하자에서 숙영했다. 먼저 달려온 강신태에게 연락받은 주보중은 지팡이를 짚고 김성주를 마중 나왔다. 거구인 주보중의 모습이 멀리에서부터 안겨오자 김성주는 앞장서서 달려갔다.

"주보중 동지, 그동안 안녕하셨습니까?"

경례를 올리는 김성주에게 큰손을 내미는 주보중도 무척 반가운 표정이었다.

"이게 얼마 만이오? 다시 만나니 얼마나 반가운지 모르겠소."

"나자구전투 때 뵈었으니 따지고 보면 겨우 반년도 안 됐는데 무척 그리웠습니다."

김성주는 주보중 두 손을 잡고 오래도록 놓을 줄 몰랐다.

"김일성 동무가 얼마나 마음고생을 했을지 짐작할 만하오."

"제가 이번에도 왕윤성 동지가 아니었다면 주보중 동지를 이렇게 뵙지 못할 뻔했습니다. 동만 상황은 지금 말이 아닙니다. 동만특위는 저를 체포하면 당장 처형하라는 지시까지 내렸다고 합니다."

이 말에는 주보중까지도 깜짝 놀랐다.

"아니, 그 정도까지요?"

"말도 마십시오. 그야말로 일구난설(一口難說, 한마디로 다 설명하기 어렵다는 뜻)입니다."

김성주는 하고 싶은 말이 너무 많았다.

"서두르지 마오. 지금 여기 코민테른에서 내려온 양송 동무가 와 있소. 이번에는 반드시 해결할 수 있을 것이오."

주보중의 말에 김성주가 대답했다.

"솔직히 말씀드리면 이번에 노야령을 넘을 때 다시 동만으로 돌아갈 생각은 하지 않고 왔습니다. 동만 문제가 해결되지 않으면 저는 돌아갈 수 없습니다. 왕윤성 동지도 그렇게 권했고, 저도 영안에서 주보중 동지 부대에 편입되어 항일투쟁을 계속해나갈 생각입니다."

김성주의 이런 고백을 듣고 주보중도 머리를 끄덕였다.

"하긴 어디선들 항일투쟁을 못하겠소. 그러나 동만 문제는 반드시 해결할 수 있을 것이오. 나도 이미 양송 동무와 많은 이야기를 나눴고 김 동무도 소개했소. 이제 양송 동무를 만나면 동무가 직접 동만에서 발생한 일들을 자세하게 이야기하시오. 그러잖아도 양 동무가 여기서 기다리는 중이오."

산막에 도착하니 오평이 문 앞에서 기다리고 있었다. 도수 높은 안경을 쓴 오평은 김성주와 악수하고 나서 첫 마디로 이런 덕담을 건넸다.

"궁금한 것이 하나 있습니다. 김일성 동무는 동만 출신이라고 들었는데, 북만에도 참 많이 알려졌더군요. 이유가 뭡니까?"

오평이 이렇게 불쑥 묻자 김성주는 이렇게 대답했다.

"북만에서는 저를 동만 출신이라고 하지만, 동만에서는 오히려 저를 북만 출신으로 보는 사람이 아주 많습니다."

오평은 알고 있다는 듯 머리를 끄덕였다.

"그러잖아도 주 동지에게 동무 이야기를 많이 들었습니다. 왕덕림의 구국군이 소련으로 달아날 때 소만국경까지 따라가면서 만주에 남아 끝까지 항일투쟁을 하자고 붙잡았던 사람이 바로 동무 아니었습니까. 정말 이해할 수 없었습니다. 김일성 동무처럼 항일투쟁에 철저한 동무가 민생단으로 의심받고 마음고생을 많이 하고 지냈다는 사실이 황당하기만 합니다."

이렇게 위로하는 오평 앞에서 김성주는 갑자기 울컥 하고 설움이 북받쳐 올랐다. 당장 울음이 쏟아질 것 같았지만 애써 참았다.

"그냥 간단한 마음고생 정도가 아닙니다."

울음을 참느라 한참 말을 못 하는 김성주에게 오평은 손수 더운 물을 따라주었다.

"진정하십시오. 누가 뭐라도 나와 주 동지는 우리 당과 혁명에 대한 김일성 동무의 충성심을 100% 믿습니다. 이렇게 만났으니 며칠 함께 보내면서 동만에서 발생한 일들을 자세히 들려주십시오. 제가 조만간 모스크바에도 보고서를 보낼 것이고, 만주성위원회에도 편지를 보낼 생각입니다."

오평의 요청으로 김성주는 주보중의 산막에서 이틀 밤낮을 묵어가며 '반민생단 투쟁'과 관련해 동만에서 직접 경험했던 일을 자세하게 이야기했다. 오평은 손에 수첩까지 펼쳐들고 쉴 새 없이 받아 적었다. 김성주는 왕청현위원회 서기 이용국과 군사부장 김명균의 일을 이야기할 때는 아쉬움을 금치 못했다.

"두 분 다 얼마나 훌륭한지 직접 만나보지 못한 사람들은 결코 알 수 없습니다. 제가 말로 다 표현할 수 없을 정도로 두 분은 왕청 유격근거지를 건설하는 일에 제일가는 업적을 세웠습니다. 그런데도 이용국 서기는 처형당했고, 김명균 군사부장은 감금되었다가 도주하고 말았습니다."

오평은 듣다듣다 더는 들어낼 수 없는지 수첩을 덮으며 물었다.

"최종적으로 이런 사람들을 처형할 때 인준한 책임자가 있었을 것 아닙니까. 민생단숙청위원회에서 그냥 자기들끼리 판결하고 집행하고 그러진 않았겠지요? 처형 직전에 일일이 특위서기에게 보고되었느냐 말입니다."

"네, 솔직히 말씀드리면 보고되었습니다. 특히 특위기관이 저희 왕청근거지에 와 있었기 때문에 왕청현위원회 간부들이 민생단으로 의심받고 처형될 때는 대부분 특위서기에게 보고되었습니다. 그러나 왕청 외의 다른 현들에서는 대부분 먼저 집행하고 나서 나중에 특위에 보고되는 경우가 많았습니다."

주보중이 오평에게 설명했다.

"김일성 동무 이야기를 들어보니 특위 상무위원이 민생단숙청위원회도 함께 책임지고 있었다지 않습니까. 제가 보기에는 특위에서 직접 처형을 비준한 것으로 봐야 할 것 같습니다."

"근거지에서 탈출하여 결국 적들에게 가버린 변절자들을 변호하려는 것이 아닙니다. 아무런 확실한 근거나 증거 없이 그냥 의심하며 민생단으로 몰아 처형하고 감금했기 때문에 결국 그 사람들을 변절의 길로 가게끔 만들었다는 것입니다. 제가 북만으로 나올 때 바로 저희 독립사단 윤창범 독립연대 연대장이 민생단으로 몰려 감금되었는데, 그와 한 감방에 갇혀 있던 동무들이 매일 저녁마다 하나둘씩 끌려 나가서 처형당하고 돌아오지 못하니 결국 윤 연대장도 감방에서 탈출해 어디론가 달아나버렸습니다."

누구보다도 윤창범을 잘 아는 김성주는 이도강전투부터 시작하여 하나도 빼놓지 않고 자세하게 이야기했다.

"그렇다면 윤 연대장은 아직도 어딘가에 살아 있을 것이 아니겠습니까. 만약 찾아낼 수 있다면, 그의 혐의를 벗기고 다시 부대로 복귀시켜드리고 싶습니다."

"만약 그렇게만 될 수 있다면야 얼마나 좋겠습니까."

주보중은 김성주에게 부탁했다.

"이제 김 동무가 다시 동만에 돌아가게 되면, 혹시 민생단으로 의심받고 부대를 탈출한 동무들을 찾아내면 모두 나한테로 보내주오. 내가 그들을 데리고 있겠소."

이에 김성주는 난색을 지어보였다.

"저보고 동만으로 다시 돌아가란 말씀입니까?"

"누구든 동만으로 가서 이 문제를 해결하고 바로잡아야 할 것 아니겠소. 물론 지금 당장 돌아가는 것은 좀 어렵겠지요. 양송 동무가 모스크바에 보고서를 올리고 성위원회에도 편지를 보낼 것이라고 하니, 그때쯤이면 상황이 많이 달라져 김일성 동무가 당당하게 돌아갈 수 있다고 보오."

오평이 머리를 끄덕이며 주보중의 말에 덧붙였다.

"단지 민생단 문제뿐만 아니라 군사전략 면에서도 김일성 동무가 동만으로 돌아가서 나를 대신하여 몇 가지 해줘야 할 일들이 있습니다."

오평의 말에 김성주는 부쩍 호기심이 들었다. 오평은 김성주에게 '항일구국 6대 강령'에 대해 설명했다. 이 강령의 원명은 '대일작전에 관한 중국인민의 기본 강령'이었다. 중국공산당 중앙의 이름으로 발표된 중국공산당 코민테른 대표단의 1·26지시편지 정신은 바로 이 강령을 구체화한 것으로 볼 수 있었다.

"이 강령의 기본 정신을 바탕으로 우리는 만주의 항일부대를 모조리 통합하여 '연합군'이라는 통일된 명칭을 사용하려 하오. 이미 모스크바에도 보고했고 조만간 비준되어 내려올 것이오."

오평은 만주 전체의 항일부대들을 연합군이라는 명칭으로 통일시키고, 각지 연합군의 활동무대를 서로 이어지게 만드는 방법으로 진정한 의미의 연합전선을 형성하려는 자신의 구상을 흥미진지하게 설명했다. 이미 이연록의 항일동맹군 제4군은 밀산에서 벌리현 쪽으로 근거지를 확충해 나가기 시작했고, 주보중의 반일연합군 제5군도 조만간 밀산 쪽으로 나갈 것이라고 소개했다.

"이제 동만특위에도 지시를 내려 보내겠지만, 동만의 혁명군 제2군이 바로 남만과 북만을 한데 잇는 역할을 해나가야 합니다. 나는 김일성 동무가 동만으로 돌아가 직접 2군 책임자들과 만나 내 구상을 자세하게 설명하여 주기를 바랍니다."

김성주는 너무 흥분하여 주보중에게 말했다.

"양송 동지 말씀을 듣고 보니 저의 이번 북만행이야말로 동만과 북만의 항일전선을 한데 잇는 역할을 하는 것으로 볼 수도 있지 않겠습니까?"

"왜 아니겠소. 사실 김 동무 덕분에 우리 북만과 동만이 하나로 이어지고 있다고 볼 수 있소."

주보중은 머리를 끄덕이면서 오평에게도 말했다.

"김 동무가 올 한 해에만도 벌써 두 번째로 영안에 왔습니다. 앞서는 그냥 아동단선전대를 데리고 왔지만 이번에는 좀 경우가 다르잖습니까. 온 김에 여기 부대와 함께 멋진 전투도 몇 차례 진행하고, 또 승전 소식을 동만특위에도 알립시다. 김일성 동무, 그러는 것이 어떻겠소?"

주보중이 이렇게 물으니 김성주가 기뻐하며 대답했다.

"제가 바라는 바가 바로 그것입니다. 그런데 제가 데리고 온 대원이 너무 적어서 좀 걱정입니다."

"그것은 걱정할 것 없소. 내가 한 중대쯤 보충해주겠소. 대신 김 동무는 동만에서 데리고 온 동무 가운데 내가 경호원으로 데리고 있을 동무 한두 명만 주오. 꼭 조선인 동무여야 하오."

주보중과 김성주가 주고받는 말을 듣고 있던 오평이 의아한 표정으로 주보중에게 물었다.

"주보중 동지, 꼭 조선인 동무를 경위원으로 두고 싶은 남다른 이유라도 있습니까?"

"있습니다. 있고말고요. 듣고 나서 놀라면 안 됩니다."

주보중은 산막 밖 문어귀에 못박아놓은 것처럼 꼼짝하지 않고 서서 지키고 있는 강신태의 뒷모습에 눈짓을 보내며 오평에게 이야기했다.

"나뿐만 아니라 여기 장중화 동무도 그렇고, 특히 평남양 이형박 동무도 모두 조선인 동무들을 경위원으로 두지 못해 난리입니다. 특히 강신태처럼 나이도 어리고 약삭빠른 경위원을 두면 이만저만한 쓸 만한 것이 아닙니다. 필요할 때는 전령병도 되고 전투대원도 되고 또 적후정찰, 지방공작 어디에나 막히는 데가 없는 동무입니다. 또 중국말까지 잘해서 중국인 동네건 조선인 동네건 어딜 가든 막히는 데가 없단 말입니다."

장중화도 맞장구를 치며 칭찬했다.

"네. 강신태 같은 동무는 정말 보배 중의 보배지요. 나이는 어리지만 그야말로 일당백입니다. 저 애 아니었다면 이형박 대장은 아마도 지금 살아 있지 못했을 것입니다."

주보중과 장중화가 강신태를 칭찬하는 말을 듣던 오평도 감탄했다.

"아, 그래서 저 애가 주보중 동지 뒤에 그림자처럼 붙어 다니는군요. 저 애를 처음 보았을 때 깜짝 놀랐습니다. 총이 귀한데, 저 애 혼자 어깨에 보총을 메고 배에는 싸창까지 차고 있더라고요. 엉덩이에도 왜놈들에게 빼앗은 수류탄 같은 걸 담은 주머니까지 하나 달고 있습디다. 혼자서 소형 화약고를 지고 다니는 모양 아닙니까."

이렇게 칭찬이 이어지니 김성주도 무척 즐거웠다. 동만주에서는 조선인이라면 무작정 민생단으로 몰아붙이지 못해 안달이 나 있었지만, 북만주에서는 이처럼 조선인 대원들을 서로 자신의 경위원이나 전령병으로 두고 싶어 했다. 주보중이 김성주에게 말했다.

"난 알고 있소. 김일성 동무가 데리고 다니는 부대에 강신태처럼 약삭빠른 아이들이 아주 많다는 걸 말이오. 그러니 이번에 최소한 몇 명은 나한테 내놓아야겠소."

"좋습니다. 그렇게 하겠습니다."

김성주는 주보중의 요청에 기꺼이 응낙했다.

"정말 좋은 대원들을 더 데리고 오지 못한 것이 아쉽습니다. 동만에 두고 온 제 대원들 중에는 나이는 어려도 날고뛰는 싸움꾼들이 정말 많습니다. 이번에 함께 온 대원 중에도 저의 전령병 오대성 동무와 박낙권 동무도 대단합니다. 어디에 내놓아도 단단하게 한몫할 수 있는 동무들입니다."

이렇게 말하는 김성주에게 주보중도 연신 감사했다.

"이번에는 한 두어 명만 두고, 다음에 다시 북만에 나올 때는 좀 많이 데리고 나와서 넉넉하게 한두 소대쯤 떼주오. 대신 이번에는 내가 먼저 두 소대를 김일성 동무한테 보충해 주겠소."

16장
동틀 무렵

> "동무들, 이 길은 죽든지 살든지 떠나지 않으면 안 되는 길이다.
> 내가 만일 대흥왜로 가지 않는다면 그것은 자멸을 가져올 뿐이다."

1. 동만주 소식

오평은 김성주와 만난 후 바로 만주성위원회에 편지를 보냈고, 모스크바에는 직접 장중화를 파견했다. 오평이 동만에서 발생한 민생단사건을 설명할 때 장중화를 곁에 둔 이유는 보고서 외에도 장중화를 통해 중국공산당 코민테른 대표단 단장 왕명에게 김성주에게서 직접 들은 이야기를 구두로 자세하게 전달하기 위해서였다. 후에 모스크바에 불려가서 왕명과 만났던 만주성위원회 서기 양광화는 동만에서 발생한 민생단사건에 대해 왕명이 이미 아주 자세하게 이해하고 있는 것에 몹시 놀랐다며 회고했다.

"왕명은 우리 만주성위원회 지도부를 의심하고 있었기 때문에 우리가 동만에서 발생한 일들에 관해 보냈던 보고서를 믿으려 하지 않았다. 내 전임자였던 라오마가 먼저 모스크바에 불려가 사업보고를 했지만, 왕명은 따로 특파원(오평)을 파견해 길동특위를 새로 조직하고 코민테른의 모든 지시를 길동특위를 거쳐 성위원회에 전달하게 했다. 때문에 이때 만주성위원회는 사실상 유명무실해졌다.

오평이 보낸 편지를 받고 나서 나는 재차 위증민을 불러 민생단 문제가 이미 모스크바에도 전해졌고, 좌경화가 극대화하는 걸 제지해야 한다고 수차례 주의를 주었다. 그런데 위증민은 민생단이 확실하게 존재한다고 대답했다. 다만 처리 방식에서 경험이 부족하다 보니 확실한 증거 없이 무작정 의심하고 처형했다고 말했다."**141**

양광화는 오평의 편지 이후 만주성위원회 조직부장 유곤(劉昆, 조의민趙毅敏)을 곧바로 모스크바에 파견하는 한편 동만에 내려가 있던 위증민을 불러 단단히 당부했다.

"확실한 증거 없이 동지를 체포하고 처형하는 일은 반드시 막아야 하오. 특별히 구국군과의 사업에 몸담았던 일로 의심받는 동무들에 대해서는 새로운 평가를 내려야 하오. 그 동무들이야말로 당 중앙의 1·26지시편지 정신을 가장 앞장서서 솔선수범하여 관철하고 집행했던 좋은 동무들이 아니겠소."

"네. 이 문제는 저도 심각하게 반성하는 중입니다. 구국군과 접촉했던 한 동무가 민생단으로 의심받고 체포 직전에 한 중대를 데리고 북만 쪽으로 도주한 일이 있습니다. 혹시 북만에서 코민테른 특파원과 만난 사람이 그 동무 아닌지 모르겠습니다."

"지금 조직부장 유곤 동무가 모스크바에 사업 보고하러 갔소. 아마 길동특위

---

141 취재, 양광화(楊光華) 중국인, 중공당만주성위원회 서기 역임, 취재지 호북성 무한, 1988.

에 들러 코민테른 특파원과도 만날 것이니, 돌아오면 자세한 내용을 알 수 있을 것이오. 어쨌든 그가 동만에 가보지 않았는데도 이처럼 자기 손바닥같이 자세하게 아는 걸 보면 동만에서 민생단으로 몰려 근거지에서 도주한 사람들이 적지 않게 북만 쪽으로 피신했을 가능성도 있지 않겠소? 그러니 북만으로 도주했다는 그 동무에게도 사람을 보내 오해도 풀고 빨리 동만으로 돌아오게 해야 하오."

양광화는 그때 북만주로 피신했던 사람이 바로 북한 주석 김일성인 줄은 전혀 몰랐다고 말했다. 또 오평의 편지를 받은 후 민생단으로 의심받고 감금되어 있거나 근거지에서 탈출했던 사람들에 대해 다시 평가하라는 지시를 자신이 내렸다고 하지만, 그렇게 신빙성 있어 보이지 않는다. 또 양광화의 부탁으로 위증민이 북만주로 피신한 김성주에게 사람을 보냈다는 기록이 어디에도 없다. 다만, 김성주 회고록에 동만에서 파견한 통신원이 주보중을 찾아왔고, 그 통신원이 이형박과 함께 자기를 찾아왔다고 회고한다. 김성주는 이 통신원을 통해 간도 소식을 알게 되었다.

"새해 인사차 군정간부 확대회의가 열리는데, 김 정위가 참가해야 한다고 했습니다. 아마도 동만의 혁명군이 다시 재편될 것입니다."

김성주에게 처형 명령까지 내린 왕중산이 물러나고 위증민이 새로 동만특위 서기에 임명된 것은 무척 반가운 소식이었다.

"조 연대장의 상처는 어떠합니까?"

김성주는 연대장 조춘학의 소식도 물었다.

"조 연대장은 이미 세상을 뜨셨고 지금은 방진성(方振聲)이라는 중국인 동무가 새로 3연대 연대장에 임명되었습니다."

"윤창범 연대장의 소식은 있습니까?"

"아직은 없습니다. 마적이 되었다는 소문이 있습다."

통신원이 자기가 아는 만큼 대답했다.

"지금은 좀 달라진 것 같습니다. 민생단으로 의심받아도 함부로 묶어서 들보에 달아매고 그러지 않습니다. 처형도 확실한 증거가 나오기 전까지는 집행하지 않습니다. 점차 바로잡힐 것입니다."

김성주에게는 여간 다행스러운 일이 아닐 수 없었다. 만주성위원회 조직부장 유곤이 모스크바로 가는 길에 영안현에 들러 오평과 만났는데, 유곤은 양광화가 이미 위증민을 동만특위 서기에 임명하고 그에게 동만의 좌경화를 막으라는 지시를 내렸다고 회고했다.

그런데 이와 관련해 종자운은 다르게 회고한다. 위증민을 동만특위 서기로 임명한 것은 코민테른에서 직접 내려온 결정이었다는 것이다. 양광화는 이름만 코민테른 특파원이지 실제로는 왕명의 대리인이나 다름없던 오평이 길동특위에서 이미 만주성위원회의 권한을 대신하여 행사하고 있었다고 설명했다. 어쨌든 왕명의 불신을 받았던 만주성위원회는 이때 아무런 인사권을 행사하지 못했음은 틀림없는 것 같다.

어쨌든 주보중에게서 새로운 특위 서기가 임명되었고 또 혁명군도 새롭게 재편된다는 소식을 전해들은 김성주의 마음을 벌써부터 동만 하늘로 훨훨 날아갔다. 돌아올 날은 기약하지도 못한 채 허둥지둥 노야령을 넘어설 때는 이처럼 빨리 동만주로 되돌아갈 수 있게 되리라고는 상상조차 하지 못했다.

2. 정안군의 토벌과 신안진전투

이때 새로운 문제가 대두했다. 영안유격대와 합류한 뒤로 팔도하자근거지에서 10여 일 넘게 휴식하는 동안 일본군이 수녕 지방 반일동맹군을 소탕하러 온다는 정보가 들어왔다. 여기에 동원된 부대들은 1934년 7월 1일에 새로 조직된 만주국 제4군관구 산하 제9지대의 혼성 제22, 23여단과 기병 제6여단이었다.

흑룡강성 전역의 치안을 책임졌던 제4군관구 사령관은 '대두(大頭)'라는 별명으로 불리던 흑룡강성 출신의 동북군 장령(將領, 장군) 우침징(于琛澄)이었다. 만주 백성들은 우침징을 '위다터우(于大頭)'라고 불렀다. 만주사변 당시 일본군에게 투항한 후 앞장서서 길림과 흑룡강 두 지방의 항일군을 토벌하는 데 사력을 다했던 유명한 인물이다. 이때 우침징은 제4군관 사령관 외에도 북만철도호로군 총사령관직까지도 꿰찼지만 군관구의 실제 권한은 일본인 주임(主任, 또는 수석) 군사고문인 세키 겐로쿠(关源六)의 손에 있었다.

세키 겐로쿠는 관동군 출신의 현역 대좌였다. 수녕 지방의 반일연합군을 토벌할 때 직접 목단강에 내려와 토벌작전을 진두지휘했다. 정안군이 겐로쿠를 따라 영안 지방으로 이동해온 것도 이때다.

정안군은 1932년 6월 처음 창건될 때만 해도 편제가 크지도 않았고 인원수도 많지 않았다. '군'이라는 이름을 단 것도 관동군 사령부에서 만주국 군정부로 소속이 바뀌면서부터였다. 그 전에는 '정안유격대(靖安遊擊隊, 세이안 유우게키타이せいあんゆうげきたい)'로 불렸다. 후에 '정안군(靖安軍, 세이안군)'으로 명칭이 바뀌면서 2개의 보병연대와 1개의 기병연대 및 1개의 포병중대가 더 보충되어 전체 병력수가 여단 규모로 확충되었는데 주로 제3군관구와 제4군관구에 배치되어 있었다.

정안군 제1보병연대가 제4군관구 산하 제9지대 지휘부가 있었던 목단강에서 출발하여 영안현 경내로 들어왔다. 제1보병연대 산하에는 3개의 보병대대와 1개의 기관총중대, 그리고 1개의 박격포중대와 1개의 보충기동중대가 있었는데 연대장 미사키 다케타이라(美崎丈平) 대좌는 관동군 출신 퇴역군인이었다.

김성주는 회고록에서 연대장 미사키 대좌의 이름을 '요시자키'로 잘못 기억했다. 하지만 1930년대 초엽, 일본군에서 퇴역하고 다시 만주국 군대 지휘관으로 초빙되어 복무했던 일본인 군인 중에서 미사키 대좌는 아주 유명했다.

신안진에 주둔했던 정안군 제1연대 산하 제1대대 대대장 이름은 다케우치 타다시(竹內忠)였다. 미사키 대좌의 직계 부하였는데, 역시 관동군에서 퇴역하고 다시 만주국 국군에서 대대장이 된 군인이었다. 김성주는 이렇게 회고한다.

"신안진 부근에서 평남양(이형박) 부대와 함께 다케우치 중좌가 이끄는 두 대대의 정안군을 요절냈다."

하지만 실제로 다케우치 타다시 중좌는 대대장에 불과했기에 혼자서 두 대대의 정안군을 이끌 수는 없다. 두 중대라고 해야 정확하다.

영안유격대 부지도원 강동수가 정찰조와 함께 신안진에 잠복하여 다케우치의 보병대대가 팔도하자로 토벌하러 떠나는 시간을 알아냈다. 팔도하자근거지에서는 토벌대가 도착하기 전에 피난을 떠나느라고 일대 비상이 걸렸다. 주민들은 눈 깜짝할 사이에 벌써 절반 이상 사라졌고 영안현위원회 기관과 주보중의 군부도 대차구(大岔溝) 쪽으로 이동했다.

정안군의 최종 목표가 팔도하자임을 알고 있었기 때문에 이형박은 가능하면 팔도하자 밖의 근거지 외곽에서 정안군의 공격을 차단하려고 했다. 하지만 정안군 전투력이 관동군 정규부대 못지않다는 소문이 나 있어 영안 주변의 사계호

(四季虎), 점중화(点中華), 전중화(戰中華), 인의협(仁義俠) 등의 삼림대는 꽁꽁 숨어 코빼기도 내밀지 않았다. 그들은 모두 영안유격대가 정안군을 당해낼 수 있을지 반신반의했고 관망하려 했다.

김성주가 회고록에서 이형박의 입을 빌어 "정안군만 만나면 동맹군들은 노상 꼼짝도 못하고 골탕만 먹었다."고 한 것만 봐도 정안군의 전투력이 꽤 높았음을 알 수 있다. 만약 영안유격대가 정안군의 공격을 이기지 못하고 팔도하자근거지에서 쫓겨난다면 삼림대들을 연합군으로 끌어들이는 데 큰 차질이 빚어질 수도 있었다. 김성주와 만난 이형박은 자기보다 나이도 훨씬 어린 김성주의 손까지 잡고 조언을 요청했다.

"이연록 동지에게서도 들었습니다. 작년 한 해 만도 일본군이 기병과 포병은 물론 비행대까지 동원하여 동만의 유격근거지들을 공격하지 않았습니까. 그 공격들을 어떻게 막아냈습니까? 그 비결을 우리에게도 좀 가르쳐주시오."

김성주는 소왕청 방어전투 때의 경험을 이야기했다.

"처음에는 우리도 일방적으로 방어하는 데만 집중하다 보니 적지 않게 피해를 보았습니다. 그러나 후에는 방어에만 매달리지 않고 적극적으로 적들의 숙영지를 먼저 습격했고 또 근거지 밖으로 나가 적들의 배후를 교란하는 방법도 썼는데 아주 좋은 효과를 보았습니다."

이형박은 듣고 나서 몹시 기뻐했다.

"김 정위의 이 경험이야말로 내 생각과 불모이합(不謀而合, 의논하지 않아도 뜻이 같다)하는군요. 나는 근거지에서 방어전을 펼칠 생각만 했지 근거지 밖에서 먼저 공격하여 적들의 예봉을 꺾어놓을 생각을 못했습니다. 이제 눈앞이 탁 트입니다. 이번에 동만으로 돌아가기 전에 홍슈터우가 어떤 자들인지 구경 한번 해보지 않겠습니까?"

이형박이 묻자 김성주는 그렇잖아도 소문만 들었던 정안군과 직접 전투를 해보고 싶었다

"모두들 홍슈터우가 일본군 정규부대 못지않게 전투력이 강하다는데, 사실 우리 동만 부대들은 위만군보다는 오히려 관동군과 직접 싸운 경험이 더 많습니다. 한번 본때를 보여드리겠습니다."

김성주가 이처럼 자신만만하게 나서자 주보중까지도 몹시 기뻐했다. 주보중의 경위중대에서 한 소대를 보충받은 데다가 영안현 경내의 신안진으로 이동할 때 이형박이 한 중대를 데리고 와서 김성주의 부대와 합류해 김성주가 지휘할 대원 수가 100여 명 가깝게 불어났다.

"우리는 일본군 정규부대와 싸워본 경험이 별로 없으니 이번 전투는 김 정위가 직접 지휘하시오. 나도 지휘를 듣겠소. 그러니 전투법을 하나도 남기지 말고 우리 동무들한테 모두 가르쳐주시오."

이형박이 이렇게까지 나오니 김성주는 너무나 황송했다. 이형박이 김성주에게 가장 감탄했던 것은, 김성주의 대원들이 명령 한마디에 언제나 기계처럼 일사분란하게 움직이며 행동하는 모습이었다. 이런 모습을 이형박 부대에서는 상상조차 할 수 없었다. 구국군 아니면 삼림대 출신 대원으로 구성되었기 때문에 군율도 문란하기 이를 데 없었다. 이형박은 인터뷰에서 이렇게 회고했다.

"동만에서 온 김일성(김성주) 부대는 대부분 중국공산당원 아니면 공청단원들이었다. 근거지에서 입대한 대원이 아주 많았기 때문이다. 아동단과 소년단을 거쳐 공청단원도 되고 중국공산당원이 된 대원들이었다. 그러니 군율이 오죽 셌겠는가. 신안진으로 갈 때 눈이 내렸는데, 김일성 부대 대원들이 뒤에 남아서 눈에 난 발자국을 모두 지우

는 것을 보고 몹시 놀랐다. 우리는 그렇게 해본 적이 없었다."[142]

김성주는 회고록에서 '외발자국행군'을 소개한다.

"외발자국행군이란 10 사람, 100 사람, 1,000 사람이 행군해도 한 사람이 지나간 것처럼 선두가 낸 발자국에 발자국을 덧놓으며 나가는 행군법이다. 그뿐만 아니라 발자국을 없애는 법, 분산행군법, 마을에서 숙영하는 법 등을 하나하나 익히게 하는 것을 보고 평남양은 '조선인민혁명군'은 유격전에 완전히 도통한 군대라고 했다."

김성주는 이렇게 자랑하지만, '조선인민혁명군'은 정확하게는 조선인들로 조직된 '동북인민혁명군'이라고 해야 옳다. 1930년대를 통틀어 조선인민혁명군이라는 명칭을 사용한 부대가 만주에 따로 존재한 적이 없기 때문이다. '조선인민혁명군' 설은 김성주뿐만 아니라 북한의 역사연구 관계자들이 통째로 나서서 거짓말하고 있는 것이다.

'인민' 두 글자를 뺀 '조선혁명군' 명칭을 사용한 부대는 있었는데, 남만주 양세봉 부대뿐이다. 이때의 조선혁명군은 양세봉이 1934년 8월 12일에 일본군 밀정 박창해가 매수한 중국인 자객에게 살해당한 후 세력이 급격하게 위축되고 부대 자체가 이미 사분오열이 되어 와해 직전이었다.

어쨌든 당시 김성주를 따라 북만에 함께 간 한흥권 중대에는 중국인 대원이 몇 명 있었으나 중대 전체가 조선인 대원으로 이루어졌다 해도 과언이 아닌 조선인 혁명군이었다. 영안에서 김성주 부대를 '로꼬리(老高麗, 만주의 중국인들이 조선

---

142 취재, 이형박(李荆璞) 중국인, 항일연군 생존자, 취재지 북경, 1991, 1993, 1996, 1998.

인을 비하하면서 불렀던 이름)부대'나 또는 아주 '고려홍군(高麗紅軍, 조선인으로 구성된 공산당 부대라는 뜻)'으로 부른 것도 그런 이유 때문이다.

북호두 부근에서 신안진과 팔도하자 사이로 통하는 산 길목 양쪽 언덕에 진지를 구축하고 부대를 매복시킨 김성주는 이형박과 양쪽 부대로 헤어지면서 귀에 대고 소곤거렸다.

"이 사령관, 여기서 정안군을 한 절반쯤만 작살낼 수 있다면 우리 힘으로도 얼마든지 신안진을 점령할 수 있지만, 그러지 못하면 신안진전투를 포기하고 팔도하자 쪽으로 철수해야 합니다."

"그러면 김 정위도 다시 팔도하자 쪽으로 돌아간단 말이오?"

이형박이 물었다.

"철수할 때도 한꺼번에 철수하지 말고 부대를 두 갈래나 세 갈래로 나눠서 한 갈래는 적들의 배후 쪽으로 에돌아 달아나야 합니다. 그러고 나서 제일 먼저 추격병을 떼어버린 쪽에서 다시 적들의 배후를 공격해야 합니다."

"아니, 이것은 무슨 전법이요?"

"딱히 병법에 적혀 있는 전법은 아닙니다. 제가 유격전을 하면서 얻은 경험입니다. 우리 병력이 적들보다 약하니 싸우다가 이길 수 없을 때는 시시각각 도망칠 준비를 하되, 무작정 도망치지 말고 도망치다가 한숨 돌리고는 다시 돌아와 적들을 괴롭히는 전술입니다. 뭐, 우리 나름대로 '운동전(運動戰, 거주지를 고정하지 않고 자유자재로 이동하면서 진행하는 유격전)'이라고 해도 좋을 것 같습니다."

김성주의 말에 이형박은 감탄하지 않을 수 없었다.

신안진 쪽에 바짝 접근하여 정안군의 동향을 살피던 강동수가 보낸 전령병이 달려와 정안군이 병영에서 나와 출발했다고 알려주었다. 김성주는 급히 전령병 이성림을 이형박에게로 보냈다.

"사령관님, 저희 정위 동지가 빨리 삼림대에 사람을 보내서 함께 신안진을 공격하자고 재촉하라고 하십니다."

"잔뜩 겁에 질린 그들이 오겠다고 하겠느냐?"

이성림은 김성주가 가르쳐준 대로 대답했다.

"우리 유격대가 정안군 한 대대를 섬멸했다고 과장하면 아마도 모두 달려 나올 것이라고 했습니다. 그리고 신안진을 점령하면 노획물을 유격대가 하나도 갖지 않고 모두 주겠다고 하면 틀림없이 달려올 것이라고 합니다. 설사 우리가 이 전투에서 이기지 못하고 쫓기더라도 삼림대가 우리의 우군이 되어줄 수 있으니 좋다고 했습니다."

이형박도 김성주가 가르쳐주는 대로 했다.

김성주는 회고록에서 '다케우치 타다시 중좌가 이끄는 정안군 두 대대를 요절냈다.'고 썼지만, 실제로 다케우치 타다시 중좌는 팔도하자 쪽으로 오지 않았다. 정안군 보병 제1연대 두 대대도 모두 대차구 쪽으로 주보중의 군부를 습격하러 가 나머지 한 대대는 병영을 지키고 있었고, 신안진 밖으로 나왔던 정안군은 말을 탄 기병뿐이었다.

이 기병중대가 영안에서 로꼬리부대로 알려진 김성주 부대와 이형박 영안유격대의 매복에 걸려 섬멸되다시피 한 것이다. 총소리를 듣고 지원하러 달려 나왔던 정안군 보병 한 중대 역시 이형박에게 연락받고 몰려온 삼림대에게 협공당해 시체만 수십 구를 남겨둔 채 신안진으로 되돌아갔다.

그러나 정안군도 평소 소문대로 뛰어난 전투력을 과시했다. 불의의 습격을 당해 섬멸되다시피 했지만 대부분 명사수들이었기 때문에 이형박과 김성주의 대원들에서도 적지 않은 사상자가 생겨났다. 빗발치듯 날아다니는 총탄 속을 누비면서 김성주의 명령을 전달하러 뛰어다니던 전령병 이성림이 갑자기 보이지 않았다.

전장을 수습할 때 이성림 시체가 발견되었는데, 그의 권총에는 탄알이 남아 있지 않았다. 대신 적의 시체 대여섯 구가 주위에 널려 있었다고 김성주는 회고한다. 김성주는 이 전투를 한 고장 이름을 단산자라고 기억하는데, 정작 영안현 경내에는 단산자라는 지명이 없었다. 대신 동녕현성 쪽에 '단산자(團山子)'라는 지명이 지금도 있다. 동녕현성전투 때 직접 앞에서 서산포대 공격 전투에 참가한 김성주가 지명을 헷갈린 것 같다.

이때 정안군 제1연대 주력 대부분은 대차구 쪽에서 주보중의 부대를 쫓아다니고 있었다. 다케우치 대대도 두 중대나 여기에 동원되었으나 신안진 쪽에서 갑자기 전투가 발생하자 이들 중대를 돌려세워 신안진을 노리고 달려왔다. 정안군은 군용트럭으로 이동했기 때문에 아주 신속하게 행동했다.

그런 줄도 모르고 이형박과 김성주는 삼림대들이 몰려나온 틈을 타서 그들과 함께 신안진을 공격하려고 서둘렀다. 그러나 갑자기 일본군이 박격포까지 쏘아대면서 반격해오자 먼저 삼림대들이 뿔뿔이 흩어져 달아나기 시작했다.

김성주와 이형박 부대도 이때 해랑하(海狼河) 기슭까지 쫓겨 달아났다. 피해가 적지 않았다. 제일 뒤에서 엄호를 맡아 싸우면서 철수하던 김성주의 대원들이 절반이나 줄어들었다. 그런데다가 주보중 군부가 대차구에서 포위되었다는 소문이 돌자 이를 도우려고 이형박이 영안유격대 대원 60여 명을 데리고 대차구 쪽으로 접근하다가 다시 정안군에 포위되어 하마터면 몰살당할 뻔했다. 김성주가 20여 명밖에 남지 않은 나머지 대원들을 데리고 포위를 뚫고 나오는 이형박을 도왔는데, 이때 중대 정치지도원 왕대홍도 총상으로 죽고 말았다.

1934년 9월부터 1935년 1월 사이에 일본군은 영안을 중심으로 한 수녕 지구

뿐만 아니라 남만주의 통화와 하얼빈 동부 지방에서도 대대적인 토벌을 진행했다. 특히 수녕 지방에서 토벌전을 벌이던 정안군 제1연대는 "의도적으로 '평남양' 부대만 치고 삼림대들은 치지 않는다."는 이간책을 펼쳤다. 만약 삼림대가 손들고 나오면 정안군으로 편성해줄 뿐만 아니라 편성되기를 원하지 않는 자에게는 '귀순증명서'를 주어 만주국 어디에서든지 무사히 살 수 있게 해준다고 약속했다. 그 바람에 정안군과의 전투에서 몇 차례 보기 좋게 이겨 삼림대들을 반토벌전에 동원하려던 계획은 성사되지 못했다.

게다가 정안군의 목표가 이형박에게 집중되어 이형박 부대와 내내 함께 행동하던 김성주까지도 골탕 먹지 않을 수 없었다. 영안을 떠날 때 김성주는 대원들을 보충하기 위해 들르는 마을마다 모병 활동을 벌였지만 젊은이들은 토벌대에 겁을 집어먹고 참군하려 하지 않았다.

오랫동안 영안현위원회 기관이 있었던 팔도하자근거지도 이때 정안군에게 점령당해 쑥대밭이 되어버렸다. 주보중의 군부도 팔도하자를 떠나 대차구 쪽에 발을 붙이려다가 결국에는 동경성 쪽으로 피신했다. 동만주로 돌아가려면 다시 노야령을 넘어야 하는데, 노야령으로 들어가는 길목들까지도 모조리 막혀버려 김성주 일행은 천교령(天橋岭) 쪽으로 돌아가는 길을 선택했다. 천교령 쪽으로 이동할 때도 추격병을 만났으나 강신태가 주보중의 명령을 받아 한동안 김성주와 동행하면서 뒤를 감당해주었다.

김성주는 회고록에서 정안군과 싸울 때마다 승리했다고 하지만 정작 『영안현지(寧安縣志)』는 정안군과의 전투성과에 대해 일만군 총 150여 명을 궤멸시켰는데, 그중 관동군 중대장 1명과 정안군 중대장 1명 외 신안진 경찰대장 1명을 기록했다. 이 전과 가운데 정안군 중대장 1명과 만주군 8명 격살 외 3명을 생포한 전과는 강신태가 올린 것이다. 김성주 일행을 천교령까지 호송하는 임무를 맡왔던 강신태는 군부 경위중대 대원 18명을 데리고 뒤에서 엄호하면서 쫓아오던 정안군을 달고 다른 길로 달아났다.

강신태의 도움으로 가까스로 추격병을 떼어버리고 노야령으로 들어온 김성주 일행은 비로소 안도의 숨을 내쉴 수 있었다. 곁에 남은 대원은 20명도 되지 않았다. 김성주는 16명밖에 남지 않았다고 회고한다. 그나마 중대장 한흥권과 소대장 김택근이 별 탈 없이 살아남아 김성주 곁에 있어 다행이었다.

그림자처럼 곁에 두었던 전령병 이성림을 잃어버린 것이 너무 마음 아파 김성주는 노야령을 넘어오는 동안 자기도 모르는 사이에 눈물이 맺혀 앞이 잘 보이지 않을 때가 여러 번 있었다. 중대장 한흥권도 슬프기는 마찬가지였다. 수족같은 대원을 3분의 2 이상 잃어버린 한흥권은 쉴 새 없이 한숨만 풀풀 내쉬었다. 김성주는 한흥권을 위로했다.

"나도 우리의 손실을 생각하면 마음이 아픕니다. 하지만 어쩌겠습니까. 혁명을 하자니 희생이 따르기 마련 아닙니까. 이제 다시 대오를 늘리고 전우들이 흘린 피 값을 배로 받아냅시다."

몸도 마음도 다 지쳤던 김성주는 이때 동상까지 걸려 더는 지탱하지 못하고 쓰러지고 말았다. 한흥권은 발구(만주 지역에서 겨울에 물건을 나르던 큰 썰매)를 만들어 거기에 개가죽을 깔고 실신한 김성주를 실었다. 온몸이 불덩이처럼 달아오른 김성주가 영영 일어나지 못할까 봐 걱정이 이만저만 아니었던 한흥권은 오늘의 천교령 청구자촌(靑溝子村) 근처에서 약 동냥을 하다가 목재소에서 심부름꾼으로 일하는 한 노인을 만나 그에게 도움을 요청했다.

"약은 없지만 자네 동무들이 지금 동상에 걸렸다니 술에 홍탕(紅糖)을 타서 마시게 하게. 부쩍 땀을 내면 아마도 효과가 날걸세."

노인은 한흥권에게 술과 홍탕을 주었다. 그런데 처음에는 중국인 노인으로 알고 줄곧 중국말을 주고받았는데, 말투에서 어딘지 조선인 냄새가 나 한흥권은 불쑥 조선말로 간청했다.

"할아버지, 제 동무들이 이틀 동안 아무것도 먹지 못하고 굶었는데 강낭죽이라도 좀 끓여주시면 돈을 드리겠습니다."

노인도 굶어서 사경에 빠진 이 사람들이 조선인 청년들인 걸 보고 여간 반가워하지 않았다.

"여기 목재소가 중국 사람들 세상이라 나도 먹고 살자고 어쩔 수 없이 중국인 행색을 하고 다닌다네."

노인은 자기 성씨를 김가로 소개했다. 김 노인의 허락을 받고 한흥권은 김성주를 실은 발구를 끌고 목재소 근처의 산막으로 가서 한숨 돌렸다. 그러는 사이에 한흥권은 대원들을 데리고 목재소 주인을 위협하여 얼린 돼지 반 짝과 밀가루 등을 빼앗아 돌아와 대원들과 함께 배불리 먹고 쉬었다.

노야령으로 진입하려면 목재소에서 청구자촌으로 통하는 산 길목을 빠져나가야 하는데, 만주군 한 소대가 보초소를 만들어놓고 수상하게 보이는 사람들에게 양민증을 내놓으라고 을러메기도 하고 또 들고 가는 짐들을 확인했다.

한흥권에게 돼지고기와 밀가루를 빼앗긴 목재소 주인은 만주군 보초소에 사람을 보내 연통하려다가 소대장 김택근에게 들켰다. 보고받은 한흥권이 목재소 주인을 죽이려 하자 김 노인이 말렸다.

"저 사람을 이용하면 보초소를 쉽게 빠져나갈 수 있네."

김 노인은 목재소 주인이 보초소 만주군과 친하게 지내는 걸 알고 있어 꾀를 대주었다. 그들은 목재소 주인에게 말파리(말이 끄는 수레) 몇 대를 빌린 다음, 제일 앞 말파리에 목재소 주인을 태운 후 소대장 김택근이 그의 옆구리에 권총을 찔러 넣은 채로 보초소를 통과했다. 다른 대원은 모두 목재소 벌목공으로 위장했다.

보초병이 뭐 하러 가느냐고 묻자, 목재소 주인은 "산판에서 일하던 친구들이 병이 나 병원으로 실어가는 길이오."라고 둘러댔다. 물론 의식을 잃은 채 말파리에 누워 있던 사람은 바로 김성주였다. 이렇게 김 노인의 도움으로 천교령을 빠져나올 수 있었다.

한흥권 일행은 김성주를 실은 말파리를 끌고 노야령과 잇닿아 있는 천교령의 청구자촌과 남왜자(南崴子) 사이로 난 길을 따라 정신없이 달렸다. 하루 밤낮을 200여 리나 달려 오늘의 백초구진 동왜자(東崴子)라는 동네에 도착했는데, 여기서도 순찰 돌던 만주군과 갑자기 만나 한바탕 총격전을 벌였으나 얼마 싸우지 못하고 다시 동왜자에서 내달려 오늘의 천교령진 팔인구농장(八人溝農場) 근처 서패림자(西排林子)라는 산골짜기에 도착했다.

이 산골짜기에는 2~3리 간격으로 수십 호씩 되는 동네들이 옹기종기 널려 있었다. 제일 끝머리에 보이는 동네는 눈에는 1,000여 m 남짓해 보였지만 정작 걸어가자니 70여 리나 되었다. 해방 후에는 대송수촌(大松樹村)이라 불렀는데, 이 촌을 지나 또 40여 리를 더 들어가면 바로 다왜자(大崴子)라는 동네에 다다른다. 노야령 중턱쯤이다. 1930년대까지는 화전민이 한두 집씩 들어와 땅을 일궈 화전농사를 했다고 한다.

한흥권 일행은 산골짜기가 너무 깊고 인가도 드문 데다 폭설까지 내리자 밤낮을 산속에서 헤맨 끝에 겨우 불탄 집터 하나를 발견하였다. 한흥권 일행은 그 집터에 모닥불을 피워놓고 잠깐 숨을 돌리면서 김성주를 돌보았다. 다음날 소대장 김택근이 대원 몇을 데리고 나가 조선인 농가 하나를 찾아냈다.

함경북도 무산에서 이주한 조택주라는 조선인 노인 일가였다. 이 노인과 아들, 며느리까지 아홉 식구가 이 산골에서 화전을 일구어 살고 있었다. 그곳에서 조택주 노인 일가의 극진한 보살핌을 받고 의식을 회복한 김성주는 "꿀물에 탄 좁쌀미음을 먹고 원기를 회복했다."고 회고한다.

이때 받은 은혜를 잊지 않고 지냈던 김성주는 1959년에 박영순(연길작탄 제작자)을 단장으로 한 항일전적지 답사단을 파견하여, 천교령의 김 노인과 다왜자의 조택주 노인 일가를 찾았다. 그러나 김 노인의 종적은 알 수 없었고, 조택주 노인도 이미 세상을 뜬 뒤였다. 직접 김성주 입에 좁쌀죽을 떠 넣어주었던 조택주 노인의 맏며느리 최일화가 자식들을 데리고 평양으로 들어와 김성주와 만난 적이 있다.

3. 해산된 만주성위원회

김성주가 왕청으로 다시 돌아온 것은 1935년 2월경이었다. 영안에서 길동특위 서기 오평과 직접 만났던 김성주는 큰 뒷심을 등에 업고 다시 동만주로 나온 셈이었다.

비록 그때까지도 만주성위원회가 정식으로 해산되지 않고 조직기구가 그대로 하얼빈에 있었으나 중국공산당 중앙의 결정으로 만주성위원회를 직접 주관한 코민테른 단장 왕명과 부단장 강생(康生)의 모든 지시가 전부 길동특위로 직접 내려왔고, 다시 길동특위를 통해 만주 각지 특위로 전달되었다.

이미 1934년 말, 왕명은 상해 임시중앙국 기관이 파괴된 후 상해 임시중앙국에서 파견해 만주성위원회 서기로 부임했던 양광화를 의심하고 있었다. 길동특위가 제 기능을 발휘하기 시작하자 바로 양광화를 모스크바로 소환했다. 이때 왕명이 중국공산당 코민테른 대표단 이름으로 내려 보낸 전보문에는 양광화뿐만 아니라 성위원회 주요 당직자 모두 모스크바로 들어오라는 내용과 그동안 만주성위원회와 산하 각 지방 당 조직 사이에 있었던 모든 조직문건을 전부 소각하라는 내용이 들어 있었다. 한마디로 만주성위원회 해산령을 내린 것이나 다름없었다.

그러나 양광화는 이 지시를 제대로 집행하지 않았다. 성위원회 선전부장 담국보(譚國甫)가 집요하게 반대한 것이다.

"가뜩이나 코민테른에서 우리를 의심하는데, 이처럼 소중한 문건들을 다 소각해버리면 장차 성위원회 사업을 조사할 때 우리는 자신을 변호할 길이 없습니다. 그동안 우리가 해온 일들의 근거와 증거물들을 소각해버릴 수는 없습니다. 반드시 가지고 가야 합니다."

'샤오뤄(小騾)'라는 공청단 만주성위원회 서기도 담국보와 같은 주장을 했고, 만주성위원회 주요 당직자가 모두 모스크바로 들어가는 것에 대해서도 반대했다. 비서장 풍중운이 이때 3군에 들어가 정치부 주임직을 겸직했기 때문에 모스크바로 들어갈 수가 없었고, 샤오뤄 자신도 하얼빈에 남아 성위원회 기관을 지키겠다고 고집했다.

결국 양광화와 선전부장 담국보만 1935년 4월에 하얼빈을 떠나 소련 모스크바로 들어갔는데, 만주를 떠날 때 양광화는 직접 '만주성위원회 임시통지(滿洲省委臨時通知)'문을 작성하여 주하 유격근거지와 밀산유격대에 보냈다. 이 통지문에서 만주성위원회가 해산된다는 말은 공개적으로 하지 않았지만 "지방 각지 당·단 조직들은 아마도 오랫동안 스스로 알아서 항일투쟁을 계속해야 할 것이다."라고 썼다.

이후 만주성위원회는 정식으로 해산되었다. 이때부터 만주 각지 당·단 조직은 모두 길동특위를 통해 전달되던 코민테른의 지시를 받들어야 했다. 이 일과 관련하여 왕윤성과 종자운 모두 비슷한 내용의 회고담을 남겼다.

"이런 지시는 전부 코민테른 명의로 내려왔으나 실제로는 오평의 의중이 대부분 반영된 것들이었고, 모두 오평이 올려보낸 보고서에 의해 작성되었다. 오평은 처음에 주로 영안 지방과 밀산 지방에서 활동하면서 많은 조사연구를 진행했다. 때문에 밀산현위원회의 좌경화를 바로잡았고 영안 지방에서 주보중을 도와 제5군을 건설하고 항일연합군을 만드는 데도 큰 업적을 세웠다. 후에 결성된 '항일연군' 명칭도 바로 오평에 의해 만들어졌다고 봐야 한다.

그러나 오평은 주로 이 두 지방에서 조사 연구했을 뿐 동만주와 남만주의 정황은 잘 알지 못했다. 오평에게 제일 먼저 동만의 정황을 소개한 사람이 바로 김일성이었다. 오평은 김일성을 통해 동만에서 발생한 민생단사건을 비교적 자세하게 이해할 수 있었다."[143]

김성주는 동만으로 돌아올 때 왕중산이 내려앉고 위증민이 새로 동만특위 서기에 임명되었다는 소식을 이미 알고 있었다. 또 훈춘현위원회 서기로 파견되었던 왕윤성이 훈춘현위원회 당조직이 모두 파괴되는 바람에 훈춘을 떠나 왕청에 돌아와 있었다.

훈춘현위원회에서 살아남은 다른 간부들은 왕청현 금창(金倉)이라는 동네에서 지내면서 처분을 기다리고 있었다. 당초에 최학철(崔學哲)이 민생단으로 몰려 처형되고 나서 왕윤성이 동만특위 특파원 신분으로 훈춘현위원회 서기직을 겸직했던 것은 최학철을 대신해 임시로 훈춘현위원회를 맡고 있던 최창복에게도

143 취재, 종자운(鍾子雲) 중국인, 항일연군 생존자, 취재지 북경, 1991~1992.

민생단 혐의가 제보되었기 때문이다. 이때 종자운은 왕윤성에게 통신원을 보내 북만주로 피신했던 김성주가 요영구에 돌아왔다고 알려주었다.

"마영 동지께서 먼저 만나서 이야기를 나누고자 합니다."

왕윤성은 김성주를 보러 요영구에 왔다가 아직도 병이 완쾌되지 않아 누워 있는 김성주를 보고 몹시 놀랐다. 너무 여위고 마른 데다가 입고 있던 옷이 너덜 너덜 찢어져 하마터면 알아보지 못할 뻔했다. 김성주는 다왜자의 조 노인 집에 서 간호받고 가까스로 의식은 회복했으나 요영구까지 오는 동안 내내 발구 신 세를 져야 했다.

"영안에 갔던 통신원한테 영안 쪽 소식은 대충 들었소만, 노야령이 정안군에 의해 모조리 봉쇄되었다고 하던데 어떻게 용케 넘어왔소?"

"노야령에 접근할 때 애를 많이 먹었습니다. 하는 수 없이 천교령으로 돌아서 왔습니다."

김성주는 병상에서 일어나 앉아 아픈 목을 물로 축여 가면서 영안에서 있었 던 일들을 하나둘씩 왕윤성에게 들려주었다. 무엇보다도 오평과 만났던 이야기 에서는 왕윤성까지도 여간 흥분하지 않았다.

"누구보다도 샤오중 동무가 와서 이 이야기를 들어야 하는데 말이오."

왕윤성은 민생단숙청위원회에서 김성주를 체포하려고 나자구까지 쫓아갔다 가 종자운에게 거절당했던 일을 말해주었다.

"김일성 동무가 떠난 뒤 샤오중 동무가 고의로 빼돌린 것이 아니냐고 문제 제기하는 사람이 있어서 몹시 당황했다오. 이번에도 김일성 동무가 돌아왔다는 소식을 나한테 알려준 사람이 샤오중이오. 직접 보러 오고 싶으면서도 남들 눈 치가 무서워서 나보고 먼저 가보라고 했소. 그러나 코민테른의 순시원과도 직 접 만났던 이야기를 들으면 샤오중 동무도 여간 다행스럽게 생각하지 않을 것이오."

김성주가 왕윤성에게 부탁했다.

"군정확대회의에서 제가 발언할 수 있게끔 꼭 도와주십시오. 왕덕태 동지께는 제가 직접 찾아가 말씀드리겠지만, 위증민 서기와 만날 수 있게 마영 동지께서 도와주십시오."

왕윤성은 머리를 끄덕이면서 김성주에게 권했다.

"일단 지금은 쉬면서 빨리 몸부터 추슬러야 하오."

"제가 죽는 한이 있어도 이번만큼은 결코 가만있을 수 없습니다. 나를 도와준 샤오중 동무에게는 정말 고맙지만, 저는 샤오중 동무와도 부딪힐 각오를 단단히 하고 있습니다."

"샤오중 동무와는 내가 먼저 이야기를 하겠소. 코민테른 양송 동무와 만난 이야기를 하면 생각이 많이 바뀔지도 모르겠소."

왕윤성은 김성주 곁에서 병간호를 하던 재봉대 대원 한옥봉에게도 부탁했다.

"김 정위 군복이 다 낡고 찢어졌는데, 어떻게 좀 해보오."

"네, 지금 재봉대에서 짓고 있는 중입니다."

왕윤성이 돌아간 뒤 김성주는 오랜만에 자리를 털고 일어나 앉았다. 왕윤성에게서 종자운이 자기를 체포하려고 쫓아왔던 민생단숙청위원회 사람들을 돌려보낸 사실을 알게 되자 마음이 몹시 복잡해졌다.

후세 사가들은 민생단을 언급하면서 이 사건 중심에 있었던 중국인 간부 동장영과 왕중산, 그리고 종자운을 비판하지 않는 사람이 없다. 조선인 간부에 대한 불신과 편견이 아주 깊었던 이 세 사람의 행렬에 가세했던 위증민의 손에서도 송일 등 20여 명이 넘는 조선인 간부가 처형당했지만, 김성주는 이들을 별로 비판하지 않는다.

회고록에서 김성주는 동장영과 위증민에 대해서는 오히려 감격하는 마음까지 보인다. 민생단사건으로 동만의 조선인 간부들을 핍박했던 주요 당직자들을 통틀어 '좌경주의자들'이라고 한데 몰아 지칭하지만, 꼼꼼히 들여다보면 대부분 김성도나 송일, 김권일 같은 조선인 선배 공산주의자들에게 화살을 돌릴 뿐이다. 직접 동장영이나 왕중산, 종자운 같은 중국인 간부들은 이름을 거론하며 비판하지 않는다. 여기서 언급하지 않을 수 없는 사실은 동장영, 왕중산, 종자운이 김성도나 송일 등의 상급자였다는 것이다.

종자운은 1999년까지 살았다. 1960년대 그가 중국 국가 석탄공업부(煤炭工業部) 부부장으로 있을 때 중국을 방문했던 김성주는 종자운을 찾아갔다. 종자운의 일생을 다룬 『잃어버린 연대(逝去的年代)』의 저자 성선일이 필자에게 들려준 이야기다.

"사석에서 두 사람이 어떤 말을 주고받았는지는 자세하게 알 수 없다. 민생단 사건 당시 종자운의 도움을 받았던 김일성(김성주)은 종자운에게 항상 감격하는 마음이었다. 그래서 종자운을 찾아왔을 때 굉장히 고마웠다는 말을 많이 했다고 하더라. 이것은 종자운이 직접 나에게 들려준 이야기다. 생각해보라, 왕중산도 해방 후까지 살아남았고 연길에 살고 있었는데 김일성은 한 번도 그의 안부를 물었던 적이 없다. 민생단사건 때 종자운은 왕중산보다 더 혹독하게 조선인 간부들을 공격했던 사람인데, 아이러니하게도 유독 김일성에 대하여만큼은 인상이 좋았을 뿐만 아니라 직접 나서서 도와주기까지 한 것은 위증민에게도 많은 영향을 끼쳤다고 봐야 한다. 위증민이 김일성의 말에 귀를 기울이기 시작한 것은 김일성에 대한 종자운의 태도에서 비롯되었다고 볼 수 있다."**144**

그러나 실제로 김성주에 대한 위증민의 태도를 바꿔놓은 것은 1935년 2월, 김성주가 동상 후유증으로 앓고 있을 때, 별명이 '헤이왕(黑王)'인 만주성위원회 파견원 왕학요(王學堯)가 위증민과 만나고 간 뒤부터였다. 헤이왕은 만주성위원회가 해산될 때 양광화의 파견으로 밀산으로 가는 길이었다. 그는 목단강에 들렀다가 오평과 만났다.

이때 길동특위 기관이 목릉현 하서툰에서 목단강 시내로 이사하여 오늘의 목단강시 신안가(新安街) 101호에 '경향당(慶祥堂)'이라는 약방 간판을 내걸었다. 특위서기 오평이 이곳에 직접 왕옥환(王玉煥, 최용건의 애인)과 전맹군(田孟君, 길동특위 부녀부장)이라는 중국인 처녀 둘을 점원으로 위장시켜 이 약방에 본거지를 틀고 있었다. 특위 당직자였던 조직부장 이복덕도 목단강 시내로 들어와 빵집을 운영했고, 선전부장 맹경청은 잡화점을 운영했다. 유리창 수리공으로 위장하고 오평과 이범오, 맹경청 사이에서 통신원 역할을 담당했던 공청단 길동특위 서기 장림(張林)은 오평이 헤이왕을 동만에 보냈다고 회고했다.

"양광화가 모스크바로 떠나면서 만주 각지 당 조직은 성위원회의 영도를 받을 수 없으니 스스로 알아서 항일투쟁을 견지해야 한다는 통지문을 만들었는데, 라오우(老吳)라는 사람과 헤이왕이라는 사람이 이 문건을 주하현위원회와 밀산현위원회에 전달했다. 헤이왕은 밀산으로 갈 때 곧장 가지 않고 목단강에 들러 이 문건을 양송(오평)에게 보였는데, 양송은 굉장히 불쾌해했다. 코민테른에서 이미 길동특위를 통하여 만주 각

---

144 취재, 성선일(成善一), 『잃어버린 연대(逝去的年代)』 저자.

지의 당 조직에 지시를 내려 보내고 있었기 때문이다.

동만에서도 통신원이 와서 직접 양송과 만나고 돌아간 지 얼마 안 되었는데, 양송은 헤이왕에게 밀산으로 가지 말고 잠깐 동만에 들렀다 가라면서 위증민 앞으로 보내는 편지를 썼다. 편지 내용이 아주 길었는데, 여러 장이었던 것 같다. 그런데도 또 이렇게 말했다. 군사작전과 관련한 자세한 내용까지는 편지에 다 쓰지 못했지만, 얼마 전 동만으로 돌아간 김일성 동무한테 자세하게 설명했으니 위증민 동무에게 직접 김일성 동무와 만나 자세하게 듣기 바란다고 내 말을 전해주오.'"[145]

오평의 편지에는 위증민이 1935년 7월부터 열리는 코민테른 제7차 대표대회에 참가하여 동만의 항일투쟁 정세에 대해 보고해야 한다는 지시가 적혀 있었고, 최소한 5월 말 이전에 목단강에 도착하여 자기와 먼저 만나자는 내용도 있었다.

코민테른 총서기 게오르기 디미트로프의 사회로 진행된 이 회의에는 총 65개 국가의 공산당과 510명의 대표가 출석했다. 이 회의에서 항일투쟁의 책략과 방침을 제정했고, 특히 중국 경내에서 발생한 '좌경' 종파주의를 바로잡았다.

동만주 민생단사건이 바로잡히기 시작한 것은 이 회의 직후였다. 1935년 2월 까지도 위증민은 민생단이 분명히 존재한다고 믿었고, 그것이 다만 지나치게 확대되었을 뿐이라는 정도로 이해했다. 헤이왕에게 오평의 편지를 전달받은 위증민은 직접 김성주와 만나기 위해 요영구로 가려다가 조아범과 주수동(周樹東) 등 특위 젊은 간부들의 강력한 반대에 부딪혔다.

화룡현위원회 서기였던 조아범은 이때 주운광 뒤를 이어 동만특위 비서장으

---

145 취재, 장림(張林) 중국인, 공청단 만주성위원회 조직부장과 길동특위 서기 역임, 취재지 하얼빈, 1981.

로 내정되어 대흥왜에 와 있었다. 훈춘 태생인 주수동은 종자운이 대전자공작위원회를 조직할 때 늘 데리고 다녔던 공청단 간부였다. 훈춘현위원회가 왕청현 금창으로 이사 왔을 때 여기서 반민생단 투쟁으로 전임 훈춘현위원회 서기 최학철과 조직부장 최창복을 처형하라고 판결한 사람이 바로 주수동이었다. 1918년생으로 열일곱 살밖에 되지 않았던 이 무서운 중국인 소년이 혁명 연륜이 자기 나이의 두 배도 더 되는 조선인 선배 공산주의자들을 눈썹 하나 까딱하지 않고 거리낌 없이 살해했던 것이다.

조아범 역시 주수동 이상으로 반민생단 투쟁에 열성이었다. 그의 손에 화룡 출신 조선인 공산주의자들이 적지 않게 처형당했다. 조아범의 전임자였던 김일환뿐만 아니라 화룡유격대 출신 정치위원 김낙천도 조아범이 화룡현위원회 서기로 있는 동안 처형당했다. 이상묵, 주진, 윤창범 등 동만특위 내 조선인 고위 간부들을 모조리 밀어내고 자리를 차지한 조아범이나 주수동은 이때 김성주를 물고 넘어지지 않을 수 없었다. 그들의 배후에는 바로 왕중산이 있었다. 왕중산은 종자운을 비판하기도 했는데, 위증민 앞에서 종자운이 김성주를 빼돌린 일을 거론한 적이 여러 번 있었다.

"송일 동무가 한번 말해보오. 나자구까지 갔던 민생단숙청위원회 동무들이 돌아와서 뭐라고 합디까? 김일성이 동녕 쪽으로 가버려서 통제되지 않는다고 둘러댔지만 정작 김일성은 영안 쪽으로 달아났습니다. 자기 말로는 영안에서 코민테른 특파원 만나 자기 신분을 재차 확인받고 돌아왔다고 하지만, 데리고 갔던 한 중대를 다 잃어버렸는데도 아무 반성도 하지 않습니다. 이것이 간단히 넘길 문제란 말입니까?"

종자운은 내심 당황하지 않을 수 없었다. 직접 김성주에게 달려가 병문안도 하면서 만나고 싶은 마음이 굴뚝같았지만, 왕윤성만 보내고 자기는 뒤로 슬쩍 빠진 것도 다 이런 이유 때문이었다. 얼마 뒤 왕덕태, 이학충 등 독립사 지휘부의 주요 간부들이 속속 왕청 대흥왜에 도착했다. 앓고 있던 김성주 대신 한흥권이 먼저 정치부에 불려가 죄인 취급당하며 심사받고 돌아왔다.

한흥권을 심사했던 사람은 왕요중이었다. 정치부 주임 이학충은 가타부타 아무 말도 없이 방청만 했다. 심사를 마치고 나올 때 이학충이 김성주의 병 정황에 관해 물었다.

"김 정위가 외출이 가능하겠습니까?"

"경위원의 부축을 받으면서 조금씩 산보할 수 있는 정도입니다."

"다른 대원 상태는 어떠합니까?"

"모두 지쳐 있지만 곧 회복될 것 같습니다."

"이번 회의에 꼭 참가할 수 있게 빨리 건강을 회복해야 한다고 전해주십시오."

이학충이 말한 회의는 바로 제1차 동만 당·단특위연석 확대회의(東滿黨團特委第一次聯席擴大會議)였다. 한흥권 등은 무척 불안해했지만 김성주는 오히려 한흥권을 위안했다.

"천하의 한흥권답지 않게 왜 그럽니까? 코민테른 양송 동지가 직접 나한테 부탁한 일도 있으니 너무 걱정 마십시오. 만약 이번에 또 걸고넘어지는 사람이 있다면 내가 이번만큼은 결코 가만있지 않을 것입니다. 반드시 할 말은 다 하고 또 당당하게 논쟁을 벌일 생각입니다."

"민생단이라면 자기 부모도 몰라보고 무작정 쌍불부터 켜고 달려드는 작자들입니다. 그들이 양송 동지를 알지 못할 수 있습니다. 괜히 저자들한테 피해부터 당하고 나면 모든 게 끝장 아닙니까."

한흥권이 김성주와 주고받는 말을 밖에서 엿듣던 한옥봉까지도 사색이 되었다. 한흥권이 중대로 돌아갈 때 한옥봉이 허둥지둥 따라왔다.

"성주 오라버니가 대흥왜에 갔다가 체포될 수도 있단 말인가요?"

"글쎄 말이다. 분위기가 영 심상치 않구나."

한흥권이 한숨을 내쉬니 한옥봉은 금방 두 눈에 눈물까지 맺혔다.

"오라버니, 차라리 성주 오라버니를 데리고 다시 영안으로 돌아가면 안 됩니까? 이번에는 저도 함께 따라가겠습니다."

"아이고, 그런 한심한 소리 함부로 하지 마라."

한흥권이 여동생을 나무랐다.

"그럼 어떻게 해요?"

한옥봉은 발까지 동동 굴러가며 한흥권에게 매달리다시피 했다.

"옥봉아, 행여라도 그런 소리를 마라. 지금 김 정위도 신경이 많이 예민하구나. 나도 권하고 다른 소대장도 모두 권했지만 막을 수 없다. 그는 이번 회의에 꼭 참가할 것 같다. 만약 체포된다면 그때는 나도 가만있지는 않을 것이니 조금 더 지켜보자. 대신 너도 좀 알아봐라."

"어디 가서 알아볼까요?"

"아동국장 이순희가 너의 친구잖아. 이순희와 조동욱이 특위 공청회의에 참가했다던데 그쪽에도 무슨 소식이 좀 없나 알아보려무나."

한옥봉은 그날로 부리나케 이순희를 찾아갔다. 그런데 이순희의 얼굴색도 밝지 않았다. 그는 조동욱에게 들은 소식이라며 한옥봉에게 귀띔했다.

"옥봉아, 어떡하면 좋지? 회의에서 주수동 특위서기가 자꾸 김 정위 일을 캐고 묻더라는구나. 김 정위한테 무슨 일이 생길 것만 같아서 조동욱 동지랑 모두 불안해서 어찌했으면 좋을지 몰라 하고 있어."

한옥봉이 돌아와 이 소식을 전하자 영안에서 함께 살아 돌아온 대원들이 모두 김성주 앞을 가로막고 나섰다. 차라리 동만을 떠나 다시 영안으로 돌아가자고 나서는 대원들까지 생겨났다. 김성주는 회고록에서 이렇게 회고한다.

"전우들은 사색이 되어 대흥왜로 가지 말아달라고 애걸했다. 그러나 나는 단호하게 길을 떠났다."

김성주는 가지 말라고 매달리는 대원들에게 말했다.

"동무들, 이 길은 죽든지 살든지 떠나지 않으면 안 되는 길이다. 내가 만일 대흥왜로 가지 않는다면 그것은 자멸을 가져올 뿐이다."

김성주가 대흥왜에 도착했을 때는 이미 회의가 시작된 지 이틀째를 지나고 있었다. 1935년 2월 24일에 개최되었으니 이날은 2월 26일쯤 되었을 것이다. 회의장은 제8구 농민위원회 사무실이었다. 낯익은 얼굴들이 적지 않았다. 그러나 김성주를 대하는 눈빛들은 그야말로 각양각색이었다.

"아, 김일성 동무가 왔구면. 어서 들어오시오."

언제나 사람 좋은 왕윤성이 제일 먼저 자리에서 일어나 김성주 앞으로 다가왔다. 김성주는 일단 차렷하고 서서 독립사 최고지휘관이나 다를 바 없는 왕덕태와 이학충에게 경례부터 올렸다.

"김일성 동무, 인사하오. 이분이 위증민 동지요."

왕윤성이 김성주에게 위증민을 소개했다. 안경 낀 위증민이 왕윤성 곁에서 일어서더니 다가와 김성주 손을 잡고 반갑게 말했다.

"김일성 동무 이야기는 정말 많이 들어왔습니다. 이렇게 만나니 여간 반갑지 않군요. 촉한 때문에 많이 아프다고 들었는데 지금은 어떻습니까? 괜찮습니까?"

"네. 많이 나았습니다. 이제는 아무 일도 없습니다. 회의에 늦어서 정말 죄송합니다."

김성주는 검정색 뿔테안경 너머 빛나는 위증민의 순수하고도 맑은 웃음이 어린 눈빛을 바라보며 대답했다. 처음 들어올 때 조아범에게 받았던 불쾌한 인상 때문에 잔뜩 얼어붙었던 가슴이 이때 한순간 확 녹아내리는 것 같았다. 몇몇 익숙한 얼굴이 그제야 아는 체도 하고 눈인사도 보내왔다.

나자구전투 때 처음 만났던 임수산 얼굴도 보였다. 왕중산의 눈빛은 여전히 곱지 않았지만 송일의 눈빛은 죄 지은 사람처럼 김성주와 마주치는 것을 꺼렸다. 김성주가 인사하는 동안 송일은 눈길을 내리깔기까지 했다. 송일, 임수산 외에도 처음 만나는 조선인 간부가 여럿이었다. 최봉문, 강창연, 이동규, 김희문 등 회의 참가자는 도합 26명이었다.

김성주는 참가자들 가운데 조동욱도 있었다고 회고한다. 공청단 왕청현위원회 서기로 임명된 지 얼마 안 된 조동욱은 회의 기간에 중국말을 잘 모르는 조선인 간부들을 위해 통역 임무를 수행했다고 한다. 그러나 중국의 관련 사료에는 조동욱 이름이 보이지 않는다.

한편 김성주 본인은 동만특위 위원 자격으로 이 회의에 참가했다고 하는데 이 역시 사실과 부합하지 않는다. 이때 혁명군 연대급 간부들 가운데 특위 임시위원회에 선출된 사람은 조선인으로는 임수산뿐이었고 중국인은 왕요중이었다. 조아범의 심복이었던 왕요중은 특위 임시위원회가 취소되고 다시 동만특위가 정식 출범될 때도 역시 후보위원으로 선출되었다. 그러나 회의 직후 안도로 파견되어 나갔다가 얼마 뒤 토벌대에 살해당하고 말았다. 정확한 날짜는 1935년 4월 11일이었다.

이 회의에서 동북인민혁명군 제2군 독립사 지휘관들에 대한 새로운 인사령을 발표했다. 주진의 탈출로 공석이 된 사단장직을 정치위원 왕덕태가 맡게 되었다. 왕덕태가 특위 군사부장을 겸직한 것처럼 독립사 정치부 주임 이학충이 특위 조직부장을 겸직하게 되었다. 이상묵의 탈출로 동만특위 주요 당직자가 모두 중국인으로 바뀐 것이었다.

후에 조아범이 특위 비서장과 화룡연대로 불린 독립사 산하 제2연대 정치위원직을 겸직한 것이나 주수동이 공청단 동만특위 서기직과 제1연대 정치위원직을 겸직한 것은 동만의 당·단뿐만 아니라 혁명군 부대에서도 조선인 간부를 모두 좌천시키고 중국인 간부로 물갈이하려 했던 것으로 볼 수밖에 없다. 심지어는 왕윤성도 이미 해산을 선포한 훈춘현위원회 서기 신분으로 훈춘연대인 독립사 산하 제4연대 정치위원직을 겸직하게 되었다.

4. 대흥왜회의

이 회의에서 김성주가 제3연대 정치위원직에서 밀려나지 않고 가까스로 살아남은 것은 코민테른이 동만주로 파견한 주명(朱明, 진홍장陳鴻章, 후반변后叛變)이 회의가 끝나기 직전 도착한 덕분이라고 주장하는 사람들이 더러 있다. 왕명과 강생이 직접 파견한 주명의 임무는 위증민을 모스크바에 들여보내기 위해서였고, 그동안 오평이 위증민을 대신해 동만특위 사업을 주관한다는 내용을 전달하는 것이었다. 오평은 목단강에서 주명과 만났을 때 재차 당부했다.

"빨리 동만에 가서 동만 혁명군이 북만 쪽으로 북상할 수 있게 조처하시오. 각지 근거지가 모두 항일전선을 확충하여 서로 연대하는 것은 이미 왕명 동지와 강생 동지에게 비준받은 일이오. 제4군과 제5군은 이미 행동에 들어갔는데,

동만 혁명군은 지금까지 계속 지지부진한 상태요."

오평은 주명에게 김성주와 만났던 이야기도 해주었다.

"내가 만나보니 참으로 좋은 동무이던데 그동안 동만에서 내내 의심만 받아왔던 모양이오. 작년 겨울 영안에 와서 이형박 동무네와 함께 보냈는데, 영안유격대와 함께 정안군과도 싸웠고 이미 충분히 검증을 마쳤소. 주명 동무가 이번에 동만에 가서 확실하게 바로잡고 또 이 동무의 뒷심이 되어주기 바라오."

주명은 회의에서 동만주 혁명군이 항일전선을 북만주 쪽으로 확충해야 한다는 코민테른의 지시를 전달할 때 직접 김성주를 지목하여 발언시켰다.

"자세한 내용은 나보다도 3연대의 김 정위가 더 잘 알고 있으니, 김 정위에게 들어봅시다. 김 정위가 영안에서 직접 코민테른 양송 동지와도 만났고, 그에게서 동만에 돌아가 이번 군사작전과 관련하여 자세하게 설명하여 줄 것을 부탁받았습니다."

주명이 이렇게 말하자 모두 놀라지 않을 수 없었다. 자연스럽게 김성주를 대하는 사람들의 태도가 백팔십도로 달라질 수밖에 없었다. 왕덕태는 김성주가 설명하기 편하도록 자신이 늘 메고 다니는 가죽가방에서 지도까지 꺼내어 펼쳐주면서 김성주의 설명에 집중했다.

"우리 동만 혁명군이 북만 쪽으로 항일전선을 확충해 나가야 한다는 도리는 이해되는데 의문스러운 점이 있소. 그러면 남만 쪽과는 어떻게 이어지게 되오? 우리가 그쪽으로 확충해 나가야 합니까? 아니면 남만 쪽에서 우리 쪽으로 확충해 나옵니까?"

김성주가 설명하는 도중에 왕덕태와 이학충이 번갈아 의문 나는 점들을 질문했다. 김성주는 상상력까지 발휘해 가면서 대답했다.

"우리가 남만 쪽으로 확충해 나가야 할지 아니면 남만 쪽에서 동만 쪽으로 확충해 나오게 될지는 아직 모르겠습니다. 아마도 그때 가서 상황에 따라 다시 결정할 일입니다. 그런데 양송 동지는 만주의 항일전선을 하나의 연합전선으로 만들어내기 위해 동만 혁명군이 북만과 이어져 하나의 전선을 구축하는 일이 가장 시급하다고 말씀하셨습니다. 그러나 남만 쪽은 제가 안도에 있을 때 한번 다녀온 적이 있어 지형에 익숙합니다. 안도와 돈화 쪽에서 출발하면 바로 무송만 지나 남만 경내에 접근할 수 있습니다. 때문에 우리가 그쪽으로 확충해 나갈 가능성도 얼마든지 있다고 봅니다."

"그런데 일본군이 최근에 노야령을 모조리 봉쇄하고 있다고 들었소. 한두 소대도 아니고 대부대 인원이 공개적으로 다시 노야령을 넘기가 쉽지가 않을 텐데 말이오. 김일성 동무가 이번에 영안에서 돌아올 때도 노야령을 넘어서 왔소?"

왕덕태가 이렇게 걱정하자 왕윤성이 말참견했다.

"왕 정위, 노야령을 넘는 일은 걱정하지 않아도 될 것 같습니다. 노야령은 김일성 동무가 한두 번 다녀온 것이 아닙니다. 아마도 손바닥같이 환할 것입니다."

김성주가 설명했다.

"이번에 영안에서 돌아올 때 보니 상황이 확실히 예전과 많이 달라졌습니다. 놈들은 일단 노야령으로 접근할 수 없도록 산 바깥에서부터 길을 모조리 차단했습니다. 때문에 대부대로 노야령을 넘어가는 것은 불가능합니다. 영안에서 출발할 때 우리는 천교령 쪽으로 에돌아 노야령으로 진입했습니다. 그쪽에서도 만주군이 보초소를 설치해두어서 우리는 목재소 주인의 도움으로 벌목공으로 위장하고 말파리를 타고 보초소를 빠져 나왔습니다. 그러나 걱정할 것은 없습니다. 북만으로 가는 길은 노야령을 넘는 방법 말고도 얼마든지 있습니다."

김성주는 지도에서 안도와 돈화를 가리키며 설명을 계속했다.

"여기 보십시오. 지리상으로 보면 여기 안도는 우리 동만 중심지라 할 수도 있습니다. 작년 여름 사단장 동지께서 이 지방에 근거지를 개척한 것이 얼마나 잘한 일입니까. 여기 안도에서 남쪽으로 무송만 넘어서면 바로 남만 경내로 접근할 수 있고, 돈화에서 액목 쪽으로 빠져나가면 바로 북만의 영안 경내로 접근하게 됩니다. 액목을 지나 동경성에만 도착하면 그곳은 바로 영안유격대 활동지역입니다. 제가 안도에서 별동대를 조직할 때 남만까지 다녀온 적이 있어 이쪽 지형에 환합니다. 또 1930년 8·1길돈폭동 때는 한동안 진한장 동무와 함께 액목에서도 활동했습니다. 때문에 여기 지형에도 익숙합니다."

김성주의 설명을 들으며 왕덕태와 이학충도 감탄했다. 언제나 근엄한 표정으로 웬만해서 웃지 않는 사람으로 소문난 이학충도 이때 밝은 표정으로 김성주를 칭찬했다.

"유 참모장이 그럽디다. 김 정위가 굉장히 군사에 밝은 사람이라고 칭찬하던데, 지금 보니 그 말이 맞습니다. 우리 동지들 가운데 북만에 많이 다녀본 사람은 김 정위밖에 없으니 아무래도 김 정위가 또 앞장서서 원정길을 개척해야 할 것 같습니다."

왕덕태와 이학충이 이렇게 나오자 다시 김성주를 물고 늘어지려 했던 왕중산 등은 맥이 빠져버리고 말았다. 이날 회의 끝에 송일이 몰래 김성주 뒤로 다가와 옷깃을 잡아당겼다.

"김일성 동무, 정말 멋졌소."

누가 듣기라도 할까 봐 낮은 귓속말로 하는 칭찬이었지만 이 한마디는 김성주에게는 봄날의 우레처럼 들려왔다.

"송 서기 동지가 이렇게 칭찬하시니 정말 생각 외입니다."

김성주가 웃으며 대답하자 송일은 다시 한마디했다.

"아니오. 내 진심으로 감탄했소."

김성주에 대한 송일의 태도가 바뀔 수밖에 없었던 것은 자기 눈으로 직접 김성주를 칭찬하는 왕덕태와 이학충을 보았기 때문이다. 왕중산이 이미 특위 서기 대리직에서 물러난 데다 종자운까지 뒤에서 김성주를 비호한다는 소문이 나돌고 있었다.

"내일 회의에서 민생단 문제를 논의할 것인데 참가자들을 특위 위원들로만 한정해 그게 좀 걱정이오. 동무가 꼭 참가했으면 좋겠소. 방청으로라도 말이오."

"내일 회의에 꼭 참가시켜 달라고 마영 동지께도 부탁했습니다."

김성주의 말에 송일이 슬쩍 귀띔해 주었다.

"가장 좋은 방법은 주명 동지께 부탁하는 것이오. 주명 동지의 한마디면 위증민 서기도 듣지 않을 수 없소."

"제가 주명 동지를 잘 알지 못합니다."

김성주가 난색을 보이자 송일이 말했다.

"그게 무슨 상관이오. 주명 동지는 양송 동지가 파견한 사람이니 동무가 직접 찾아가 요청하면 반드시 들어줄 거요. 내일 회의에 꼭 참가해 우리가 그동안 함부로 내놓고 말할 수 없었던 일들을 동무가 대신 해주기 바라오. 나는 중국말을 잘하지 못해 마음뿐이오. 그러나 동무는 중국말도 아주 잘하니 얼마나 좋소. 지금 분위기도 슬슬 돌아서고 있소. 이럴 때 동무가 나선다고 해서 동무에게 문제 제기할 사람은 별로 없을 것 같소."

송일은 김성주 손을 잡고 한마디 더 했다.

"그동안 정말 미안했소."

송일의 이 한마디에 김성주는 가슴이 뻐근해지는 것 같았다. 그렇게나 오랫동안 가슴속에 응어리졌던 덩어리가 눈 녹듯 녹아내렸다. 송일뿐만 아니라 전임자였던 김성도에게 가졌던 미움도 다 사라져버리는 듯했다.

그날 밤 김성주는 꼬박 밤을 새고 말았다. 한잠도 잘 수 없었다. 민생단으로 몰려 억울하게 처형당했던 사람들의 원한을 당장 풀어주지 못하는 것이 안타까웠지만, 그보다는 무슨 일이 있어도 다시는 이런 사태가 발생하지 못하도록 제지해야 한다는 사명감이 용솟음쳤다. 김성주는 송일이 가르쳐준 대로 주명을 찾아갔다. 주명은 이야기를 듣고 나서 선선히 응낙했다.

김성주는 회고록에서 주명에 대하여 한마디도 회고하지 않았다. 이 회의에서 민생단으로 몰렸던 조선인 간부들의 운명을 좌우한 인물로 위증민만 있었던 것이 아니다. 그 위에 주명이 있었다. 그런데 주명이 이 회의 이후, 동만주 역사에서 영영 자취를 감추게 된 이유가 있다.

위증민이 모스크바에 간 동안 잠시 동만특위 서기직을 맡았던 주명은 특위 기관이 나자구로 이동할 때 오늘의 나자구 삼도하자에서 일본군에게 체포되어 그만 투항하고 말았기 때문이다. 주명은 동만주에서 활동한 시간이 극히 짧았던 데다 일본군에게 끼친 위해가 거의 없었고, 또 본인이 부리나케 자기 신분을 밝히고 일본군에 협조하겠노라고 약속했기 때문에 판결도 받지 않고 풀려나왔다.

그러나 일본군 헌병대는 밀정을 파견해 주명의 주숙처를 감시했다. 주명은 그 밀정에게 자기가 나가서 혁명군을 설득하여 모두 귀순하게 만들겠다고 속여 넘기고는 주숙처에서 탈출하여 영안으로 북상 중이었던 제2군 군부를 찾아갔다. 하지만 2군 군부는 다시 영안을 떠나 남만주 쪽으로 이동해버린 뒤였다.

주명은 한동안 제5군 군부에서 지내며 다시 혁명하겠다며 '성명'도 발표하고 갖은 노력과 성의를 다 보였지만 결국 신임을 받을 수 없었다. 주보중은 주명을 제2군으로 보내버렸는데, 오늘의 무송현 경내에서 처형당하고 말았다.

주명은 처형당할 때 김성주와 만나게 해달라고 간청했다고 한다. 그러나 김성주와 만날 수 없었다. 설사 김성주가 왔어도 주명은 살아날 수 없었을 것이다. 이때 제3사단 사단장으로 임명된 김성주 곁에는 그의 라이벌이나 다름없었던 중국인 간부 조아범이 정치위원으로 있었기 때문이다.

5. 동만주에 왔던 이광림

1935년 2월 24일부터 3월 3일 사이에 진행되었던 제1차 동만 당·단 특위연석회의는 '연석확대회의(聯席擴大會議)'라고도 한다. 굳이 '확대' 두 자를 넣은 것은 주명의 요청으로 독립사단 산하 각 연대 정치위원들을 방청시키기로 결정했기 때문이다. 이 회의에 앞서 위증민을 중국공산당 동만특위 서기로 임명한다는, 중국공산당 코민테른 대표단의 인사령을 전달하려고 동만주에 나왔던 사람은 바로 왕청유격대 첫 정치위원이었던 김은식의 외사촌동생 이광림[146]이었다.

1931년 만주사변 직후 공청단 영안현위원회 서기가 된 이광림은 1933년 중국공산당 길동국이 성립될 당시에는 어느덧 공청단 길동국위원회 조직부장을 거쳐 서기까지 오르는 등 크게 주목받는 인물이 되어 있었다. 어찌나 중국말을

---

146 이광림(李光林, 1910-1935년) 독립운동가. 만주사변 후 중국공산당 영안현위원회 공청단 서기로 임명되었다. 왕청유격대 제1임 정치위원 김은식과 외사촌형제이다. 1933년 공청단 길동국 상무위원과 길동국 순시원에 임명되었다. 1935년 구국군 부현명(傅顯明) 부대 개조를 위해 나자구에 파견되었다. 이 무렵 길동특위 특파원 신분으로 동만 당·단 특위제1차연석회의(東滿黨團特委第一次聯席會議)에 참가하여 특위 위원으로 선출되었다. 1935년 동북반일연합군 제5군 2사 정치부주임이 되었으며, 그해 12월 24일 영안현 강남산 동촌에서 만주군에 잡혀 살해당했다. 중국 정부는 이광림을 항일열사로 추증했으며, 2015년 8월 24일에 2차로 공개한 600명의 '항일영렬과 영웅군체(抗日英烈和英雄群体)' 명단에 수록되었다.

잘했던지 그가 조선인인 것을 아는 사람이 거의 없었고, 자신도 중국인처럼 되기 위하여 갖은 노력을 다했던 것 같다. 나중에는 조선말을 잘 모르는 중국인들이 "이광림은 조선말을 아주 잘한다."고 칭찬할 정도였다. 이는 영안 지방 사람들이 이때 이광림을 중국인으로 여기고 있었음을 보여준다.

해방 후 연변 주정부에서 위생처 처장을 지냈던 전봉래(全鳳來)[147]는 1931년에 영안현 남호두 구위원회 서기를 맡았던 적이 있었다. 그때 남호두에서 공청단 조직을 지도하던 이광림을 몇 번 만났는데, 이광림이 조선말 하는 것을 한 번도 들어보지 못했다고 한다.

이광림을 생명의 은인으로 여기는 중국인 소북홍(蘇北虹)은 1933년 6월에 길동국 순찰원 신분으로 해림(海林) 지방에 내려온 이광림과 처음 만났다. 그는 이광림과 함께 영안현 하남구 조선족 동네로 가다가 길에서 마적들의 습격을 받았는데, 이광림 덕분에 살아날 수 있었다며 그때 일을 회고했다.

"이광림이 마적들끼리 사용하는 중국말 방언을 어찌나 잘했던지 마적들까지도 그가 한때 마적 노릇을 하지 않았나 생각할 정도였다. 그래서 '보아하니 우리와 같은 밥을

---

147 전봉래(全鳳來, 1907-1973년) 독립운동가, 중국 행정가. 함경북도 길주에서 태어나 1920년에 연길현 지신구 대성촌(智新溝 大成村)으로, 1922년에는 화룡현 서성구(和龍縣 西城溝)로 이주했다. 1927년 용정 대성중학교에 입학했다. 재학 중 고려공산청년회 만주총국 용정 책임자, 연변 중등학생회 위원이 되었다. 1928년, 일본인의 대성중학교 경영권 접수를 저지하기 위해 동맹휴학을 주도하다가 제적당했다. 1929년 조선공산당 만주총국(화요파)에 입당했고, 재동만 조선청년총동맹 서기가 되었다. 1930년 흑룡강성 영안현 반일회 주임, 영안현 농민협회 위원이 되었다. 7월 중국공산당에 입당했고, 가을에 중화소비에트 영안현 임시정부 선전부장이 되었다. 1931년 남호두 구위원회 서기, 목릉구위원회 서기, 1933년 수분특별지부 서기가 되었으나 1934년 일선에서 물러났다. 1939-45년 연수현 보흥촌(延壽縣 普興村)에서 농업에 종사했다. 1945년 11월 중국공산당에 다시 입당해 1947년 연수현 민운공작대 남부 서부공작대 부책임자가 되었다. 1948년 상지현(尙志縣)위원회 조직사업에 참여했다. 1949년 하얼빈에서 동북행정위원회 민정부 사무처 조직과장이 되었다. 1949-52년 연길현 인민정부 현장과 연변조선족자치주 인민정부 위생처장을 지냈다.

먹는 사람들 같은데 그냥 가보라.'면서 놓아주었다."[148]

한편 1935년 1월, 동북반일연합군 제5군이 성립될 때 주보중은 나자구 지방에서 주둔하던 구국군 부현명 부대를 아직 완전히 장악하지 못해 속을 태우던 중이었다. 부현명 본인은 이미 주보중 수녕반일동맹군 시절부터 함께 활동해왔고 중국공산당의 영향을 꽤 받았으나 적지 않은 그의 부하들은 공산당에게 반감을 가지고 있었다. 오평은 이들을 5군 산하부대로 편성한 뒤 바로 정찰대로 삼아 곧장 밀산 쪽을 향하게 할 계획이었다. 오평이 주보중에게 말했다.

"빨리 일을 다그쳐야 합니다. 4군에서는 3군 쪽으로 근거지를 확충해 나가려고 지금 정찰대를 조직하고 있습니다. 이연록 동지는 지금이라도 당장 정찰대를 조직하고 직접 3군 쪽으로 원정하여 송화강 남안까지 진출하겠다고 여러 번 건의해오고 있지만 아직 내가 허락하지 않았습니다. 5군에서 4군 쪽으로 접근하지 못하면 밀산 지방 근거지들이 위험하게 됩니다."

오평도 이때 주보중에게 일을 맡길 만한 사람들이 별로 없음을 모르지는 않았다. 쓸 만한 사람들은 모두 산하 각지 부대로 파견된 뒤였다. 하는 수 없이 주보중이 직접 아픈 다리를 끌면서 나자구에 다녀오려 할 때 이광림이 불쑥 5군 군부 밀영으로 찾아왔다.

"제가 동만에 가는 길에 나자구에도 들르겠습니다. 부 연대장과 안면이 있으니 그의 연대를 개편하는 임무를 저한테 맡겨주십시오. 시간이 별로 안 걸릴 것입니다."

주보중은 반색했다.

---

148 영안당사판공실 편집, 『이광림 열사, 검은 땅 위의 지용쌍전하는 항일영웅(李光林烈士, 黑土地上智勇双全的抗日英雄)』, 영안당사판공실, 2001.

"아니, 광림 동무가 동만으로 가오?"

오평이 대신 알려주었다.

"코민테른에 보고를 올려 위증민 동무를 동만특위 서기로 임명하기로 했습니다. 광림 동무를 보내 이 결정을 전달할 생각입니다. 지금 보니 부현명 부대를 개편하는 일도 광림 동무가 적격일 듯합니다."

오평이 다시 이광림에게 물었다.

"부대 일은 처음 해보는 것 아니오? 자신 있소? 나자구 지방은 익숙하오?"

이광림이 자신 있게 대답했다.

"부 연대장과 여러 번 만난 적 있고, 그분이 아주 무던하고 마음씨도 고운 걸 압니다. 그리고 제가 사실은 동만 사람입니다. 왕청에서도 한동안 살았습니다. 이번에 반드시 잘 해결하고 오겠습니다."

주보중은 크게 기뻐했다.

"내가 부 연대장 앞으로 편지도 한 통 자세하게 쓸 것이니 가져 가오."

이렇게 되어 이광림은 위증민에게 코민테른 결정을 전달한 뒤에도 영안으로 돌아가지 않고 한동안 나자구에서 머물렀다.

이광림은 부현명의 구국군 제14여단 산하 제1연대를 동북반일연합군 제5군 산하 제2사 4연대로 개편하면서 다른 한편으로는 여기저기 사람을 보내 연락이 끊긴 지 오래된 사촌여동생 김정순의 행방을 수소문했다. 김정순은 이렇게 회고한다.

"그때 결혼한 여자들은 남편이 소속된 부대를 찾아 떠났고, 나같이 나이가 어리고 가족이 없는 여자아이들은 한 중국인 농가에서 배치를 기다리고 있었다. 우리가 너무 나이가 어려 전투부대에서는 짐이 될까 봐 누구도 데려가려 하지 않았다.

하루는 자다가 깼는데 머리맡에 중국말을 하는 한 남자가 서 있었다. 그는 나에게 '너 나를 모르겠니?' 하고 물었다. 나는 모르겠다고 머리를 저었다. 그랬더니 그는 아주 서툰 조선말로 설명했다. '6년 전 내가 우리 아버지를 너희 집에 맡겨두고 네 오빠와 함께 혁명하러 떠났던 외사촌오빠다.' 그때서야 나는 그가 이광림인 것을 알았다. 외사촌오빠는 그때 이미 5군이 성립되었고 5군 2사(부현명 부대) 정치부 주임으로 사업하고 있다고 했다. '5군에 여자가 적으니 나를 따라 5군으로 가지 않으련?' 하고 내 의향을 묻더라. 내가 따라가겠다고 하자 이광림은 즉시 2군 군부에 이야기하고는 허락을 받아냈다.'[149]

이것은 1935년 5월 일이다. 이때는 이미 대흥왜회의와 요영구회의가 모두 끝나버린 뒤였다. 이 회의 때 이광림은 여러 신분을 가지고 있었다. 공청단 길동특위 서기직과 동북반일연합군 제5군 2사 정치부 주임직을 겸했고, 또 그때까지 부현명 부대가 밀산으로 출발하지 않고 계속 나자구에 주둔하고 있어 새로 조직된 동만특위 위원이기도 했다. 비록 동만특위 서기는 위증민이었지만, 위증민 임명 결정서를 오평에게 받아 직접 전달한 사람이라는 특수한 신분이 크게 작용했다. 이에 관한 종자운의 회고를 한번 들어보자.

"이광림은 나의 직계 상급자나 다름없었다. 나는 공청단 만주성위원회 신분으로 동만에 간 것이 아니다. 하얼빈에서 사업할 때 무선(霧仙)이라는 누님이 자기한테 왔다 가라고 해서 갔더니 '뤄따거(駱大哥)'도 같이 기다리고 있었다. 무선은 만주성위원회 선전부장 담국보(譚國甫) 동지의 비서였고, 뤄따거는 바로 공청단 성위서기 샤오뤄(小駱)다.

---

149 취재, 김백문(金伯文, 김정순) 조선인, 항일연군 생존자, 취재지 북경, 왕청, 1998, 2000~2001.

그가 나에게 성위서기 마량(馬良) 동지가 소련에 가니 모시고 갔다 오라고 하더라. 사실은 나를 경위원으로 삼은 것이다. 그런데 목릉까지 가서 '수녕교통참'의 교통원이 수분하까지 가는 기차에 딱 한 사람밖에 몰래 태울 수 없다고 해 나는 그만 목릉에 남게 되었다. 그때 나와 만나 이야기하고 나를 공청단 목릉현위원회에 배치한 사람이 바로 이광림이었다. 이광림은 그때 공청단 길동특위 조직부장이었고 나는 그의 지도 아래 일했다."[150]

종자운의 이야기에 따르면, 이광림은 동만주에서 열린 이 중요한 두 회의에도 가끔 얼굴만 내보일 뿐 별로 깊게 관여하지 않았다. 대신 하루도 회의에 빠지지 않고 모두 참가하여 이러쿵저러쿵 말이 많았던 사람은 주명이었다.

주명은 위증민에게 각 연대 정치위원도 모두 회의에 참석시켜야 한다고 주장했다. 그것은 얼마 전에 영안에서 돌아온 김성주를 회의에 참가시키기 위해서였다. 실제로 제3연대 정치위원 김성주를 제외한 다른 제1, 2, 4연대 정치위원들은 모두 회의 참가자격이 있었다. 그 연대들은 임수산, 조아범, 왕윤성이 정치위원을 겸직하고 있었기 때문이다.

제1연대 정치위원 임수산은 왕덕태의 심복이나 다를 바 없었다. 왕중산이 이끌던 동만 임시특별위원회가 갓 출범했을 때 이미 특위 위원으로 임명되었고, 제2연대는 김낙천이 민생단으로 처형당한 뒤 화룡현위원회 서기였던 조아범이 정치위원직을 겸직했다. 제4연대 정치위원은 왕윤성이 겸직했는데, 훈춘현위원회가 해산되면서 살아남은 위원들이 모두 왕청현위원회에 소속되었고, 왕윤성도 다시 돌아와 왕청현위원회 선전부장직을 그대로 맡았다. 동장영이 있을 때부

---

150 취재, 종자운(鍾子雲) 중국인, 항일연군 생존자, 취재지 북경, 1991~1992.

터 줄곧 동만특위 위원 자리를 지켜온 것이다.

이것이 김성주가 회고록에서 자신이 "동만특위 위원 신분으로 이 회의에 참가하게 되었다."는 주장이 진실이 아닌 이유다. 다만, 남한에는 김성주가 이 회의에 참가조차 못했다고 주장하는 사람들도 아주 많은데 이 역시 사실이 아니다. 여러 사료를 확인해보면, 참가자 가운데 조선인 간부도 결코 적지 않았다. 송일, 임수산, 김성주 외에도 또 장창수, 최봉문, 강창연, 이동규, 김희문 등이 모두 조선인 간부였다. 물론 이광림도 조선인이다. 물론 회의 참가자 수의 절반에는 미치지 못했다. 이때 오평과 직접 만나고 돌아온 김성주의 입지는 두드러질 수밖에 없었다.

회의가 나흘째 접어들었을 때였다. 위증민의 사회로 그동안 왕중산이 이끌던 동만특위 임시공작위원회 사업보고를 청취했다. 까막눈인 왕중산을 대신하여 종자운이 보고서를 읽었는데, 이전에 만주성위원회에 직접 제출했던 보고서 내용을 거의 그대로 반복했다. "동만 조선인들 80%, 조선인 간부들 90%가 민생단이거나 또는 그 혐의자들이다."라는 내용이 나왔을 때였다. 회의기간에 이틀밖에 참석하지 않았던 이광림이 방바닥을 쾅 하고 소리가 나도록 치면서 종자운을 꾸짖었다.

"이봐, 샤오중(종자운의 별명) 동무. 이 무슨 얼토당토하지 않은 소리를 하는 게요?"

이광림 앞에서 종자운은 찍 소리도 못했다. 김성주는 회고록에서 이 회의를 '대흥왜의 논쟁'이라는 제목까지 달고 여러 장을 할애하여 회고한다. 자신이 그 보고서를 반박하면서 종자운, 조아범 등과 피 말리는 논쟁을 벌였다고 주장하지만 사실이 아니다. '대흥왜의 논쟁'이라는 것 자체가 존재하지 않았기 때문이다. 정작 대대적인 논쟁은 이 회의 직후, 10여 일쯤 지난 1935년 3월 21일에 회의장소를 요영구로 옮겨와서 다시 열린 회의에서였으며, 그 회의 명칭은 '동북인민혁명군 제2군 독립사 연석회의'였다. 어쨌든 이광림은 몹시 노한 표정으로 종자운에게 따지고 들었다.

"거 참, 80~90%라는 거 무슨 근거로 하는 소리요? 이미 죽은 사람도 모두 포함하오? 아니면 살아 있는 동무들로 잡은 거요? 그렇다면 나나 여기 함께 있는 조선인 동무들은 어느 퍼센트에 속하오? 그 나머지 10%요? 아니면 80~90% 안에 들어가는 거요? 도대체 무슨 통계가 이따위인 게요? 여러분도 이따위 통계가 말이 된다고 생각하오?"

이광림 뒤를 이어 주명도 기다렸다는 듯이 말했다.

"종자운 동무, 조선인 동무 80~90%가 민생단이라고 의심하는 것은 옳은 판단이 아닌 것 같소. 내가 여기 와보니 일반 대원 가운데도 조선인 동무들이 아주 많던데, 그러면 그들 대부분이 모두 일본놈 첩자라는 소리요? 그렇다면 좋소. 누가 한번 설명해보시오. 동만의 혁명군 수뇌부가 여기 모여서 이처럼 주요한 회의를 하고 있는데 왜 왜놈 토벌대가 달려들지 않느냐 말이오?"

이광림에 이어서 주명까지 이렇게 나오자 반론하는 사람은 하나도 없었다.

종자운은 이렇게 회고한다.

"이광림은 동만특위 위원으로 이름만 걸어놓고 부현명 부대를 개편하는 일로 바빴다. 대흥왜회의에는 처음부터 거의 참가하지 않았는데, 중간에 불쑥 한두 번 얼굴을 내밀었다. 이광림의 직위가 위증민보다 더 높았기 때문에 모두 이광림을 어려워했는데, 임시특별위원회 사업보고를 하는 날에 갑자기 나를 비판하는 바람에 내 처지가 굉장히

어렵게 되었다.'[151]

이것이 대홍왜회의의 진실이다. 그런데 이 회의가 10여 일째 접어들었을 때 아무도 생각지 못했던 불상사가 갑자기 일어났다. 3월 3일, 회의가 거의 끝나갈 무렵, 다시 동만특위 위원으로 선출되었던 왕청현위원회 서기 겸 동만특위 민생단숙청위원회 책임자 송일[152]이 주숙처로 돌아오다가 갑자기 달려든 한 소대의 혁명군 대원들에게 포박당한 것이다.

"누구냐? 이게 뭐 하는 짓이야?"

별명이 '다브산즈' 외에도 '쇼거우재(小個子)'라는 별명으로 불렸던 송일은 덩치가 왜소해 바로 제압당하고 말았다. 대원들 뒤에서 우두머리로 보이는 한 지휘관이 나타났는데, 제1연대 참모장 임승규(林勝奎)[153]였다. 임수산이 회의에 참가하러 대홍왜로 올 때 임승규가 직접 한 중대를 데리고 따라와 중대는 쟈피거우에 주둔시키고 자신은 한 소대만 데리고 대홍왜에 와 있던 중이었다.

이유인즉 이날 점심 무렵쯤, 간도협조회 밀정들이 쟈피거우유격대 보초소에 던져넣은 투서 한 장이 임승규 손에 전달된 것이다. 정상대로라면 직계상관인

---

151 상동.

152 송일(宋一, 李宋一, 1903-1935년) 독립운동가. 1903년 연길현 오두구에서 태어났으며 '쇼거우재' 와 '다브산즈'라는 별명이 있다. 열세 살 때 오도구 동촌의 사립학교에서 공부했고, 1922년 대성중학교에 입학했다. 1925년 대성중학교를 졸업하고 1926년 일본에 유학하여, 그곳에서 공산주의와 접촉했고, 조선공산당 만주총국(엠엘파)에 입당했다. 1930년 중국공산당에 입당하여 동만특위 비서가 되었고, 1933년 왕청현위원회 서기가 되었다. 1935년 민생단 혐의로 처형되었다.

153 임승규(林胜奎, 林升奎, 임성규林垕奎, 1906-1936년) 출생지는 알려지지 않았고, 1929년 중국공산당에 가입했다. 1934년 동북인민혁명군 제2군 독립사 제1단 단장이 되었다. 1935년 3월, '동북인민혁명군 제2군 독립사 연석회의'에 참가하러 대홍왜에 왔던 임승규가 이송일을 직접 포박했다고 회고하는 사람들이 여럿 있다. 얼마 후 단장직에서 직위 해제당하고 참모장이 되었으나, 1936년 미혼진회의에서도 철직당하고 지방으로 갔다. 그러나 지방 공작에서도 착오를 범하자 제2군 군부는 그를 산속에서 처형해버렸다.

임수산에게 먼저 보고하고 임수산이 왕덕태에게 보고하는 것이 절차였다. 그러나 임승규는 이를 출세의 기회로 삼으려고 했다. 임승규는 소대 대원들을 동원하여 부리나케 송일을 체포했다. 이른바 '선참후계(先斬後啓, 먼저 처형하고 나중에 보고한다는 뜻)'였다. 임승규는 다른 누구도 아닌 위증민에게 곧장 달려갔다.

"큰일났습니다. 서기 동지, 민생단숙청위원회 이송일이 왜놈 특무라는 사실을 밝혀냈습니다. 이송일이 도주할까 봐 제가 먼저 체포하고 지금 서기 동지께로 달려오는 길입니다."

그야말로 마른하늘에 날벼락이나 다름없었다.

임승규는 쟈피거우 보초소의 보초병까지 데리고 와서 밀정들이 던져놓고 간 투서를 위증민 앞에 내놓았다.

"그런데 동무는 누구요?"

"독립사 제1연대 참모장 임승규입니다."

위증민은 신경이 꼿꼿이 일어섰다. 주진이 처창즈근거지 감옥에 갇혀 있던 중 탈출해 달아났다는 소식을 들었을 때 너무 놀라서 발을 구르기까지 했던 위증민이었다.

"얼른 처형했어야 하는데 놓쳐버렸으니 어떻게 하면 좋단 말이오?"

독립사 산하 각 연대 병력배치 상황을 모두 장악했던 주진이 도주했으니, 주진이 변절하여 일본군 토벌대를 끌고 나타나는 날이면 근거지에 들이닥칠 재난은 상상을 넘는 일이었다. 참모장 유한흥이 대흥왜에 오지 않고 처창즈근거지에 남아서 병력들을 모조리 재배치하느라 바쁘게 보냈던 것도 바로 이 때문이었다. 주진이 아는 각 부대 주둔지를 모두 이동시켜야 했는데, 이때 송일사건이 터진 것이다.

"일단 회의 장소부터 먼저 옮기고 봅시다."

왕덕태의 건의로 회의 참가자들은 대흥왜에서 요영구로 이동했다. 송일도 요영구로 압송되었다. 얼굴이 시커멓게 질린 송일은 포승줄에 묶여 가면서 입을 꾹 다문 채 아무 말도 하지 않았다. 이미 자신의 운명에 대해 체념한 듯했다. 임승규에게 사정없이 구타당한 송일은 요영구에 도착한 뒤에도 어제까지 자신의 비준이 없으면 아무도 마음대로 드나들 수 없었던 민생단감옥 맨바닥에 털썩 주저앉아서는 계속 땅바닥만 내려다보았다. 심문장에 직접 나타난 위증민이 몇 가지 물었다.

"이송일, 민생단에는 언제 가입했는가?"

"나는 민생단이 아니오."

중국말이 서툰 송일이 가까스로 변명했다.

"지금이라도 사실대로 말하고 이상묵과 주진을 잡을 수 있게 도와주면 입공속죄한 것으로 쳐주겠소. 당신들은 지금도 서로 연락을 주고받는 것 아닌가?"

이때 왕중산이 나서서 거칠게 소리 질렀다.

"이봐, 네 입으로 직접 이상묵은 민생단 동만특위 조직부장이며 주진은 군사부장이고 박춘은 참모장이라고 우리한테 보고하지 않았더냐. 그러면 너의 직책은 뭐냐?"

위증민, 왕중산이 이런 식으로 공격해대니 가뜩이나 중국말이 서툰 송일은 땅이 꺼져라 한숨을 내쉬고 겨우 한마디 했다.

"그냥 당신네들이 덮어씌우고 싶은 대로 다 덮어씌우시오. 나를 어떻게 해도 다 좋소."

위증민은 심문장에서 나와 왕덕태 등에게 물었다.

"정말 지독한 자입니다. 증거가 나온 마당에도 자백하지 않고 계속 저렇게 뻗댑니다. 어떻게 처리하면 좋겠습니까?"

"두말할 것 있습니까? 총살형에 처해야 합니다."

20여 명이 참가한 특위 회의에서 송일 처형이 만장일치로 통과되었다. 1935년 3월 13일, 흰 눈이 펄펄 쏟아지는 요영구 한 언덕으로 기름때가 번질번질한 다브산즈를 입은 송일이 두 팔을 뒤로 묶인 채 천천히 걸어 나왔다.

"마지막으로 할 말이 있으면 해라."

"외눈깔 왕가(김성도)가 죽기 전에 한 말이 맞았구나. 오늘은 내가 민생단으로 몰렸다. 우린 모두 근본적으로 존재도 하지 않는 환영(幻影)에 놀아난 것이었구나."

송일은 혼잣말처럼 중얼거리다가 갑자기 자기 자신에게 대고 소리쳤다.

"바보 같은 송일아, 넌 정말 죽어도 싸다."

송일이 이처럼 절규할 때 처형자들은 방아쇠를 당겼다. 땅 하는 총소리와 함께 뒤통수에 총을 맞은 송일이 앞으로 넘어지자 처형자들은 시체를 언덕 밑에 미리 파둔 흙구덩이에 아무 깔개나 덮개도 없이 그대로 처넣고는 묻어버렸다. 송일의 나이 서른셋이었다.

6. 요영구 논쟁

송일은 1903년 연길현 오도구(五道溝)에서 출생했다. 본명은 이송일(李宋一)로 1922년 오도구에서 소학교를 졸업하고 용정 대성중학교에 입학하여 공부하다가 1925년에는 일본에 유학하였다. 원체 키도 작고 일본 사람처럼 생겨 그가 일본말을 하면 일본 사람들까지도 모두 그를 일본인으로 믿어버릴 정도였다.

그런데 유감스럽게도 송일은 중국말이 너무 서툴렀다. 그래서 다른 누구도 아닌 동장영과 중국말 대신 일본말로 대화를 주고받았다. 동장영도 일본에서 유학해 일본말을 아주 잘했기 때문이다. 그러나 이 모든 것이 그에게 악재로 덮치게 될 줄은 누구도 몰랐다.

1년 전인 1934년 1월, 송일의 전임자였던 김성도[154]가 마촌 남산에서 처형되었다. 김성도의 처형을 비준한 사람은 동장영이었다. 1년 뒤 송일의 처형을 비준한 사람은 위증민이었다.

비록 김성도와 송일은 오늘날 모두 혁명열사로 추증되었지만, 두 사람 다 자기와 같은 조선인 간부들을 민생단으로 몰아 죽이며 중국공산당 내 중국인 간부들의 하수인 역할을 하다가 결국 그들 자신이 '토사구팽(兎死狗烹)'당한 꼴이 되고 말았다.

이 둘이 처형당할 때 분위기가 살벌했던 탓도 있지만, 그들이 원체 다른 사람들에게 원한을 많이 샀기 때문에 누구 하나 나서서 그들의 억울함을 호소하는 사람이 없었다.

이광림이 요영구에 도착했을 때는 송일이 이미 처형당한 뒤였다. '요영구 논쟁'은 바로 송일사건이 빌미가 되었다. 이광림은 무슨 증거로 송일을 민생단으로 판단했는지 위증민에게 따지고 들었다. 위증민은 자신만만하게 대답했다.

---

154 김성도(金成道, 金聖道, 김경도金景道, 1900-1934년) 독립운동가. 길림성 훈춘현 대황구(吉林省 琿春縣 大荒溝)에서 태어나 1923년 용정 은진중학교(恩眞中學校)에 입학했다. 1926년 졸업 후 대황구 북일중학교(北一中學校) 교사가 되어 대황구 삼일학교(三一學校) 설립에 참여했다. 1927년 조선공산당에 입당하여 만주총국 동만도 간부가 되었다. 1928년 고려공산청년회 중구(仲溝) 책임자가 되었다. 1930년 중국공산당에 입당하여 훈춘현위원회 결성 준비 업무를 맡았다. 9월 혜인(惠仁), 혜은(惠銀) 구위원회를 결성했고 10월 훈춘현위를 결성했다. 1931년 연화현위 서기, 연길현위 초대서기를 거쳐 11월에 동만특위 조직부장이 되었다. 1932년 가을 대황구 연통라자(煙筒砬子)에서 항일유격근거지를 창설했다. 1933년 9월 동만 공산당, 공청단 확대회의에서 종파주의자로 지목되어 특위 위원직을 박탈당했다. 1934년 1월 민생단원으로 지목되어 왕청현 마촌(汪淸縣 馬村) 남산에서 처형당했다.

"인증과 물증이 다 있소. 헌병대 밀정들이 이자와 연락하려다가 보초소에서 발각되어 도주했는데, 밀정들이 두고 간 편지가 바로 증거요. 우리는 밀정과 만났던 보초소 보초병들도 모두 불러다가 확인까지 했소."

"그게 밀정놈들이 고의로 수작질한 것이라면 어떻게 하겠습니까? 수작질이 아니라는 보장이 있습니까?"

이광림이 도저히 믿으려 하지 않자 위증민은 이상묵, 주진, 윤창범 등을 실례로 들어가며 송일을 그들의 연장선상에 놓고 설명했다. 왕중산도 나서서 위증민을 도와 말했다.

"광림 동무, 동만의 반민생단 투쟁이 너무 확대된 점은 인정하지만 그렇다고 우리 당 내에 민생단이 존재하지 않는다고 단정해서도 안 됩니다. 이번 이송일 사건처럼 민생단인 것이 밝혀졌는데도 자백하지 않고 끝까지 반항하면서 그냥 자기를 이대로 쏘아죽이라고 합디다. 더 할 말이 없다는 것입니다. 그렇게 지독합디다. 증거자료들도 충분한 상태여서 지체하지 않고 즉시 처형했습니다."

"나는 당신네들이 증거라고 내놓은 이런 투서 따위는 믿을 수도, 인정할 수도 없습니다. 내가 동만에 온 시간이 길지는 않지만 적지 않게 얻어들은 말이 있습니다. 그리고 직접 민생단으로 몰렸던 사람들도 여럿 만나보았습니다. 잡아가두면 일단 달아매고 때리기부터 했다면서요? 그렇게 받아낸 자백서를 믿으라는 말입니까?"

이광림은 위증민 등 여럿을 상대로 논쟁했다. 그러나 말이 논쟁이지 혼자서 여럿을 당할 수는 없었다. 이미 위증민을 중심으로 동만특위 위원회가 새롭게 구성된 마당이니 위원들은 특위 서기인 위증민 뒤에 줄을 설 수밖에 없었다. 더구나 조선인 간부들은 아무도 나서지 못했다. 김성주가 몇 번 나서려 했으나 왕윤성에게 손목을 잡혔다.

한편 이 회의에는 군대 지휘관들도 적지 않게 참석했는데, 이광림이 직접 임승규를 불러 가운데 세워놓고 꾸짖는 도중에 논쟁의 분위기가 이상하게 흘러가기 시작했다.

이광림은 임승규가 제멋대로 판단해 송일을 체포한 것과 군대 지휘관으로서 직계 상사인 임수산이나 이학충, 또는 왕덕태에게 먼저 보고하지 않고 곧장 위증민에게 달려간 일에 대해 정치적으로 분석하며 비판하기 시작한 것이다.

"내가 구국군에서도 많이 일했지만, 일개 하급 군관이 멋대로 판단하여 상급자를 포박하는 일은 문제 삼기 따라서 '반란'에 해당하는 일입니다. 더구나 구국군도 아니고 당이 영도하는 혁명군에 정치부가 존재하고 정치위원 제도가 설치된 것이 무엇 때문입니까? 바로 이처럼 제멋대로 하는 자들의 위험한 행위를 규제하려는 것이 아니고 무엇이겠습니까."

이광림은 당장 임승규를 면직하라고 소리쳤지만, 정작 임승규는 제1연대 참모장에서 더 진급하여 연대장으로 중용되었다. 연대장이던 안봉학이 지병인 피부병 증세가 악화되어 거동이 몹시 불편했기 때문에 임승규가 연대장직을 대리하게 된 것이다.

어쨌든 '요영구회의'는 혁명군 제2군 독립사의 향후 군사작전과 관련한 주요한 회의였기 때문에 이광림은 이 회의에 다 참가했고, 많은 중대한 문제에 직접 영향력을 행사했다. 우선 혁명군이 영안 쪽으로 이동하면서 근거지를 북만주 쪽으로 확충해 나갈 경우 동만특위 기관도 더는 왕청현 경내에 둘 수 없다는 의견이 제시되었는데 이에 대하여 두 가지 방안이 나왔다.

왕덕태 등 독립사단 지휘부 간부들은 동만특위 서기 위증민이 직접 독립사단 정치위원직을 겸직하기로 결정되었으니 특위 기관도 부대와 함께 행동하자고 주장하며 근거지를 해산해야 한다고 했지만, 이광림은 근거지를 해산하는 것에 완고하게 반대했다. 이광림은 이렇게 주장했다.

"여러분은 '전선'이라는 두 글자를 잘못 이해하는 것 같소. 혁명군이 영안 쪽으로 북상하는 것은 항일전선을 하나로 이어나가는 데 목적이 있소. '전선'은 전투마당이기도 하고 또 근거지를 뜻하기도 합니다. '전선'을 이어놓는다는 것은 바로 근거지를 확충하여 항일전선을 하나로 '연합'해낸다는 의미도 있습니다. 때문에 근거지를 포기하고 해산한다는 것은 있을 수 없는 일입니다."

이때 일로 김성주는 회고록에서 처음 이광림 이름을 꺼냈다. 이광림이 동만특위 내 '수양이 부족한 일부 사람들'에게 인신공격까지 당했다면서 이런 이야기를 들려준다.

"이광림은 영안현에서 구공청 책임자로 활동할 때 어떤 여성을 짝사랑한 적이 있었다고 한다. 사랑은 매우 열정적인 것이었으나 상대는 좀처럼 그것을 받아들이려 하지 않았다. 그가 순정을 기울인 대가로 얻은 것이란 보낼 때마다 답장도 없이 고스란히 되돌아오는 연정의 편지와 보고서도 못 본 척하고 고개를 돌려버리곤 하는 처녀의 무정하고 냉담한 반응뿐이었다. 사랑이란 역시 어느 일방의 주관적 욕망이나 열성만으로는 이루어질 수 없는 것이었다. 이광림은 자기에게 실연의 쓴맛을 안긴 그 여성을 목릉현으로 쫓아버리고 다른 여성과 치정관계를 맺다가 왕청으로 나왔다고 한다."

그런데 김성주나 북한 역사 부문 관련자들 모두 이광림이 짝사랑했던 그 여자가 바로 강신태의 누나 강신애(姜信愛, 항일열사)였다는 사실은 몰랐던 모양이다. 그리고 치정을 맺었다는 다른 여성은 후에 이광림에게 시집갔던 영안현 경내 난강 소목단촌(蘭崗 小牧丹村)에 살았던 항일열사 임진옥(林眞玉)이었다.

임진옥과 강신애는 모두 한 동네에 살았던 혁명가였다. 김성주가 회고록에 쓴 것처럼, 강신애는 이광림에게 미움 받고 영안에서 멀리 떨어진 밀산현위원회로 전근되었다. 강신애와 함께 밀산현위원회 부녀부에서 일했던 혁명가 이근숙(李根淑, 李槿淑, 항일열사)은 후에 평남양 이형박과 결혼했다. 이런 연고로 이형박이 생전에 들려준 재미있는 이야기가 있다.

"이광림이 길동특위 공청단 서기로 있을 때 나이도 젊은 데다가 수준도 있고 또 직위도 굉장히 높았다. 영안 지방 조선인 동네들에 가면 그를 좋아하는 여자들이 아주 많았다. 내가 알기로 영안현 하남구(河南溝)에도 조선인 동네가 있었고, 또 난강 소목단툰(小牧丹屯)에도 조선인이 많이 살았는데 여기저기 며칠씩 묵었던 동네마다 시집 안간 젊은 여자들이 매달려 숱한 애인이 있었다. 그런데도 이광림은 여자가 모자랐던지 소목단툰에서 이쁘기로 이름 난 강신태의 누이 강신애에게 집적거렸는데, 강신애가 이광림을 피해 다니다 못해 동생들한테 일러바치기까지 했다. 강신애에게는 남동생이 둘이나 있었는데 모두 유명했다. 영안 지방에서는 날고 뛴다는 소년들이었다. 큰 동생이 바로 강신태였고 그 밑으로 연년생인 막내동생 강신일이 있었다. 이들 둘이 누나한테서 이광림이 자기를 귀찮게 군다는 말을 듣고는 만나면 혼뜨검낸다고 찾아다녔던 적도 있었다. 이 소문이 영안 지방에서 한때 자자했다."[155]

강신애가 밀산현위원회로 전근했을 때 이형박의 아내 이근숙은 밀산현위원회 부녀부장이자 제4군 당위원회 부녀주임이었다. 이형박은 이근숙을 회고하면서 무척 아쉬워했다.

---

155   취재, 이형박(李荊璞) 중국인, 항일연군 생존자, 취재지 북경, 1991, 1993, 1996, 1998.

"이근숙은 내 두 번째 아내였다. 이근숙과 만나기 전에 나와 한 부대에서 싸웠던 손옥봉(孫玉鳳)이라는 중국인 여대원이 있었다. 그는 내 부대 산하 연대 정치위원이었는데, 어느 전투에서 그만 전사하고 말았다. 그 후 만난 여자가 바로 이근숙이었다. 이근숙은 조선인이었지만 중국말도 정말 잘했고 러시아어도 잘했다. 이쁘게 생긴 데다가 사상 수준도 높았다. 1936년에는 파견받고 소련에 들어가 모스크바동방대학에서 3년 동안 공부하고 1939년에 다시 만주로 돌아와 길동성위원회 비서처 책임자로 일했다. 그때 성위서기였던 송일부(宋一夫)가 변절하면서 내 아내를 물고 늘어지는 바람에 그만 체포되고 말았다. 아내는 동경성 일본헌병대에 잡혀가 반죽음이 되도록 얻어맞았다. 일본놈들이 총살하려고 영안으로 끌고 올 때는 이미 의식이 없어서 땅에 질질 끌렸다고 하더라. 그런데 사형을 집행하기 전 갑자기 눈을 뜬 아내가 버티고 일어서서 한참 놈들을 욕하다가 죽고 말았다."[156]

이근숙이 사형당한 것은 1941년 4월이다. 그런데 해방 후 장춘시 관성구(長春市 寬城區) 병원에서 사업하던 박봉남의 아내는 이근숙이 원래는 박봉남의 첫번째 아내였다고 알려주었다. 두 사람은 박봉남이 밀산현위원회 서기로 있을 때 이미 결혼하기로 하고 동거하던 사이였다. 즉 이근숙에게도 이형박은 두 번째 남편이었던 셈이다. 영안현 사란(沙蘭)에 열사기념비가 있는데, 비석 뒷면에 이근숙뿐만 아니라 강신태의 누나 강신애 등 여러 열사의 이름이 함께 새겨져 있다.

---

156 상동.